POR EL CAMINO DE SWANN

MARCEL PROUST

Título: Por el camino de Swann
Título original: *Du côté de chez Swann*
Autor: Marcel Proust

© Edimat Libros, SA
C/ Primavera, 10, nave 35
28500 Arganda del Rey
Madrid-España
www.edimat.es

Traducción, introducción y notas: Juan Luis Sanz Pelletier
Diseño e ilustraciones de cubierta: Karakachoff estudio

ISBN: 978-84-9794-630-8
Depósito Legal: M-16829-2024

Impreso en España - *Printed in Spain*

INTRODUCCIÓN

Marcel Proust (1871-1922) fue el hijo mayor de Adrien Proust, epidemiólogo de gran prestigio internacional y catedrático de la Facultad de Medicina de París, y de Jeanne Clemence Weil, alsaciana de origen judío y de gran cultura, que le proporcionaron el clima intelectual y la vida cómoda de su buena posición social y económica, lo que le permitiría dedicarse más tarde plenamente a la Literatura. Toda su vida tuvo una salud muy delicada, se dijo que «el niño nació tan débil, que su padre temió que no sobreviviese»; a los nueve años padeció el primer ataque del asma que lo persiguió hasta su muerte, fue tan fuerte que se ahogaba y no le volvía la respiración, por lo que el padre llegó a creerlo muerto, pero logró salvarse; por ello creció como un niño superprotegido. Aunque fue alumno brillante del Instituto, sus frecuentes ausencias debidas a su enfermedad crónica no le permitieron destacar en sus estudios, pero sobresalió en Lengua y Literatura, además de en Filosofía. Terminó su servicio militar en 1890, en Orleans, quiso reengancharse en el Ejército (él mismo dijo que esa experiencia fue una de las más gratas de su vida), pero se lo impidió su mal estado de salud. Asistió en la medida que pudo a clases en la Universidad de la Sorbona y en la Escuela Libre de Ciencias Políticas; llegó a completar los estudios de Derecho para complacer a su padre, a quien convenció de que no podría vivir sin entregarse a la Literatura, por lo que se licenció en Letras en 1895. En esos estudios tuvo como profesor al filósofo Henri Bergson, cuyas ideas sobre el tiempo tuvieron una gran influencia en él.

Desde los diecisiete años frecuentó los salones aristocráticos más elegantes y llevó la vida mundana que luego plasmó en su obra. Fue tan rápido su ascenso social, que para alguien que siguiera ese mismo ascenso se acuñó la expresión «proustituirse»; el encanto de su persona y de su charla cautivaba a las mujeres de ese Gran Mundo. Cada noche frecuentaba salones y cafés, de tal manera que su vehículo de caballos era reconocido en todo París. De ese modo pudo conocer a muchos literatos y artistas, como Charles Maurras, Anatole France, Léon Daudet y André Gide, que dudó de que un esnob como era él pudiese escribir nada decente y rechazó su manuscrito de *En busca del tiempo perdido* sin apenas leerlo. Proust tuvo muchas dudas acerca de su capacidad literaria (como expresa claramente ya en la primera parte, con su inquietud por encontrar el motivo literario que lo guiase y su desesperación al no encontrarlo); descartó la posibilidad de dedicarse a la carrera diplomática y trabajó sin paga durante algún tiempo en la Biblioteca Mazarino, de París. En 1896 publicó *Los placeres y los días,* una colección de ensayos críticos sobre Arte y relatos con prólogo de Anatole France. Gracias a la fortuna familiar pudo dedicarse a la Literatura sin agobios económicos durante veinte años, en los que no publicó más que algunos artículos de crítica artística y literaria para el periódico *Le Figaro,* y entre 1896 y 1904 escribió una novela, de carácter autobiográfico, *Jean Santeuil,* que no se publicó hasta después de su muerte.

Fue sensible al éxito social y a los placeres de la vida mundana que llevaba entre aristócratas y gente del Gran Mundo, pero su idea del Arte y del artista era muy distinta, pues «la creación literaria sólo puede ser fruto de la oscuridad y del silencio». Con ese ánimo y la ayuda de su madre, que poseía un dominio perfecto del inglés, tradujo al francés las obras de John Ruskin *La biblia de Amiens* y *Sésamo y los lirios,* que tuvieron una influencia decisiva en él. Proust mantuvo su primera relación homosexual en esa época, siendo su amante Lucien Daudet, hijo del escritor Alfonse Daudet, con cierto escándalo pues fue revelada en *Le Journal.* El hecho de que se hiciese pública enojó a Proust hasta el punto de retar en duelo al divulgador, sin consecuencias. Tras la muerte de su madre en 1905, la salud de Proust empeoró mucho, se sintió solo y deprimido además de su enfermedad crónica, y en 1907 se decidió a emprender —había encontrado el «motivo literario» que tanto buscaba— la redacción de lo que sería su obra maestra, *En busca del tiempo perdido,* que desarrolló en siete partes.

Para ello, decidió aislarse de esa sociedad del Gran Mundo y se recluyó durante quince años en el 102 del bulevard Hausmann, cuyas paredes forró de corcho para que no le molestase el ruido del exterior, y poder dedicarse sin estorbos a la redacción del gran ciclo de novelas que conocemos con ese nombre, viviendo exclusivamente de noche, con grandes cantidades de café y casi sin comer, y durmiendo de día. Su primera parte, *Por el camino de Swann,* de 1913, (quizá este título, un tanto equívoco pues no informa de qué o quién pueda ser Swann, queda más claro en su versión original, *Del lado de la casa de Swann),* fue la que rechazó Gide, y tuvo que publicarla él mismo en una «edición de autor». En cambio, la segunda parte, *A la sombra de las muchachas en flor,* de 1918, consiguió el Premio Goncourt, uno de los premios literarios más prestigiosos de Francia, siendo el primer reconocimiento artístico que le proporcionó cierta notoriedad, reconociendo entonces Gide su error de juicio. En 1921 se publicó *El mundo de Guermantes* y en 1922 *Sodoma y Gomorra*. Las últimas partes de su obra fueron publicadas tras su muerte por su hermano Robert, *La prisionera* en 1923, *La fugitiva* (en principio *Albertine desaparecida)* en 1925 y *El tiempo recobrado* en 1927.

Cabe mencionar su extensísima correspondencia, que alcanza más de cien mil cartas, recopiladas, ordenadas y publicadas en 1993 en veintiún tomos, llamados *Epistolario*.

En ese mismo año, en septiembre, Proust sufrió dos agudas crisis asmáticas. Salió a la calle por última vez el 10 de octubre, se le declaró una neumonía de la que murió el 18 de noviembre. Fue enterrado en el cementerio de Père Lachaise.

En busca del tiempo perdido

Esta novela inmensa, catalogada por algunos en la categoría de «novelas-mundo», imposible de situar en corriente literaria alguna, es una extensa e intensa meditación sobre el tiempo y la memoria, fundamentalmente, así como sobre el Arte, las pasiones y las relaciones humanas (como por ejemplo su descripción del proceso de los celos de Swann con Odette de Crécy, reflejo de los suyos propios con sus amantes, tanto femeninos como masculinos). Proust llevó a cabo una labor de introspección en la que va recordando todo su pasado (es esencialmente autobiográfica, aunque sus personajes y sus situaciones están formados de partes de otros muchos que conoció en su vida) y lo relata como narrador omnisciente y con un estilo muy característico, hecho de frases muy largas y complejas en las que se expresa a distintos niveles a la vez, en las que el hecho exterior narrado se llena con las interpretaciones psicológicas de los personajes —más de doscientos en toda la obra— que describe. Aparece la conocidísima experiencia de la «memoria inconsciente», atada al sabor de una magdalena remojada en té, prolijamente descrita. Es la forma que adquirió su estilo para abarcar la realidad en todas sus posibles percepciones, incluida la del sueño. Se afirma que esa cantidad de información, aparentemente digresiva, y ese estilo aparentemente embrollado son el resultado de la característica sintaxis del Derecho que aprendió como abogado, pero embellecida y poética; según sus contemporáneos, así era también su compleja manera de hablar.

La primera parte está formada por los recuerdos de las temporadas que pasaba de niño con su familia en el ficticio pueblo de Combray, representativo de los pueblos de la zona, con su lugar en la Historia, su iglesia, su campanario y sus gentes; y de los dos tipos de paseos que daban cada tarde, los más largos por «el lado de Guermantes» y los demás por el otro lado posible y directamente opuesto al primero, el de Meseglise, donde tiene una finca el señor Swann, quien pasa temporadas en el pueblo y es visitante asiduo de la casa. Proust describe los paisajes, las torres de los campanarios, las flores y los arbustos que lo rodean con la misma minuciosidad, transparente de metafísica en algunos casos. Mediante acontecimientos en apariencia puramente banales, los personajes van deshilando el complejo mundo de relaciones humanas de la época.

En la segunda, *Un amor de Swann,* hace un salto atrás para ahondar más en un personaje que puede relacionarse con el Presidente de la República con la misma continuidad y facilidad que con una obrerita a la que acaba de seducir. Es hombre exquisito, de grandes conocimientos artísticos y con las mejores relaciones con personajes del «Gran Mundo», y que luego puede adaptarse a otros mundos más oscuros. Conoce a Odette de Crécy, de sexualidad promiscua y pasado un poco turbulento, de quien se enamora. Sus relaciones se ven pronto enturbiadas por el fantasma de los celos de Swann debidos a «esa vida desconocida de Odette» que lo fascina y llega a atormentarlo.

Y en la tercera, *Nombres de países, el nombre,* describe la vida parisina de ese mismo niño del principio (que es el propio Proust, que ya no viajaba a Combray por razones médicas y se quedaba con sus padres en París), fundamentalmente en sus juegos en el Bosque de Bolonia tras el reencuentro allí con Gilberte Swann, la hija del vecino de Combray. Las descripciones de personajes y rincones manifiestan su extraordinaria sensibilidad en el fluido de su propia consciencia. Al final, ese mismo niño acude muchos años más tarde, con la nostalgia de aquel tiempo perdido, a ese «Bois», que ya no es, ni puede ser, el mismo.

POR EL CAMINO DE SWANN

Al señor Gaston Calmette,
como testimonio de profundo
y afectuoso agradecimiento.

MARCEL PROUST.

PRIMERA PARTE

COMBRAY

I

Durante mucho tiempo me acostaba temprano. A veces, en cuanto apagaba la vela[1], mis ojos se cerraban tan aprisa que no tenía el tiempo de decirme: «me duermo». Y media hora después, el pensamiento de que era hora de buscar el sueño me desvelaba, quería dejar el libro que creía tener todavía entre las manos y soplar mi luz. Al dormir no había dejado de formar reflexiones sobre lo que acababa de leer, pero esas reflexiones habían adquirido un giro un tanto particular, me parecía que era de mí mismo de quien hablaba la obra, una iglesia, un cuarteto, o la rivalidad entre Francisco I y Carlos V. Esa creencia sobrevivía durante algunos segundos a mi despertar; no afectaba a mi razón, pero pesaba como escamas sobre mis ojos y los impedía darse cuenta de que la palmatoria no estaba encendida. Además, comenzaba a hacérseme ininteligible, como ocurre en la metempsícosis con los pensamientos de una existencia anterior; el tema del libro se separaba de mí, yo era libre de aplicarme a ello o no; enseguida recuperaba la vista y me extrañaba mucho al encontrar a mi alrededor una oscuridad, suave y apacible para mis ojos, pero quizá aún más para mi mente, ante la que aparecía como una cosa sin causa, incomprensible, como algo verdaderamente oscuro. Me preguntaba qué hora podía ser, escuchaba el silbido de los trenes que, más o menos alejados, como el canto de un pájaro en el bosque, se alzaban en la distancia; me describía la extensión del campo desierto donde el viajero se apresura hacia la estación próxima, y el caminillo por el que avanza se grabará en su recuerdo por la excitación que le debe a los lugares nuevos, a los actos desacostumbrados, a la charla reciente y a las despedidas bajo la lámpara extranjera que le siguen todavía en el silencio de la noche, y a la dulzura cercana del regreso.

---

[1] Aún no se había inventado la luz eléctrica y toda iluminación nocturna consistía en el uso de velas, palmatorias, candiles, candelabros y quinqués, y la luz de gas en las calles y ciertos edificios. *(N. del T.)*

Yo apoyaba suavemente mis mejillas sobre las bellas mejillas de la almohada que, llenas y frescas, son como las mejillas de nuestra infancia. Frotaba una cerilla para mirar mi reloj. Pronto sería medianoche. Es el momento en el que el enfermo que se ha visto obligado a salir de viaje y ha debido acostarse en un hotel desconocido, despertado por una crisis, se alegra al percibir bajo la puerta una raya de luz. ¡Qué felicidad, ya es de día! En un momento se levantarán los criados, él podrá llamar y vendrán a traerle ayuda. La esperanza de que será aliviado le da valor para sufrir. Precisamente ha creído oír pasos; los pasos se acercan, después se alejan. Y la raya de luz que estaba bajo su puerta ha desaparecido. Es medianoche, acaban de apagar la luz de gas; el último criado se ha marchado y habrá que quedarse toda la noche sufriendo sin remedio.

Volvía a dormirme, y a veces no tenía más que cortos despertares de un momento, el tiempo de oír los crujidos naturales de los paneles de madera, de abrir los ojos para fijar el caleidoscopio de la oscuridad, de saborear gracias a una momentánea luz de consciencia el sueño en el que se habían zambullido los muebles, la habitación, aquel conjunto del que yo no era más que una parte pequeña y a cuya insensibilidad volvía a unirme rápidamente. O bien, al dormir yo me había reunido sin esfuerzo con una edad pasada de mi vida primitiva y reencontrado tanto la de mis terrores infantiles como la de mi tío abuelo, que me hubiera tirado de los bucles y que había disipado el día —para mí, la fecha de una nueva era— en el que se me habían cortado. Había olvidado ese suceso durante mi sueño, encontraba su recuerdo en cuanto lograba despertarme para escapar de las manos de mi tío abuelo, pero como medida de precaución me envolvía completamente la cabeza con la almohada antes de regresar al mundo de los sueños.

Algunas veces, así como Eva nació de una costilla de Adán, durante mi sueño nacía una mujer de una postura falsa de mi muslo. Formada por el placer que estaba a punto de saborear, me imaginaba que era ella quien me lo ofrecía. Mi cuerpo, que sentía en el suyo mi propio calor, quería reunirse con él y me despertaba. Los demás humanos se me aparecían como muy lejos ante esa mujer que yo había abandonado hacía apenas un momento; mi mejilla estaba cálida todavía por su beso, mi cuerpo, adolorido por el peso de su cintura. Si, como sucedía a veces, ella tenía los rasgos de una mujer que hubiese conocido en mi vida, iba a entregarme por entero a este objetivo: volver a encontrarla, como los que marchan de viaje para ver con sus propios ojos una ciudad deseada y se imaginan que se puede saborear en alguna realidad el encanto del sueño con ella. Su recuerdo se disipaba poco a poco, me había olvidado de la muchacha de mi sueño.

Un hombre que duerme tiene en círculo a su alrededor el hilo de las horas, el orden de los años y de los mundos. Los consulta por instinto al despertarse y en un segundo lee en ellos el punto de la tierra que ocupa y el tiempo que ha pasado hasta su despertar, pero sus posiciones pueden mezclarse y romperse. Que hacia la mañana, tras cierto insomnio, el sueño lo atrape leyendo, en una postura muy diferente de aquella en la que habitualmente duerme, le basta con levantar el brazo para detener al sol y hacerlo recular, y en el primer momento de su despertar ya no sabrá la hora, calculará que apenas acaba de acostarse. Si se adormece en una postura aún más desplazada y divergente, por ejemplo sentado después de cenar en un sillón, el trastorno será entonces completo en los mundos desorbitados; el sillón mágico lo hará viajar a toda velocidad en el tiempo y en el espacio, y al momento de abrir los párpados creerá que se ha acostado algunos meses antes en otra tierra. Pero bastaba con que, incluso en mi cama, mi sueño fuese profundo y distendiese mi mente por completo; entonces éste abandonaba el plano del lugar en el que yo me había dormido y, cuando me despertaba en mitad de la noche, como ignoraba dónde me encontraba, al primer momento yo ni sabía quién era; yo solamente tenía, en su sencillez primera, el sentimiento de la existencia tal como puede latir en el fondo de un animal; yo estaba más despojado que el hombre de las cavernas; pero entonces, el recuerdo —no todavía del lugar donde me encontraba, sino el de algunos en los que había vivido o hubiera podido estar— venía a mí como un socorro de lo alto para sacarme de la nada de la que no habría podido salir solo. En un segundo pasaba por encima de siglos de civilización y de la imagen confusamente entrevista de lámparas de petróleo, y luego de camisas de cuello bajo, que recomponían poco a poco los rasgos originales de mi yo.

Quizá la inmovilidad de las cosas a nuestro alrededor les es impuesta por nuestra certidumbre de que son esas y no otras, por la inmovilidad de nuestro pensamiento frente a ellas. Siempre sucedía que cuando me despertaba así, mi mente se agitaba para buscar saber dónde estaba sin lograrlo, todo giraba a mi alrededor en la oscuridad, las cosas, los países y de los años. Mi cuerpo, demasiado paralizado para moverse, buscaba, según la forma de su cansancio, reparar la postura de sus miembros para inducir en ellos la dirección de la pared y el lugar que ocupaban los muebles, para reconstruir y nombrar la morada en la que se encontraba. Su memoria, la memoria de sus costados, de sus rodillas y de sus hombros, le presentaba sucesivamente varias habitaciones en las que había dormido, mientras que a su alrededor los muros invisibles, que cambiaban de lugar según la forma de la habitación imaginada, daban vueltas en las tinieblas. Incluso antes de que mi pensamiento, que vacilaba en el umbral de los tiempos y de las formas, hubiera identificado la morada relacionando las circunstancias, él —mi cuerpo— se acordaba en cada una de ellas del tipo de cama, del lugar de las puertas, de cómo entraba el día por las ventanas, o de la existencia de un pasillo con el pensamiento que tenía al dormirme y que volvía a encontrar al despertar. Mi costado anquilosado, que intentaba adivinar su orientación, se imaginaba, por ejemplo, acostado de cara a la pared en un gran lecho con baldaquino, y me decía inmediatamente: «Vaya, he acabado por dormirme aunque mamá no haya venido a darme las buenas noches». Yo estaba en el campo en casa de mi abuelo, muerto desde hacía muchos años, y mi cuerpo y el costado sobre el que descansaba eran guardianes fieles de un pasado que mi mente no habría debido olvidar jamás; me recordaban la llama de la lamparilla de cristal de Bohemia, en forma de urna, colgada del techo por cadenitas, la chimenea de mármol de Siena, en mi dormitorio de Combray, en la casa de mis abuelos, en días lejanos que en ese momento yo me figuraba que eran actuales sin representármelos exactamente, y que volvería a ver mejor en un momento, cuando estuviese despierto del todo.

Y después renacía el recuerdo de una actitud nueva; la pared se iba volando en otra dirección: yo estaba en mi habitación en la casa de la señora de Saint-Loup, en el campo. ¡Dios mío, por lo menos son las diez, deben haber terminado de cenar! Había prolongado demasiado la siesta que hago todos los días al volver de mi paseo con la señora De Saint-Loup, antes de ponerme la ropa. Porque han pasado muchos años desde Combray, allí donde nuestros regresos más tardíos eran los rojizos reflejos del sol poniente que veía en los cristales de mi ventana. Es otra clase de vida la que se lleva en Tansonville, en la casa de la señora De Saint-Loup, otra clase de placer que encuentro al no salir más que de noche siguiendo al claro de luna los caminos en los que jugaba anteriormente al sol, y la habitación donde me había dormido en lugar de vestirme para la cena, la percibo desde lejos, cuando regresamos, atravesada por las luces de la lámpara, único faro de la noche.

Esas evocaciones arremolinadas y confusas no duraban nunca más que algunos segundos, con frecuencia, mi breve incertidumbre del lugar en el que me encontraba no distinguía mejor entre unas y otras las diversas suposiciones de las que estaba hecha, lo mismo que nosotros, al ver correr a un caballo, no aislamos las posiciones sucesivas que nos muestra el cinetoscopio[2]. Pero ya había revisado a veces tanto la una como las otras habitaciones en las que he vivido en mi vida, y acabé por recordarlas todas en las largas ensoñaciones que seguían a mi despertar:

---

[2] Aparato al parecer inventado por Edison, precursor del actual proyector de películas. *(N. del T.)*

habitaciones de invierno, en las que, cuando se está acostado, acurrucamos la cabeza en un nido que se trenza con las cosas más dispares, una parte de la almohada, el grueso de las mantas, el extremo de un chal, el borde de la cama y un número de *Débats roses*[3], a los que se termina por consolidar juntos según la técnica de los pájaros, apoyándose en ellos indefinidamente; o, durante un tiempo glacial, el placer que se disfruta es el de sentirse separado de lo de afuera (como la golondrina de mar, que tiene su nido en el fondo de un subterráneo en el calor de la tierra) y donde, con el fuego mantenido toda la noche en la chimenea, se duerme en un gran abrigo de aire caliente y humeante, atravesado por los destellos de los tizones que vuelven a prenderse, una especie de alcoba impalpable, de caverna cálida excavada en el seno de la habitación misma, zona ardiente y móvil en sus contornos térmicos, aireada de soplos que nos refrescan la cara y que vienen de los rincones, de las partes próximas a la ventana o alejadas del hogar, y que se refrescan —habitaciones de verano en las que gusta estar unido a la noche tibia, donde el claro de luna apoyado en las contraventanas entreabiertas lanza hasta el pie de la cama su escala encantada, donde se duerme casi al aire libre, como el herrerillo equilibrado por la brisa en la punta de un rayo—; a veces la habitación estilo Luis XVI, tan alegre que incluso la primera noche yo no había sido demasiado infeliz en ella, donde las columnitas que sostenían ligeramente el techo se separaban con tanta gracia para mostrar y reservar el sitio de la cama —a veces, al contrario, la pequeña y tan elevada del techo, excavada en forma de pirámide a la altura de dos niveles y parcialmente revestida de caoba, donde desde el primer segundo yo había sido drogado moralmente por el olor desconocido del vetiver, convencido de la hostilidad de las cortinas violeta y de la indiferencia insolente del reloj de péndulo que chirriaba muy fuerte, como si yo no hubiera estado allí; donde un extraño y despiadado espejo de pie cuadrangular, que bloqueaba oblicuamente uno de los ángulos de la habitación, destacaba vivamente en la suave plenitud de mi campo visual, acostumbrado a un lugar que no estaba previsto; donde mi pensamiento, esforzándose en dislocarse durante horas y estirarse hacia lo alto para tomar exactamente la forma de la habitación y llegar a colmar hasta arriba su embudo gigantesco, había sufrido muchas noches muy duras, mientras yo estaba echado en mi cama, con los ojos levantados, la oreja ansiosa, la fosa nasal indolente y el corazón palpitante, hasta que la costumbre hubiese cambiado el color de las cortinas, hubiera hecho callar al péndulo, enseñado compasión al espejo oblicuo y despiadado, y hubiese disimulado, si no completamente ahuyentado, el olor

---

[3] El *Journal des Débats* publicaba una edición de tarde en papel rosa y blanco. *(N. del T.)*

del vetiver y disminuido notablemente la altura aparente del techo. ¡La costumbre! Planificadora hábil, pero muy lenta, que empieza por dejar que nuestra mente sufra durante semanas en una instalación provisional, pero que a pesar de todo es muy afortunado encontrar, porque sin la costumbre y reducidos únicamente a nuestros propios medios, sería impotente para entregarnos una morada habitable.

Ciertamente yo ahora estaba muy despierto, mi cuerpo había girado una última vez y el ángel bueno de la certeza lo había detenido todo a mi alrededor, me había acostado bajo las mantas, en mi habitación, y había puesto aproximadamente en su sitio en la oscuridad mi cómoda, mi escritorio, mi chimenea, la ventana que daba a la calle y las dos puertas. Pero por más que supiese que no estaba en las moradas de las que la ignorancia del despertar me habría presentado si no una imagen distinta, al menos hubiera hecho creer la presencia posible; el balanceo había sido dado a mi memoria; generalmente no intentaba volver a dormirme enseguida, pasaba la mayor parte de la noche recordando nuestra vida de antes en Combray en casa de mi tía abuela, en Balbec, en París, en Doncières, en Venecia, siempre en otro sitio; recordando los lugares y las personas que había conocido, lo que en ellas había visto y lo que me habían contado de ellas.

En Combray, todos los días desde el final del mediodía, mucho tiempo antes del momento en que sería necesario que me metiese en la cama y quedarme, sin dormir, lejos de mi madre y de mi abuela, mi dormitorio volvía a ser el punto fijo y doloroso de mis preocupaciones. Para distraerme en las tardes en las que se me veía demasiado infeliz, se habían inventado darme una linterna mágica con la que, esperando la hora de la cena, se cubría mi lámpara y, junto a los primeros arquitectos y maestros vidrieros del gótico, sustituía la opacidad de las paredes con impalpables irisaciones, con apariciones sobrenaturales multicolor, donde las leyendas estaban pintadas como en un vitral vacilante y momentáneo. Pero mi tristeza no estaba por ello más que incrementada, porque sólo el cambio de iluminación destruía la costumbre que yo tenía de mi habitación y gracias a lo que, excepto por el suplicio de acostarme, se me había hecho soportable. Ahora ya no la reconocía y eso me inquietaba, como en una habitación de hotel o de «casa de campo» donde hubiese llegado por primera vez al bajar del tren.

Al paso irregular de su caballo, Golo, lleno de un objetivo horrible, salía del bosquecillo triangular que aterciopelaba de verde oscuro la pendiente de una colina y avanzaba bamboleándose hacia el castillo de la pobre Genoveva de Brabante. Ese castillo estaba trazado según una línea curva que no era otra cosa más que el límite de uno de los óvalos de vidrio construidos en el bastidor que se deslizaba entre los carriles de la linterna mágica. No era más que un paño de castillo y ante él había un brezal donde soñaba Genoveva, que llevaba un cinturón azul. El castillo y el brezal eran amarillos y yo no había esperado a verlos para saber su color, porque, antes de los vidrios del bastidor, la sonoridad dorada del nombre Brabante me lo había mostrado con evidencia. Golo se detenía un momento para escuchar con tristeza la perorata leída en voz alta por mi tía abuela, que él parecía comprender perfectamente, y conformaba su actitud a las indicaciones del texto con una docilidad que no excluía cierta majestad; y luego se alejaba con el mismo paso irregular. Y nada podía detener su lenta cabalgada. Si se movía la linterna, yo distinguía al caballo de Golo, que seguía avanzando sobre las cortinas de la ventana, se curvaba con sus pliegues y descendía en sus resquicios. El cuerpo mismo de Golo, de una esencia tan sobrenatural como la de su montura, se acomodaba ante todo obstáculo material, con todo objeto incómodo que se iba encontrando tomándolo como osamenta y haciéndoselo interior, aunque fuese el pomo de la puerta, sobre el que se adaptaba enseguida y flotaba invenciblemente con su capa roja o su pálido rostro, siempre tan noble y tan melancólico, pero que no dejaba traslucir turbación alguna por esta transubstanciación.

Desde luego, yo encontraba encantadoras esas proyecciones brillantes que parecía que emanasen de un pasado merovingio y hacían que se paseasen a mi alrededor esos reflejos de historia tan antiguos. Pero no puedo decir qué enfermedad me provocaba, sin embargo, esa intrusión del misterio y de la belleza en una habitación que yo había acabado por llenar de mi yo hasta el punto de prestarle más atención a ella que a mí mismo. Cuando cesaba la influencia anestesiante de la costumbre, yo me ponía a pensar y a sentir, cosas tan tristes. Ese pomo de la puerta de mi habitación, que para mí se diferenciaba de todos los demás pomos de puerta del mundo porque parecía abrirse solo sin que yo tuviese necesidad de girarlo, por lo mucho que su manejo se me había hecho inconsciente, ahora le servía de cuerpo astral a Golo. Y en cuanto llamaban a cenar me apresuraba a correr al comedor, donde la gran lámpara colgante, que ignoraba a Golo y a Barbazul y que conocía a mis padres y al buey a la cacerola, daba su luz todas las tardes, y caía en los brazos de mamá a los que hacían más queridos los infortunios de Genoveva de Brabante, mientras que los crímenes de Golo me hacían examinar mi propia consciencia más escrupulosamente.

Después de la cena, desgraciadamente, me obligaban pronto a dejar a mamá, que se quedaba conversando con los demás, en el jardín si hacía buen tiempo o en el saloncito donde se retiraba todo el mundo si el tiempo era malo. Todo el mundo, excepto mi abuela, a quien le parecía que «es una lástima quedarse encerrado en el campo», y que tenía discusiones incesantes con mi padre, los días en que llovía mucho, porque él me mandaba a mi habitación a leer en lugar de quedarme fuera. «Así no lo haréis robusto y enérgico —decía ella tristemente—, sobre todo a este pequeño que tiene tanta necesidad de tomar fuerzas y voluntad». Mi padre se alzaba de hombros y examinaba el barómetro, porque le gustaba la meteorología, mientras que mi madre, que evitaba hacer ruido para no molestarlo, lo miraba con un respeto enternecido, pero no demasiado fijamente, para no intentar descubrir el misterio de su preeminencia. Pero a mi abuela, en todo tiempo, incluso cuando la lluvia se ponía furiosa y Françoise había vuelto a meter dentro precipitadamente los preciosos sillones de mimbre por miedo a que se mojasen, se la veía en el jardín vacío, azotada por el chaparrón, recogiéndose las mechas desordenadas y grises para que su frente se empapase mejor de la salubridad del viento y de la lluvia. Y decía: «¡Por fin se puede respirar!». Y recorría los senderos empapados —demasiado simétricamente alineados para su gusto por el jardinero nuevo, desprovisto del sentimiento de la naturaleza y a quien mi padre le había preguntado desde la mañana si el tiempo se arreglaría— con su paso pequeño, entusiasta e irregular, regulado por las emociones diversas que excitaban en su alma la embriaguez de la tormenta, el poder de la higiene, la estupidez de mi educación y la simetría de los jardines, más que por el deseo, desconocido en ella, de evitarle a su falda morada las manchas de barro bajo las que desaparecía hasta una altura que para su doncella eran siempre una desesperación y un problema.

Cuando esas vueltas de mi abuela por el jardín tenían lugar después de la cena, había algo que tenía el poder de hacerla volver a casa: ese algo era —en uno de esos momentos en los que las vueltas de su paseo la llevaban periódicamente, como un insecto, frente a las luces del saloncito donde estaban servidos los licores en la mesa de juegos— que mi tía abuela le gritase: «¡Bathilde, ven a impedir que tu marido beba coñac!». En efecto, para mortificarla (ella había aportado a la familia de mi padre un pensamiento tan diferente, que todo el mundo se burlaba y la atormentaba), como los licores le estaban prohibidos a mi abuelo, mi tía abuela le hacía beber algunas gotas. Mi pobre abuela entraba, le rogaba ardientemente a su marido que no probase el coñac; él se enfadaba, se bebía de todos modos su sorbo y mi abuela volvía a salir, triste, desanimada y, sin embargo, sonriente, pues ella tenía un corazón tan humilde y tan suave, que la ternura que tenía por los demás y el poco caso que hacía de su propia persona y de sus sufrimientos se conciliaban en su mirada en una sonrisa que, al contrario de lo que se ve en la cara de muchos seres humanos, no había ironía más que para ella misma, y para todos nosotros como un beso de sus ojos, que no podían ver a quienes quería sin acariciarlos apasionadamente con la mirada. Ese suplicio que le infligía mi tía abuela, el espectáculo de los ruegos vanos de mi abuela y el de su debilidad, vencida de antemano, con los que intentaba inútilmente quitarle a mi abuelo el vaso de licor, eran de esas cosas a cuya vista se acostumbra uno más tarde hasta considerarlas riendo y a tomar el partido del fiscal lo bastante resuelta y alegremente para convencerse a sí mismo que no se trataba de una persecución, por entonces me provocaban un horror tal que me habría gustado golpear a mi tía abuela. Pero en cuanto yo oía: «¡Bathilde, ven a impedir que tu marido se beba el coñac!», hombre ya por la cobardía, yo hacía lo que hacemos todos una vez que hemos crecido cuando ante nosotros hay sufrimientos e injusticias: yo no quería verlos; me subía a sollozar a la parte más alta de la casa, al lado de la sala de estudios, bajo los tejados, en una pieza pequeña que olía a lirios y que también perfumaba un grosellero silvestre colocado afuera entre las piedras del muro y que hacía que pasase una rama llena de flores por la ventana entreabierta. Esta pieza, destinada a un uso más especial y más vulgar, desde donde de día se veía hasta el torreón de Roussainville-le-Pin, me sirvió mucho tiempo de refugio, sin duda porque era la única que me estaba permitido cerrar con llave, para todas mis ocupaciones que reclamasen una soledad inviolable: la lectura, la ensoñación, las lágrimas y la voluptuosidad. Desgraciadamente, yo no sabía que, mucho más tristemente que las pequeñas discrepancias de régimen de su marido, mi falta de voluntad, mi salud delicada y la incertidumbre que ellos arrojaban sobre mi porvenir, preocupaban a mi abuela en el transcurso de aquellos vagabundeos incesantes del mediodía y de la tarde, desde donde se veía pasar y volver a pasar, alzado oblicuamente al cielo, su bello rostro de mejillas morenas y surcadas de arrugas, que se habían vuelto con la edad casi malvas como los sembrados de otoño, cruzadas, si salía, por una violeta medio levantada y sobre las que, traído por el frío o por algún pensamiento triste, estaba siempre a punto de secarse un llanto involuntario.

Mi único consuelo, cuando subía a acostarme, era que mamá vendría a besarme cuando yo estuviese en la cama. Pero aquel buenas noches duraba tan poco tiempo y ella volvía a bajar tan deprisa, que el momento en que la oía subir y que luego pasaba por el pasillo de puerta doble el ligero murmullo de su vestido de jardín de muselina blanca, del que pendían cordoncillos de paja trenzada, era para mí un momento doloroso. Anunciaba lo que iba a seguir tras él, el momento en el que ella ya me hubiese dejado y habría vuelto a bajar. De manera que esas buenas noches que tanto me gustaban llegué a desear que llegasen lo más tarde posible, que se prolongase el tiempo de pausa en el que mamá no había venido todavía. Algunas veces, cuando después de haberme besado abría la puerta para marcharse, yo quería llamarla y decirle «bésame otra vez», pero yo sabía que enseguida tendría cara de enfado, porque la concesión que le hacía a mi tristeza y a mi agitación al subir a besarme, trayéndome ese beso de paz, enojaba a mi padre, a quien esos ritos le parecían absurdos, y ella habría querido intentar hacerme perder la necesidad, el hábito; estaba muy lejos de dejar que adquiriese también el de pedirle un beso más cuando estaba ya en la puerta. Sin embargo, verla enojada destruía toda la calma que me había traído un momento antes, cuando había inclinado sobre mi cama su rostro afectuoso y me lo había tendido como una hostia para una comunión de paz de donde mis labios sacarían su presencia real y el poder de dormirme. Pero aquellas noches en las que mamá se quedaba tan poco tiempo en mi habitación, eran suaves en comparación con aquellas en los que había gente a cenar y en las que, por esa causa, no subía a darme las buenas noches. El mundo se limitaba habitualmente al señor Swann, que, aparte de algunos desconocidos de paso, era más o menos la única persona que venía a nuestra casa de Combray, a veces para cenar como vecino (más raramente después de que hubiese hecho ese mal matrimonio, porque mis padres no querían recibir a su mujer), y a veces después de cenar, de improviso. Las noches en las que, sentados delante de la casa bajo el gran castaño de Indias, alrededor de la mesa de hierro, oíamos al extremo del jardín, no ya el cascabel profuso y chillón que aturdía al paso de su ruido como de hierro, inagotable y helado, a toda persona de la casa que lo desencadenaba al entrar «sin llamar», sino con el tintineo doble y tímido, oval y dorado de la campanita para los extraños, todo el mundo se preguntaba enseguida: «una visita, ¿quién podrá ser?». Pero se sabía muy bien que no podía ser nadie más que el señor Swann. Mi tía abuela hablaba en voz alta, para predicar con el ejemplo, con un tono que se esforzaba por hacer natural, y decía que no cuchiseásemos así, que no hay nada más descortés para una persona que llega que se le haga creer que se estaban diciendo cosas que no debe oír, y enviábamos como exploradora a mi abuela, que siempre estaba feliz por tener un pretexto para dar una vuelta más al jardín, y que de paso aprovechaba para arrancar subrepticiamente algunos tutores de los rosales con el fin de darle a nuestras rosas un poco de algo natural, como una madre que, para hacer que se esponjen un poco, pasa la mano por los cabellos de su hijo que el peluquero ha aplastado demasiado.

Nos quedábamos en suspenso por las noticias que mi abuela iba a traernos del enemigo, como si se hubiese podido dudar entre un gran número de asaltantes posibles, y poco después mi abuelo decía: «reconozco la voz de Swann». En efecto, no se le reconocía más que por la voz, se distinguía mal su cara de nariz aguileña, de ojos verdes bajo una frente alta rodeada de cabellos rubios casi rojizos, peinados al estilo de Bressant[4], porque manteníamos la menor luz posible en el jardín para no atraer a los mosquitos, y yo iba, sin parecerlo, a decir que nos trajesen los siropes; mi abuela adjudicaba mucha importancia, al parecerle eso más amable, a que no tuviésemos el aspecto de aparecer de una manera excepcional, y sólo para las visitas. El señor Swann, aunque mucho más joven que él, estaba muy relacionado con mi abuelo, que había sido uno de los mejores amigos de su padre, un hombre excelente, pero muy singular, en cuya casa, al parecer, una nadería bastaba a veces para interrumpir los impulsos del corazón y cambiar el transcurso del pensamiento. Varias veces al año yo oía a mi abuelo contar en la mesa anécdotas, siempre las mismas, sobre la actitud que había tenido el señor Swann padre a la muerte de su mujer, a quien había velado noche y día. Mi abuelo, que no lo había visto hacía mucho tiempo, había acudido a él en la finca que los Swann poseían en los alrededores de Combray y había conseguido, para que no estuviese cuando metían el cadáver en el ataúd, hacer que dejase un momento la cámara mortuoria, envuelto en lágrimas. Dieron algunos pasos por el parque donde había un poco de sol. De repente, el señor Swann agarró a mi abuelo por el brazo y exclamó: «¡Ah!, mi viejo amigo, qué felicidad pasearse juntos con este buen tiempo! ¿No le parece bonito todo esto, todos estos árboles, esos espinos blancos y mi estanque, por el que nunca me ha felicitado? Tiene usted aspecto como de un gorro de dormir. ¿Siente este vientecillo? ¡Ah!, por mucho que se diga, ¡la vida tiene también sus cosas buenas, mi querido Amédée!». Bruscamente le volvió el recuerdo de su mujer muerta, y al parecerle que sin duda era demasiado complicado buscar cómo había podido dejarse ir en un momento semejante a un arrebato de alegría, se contentó, con un gesto que le era familiar cada vez que se presentaba ante su mente una cuestión ardua, con pasarse la mano por la frente y enjugarse los ojos y los cristales de sus lentes. Sin embargo, no pudo consolarse de la muerte de su mujer, sino que durante los dos años que la sobrevivió le decía a mi padre: «es extraño, pienso muy a menudo en mi pobre mujer, pero no puedo pensar mucho cada vez». «A menudo, pero poco cada vez, como el pobre padre Swann», se había convertido en una de las frases favoritas de mi abuelo, que la pronunciaba a propósito de las cosas más dispares. Me habría parecido que ese padre de Swann era un monstruo si mi abuelo, a quien yo consideraba el mejor juez y cuya sentencia, que sentaba jurisprudencia para mí, me ha servido con frecuencia después para absolver las faltas que habría esta-

---

[4] Corte de pelo a cepillo por delante y muy largo por detrás que puso de moda el actor de ese nombre. *(N. del T.)*

do inclinado a condenar, no hubiese exclamado: «Pero, ¿cómo? ¡Tenía un corazón de oro!».

Durante muchos años, en los que, sin embargo, sobre todo antes de su matrimonio, el señor Swann, el hijo, vino a menudo a verlos en Combray, mi tía abuela y mis abuelos no sospecharon que él no vivía en absoluto en la sociedad que su familia había frecuentado, y que bajo esa especie de incógnito que le daba en nuestra casa ese nombre de Swann, recibían —con la inocencia perfecta de los hoteleros honrados que tienen en su casa, sin saberlo, a un tunante célebre—, uno de los miembros más elegantes del *Jockey-Club,* amigo preferido del conde de París y del príncipe de Gales, uno de los hombres más mimados por la alta sociedad del barrio de Saint-Germain.

La ignorancia en la que estábamos de esa brillante vida mundana que llevaba Swann se debía evidentemente en parte a la reserva y la discreción de su carácter, pero también a que los burgueses de la época se hacían de la sociedad una idea un poco hindú y la consideraban como compuesta por castas cerradas en las que cada uno, desde su nacimiento, se encontraba situado en la jerarquía que sus padres ocupaban y de donde nada, a menos que fuesen los azares de una carrera excepcional o de un matrimonio inesperado, podía sacarlo a uno para hacer que penetrase en una casta superior. El señor Swann, el padre, era agente de cambio y bolsa; el «hijo Swann» se encontraba que formaba parte para toda la vida de una casta en la que las fortunas, como en una categoría de contribuyentes, variaban entre tal o cual renta. Se sabía cuáles habían sido las relaciones de su padre, se sabía pues que también eran las suyas y con qué personas estaba «en situación» de relacionarse. Si se le conocían otras, eran relaciones de cuando era joven sobre las que los antiguos amigos de su familia, como lo eran mis padres, cerraban benévolamente los ojos con mayor indulgencia, puesto que desde que se había quedado huérfano seguía viniendo a vernos muy fielmente; pero bien podría apostarse que aquellas gentes que él veía y nosotros desconocíamos eran de aquellas a las que él no se habría atrevido a saludar si se las hubiese encontrado mientras estaba con nosotros. Si se hubiera querido aplicar con toda fuerza a Swann un coeficiente social personalizado para él, entre los demás hijos de agentes con situación igual a la de sus padres, ese coeficiente habría sido un poco inferior para él, porque, como era muy sencillo de maneras y tenía siempre un «antojo» por los objetos antiguos y la pintura, residía ahora en un hotel viejo donde acumulaba sus colecciones y que mi abuela soñaba visitar, pero que estaba situado en el Quai de Orleans, barrio donde a mi tía abuela le parecía infamante vivir. «¿Es usted solamente un entendido? Se lo pregunto por su propio interés, porque los marchantes

deben querer colocarle algunos mamarrachos», le decía mi tía abuela.
En efecto, ella no suponía que él tuviese competencia alguna y no tenía una buena idea, incluso desde el punto de vista intelectual, de un
hombre que en la conversación evitaba los asuntos serios y mostraba
una finura demasiado prosaica, no solamente cuando nos daba recetas
de cocina, entrando hasta los detalles más nimios, sino también cuando las hermanas de mi abuela hablaban de temas artísticos. Intimado
por ellas a dar su opinión, a explicar su admiración por un cuadro, él
guardaba un silencio casi descortés, y lo compensaba como desquite si
podía proporcionar una información material sobre el museo donde se
encontraba, o sobre la fecha en la que fue pintado. Pero por lo general
se contentaba con intentar divertirnos contándonos cada vez una historia nueva que acababa de sucederle con gentes selectas de entre las
que conocíamos, o con el farmacéutico de Combray, o con nuestra cocinera, o nuestro cochero. Algunos de aquellos relatos hacían reír a mi
tía abuela, pero sin que ella pudiese distinguir bien si era por causa del
papel ridículo que siempre se daba Swann en ellos o por el alma que
ponía al contarlos. «¡Puede decirse que es usted todo un personaje, señor Swann!». Como ella era la única persona un poco vulgar de nuestra
familia, tenía cuidado de recalcar a los extraños, cuando se hablaba de
Swann, que él habría podido vivir en el bulevar Hausmann o en la avenida de la Ópera si lo hubiera querido; que era hijo del señor Swann,
que habría debido dejarle cuatro o cinco millones, pero que esa era
su fantasía. Fantasía que por lo demás ella juzgaba que debía ser tan
divertida para los demás, que en París, cuando el señor Swann venía el
uno de enero a traerle su bolsa de castañas confitadas, ella no dejaba de
decirle si había gente: «¡Y bien, señor Swann! ¿Sigue viviendo usted
cerca del almacén de vinos para asegurarse de no perder el tren cuando
se dirige a Lyon?». Y miraba con el rabillo del ojo por encima de sus
lentes a los demás visitantes.

Pero si le hubieran dicho a mi tía abuela que ese Swann, que como
tal hijo Swann estaba perfectamente «calificado» para ser recibido por
toda la «buena burguesía», por los notarios, los abogados y los procu-
radores más valorados de París (privilegio que parecía que descuidaba de alguna manera), y tenía como a escondidas una vida totalmente
diferente; que al salir de nuestra casa de París, después de habernos
dicho que volvía a la suya a acostarse, daba media vuelta en cuanto la
calle giraba y se dirigía a algún salón tal como nunca contemplaron los
ojos de ningún agente ni asociado. Eso le habría parecido tan extraordinario a mi tía como habría podido serlo para una dama más culta el

pensamiento de estar ligada personalmente con Aristeo[5], de quien ella hubiera comprendido que, después de hablar con ella, iba a sumergirse en el seno de los reinos de Tetis[6], en un imperio apartado de los ojos de los mortales y donde Virgilio nos lo muestra recibido con los brazos abiertos, o, por mantenerse en una imagen que tenía más posibilidades de venirle al recuerdo, pues la había visto pintada en nuestros platos de repostería de Combray, de haber tenido a cenar a Alí Babá, el cual, cuando sepa que está solo, penetrará en la cueva deslumbrante de los tesoros insospechados.

Un día que había venido a París a vernos, después de cenar, excusándose por ir vestido de frac, después de su marcha Françoise dijo que el cochero le había dicho que él había cenado «en casa de una princesa». «¡Sí, en casa de una princesa de los bajos fondos!», respondió mi tía encogiéndose de hombros y sin levantar los ojos de su labor de punto, con una ironía serena.

Asimismo, mi tía abuela solía ser insolente con él. Como ella creía que él debía sentirse halagado por nuestras invitaciones, le parecía muy natural que no viniese a vernos en verano sin llevar en la mano un cesto de melocotones o de frambuesas de su jardín y que de cada uno de sus viajes a Italia me trajese fotografías de obras maestras.

No se importunaba mucho por enviar a buscarlo en cuanto se necesitaba una receta de salsa *gribiche*[7] o de ensalada con piña para las cenas de gala a las que no se le invitaba, al no encontrarle un prestigio suficiente para servirlo a los extraños que venían por primera vez. Si la conversación recaía sobre los precios de las casas en Francia: «gentes que ni usted ni yo conoceremos jamás y de las que pasamos, ¿verdad?», le decía mi tía abuela a Swann, que quizá llevaba en el bolsillo una carta de Twickenham[8]. Ella le hacía empujar el piano y pasar las páginas las tardes en que la hermana de mi abuela cantaba, y para manejar a ese ser por otra parte tan buscado tenía la ingenua brusquedad de un niño que juega con un bibelot de colección sin más precauciones que las que tomaría con un objeto de baratillo. Sin duda, el Swann que conocieron en la misma época tantos hombres pertenecientes a clubes era muy diferente de aquel que creía mi tía abuela, cuando por la tarde, en el jardincillo de Combray, después de que hubiesen resonado los dos golpes vacilantes de la campanilla, ella inyectaba y vivificaba con todo lo que sabía de la familia de Swann al oscuro personaje que se desta-

---

[5] Dios menor de la mitología griega, hijo de Apolo y Cirene, conocido como «guardián de las abejas».*(N. del T.)*

[6] Nereida madre de Aquiles. *(N. del T.)*

[7] Salsa «gruñona», vinagreta con huevo duro, pepinillos, alcaparras y estragón. *(N. del T.)*

[8] Ciudad cercana a Londres, sede de la oposición monárquica francesa. *(N. del T.)*

caba, seguido por mi abuela, sobre un fondo de tinieblas y al que se reconocía por la voz. Pero incluso desde el punto de vista de las cosas más insignificantes de la vida, nosotros no somos un todo constituido materialmente, idéntico para todo el mundo y del que cada uno no tiene más que ir a tomar conocimiento como desde un pliego de condiciones o un testamento; nuestra personalidad social es una creación del pensamiento de los demás. Hasta el acto tan sencillo que llamamos «ver a una persona que conocemos» es en parte un acto intelectual. Rellenamos la apariencia física del ser al que vemos con todas las nociones que tenemos sobre él y, en el aspecto total que nos representamos, esas nociones forman ciertamente la mayor parte. Acaban por hinchar tan perfectamente las mejillas, por seguir con una adherencia tan exacta la línea de la nariz y se mezclan de manera tan buena para matizar la sonoridad de la voz como si ésta no fuese más que una envuelta transparente, que cada vez que vemos esa cara y oímos esa voz, son esas nociones lo que encontramos y escuchamos. Sin duda, en el Swann que se habían construido, mis padres habían omitido, por ignorancia, hacer que entrase una multitud de particularidades de su vida mundana que eran la causa de que otras personas, cuando estaban en su presencia, veían reinar en su cara las elegancias y se detenían en su nariz aguileña como su frontera natural; pero asimismo habrían podido amontonar en esa cara desposeída de su prestigio, vacía y espaciosa, al fondo de esos ojos devaluados, el residuo difuso y suave —mitad memoria, mitad olvido— de las horas ociosas pasadas juntos tras nuestras cenas semanales, alrededor de la mesa de juego o en el jardín, durante nuestra vida de buena vecindad campestre. La envoltura corporal de nuestro amigo se había atiborrado tanto, así como de algunos recuerdos relativos a sus padres, que ese Swann se había convertido en un ser completo y vivo, y tengo la impresión de dejar a una persona para ir a otra que es distinta cuando, en mi memoria, del Swann que he conocido después con exactitud, paso a ese primer Swann —a ese primer Swann en el que vuelvo a encontrar los agradables errores de mi juventud y que, por otra parte, se parece menos al otro que a las personas que conocí en los mismos tiempos, como si él fuese de nuestra vida tanto como de un museo en el que todos los retratos de una misma época tienen un aire de familia, una misma tonalidad—, a ese primer Swann lleno de ocio, perfumado por el olor del gran castaño de Indias, de las cestas de frambuesas y de una brizna de estragón.

Sin embargo, un día que mi abuela había ido a pedir un favor a una señora que había conocido en el Sacré-Coeur (y con la que, debido a nuestro concepto de las castas, no había querido entrar en relaciones, a pesar de una empatía recíproca), la marquesa De Villeparisis, de la célebre familia De Bouillon, ésta le había dicho: «creo que conoce usted mucho al señor Swann, que es muy amigo de mis sobrinos Des Laumes». Mi abuela había vuelto de su visita entusiasmada por la casa que daba sobre jardines y donde la señora De Villeparisis le aconsejaba que alquilase, y también por un chalequero y su hija, que tenían su tienda en el patio y en cuya casa había entrado a pedir que le diesen una puntada en la falda, que se le había rasgado en la escalera. A mi abuela le parecían perfectas aquellas gentes, declaraba que la pequeña era una perla y que el chalequero era un hombre de lo más distinguido, el mejor que ella hubiera visto nunca. Porque para ella la distinción era algo absolutamente independiente del rango social. Se extasiaba por una respuesta que le había dado el chalequero, quien le dijo a mamá: «¡Ni Sevigné lo habría dicho mejor!» y, en cambio, de un sobrino de la señora De Villeparisis que se había encontrado en su casa: «¡Ay, hija mía, qué vulgar es!».

Sin embargo, la observación relativa a Swann había tenido como efecto no el de elevarlo ante mi abuela, sino el de rebajar a la señora De Villeparisis. Parecía que la consideración que, fiándonos de mi abuela, le concedíamos a la señora De Villeparisis le creó el deber de no hacer nada que la hiciera menos digna, deber al cual había faltado al saber de la existencia de Swann, permitiendo que los padres de ella lo frecuentasen. «¿Cómo? ¿Que conoce a Swann? ¡Una persona que pretendías que era pariente del mariscal Mac-Mahon!». Esta opinión de mis padres sobre las relaciones de Swann les pareció confirmada después por su matrimonio con una mujer de la peor sociedad, casi una cortesana, a la que por otra parte nunca intentó presentar y siguió viniendo solo a nuestra casa, aunque cada vez menos, pero según la cual creyeron que podían juzgar —suponiendo que era allí de donde la había sacado— el ambiente que él frecuentaba habitualmente y que ellos desconocían.

Pero una vez mi abuelo leyó en un periódico que el señor Swann era uno de los habituales más fieles en los desayunos del domingo en casa del duque de X..., cuyo padre y tío habían sido los hombres de Estado más prominentes del reinado de Louis-Philippe. Ahora bien, mi abuelo estaba curioso por todos los pequeños hechos que podían ayudarlo a entrar por medio del pensamiento en la vida privada de hombres como Molé, como el duque Pasquier, o como el duque De Broglie. Estuvo encantado de saber que Swann frecuentaba gentes que los habían conocido. Mi tía abuela, al contrario, interpretó esta noticia en un sentido desfavorable para Swann: cualquiera que eligiese sus relaciones fuera de la casta en la que había nacido, fuera de su «clase» social, era objeto ante sus ojos de una desvalorización lamentable. Le parecía que renunciaba de golpe al fruto de todas las buenas relaciones con las gentes bien situadas que habían mantenido y reunido honorablemente para sus hijos las familias previsoras (mi tía abuela había llegado a dejar de ver al hijo de un notario amigo nuestro porque se había casado con una alteza y por eso mismo había descendido para ella desde el rango respetado de hijo de notario al de uno de esos aventureros, antiguos ayudas de cámara o mozos de cuadra, con quienes se cuenta que las reinas tuvieron bondades a veces). Condenó el proyecto que tenía mi abuelo de interrogar a Swann la tarde siguiente, en la que debía venir a cenar, por los amigos que le descubríamos. Por otra parte, las dos hermanas de mi abuela, solteronas que tenían su misma naturaleza noble, pero no su mente, declararon que no comprendían el placer que su cuñado podía encontrar en hablar de necedades semejantes. Eran personas de aspiraciones elevadas, que por causa de eso mismo eran incapaces de interesarse en lo que se llama un chisme, aunque tuviese un interés histórico, y de manera general en todo lo que no se relacionase directamente con un objetivo estético o virtuoso. El desinterés de su pensamiento respecto a todo lo que de cerca o de lejos pareciese atarse a la vida mundana era tal, que su sentido auditivo —habiendo acabado por comprender su inutilidad momentánea en cuanto en la cena la conversación adquiría un tono frívolo, o solamente prosaico, sin que esas dos viejas señoritas hubieran podido llevarla a los temas que les eran preferidos— ponía entonces en descanso a sus órganos receptores y los dejaba que sufriesen un verdadero inicio de atrofia. Si entonces mi abuelo necesitaba atraer la atención de las dos hermanas, necesitaba recurrir a esos avisos físicos que usan los médicos alienistas respecto a ciertos maníacos de la distracción: golpes repetidos en un vaso con el filo de un cuchillo, reanudados varias veces, coincidentes con una brusca interpelación de la voz y la mirada, medios violentos que esos psiquiatras llevan a menudo en sus relaciones corrientes con gentes sanas, ya sea por hábito profesional, ya sea porque crean que todo el mundo está un poco loco.

Estuvieron más interesadas cuando la víspera del día en el que Swann debía venir a cenar les envió personalmente una caja de vino de Asti, mi tía, que tenía un número del *Figaro* en el que al lado de un cuadro que estaba en una exposición de Corot, había estas palabras: «de la colección del señor Charles Swann», nos dijo. «¿Habéis visto que Swann tiene "los honores" del *Figaro?*». «Pero yo os he dicho siempre que tiene muy buen gusto», dijo mi abuela. «Naturalmente, tú, desde el momento en el que se trata de tener una opinión distinta de *nosotros*», respondió mi tía abuela, que sabía que mi abuela nunca era de la misma opinión que ella y sin estar muy segura de que fuese a ella a quien dábamos siempre la razón quería arrancarnos una condena en bloque de las opiniones de mi abuela, contra las que intentaba solidarizarnos a la fuerza con las suyas. Pero nos quedamos en silencio. Las hermanas de mi abuela habían manifestado la intención de hablarle a Swann de esas palabras del *Fígaro,* pero mi tía abuela se lo desaconsejó. Cada vez que ella veía una ventaja en los demás, por pequeña que fuese, que ella no tenía, se convencía de que no era una ventaja, sino un mal, y se quejaba para no tener que envidiarlas. «Creo que no le daríais un gusto, sé bien que me sería muy desagradable ver mi nombre impreso tan a lo vivo en el periódico y no me sentiría halagada en absoluto de que me hablasen de ello.» Por otra parte, no se empeñó en convencer a las hermanas de mi abuela, porque éstas, por horror a la vulgaridad, llevaban tan lejos el arte de disimular bajo perífrasis ingeniosas una alusión personal, que a menudo pasaba desapercibida hasta por aquel a quien iba dirigida. En cuanto a mi madre, ella sólo pensaba en intentar conseguir de mi padre que consintiese en hablar con Swann, no de su mujer, sino de su hija, a quien él adoraba y por la cual, se decía, había acabado por hacer ese matrimonio. «Podrías decirle sólo unas palabras y preguntarle cómo está ella. Debe ser muy insoportable para él». Pero mi padre se enojaba: «¡Pues claro que no! Tienes unas ideas absurdas, sería una ridiculez».

Pero el único de nosotros para quien la venida de Swann se convirtió en objeto de una preocupación dolorosa fui yo. Es que las tardes en las que había extraños, o solamente estaba el señor Swann, mamá no subía a mi habitación. Yo cenaba antes que todo el mundo y después iba a sentarme a la mesa hasta las ocho, hora convenida en la que debía subir. Aquel beso valioso y frágil que mamá me entregaba de costumbre en mi cama al momento de dormirme me hacía falta ahora transportarlo del comedor a mi habitación y guardarlo durante todo el tiempo en el que me desvestía, sin que su dulzura se rompiese, sin que se diseminase y se evaporase su virtud volátil y, justo en esos días en los que yo habría necesitado recibirlo con más cuidado, tenía que tomarlo, que robarlo bruscamente, públicamente, sin tener siquiera el tiempo ni la libertad de espíritu necesarios para poner en lo que hacía esa atención que tienen los maníacos, que se esfuerzan por no pensar en nada más mientras cierran una puerta, para cuando les vuelva la incertidumbre enfermiza poder oponerle victoriosamente el recuerdo del momento en el que la han cerrado.

Estábamos todos en el jardín cuando resonaron los dos golpes vacilantes de la campanilla. Sabíamos que era Swann, no obstante, todo el mundo se miró con aspecto interrogante y enviamos a mi abuela de reconocimiento. «Tenéis que agradecele claramente por el vino, sabéis que es delicioso y la caja es enorme», recomendó mi abuelo a sus dos cuñadas. «No empecéis a cuchichear —dijo mi tía abuela— ¡qué cómodo es llegar a una casa donde todo el mundo habla en voz baja!». «¡Ah!

Ahí está el señor Swann. Vamos a preguntarle si cree que mañana hará buen tiempo», dijo mi padre. Mi madre creía que una palabra suya borraría toda la pena que en nuestra familia se habría podido causar a Swann desde su matrimonio. Encontró el modo de llevarlo un poco aparte; pero yo la seguí, no podía decidirme a dejarla ni un paso pensando que dentro de un momento tendría que dejarla en el comedor y subir a mi habitación sin tener, como los demás días, el consuelo de que viniese a besarme. «Veamos, señor Swann —le dijo ella—, hábleme un poco de su hija, estoy segura de que ya tiene el gusto de su papá por las obras artísticas.» «Pero venga a sentarse con todos nosotros bajo la veranda», dijo mi abuelo acercándose. Mi madre se vio obligada a interrumpirse, pero hasta de esa contrariedad sacó ella un pensamiento delicado más, como los buenos poetas a los que la tiranía de la rima obliga a encontrar las mayores bellezas: «Volveremos a hablar de ella cuando estemos los dos solos —le dijo a Swann a media voz—. Sólo una mamá es digna de comprenderle a usted. Estoy segura que la suya sería de la misma opinión.» Nos sentamos en torno a la mesa de hierro. Yo habría querido no pensar en las horas de angustia que pasaría esa noche solo en mi habitación sin poder dormir. Yo intentaba convencerme de que no tenían ninguna importancia, puesto que las habría olvidado mañana por la mañana; intentaba adherirme a ideas de futuro que habrían debido conducirme como sobre un puente más allá del abismo cercano que me atemorizaba. Pero mi mente, tensa por mi preocupación, vuelta convexa por la mirada con la que asaeteaba a mi madre, no se dejaba penetrar por ninguna expresión extraña. Los pensamientos entraban mucho en ella, pero a condición de dejar fuera todo elemento de belleza, o simplemente de comicidad, que me hubiese conmovido o distraído. Así como un enfermo, gracias a un anestésico, asiste en plena lucidez a la operación que se practica sobre él, pero sin sentir nada, yo podía recitarme versos que me gustaban o bien observar los esfuerzos que hacía mi abuelo para hablarle a Swann del duque D'Audiffret-Pasquier, sin que los primeros me hiciesen experimentar ninguna emoción, ni alegría alguna los segundos. Esos esfuerzos fueron infructuosos. Apenas le había planteado mi abuelo a Swann una pregunta relativa a ese orador, una de las hermanas de mi abuela, en cuyos oídos resonaba esa pregunta como un silencio profundo pero intempestivo que era educado romper, interpeló a la otra: «Imagínate, Celine, he conocido a una joven institutriz sueca que me ha dado detalles muy interesantes sobre las cooperativas de los países escandinavos. Tendremos que tenerla a cenar un día». «¡Me parece muy bien! —respondió su hermana Flora—, pero yo tampoco he perdido el tiempo. En la casa del señor Vinteuil he conocido a un viejo sabio que conocía mucho a Maubant, y a quien Maubant le

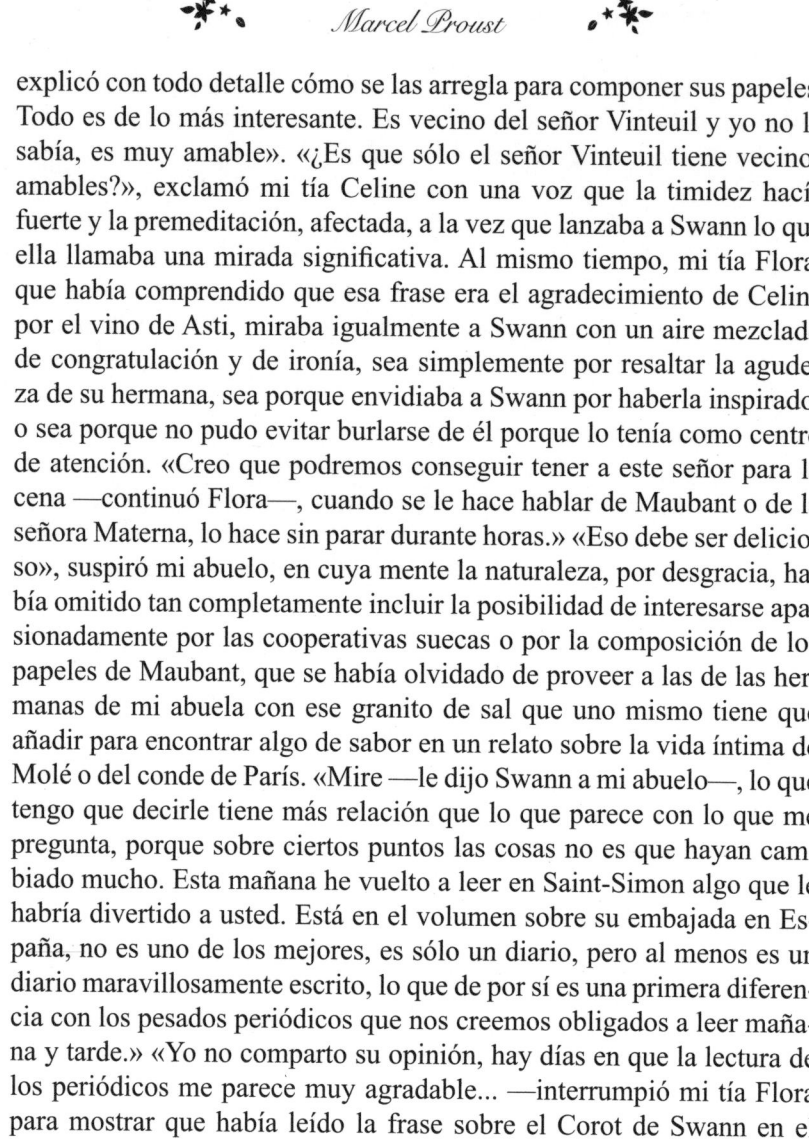

explicó con todo detalle cómo se las arregla para componer sus papeles.
Todo es de lo más interesante. Es vecino del señor Vinteuil y yo no lo
sabía, es muy amable». «¿Es que sólo el señor Vinteuil tiene vecinos
amables?», exclamó mi tía Celine con una voz que la timidez hacía
fuerte y la premeditación, afectada, a la vez que lanzaba a Swann lo que
ella llamaba una mirada significativa. Al mismo tiempo, mi tía Flora,
que había comprendido que esa frase era el agradecimiento de Celine
por el vino de Asti, miraba igualmente a Swann con un aire mezclado
de congratulación y de ironía, sea simplemente por resaltar la agudeza de su hermana, sea porque envidiaba a Swann por haberla inspirado,
o sea porque no pudo evitar burlarse de él porque lo tenía como centro
de atención. «Creo que podremos conseguir tener a este señor para la
cena —continuó Flora—, cuando se le hace hablar de Maubant o de la
señora Materna, lo hace sin parar durante horas.» «Eso debe ser delicioso», suspiró mi abuelo, en cuya mente la naturaleza, por desgracia, había omitido tan completamente incluir la posibilidad de interesarse apasionadamente por las cooperativas suecas o por la composición de los
papeles de Maubant, que se había olvidado de proveer a las de las hermanas de mi abuela con ese granito de sal que uno mismo tiene que
añadir para encontrar algo de sabor en un relato sobre la vida íntima de
Molé o del conde de París. «Mire —le dijo Swann a mi abuelo—, lo que
tengo que decirle tiene más relación que lo que parece con lo que me
pregunta, porque sobre ciertos puntos las cosas no es que hayan cambiado mucho. Esta mañana he vuelto a leer en Saint-Simon algo que le
habría divertido a usted. Está en el volumen sobre su embajada en España, no es uno de los mejores, es sólo un diario, pero al menos es un
diario maravillosamente escrito, lo que de por sí es una primera diferencia con los pesados periódicos que nos creemos obligados a leer mañana y tarde.» «Yo no comparto su opinión, hay días en que la lectura de
los periódicos me parece muy agradable... —interrumpió mi tía Flora
para mostrar que había leído la frase sobre el Corot de Swann en el
Figaro.» «¡Cuando hablan de cosas o de personas que nos interesan!»—
reforzó mi tía Celine. «No digo yo que no —respondió Swann sorprendido—; lo que les reprocho a los periódicos es que nos hagan prestar
atención todos los días a cosas insignificantes, mientras que en nuestra
vida leemos tres o cuatro veces los libros en los que hay cosas esenciales. Puesto que cada mañana rompemos febrilmente la cinta del periódico, entonces se deberían cambiar las cosas y poner en él, qué sé yo...,
¡los *Pensamientos* de Pascal! (destacó esa palabra con un énfasis irónico para no parecer pedante). Y en el volumen dorado en los lomos que
no abrimos más que una vez cada diez años —añadió testimoniando por
las cosas mundanales ese desdén que fingen ciertos hombres de mun-

do— leeríamos que la reina de Grecia ha ido a Cannes o que la princesa de León ha dado un baile de disfraces. Así se restablecería la proporción justa.» Pero se arrepintió de haberse dejado llevar a hablar hasta con ligereza de cosas serias: «Tenemos una conversación muy buena —dijo irónicamente—, no sé por qué nos metemos en esas "cumbres"», y volviéndose hacia mi abuelo: «Pues Saint-Simon cuenta que Maulévrier había tenido la osadía de tender la mano a sus hijos. Ya sabe, es ese Maulévrier del que dice: *No he visto nunca en esa obtusa botella más que malhumor, grosería y tonterías*». «Pues obtusas o no, sé de botellas en las que hay algo muy distinto» —dijo vivamente Flora, que deseaba haber agradecido también a Swann, pues el regalo del vino de Asti era para ellas dos. Celine se echó a reír. Swann, desconcertado, continuó: «No sé si fue ignorancia o una trampa, escribe Saint-Simon, pero quiso darle la mano a mis hijos. Me di cuenta lo bastante pronto para impedírselo.» Mi abuelo se extasiaba ya con lo de "ignorancia o trampa", pero la señorita Celine, a quien el nombre de Saint-Simon —un literato— había impedido la anestesia completa de sus facultades auditivas, se indignó: «¿Cómo? ¿Usted admira eso? ¡Pues vaya, qué bonito! Pero, ¿qué puede querer decir eso, es que no es un hombre tanto como otro? ¿Qué tiene que ver que sea duque o cochero, si posee inteligencia y corazón? Vaya manera de educar a sus hijos que tenía vuestro Saint-Simon si no les decía que le diesen la mano a todas las personas honestas. Es sencillamente horrible. ¿Y se atreve usted a citar eso?» Y mi abuelo, afligido, sintió ante esta obstrucción la imposibilidad de hacerle contar a Swann las historias que lo habrían divertido y le dijo en voz baja a mamá: «Recuérdame el poema que me enseñaste y que tanto me consuela en momentos como estos. ¡Ah, sí!: *Señor, ¡cuántas virtudes nos haces odiar!, ¡ah, qué bueno es!*».

Yo no dejaba de mirar a mi madre, sabía que cuando estuviésemos a la mesa no se me permitiría quedarme durante toda la duración de la cena y que, para no contrariar a mi padre, mamá no me dejaría besarla varias veces delante de todo el mundo, como hubiera sido en mi habitación. Igualmente me prometía que en el comedor, mientras empezase a cenar y sintiese acercarse la hora, haría una anticipación de ese beso, que sería tan corto y furtivo, con todo lo que pudiese hacer solo, que elegiría con la mirada el lugar de la mejilla que besaría, que prepararía mi pensamiento para que, gracias a ese comienzo mental del beso, consagrase todo el momento que mamá me concedería a sentir su mejilla contra mis labios. Como un pintor que no puede conseguir más que cortas sesiones de posado, prepara su paleta y hace de antemano un recuerdo, según sus notas, de todo lo que en rigor puede prescindir de la presencia del modelo. Pero ocurrió que antes de que llamasen a cenar mi abuelo tuvo la ferocidad inconsciente de decir: «El pequeño tiene cara de cansado, debería subir a acostarse. Por otra parte, cenaremos tarde esta noche». Y mi padre, que no mantenía tan escrupulosamente como mi abuela y mi madre la palabra de los tratados, dijo: «Sí, vamos, ve a acostarte». Quise besar a mamá y en ese instante se oyó la campana para la cena. «Pero no, venga, deja a tu madre, ya os habéis dicho buenas noches lo bastante bien así, esas manifestaciones son ridículas. ¡Vamos, sube!» Y tuve que marcharme sin viático, tuve que subir cada escalón de la escalera, como dice la expresión popular, «contra mi propio corazón». Subía contra mi corazón, que quería volver junto a mi madre porque ella no le había dado permiso al besarme para que me siguiera. Aquella detestada escalera que siempre subía tan tristemente exhalaba un olor a barniz que de alguna manera había absorbido y fijado esa clase particular de pena que yo volvía a sentir cada noche y la hacía quizá más despiadada aún para mi sensibilidad, porque bajo esa forma olfativa mi inteligencia no podía formar parte de ella. Cuando dormimos y aún no percibimos un dolor de muelas más que como una muchacha a la que nos esforzamos doscientas veces seguidas por sacar del agua o como un verso de Molière que nos repetimos sin cesar, es un gran alivio despertarnos y que nuestra inteligencia pueda despejar la idea del dolor de muelas de todo disfraz heroico o cadencioso. Era lo inverso de ese alivio lo que yo experimentaba cuando mi pena de subir a mi habitación entraba en mí de una manera infinitamente más rápida, casi instantánea, insidiosa y brusca a la vez, mediante la inhalación —mucho más tóxica que la penetración moral— del peculiar olor a barniz de aquella escalera. Ya en mi habitación, era necesario taponar todas las salidas, cerrar las contraventanas, cavar mi propia tumba y, al retirar las mantas, vestir el sudario de mi camisón de dormir. Pero antes de enterrarme en la cama de hierro que habían añadido a mi habitación porque en verano yo tenía demasiado calor bajo las cortinas de paño grueso de la cama grande, tuve un impulso de rebeldía y quise intentar una treta de condenado. Escribí a mi madre suplicándole que subiera por algo grave que no podía decirle en la carta. Mi terror era que Françoise, la cocinera de mi tía, que estaba encargada de ocuparse de mí cuando estaba en Combray, se negase a llevarle mis palabras. No tenía duda de que, para ella, llevarle un recado a mi madre cuando había gente le parecería tan imposible como para el portero de un teatro llevar una carta a un actor cuando está en escena. Ella tenía un código tiránico respecto a las cosas que pueden o no pueden hacerse, copioso, sutil e intransigente sobre las distinciones escurridizas o superfluas (lo que le daba el aspecto de esas leyes antiguas que, junto a los preceptos feroces como el de matar a los niños de teta, prohíben con una delicadeza exagerada que se hierva al cabrito en la leche de su madre, o que se coma el nervio del muslo de cualquier animal). Ese código, si se juzgase por el empecinamiento repentino que ponía en no querer hacer ciertos mandados que le dábamos, parecía haber previsto tales complejidades sociales y refinamientos mundanos, que nada de lo que había en el entorno de Françoise ni en su vida de doméstica había podido sugerirle, y uno estaba obligado a decirse que en ella había un pasado francés muy antiguo, muy noble y muy mal comprendido, como en esas ciudades manufactureras donde los viejos palacetes dan testimonio de que antiguamente hubo vida de corte y en las que los obreros de una fábrica de productos químicos trabajan entre delicadas esculturas que representan el milagro de san Teófilo o de los cuatro hijos de Aymon. En ese caso particular, el artículo del código por cuya causa era poco probable que, salvo en caso de incendio, fuese Françoise a molestar a mamá en presencia del señor Swann por un personaje tan pequeño como yo, expresaba simplemente el respeto que profesaba no solamente por los padres —así como por los muertos, los curas y los reyes—, sino también por el extraño a quien se da hospitalidad, respeto que me habría conmovido en un libro, pero que me irritaba siempre en su boca por causa del tono serio y enternecido que adquiría para hablar de ello, y más aún esa noche, en la que el carácter de sagrado que ella le otorgaba a la cena tenía como efecto que ella se negase a perturbar la ceremonia. Pero por poner a la suerte de mi lado no dudé en mentir y le dije que no era yo en absoluto quien había querido escribir a mamá, sino que era mamá quien, al dejarme, me había pedido que no me olvidase de mandarle una respuesta relativa a un objeto que me había pedido que buscase, y que se enfadaría mucho si no se le llevaba esa nota. Creo que Françoise no me creyó, porque, al igual que los hombres primitivos cuyos sentidos eran más poderosos que los nuestros, ella discernía inmediatamente, por señales imperceptibles para nosotros, cuanta verdad queríamos ocultarle. Miró durante cinco minutos el sobre como si el examen del papel y el aspecto de la escritura fuesen a ilustrarle sobre la naturaleza del contenido o a enseñarle a cuál artículo de su código debía referirse. Después se marchó con un aire resignado que parecía querer decir: «¡Qué desgracia para los padres tener un hijo así!». Volvió al cabo de un momento para decirme que estaban todavía con el helado, que al jefe de comedor le era imposible llevar la carta en ese momento delante de todo el mundo, pero que cuando estuviesen con el enjuague bucal[9] encontraría la forma de dársela a mamá. Inmediatamente decayó

---

[9]   Era costumbre disponer pequeños recipientes con agua en la mesa para aclararse la boca después de las comidas. *(N. del T.)*

mi congoja, ahora ya no era como hacía un rato cuando había dejado a mi madre hasta el día siguiente, porque mi pequeña nota, que sin duda la enfadaría (y doblemente, porque esos manejos me harían ridículo a los ojos de Swann), iba al menos a hacerme entrar, invisible y encantado, en la misma sala que ella, iba a hablarle de mí al oído, puesto que ese comedor prohibido y hostil en el que hacía un instante había helados —el «granizado»—, y los enjuagues bucales me parecía que ocultaban los placeres aciagos y extremadamente tristes, porque mamá los saboreaba lejos de mí. Ella se abriría a mí y, como un fruto que se ha hecho dulce y rompe su envuelta, iba a hacer saltar y proyectar hasta mi corazón embriagado la atención de mamá mientras ella leyese mis líneas. Ahora ya no estaba separado de ella, habían caído las barreras, un hilo delicioso nos reunía. Y además, eso no era todo: ¡mamá iba a venir sin duda!

Con la inquietud que acababa de experimentar, yo creía que Swann se habría burlado mucho de ella si hubiese leído mi carta y hubiera adivinado su objetivo; o al contrario, como supe más adelante, una inquietud semejante fue el tormento de largos años de su vida por lo que nadie habría podido comprenderme mejor que él. A Swann, esa angustia que da al sentir al ser que se ama en un lugar de placer donde uno no está, donde no puede reunirse con ese ser, fue el amor lo que se la hizo conocer; el amor al que está predestinado de alguna manera, mediante el cual será monopilizado y especializado; pero cuando, como para mí, esa angustia ha entrado en nosotros antes de que el amor haya hecho todavía su aparición en nuestra vida, ella flota mientras lo espera difusa y libre, sin afectación concreta, al servicio un día de un sentimiento, al día siguiente de otro, tanto de la ternura filial como de la amistad por un compañero. Y la dicha con la que hice mi primer aprendizaje cuando Françoise volvió para decirme que mi carta sería entregada, Swann la había conocido bien en esa alegría engañosa que nos da algún amigo o algún pariente de la mujer que amamos, cuando al llegar al hotel o al teatro donde se encuentra por algún baile, teme; o una fiesta donde va a encontrarla y ese amigo nos ve deambulando fuera, esperando desesperadamente alguna ocasión para comunicarse con ella. Él nos reconoce, se nos acerca con familiaridad, nos pregunta qué hacemos allá. Y como nos inventamos que tenemos algo urgente que decirle a su pariente o amiga, él nos asegura que no hay nada más fácil, nos hace entrar en el vestíbulo y promete que nos la enviará antes de cinco minutos. Cuánto queremos —como en aquel momento yo quería a Françoise— al intermediario bien intencionado que con una palabra viene a hacernos soportable, humana y casi propicia la fiesta inconcebible e infernal en cuyo seno creíamos que había torbellinos enemigos, perversos y cautivadores que la alejaban de nosotros y hacían que se riese de nosotros aquella que amamos. Si lo juzgásemos por él, por el pariente que se nos ha acercado y que también es uno de los iniciados de los misterios crueles, los demás invitados de la fiesta no deben tener nada de muy demoníaco. Esas horas inaccesibles y torturantes en las que ella iba a saborear placeres desconocidos, ocurre que penetramos en ellas por una brecha inesperada; este es uno de los momentos cuya continuación los habría conjuntado, un momento tan real como los otros, incluso más importante quizá para nosotros porque nuestra amada está más mezclada en ellos, nos lo representamos, lo poseemos, intervenimos en él, casi lo hemos creado: el momento en el que le dicen que estamos allí, abajo. Y sin duda los demás momentos de la fiesta no debían ser de una esencia muy diferente de aquél, no debían tener nada más delicioso y que debiese hacernos sufrir tanto, puesto que el amigo benevolente nos ha dicho: «¡Pero si ella estará encantada de bajar! Le dará mucho más gusto hablar contigo que aburrirse ahí arriba.» ¡Ay! Swann había vivido ya esa experiencia, las buenas intenciones de un tercero no tienen poder sobre una mujer que se irrita por sentirse perseguida hasta una fiesta por alguien a quien no ama. Con frecuencia, el amigo vuelve a bajar solo.

Mi madre no vino, y sin miramientos para mi amor propio (comprometido en que la fábula de la búsqueda de cuyo resultado ella se suponía que me había pedido decirle que no fuese desmentida) me hizo decir por medio de Françoise estas palabras: «No hay respuesta», que después he oído tan frecuentemente a los conserjes de los «palacio» o a los criados de las casas de apuestas, para informar a alguna pobre muchacha que se extraña: «¿Cómo que no ha dicho nada? ¡Eso es imposible! Pero usted le ha entregado mi carta. Está bien, voy a seguir esperando». Y lo mismo que ella asegura invariablemente que no necesita la mecha suplementaria de gas que el conserje viene a encender para ella y se queda allá, sin oír más que las pocas palabras sobre el tiempo que se intercambian entre el conserje y un botones, a quien al darse cuenta de la hora manda de repente a refrescar en el hielo la bebida de un cliente —tras declinar la oferta de Françoise de hacerme una tisana o de quedarse conmigo, la dejé que volviese a su antecocina, me acosté y cerré los ojos tratando de no oír las voces de mis padres, que tomaban café en el jardín. Pero al cabo de algunos segundos sentí que al escribir esa nota a mamá, acercándome, a riesgo de enojarla, tanto a ella que yo había creído tocar el momento de volver a verla, me había cerrado la posibilidad de dormirme sin haber vuelto a verla y los latidos de mi corazón se hacían cada minuto más dolorosos porque yo aumentaba mi agitación predicándome una calma que era la aceptación de mi infortunio. De pronto cayó mi inquietud, me invadió una felicidad como cuando un medicamento poderoso comienza a actuar y nos quita un dolor. Acababa de tomar la resolución de no intentar dormirme sin haber vuelto a ver a mamá y besarla costara lo que costase, aunque fuese con la certidumbre de estar después enfadado mucho tiempo con ella, cuando ella volviese a subir para acostarse. La calma que resultaba de mis inquietudes terminadas me metía en una alegría extraordinaria, no menos que la espera, la sed y el miedo al peligro. Abrí la ventana sin ruido y me senté al pie de mi cama, no hacía casi ningún movimiento con el fin de que no se me oyese desde abajo. Afuera, las cosas también parecían fijas en una atención muda para no perturbar el claro de luna que, doblando y echando atrás cada cosa por la extensión ante ella de su reflejo, más denso y concreto que ella misma, había adelgazado y ampliado a la vez el paisaje como un plano plegado hasta ahí que se desarrolla. Lo que necesitaba moverse, algunas hojas del castaño, se movía. Pero su estremecimiento minucioso y total, ejecutado hasta en sus menores matices y sus últimas delicadezas, no se derramaba sobre el resto, no se fundía con él, permanecía delimitado. Expuestos en ese silencio que no absorbía nada, los ruidos más alejados, los que debían venir de los jardines situados en el otro extremo de la ciudad, se percibían detallados con un «acabado» que parecía que no le debían ese efecto de lontananza más que a su *pianissimo,* como esos temas en sordina tan excelentemente tocados por la orquesta del Conservatorio que, aunque no se pierde una nota, sin embargo, parecen oírse lejos de la sala del concierto, y todos los viejos abonados —las hermanas de mi abuela también cuando Swann les cedía sus entradas— tendían la oreja como si hubieran escuchado los avances lejanos de un ejército en marcha que aún no había doblado por la calle de Trevise.

Yo sabía que en el caso en el que me metía era de todos el que podía tener para mí, por parte de mis padres, las consecuencias más graves, mucho más graves en realidad que lo que un extraño hubiera podido suponer, de ésas que se creería que sólo podían producir las faltas verdaderamente vergonzosas. Pero en la educación que me daban, la jerarquía de las faltas no era la misma que en la educación de los demás niños y a mí me habían acostumbrado a colocar por delante de todas las demás (porque sin duda no había aquellas contra las que yo tuviese necesidad de que me guardasen más cuidadosamente) a aquellas de las que ahora comprendo que su carácter común es que se caiga en ellas cediendo a un impulso nervioso. Pero por entonces no se pronunciaba esa palabra, no se declaraba ese origen que habría podido hacerme creer que se me excusaría por sucumbir a ellas, o incluso que era incapaz de resistirlas. Pero yo las reconocía tanto por la inquietud que las precedía como por el rigor del castigo que las seguía, y sabía que la que acababa de cometer era de la misma familia que otras por las que había sido castigado severamente, aunque ésta era infinitamente más grave. Cuando me pusiese en el camino de mi madre en el momento que subiera a acostarse y ella viera que me había quedado levantado para volver a decirle buenas noches en el pasillo, no me dejarían quedarme más en la casa, me mandarían al colegio al día siguiente, eso era seguro. ¡Pues bien! Aunque tuviese que tirarme por la ventana cinco minutos después, prefería eso. Lo que yo quería ahora era mamá, era decirle buenas noches; había llegado demasiado lejos en la vía que llevaba a la realización de ese deseo para poder echarme para atrás.

Oí los pasos de mis padres, que acompañaban a Swann, y cuando la campanita de la puerta me avisó de que acababa de marcharse, fui a la ventana. Mamá le preguntaba a mi padre si le había parecido bien la langosta y si el señor Swann había repetido el helado de café y pistacho. «A mí me ha parecido más bien común y corriente —dijo mi madre—, creo que la próxima vez habrá que probar con otro sabor.» «No puedo decir lo mucho que ha cambiado Swann —dijo mi tía abuela— ¡qué envejecido está!» Mi tía abuela tenía tal costumbre de ver siempre en Swann a un adolescente, que se extrañaba de encontrarlo de repente menos joven que la edad que ella seguía adjudicándole. Y por lo demás, mis padres empezaban a encontrarle normal esa senescencia, excesiva, vergonzosa y merecida de los solteros, la de todos aquellos para los que parece que el gran día sin mañana sea más largo que para los demás, porque para ellos está vacío y los momentos se suman desde la mañana sin tener que dividirse después entre los niños. «Creo que tiene bastantes preocupaciones con la coqueta de su mujer, que vive, a sabiendas de todo Combray, con un tal señor de Charlus. Es la comidilla de la ciudad.» Mi madre observó que, sin embargo, parecía mucho menos triste desde hacía algún tiempo. «Hace mucho menos ese gesto que tiene, idéntico al de su padre, de enjugarse los ojos y pasarse la mano por la frente. Pero creo que en el fondo ya no ama a esa mujer.» «Pero claro que ya no la ama —respondió mi abuelo—. Hace ya mucho tiempo recibí de él una carta sobre ese asunto, con la que me apresuré a no estar conforme, que no deja duda alguna sobre sus sentimientos, al menos los de amor, por su mujer. ¡Vaya!, ya lo veis, no le habéis dado las gracias por el Asti» —añadió mi abuelo volviéndose hacia sus dos cuñadas. «¿Cómo que no se lo hemos agradecido? Entre nosotros, creo que le he puesto eso con bastante delicadeza» —respondió mi tía Flora. «Sí, lo has arreglado muy bien, te he admirado por ello —dijo mi tía Celine. «Pero tú también has estado muy bien.» «Sí, estaba muy orgullosa de mi frase sobre los vecinos amables.» «¿Cómo? ¿Es eso lo que llamáis agradecer? —exclamó mi abuelo—. Eso lo he oído muy bien, pero demonios si he creído que era por Swann. Podéis estar seguras de que no ha entendido nada.» «Pero vamos, Swann no es tonto, estoy segura de que le ha agradado. ¡Pero yo no podía hablarle del número de botellas y del precio del vino!» Mi padre y mi madre se quedaron solos y se sentaron un momento, después dijo mi padre: «¡Bien!, si quieres, vamos a subir a acostarnos». «Si tú quieres, querido, aunque yo no tengo ni pizca de sueño; sin embargo, no es ese helado de café tan anodino lo que ha podido desvelarme; pero veo luz en la antecocina y ya que la pobre Françoise me ha esperado voy a pedirle que me desabroche el corsé mientras tú vas a desvestirte». Y mi madre abrió la puerta enrejada del vestíbulo que daba a la escalera. Al poco la oí que subía a cerrar su ventana. Fui al pasillo sin hacer ruido, mi corazón latía tan fuerte que me costaba trabajo caminar, pero al menos ya no latía de inquietud, sino de espanto y de alegría. En la caja de la escalera vi la luz que proyectaba la vela de mamá. Después la vi a ella misma y me lancé. En el primer segundo me miró con extrañeza, sin comprender lo que había sucedido. Luego su cara adoptó una expresión de cólera, no decía ni siquiera una palabra y, en efecto, por mucho menos que eso no me dirigían la palabra en varios días. Si mamá me hubiera dicho unas palabras habría sido admitir que podía volver a hablarme, y por otra parte eso quizá me habría parecido más terrible todavía, como una señal de la gravedad del castigo que iba a prepararse, el silencio y la disputa habrían sido pueriles. Una palabra habría sido la calma con la que se responde a un criado cuando acabamos de decidir despedirlo; el beso que se le da a un hijo a quien se envía a alistarse cuando se le habría negado si uno debía contentarse con estar enojado dos días con él. Pero ella oyó que mi padre subía desde el gabinete de aseo donde había ido a desvestirse, y para evitar la escena que él me haría, me dijo con una voz entrecortada por la cólera: «¡Sálvate, sálvate, que al menos tu padre no te vea esperando así, como un demente!» Pero yo le repetía: «Ven a darme las buenas noches», aterrorizado al ver que el reflejo de la vela de mi padre ya se elevaba sobre la pared, pero también utilizando su llegada como un medio de presión y esperando que mamá, para evitar que mi padre me viese todavía allí si continuaba negándose, fuese a decirme: «Vuelve a tu habitación, ahora voy.» Era demasiado tarde, mi padre estaba ante nosotros. Sin querer, pronuncié estas palabras que nadie oyó: «¡Estoy perdido!».

No fue así. Mi padre me negaba constantemente los permisos que se me habían consentido en los pactos más largos otorgados por mi madre y mi abuela, porque él no se preocupaba de los «principios» y con él no había «Derecho de Gentes». Por una razón muy trivial, o incluso sin razón, me suprimía en el último momento un paseo tan habitual, tan consagrado por la costumbre, que no podía privarme de él sin ser perjuro, o bien, como había hecho esa misma tarde, mucho tiempo antes de la hora ritual, me decía: «Vamos, sube a acostarte, ¡sin explicaciones!». Pero también es que, como no tenía principios (en el sentido de mi abuela), no se podía hablar correctamente de intransigencia. Me miró un momento con cara de extrañado y enfadado, y después de que mamá le hubiese explicado con algunas palabras confusas lo que había sucedido, le dijo: «Pero vete con él, ya que acabas de decir que no tienes ganas de dormir, quédate un poco en su habitación, yo no necesito nada». «Pero, querido —respondió tímidamente mi madre—, que yo tenga o no tenga ganas de dormir no cambia nada, no podemos acostumbrar a este niño...» «Pero no se trata de acostumbrar —dijo mi padre encogiéndose de hombros—, ya ves que este niño está apenado, tiene aspecto entristecido el pobre; ¡vamos, no somos verdugos! ¡Si lo pones malo, no ganarás mucho! Ya que hay dos camas en su habitación, dile a Françoise que te prepare la grande y acuéstate por esta noche a su lado. Vamos, buenas noches; yo, que no estoy tan nervioso como vosotros, voy a acostarme».

No podía darle las gracias a mi padre, o se habría enfadado por lo que él llamaba sensiblerías. Me quedé sin atreverme a hacer ni un movimiento; él estaba todavía delante de nosotros, corpulento, en su bata de noche blanca bajo el cachemir de la India violeta y rosa que se ataba alrededor de la cabeza cuando tenía neuralgias, con el mismo gesto de Abraham en el grabado copia de Benozzo Gozzoli que me había dado el señor Swann, diciéndole a Sara que tiene que separarse del lado de Isaac. Hace muchos años de eso. La pared de la escalera, donde vi que subía el reflejo de su vela, ya no existe desde hace mucho tiempo. En mí también se han destruido muchas cosas que yo creía que debían durar para siempre y se han edificado otras nuevas, dando nacimiento a penas y alegrías nuevas que yo no habría podido prever entonces, lo mismo que las antiguas se me han vuelto difíciles de comprender. Hace también mucho tiempo que mi padre ha dejado de decirle a mamá: «Ve con el pequeño». La posibilidad de unas horas así no renacerá jamás para mí; pero desde hace poco tiempo estoy volviendo a empezar a percibir muy bien, si pongo el oído, los sollozos que tuve la fuerza de contener ante mi padre y que estallaron en cuanto volví a encontrarme a solas con mamá. En realidad no han terminado nunca, y es sólo porque la vida se calla ahora más a mi alrededor por lo que los oigo de nuevo, como esas campanas de los conventos a las que cubren tanto los ruidos de la ciudad durante el día que se las creería detenidas, pero que vuelven a sonar en el silencio de la noche.

Mamá pasó aquella noche en mi habitación. En el momento en el que yo acababa de cometer una falta por la que esperaba que me obligasen a dejar la casa, mis padres me otorgaron más que lo que yo hubiera conseguido jamás de ellos por una buena acción. Incluso cuando se manifestaba por medio de esta gracia, la conducta de mi padre respecto a mí tenía ese algo de arbitrario y de inmerecido que la caracterizaba y tendía a que generalmente resultase más bien de conveniencias fortuitas que de un plan premeditado. Quizá hasta lo que yo llamaba severidad, cuando me mandaba que fuese a acostarme, merecía menos ese nombre que la de mi madre o mi abuela, porque su naturaleza, más diferente en ciertos aspectos de la mía que lo que estaba de la de ellas, no había adivinado hasta ahora lo desgraciado que yo era todas las noches, cosa que mi madre y mi abuela sabían bien; pero ellas me querían lo suficiente para no consentir que me ahorrase sufrimiento, querían enseñarme a dominarlo para disminuir mi sensibilidad nerviosa y fortalecer mi voluntad. Para mi padre, cuyo cariño hacia mí era de otra clase, no sé si él habría tenido ese valor, por una vez que acababa de comprender que yo estaba apenado, le había dicho a mi madre: «Ve a consolarlo». Mamá se quedó esa noche en mi habitación y, como para no estropear con ningún remordimiento esas horas tan diferentes que lo que yo había tenido el derecho de esperar, cuando Françoise, que comprendió que pasaba algo extraordinario al ver a mamá sentada cerca de mí, que me agarraba de la mano y me dejaba llorar sin regañarme, le preguntó: «Pero señora, ¿qué tiene el señor para llorar así?». Mamá le respondió: «Ni siquiera lo sabe él mismo, Françoise, está nervioso; prepárame aprisa la cama grande y sube a acostarte». Y así, por primera vez, mi tristeza ya no se consideraba una falta punible, sino como un mal involuntario que se acababa de reconocer oficialmente, como un estado nervioso del que yo no era responsable; yo tenía el alivio de no tener que mezclar ya escrúpulos con la amargura de mis lágrimas, podía llorar sin pecado. Ya no estaba mediocremente orgulloso ante Françoise por ese regreso de las cosas humanas, ella, una hora después de que mamá se hubiese negado a subir a mi habitación y había hecho que me respondiese con desdén que yo debería dormir, me elevaba a la dignidad de persona mayor y me había hecho llegar de golpe a una especie de pubertad de la pena, de emancipación de las lágrimas. Yo habría debido estar feliz, pero no lo estaba. Me parecía que mi madre acababa de hacerme una primera concesión que debía serle dolorosa, que era una primera abdicación de su parte ante el ideal que había concebido para mí, y que por primera vez, ella, tan valerosa, se declaraba vencida. Me parecía que si yo acababa de conseguir una victoria era contra ella, que yo había tenido éxito, como hubieran podido hacerlo la enfermedad, las penas o la edad, en destensar su voluntad, en hacer que se ablandase su razón y que esa noche empezaba una era y quedaría como una fecha triste. Si en aquel momento me hubiese atrevido, le habría dicho a mamá: «No, no quiero, no te acuestes aquí.» Pero yo conocía la sensatez práctica, realista se diría hoy, que temperaba en ella la naturaleza ardientemente idealista de mi abuela, y yo sabía que ahora que el mal estaba hecho, a ella le gustaría más dejarme al menos saborear el placer calmante y no molestar a mi padre. Por supuesto, el bello rostro de mi madre brillaba todavía de juventud aquella noche en la que me agarraba las manos tan dulcemente e intentaba detener mis lágrimas, pero justamente me parecía que eso no habría debido ser, su cólera habría sido menos triste para mí que esa dulzura nueva que mi infancia no había conocido. Me parecía que yo acababa de trazar con una mano impía y secreta en su alma una primera arruga y de hacer que apareciese una primera cana. Ese pensamiento redobló mis sollozos y entonces vi que mamá, que no se dejaba ir nunca a ningún enternecimiento conmigo, se vio ganada de repente por el mío e intentó retener sus ganas de llorar. Como sintió que me había dado cuenta, me dijo riendo: «Este es mi pequeño tontuelo, mi canarito, que va a volver a su mamá tan tonta como él a poco que esto siga así. Veamos, ya que tú no tienes sueño ni tu mamá tampoco, no sigamos enojándonos, hagamos algo, tomemos uno de tus libros.» Pero yo no tenía ninguno allí. «¿Tendrías tú menos disfrute si yo sacase ya los libros que tu abuela debe darte para tu cumpleaños? Piénsalo bien, ¿no te decepcionará no tener nada pasado mañana?» Al contrario, yo estaba encantado y mamá fue a buscar un paquete de libros de los que no pude adivinar a través del papel que los envolvía más que el tamaño grande o pequeño, pero que bajo ese primer aspecto, por escueto y velado que había sido, eclipsaban ya la caja de colores de Año Nuevo[10] y los gusanitos de seda del año anterior. Eran *La yegua del diablo, François le Champi, La pequeña Fedette* y los *Maestros campaneros.* Supe después que mi abuela había elegido al principio los poemas de Musset, un libro de Rousseau e *Indiana,* porque si opinaba que las lecturas inútiles son tan malsanas como los bombones y los dulces, no creía que los grandes arrebatos de genio tuviesen sobre la mente, incluso la de un niño, una influencia más peligrosa y menos vivificante que las que tendrían sobre su cuerpo el aire libre y el viento del mar. Pero como mi padre la había tratado casi de loca al saber los libros que quería darme, regresó ella misma a Jouy-le-Vicomte, a la casa del librero, para que yo no me arriesgase a no tener mi regalo (era un día muy caluroso y ella había vuelto tan indispuesta, que el médico advirtió a mi madre que no

---

[10] Es tradicional en Francia hacer regalos el día de Año Nuevo. *(N. del T.)*

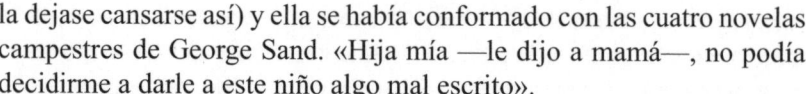

la dejase cansarse así) y ella se había conformado con las cuatro novelas campestres de George Sand. «Hija mía —le dijo a mamá—, no podía decidirme a darle a este niño algo mal escrito».

En realidad ella no se resignaba nunca a comprar nada de donde no pudiese extraerse un provecho intelectual, y sobre todo el que nos procuran las cosas bellas al enseñarnos a buscar nuestro placer en otros lugares distintos de las satisfacciones del bienestar y de la vanidad. Incluso cuando tenía que hacerle a alguien un regalo de esos que llamamos útiles, cuando tenía que dar un sillón, o mantas, o un bastón, los buscaba «antiguos», como si su largo desuso les hubiese borrado su carácter utilitario y pareciesen mejor dispuestos a contarnos la vida de los hombres de otros tiempos que a servir las necesidades del nuestro. A ella le habría gustado que yo tuviese en mi habitación fotografías de los más bellos monumentos o paisajes, pero en el momento de hacer su adquisición, y aunque lo representado tuviese un valor estético, a ella le parecía que la vulgaridad y la utilidad recuperaban demasiado aprisa su lugar en el modo mecánico de representación que es la fotografía. Intentaba valerse de astucias, o si no, de eliminar por completo la banalidad comercial, o al menos reducirla y sustituirla por la mayor parte del arte, de introducirlo como varias «capas» de arte: en lugar de fotografías de la catedral de Chartres, o de los Juegos Acuáticos de Saint-Cloud, o del Vesubio, se informaba por Swann de si algún gran pintor los había representado, y prefería darme fotografías de la catedral de Chartres pintada por Corot, de los Juegos Acuáticos de Saint-Cloud por Hubert Robert, del Vesubio por Turner, lo que constituía un grado más del Arte. Pero si la fotografía había sido apartada de la representación de la obra maestra o de la naturaleza y reemplazada por un gran artista, recuperaba sus derechos para reproducir esa misma representación. Vencida la vulgaridad, mi abuela intentaba seguir echándola para atrás. Le preguntaba a Swann si la obra había sido grabada y prefería, cuando era posible, grabados antiguos que tuviesen interés más allá de sí mismos, por ejemplo, aquellos que representan una obra maestra en un estado en el que ya no podemos verla hoy (como el grabado de la *Última Cena* de Leonardo antes de su degradación, por Morgan). Hay que decir que los resultados de esta manera de comprender el arte de hacer un regalo no siempre fueron muy brillantes. La idea que tomé de Venecia según un dibujo de Tiziano que debe tener por fondo la laguna, era ciertamente mucho menos exacta que la que me hubiesen dado unas simples fotografías. No se podía ya llevar la cuenta en la casa, cuando mi tía abuela quería alzar una requisitoria contra mi abuela, de los sillones que ella había ofrecido a jóvenes recién casados o a esposos veteranos que, al primer intento que hicieran para utilizarlos, se hundían inmediatamente bajo el peso de uno de los destinatarios. Pero mi abuela habría creído mezquino ocuparse demasiado de la solidez de un trabajo en madera donde se distinguía aún una florecilla, una sonrisa, o a veces una hermosa imagen del pasado. Hasta lo que en aquellos muebles respondía a una necesidad, como lo era de una forma a la que ya no estamos acostumbrados, la encantaba como las antiguas maneras de decir dónde vemos una metáfora en nuestro lenguaje moderno, ya desdibujada por el desgaste de la costumbre. Ahora bien, justo las novelas campestres de George Sand que me regalaba por mi cumpleaños estaban llenas, como un mobiliario antiguo, de expresiones caídas en desuso y vueltas a convertir en imágenes, tales como no se las encuentra más que en el campo. Y mi abuela las había comprado con preferencia a otras, lo mismo que habría alquilado mucho más de buen grado una finca donde hubiese habido un desván gótico o alguna de las cosas viejas que ejercen sobre el alma una influencia afortunada, dándole la nostalgia de imposibles viajes en el tiempo.

Mamá se sentó al lado de mi cama. Había tomado *François le Champi,* al que la portada rojiza y el título incomprensible le daban para mí una personalidad distinta y un atractivo misterioso. Yo todavía no había leído novelas de verdad. Había oído decir que George Sand era el arquetipo del novelista. Eso me disponía ya a imaginar en *François le Champi* algo indefinible y delicioso. Los procedimientos narrativos destinados a provocar la curiosidad o la ternura, ciertas maneras de decir que despiertan la inquietud y la melancolía que los lectores un poco instruidos reconocen como comunes a muchas novelas, me parecían simplemente —a mí, que consideraba un libro nuevo no como un objeto que tiene muchos semejantes a él, sino como una persona única que no tiene razón para existir más que en sí misma— una emanación perturbadora de la esencia particular de *François le Champi.* Bajo esos acontecimientos tan de día a día, bajo esas cosas tan comunes y esas palabras tan corrientes, yo sentía como una entonación, una acentuación extraña. La acción se puso en marcha, me pareció tanto más oscura que en el tiempo aquél. Cuando leía, a menudo soñaba despierto durante páginas enteras con alguna otra cosa. Y en las lagunas que esa distracción dejaba en el relato se añadía, cuando era mamá quien me leía en voz alta, que ella se saltaba todas las escenas de amor. Asimismo, todos los cambios extraños que se producen en las actitudes respectivas de la molinera y del niño, que no tienen explicación más que en el progreso de un amor naciente, me parecían rebosantes de un profundo misterio, cuya fuente me figuraba de buen grado debía estar en ese nombre desconocido y suave de «Champi», que ponía sobre el niño que lo llevaba, sin que yo supiera por qué, su color vivo, enrojecido y fascinante. Si mi madre era una lectora infiel, era también por las obras en las que encontraba el acento de un sentimiento verdadero; pero era una lectora admirable por el respeto y la sencillez de la interpretación, por la belleza y la dulzura de su sonido. Incluso en la vida real, cuando eran seres y no obras de arte lo que estimulaba su ternura o su admiración, resultaba conmovedor ver con cuánta deferencia separaba de su voz, de su gesto y de sus palabras el estallido de alegría que hubiera podido hacerle daño a esa madre que antes había perdido un hijo; o una llamada de fiesta de cumpleaños, que habría podido hacer pensar a ese anciano a su avanzada edad; o unas palabras domésticas que le habrían parecido fastidiosas a ese joven erudito. Igualmente, cuando leía la prosa de George Sand, que transpira siempre esa bondad, esa distinción moral que mamá había aprendido de mi abuela a tener como igualmente superiores a todo en la vida y que yo no debía enseñarle hasta mucho más tarde a no tener como igualmente superiores a todo en los libros, atenta a rechazar de su voz toda pequeñez y toda afectación que hubiese podido impedir que fuese recibido el flujo poderoso, ella suministraba toda la ternura natural, toda la amplia delicadeza que reclamaban esas frases, que parecían escritas para su voz y que, por así decirlo, se mantenían enteras en el registro de su sensibilidad. Para atacarlas con el tono necesario, encontraba el acento cordial que preexiste a las palabras y que fue lo que las dictó, pero que ellas no indican. Gracias a ese tono, ella amortiguaba al paso toda crudeza en los tiempos verbales, les daba al imperfecto y al pretérito indefinido la suavidad que hay en la bondad, la melancolía que hay en la ternura. Dirigía la frase que terminaba hacia la que iba a empezar, a veces apretando, a veces disminuyendo la marcha de las sílabas para hacerlas entrar, aunque sus cantidades fuesen diferentes, en un ritmo uniforme; insuflaba en esa prosa tan común una clase de vida sentimental y continua.

Mis remordimientos se habían calmado, me dejaba ir con la suavidad de esa noche en la que tenía a mi madre cerca de mí. Yo sabía que una noche así no podría renovarse, que el mayor deseo que tenía en el mundo, mantener a mi madre en mi habitación durante aquellas tristes horas nocturnas, estaba demasiado en oposición con las necesidades de la vida y el deseo de todos para que la culminación que se le había concedido esa noche pudiera ser algo más que ficticia y excepcional. Mis inquietudes se reanudarían mañana y mamá no se quedaría allí. Pero cuando mis inquietudes estaban en calma, yo ya no las comprendía; además, mañana por la noche todavía estaba lejos. Me decía a mí mismo que tendría tiempo de decidir, aunque ese tiempo no pudiese aportarme ningún poder más, puesto que se trataba de cosas que no dependían de mi voluntad y que sólo me las hacía parecer más evitables el intervalo que todavía las separaba de mí.

* * *

Y así es como durante mucho tiempo, cuando despierto por la noche me acordaba de Combray, no he vuelto a ver nunca más esa clase de panel luminoso, recortado en medio de tinieblas indistintas, parecido a aquellos que el resplandor de una bengala o de alguna proyección eléctrica iluminan y dividen en un edificio cuyas otras partes quedan sumergidas en la noche: en la base bastante grande, el saloncito, el comedor, el inicio del sendero oscuro por donde llegaría el señor Swann, el autor inconsciente de mis tristezas, el vestíbulo donde me encaminaba hacia el primer peldaño de la escalera, tan dura de subir, que constituía él solo el tronco muy estrecho de esta pirámide irregular y, en la cima, mi dormitorio con el pequeño pasillo de puerta acristalada para la entrada de mamá; en una palabra, visto siempre a la misma hora, aislado de todo lo que pudiera haber alrededor, destacándose por sí mismo sobre la oscuridad, el escenario estrictamente necesario (como el que se ve indicado en la cabecera de las obras antiguas para las representaciones de provincias) para el drama de desvestirme; como si Combray no hubiese consistido más que en dos plantas unidas por una escalera delgada y como si nunca hubieran sido más que las siete de la tarde. A decir verdad, yo habría podido responder a quien me hubiese interrogado que Combray comprendía otras cosas más y existía a otras horas. Pero como aquello de lo que me habría acordado me hubiese sido proporcionado solamente por la memoria voluntaria, la de la inteligencia, y como los informes que da sobre el pasado no conservan nada de él, yo no habría tenido nunca ganas de soñar en ese resto de lo que era Combray. Todo eso estaba muerto en realidad para mí.

¿Muerto para siempre? Era posible.

Hay mucho de azar en todo esto, y un segundo azar, el de nuestra muerte, a menudo no nos permite escuchar por mucho tiempo los favores del primero.

Me parece muy razonable la creencia céltica de que las almas de aquellos que hemos perdido quedan cautivas en algún ser inferior, en un animal, o un vegetal, o una cosa inanimada, perdidas en efecto para nosotros hasta el día, que para muchos no llega jamás, en que nos encontramos pasando cerca del árbol y entremos en posesión del objeto que es su cárcel. Entonces se agitan y nos llaman, y en cuanto las hemos reconocido se rompe el encantamiento. Producidas por nosotros, han vencido a la muerte y regresan a vivir con nosotros.

Así ocurre con nuestro pasado. Es trabajo perdido que intentemos evocarlo, todos los esfuerzos de nuestra inteligencia son inútiles. Está oculto fuera de su control y de su alcance en algún objeto material (en la sensación que nos daría ese objeto material) que no sospechamos. Depende del azar que volvamos a encontrar ese objeto antes de morir, o que no volvamos a encontrarlo.

Ya hacía muchos años que, de Combray, todo lo que no era el teatro y el drama de mi irme a la cama no existía ya para mí, cuando un día de invierno, cuando yo volvía a la casa, mi madre, viendo que tenía frío, me propuso que me tomase un poco de té, contra mi costumbre. Al principio me negué y, no sé por qué, cambié de opinión. Mandó que trajesen uno de esos bollos cortos y rechonchos a los que llaman *magdalenas,* que parece que los hubiesen moldeado en la valva ranurada de una vieira. Y pronto, maquinalmente, agobiado por el lúgubre día y por la perspectiva de un triste futuro, llevé a mis labios una cucharada de té donde había dejado que se remojase un trozo de magdalena. Pero en el instante mismo en que el trago mezclado con migas del bollo me tocó el paladar, me estremecí, atento a lo extraordinario que ocurría en mí. Me había invadido un placer delicioso, aislado en sí mismo, sin tener noción de su causa. Se me volvieron indiferentes enseguida todas las vicisitudes de la vida, sus desastres inofensivos y su brevedad ilusoria de la misma manera que trabaja el amor, llenándome de una esencia valiosa; o mejor, esa esencia no estaba en mí, ella era yo. Había dejado de sentirme mediocre, contingente y mortal. ¿De dónde había podido venirme aquella alegría poderosa? Yo notaba que estaba unida al sabor del té y del bollo, pero que los sobrepasaba ampliamente, no debía ser de la misma naturaleza. ¿De dónde venía? ¿Qué significaba? ¿Dónde capturarla? Bebí un segundo trago en el que no encontré más que en el primero; y un tercero que me aportó un poco menos que el segundo. Era hora de que me detuviera, parecía que la virtud del brebaje iba disminuyendo. Está claro que la verdad que busco no está en él, sino en mí. Él la ha despertado, pero yo no la conozco y solamente puedo repetir indefinidamente, cada vez con menos fuerza, ese mismo testimonio que no sé interpretar, al menos quiero poder preguntarle otra vez y volver a encontrarlo intacto, a mi disposición, ya mismo, para una explicación decisiva. Posé la taza y me volví hacia mi mente. A ella le toca encontrar la verdad, pero, ¿cómo? Es una incertidumbre grave todas las veces que la mente se siente superada por sí misma. Cuando él, el que busca, es en conjunto el país desconocido donde debe buscar y donde todo su equipaje no le servirá de nada. ¿Buscar? No sólo eso: crear. Está frente a algo que aún no es y que sólo él puede realizar, y después hacerlo entrar en su luz.

Empiezo de nuevo a preguntarme qué podría ser eso desconocido que no aportaba ninguna prueba lógica, sino la evidencia de su felicidad, de su realidad, ante la que las demás se desvanecían. Quiero intentar que aparezcan otra vez. Vuelvo atrás con el pensamiento al momento en el que tomé la primera cucharada de té. Vuelvo a encontrar el mismo estado, sin que haya una nueva claridad. Le pido a mi mente un esfuerzo más, que vuelva a traer otra vez la sensación que huye. Y para que nada rompa el impulso con el que va a intentar volver a tomarla, aparto todo obstáculo y toda idea extraña, concentro mis oídos y mi atención contra los ruidos de la habitación vecina. Pero sentía que mi alma se fatigaba sin tener éxito, al contrario, la fuerzo a tomar esa distracción que yo le negaba, a pensar en otra cosa, a rehacerse ante una tentativa suprema. Por segunda vez hago el vacío ante él, vuelvo a poner frente a él el sabor aún reciente de ese primer trago y siento temblar en mí algo que se mueve y que querría elevarse, algo que se habría desanclado a una gran profundidad. No sé lo que es, pero sube lentamente; siento la resistencia y oigo el rumor de las distancias atravesadas.

Efectivamente, eso que palpita así en mi propio fondo debe ser la imagen, el recuerdo visual que, atado a ese sabor intenta seguirlo hasta mí. Pero se debate demasiado lejos, demasiado confusamente; apenas percibo el reflejo neutro en el que se confunde el inasible torbellino de los colores mezclados; pero no puedo distinguir la forma, ni puedo pedirle, como a un solo intérprete posible, que me traduzca el testimonio de su contemporáneo, de su compañero inseparable, el sabor; ni pedirle que me enseñe de qué circunstancia particular ni de cuál época del pasado se trata.

¿Llegará ese recuerdo hasta la superficie de mi consciencia clara, ese instante antiguo que la atracción de un instante idéntico ha venido desde tan lejos a solicitar, a conmover y a levantarlo todo en mi propio fondo? No sé. Ahora ya no siento nada, se ha detenido, ha vuelto a bajar tal vez. ¿Quién sabe si remontará otra vez de su noche? Diez veces me fue necesario volver a empezar e inclinarme hacia él. Y cada vez, la cobardía que nos desvía de toda tarea difícil o de toda obra importante me aconsejó que lo dejase, que me bebiese el té pensando simplemente en mis problemas de hoy, o en mis deseos de mañana que se dejan rumiar sin esfuerzo.

Y de repente, el recuerdo me apareció. Ese sabor era el de los trocitos de magdalena que los domingos por la mañana en Combray (porque esos días yo no salía antes de la hora de misa), cuando iba a darle los buenos días a su habitación, me ofrecía mi tía Leonie después de haberlos remojado en su infusión de té o de tila. La vista de la pequeña magdalena no me había recordado nada antes de que la hubiese saboreado, quizá porque, habiéndolas percibido después a menudo sobre los estantes de los pasteleros, sin comerlas, su imagen había dejado aquellos días de Combray para atarse a otros más recientes; quizá por que de esos recuerdos tanto tiempo abandonados fuera de la memoria no sobrevivía nada y todo se había desintegrado. Las formas —y también la del pequeño caparazón de pastelería, tan generosamente sensual bajo su plisado severo y devoto— se habían abolido, o adormecido, y habían perdido la fuerza de expansión que les hubiera permitido reunirse con la consciencia. Pero cuando nada subsiste de un pasado antiguo, después de la muerte de los seres, después de la destrucción de las cosas, solos, más frágiles pero más vivaces, más inmateriales, más persistentes, más fieles, el olor y el sabor permanecen largo tiempo aún, como las almas, recordándose, aguardándose y esperándose sobre la ruina de todo lo demás, llevando sin flaquear sobre su gotita casi impalpable el edificio inmenso del recuerdo.

Y desde que hube reconocido el gusto del trozo de magdalena empapado en tila que me daba mi tía (aunque yo no lo supiese todavía y debiese dejar para mucho más tarde descubrir por qué me hacía tan feliz ese recuerdo), inmediatamente la vieja casa gris que daba a la calle, la casa donde estaba su habitación, vino como un decorado de teatro a aplicarse al pabelloncito que daba al jardín, que se había construido para mis padres en la parte trasera (aquel panel truncado que únicamente yo había visto hasta entonces); y con la casa, la ciudad, de la mañana a la noche y en todos sus momentos del día, la plaza a la que me enviaban antes de desayunar, las calles donde iba a hacer recados, los caminos que se tomaban si el tiempo era bueno. Y como en ese juego con el que los japoneses se divierten remojando en un cuenco lleno de agua trocitos de papel, indistintos hasta ese momento, que en cuanto se sumergen, se estiran, se moldean, se colorean, se diferencian, se convierten en flores, casas y personajes consistentes y reconocibles, del mismo modo ahora todas las flores de nuestro jardín, y las del parque del señor Swann, y los nenúfares del Vivonne, y las buenas gentes del pueblo, y sus pequeños hogares, y la iglesia, y todo Combray y sus alrededores, todo lo que toma forma y solidez, ha salido, con la ciudad y los jardines, de mi taza de té.

II

Combray, de lejos, a diez leguas a la redonda, visto desde el tren cuando llegábamos allí la última semana antes de Pascua, no era más que una iglesia que resumía la ciudad, que la representaba, que hablaba de ella y por ella a la lejanía y, cuando uno se aproximaba, tenía prietos alrededor de su alto manto oscuro, en pleno campo, contra el viento como una pastora a sus ovejas, la espalda lanuda y gris de las casas reunidas a las que un resto de murallas medievales rodeaba aquí y allá con un trazo tan perfectamente circular como un pueblecito en un cuadro de la escuela primitiva. Para vivirlo, Combray era un poco triste, como sus calles en las que las casas construidas con piedras negruzcas de la región, precedidas por escalones exteriores, tocadas de frontones que arrojaban sombra ante ellas, eran lo bastante oscuras como para que hiciera falta abrir las cortinas de las «salas» en cuanto empezaba a decaer el día; con calles de serios nombres de santos (de los que varios estaban ligados a la historia de los primeros señores de Combray): calle de san Hilario; calle de Santiago, donde estaba la casa de mi tía; calle de santa Hildegarda, donde daba la reja, y calle del Espíritu Santo, sobre la que se abría la puertecilla lateral de su jardín. Esas calles de Combray existen en una parte tan recóndita de mi memoria, pintadas de colores tan diferentes de los que ahora revisten el mundo para mí, que en realidad me parecen todas ellas, y la iglesia que las dominaba en la plaza, más irreales todavía que las proyecciones de la linterna mágica. En ciertos momentos, me parece que poder atravesar todavía la calle de san Hilario, poder alquilar una habitación en la calle del Pájaro —en la antigua hostelería del Pájaro Asaeteado, de cuyos tragaluces subía un olor a cocina que en algunos momentos se eleva en mí tan intermitente como cálido— sería una entrada en contacto con el más allá más maravillosamente sobrenatural que llegar a conocer a Golo y charlar con Genoveva de Brabante.

La prima de mi abuelo —mi tía abuela—, en cuya casa vivíamos, era la madre de esa tía Leonie quien, después de la muerte de su marido, mi tío Octave, ya no había querido dejar, primero Combray, después su casa de Combray, luego sus habitaciones y por último su cama, de donde no «bajaba» ya, siempre acostada en un incierto estado de pena, de debilidad física, de enfermedad, de ideas fijas y de devoción. Sus habitaciones particulares daban a la calle de Santiago, que llevaba mucho más lejos al Prado Grande (por oposición al Prado Chico, que verdeaba en el centro de la ciudad, entre tres calles) y que, uniforme, grisácea y con los tres altos escalones de piedra arenisca casi ante cada puerta, parecía un desfiladero llevado a cabo por un tallador de imágenes góticas con la misma piedra con la que hubiera esculpido un pesebre o una crucifixión. Mi tía ya no vivía de manera efectiva más que en dos habitaciones contiguas, se quedaba por las tardes en una mientras se ventilaba la otra. Eran de esas habitaciones provincianas que —lo mismo que en ciertos países algunas partes enteras del aire o del mar son iluminadas o perfumadas por miríadas de protozoos que no vemos— nos encantan con los mil olores que desprenden en ellas las virtudes, la sensatez, las costumbres, toda una vida secreta, invisible, superabundante y moral que la atmósfera tiene suspendida allí; olores todavía naturales, ciertamente, y color del tiempo como los de la campiña vecina, pero ya hogareños, humanos y cerrados; gelatina exquisita, industriosa y límpida de todos los frutos del año que han salido del vergel para entrar en la alacena; estacionales, pero móviles y domésticas, que corrigen el picante de la helada blanca con la dulzura del pan caliente; ociosas y puntuales como un reloj de pueblo, callejeras y alineadas, despreocupadas y previsoras, lenceras, matinales, devotas, felices por una paz que no aporta más que un incremento de inquietud, de un prosaísmo que sirve de gran reserva de poesía a quien las atraviesa sin haber vivido en ellas. Allí el aire estaba saturado de la flor fina de un silencio tan nutritivo y tan suculento, que yo sólo me adentraba en ellas con una especie de gula, sobre todo en esas primeras mañanas aún frías de la semana de Pascua en las que las saboreaba mejor porque yo sólo acababa de llegar a Combray. Antes que yo entrase a darle los buenos días a mi tía, me hacían que esperase un momento en la primera habitación, donde el sol, aún de invierno, había venido a calentarse ante el fuego, ya encendido entre los dos ladrillos y embadurnando toda la habitación con un olor a hollín. Formaba como uno de esos grandes «antehornos» del campo, o una de esas campanas de chimenea de los castillos bajo las que se desea que afuera se declare la lluvia, la nieve y cualquier catástrofe diluviana para sumar al bienestar de la reclusión la poesía de la invernada. Yo daba algunos pasos del reclinatorio a los sillones de terciopelo estampado, siempre cubiertos por un reposacabezas de ganchillo, y el fuego cociendo como una pasta los apetitosos olores con los que el aire de la habitación estaba completamente grumoso y que ya había hecho trabajar y «levantar» el frescor húmedo y soleado de la mañana; los hojaldraba, los doraba, los plegaba y los hinchaba haciendo un pastel provinciano invisible y palpable, una inmensa «empanada» donde, apenas saboreados los aromas más jugosos, más finos y más reputados, pero también más secos de la alacena, de la cómoda y del papel rameado de la pared, yo volvía siempre con una avidez inconfesada de quedarme atrapado en el olor conjunto, pegajoso, desabrido, indigesto y afrutado del cubrecama de flores.

En la habitación vecina oía a mi tía, que hablaba sola a media voz. Ella no hablaba nunca más que en voz bastante baja, porque creía que tenía en la cabeza algo roto y flotante que se movería si hablase demasiado fuerte, pero no se quedaba mucho tiempo, hasta sola, sin decir algo, porque creía que era saludable para su garganta y porque al impedir que la sangre se detuviese en ella eso haría que fuesen menos frecuentes los ahogos y las angustias que padecía; además, en la inercia absoluta en la que vivía le prestaba a sus más mínimas sensaciones una importancia extraordinaria, las dotaba de una movilidad que le volvía difícil guardárselas para ella y, a falta de confidente a quien comunicárselas, se las anunciaba a sí misma en un monólogo perpetuo que era su única forma de actividad. Desgraciadamente, había adquirido el hábito de pensar en voz alta, no siempre ponía atención a que no hubiese nadie en la habitación vecina y a menudo la oía decirse: «tengo que acordarme bien de que no he dormido» (pues no dormir nunca era su gran pretensión, de la que nuestro lenguaje común guardaba respeto y memoria. Por la mañana, Françoise no venía «a despertarla», sino que «entraba» en su casa; cuando mi tía quería echarse un sueñecito durante el día, se decía que ella quería «reflexionar» o «descansar», y cuando le pasaba que se olvidaba al hablar y decía «lo que me ha despertado», o «he soñado que», se ruborizaba y rectificaba rápidamente).

Al cabo de un momento entraba a besarla. Françoise hacía su infusión de té, o, si mi tía se sentía agitada, pedía en su lugar su tisana y era yo quien de la bolsa de la farmacia se encargaba de verter en un plato la cantidad de tila que había que poner después en agua hirviendo. El secado de los tallos las había curvado en un enrejado caprichoso en cuyo entrelazado se abrían las flores pálidas, como si un pintor las hubiera ordenado y las hubiese hecho posar de la manera más ornamental. Las hojas, que habían perdido o cambiado su aspecto, tenían el aire de las cosas más dispares: un ala transparente de mosca, el reverso de una etiqueta o un pétalo de rosa, pero que hubiesen sido amontonadas, trituradas o trenzadas como en la confección de un nido. Mil detallitos inútiles —prodigalidad encantadora del farmacéutico— que se hubiesen suprimido en una preparación artificial me daban, como un libro en el que se maravilla uno al encontrar el nombre de una persona conocida, el placer de comprender que eran tallos de tilo verdaderos, como los que yo veía en la Avenida de la Estación, modificados, justo porque no eran de los dobles, sino ellos mismos y que habían envejecido. Y cada carácter nuevo no era más que la metamorfosis de un carácter antiguo. En las bolitas grises reconocía los botones verdes que no habían llegado a término; pero sobre todo el resplandor rosa, lunar y suave que hacía que se destacasen las flores en el bosque frágil de los tallos de donde estaban suspendidas como pequeñas rosas de oro —señal, como la luz que sigue revelando en una pared el lugar de un fresco borrado, de la diferencia entre las partes del árbol que habían estado «de color» y las que no lo habían estado—, me mostraba que esos pétalos eran los que antes de florecer en la bolsa de la farmacia habían perfumado las tardes de primavera. Esa llama rosa de cirio era todavía su color, pero medio apagado y adormecido en esa vida disminuida que era lo que la mantenía y que es como el crepúsculo de las flores. Mi tía podía remojar pronto en la infusión hirviente, cuyo gusto a hoja muerta o a flor marchita saboreaba, una magdalena pequeña de la que me tendía un trozo cuando estaba suficientemente reblandecido.

A un lado de su cama había una gran cómoda amarilla de madera de limonero y una mesa que funcionaba a la vez de oficina y de altar mayor, en la que, por debajo de una estatuilla de la Virgen y de una botella de agua de Vichy, se encontraban libros de misa y recetas de medicamentos, todo lo que hacía falta para seguir desde su cama los oficios religiosos y su régimen, para no faltar a la hora de la pepsina[11] ni a la de vísperas. Al otro lado, su cama iba a lo largo de la ventana, ella tenía la calle bajo los ojos y allí leía de la mañana a la noche, para entretenerse, a la manera de los príncipes persas, la crónica cotidiana de Combray, que ella comentaba después con Françoise.

Yo no llevaba con mi tía ni cinco minutos cuando me despedía por miedo a que la fatigase. Le tendía a mis labios su triste frente pálida y apagada sobre la que, a esa hora de la mañana, aún no había dispuesto sus cabellos falsos y donde se transparentaban la estructura como las puntas de una corona de espinas o los granos de un rosario, y me decía: «Vamos, mi pobre niño, vete, ve a prepararte para la misa, y si te encuentras abajo a Françoise dile que no se entretenga mucho tiempo con vosotros, que suba pronto a ver si necesito algo».

En efecto, Françoise, que estaba a su servicio desde hacía años y no se dudaba entonces de que un día entraría por entero al nuestro, descuidaba un poco a mi tía durante los meses que estábamos allá. En mi infancia había habido un tiempo, antes de que fuésemos a Combray, cuando mi tía Leonie pasaba todavía los inviernos en París en casa de su madre, en el que yo conocía tan poco a Françoise, que el primero de enero, antes de entrar en la casa de mi tía abuela, mi madre me ponía en la mano una moneda de cinco francos y me decía: «Sobre todo no te equivoques de persona. Para dar, espera a que me oigas decir "buenos días, Françoise", al mismo tiempo te tocaré ligeramente el brazo». En cuanto llegábamos a la oscura antecámara de mi tía percibíamos en la sombra, bajo los cañones de una cofia deslumbrante, rígida y frágil como si hubiese sido de azúcar hilado, los remolinos concéntricos de una sonrisa anticipada de reconocimiento. Era Françoise, de pie e inmóvil en el marco de la puertecita del pasillo como una estatua de santa en su nicho. Cuando se acostumbraba uno un poco a esas tinieblas de

---

[11] Enzima del jugo gástrico que transforma las proteínas en péptidos. *(N. del T.)*

capilla, se distinguía en su cara el amor desinteresado por la humanidad, el respeto enternecido por las clases altas que ensalzaba en las mejores partes de su corazón la esperanza de los aguinaldos. Mamá me apretaba el brazo con violencia y decía con voz fuerte: «Buenos días, Françoise». Con esa señal se me abrían los dedos y soltaba la moneda, que encontraba para recibirla una mano confusa, pero tendida. Pero después, cuando íbamos a Combray yo no conocía a nadie mejor que a Françoise; nosotros éramos sus preferidos, tenía para nosotros, al menos durante los primeros años y con tanta consideración como por mi tía, una afición más viva, porque, al prestigio de formar parte de la familia (ella tenía por los lazos invisibles que la circulación de una misma sangre liga entre los miembros de una familia tanto respeto como un trágico griego), nosotros añadíamos la gracia de no ser sus señores habituales. Asimismo, la alegría con la que nos recibía, el día de nuestra llegada la víspera de Pascua, en el que a menudo hacía un viento gélido, quejándose ante nosotros por no tener todavía un tiempo mejor, cuando mamá le pedía noticias de su hija y sus sobrinos, si su nieto se portaba bien, lo que pensaban hacer con él, si se parecía a su abuela.

Y cuando ya no había más gente allá, mamá, que sabía que Françoise lloraba todavía a sus padres muertos hacía ya muchos años, le hablaba de ellos con dulzura y le preguntaba mil detalles de lo que había sido su vida.

Había adivinado que a Françoise no le gustaba su yerno y que eso le estropeaba el placer que le suponía estar con su hija, con la que no hablaba con tanta libertad cuando él estaba por allá. Asimismo, cuando Françoise iba a verlos, a algunas leguas de Combray, mamá le decía sonriendo: «¿No es verdad, Françoise, que si Julien se ha visto obligado a ausentarse y que si tiene a Marguerite toda para usted durante todo el día, estará apenada, pero sabrá resignarse?» Y Françoise decía, riendo: «La señora lo sabe todo, la señora es peor que los rayos X (decía X con una dificultad afectada y una sonrisa para burlarse de sí misma, ignorante como era, por emplear ese término erudito) que han traído para la señora Octavie, ésos que ven lo que uno tiene en el corazón», y desaparecía, confundida porque se ocupasen de ella, quizá para que no la viésemos llorar. Mamá era la primera persona que le daba esa dulce emoción de sentir que su vida, sus alegrías y sus penas de campesina pudiesen tener interés alguno y ser un motivo de alegría o de tristeza para alguien distinto de sí misma. Mi tía se resignaba a privarse un poco de ella durante nuestra estancia, sabiendo lo mucho que mamá apreciaba el servicio de esa criada tan buena y tan activa, que estaba tan arreglada desde las cinco de la mañana en su cocina, bajo su cofia, cuyo encañonado brillante y fijo tenía el aspecto de estar hecho de

bizcocho, como para ir a la misa mayor; que lo hacía todo bien, que trabajaba como una burra, tanto si se encontraba bien como si no, pero sin ruido, sin tener aspecto de hacer nada. Era la única de las criadas de mi tía que, cuando mamá pedía agua caliente o café negro, los traía realmente hirviendo; era una de esas personas de servicio que en una casa son a la vez las que menos le gustan al principio al extraño, acaso porque no se toman la molestia de conquistarlo y no tienen deferencia con él. Saben muy bien que los extraños no los necesitan, que sus señores dejarían de recibir invitados antes que despedirlos a ellos, y que en cambio son a quienes consideran más los señores, que han probado sus capacidades reales y no se preocupan por esa aprobación superficial, por ese parloteo servil que impresiona favorablemente a un visitante, pero que a menudo oculta una nulidad ineducable.

Cuando Françoise, después de haber estado pendiente de que mis padres tuviesen todo lo que necesitaban, subía una primera vez a los aposentos de mi tía para darle su pepsina y preguntarle lo que quería para desayunar, era muy raro que no tuviese que dar ya su opinión o suministrar explicaciones sobre algún acontecimiento de importancia:

—Françoise, figúrese que la señora Goupil ha pasado con más de un cuarto de hora de retraso para ir a buscar a su hermana, por poco que se retrase en el camino, no me sorprendería nada que llegase a misa después de la elevación.

—Sí, no habría nada de extraño —respondía Françoise.

—Françoise, si hubiese usted venido cinco minutos antes, habría visto pasar a la señora Imbert, que tenía unos espárragos dos veces más gordos que los de la tía Callot, intente saber por su criada dónde los ha conseguido. Ya que esta temporada nos mete usted espárragos en todas las salsas, podría haber conseguido unos parecidos para nuestros viajeros.

—No sería nada raro que viniesen de la casa del señor cura —decía Françoise.

—¡Ah! Eso no lo creo, mi pobre Françoise —respondía mi tía encongiéndose de hombros—, ¡de la casa del cura! Ya sabe usted que él sólo cultiva unos malos esparraguillos de nada. Le digo que ésos eran gruesos como un brazo. No como el de usted, claro, sino como mi pobre brazo, que tanto ha seguido adelgazándoseme este año... Françoise, ¿no ha oído usted esa campanilla que me ha roto la cabeza?

—No, señora Octave.

¡Ay!, pobre hija mía, tiene usted que ser dura de oído, ya le puede dar gracias a Dios. Era la Maguelone, que ha venido a buscar al doctor Piperaud, ha salido enseguida con ella y se han metido por la calle del Pájaro. Tiene que haber algún niño enfermo.

—¡Ay, vaya por Dios! —suspiró Françoise, que no podía oír hablar de una desgracia que le hubiese sucedido a un desconocido, hasta en una parte alejada del mundo, sin empezar a gemir.

—Françoise, ¿pero por quién habrá tocado a muerto la campana? ¡Ay, Dios mío!, será por la señora Rousseau. Es que me he olvidado de que ella murió la otra noche. ¡Ay!, es hora de que Dios me llame, ya no sé dónde tengo la cabeza desde la muerte de mi pobre Octave. Pero le estoy haciendo perder el tiempo, hija mía.

—Claro que no, señora Octave, mi tiempo no es tan caro, quien lo hizo no nos lo vendió. Sólo voy a ver si no se me ha apagado el fuego.

Así era como Françoise y mi tía valoraban juntas en el transcurso de esas sesiones matinales los primeros acontecimientos del día. Pero a veces esos acontecimientos se cubrían con un carácter tan misterioso y serio que mi tía notaba que no podría esperar el momento que subiese Françoise, y cuatro golpes formidables de campanilla retumbaban en la casa.

—Pero, señora Octave, si todavía no es la hora de la pepsina —decía Françoise—. ¿Es que siente alguna debilidad?

—Claro que no, Françoise —decía mi tía—, es decir, claro que sí, usted sabe muy bien que ahora los momentos en los que no siento debilidad son muy escasos; un día moriré como la señora Rousseau, sin haber tenido tiempo siquiera de enterarme; pero no llamo por eso. ¿Creerá que acabo de ver, tan claro como la veo a usted, a la señora Goupil con una niñita que no conozco de nada? Así que vaya a buscar diez céntimos de sal a la tienda de Camus. Sería muy raro que Theodore no pueda decirle quién es.

—Pues será la hija del señor Pupin —que prefería atenerse a una explicación inmediata y ya había estado dos veces esa mañana en la tienda de Camus.

—¿La hija del señor Pupin? ¡Eso no puede ser, mi pobre Françoise! ¿Es que no la habría reconocido?

—Pero yo no quiero decir la mayor, señora Octave, quiero decir la pequeña, la que está en el pensionado de Jouy. Me parece que ya la he visto esta mañana.

—¡Ah! A menos que sea eso —decía mi tía—; será que ha venido para las fiestas. ¡Eso es! No hace falta buscar más, habrá venido para las fiestas. Pero entonces bien podríamos ver enseguida a la señora Sazerat que viene a casa de su hermana a llamarla para el almuerzo. ¡Eso será! He visto que el pequeño de la tienda de Galopin pasaba con una tarta. ¡Ya verá que la tarta iba a casa de la señora Goupil!

—Desde el momento que la señora Goupil tiene visita, señora Octave, no va a tardar en ver a toda su gente volver para el almuerzo, porque

empieza lo más temprano posible —decía Françoise, a la que, apremiada por bajar a ocuparse del almuerzo, no le molestaba dejar a mi tía con esa distracción en perspectiva.

—¡Oh! No antes del mediodía —respondió mi tía con tono resignado a la vez que le echaba al reloj de péndulo un vistazo inquieto, pero furtivo, para no dejar traslucir que a ella, que había renunciado a todo, le parecía importante saber que la señora Goupil tenía gente a almorzar, un placer tan vivo que, desgraciadamente, se haría esperar un poco más de una hora todavía. «¡Y seguro que eso pasa antes de mi almuerzo!», añadió para sí a media voz. Su almuerzo le resultaba una distracción ya lo bastante suficiente como para que ella desease otra al mismo tiempo. «Al menos no se olvidará usted de darme mis huevos a la crema en un plato llano, ¿verdad?» Esos platos eran los únicos que estaban adornados con temas artísticos y mi tía se divertía en cada comida con la leyenda del que se le hubiese traído aquel día. Se ponía los lentes y descifraba: «Alí Babá y los cuarenta ladrones, Aladino y la lámpara mágica», y decía sonriendo: «Muy bien, muy bien».

—Bien podría ir a la tienda de Camus... —decía Françoise al ver que mi tía ya no la enviaría más.

—Claro que no, no merece la pena, seguramente es la señorita Pupin. Mi pobre Françoise, lamento mucho haberla hecho subir para nada.

Pero mi tía sabía muy bien que ella había llamado a Françoise por algo, porque en Combray una persona «a la que no se conoce de nada» era un ser tan poco creíble como un dios de la mitología y, de hecho, no se acordaba de que, cada vez que algo así se había producido en una de esas apariciones sorprendentes, en la calle del Espíritu Santo o en la plaza, las investigaciones bien llevadas no hubieran acabado por reducir al personaje fabuloso a las proporciones de una «persona a la que se conoce», tanto personal como abstractamente, en su estado civil, o como persona que tenía tal o cual grado de parentesco con la gente de Combray. Era el hijo de la señora Sauton, que regresaba del servicio militar; la sobrina del abad Perdreau, que salía del convento; el hermano del cura, recaudador de impuestos en Châteaudun, que acababa de jubilarse y había venido a pasar las fiestas. Al verlos, se tenía la emoción de creer que en Combray había personas a las que no se conocía, simplemente porque no se las había reconocido o identificado enseguida. Y sin embargo, con mucho tiempo de adelanto, la señora Sauton y el cura habían previsto que esperarían a sus «viajeros». Cuando al volver por la tarde yo subía a contarle nuestro paseo a mi tía, si cometía la imprudencia de decirle que nos habíamos encontrado, cerca del Puente Viejo, con un hombre que mi abuelo no conocía: «¡Un hombre que el abuelo no conoce de nada! —exclamaba—. ¡Ah!, no te creo». No obstante, se quedaba un poco conmocionada por esta noticia y quería quedarse tranquila, con lo que llamaba a mi abuelo. «¿Quién es ése con el que te has encontrado cerca del Puente Viejo, tío? ¿Un hombre al que no conoces de nada?». «Pero claro que sí —respondía mi abuelo—, era Prosper, el hermano del jardinero de la señora Bouilleboeuf». «Ah, está bien», decía mi tía, tranquilizada y un poco ruborizada; y encogiéndose de hombros con una sonrisa irónica, añadía: «¡Es que me ha dicho que te habías encontrado con un hombre al que no conocías de nada!» Y volvían a recomendarme otra vez que fuese más discreto y que no agitase a mi tía con palabras irreflexivas. En Combray se conocía tanto a todo el mundo, personas y animales, que si por azar mi tía hubiese visto pasar un perro «que no conocía de nada», no dejaba de pensar en ello y de consagrar sus talentos de inducción y sus horas de libertad a ese hecho incomprensible.

—Será el perro de la señora Sazerat —decía Françoise sin mucha convicción, pero con intención de calmarla para que no «se rompiese la cabeza».

—¡Como si yo no conociera al perro de la señora Sazerat! —respondía mi tía, cuyo espíritu crítico no admitía un hecho tan fácilmente.

—¡Ah! Será el perro nuevo que el señor Galopin se ha traído de Lisieux.

—¡Ah! A menos que sea eso...

—Parece que es un animal muy afable —añadía Françoise, que había recibido la información de Theodore—, espiritual como una persona, siempre de buen humor, siempre amable, siempre algo gracioso. Es infrecuente que un animal tan jovencito sea ya tan galante. Señora Octave, voy a tener que dejarla, no tengo tiempo de entretenerme; pronto serán las diez, mi horno todavía no está encendido y aún tengo que pelar los espárragos.

—¿Cómo, Françoise? ¡Otra vez espárragos! Pero es una auténtica enfermedad de espárragos lo que tiene usted este año, ¡va a hartar de ellos a nuestros parisinos!

—Claro que no, señora Octave, les gustan mucho. Volverán de la iglesia con apetito y ya verá lo bien que se los comen.

—Pero ya deben estar en la iglesia, hará bien en no perder el tiempo. Vaya a vigilar el almuerzo.

Mientras mi tía departía así con Françoise, yo acompañé a mis padres a misa. ¡Cuánto me gustaba nuestra iglesia, qué bien puedo recordarla! El viejo atrio por el que entrábamos, negro, picado como una espumadera, tenía las esquinas torcidas y profundamente hundidas (al igual que la pila de agua bendita a la que nos llevaba), como si el suave roce de las ropas de los campesinos cuando entraban en la iglesia y el de sus dedos tímidos al tomar el agua bendita, repetidos durante siglos, pudiesen adquirir una fuerza destructiva, cambiar la piedra y tallar surcos en ella, lo mismo que los traza la rueda de la carreta en el mojón contra el que se tropieza todos los días. Sus lápidas funerarias, bajo las que el noble polvo de los abades de Combray, allí enterrados, formaban coro como un pavimento espiritual, no eran de materia inerte y dura, porque el tiempo las había vuelto suaves y hacía que corriese como miel fuera de los límites de su propio desbaste, que aquí sobresalían con un oleaje rubio, que arrastraban a la deriva una mayúscula gótica de flores y ahogaban las blancas violetas del mármol. Más allá de ellas, en otra parte, se habían reabsorbido y contraído aún más la elíptica inscripción latina en la que introducía un capricho más en la disposición de los caracteres abreviados, y acercaba entre sí a dos letras de una palabra en la que las demás habían sido distendidas desmesuradamente. Sus vidrieras no centelleaban nunca tanto como en los días en los que el sol se mostraba poco, de manera que aunque afuera estuviese gris, se podía estar seguro de que haría buen tiempo en la iglesia. Una de ellas estaba llena en todo su tamaño por un solo personaje parecido a un rey de la baraja de cartas, que vivía ahí arriba bajo un dosel arquitectónico, entre cielo y tierra (y en cuyo reflejo oblicuo y azul, a veces, los días de diario, a mediodía, cuando no hay oficios religiosos —en uno de esos raros momentos en los que la iglesia, oreada, vacía, más humana y lujosa, con el sol sobre su rico mobiliario, parecía casi habitable, como el vestíbulo de piedra esculpida y vidrio pintado de un hotel de estilo Edad Media— podía verse a la señora Sazerat arrodillarse un momento y colocar sobre el reclinatorio de al lado un paquete muy atado de pastelitos que acababa de comprar en el pastelero de enfrente y que iba a llevar para el almuerzo). En otra había una montaña de nieve rosa a cuyo pie se libraba un combate, y parecía haber escarchado hasta la vidriera a la que enfatizaba con su turbio granulado, como un vidrio en el que hubiesen quedado copos, pero copos iluminados por alguna aurora (sin duda por lo mismo que teñía de rojo el retablo del altar con tonos tan frescos, que más parecían puestos allí momentáneamente por una luz del exterior a punto de desaparecer que por medio de colores unidos para siempre a la piedra). Y todos eran tan antiguos que aquí y allá se veía brillar su antigüedad plateada con el polvo de los siglos y mostrar, brillante y gastada hasta el cordel, la trama de su suave tapicería de vidrio. Había uno que era un compartimento alto dividido en un centenar de pequeños vitrales rectangulares en los que predominaba el azul, como un gran juego de cartas semejante a los que debían distraer al rey Carlos VI; pero ya fuera que hubiese brillado un rayo de luz, o ya fuera que mi mirada al moverse hubiese hecho que se pasease a través de la cristalera, apagada y encendida por turnos, un incendio movedizo y precioso, al instante de después tomaba el resplandor cambiante de una cola de pavo real, y luego temblaba y ondulaba en una lluvia refulgente y fantástica que goteaba desde lo alto de la bóveda sombría y rocosa, a lo largo de las paredes húmedas, como si estuviese en la nave de alguna gruta irisada de estalactitas sinuosas adonde había seguido a mis padres, que llevaban sus devocionarios. Un instante después, los pequeños vitrales en rombo habían adquirido la transparencia profunda, la irrompible dureza de los zafiros que se hubiesen yuxtapuesto sobre algún pectoral inmenso, pero tras las que uno sentía, más amada que todas esas riquezas, una sonrisa momentánea del sol. Era tan reconocible en el oleaje azul y suave con el que bañaba las pedrerías como en el pavimento de la plaza o en la paja del mercado. Hasta en nuestros primeros domingos, cuando llegábamos antes de Pascua, me consolaba de que la tierra estuviese todavía desnuda y negra haciendo que se abriera, como en una primavera histórica que databa de los sucesores de san Luis, aquel tapiz deslumbrante y dorado de miosotis de cristal.

Dos tapices de alto lizo representaban la coronación de Esther (la tradición decía que se les habían puesto a Asuero los rasgos de un rey de Francia y a Esther los de una dama de Guermantes de la que estaba enamorado), a los que sus colores, al fundirse, habían añadido expresión, relieve y luminosidad. Un poco de rosa flotaba por los labios de Esther más allá del dibujo de su contorno; el amarillo de su vestido se desplegaba tan untuosa y generosamente, que adquiría por ello una especie de consistencia y se alzaba vivamente sobre la atmósfera contenida, y el verdor de los árboles permanecía vivo en las partes bajas del lienzo de seda y lana, pero estaba «pasado» en la parte alta, donde hacía que se destacasen más pálidamente, por encima de los troncos oscuros, las altas ramas amarillentas, doradas y como medio borradas por la brusca y oblicua iluminación de un sol invisible. Todo eso, y aún más los objetos preciosos traídos a la iglesia por personajes que para mí eran casi de leyenda (la cruz de oro bruñido, se decía, de san Eloy y dada por Dagobert; el sepulcro de los hijos de Luis el Germánico, de pórfido y cobre esmaltado), por cuya causa yo avanzaba en la iglesia, cuando nos dirigíamos a nuestros asientos, como por un valle visitado por las hadas, donde el campesino se maravilla al ver en un peñasco, un árbol o un charco la huella palpable de su paso sobrenatural. Para mí, todo eso hacía de ella algo enteramente diferente del resto de la ciudad; era un edificio que ocupaba, si se puede decir así, un espacio de cuatro dimensiones —la cuarta es el tiempo— que desplegaba a través de los siglos su nave que, de fila en fila de bancos, de capilla en capilla, parecía que vencía y franqueaba, no ya solamente algunos metros, sino épocas sucesivas de donde salía victorioso; que escondía el rudo y feroz siglo xi en el espesor de sus muros, de donde no aparecía con sus pesadas cimbras taponadas y cegadas por burda mampostería más que por la profunda muesca que excavaba la escalera del campanario cerca del atrio, incluso allí, quedaba disimulado por las graciosas arcadas góticas que se apretaban coquetamente ante él, como hacen las hermanas mayores que, para ocultarlo a los extraños, se colocan sonriendo delante de un hermano pequeño grosero, gruñón y mal vestido. Por encima de la plaza elevaba al cielo su torre, que había contemplado a san Luis y le parecía verlo aún, y se hundía con su cripta en una noche merovingia en la que, guiándonos a tientas bajo la bóveda oscura y poderosamente nervada como el ala membranosa de un inmenso murciélago de piedra, Theodore y su hermana nos alumbraban con una vela el sepulcro de la nieta de Sigebert, sobre el que una profunda valva —como la huella de un fósil— había sido excavada, se decía, «por una lámpara de cristal que la tarde del asesinato de la princesa franca se había soltado por sí misma de las cadenas de oro de donde estaba colgada en el lugar mismo del ábside actual y que, sin que el cristal se rompiera y sin que la llama se apagase, se había hundido en la piedra, a la que había hecho ceder lentamente bajo ella.»

¿Puede hablarse realmente del ábside de la iglesia de Combray? Era muy tosco y estaba desprovisto de toda belleza artística, y hasta de impulso religioso. Desde fuera, como el cruce de las calles sobre las que daba estaba en la planta baja, su tosca muralla se levantaba desde unos fundamentos hechos de mampostería sin pulir y erizados de guijarros que no tenían nada de especialmente eclesiástico. Las vidrieras parecían abiertas a una altura excesiva y el conjunto tenía más el aspecto de un muro de cárcel que de iglesia. Y ciertamente, más tarde, cuando recordaba todos los ábsides gloriosos que he visto, no se me habría venido jamás al pensamiento comparar con ellos al ábside de Combray. Tan sólo un día, al doblar una callecita provincial, frente al cruce de tres callejones, vi una pared basta y elevada con vidrieras abiertas en lo alto que ofrecía el mismo aspecto asimétrico que el ábside de Combray. Entonces no me pregunté, como en Chartres o Reims, con qué poderío estaba manifestado el sentimiento religioso, sino que exclamé involuntariamente: «¡la iglesia!».

¡La iglesia! Familiar, medianera en la calle de san Hilario, donde estaba su puerta norte, con sus dos vecinas, la farmacia del señor Rapin y la casa de la señora Loiseau, a la que tocaba sin separación alguna; simple ciudadana de Combray que habría podido tener su número de calle si las calles de Combray hubiesen tenido números y donde parece que el cartero habría debido detenerse por la mañana cuando hacía el reparto, antes de entrar en la casa de la señora Loiseau al salir de la tienda del señor Rapin. Sin embargo, entre ella y todo lo que no era ella había una separación que mi mente no ha conseguido franquear jamás. Por mucho que en la ventana de la señora Loiseau creciesen las fucsias, que tomaban la mala costumbre de dejar que sus ramas corriesen siempre por todos lados con la cabeza baja, y cuyas flores no tenían nada más que hacer, cuando eran bastante grandes, que ir a refrescar sus mejillas violetas y congestionadas en la sombría fachada de la iglesia. No por eso se me hacían sagradas las fucsias: aunque mis ojos no percibían un intervalo entre las flores y la piedra ennegrecida sobre la que se apoyaban, mi mente asignaba un abismo.

Se reconocía el campanario de Saint-Hilaire desde muy lejos, se marcaba su figura inolvidable en el horizonte en el que Combray no aparecía aún. Cuando desde el tren que nos llevaba desde París la semana de Pascua mi padre la percibía, desgarrando todos los surcos del cielo por turnos y haciendo correr por todos lados su gallito de hierro, nos decía: «Vamos, recoged las mantas, hemos llegado». Y en uno de los paseos mayores que dábamos desde Combray había un lugar en el que el estrecho sendero desembocaba de repente en una meseta enorme, cerrada en el horizonte por unos bosques recortados de donde sobresalía únicamente la fina punta del campanario de Saint-Hilaire, pero tan delgada y tan rosa que parecía que solamente estuviese rayada en el cielo por una uña que hubiera querido darle a ese paisaje, a ese cuadro de naturaleza sola, esa pequeña huella de arte, esa única indicación humana. Cuando nos acercábamos y podíamos ver el resto de la torre cuadrada y medio derruida que, menos alta, susbsistía a su costado, nos quedábamos asombrados sobre todo por el tono rojizo y sombrío de las piedras, y en una mañana brumosa de otoño habría podido decirse que se elevaba por encima del violeta tormentoso de las viñas una ruina púrpura, casi del color de la parra virgen.

Cuando volvíamos, mi abuela me hacía detenerme a menudo en la plaza para mirarlo. Desde las ventanas de su torre, colocadas de dos en dos las unas encima de las otras, con esa justa y original proporción en las distancias que sólo da belleza y dignidad a los rostros humanos, soltaba y dejaba caer a intervalos regulares bandadas de cuervos que daban vueltas chillando durante un momento, como si las viejas piedras que los dejaban juguetear, sin que pareciesen verlo, se hubieran vuelto inhabitables de repente y fuesen portadoras de una agitación inacabable, y los hubieran golpeado y rechazado. Luego, después de haber rayado en todos los sentidos el terciopelo violeta del aire de la tarde, se calmaban bruscamente y volvían a absorberse en la torre, que de nefasta había vuelto a ser propicia. Algunos posados aquí y allá, que no parecían moverse, sino que atrapaban quizá algún insecto en la punta de un pináculo, como una gaviota detenida con la inmovilidad de un pescador sobre la cresta de una ola. Sin saber mucho por qué, mi abuela encontraba en el campanario de Saint-Hilaire esa ausencia de vulgaridad, de pretensión y de mezquindad que le hacía amar y creer rica de influencias benéficas a la naturaleza, cuando la mano del hombre no la había empequeñecido como hacía el jardinero de mi tía abuela, igual que las obras geniales. Y sin duda, cualquier parte que se viese de la iglesia la distinguía de cualquier otro edificio por una especie de pensamiento que le era infuso, pero era en su campanario donde parecía tomar consciencia de sí misma y afirmar una existencia individual y responsable. Era el campanario el que hablaba por ella. Sobre todo, creo que, confusamente, mi abuela encontraba en el campanario de Combray lo que para ella era lo más valioso del mundo: el aire natural y el aspecto distinguido. Ignorante de arquitectura, decía: «Hijos míos, burlaos de mí si queréis, no es bello según las reglas, pero su extraña y vieja figura me gusta. Estoy segura de que si tocase el piano, no lo haría secamente.» Y al mirarlo, al seguir con los ojos la suave tensión y la inclinación ferviente de sus pendientes de piedra que se acercaban al elevarse como dos manos unidas en oración, se unía tanto a la efusión de la flecha, que su mirada parecía lanzarse con él, y al mismo tiempo sonreía amistosamente a las viejas piedras gastadas a las que el crepúsculo no iluminaba más que en la cima y que, a partir del momento en el que entraban en esa parte soleada, suavizadas por la luz, parecían subidas de golpe mucho más arriba, como una melodía retomada «en voz de falsete» una octava más alto.

Era el campanario de Saint-Hilaire lo que daba a todas las ocupaciones, a todas las horas y a todas las perspectivas de la ciudad su figura, su coronación y su consagración. Desde mi habitación yo no podía ver más que su base, que había sido recubierta de pizarras, pero cuando los domingos, en alguna cálida mañana de verano, las veía refulgir como un sol negro, me decía a mí mismo: «¡Dios mío, las nueve! Tengo que prepararme para ir a misa mayor si quiero tener tiempo para ir antes a besar a tía Leonie», y yo sabía el color exacto que tenía el sol en la plaza, el calor y el polvo del mercado, la sombra que hacía el toldo del almacén en el que mamá entraría quizá antes de la misa, rodeada de un olor a tela cruda, a comprar algún pañuelo que le mostraría, arqueando su estatura, el patrón que, a la vez que se preparaba para cerrar, acababa de ir a la trastienda a ponerse su chaqueta de los domingos y a enjabonarse las manos, que él tenía la costumbre, incluso en las circunstancias más melancólicas, de frotarse la una contra la otra cada cinco minutos con un aire de empresa, de partida terminada y de triunfo.

Cuando después de la misa entrábamos a decirle a Theodore que trajese un brioche más grande que el de costumbre porque nuestros primos habían aprovechado el buen tiempo para venir desde Thiberzy a almorzar con nosotros, teníamos delante el campanario que, dorado y cocido también como un brioche mayor y bendito, con descamaciones y goteos gomosos de sol, picaba con su aguda punta el cielo azul. Y por la tarde, cuando regresaba del paseo y pensaba en el momento en el que tendría que decirle buenas noches a mi madre y no verla ya más, era por el contrario tan suave en el día que terminaba, que tenía aspecto de estar posado y hundido como un cojín de terciopelo marrón sobre el cielo empalidecido que había cedido bajo su presión, que se había hundido ligeramente para hacerle sitio y fluía sobre sus bordes; y los chillidos de los pájaros que daban vueltas a su alrededor parecían acrecentar su silencio, elevar todavía más su aguja y darle algo de inefable.

Incluso en los recados que teníamos que hacer detrás de la iglesia, allí donde no se la veía, todo parecía ordenado en relación al campanario que surgía aquí o allá entre las casas, acaso más conmovedor todavía cuando aparecía así sin la iglesia. Por supuesto, hay muchos otros que son más hermosos vistos de esa manera, y tengo en el recuerdo ilustraciones de campanarios que sobrepasan los tejados, que tienen un carácter artístico distinto de los que componían las grises calles de Combray. No olvidaré nunca, en una curiosa ciudad de Normandía cerca de Balbec, dos palacetes encantadores del siglo XVIII, que en muchos aspectos me son queridos y venerables, entre los que, cuando se la mira desde el hermoso jardín que desciende desde las escalinatas hacia el río, la aguja gótica de la iglesia a la que ocultan se alza con aire de completar y de coronar sus fachadas, pero de una manera tan diferente, tan preciosa, tan anillada, tan rosa y tan pulida, que se ve muy bien que no forma parte, no más que de dos bonitos guijarros unidos, entre los que está presa en la playa, la aguja purpurina y dentada de algún caparazón fusiforme en forma de torrecilla y vidriado de esmalte. Hasta en París, en uno de los barrios más feos de la ciudad, sé de una ventana desde donde se ve, después de un primero, un segundo e incluso un tercer plano hechos por los tejados amontonados de varias calles, una campana violeta, a veces rojiza, a veces también, en las más nobles «pruebas» que saca de ello la atmósfera, de un negro de cenizas sedimentadas, que no es otra que la cúpula de Saint-Augustin y que le da a esta vista de París el carácter de ciertas vistas de Roma pintadas por Piranesi. Pero como en ninguno de esos pequeños grabados, por más gusto con que mi memoria haya podido realizarlos, se puede poner lo que yo hacía mucho tiempo que había perdido, el sentimiento que se nos crea no ya al considerar una cosa como un espectáculo, sino al creer en ella como en un ser sin equivalente, ninguna de ellas tiene bajo su dependencia toda una parte profunda de mi vida, como lo hace el recuerdo de aquellos aspectos del campanario de Combray en las calles que están detrás de la iglesia. Cuando lo veíamos a las cinco de la tarde, cuando íbamos a buscar las cartas al correo, a algunas casas más abajo, a la izquierda, realzando bruscamente con una cúspide aislada la línea de los caballetes de los tejados, o, si al contrario queríamos entrar a pedir noticias de la señora Sazerat, seguíamos con los ojos esa línea, convertida en baja tras la bajada de su otra vertiente, sabiendo que habría que doblar en la segunda calle después del campanario. O dirigiéndonos más lejos, si íbamos a la estación, lo veíamos oblicuamente mostrando de perfil aristas y superficies nuevas, como un sólido sorprendido en un momento desconocido de su giro. O que desde las orillas del Vivonne el ábside, musculosamente recogido y alzado por la perspectiva, parecía que saltase por el esfuerzo que hacía el campanario para lanzar su flecha al corazón del cielo. Era siempre él a lo que había que volver, siempre él lo que lo dominaba todo, coronando las casas con un pináculo inesperado, elevado ante mí como el dedo de Dios, cuyo cuerpo hubiera sido ocultado en la muchedumbre de humanos sin que por eso yo lo confundiera con ella. Y hoy también, si en una gran ciudad de provincias, o en un barrio de París que no conozca bien, un transeúnte que me ha «puesto en el camino» me muestra a lo lejos, como un punto de referencia, tal campanario de hospital, o tal campanario de convento que levanta la punta de su bonete eclesiástico en un rincón de una calle que debo tomar, por poco que mi memoria pueda encontrarle oscuramente algún rasgo semejante a la figura querida y desaparecida, el transeúnte, si se da la vuelta para asegurarse de que no me pierdo, puede verme, para su extrañeza, que me olvido del paseo emprendido o del trayecto obligado y me quedo allí, ante el campanario, durante horas, inmóvil e intentando acordarme, sintiendo en el fondo de mí tierras reconquistadas del olvido que se secan y vuelven a formarse. Y sin duda entonces, y más ansiosamente que hace un momento, cuando le pedía que me informase, sigo buscando mi camino, giro en una calle... pero... es en mi corazón...

Al volver de la misa nos encontrábamos a menudo con el señor Legrandin, quien, al estar retenido en París por su profesión de ingeniero, no podía venir a su finca de Combray, aparte de las vacaciones de verano, más que desde el sábado por la tarde al lunes por la mañana. Era uno de esos hombres que, fuera de una carrera científica en la que por otra parte han tenido mucho éxito, poseen una cultura muy diferente, literaria y artística, que por su especialización profesional no utilizan y de la que se beneficia su conversación. Más letrados que muchos literatos (en esa época no sabíamos que el señor Legrandin tuvo cierta reputación como escritor y nos sorprendimos mucho al ver que un músico famoso había compuesto una melodía sobre unos versos suyos) y dotados con más «facilidad» que muchos pintores, se imaginan que la vida que llevan no es la que les habría convenido y aportan a sus ocupaciones positivas ya sea una despreocupada mezcla, ya sea una aplicación sostenida y arrogante, despectiva, amargada y concienzuda. Alto, con buena complexión, un rostro pensativo y fino de largos bigotes rubios, de mirada azul y desencantada, de una cortesía refinada, más hablador que lo que nunca habíamos oído; a los ojos de mi familia, que lo citaba siempre como ejemplo, era el tipo de hombre de élite que tomaba la vida de la manera más noble y delicada. Mi abuela le reprochaba solamente que hablase un poco demasiado bien, un poco demasiado como un libro, que no tuviese en su lenguaje la naturalidad que había en sus chalinas siempre flotantes y en su chaqueta recta, casi de escolar. Se sorprendía también de las peroratas inflamadas que interponía a menudo contra la aristocracia, la vida mundana, el esnobismo, «verdaderamente, el pecado en el que piensa san Pablo cuando habla del pecado para el que no hay absolución».

La ambición mundana era un sentimiento que mi abuela era tan incapaz de sentir y casi de comprender, que le parecía muy inútil que pusiera tanto ardor en censurarla. Además, no le parecía de muy buen gusto que el señor Legrandin, cuya hermana estaba casada cerca de Balbec con un caballero de la Baja Normandía, se entregase a ataques tan violentos contra los nobles, en los que llegaba hasta a reprochar a la Revolución que no los hubiese guillotinado a todos.

—¡Hola, amigos! —nos decía al venir a nuestro encuentro—. Qué suerte la suya por vivir mucho aquí, mañana yo tengo que volver a París, a mi nicho. ¡Oh! —añadía con esa sonrisa suavemente irónica y decepcionada, un poco distraída, que era muy suya—, por supuesto, en mi casa hay toda clase de cosas inútiles; en ella no falta más que lo necesario: un buen trozo de cielo como aquí. Intenta guardar siempre un trozo de cielo por encima de tu vida, muchachito —añadía volviéndose a mí—. Tienes un alma bella, de una cualidad poco común, una naturaleza de artista, no la dejes que le falte lo que necesita.

Cuando a nuestra vuelta mi tía nos preguntaba si la señora Goupil había llegado tarde a la misa, éramos incapaces de informarle. En cambio, aumentábamos su consternación diciéndole que un pintor trabajaba en la iglesia copiando el vitral de Gilberto el Malo. Françoise fue enviada enseguida a la tienda del abacero y volvió de vacío, por culpa de la ausencia de Theodore, a quien su doble profesión de chantre que tenía parte en el mantenimiento de la iglesia y de ayudante de abacería, con relaciones en todas partes, le daba un saber universal.

—¡Ay! —suspiraba mi tía—, quisiera que fuese ya la hora de Eulalie. En realidad solamente ella podrá decírmelo.

Eulalie era una muchacha coja, enérgica y sorda que se había «jubilado» después de la muerte de la señora De La Bretonnerie, donde estuvo empleada desde la infancia, y que había alquilado una habitación al lado de la iglesia de donde bajaba todo el rato, ya fuese a los oficios religiosos, o ya fuese, fuera de los oficios, para decir una pequeña oración o a echarle una mano a Theodore. El resto del tiempo iba a visitar a personas enfermas como mi tía Leonie, a quien le contaba todo lo que había pasado en la misa o en las vísperas. No desdeñaba añadir algunos beneficios eventuales a la pequeña renta que le servía la familia de sus antiguos señores al ir de cuando en cuando a vigilar la ropa blanca del cura o de cualquier otra personalidad destacada del mundo clerical de Combray. Por encima de un manto de paño negro llevaba una pequeña toca blanca, casi de religiosa, y una enfermedad de la piel le daba a una parte de sus mejillas y a su nariz ganchuda los tonos rosa intenso de la balsamina[12]. Sus visitas eran la gran distracción de mi tía Leonie, que ya no recibía a nadie aparte del señor cura. Mi tía había excluido poco a poco a todos los demás visitantes, porque ante sus ojos todos cometían el error de entrar en una u otra categoría de las gentes que detestaba. Los unos, los peores y de los que se había desembarazado los primeros, eran aquellos que le aconsejaban que no «se escuchase» y que profesaban, aunque fuese negativamente y no manifestándolo más que por medio de pequeños silencios de desaprobación o por ciertas sonrisas de duda, la doctrina subversiva de que un paseíto al sol y un buen bistec poco hecho (¡a ella, a quien se le quedaban catorce horas en el estómago dos malos tragos de agua de Vichy!) le sentarían mejor que su cama y sus medicinas. La otra categoría se componía de las personas que parecían creer que ella estaba más gravemente enferma que lo que creía y que estaba tan gravemente enferma como decía. Asimismo, aquellos que había permitido que subieran gracias a las oficiosas súplicas de Françoise, tras ciertas vacilaciones, y que en el transcurso de la visita habían mostrado lo indignos que eran del favor que se les hacía al arriesgarse tímidamente a decir un: «¿No le parece que sería bueno que se moviese un poco en el buen tiempo?» o que, al contrario, cuando ella les había dicho: «Estoy muy mal, muy mal, es el final, pobres amigos míos», le habían respondido: «¡Ay, cuando no se tiene salud! Pero usted todavía puede durar mucho así». Todos ellos, tanto los unos como los otros, estaban seguros de que no los recibiría nunca más. Y si Françoise se divertía con la cara espantada de mi tía cuando había visto en la calle

---

[12] Planta empleada en Medicina como cura de llagas y heridas. *(N. del T.)*

del Espíritu Santo desde su cama a una de esas personas que tenía aspecto de venir a su casa, o cuando había oído tocar la campanilla de la puerta, se reía mucho más, como si fuera de una buena jugarreta, de las tretas siempre victoriosas de mi tía para hacer que los despidiesen y de las caras perplejas que ponían al tener que darse la vuelta sin haberla visto. En el fondo, Françoise admiraba a su señora, a la que juzgaba superior a todas aquellas gentes puesto que no quería recibirlas. En definitiva, mi tía exigía a la vez que se le aprobase su régimen, que se la compadeciese por sus sufrimientos y que se la tranquilizase sobre su porvenir.

Y en eso, Eulalie era excelente. Ya podía decirle mi tía veinte veces en un minuto: «Es el final, mi pobre Eulalie», que veinte veces le respondía Eulalie: «Conociendo su enfermedad como usted la conoce, señora Octave, llegará a los cien años, como me decía ayer mismo la señora Sazerin». (Una de las creencias más firmes de Eulalie, y que el número imponente de los desmentidos aportados por la experiencia no le había bastado para menoscabar, era que la señora Sazerat se llamaba señora Sazerin.)

—Yo no pido llegar a los cien años —respondía mi tía, que prefería no ver asignado a sus días un final concreto.

Y como Eulalie sabía como nadie distraer con eso a mi tía sin fatigarla, sus visitas, que tenían lugar regularmente todos los domingos, salvo impedimento inesperado, eran para mi tía un placer cuya perspectiva la mantenía esos días en un estado agradable al principio, pero que enseguida era doloroso, como el hambre excesiva, por poco que se retrasase Eulalie. Si se prolongaba demasiado, ese deleite de esperar a Eulalie se convertía en un suplicio; mi tía no dejaba de mirar la hora, bostezaba y sentía debilidades. Si la llamada de Eulalie llegaba al final del día, cuando ella ya no la esperaba, casi le hacía encontrarse mal. En realidad, los domingos no pensaba más que en esa visita, y en cuanto terminaba el almuerzo Françoise tenía prisa para que saliésemos del comedor para que ella pudiese subir a «ocuparse» de mi tía. Pero (sobre todo a partir del momento en el que los días buenos se instalaban en Combray) hacía mucho tiempo que la altiva hora del mediodía, descendida desde la torre de Saint-Hilaire, a la que blasonaba con doce florones momentáneos de su corona sonora, había resonado alrededor de nuestra mesa, junto al pan bendito venido también familiarmente al salir de la iglesia, cuando todavía estábamos sentados ante los platos de *Las mil y una noches,* abotargados por el calor y sobre todo por la comida. Porque, al fondo permanente de huevos, costillas, patatas, confituras y bizcochos que ella ni siquiera nos anunciaba, Françoise añadía —según los trabajos del campo y de los huertos, el fruto de la marea, los azares del comercio, las amabilidades de los vecinos y su propio genio, y de una manera tan buena que nuestro menú, como esos cuadrifolios que esculpían en el siglo XIII en el pórtico de las catedrales, reflejaba un poco el ritmo de las estaciones y de los episodios de la vida— un rodaballo porque la pescadera le había garantizado que era fresco; una pava porque había visto una buena en el mercado de Roussainville-le-Pin; unos cardos con tuétano porque no nos los había hecho todavía de esa manera; una pierna de cordero asada porque el aire libre abre el apetito y había mucho tiempo para bajarla hasta las siete; espinacas para variar; albaricoques porque todavía eran una rareza; grosellas porque en quince días ya no habría más; frambuesas que había traído a propósito el señor Swann; cerezas, las primeras que viniesen del cerezo del jardín después de dos años que no daba ninguna; una tarta de queso, que tanto me gustaba en otro tiempo; un pastel de almendras porque las había encargado la víspera; un brioche porque era nuestro turno de ofrecerlo. Cuando todo eso había acabado, y elaborada expresamente para nosotros, pero dedicada más especialmente a mi padre, a quien le gustaba mucho, nos era ofrecida una crema de chocolate, inspiración y atención personal de Françoise, fugitiva y ligera como una obra de circunstancias en la que ella había empleado todo su talento. Quien se negase a probarla diciendo: «He acabado, ya no puedo más» sería inmediatamente rebajado al rango de esos patanes que, incluso en el regalo de una de sus obras que les hace un artista, miran el peso y el material, cuando en ella no valen más que la intención y la firma. Hasta dejarse una sola gota en el plato hubiera dado testimonio de la misma descortesía que levantarse ante las narices del compositor antes del fin de la pieza.

Al final, mi madre me decía: «Vamos, no te quedes aquí indefinidamente, sube a tu habitación si tienes demasiado calor fuera, pero primero ve a tomar el aire un momento para no leer nada más dejar la mesa». Yo iba a sentarme cerca de la bomba y su bebedero, a menudo ornamentado, como una fuente gótica, con una salamandra que esculpía en la tosca piedra el reflejo móvil de su cuerpo alegórico y fusiforme, sobre el banco sin respaldo sombreado por un lilo, en ese pequeño rincón del jardín que se abría mediante una puerta de servicio a la calle del Espíritu Santo y al terreno poco cuidado del que se elevaba con dos escalones, en un saliente de la casa y como construcción independiente, la trascocina. Se veía su embaldosado rojo y reluciente, como si fuera de pórfido. Tenía menos aspecto de antro de Françoise que de templete de Venus. Estaba repleta de las ofrendas del mantequero, del frutero y de la verdulera, que venían a veces de aldeas bastante alejadas para dedicarle las primicias de sus campos. Y su tejado estaba coronado siempre por el zureo de una paloma.

En otra época yo no me retrasaba en el bosque consagrado que la rodeaba, porque antes de subir a leer entraba en el pequeño gabinete de descanso que mi tío Adolphe, hermano de mi abuelo y antiguo militar que se había jubilado de comandante, ocupaba al nivel de la calle y que, incluso cuando las ventanas abiertas dejaban entrar el calor, si no eran los rayos del sol que rara vez llegaban hasta allí, emanaba inagotablemente ese olor oscuro y fresco, a la vez forestal y «Antiguo Régimen», que hace soñar largamente a la nariz cuando se entra en ciertos pabellones de caza abandonados. Pero hacía muchos años que yo no entraba en el gabinete de mi tío Adolphe, ya que este último no venía ya a Combray por causa de una disputa que había ocurrido entre él y mi familia, por culpa mía, en las circunstancias siguientes: Una o dos veces al mes, en París, me enviaban a hacerle una visita cuando él terminaba de almorzar, vestido con una simple guerrera, servido por su criado, que iba en chaqueta de trabajo de dril rayado en violeta y blanco. Se quejaba rezongando de que yo no había ido desde hacía mucho tiempo y de que lo abandonábamos; me ofrecía un mazapán o una mandarina, atravesábamos un salón en el que no se detenía nunca, donde nunca se encendía el fuego, en el que las paredes estaban adornadas con molduras doradas, los techos pintados de un azul que pretendía imitar al cielo y los muebles acolchados en un satén como el de la casa de mis abuelos, pero en amarillo. Después pasábamos a lo que él llamaba su gabinete «de trabajo», en cuyas paredes estaban colgados unos grabados de esos que representan sobre un fondo negro una diosa carnosa y rosada que guiaba un carro subida a un globo o con una estrella en la frente, que gustaban mucho en el Segundo Imperio porque se les encontraba un aire pompeyano, y a los que luego se aborreció y que volvieron a gustar otra vez por una sola y misma razón, a pesar de todas las demás que se le dan, y es porque parecen del Segundo Imperio. Y yo me quedaba con mi tío hasta que su ayuda de cámara venía a preguntarle, de parte del cochero, para qué hora debía uncir los caballos. Mi tío se sumergía entonces en una meditación que su ayuda de cámara, maravillado, habría temido perturbar con un solo movimiento y cuyo resultado, siempre idéntico, se esperaba con curiosidad. Al fin, tras una vacilación suprema, mi tío pronunciaba infaliblemente estas palabras: «A las dos y cuarto», que el ayuda de cámara repetía con extrañeza, pero sin discutir: «¿A las dos y cuarto? Bien... voy a decírselo...».

En esa época yo estaba enamorado del teatro, un amor platónico, pues mis padres no me habían permitido nunca todavía que fuera allí, y yo me imaginaba de una manera tan poco exacta los placeres que se disfrutaban en él, que no estaba lejos de creer que cada espectador miraba como en un estereoscopio un decorado que era sólo para él, aunque semejante a los otros mil que miraba, cada uno para sí, el resto de los espectadores.

Todas las mañanas iba corriendo hasta la columna Morris para ver qué espectáculos anunciaba. Nada era más desinteresado y feliz que los sueños ofrecidos a mi imaginación por cada obra anunciada, que estaban condicionados a su vez por las imágenes inseparables de las palabras que formaban el título y también del color de los carteles todavía húmedos y llenos de cola sobre los que se destacaban. Si no era una de esas obras extrañas como *El testamento de César Girodot*, o *Edipo rey*, que no se inscribían en la cartelera verde de la Ópera Cómica, sino en la cartelera color vinagre de la Comedia Francesa, nada me parecía más distinto del penacho reluciente y blanco de *Los diamantes de la corona* que el satén liso y misterioso del *Dominó negro*, y como mis padres me habían dicho que cuando fuese por primera vez al teatro tendría que elegir entre esas dos obras, buscando profundizar sucesivamente en el título de la una y de la otra, puesto que eso era todo lo que conocía de ellas, para tratar de comprender en cada una el placer que me prometía y compararlo con el que se escondía en la otra, llegaba a representarme con tanta fuerza, por una parte una obra deslumbrante y orgullosa y por la otra una obra sutil y aterciopelada, que era incapaz de decidir cuál de las dos prefería, como si a los postres me hubieran dado a elegir entre un arroz a la emperatriz[13] y una crema de chocolate.

Todas las conversaciones con mis compañeros llevaban a esos actores cuyo arte, aunque me fuese desconocido todavía, era la primera forma, entre todas las que reviste, bajo la cual se dejaba presentir para mí el Arte. Entre la manera que tenía el uno o el otro de decir, de matizar un discurso, me parecía que las diferencias más mínimas tenían una importancia incalculable. Y, según lo que se me había dicho de ellos, los clasificaba por orden de talento en listas que me recitaba todo el día y que habían acabado por endurecerse en mi cerebro y por molestarlo con su inamovilidad.

Más adelante, cuando fui al instituto, cada vez que durante las clases yo me comunicaba, en cuanto el profesor volvía la cabeza, con un amigo nuevo, mi primera consulta era siempre para preguntarle si ya había ido al teatro y si le parecía que el mejor actor era Got, o el segundo Delaunay, y así. Y si, en su opinión, Febvre sólo iba después de Thiron, o Delaunay después de Coquelin, la repentina movilidad que Coquelin, perdiendo la rigidez de la piedra, contraía en mi mente para pasar en ella a la segunda fila, y la agilidad milagrosa y la fecunda animación de que estaba dotado Delaunay para retroceder a una cuarta, le

---

[13] Arroz con leche, servido con nata inglesa y chantillí. *(N. del T.)*

daba la sensación de florecimiento y de vida a mi cerebro suavizado y fertilizado.

Pero si los actores me preocupaban de esa manera, si la vista de Maubant saliendo una tarde del Teatro Francés me había provocado el sobrecogimiento y los sufrimientos del amor, ¡cuánto lo haría el nombre de una estrella brillante a la puerta de un teatro, cuánto, en el cristal de una berlina que pasaba por la calle con sus caballos florecidos de rosas en las frontaleras, la vista del rostro de una mujer que yo creía quizá que era una actriz, dejaba en mí una turbación más prolongada, un esfuerzo impotente y doloroso para imaginarme su vida! Yo clasificaba por orden de talento a las más ilustres: Sarah Bernhardt, la Berma, Bartet, Madeleine Brohan, Jeanne Samary, pero todas me interesaban. Ahora bien, mi tío conocía a muchas, y también a cortesanas que yo no podía distinguir claramente de las actrices. Las recibía en su casa. Y si nosotros sólo íbamos a verlo en ciertos días, es porque en los otros venían mujeres con las que su familia no habría podido encontrarse, al menos en su opinión, porque para mi tío, al contrario, su facilidad demasiado grande para hacer, a bonitas viudas que acaso no habían estado casadas nunca y a condesas de apellidos rimbombantes que sin duda no eran más que un nombre de guerra, la cortesía de presentarlas a mi abuela o incluso de darles joyas de la familia, lo que lo había hecho disputar más de una vez con mi abuelo. Frecuentemente, ante un nombre de actriz que salía en la conversación, oía a mi padre decirle sonriendo a mi madre: «Una amiga de tu tío», y yo creía que la espera que hacían inútilmente, quizá durante años, los hombres importantes a la puerta de tal o cual mujer que no respondía a sus cartas y hacía que el portero de su palacete les echase, mi tío habría podido librar de ello a un chiquillo como yo presentándole en su casa a la actriz, inabordable para tantos otros y que para él era una amiga íntima.

Asimismo —bajo el pretexto de que una clase que había sido aplazada caía ahora tan mal que me había impedido varias veces, y me seguiría impidiendo, ver a mi tío—, un día, distinto del que estaba reservado a las visitas que le hacíamos, aprovechando que mis padres habían almorzado muy temprano, salí y en lugar de ir a mirar la columna de los carteles, donde me dejaban que fuera solo, corrí hasta llegar a él. Observé ante su puerta un carruaje de dos caballos que tenían en las anteojeras un clavel rojo como el que tenía el cochero en su ojal. Desde la escalera oí una risa y una voz de mujer, y en cuanto hube llamado, silencio y después el ruido de puertas que se cerraban. El ayuda de cámara vino a abrir y al verme pareció incómodo, me dijo que mi tío estaba muy ocupado, que sin duda no podría recibirme y, mientras iba no obstante a avisarle, la misma voz que había oído dijo: «¡Ay, sí! Déjalo entrar, sólo un momento, eso me divertiría mucho. Por la fotografía que tienes en el escritorio se parece mucho a su mamá, tu sobrina, cuya fotografía está al lado de la tuya, ¿verdad? Quisiera ver a ese chiquillo, tan sólo un momento».

Oí a mi tío gruñir y enojarse; finalmente el ayuda de cámara me hizo entrar.

Sobre la mesa estaba el mismo plato de mazapanes que de costumbre y mi tío tenía puesta su guerrera de todos los días, pero frente a él, vestida de seda rosa y con un gran collar de perlas en el cuello, estaba sentada una mujer joven que acababa de comerse una mandarina. Yo estaba inseguro de si llamarle señora o señorita y me ruboricé, no me atreví a volver demasiado mis ojos hacia donde estaba por miedo a tener que hablarle y fui a besar a mi tío. Ella me miraba sonriendo, mi tío le dijo: «Mi sobrino», sin decirle mi nombre ni decirme a mí el suyo, sin duda porque, después de los problemas que había tenido con mi abuelo, intentaba evitar tanto como fuese posible toda apariencia de unión entre su familia y esa clase de relaciones.

—¡Cómo se parece a su madre! —dijo la joven.

—¡Pero si tú no has visto nunca a mi sobrina más que en fotografía! —dijo rápidamente mi tío en tono brusco.

—Perdona, querido, me crucé con ella en la escalera el año pasado, cuando tú estabas tan enfermo. Cierto es que sólo la vi el tiempo de un relámpago y que tu escalera es muy oscura, pero me bastó con eso para admirarla. Este jovencito tiene sus bellos ojos y también esto —dijo ella, trazando una línea con el dedo sobre la parte baja de su frente—. ¿Es que tu señora sobrina lleva el mismo apellido que tú, amigo mío? —le preguntó a mi tío.

—Se parece sobre todo a su padre —gruñó mi tío, al que no le preocupaba más hacer presentaciones a distancia diciendo el apellido de mamá que hacerlo de cerca—; es enteramente su padre, y también mi pobre madre.

—No conozco a su padre —dijo la dama de rosa con una leve inclinación de la cabeza—, y no conocí a tu pobre madre, amigo mío. ¿Te acuerdas?, fue poco después de tu gran dolor cuando nos conocimos.

Yo sentía una pequeña decepción, porque esa dama joven no se diferenciaba de las demás mujeres bonitas que había visto algunas veces en mi familia, especialmente de la hija de uno de nuestros primos a cuya casa yo iba todos los años el primero de enero. Sólo que mejor vestida. La amiga de mi tío tenía la misma mirada penetrante y buena, tenía su mismo aspecto sincero y afectuoso. No le encontraba nada del aspecto teatral que admiraba en las fotografías de las actrices, ni de la expresión diabólica que hubiera estado en relación con la vida que debía llevar.

Me costaba creer que fuese una cortesana, y sobre todo no habría creído que fuese una cortesana con clase si no hubiera visto el carruaje de dos caballos, el vestido rosa y el collar de perlas, y si no hubiera sabido que mi tío conocía sólo a las de más altos vuelos. Pero me preguntaba cómo el millonario que le daba su vehículo y su palacete y sus joyas podía tener placer alguno en comerse su fortuna por una persona que tenía un aspecto tan sencillo y tan normal. Y sin embargo, al pensar en lo que debía ser su vida, la inmoralidad me perturbaba quizá más que si se hubiese concretado ante mí en una apariencia especial —aquella forma de ser tan invisible como el secreto de alguna novela, de algún escándalo que la hubiera hecho salir de la casa de sus padres burgueses y entregarse a todo el mundo, que había hecho desarrollarse en belleza y alzarse hasta el mundo de la vida alegre y de la notoriedad a aquella a la que los movimientos de su fisionomía y el tono de su voz, parecidos a los de tantas otras que conocía ya, me hacían considerar a mi pesar como una joven de buena familia a quien ya no era de ninguna familia.

Habíamos pasado al «gabinete de trabajo» y mi tío, con aspecto de estar un poco incómodo por mi presencia, le ofreció unos cigarrillos.

—No —dijo ella—, sabes que estoy acostumbrada a los que me envía el Gran Duque. Le he dicho que estabas celoso por ello —y sacó de un estuche unos cigarrillos cubiertos de inscripciones extranjeras y doradas—. Pero, claro que sí —reanudó ella de repente—, debo haberme encontrado en tu casa con el padre de este joven. ¿No es sobrino tuyo? ¿Cómo he podido olvidarlo? Él fue muy bueno, muy fino conmigo —dijo con aspecto modesto y sensible.

Pero pensando en lo que había podido ser la acogida dura de mi padre, que ella decía que le había parecido muy fina, como yo conocía su reserva y su frialdad, estaba abochornado, como por una falta de delicadeza que él hubiese cometido, por esa desigualdad entre el reconocimiento excesivo que se le concedía y su escasa amabilidad. Más tarde me pareció que uno de los lados conmovedores del papel de las mujeres ociosas y aplicadas es que consagran su generosidad, su talento, un sueño disponible de belleza sentimental —porque, como los artistas, no lo cumplen ni lo hacen que entre en el marco de la existencia común— y un oro que poco les cuesta a enriquecer con un engaste precioso y fino la vida tosca y mal desbastada de los hombres. Del mismo modo que ésta, en el fumadero donde mi tío estaba en guerrera para recibirla, derramaba de su cuerpo tan suave, de su vestido de seda rosa y de sus perlas la elegancia que emana de la amistad de un Gran Duque, igual que había tomado algunas palabras insignificantes de mi padre, lo había trabajado con delicadeza, le había dado un giro, una denominación preciosa y, engastando en ella una de sus miradas, de un agua tan bella, matizada de humildad y de gratitud, la devolvía cambiada en una joya artística, en algo «completamente fino».

—Bueno, vamos, es hora de que te vayas —me dijo mi tío.

Me levanté, tenía unas ganas irresistibles de besar la mano de la dama de rosa, pero me parecía que eso habría sido algo audaz, como un rapto. Me latía el corazón mientras me decía a mí mismo: «¿Hay que hacerlo, o no hay que hacerlo?», y luego dejé de preguntarme lo que había que hacer para poder hacer algo. Y con un gesto ciego e insensato, despojado de todas las razones que hacía un momento encontraba a su favor, llevé a mis labios la mano que ella me tendía.

—¡Qué amable es! Ya es un galán y tiene buen ojo para las mujeres, sale a su tío. Será un perfecto *gentleman* —añadió apretando los dientes para darle a la frase un acento ligeramente británico—. ¿No podría venir alguna vez a tomar *a cup of tea,* como dicen nuestros vecinos los ingleses? No tendría más que enviarme un *bleu* por la mañana.

Yo no sabía lo que era un *bleu*[14]. No comprendía la mitad de las palabras que decía la dama, pero el temor de que en ellas estuviese oculta alguna pregunta a la que hubiese sido maleducado no responder me impedía dejar de escucharlas con atención, y por eso sentía un gran cansancio.

—Claro que no, es imposible —dijo mi tío encogiéndose de hombros—, está muy atado, trabaja mucho. Tiene todos los premios de su curso —añadió en voz baja para que yo no oyera esa mentira y no lo contradijese—. ¿Quién sabe? Tal vez sea un pequeño Victor Hugo, o una especie de Vaulabelle, ya sabes.

—Adoro a los artistas —respondió la dama de rosa—, solamente ellos comprenden a las mujeres... Ellos y los seres de élite, como tú. Perdona mi ignorancia, amigo mío, ¿quién es Vaulabelle? ¿Es el de los libros dorados que hay en la pequeña biblioteca de tu tocador? Sabes que has prometido prestármelos, los cuidaré mucho.

Mi tío, que detestaba prestar sus libros, no respondió nada y me llevó hasta la antecámara. Loco de amor por la dama de rosa, cubrí de besos exagerados las mejillas llenas de tabaco de mi viejo tío, y mientras que con bastante bochorno me dejaba entender, sin atreverse a decírmelo abiertamente, que le gustaría mucho que yo no hablase de esta visita a mis padres, yo le decía con lágrimas en los ojos que el recuerdo de su bondad era tan fuerte en mí, que algún día encontraría el medio de testimoniarle mi agradecimiento.

En efecto, era tan fuerte que dos horas después, junto a algunas frases misteriosas que no me parecieron que diesen a mis padres una idea

---

[14] En París, tarjeta postal impresa en color azul. *(N. del T.)*

bastante clara de la nueva importancia de la que yo estaba dotado, me pareció más explícito contarles con todo detalle la visita que acababa de hacer. No creía que así le ocasionase problemas a mi tío. ¿Cómo lo habría creído, puesto que no lo deseaba? Y yo no podía suponer que mis padres encontrasen algo malo en una visita cuando yo no lo encontraba. ¿Es que no ocurre todos los días que un amigo nos pida que no dejemos de excusarlo con una mujer a quien se ha visto impedido de escribir, y que nos olvidemos de hacerlo, juzgando que esa persona no puede adjudicarle importancia a un silencio que no lo tiene para nosotros? Como todo el mundo, yo me imaginaba que el cerebro de los demás era un receptáculo inerte y dócil, sin poder de reacción específica sobre lo que se le introduce, y no dudaba de que al depositar en el de mis padres la noticia del conocimiento que mi tío me había hecho hacer, les transmitiría al mismo tiempo, tal como deseaba, el juicio benevolente que yo tenía sobre esa presentación. Desgraciadamente, mis padres se atuvieron a principios completamente diferentes de aquellos que yo les sugería que adoptasen cuando quisieron valorar los actos de mi tío. Mi padre y mi abuelo tuvieron discusiones violentas con él, de las que fui informado indirectamente. Algunos días después me crucé fuera a mi tío, que pasaba en un vehículo descubierto, y volví a sentir el dolor, el agradecimiento y los remordimientos que habría querido expresarle. Al lado de su inmensidad, me pareció que saludarlo levantando el sombrero sería mezquino y podría hacer suponer a mi tío que yo no me creía obligado con él más que a una cortesía banal. Tomé la resolución de abstenerme de ese gesto insuficiente y volví la cabeza. Mi tío pensó que en eso yo seguía las órdenes de mis padres, no se lo perdonó y murió muchos años después sin que ninguno de nosotros hubiese vuelto a verlo.

Así que ya no entré más en el gabinete de descanso, ahora cerrado, de mi tío Adolphe. Después de retrasarme en las inmediaciones de la trascocina, cuando Françoise, apareciendo en la puerta, me decía: «Voy a dejar que la pinche de cocina sirva el café y suba el agua caliente, yo tengo que ir a casa de la señora Octave», me decidía a volver y subía directamente a leer en mi habitación. La pinche de cocina era una persona moral, una institución permanente a quien funciones invariables le aseguraban una especie de continuidad y de identidad, a través de la serie de formas pasajeras en las que se encarnaba, porque nosotros no tuvimos nunca la misma dos años seguidos. El año que comimos tantos espárragos, la pinche de cocina encargada habitualmente de «desplumarlos» era una pobre criatura enfermiza en un embarazo ya bastante avanzado cuando llegamos nosotros en Pascua, y nos extrañábamos de que Françoise la dejase hacer tantos recados y labores, pues ella empezaba a llevar con dificultad ante ella la misteriosa cesta, cada día más llena, cuya forma magnífica se adivinaba bajo sus amplios blusones. Éstos recordaban las hopalandas que revisten a ciertas figuras simbólicas de Giotto de las que el señor Swann me había dado algunas fotografías. Fue él mismo quien nos lo hizo notar, y cuando nos pedía noticias de la pinche de cocina, nos decía: «¿Cómo va la Caridad de Giotto?». Además es que ella misma, la pobre muchacha, engordada por el embarazo hasta la cara, hasta las mejillas que caían rectas y cuadradas, se parecía bastante en efecto a esas vírgenes fuertes y hombrunas, más bien matronas, en las que se personifican las Virtudes en la Arena de Padua. Y ahora me doy cuenta de que esas Virtudes y esos Vicios de Padua se le parecían también de otra manera. Así como la imagen de esa muchacha estaba intensificada por el símbolo añadido que llevaba delante de su vientre, sin tener aspecto de comprender su sentido, sin que nada en su rostro expresase su belleza y su espíritu, como un simple y pesado fardo, así, sin parecerlo y sin dudar de que la poderosa ama de casa que está representada en la Arena bajo el nombre «Caritas» y cuya reproducción estaba sujeta a la pared de mi cuarto de estudio, en Combray, encarne a esa virtud, sin que ningún pensamiento de caridad parezca que haya podido ser expresado nunca por su cara enérgica y vulgar. Por una hermosa invención del pintor, pisa a sus pies los tesoros de la tierra, pero completamente como si pisase uvas para sacarles el jugo, o más bien como si se hubiese subido a unos sacos para alzarse. Tiende a Dios su corazón inflamado, digamos mejor que se lo «pasa», igual que una cocinera pasa un sacacorchos por el tragaluz de su sótano a alguien que se lo pide desde la ventana de la planta baja. La Envidia habría tenido más claramente cierta expresión de envidia; pero también en ese fresco el símbolo ocupa mucho espacio y está representado como si fuese real; la serpiente que silba en los labios de la Envidia es tan gorda, le llena tan completamente la boca grande y abierta, que los músculos de su cara están dilatados para poder contenerla, como los de un niño que hincha un globo con su soplido, y la atención de la Envidia —y la nuestra a la vez—, concentrada en la acción de sus labios, no tiene mucho tiempo que dedicar a los pensamientos envidiosos.

A pesar de toda la admiración que profesaba el señor Swann por esas figuras de Giotto, durante mucho tiempo no tuve ningún placer al considerar en nuestro cuarto de estudio, donde se habían pegado las copias que me había traído, a esta Caridad sin caridad, a esta Envidia que tenía el aspecto de un grabado que ilustrase en un libro de Medicina solamente la compresión de la glotis o de la campanilla por un tumor en la lengua o por la introducción del instrumento del operador; a una Justicia cuya cara grisácea y mezquinamente regular era la misma que, en Combray, caracterizaba a ciertas burguesas bonitas, piadosas y secas, que yo veía en misa y de las que varias se habían enrolado por adelantado en las milicias de reserva de la Injusticia. Pero más adelante comprendí que la singularidad impactante y la belleza especial de esos frescos se debía al gran lugar que el símbolo ocupaba en ellos, y que el hecho de que estuviese representado, no como un símbolo pues el pensamiento simbolizado no estaba expresado, sino como algo real, como algo efectivamente padecido o materialmente manipulado, le daba al significado de la obra cierta cosa más literal y más precisa, cierta cosa más concreta y más impresionante a su enseñanza. En el caso de la pobre pinche de cocina, a su vez, la atención no estaba ceñida a su vientre por el peso que tiraba de él, y por lo mismo, muy a menudo el pensamiento de los agonizantes se vuelve hacia el lado efectivo, doloroso, oscuro y visceral, hacia ese envés de la muerte que es precisamente el lado que ésta les presenta, que les hace sentir duramente y que se parece mucho más a un fardo que los aplasta, a una dificultad para respirar, a una necesidad de beber, que a lo que llamamos la idea de la muerte.

Era necesario que esas Virtudes y esos Vicios de Padua fuesen muy reales, puesto que me aparecían como tan vivos como la sirviente encinta, y que ella misma no me pareciese mucho menos alegórica. Y tal vez esa no participación (al menos aparente) del alma de un ser en la virtud que actúa por él tiene, fuera de su valor estético, una realidad si no psicológica al menos fisiognómica, como suele decirse. Cuando más adelante tuve la ocasión de encontrar a lo largo de mi vida, en conventos por ejemplo, encarnaciones verdaderamente santas de la Caridad activa, éstas tenían por lo general el aire alegre, positivo, indiferente y brusco del cirujano apresurado, esa cara donde no se lee ninguna conmiseración, ninguna ternura ante el sufrimiento humano, ningún temor a dañarlo, y que es la cara sin dulzura, la cara antipática y sublime de la verdadera bondad.

Mientras que la pinche de cocina —que hacía brillar involuntariamente la superioridad de Françoise, del mismo modo que el Error, por contraste, hace más esplendoroso el triunfo de la Verdad— servía un café que, según mamá, no era más que agua caliente, y subía a nuestras habitaciones un agua caliente que apenas estaba tibia, yo me había estirado sobre la cama con un libro en las manos, en mi habitación, que protegía temblando su frescor transparente y frágil contra el sol del mediodía detrás de los postigos casi cerrados, donde sin embargo, un reflejo de luz había encontrado un medio de hacer pasar sus alas amarillas y se quedaba inmóvil entre la madera y el cristal en un rincón, como una mariposa posada. Apenas había suficiente claridad para leer, y la sensación del esplendor de la luz sólo me era dada por los golpes que en la calle De la Cure daba Camus (avisado por Françoise de que mi tía «no estaba descansando» y que se podía hacer ruido) contra cajas polvorientas, pero que al resonar en la atmósfera sonora, especialmente en los días cálidos, parecían hacer volar astros escarlata a lo lejos; y también por las moscas, que ejecutaban ante mí, en su pequeño concierto, una como música de cámara del verano. Ésta no lo evoca a la manera de un aire de música humana que, oído al azar en el verano, os la recuerda después; está unida al verano por un lazo más necesario, nacido del buen tiempo, renaciendo sólo con él y conteniendo un poco de su esencia. No sólo despierta la imagen en nuestra memoria, sino que certifica su regreso, la presencia efectiva, atmosférica, inmediatamente accesible.

Aquel oscuro frescor de mi habitación era al pleno sol de la calle lo que la sombra es al rayo, es decir, tan luminosa como él. Ofrecía a mi imaginación el espectáculo total del verano, del que mis sentidos, si había estado de paseo, solamente habrían podido gozar a trozos, y así se armonizaba bien con mi descanso, que soportaba (gracias a las aventuras que se contaban en mis libros y que acababan de emocionarlo), semejante al descanso de una mano inmóvil que estuviese en medio de una corriente de agua, el impacto y la animación de un torrente de actividad.

Pero mi abuela, incluso si el tiempo demasiado cálido se había estropeado, si había ocurrido una tormenta o solamente un chaparrón, venía a suplicarme que saliese. Como no quería renunciar a mi lectura, al menos iba a proseguirla en el jardín, bajo el castaño de Indias, en una pequeña caseta de esparto y tela en cuyo fondo me sentaba y me creía oculto a los ojos de las personas que podrían venir a hacerle una visita a mis padres.

¿Y no era mi pensamiento también como otro nido en cuyo fondo sentía que me quedaba hundido, incluso para mirar lo que pasaba fuera? Cuando veía un objeto exterior, la consciencia de que lo veía quedaba entre él y yo, lo bordeaba con un fino ribete espiritual que me impedía que tocase jamás su materia directamente, se volatilizaba de alguna manera antes de que pudiese tomar contacto con él, lo mismo que un cuerpo incandescente que se acerca a un objeto mojado no toca su humedad, porque se hace preceder siempre de una zona de evaporación. En la especie de pantalla tornasolada de estados diferentes que se desplegaba simultáneamente en mi consciencia mientras leía, estados que iban desde las aspiraciones más profundas ocultas en mí mismo hasta la visión completamente exterior del horizonte que tenía en el extremo del jardín ante los ojos, lo que al principio había en mí de más íntimo, la manivela siempre en movimiento que gobernaba todo lo demás, era mi creencia en la riqueza filosófica, en la belleza del libro que leía y en mi deseo de apropiármelo, cualquiera que fuese ese libro. Porque, incluso si me lo había comprado en Combray al divisarlo delante de la tienda de comestibles de Borange, demasiado alejada de la casa para que Françoise pudiese abastecerse en ella como en la tienda de Camus, pero mejor surtida como papelería y librería, retenido por dos cordeles en el mosaico de folletos y de envíos que revestían los dos batientes de su puerta, más misteriosa, más sembrada de pensamientos que una puerta de catedral, lo había reconocido porque me lo habían citado como una obra notable el profesor o el compañero que en aquella época me parecía que poseía el secreto de la verdad y de la belleza a medias presentidos, a medias incomprensibles, cuyo conocimiento era el objetivo, impreciso pero permanente, de mi pensamiento.

Después de esta creencia central, que durante mi lectura ejecutaba incesantes movimientos de dentro hacia afuera hacia el descubrimiento de la verdad, venían las emociones que me proporcionaba la acción de la que formaba parte, porque aquellas tardes estaban más llenas de acontecimientos dramáticos que frecuentemente lo estaba toda una vida. Eran los acontecimientos que ocurrían en el libro que leía. Es verdad que los personajes a quienes afectaban no eran «reales», como decía Françoise, pero todos los sentimientos que nos hace experimentar la alegría o el infortunio de un personaje real sólo se producen en nosotros por mediación de una imagen de esa alegría o de ese infortunio. El ingenio del primer novelista consistió en comprender que, en el aparato de nuestras emociones, la imagen era el único elemento esencial, la simplificación que consistiese en suprimir pura y simplemente los personajes reales sería un perfeccionamiento decisivo. Un ser real, por profundamente que simpaticemos con él, en una gran parte es percibido por nuestros sentidos, es decir, se nos queda opaco y ofrece un peso muerto que nuestra sensibilidad no puede levantar. Que lo golpee alguna desgracia, sólo en una parte de la noción total que tenemos de él podremos estar emocionados, es más, sólo en una parte de la noción total que tiene de sí mismo podrá ser él mismo. El hallazgo del novelista ha sido el de tener la idea de remplazar en el alma esas partes impenetrables por una cantidad igual de partes inmateriales, es decir, de partes que nuestra alma pueda asimilar. ¿Qué importa desde entonces que los actos y las emociones de esos seres de un género nuevo nos aparezcan como verdaderos, puesto que los hemos hecho nuestros, puesto que es en nosotros donde se producen, si tienen bajo su dependencia, mientras volvemos frenéticamente las páginas del libro, la rapidez de nuestra respiración y la intensidad de nuestra mirada? Y una vez que el novelista nos ha puesto en ese estado, donde como en todos los estados puramente interiores toda emoción se ha multiplicado, donde su libro va a perturbarnos a la manera de un sueño, pero de un sueño más claro que los que tenemos durmiendo y cuyo recuerdo durará mucho más, entonces desencadena en nosotros durante una hora todas las alegrías y todas las desgracias posibles, para las que emplearíamos años de vida en conocer algunas y de las que las más intensas no nos serían reveladas jamás, porque la lentitud con la que se producen nos quitan su percepción (así cambia nuestro corazón en la vida, y es el peor dolor, pero no lo conocemos más que en la lectura y en la imaginación; en la realidad cambia, del mismo modo que se producen ciertos fenómenos de la naturaleza, lo bastante lentamente para que, si podemos constatar sucesivamente cada uno de esos estados diferentes, en contraste la sensación misma del cambio no es ahorrada).

Ya menos interior para mi cuerpo que esta vida de los personajes, venía después, medio proyectado ante mí, el paisaje donde se desarrollaba la acción, que ejercía sobre mi pensamiento una influencia mucho mayor que el otro, que el que tenía ante los ojos cuando los levantaba del libro. Así fue como durante dos veranos, en el calor del jardín de Combray, tuve, por causa del libro que leía entonces, la nostalgia de un país montañoso y fluvial donde vería muchos aserraderos, y donde al fondo del agua clara se pudrirían trozos de madera bajo matas de berro. No lejos, subirían a lo largo de muros bajos racimos de flores violetas y rojizas. Y como el sueño de una mujer que me hubiese amado estaba siempre presente en mi pensamiento, en aquellos veranos ese sueño estuvo impregnado del frescor de las aguas corrientes, y cualquiera que fuese la mujer que yo evocaba, racimos de flores violetas y rojizas se elevaban enseguida de cada parte de ella como colores complementarios.

No era solamente porque una imagen con la que soñamos se queda marcada siempre, se embellece y se beneficia del reflejo de los colores extraños que lo rodean por azar en nuestro ensueño, porque esos paisajes de los libros que leía no eran para mí más que paisajes representados más vivamente ante mi imaginación que los que Combray me ponía ante los ojos, aunque hubiesen sido análogos. Por la elección de ellos que había hecho el autor, por la fe con la que iba mi pensamiento por delante de su palabra, como si ésta fuese una revelación, me parecía que eran —impresión que no me daba casi nunca el país donde me encontraba, sobre todo nuestro jardín, producto sin prestigio de la fantasía correcta del jardinero que mi abuela menospreciaba— una parte verdadera de la naturaleza misma, digna de ser estudiada y profundizada.

Si mis padres me hubiesen permitido que cuando yo leía un libro fuese a visitar la región que describía, habría creído dar un paso inestimable hacia la conquista de la verdad. Porque si uno tiene la sensación de estar rodeado siempre por su propia alma, no es como si lo estuviera por una prisión inmóvil, más bien uno está como llevado con ella en un ímpetu perpetuo para sobrepasarla, para llegar al exterior, con una especie de desánimo y esperando siempre tener alrededor esa sonoridad idéntica que no es el eco de fuera, sino la resonancia de una vibración interna. Buscamos encontrar en las cosas, hechas preciosas por eso mismo, el reflejo que nuestra alma ha proyectado sobre ellas, y nos decepciona al constatar que en la naturaleza parecen desprovistas de la fascinación que le debían a la vecindad de ciertas ideas en nuestro pensamiento. A veces convertimos todas las fuerzas de esa alma en habilidad, en esplendor para actuar sobre seres que sentimos muy bien que están situados fuera de nosotros y que no alcanzaremos jamás. Asimismo, si yo siempre me imaginaba que alrededor de la mujer a la que amaba estaban los lugares que más deseaba entonces, si hubiera querido que fuese ella quien me los hiciese visitar y quien me abriera el acceso a un mundo desconocido, no se debía al azar de una simple asociación de pensamiento, no, es porque mis sueños de viaje y de amor no eran más que momentos —que hoy separo artificialmente, como si hiciese cortes a alturas diferentes en un chorro de agua irisada y en apariencia inmóvil— en un mismo e inmodificable surgimiento de todas las fuerzas de mi vida.

Finalmente, continuando con el seguimiento de dentro hacia afuera de los estados simultáneamente yuxtapuestos en mi consciencia, y antes de llegar al horizonte real que los envolvía, encuentro placeres de otra clase: el de estar bien sentado, el de sentir el buen olor del aire, el de no verme molestado por una visita y, cuando sonaba la una en el campanario de Saint-Hilaire, el de ver caer trozo a trozo lo que desde el mediodía ya estaba consumido, hasta que yo oyera el último toque que me permitiría calcular el total y tras el cual el largo silencio que lo seguía parecía que hiciera comenzar, en el cielo azul, toda la parte que todavía me estaba concedida para leer hasta la buena cena que preparaba Françoise, que me reconfortaría de las fatigas que me había tomado durante la lectura del libro siguiendo a su héroe. Y a cada hora me parecía que sólo hacía unos instantes que había sonado la precedente; la más reciente acababa de inscribirse muy cerca de la otra en el cielo, y yo no podía creer que hubiesen pasado sesenta minutos en ese pequeño arco azul que estaba comprendido entre las dos marcas de oro. Incluso algunas veces esa hora prematura daba dos toques más que la última, así que había una que no había oído, algo que había tenido lugar no había ocurrido para mí. El interés de la lectura, mágica como un sueño profundo, había dado el cambiazo a mis orejas confundidas y borrado la campana de oro de la superficie azulada del silencio. Hermosos mediodías de domingo bajo el castaño de Indias del jardín de Combray, cuidadosamente vaciados por mí de los incidentes mediocres de mi existencia personal, que yo había reemplazado por una vida de aventuras y de aspiraciones extrañas en el seno de un país regado por aguas vivas. Vosotros me evocáis todavía esa vida cuando pienso en vosotros, y vosotros la contenéis en efecto por haberla rodeado y cercado poco a poco —mientras que yo avanzaba en mi lectura y bajaba el calor del día— en el cristal consecutivo, lentamente cambiante y atravesado por los follajes, por vuestras horas silenciosas, sonoras, aromáticas y límpidas.

A veces, desde mitad del mediodía, me sacaba de la lectura la hija del jardinero, que corría como una loca derribando a su paso un naranjo, cortándose un dedo, rompiéndose un diente y gritando: «¡Están aquí, están aquí!», para que Françoise y yo acudiéramos corriendo y no nos perdiésemos nada del espectáculo. Eran los días en que, debido a las maniobras de la guarnición, la tropa atravesaba Combray, tomando generalmente la calle Sainte Hildegarde. Mientras que nuestros criados, sentados en una fila de sillas fuera de la reja, miraban a los paseantes dominicales de Combray y se hacían ver por ellos, la hija del jardinero, a través del resquicio que dejaban entre sí dos casas lejanas de la avenida de la Gare, había divisado el brillo de los cascos. Los criados habían vuelto a meter precipitadamente sus sillas, porque cuando los coraceros desfilaban por la calle de Sainte Hildegarde la llenaban completamente y los caballos al galope rasaban las casas, cubriendo las aceras sumergidas como las riberas que ofrecen un lecho demasiado estrecho a un torrente desatado.

—Pobres niños —decía Françoise en cuanto llegaba a la reja, llorando ya—, pobre juventud, que será segada como un prado; sólo de pensarlo estoy conmocionada —añadía poniéndose la mano sobre el corazón, allí donde había recibido esa conmoción.

—¿Verdad que es bonito, señora Françoise, ver a jóvenes que no se agarran a la vida? —decía el jardinero para hacerla «subir».

No había hablado en vano:

—¿No agarrarse a la vida? ¿Pero a qué hay que agarrarse, si no es a la vida, el único regalo que el buen Dios no hace nunca dos veces? ¡Qué desgracia, Dios mío! ¡Pero es verdad que no se agarran a ella! Los vi en el 70, no le tienen más miedo a la muerte en esas guerras miserables, no están ni más ni menos locos, y además no valen ni siquiera la cuerda para colgarlos, ¡eso no es de hombres, es de leones! (Para Françoise la comparación de un hombre con un león, que ella pronunciaba le-ón, no tenía nada de halagüeño.)

La calle Sainte Hildegarde doblaba demasiado cerca para que se pudiese ver venir de lejos, y era por ese resquicio entre las dos casas de la avenida de la Gare por donde se seguían viendo nuevos cascos corriendo y brillando al sol. El jardinero habría querido saber si todavía había muchos por pasar, tenía sed, ya que el sol picaba. Entonces, de repente, su hija se lanzó como desde un lugar asediado, hizo una salida, alcanzó la curva de la calle y, después de haber desafiado cien veces a la muerte, venía a informarnos, con una garrafa de agua de coco, de la noticia de que eran más de mil los que venían sin detenerse de Thiberzy y de Meseglise. Françoise y el jardinero, reconciliados, debatían sobre la conducta que mantener en caso de guerra:

—Vea usted, Françoise —decía el jardinero—, la revolución sería mejor, porque cuando se la declara sólo van allá los que quieren ir.

—¡Ah! Sí, eso al menos lo comprendo, es más sincero.

El jardinero creía que con la declaración de guerra se detenían todos los trenes.

—¡Pues claro, para que nadie se salve! —decía Françoise.

Y el jardinero: «¡Ah, qué listos son!» Porque no admitía que la guerra no fuese una especie de mala pasada que el Estado intentaba jugarle al pueblo y que, si hubiera habido medio de hacerlo, no habría ni una sola persona que hubiese desfilado. Pero Françoise se apresuraba a reunirse con mi tía, yo volvía a mi libro, los criados volvían a instalarse ante la puerta a mirar cómo caían el polvo y la emoción que habían levantado los soldados. Mucho tiempo después de que hubiese vuelto la calma, una muchedumbre desacostumbrada de paseantes ennegrecía aún las calles de Combray, y delante de cada casa, incluso de las que no tenían costumbre, los criados y hasta los señores, sentados y mirando, festoneaban el umbral con una cenefa caprichosa y oscura, como la de las algas y las valvas con las que una marea fuerte deja el crepé y el bordado en el río después de haberse alejado.

Al contrario, salvo esos días, yo habitualmente podía leer tranquilo. Pero la interrupción y el comentario que aportó una vez una visita de Swann a la lectura que yo hacía del libro de un autor completamente nuevo para mí, Bergotte, tuvo la consecuencia de que durante largo tiempo ya no fue sobre una pared decorada de flores violetas en copos, sino sobre un fondo muy distinto, ante el atrio de una catedral gótica, donde se destacó desde entonces la imagen de una de las mujeres con las que yo soñaba.

Yo había oído hablar de Bergotte por primera vez a uno de mis compañeros, mayor que yo, por quien yo tenía una gran admiración, Bloch. Al oírme confesarle mi admiración por su *Noche de octubre,* estalló con una risa ruidosa como una trompeta y me dijo: «Desconfía de esa predilección tan mezquina que tienes por el señor De Musset; es un tipejo de los más perjudiciales y un bruto bastante siniestro. Por otra parte, debo confesar que él, e incluso el llamado Racine, han hecho cada uno de ellos en su vida un verso bastante bien ritmado y que tiene para ellos lo que para mí es el mérito supremo de no significar absolutamente nada. Esos versos son *La blanca Oloossone y la blanca Camyre,* y *La hija de Minos y Pasífae.* En descargo de esos dos malandrines, me fueron señalados por un artículo de mi queridísimo maestro, el padre Leconte, que agrada a los dioses inmortales. A propósito, aquí tienes un libro que no tengo tiempo de leer en este momento y que parece que lo recomiende ese hombre inmenso. Por lo que me han dicho, considera al autor, el señor Bergotte, como un tipejo de los más sutiles, y aunque demuestre a veces mansedumbres muy poco explicables, su palabra es para mí el oráculo délfico. Léete pues estas prosas líricas, y si el gigantesco ensamblador de ritmos que escribió *Bhagavat* y *El galgo de Magnus* ha dicho la verdad, por Apolo que saborearás las joyas nectarinas del Olimpo, querido maestro». Él me había pedido con tono sarcástico que le llamase «querido maestro» y él me llamaba así también. Pero en realidad le sacábamos un cierto placer a ese juego, pues aún estábamos cerca de la edad en la que se cree que se crea todo aquello que se nombra.

Desgraciadamente, hablando con Bloch y pidiéndole explicaciones no pude apaciguar el desconcierto al que me había lanzado cuando me dijo que los buenos versos (a mí, que no esperaba de ellos nada menos que la revelación de la verdad) eran tanto más bellos si no significaban nada en absoluto. En efecto, Bloch no fue invitado otra vez a la casa. Al principio fue bien acogido allí. Mi abuelo, cierto es, aseguraba que cada vez que yo me juntaba con uno de mis compañeros más que con los demás y lo llevaba a nuestra casa, era siempre un judío, cosa que en principio no le habría desagradado —incluso su amigo Swann era de origen judío— si no había averiguado que yo lo elegía por costumbre entre los mejores. Así que cuando yo llevaba a un amigo nuevo, era muy extraño que él no canturrease: «Oh, Dios de nuestros padres», de *La judía,* o bien «Israel, rompe tus cadenas», naturalmente cantando sólo la melodía *(ti la lam talam, talim),* pero yo tenía miedo de que mi compañero lo conociese y recuperase el texto.

Antes de haberlos visto, simplemente con oír su apellido que, muy a menudo, no tenía nada de especialmente israelí, adivinaba no solamente el origen judío de aquellos amigos míos que en efecto lo eran, sino lo que había a veces de lamentable en sus familias.

—¿Y cómo se llama ese amigo tuyo que viene a verte esta tarde?

—Dumont, abuelo.

—¡Dumont! ¡Ay! Desconfío.

Y se ponía a cantar:

> *¡Arqueros, haced bien la guardia!*
> *Velad sin ruido y sin tregua.*

Y después de hacernos hábilmente algunas preguntas más precisas, exclamaba: «¡En guardia! ¡En guardia!»; o si era el paciente mismo, que ya había llegado y a quien había forzado sin él saberlo, por medio de un interrogatorio disimulado, a confesar sus orígenes, entonces, para mostrarnos que no había duda alguna, se contentaba con mirarnos canturreando imperceptiblemente:

> *¡De ese tímido israelí,*
> *cuyos pasos guiáis aquí!*

O:

> *Campos paternos, Hebrón, dulce valle.*

O también:

> *Sí, yo soy de la raza escogida.*

Aquellas pequeñas manías de mi abuelo no implicaban ningún sentimiento malévolo hacia mis compañeros; pero Bloch había disgustado a mis padres por otras razones. Había empezado por molestar a mi padre, que, al verlo mojado, le había dicho con interés:

—Pero, señor Bloch, entonces, ¿qué tiempo hace? ¿Es que ha llovido? No lo comprendo, el barómetro marcaba un tiempo excelente.

Y de ello no sacó más que esta respuesta:

—Señor, no puedo decirle de ningún modo si ha llovido. Vivo tan resueltamente fuera de las contingencias físicas, que mis sentidos no se toman la molestia de notificármelas.

—Pero qué idiota es tu amigo, pobre hijo mío —me dijo mi padre cuando se marchó Bloch—. ¿Cómo? ¿Es que no puede decirme ni siquiera el tiempo que hace? ¡Pero si no hay nada que sea más interesante! Es un imbécil.

Después Bloch había disgustado a mi abuela porque después del almuerzo, como ella dijo que se encontraba un poco indispuesta, él había sofocado un sollozo y se había secado las lágrimas.

—¿Cómo quieres tú que eso sea sincero si no me conoce? —me dijo ella—. O bien es que entonces está loco.

Y al final me disgustó con todo el mundo, porque habiendo llegado a almorzar con una hora y media de retraso y cubierto de barro, en lugar de excusarse por ello, dijo:

—Yo no me dejo influir nunca por las perturbaciones de la atmósfera ni por las divisiones convencionales del tiempo. Yo restauraría de

buen grado el uso de la pipa de opio y del *kris* malayo, pero me desentiendo del de los instrumentos infinitamente más perniciosos y de hecho claramente burgueses, el reloj y el paraguas.

A pesar de todo habría vuelto a Combray. Sin embargo, no era el amigo que mis padres habrían deseado para mí; habían acabado por pensar que las lágrimas que le hizo verter la indisposición de mi abuela no eran fingidas, pero sabían por instinto o por experiencia que los impulsos de nuestra sensibilidad tienen poco dominio sobre el desarrollo de nuestros actos y la conducta de nuestra vida, y que el respeto a las obligaciones morales, la fidelidad a los amigos, la ejecución de una obra y la observancia de un régimen tienen un fundamento más seguro en los hábitos ciegos que en esos transportes momentáneos, ardientes y estériles. Mis padres habrían preferido para mí, antes que a Bloch, a compañeros que no me darían más que lo que es conveniente conceder a los amigos, según las reglas de la moral burguesa; que no me enviarían de improviso una cesta de frutas porque ese día habían pensado en mí con ternura, pero que, no siendo capaces de hacer que se inclinase a mi favor la balanza justa entre los deberes y de las exigencias de la amistad con un simple movimiento de su imaginación y de su sensibilidad, no la distorsionarían tampoco en mi perjuicio. Hasta nuestros errores hacen que se haga difícil desistir de lo que nos deben a esas naturalezas cuyo modelo era mi tía abuela, que, peleada desde hacía años con una sobrina a quien no hablaba nunca, no por eso modificó su testamento, porque esa sobrina era su pariente más próximo y aquello «debía hacerse».

Pero a mí me gustaba Bloch y mis padres querían darme gusto, los problemas insolubles que me planteaba a propósito de la belleza desnuda de significado de la hija de Minos y Pasífae me cansaban más intensamente y me volvían más afligido que lo que habrían hecho las conversaciones nuevas con él, aunque mi madre las tachaba de perniciosas. Y se le habría recibido todavía en Combray, si después de aquella cena, como él acababa de informarme —noticia que más adelante tuvo mucha influencia en mi vida y la volvió más feliz, y después más desgraciada—, de que todas las mujeres pensaban solamente en el amor y de que no había ninguna cuyas resistencias no pudiesen vencerse, me aseguró que había oído decir de la manera más segura que mi tía abuela había tenido una juventud tempestuosa y que era público que había sido una mantenida. No pude evitar repetir esas palabras a mis padres, que lo pusieron en la puerta cuando él volvió, y cuando yo lo abordé después en la calle fue sumamente frío conmigo.

Pero respecto a Bergotte había dicho la verdad.

Los primeros días, semejante a una melodía musical que nos encanta, pero que aún no se distingue, lo que llegaría a gustarme tanto de su estilo no me fue evidente. No podía dejar la novela suya que leía, pero creía que solamente me interesaba el argumento, como en esos primeros momentos del amor en los que uno va todos los días a encontrarse con una mujer en alguna reunión o en alguna diversión por cuyo recreo uno se cree atraído. Después noté las expresiones poco comunes, casi arcaicas, que le gustaba emplear en ciertos momentos, en los que un oleaje oculto de armonía o un preludio interior elevaban su estilo; y era también en esos momentos cuando se ponía a hablar del «vano sueño de la vida», o del «torrente inagotable de las apariencias hermosas», o del «tormento estéril y delicioso de comprender y de amar», o de las conmovedoras efigies que ennoblecen para siempre la fachada venerable y encantadora de las catedrales; cuando expresaba toda una filosofía, nueva para mí, por medio de imágenes maravillosas de las cuales se habría dicho que eran ellas las que habían despertado ese canto de arpas que se elevaba entonces, y a cuyo acompañamiento les daban algo de sublime. Uno de esos pasajes de Bergotte, el tercero o cuarto que había aislado del resto, me dio una alegría incomparable, más intensa que la que le había encontrado en el primero; una alegría que sentí que experimentaba en una zona más profunda de mí mismo, más unida y más vasta, de donde parecía que los obstáculos y las separaciones hubieran sido eliminados. Y es que, reconociendo entonces ese mismo gusto por las expresiones raras, por ese mismo entusiasmo musical y por esa misma filosofía idealista que las demás veces ya había sido, sin que me diese cuenta de ello, la causa de mi placer, no tuve ya la impresión de estar en presencia de un pasaje concreto de cierto libro de Bergotte, que trazaba una figura puramente lineal en la superficie de mi pensamiento, sino más bien del «fragmento ideal» de Bergotte, común a todos sus libros y al que todos los pasajes análogos que venían a confundirse con él le hubieran dado una especie de espesor, de volumen, con el que mi alma parecía engrandecida.

Yo no era desde luego el único admirador de Bergotte, también era el escritor favorito de una amiga de mi madre que era muy culta; además, por leer el último libro publicado de él, el doctor du Boulbon hacía esperar a sus pacientes, y fue de su gabinete de consultas, y de un parque cercano de Combray, desde donde volaron algunas de las primeros semillas de esa predilección por Bergotte, especie tan rara entonces y hoy extendida universalmente, cuya flor ideal y común se encuentra en todas partes, en Europa, en América y hasta en el pueblo más pequeño. Lo que a la amiga de mi madre, y al parecer al doctor Du Boulbon, le gustaba sobre todo de los libros de Bergotte era, como para mí, ese mismo flujo melódico, esas expresiones antiguas y algunas otras muy sencillas y comunes, pero para las que el lugar donde él las sacaba a relucir parecía que revelaban por su parte un gusto muy particular, y además, en los pasajes tristes, cierta brusquedad y un tono casi ronco. Y sin duda él mismo debía sentir que era allí donde estaban sus mayores encantos. Porque en los libros que siguieron, si había encontrado alguna gran verdad o el nombre de una catedral famosa, interrumpía su relato y, en una invocación, un apóstrofe o una larga plegaria, daba curso libre a esos efluvios que en sus primeras obras quedaban interiores en su prosa, detectados entonces solamente por las ondulaciones de la superficie, acaso aún más dulces, más armoniosos cuando estaban velados de esa manera, y de los que no se podría indicar de una manera precisa dónde nacía o dónde expiraba su murmullo. Esos fragmentos en los que se complacía eran nuestros favoritos. Yo me los sabía de memoria. Me decepcionaba cuando recuperaba el hilo de su relato. Cada vez que hablaba de algo cuya belleza me hubiera quedado oculta hasta entonces, de los bosques de pinos, del granizo, de Nuestra Señora de París, de *Athalie* o de *Phedre,* hacía que explotase esa belleza en una imagen hasta llegar a mí. Asimismo, sentía cuántas partes del universo había que mi percepción incapacitada no distinguiría si él no me las acercase; hubiera querido poseer una opinión de él o una metáfora suya sobre todas las cosas, especialmente sobre las que yo tendría la ocasión de ver por mí mismo y, entre ellas, sobre todo sobre los antiguos monumentos franceses y sobre ciertos paisajes marítimos, porque la insistencia con las que los citaba en sus libros demostraba que los tenía por llenos de significado y de belleza. Por desgracia, yo ignoraba su opinión sobre casi todas las cosas. No dudaba de que fuese enteramente diferente de la que yo tenía, puesto que descendía de un mundo desconocido hacia el que yo intentaba elevarme. Convencido de que mis pensamientos le habrían parecido pura inercia a esa mente perfecta, había hecho tabla rasa con todos ellos de tal manera, que cuando por azar me sucedía que encontraba, en tal o cual libro suyo, uno que ya había tenido yo mismo, se me hinchaba el corazón como si en su bondad un dios me lo hubiese restituido y lo hubiera declarado legítimo y hermoso. A veces me sucedía que una página suya decía las mismas cosas que yo escribía a menudo por la noche a mi abuela y a mi madre, cuando no podía dormir, hasta el punto de que esa página de Bergotte parecía una recopilación de epígrafes para ser colocados en la cabecera de mis cartas. Incluso más adelante, cuando empecé a escribir un libro, de ciertas frases cuya calidad no bastaba para decidirme a continuarlo, encontré equivalente en Bergotte. Pero solamente entonces, al leerlas en su obra, era cuando yo podía disfrutar de ellas; cuando era yo quien las componía, preocupado por que reflejasen exactamente lo que yo percibía en mi pensamiento y temiendo «no conseguir el parecido»,

¡tenía mucho tiempo para preguntarme si lo que escribía era agradable! Pero en realidad sólo había ese estilo de frases y esa clase de ideas que me gustasen verdaderamente. Mis esfuerzos inquietos y descontentos eran una señal de amor por sí mismos, de amor sin placer, pero profundo. Asimismo, cuando encontraba de repente tales frases en la obra de otro, es decir, sin tener ya escrúpulos ni severidad, sin tener de qué atormentarme, al final me dejaba ir con delicia al gusto que tenía por ellas, como un cocinero que por una vez no tiene quehacer alguno en la cocina y encuentra al fin el tiempo para ser glotón. Un día, al haber encontrado en un libro de Bergotte, a propósito de una vieja criada, una broma que el lenguaje magnífico y solemne del escritor hacía todavía más irónica, vi que era la misma que yo le había hecho a menudo a mi abuela hablando de Françoise. Otra vez vi que no le parecía indigna de que figurase en uno de esos espejos de la verdad que eran sus obras una observación parecida a la que yo había tenido ocasión de hacer sobre nuestro amigo el señor Legrandin (esas observaciones sobre Françoise y el señor Legrandin estaban ciertamente entre las que hubiera sacrificado más deliberadamente a Bergotte, convencido de que a él le parecerían sin interés), me pareció de repente que mi humilde vida y los reinos de la verdad no estaban tan separados como yo había creído, que hasta coincidían en ciertos puntos, y lloré de confianza y de alegría sobre las páginas del escritor como en los brazos de un padre reencontrado.

Por sus libros, me imaginaba a Bergotte como un anciano débil y decepcionado que había perdido hijos y no se hubiese consolado nunca. Así que leía, cantaba interiormente su prosa, más *dolce*, más *lento* quizá que lo que estaba escrita, y la frase más simple se dirigía a mí con una entonación enternecida. Más que nada me gustaba su filosofía, me había entregado a ella para siempre. Hacía que estuviese impaciente por llegar a la edad en la que entraría en el Instituto, en la clase llamada Filosofía; pero no quería que se hiciera otra cosa más que vivir únicamente por el pensamiento de Bergotte, y si se me hubiera dicho que los metafísicos a los que me adheriría entonces no se le parecían en nada, habría sentido la desesperación de un enamorado que quiere amar para toda la vida y se le habla de las otras amantes que tendrá posteriormente.

Un domingo, durante mi lectura en el jardín, fui interrumpido por Swann, que venía a ver a mis padres.

—¿Qué es lo que lee, se puede mirar? ¡Anda!, ¿Bergotte? ¿Quién le ha indicado sus libros? —le dije que había sido Bloch.

—¡Ah, sí! El muchacho ese que vi una vez aquí, el que se parece tanto al retrato de Mohamed II hecho por Bellini. ¡Oh!, es impresionante, tiene las mismas cejas circunflejas, la misma nariz ganchuda y los mismos pómulos salientes. Cuando tenga una perilla será la misma persona. En todo caso, tiene gusto, porque Bergotte es una mente fascinante.

Y viendo cuánto aspecto de admirar a Bergotte tenía yo, Swann, que no hablaba nunca de las personas que conocía, hizo bondadosamente una excepción y me dijo:

—Yo lo conozco mucho, ¿le gustaría que él escriba unas palabras para dedicarle el volumen?, yo podría pedírselas.

Yo no me atreví a aceptar, pero le hice varias preguntas a Swann sobre Bergotte.

—¿Podría usted decirme cuál es su actor favorito?

—El actor, no lo sé; pero sé que no equipara a ningún artista hombre con la Berna, a quien pone por encima de todo. ¿La ha escuchado usted ya?

—No, señor, mis padres no me permiten ir al teatro.

—Es una pena. Debería pedírselo. La Berna en *Phedre,* o en el *Cid,* no es más que una actriz, si quiere, pero, ya sabe, ¡no creo mucho en la «jerarquía»! La de las Artes (y me di cuenta, lo mismo que eso me había chocado a menudo en sus conversaciones con las hermanas de mi abuela, que cuando él hablaba de cosas serias, cuando empleaba una expresión que pareciese implicar una opinión sobre un tema importante, tenía mucho cuidado de aislarla dentro de una entonación especial, maquinal e irónica, como si la hubiese puesto entre comillas, como pareciendo que no quisiera que fuese suya, y decir: «La jerarquía, ya sabe, como dicen las gentes ridículas». Pero entonces, si era ridículo, ¿por qué decía él la jerarquía?) Un instante después añadió: «Eso le dará una visión tan noble como cualquier obra maestra, no sé..., ¡como *Las reinas de Chartres!* —y se echó a reír—. Hasta ese momento, el horror que tenía a explicar seriamente su opinión me pareció algo que debía ser elegante y parisino, algo que se oponía al dogmatismo provinciano de las hermanas de mi abuela; y sospechaba también que era una de las formas del ingenio en la camarilla en la que Swann vivía, y donde, como reacción contra el lirismo de las generaciones anteriores, se rehabilitaban hasta el exceso los pequeños hechos precisos, en otro tiempo reputados como vulgares, y se proscribían las «frases». Pero ahora yo encontraba alguna cosa chocante en esa actitud de Swann frente a las cosas. Él tenía el aspecto de no atreverse a tener una opinión y de estar tranquilo sólo cuando podía dar meticulosamente una información precisa. Pero no se daba cuenta de que postular que la exactitud de los detalles tuviese importancia era ya manifestar una opinión. Volví a pensar entonces en esa cena en la que yo estaba tan triste porque mamá no debía subir a mi habitación y en la que él dijo que los bailes en casa de la princesa de León no tenían importancia alguna. Sin embargo, era en esa clase de placeres donde empleaba su vida. A mi todo esto me parecía contradictorio. ¿Para qué otra vida reservaba decir en serio al fin lo que pensaba de las cosas, formular juicios que no pudiese poner entre comillas y no entregarse más con una cortesía puntillosa a ocupaciones que él decía al mismo tiempo que son ridículas? Por la manera que Swann me habló de Bergotte, noté también algo que por otro lado no le era característico, sino que por el contrario era en aquella época común a todos los admiradores del escritor, a la amiga de mi madre y al doctor Du Boulbon. Al igual que Swann, todos ellos decían de Bergotte: «Es un alma encantadora y muy peculiar, tiene una manera de decir las cosas un poco rebuscada, pero muy agradable. No se necesita ver la firma, enseguida se reconoce que es de él». Pero nadie habría llegado a decir: «Es un gran escritor, tiene mucho talento». Ni siquiera decían que tuviese talento; no lo decían porque no lo sabían. Nos cuesta mucho reconocer en la fisionomía particular de un escritor novel el modelo que lleva el nombre de «mucho talento» en nuestro museo de las ideas generales. Justamente porque esa fisionomía es nueva, no la encontramos enteramente parecida a eso que llamamos talento. Decimos más bien originalidad, encanto, delicadeza o fuerza, y luego un día nos damos cuenta de que justamente todo eso es el talento.

—¿Hay alguna obra de Bergotte donde haya hablado de la Berna? —le pregunté al señor Swann.

—Creo que en su pequeño folleto sobre Racine, pero debe estar agotado. Sin embargo, puede que haya habido una reimpresión. Me informaré. Por cierto, puedo preguntarle a Bergotte todo lo que quiera, no hay ninguna semana del año que no cene en casa. Es el mejor amigo de mi hija, van juntos a visitar las ciudades viejas, las catedrales y los castillos.

Como yo no tenía noción alguna de la jerarquía social, la imposibilidad que encontraba mi padre desde hacía mucho tiempo de que frecuentásemos a la señora y a la señorita Swann había tenido como efecto más bien, al hacerme imaginar grandes distancias entre ellas y nosotros, que les diese prestigio ante mis ojos. Lamentaba que mi madre no se tiñese el cabello y no se pusiera pintalabios, como había oído decir, por nuestra vecina la señora Sazerat, que hacía la señora Swann para gustarle, no a su marido, sino al señor De Charlus, y yo creía que nosotros debíamos ser para ella objeto de desprecio, lo que me apenaba sobre todo por causa de la señorita Swann, que me habían dicho que era una muchachita muy bonita y con la que soñaba a menudo prestándole cada vez una misma cara arbitraria y encantadora. Pero cuando aquel día supe que la señorita Swann era un ser de una condición tan poco común, que se bañaba como en su elemento natural en medio de tantos privilegios, hasta el punto de que cuando preguntaba a sus padres si había alguien a cenar, le respondían con sílabas cargadas de luz el nombre del invitado de oro, que para ella no era otro que un viejo amigo de su familia: Bergotte. Para ella, la conversación íntima a la mesa, que correspondía a lo que para mí era la conversación de mi tía abuela, eran las palabras de Bergotte sobre todos los temas que él había podido abordar en sus libros, sobre los que yo habría querido escucharlo dando sus sabias palabras, y que al fin, cuando ella iba a visitar las ciudades, él caminaba a su lado, desconocido y glorioso como los dioses que descendían entre los mortales, entonces sentí, al mismo tiempo que el premio por un ser como la señorita Swann, cómo de grosero e ignorante le parecería yo, y experimentaba tan vivamente la dulzura y la imposibilidad que tendría de ser su amigo, que me llené a la vez de deseo y de desesperación. Cuando pensaba ahora en ella, lo más frecuente era que la viese delante del atrio de una catedral explicándome el significado de las estatuas y, con una sonrisa que decía bien de mí, presentándome como amigo suyo a Bergotte. Y siempre la gracia de todas las ideas que hacían nacer en mí las catedrales, el encanto de las colinas de la Île-de-France y de las llanuras de Normandía, hacían refluir sus reflejos sobre la imagen que yo me formaba de la señorita Swann: era estar completamente preparado para amarla. Que nosotros creamos que un ser participa en una vida desconocida donde nos haría penetrar su amor es, de todo lo que exige el amor para nacer, a lo que más se atiene y lo que le hace menospreciar el resto. Incluso las mujeres que pretenden no juzgar a un hombre más que por su físico ven en ese físico la emanación de una vida especial. Por eso les gustan los militares y los bomberos, el uniforme les hace menos exigentes con el rostro; creen que bajo la coraza besan un corazón diferente, aventurero y dulce; y para hacer las conquistas más halagadoras en los países extranjeros que visita, un joven soberano o un príncipe heredero no necesita tener el perfil atractivo que quizá le sería indispensable a un corredor de Bolsa.

Mientras yo leía en el jardín, cosa que mi tía abuela no habría comprendido que hiciese aparte de los domingos, día en el que está prohibido ocuparse en nada serio y en el que ella no cosía (un día de diario ella me habría dicho «¿Cómo es que te diviertes todavía leyendo, si no es domingo?», dándole a la palabra diversión el sentido de niñería y de pérdida de tiempo), mi tía Leonie charlaba con Françoise mientras esperaba la hora que llegase Eulalie. Le anunciaba que acababa de ver pasar a la señora Goupil «sin paraguas, con el vestido de seda que se hizo hacer en Châteaudun. Si va a ir lejos antes de vísperas, se le va a empapar».

—Tal vez, tal vez (lo que significaba que tal vez no) —decía Françoise por no descartar definitivamente la posibilidad de una alternativa más favorable.

—Vaya —decía mi tía dándose un golpe en la frente—, eso me hace pensar que no he sabido si había llegado a la iglesia después de la elevación. Tendré que pensar en preguntárselo a Eulalie... Françoise, mire esa nube negra de detrás del campanario y ese sol flojo sobre los tejados, es seguro que el día no pasará sin que llueva. No era posible que se quedase así, hace demasiado calor. Y cuanto antes, mejor, porque mientras no haya estallado la tormenta no bajará mi agua de Vichy —añadía mi tía con la mentalidad de quien el deseo de apresurar la bajada del agua de Vichy le importaba muchísimo más que el temor de ver a la señora Goupil echar a perder su vestido.

—Tal vez, tal vez.

—Y es que, cuando llueve, en la plaza no hay mucho donde refugiarse. ¿Cómo, las tres? —exclamó de repente mi tía, palideciendo—, ¡pero entonces las vísperas ya han empezado y me he olvidado de la pepsina! Ahora comprendo por qué se me quedaba en el estómago el agua de Vichy.

Y, precipitándose sobre un libro de misa encuadernado en terciopelo morado, realzado en oro, de donde en su prisa dejaba que se escapasen esas imágenes, ribeteadas de una banda de encaje de papel amarillento, que marcan las páginas de las fiestas, mi tía, a la vez que se tragaba sus gotas, empezó a leer lo más aprisa posible los textos sagrados cuyo entendimiento le estaba ligeramente oscurecido por la incertidumbre de saber si, tomada tanto tiempo después del agua de Vichy, la pepsina sería capaz todavía de atraparla y hacerla bajar. «¡Las tres, es increíble cómo pasa el tiempo!».

Un toquecito en el cristal de la ventana, como si algo lo hubiese golpeado, seguido por una amplia caída ligera como granos de arena que se hubiesen dejado caer desde la ventana de arriba; luego la caída se extendía, se regulaba, adoptaba un ritmo, se hacía fluida, sonora, musical, innumerable y universal: era la lluvia.

—¡Pues vaya, Françoise!, ¿qué le decía yo? ¡Cómo cae! Pero me parece que he oído la campanilla de la puerta del jardín, vaya a ver quién puede estar afuera con un tiempo como este.

Françoise regresó:

—Es la señora Amédée (mi abuela), que ha dicho que iba a dar una vuelta. Pero llueve mucho.

—Eso no me sorprende mucho —dijo mi tía levantando los ojos al cielo—. Siempre he dicho que su mente no estaba hecha como la de

todo el mundo. Prefiero que sea ella y no yo quien está afuera en este momento.

—La señora Amedée está siempre al revés que los demás —dijo Françoise con dulzura, reservándose para el momento en que ella estaría sola con los demás criados y dijese que creía que mi abuela estaba un poco «tocada».

—¡Pues ya ha pasado la bendición final! Eulalie ya no vendrá —suspiró mi tía—, será que este tiempo le ha dado miedo.

—Pero todavía no son las cinco, señora Octave, son sólo las cuatro y media.

—¿Sólo las cuatro y media? Y me he visto obligada a apartar los visillos para tener un mezquino rayo de luz, ¡a las cuatro y media! ¡Ocho días antes de las Rogativas! ¡Ay, mi pobre Françoise! Dios tiene que estar muy encolerizado con nosotros. ¡Y también es que el mundo de hoy hace tantas cosas! Como decía mi pobre Octave, hemos olvidado demasiado a Dios y Él se venga.

Un vivo rubor animaba las mejillas de mi tía, era Eulalie. Desgraciadamente, apenas acababa de llegar volvió Françoise y con una sonrisa que tenía como objetivo ponerse ella misma al unísono con la alegría que no dudaba que sus palabras iban a provocar en mi tía, articuló despacio las sílabas para mostrar que, a pesar del estilo indirecto, ella, como buena criada, informaba de las palabras exactas con que se había dignado servirse el visitante:

—El señor cura estaría encantado y feliz si la señora Octave no estuviese descansando y pudiera recibirlo. El señor cura no quiere molestar. El señor cura está abajo, he dicho que entrase en la sala.

En realidad, las visitas del cura no le daban a mi tía un gusto tan grande como suponía Françoise, y el aire de júbilo con el que creía que debía engalanar su cara cada vez que tenía que anunciarlo no correspondía enteramente con el sentimiento de la enferma. El cura (un hombre excelente con el que lamento no haber hablado más, porque aunque no entendía nada de Arte sabía mucho de etimologías), acostumbrado a dar a los visitantes de calidad informes sobre la iglesia (tenía también la intención de escribir un libro sobre la parroquia de Combray), la fatigaba con sus explicaciones interminables, de hecho siempre las mismas. Pero cuando su visita llegaba al mismo tiempo que la de Eulalie, se le hacía francamente desagradable a mi tía. Ella hubiera preferido sacar provecho de Eulalie y no tener a todo el mundo a la vez. Pero no se atrevía a no recibir al cura y solamente le hizo una seña a Eulalie para que no se fuese al mismo tiempo que él, que sólo la retendría un poco a solas cuando él se hubiese marchado.

—Señor cura, ¿qué es lo que me han dicho, que hay un artista que ha instalado su caballete en su iglesia para copiar una vidriera? ¡Puedo decir que he llegado a mi edad sin haber oído hablar nunca de una cosa semejante! ¿Qué es lo que busca el mundo de hoy? ¡Y en lo que la iglesia tiene de peor!

—Yo no llegaría a decir que eso sea lo peor, porque si en Saint-Hilaire hay partes que merecen la visita, hay otras que son muy viejas en mi pobre basílica, ¡la única en toda la diócesis que ni siquiera ha sido restaurada! Dios mío, el atrio es vetusto y está sucio, pero tiene un carácter majestuoso; pasa lo mismo con los tapices de Esther, por los que personalmente no daría ni dos centavos, pero que los entendidos sitúan inmediatamente detrás de los de Sens. Reconozco, además, que, junto a ciertos detalles un poco realistas, esos tapices presentan otros que dan testimonio de un verdadero espíritu de observación. ¡Pero que no vengan a hablarme de las vidrieras! ¿Quién ha tenido la idea de dejar ventanas que no dan luz, y hasta engañan a la vista con esos reflejos de un color que yo no podría definir, en una iglesia donde no hay dos baldosas que estén al mismo nivel y que se niegan a reemplazarme con el pretexto de que son las tumbas de los abades de Combray y de los señores de Guermantes, los antiguos condes de Brabant? Los antepasados directos del duque de Guermantes de hoy y también de la duquesa, puesto que ella es una señorita de Guermantes que se casó con su primo. (Mi abuela, que a fuerza de desinteresarse de las personas acababa por confundir todos los nombres, cada vez que se pronunciaba el de la duquesa de Guermantes pretendía que debía ser una pariente de la señora De Villeparisis; todo el mundo se echaba a reír y ella intentaba defenderse alegando cierta carta de invitación: «Me pareció recordar que en ella había algo de Guermantes». Y por una vez yo estaba con los demás contra ella, pues no podía admitir que hubiese algún lazo entre su amiga del pensionado y la descendiente de Genoveva de Brabante.)

—Fíjese en Roussainville, hoy ya no es más que una parroquia de granjeros, aunque en la antigüedad esa localidad haya tenido un gran apogeo con el comercio de sombreros de fieltro y de relojes de péndulo. (No estoy seguro de la etimología de Roussainville. Creería gustosamente que el nombre primitivo era Rouville, *Radulfi villa,* igual que Châteauroux, *Castrum Radulfi,* pero le hablaré de eso en otra ocasión.) ¡Pues bien! La iglesia tiene unas vidrieras magníficas, casi todas modernas, y esa imponente *Entrada de Louis-Philippe en Combray,* que estaría más en su sitio en el mismo Combray y que se dice que vale lo que la famosa vidriera de Chartres. Ayer mismo vi al hermano del doctor Percepied, que es un entendido y la considera un trabajo bellísimo. Pero como se lo decía a ese artista, que por otra parte parece muy

 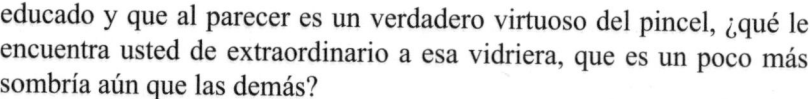

educado y que al parecer es un verdadero virtuoso del pincel, ¿qué le encuentra usted de extraordinario a esa vidriera, que es un poco más sombría aún que las demás?

—Estoy segura de que si se lo pidiese al señor obispo —dijo lentamente mi tía, que empezaba a pensar que iba a cansarse—, él no le negaría una vidriera nueva.

—Cuente con ello, señora Octave —respondió el cura—; pero es justo el señor obispo quien puso el cascabel al gato con esa desgraciada vidriera al demostrar que representa a Gilbert el Malo, señor de Guermantes y descendiente directo de Genoveva de Brabante, que era de la familia Guermantes, recibiendo la absolución de parte de san Hilaire.

—Pero yo no veo dónde está san Hilaire.

—Pues claro que sí, en el rincón de la vidriera, ¿no se ha fijado nunca en una dama de vestido amarillo? ¡Pues bien!, es san Hilaire, al que, como sabe, también llaman en ciertas provincias san Illiers, san Helier y hasta san Ylie en el Jura. Esas corrupciones diferentes de *sanctus Hilarius* no son por lo demás las más curiosas que se hayan producido en los nombres de los bienaventurados. Igual que su santa patrona, mi buena Eulalie, *sancta Eulalia,* ¿sabe usted en qué se ha convertido en Borgoña? En *san Eloi* simplemente, se ha convertido en un santo. ¿Le gustaría a usted que después de su muerte la convirtiesen en un hombre?

—El señor cura tiene siempre palabras para bromear.

—El hermano de Gilbert, Charles el Tartamudo, príncipe piadoso, pero que al haber perdido muy pronto a su padre, Pepin el Insensato, muerto como consecuencia de su enfermedad mental, ejercía el poder supremo con toda la presunción de una juventud que ha carecido de disciplina; en cuanto la cara de un individuo no le gustaba en una ciudad, mandaba que se asesinase hasta el último de sus habitantes. Gilbert, queriendo vengarse de Charles, hizo incendiar la iglesia de Combray, la iglesia primitiva de entonces, la que Theodebert, al irse con su corte de la casa de campo que tenía cerca de aquí, en Thiberzy, *Theodeberciacus,* para ir a combatir a los burgundios, prometió edificar encima de la tumba de San Hilario si el bienaventurado le conseguía la victoria. De ella sólo queda la cripta donde Theodore ha debido haceros bajar, porque Gilbert quemó el resto. Después desafió al infortunado Charles con la ayuda de Guillaume el Conquistador (el cura lo pronunciaba Guilóm), lo que hace que muchos ingleses vengan a visitarla. Pero no parece que hubiera sabido ganarse la simpatía de los habitantes de Combray, porque éstos se abalanzaron sobre él a la salida de misa y le cortaron la cabeza. De lo demás, Theodore presta un librito que lo explica.

Pero lo que es indudablemente lo más curioso de nuestra iglesia es el grandioso punto de vista que hay desde el campanario. Sin duda alguna, a usted, que no está muy fuerte, no le aconsejaría que subiese nuestros noventa y siete escalones, justo la mitad del célebre Duomo de Milán. Con eso se agota hasta una persona de buena salud, sobre todo porque se sube doblado en dos si uno no quiere romperse la cabeza, y que se recogen con la ropa todas las telas de araña de la escalera. En todo caso, le haría falta cubrirse bien —añadió (sin darse cuenta de la indignación que provocaba en mi tía la idea de que ella fuese capaz de subir al campanario)— porque hay unas corrientes de aire muy fuertes una vez que se llega arriba. Algunas personas afirman que allí han sentido el frío de la muerte. No importa, los domingos siempre hay sociedades que vienen hasta desde muy lejos para admirar la belleza del panorama y se vuelven encantadas. Mire, el próximo domingo, si el tiempo se mantiene, es seguro que encontraría mucha gente, ya que son las Rogativas. Por lo demás, hay que confesar que desde allí se disfrutan unas vistas maravillosas, con una clase de panorámicas sobre la llanura que tienen un sello muy característico. Cuando el tiempo está claro, se puede ver hasta Verneuil. Sobre todo, se abarcan a la vez cosas que no pueden verse habitualmente más que la una sin la otra, como el curso del Vivonne y los fosos de Saint Assise les Combray, de los que está separada por una cortina de árboles grandes, o como los diferentes canales de Jouy le Vicomte *(Gaudiacus vice comitis,* como bien sabe usted). Cada vez que he ido a Jouy le Vicomte, veía bien un extremo del canal y después, cuando doblaba en una calle, veía otro, pero entonces ya no veía el anterior. Por mucho que los pusiera juntos en mi pensamiento, eso no me hacía un gran efecto. Desde el campanario de Saint-Hilaire es otra cosa, es toda una red donde está presa la localidad. Sólo que no se distingue el agua, de las grandes hendiduras que cortaron tan precisamente la ciudad en cuartos podría decirse que es como un brioche cuyos pedazos se mantienen juntos, pero que ya están cortados. Para hacerlo bien, sería necesario estar a la vez en el campanario de san Hilaire y en Jouy le Vicomte.

El cura había cansado tanto a mi tía, que en cuanto se hubo marchado se vio obligada a despedir a Eulalie.

— Tenga, mi pobre Eulalie —dijo con voz débil sacando una moneda de una bolsita que tenía al alcance de la mano—, esto es para que no me olvide en sus oraciones.

—¡Ah! ¡Pero, señora Octave, no sé si debo, bien sabe usted que yo no vengo por eso!

Decía Eulalie con la misma vacilación y la misma vergüenza cada vez, como si fuese la primera, y con una apariencia de descontento que divertía a mi tía, pero que no parecía desagradarla; porque si un día Eulalie, al tomar la moneda, tenía un aire un poco menos contrariado que de costumbre, mi tía decía:

—No sé qué le pasaba a Eulalie, pero le he dado lo mismo que de costumbre y no tenía aspecto de contenta.

—Pero no creo que ella tenga de qué quejarse —suspiraba Françoise, que tenía tendencia a considerar como calderilla todo lo que le daba mi tía para ella o para sus hijos, y como tesoros locamente derrochados por una ingrata las monedas puestas cada domingo en la mano de Eulalie, pero tan discretamente que Françoise no llegaba nunca a verlas. No es que el dinero que mi tía le daba a Eulalie lo hubiese querido Françoise para sí. Disfrutaba suficientemente con lo que mi tía poseía, sabiendo que las riquezas de la señora elevan y embellecen también ante los ojos de todos a su criada, y que ella, Françoise, era notable y alabada en Combray, Jouy le Vicomte y otros lugares por las numerosas granjas de mi tía, por las visitas frecuentes y prolongadas del cura y por la singular cantidad de botellas de agua de Vichy consumidas. Sólo era avara por mi tía, si ella hubiese administrado su fortuna, lo que hubiera sido su sueño, la habría preservado de las iniciativas de los demás con una ferocidad de madre. Sin embargo, no le habría parecido muy malo que mi tía, de quien sabía que era incurablemente generosa, se hubiera dejado llevar por su largueza si al menos hubiera sido con los ricos. Quizá creía que de éstos, no teniendo necesidad de los regalos de mi tía, no podía sospecharse que la quisieran por ellos. Además, ofrecidos a personas de gran posición y fortuna, a la señora Sazerat, al señor Swann, al señor Legrandin, a la señora Guopil, a personas «del mismo rango» que mi tía y que «iban bien juntas», esos regalos se le aparecían como algo que formaba parte de las costumbres de la vida extraña y brillante de las personas ricas, que cazan, se dan bailes y se hacen visitas, y a las que admiraba sonriendo. Pero ya no era lo mismo si los beneficiarios de la generosidad de mi tía eran de esos que Françoise llamaba «personas como yo, personas que no son más que yo», que eran las que más despreciaba, a menos que le llamasen «señora Françoise» y se considerasen a sí mismas como «menos que ella». Y cuando vio que, a pesar de sus consejos, mi tía actuaba a su manera y arrojaba el dinero —al menos, eso era lo que creía Françoise— a criaturas indignas, empezaron a parecerle muy pequeños los regalos que le hacía mi tía en comparación con las cantidades imaginarias que le prodigaba a Eulalie. No había en los alrededores de Combray ninguna granja tan importante que Françoise no hubiera supuesto que Eulalie podría comprar fácilmente, con todo lo que le rendían sus visitas. Verdad es que Eulalie hacía el mismo cálculo con las riquezas inmensas y ocultas de Françoise. Habitualmente, cuando Eulalie se había marchado, Françoise profetizaba nada benevolentemente sobre ella. La odiaba, pero la temía y cuando venía se creía obligada a ponerle «buena cara». Después de su marcha se recuperaba, a decir verdad sin nombrarla nunca, pero profiriendo oráculos sibilinos o sentencias de carácter general como las del Eclesiastés, pero cuya aplicación no se le podía escapara a mi tía. Y después de haber mirado por una rendija del visillo si Eulalie había vuelto a cerrar la puerta: «Las personas aduladoras saben llegar a tiempo y recoger las perras; pero, paciencia, Dios las castigará a todas un buen día» —decía ella, con la mirada de soslayo y la insinuación de Joas, que piensa solamente en Athalie cuando dice:

La felicidad de los malvados como un torrente fluye.

Pero cuando el cura había venido también y su interminable visita había agotado las fuerzas de mi tía, Françoise salía de la habitación detrás de Eulalie y decía:

—Señora Octave, le dejo descansar, tiene aspecto de estar muy cansada.

Y mi tía ni respondía siquiera y exhalaba un suspiro que parecía que iba a ser el último con los ojos cerrados, como muerta. Pero apenas había bajado Françoise, cuatro golpes dados con la mayor violencia resonaban por la casa, y mi tía, incorporada en su cama, exclamaba:

—¿Se ha marchado ya Eulalie? ¿Puede usted creer que se me ha olvidado preguntarle si la señora Goupil ha llegado a misa antes de la elevación? ¡Corra rápido tras ella!

Pero Françoise regresaba sin haber podido alcanzar a Eulalie.

—¡Qué contrariedad! —decía mi tía moviendo la cabeza—. ¡Lo único importante que tenía que preguntarle!

Así pasaba la vida para mi tía Leonie, siempre idéntica, en la suave uniformidad de lo que ella llamaba, con un desdén afectado y una ternura profunda, su «rutinita». Protegida por todo el mundo, no solamente en la casa, donde todos y cada uno habían experimentado la inutilidad de aconsejarle una higiene mejor y se habían resignado poco a poco a respetarla, sino incluso en el pueblo donde, a tres calles de nosotros, el embalador, antes de clavar sus cajas, hacía que le preguntasen a Françoise si mi tía «estaba descansando» —sin embargo, esa rutinita fue perturbada una vez aquel año. Como un fruto oculto que hubiese llegado a madurar sin que se lo viese y se desprendiese espontáneamente, una noche se produjo el parto de la pinche de cocina. Pero sus dolores eran intolerables, y como no había comadrona en Combray, Françoise debió salir antes del amanecer para buscar una en Thiberzy. Por causa de los gritos de la pinche de cocina, mi tía no pudo descansar, y como Françoise, a pesar de la corta distancia, no volvió hasta muy tarde, la echó mucho en falta. Así pues, mi madre me dijo por la mañana: «Sube a ver si tu tía necesita algo». Entré en la primera estancia y por la puerta abierta vi que mi tía dormía echada de costado, la oí roncar suavemente. Iba a irme con suavidad, pero sin duda el ruido que había hecho había actuado en su sueño y le había «cambiado de marcha», como se dice con los automóviles, porque la música del ronquido se interrumpió por un momento y volvió a empezar con un tono más bajo. Después se despertó y giró a medias la cara, que entonces pude ver. Expresaba una especie de terror, evidentemente acababa de tener un sueño espantoso; por la manera que estaba colocada no podía verme y me quedé allí sin saber si debía adelantarme o retirarme, pero parecía que ella ya había regresado al sentimiento de la realidad y había reconocido la mentira de las visiones que la habían aterrorizado. Una sonrisa de alegría, de piadoso agradecimiento a Dios, que permite que la vida sea menos cruel que los sueños, iluminó débilmente su cara, y con la costumbre que había adquirido de hablarse a sí misma a media voz cuando se creía sola, murmuró: «¡Alabado sea Dios! No tenemos más problemas que el parto de la pinche de cocina. ¡Y yo que soñaba que mi pobre Octave había resucitado y que quería hacerme dar un paseo todos los días!». Tendió la mano hacia su rosario, que estaba sobre la mesilla, pero volvió a empezarle el sueño y no le dejó fuerzas para alcanzarlo; volvió a dormirse, tranquilizada, y yo salí a paso de lobo de la habitación, sin que ni ella ni nadie supiera jamás lo que yo había oído.

Cuando digo que, aparte de acontecimientos muy raros como ese parto, la rutina de mi tía no sufría jamás ninguna variación, no hablo de aquellas que, al repetirse siempre idénticas a intervalos regulares, sólo introducen en el seno de la uniformidad una especie de uniformidad secundaria. Así que todos los sábados, debido a que Françoise iba a mediodía al mercado de Roussainville-le-Pin, el almuerzo era una hora antes para todo el mundo. Y mi tía se había tomado tan bien la costumbre de esa derogación semanal de sus hábitos, que se atenía a esa costumbre tanto como a las demás. Tanto se había «arrutinado», como decía Françoise, que si hubiera hecho falta un sábado esperar su almuerzo a la hora habitual, eso la habría «molestado» tanto como si ella hubiera debido adelantar otro día el almuerzo a la hora del sábado. Ese adelanto del almuerzo le daba además al sábado, para todos nosotros, una fisonomía particular, indulgente y bastante simpática. En el momento en que por costumbre se tienen una hora que vivir antes de la distensión de la comida, uno sabía que en algunos segundos iba a ver que llegaban endivias tempranas, una tortilla de favor, un bistec inmerecido. El regreso de ese sábado asimétrico era uno de esos pequeños acontecimientos interiores, locales, casi cívicos que, en las vidas tranquilas y las sociedades cerradas, crean una especie de lazo nacional y se convierten en el tema favorito de las conversaciones, de las bromas y de los relatos exagerados a placer; habría sido el núcleo listo para un ciclo legendario si alguno de nosotros hubiese tenido cabeza para la épica. Desde por la mañana, antes de estar vestidos, sin razón alguna, por el placer de experimentar la fuerza de la solidaridad, nos decíamos los unos a los otros con buen humor, con cordialidad, con patriotismo: «¡No hay tiempo que perder, no olvidemos que es sábado!». Pese a ello, mi tía, hablando con Françoise y pensando que el día sería más largo que de costumbre, decía: «Si les hiciese usted un buen trozo de ternera, ya que es sábado». Si a las diez y media un distraído sacaba su reloj diciendo: «Vamos, una hora y media todavía antes del almuerzo», todos estaban encantados de tener que decirle: «Pero, vamos, en qué piensas, ¡no te olvides de que es sábado!». Un cuarto de hora después aún estábamos riendo y nos prometíamos que subiríamos a contarle ese despiste a mi tía para divertirla. Hasta la misma cara del cielo parecía cambiada. Después del almuerzo, el sol, consciente de que era sábado, holgazaneaba una hora más en el cielo, y cuando, pensando que estábamos retrasados para el paseo, alguien decía: «¿Cómo, solamente son las dos?», oyendo dar dos campanadas en el campanario de san Hilaire (que tienen la costumbre de no encontrar a nadie en las calles abandonadas por la comida de mediodía o por la siesta, a lo largo del río vivo y blanco que ha abandonado hasta el pescador, y pasan solitarias en el cielo vacío en el que no quedan más que algunas nubes perezosas), todo el mundo le respondía a coro: «Lo que engaña es que hemos almorzado una hora antes, ¡ya se sabe que es sábado!». La sorpresa de un bárbaro (así llamábamos a todo el mundo que no supiera lo que tenía de particular el sábado) que había venido a las once para hablar con mi padre y nos había encontrado sentados a la mesa, era una de las cosas que más habían divertido a Françoise en toda su vida. Pero si a ella le parecía divertido que el visitante desconcertado no supiera que el sábado almorzábamos antes, le parecía mucho más divertido todavía (mientras simpatizaba de todo corazón con ese chovinismo estrecho) que mi padre no hubiera tenido la idea de que ese bárbaro podría ignorarlo y hubiese respondido sin otra explicación ante su extrañeza al vernos ya en el comedor: «¡Pero, si es sábado!». Llegada a ese punto de su relato, se secaba las lágrimas que le provocaba la hilaridad y para acrecentar el placer que sentía prolongaba el diálogo, se inventaba lo que había respondido el visitante, a quien ese «sábado» no le explicaba nada. Y muy lejos de quejarnos por sus añadidos, éstos no nos bastaban aún y decíamos: «Pero me pareció que él había dicho otras cosas. La primera vez que lo has contado

era más largo». Hasta mi tía abuela dejaba su labor, levantaba la cabeza y miraba por encima de sus lentes.

El sábado tenía también de particular que, durante el mes de mayo, ese día salíamos después de cenar para ir al «mes de María».

Como a veces nos encontrábamos allí con el señor Vinteuil, muy severo con «el tipo deplorable de jóvenes descuidados, metidos en las ideas de la época actual», mi madre tenía gran cuidado de que nada estuviese mal en mi atuendo y después salíamos hacia la iglesia. Me acuerdo de que fue en el mes de María cuando empezaron a gustarme los espinos blancos. No estaban solamente en la iglesia, donde teníamos derecho a entrar aunque era tan santa, colocados sobre el mismo altar, inseparables de los misterios en cuya celebración tomaban parte, haciendo correr entre los candelabros y los vasos sagrados sus ramas atadas unas a otras horizontalmente en un preparativo de fiesta; adornando también las guirnaldas con su follaje sobre el que estaban sembrados profusamente, como en la cola de un vestido de recién casada, pequeños ramilletes con capullos de una blancura resplandeciente. Pero, sin atreverme a mirarlos más que a hurtadillas, yo sentía que esos adornos pomposos estaban vivos y que era la naturaleza misma lo que, al hacer esos cortes en las hojas y al añadir el ornamento supremo de esos capullos blancos, había hecho que esa decoración fuese digna de lo que a la vez era una celebración popular y una solemnidad mística. Más arriba, se abrían sus corolas aquí y allá con una gracia despreocupada, reteniendo tan negligentemente, como un último y vaporoso atuendo, el ramito de estambres, finos como los hilos de la Virgen, que los enmarañaban por entero. Siguiendo e intentando imitar dentro de mí el gesto de su florescencia, yo lo imaginaba como si hubiese sido el movimiento de cabeza aturdido y rápido, de mirada coqueta y pupilas achicadas, de una blanca joven, distraída y viva. El señor Vinteuil había venido con su hija a colocarse a nuestro lado. Era de una buena familia, había sido profesor de piano de las hermanas de mi abuela y cuando, después de la muerte de su mujer y de una herencia que había recibido, se retiró cerca de Combray se lo recibía a menudo en la casa. Pero era de una pudibundez excesiva y dejó de venir para no encontrarse con Swann, que había hecho lo que él denominaba «un matrimonio inapropiado, según el gusto del día». Al enterarse de que componía, mi madre le dijo por amabilidad que, cuando ella fuese a verlo, tenía que hacerle escuchar alguna cosa suya. Al señor Vinteuil eso le habría gustado mucho, pero llevaba la cortesía y la bondad hasta tales escrúpulos que, poniéndose siempre en el lugar de los demás, temía aburrirlos y parecer egoísta si siguiese su deseo, o si simplemente lo dejase adivinar. El día que mis padres fueron a su casa de visita yo los acompañé, pero me habían permitido que me quedase fuera, y como la casa del señor Vinteuil, en Montjouvain, estaba más abajo que el montículo de arbustos donde me había escondido, me encontré en el mismo plano que el salón del segundo piso, a cincuenta centímetros de la ventana. Cuando fueron a anunciarle a mis padres, vi que el señor Vinteuil se apresuraba a poner una partitura muy visible sobre el piano; pero una vez que entraron mis padres, la retiró y la puso en un rincón. Sin duda había temido de hacerles suponer que estaba contento de verlos sólo para tocar sus composiciones ante ellos. Y cada vez que mi madre volvía a la carga en el transcurso de la visita, él repitió varias veces: «No sé quién ha puesto esto en el piano, ese no es su sitio», y desviaba la conversación hacia otros temas, justo porque esos la interesaban menos. Su única pasión era su hija, y ésta, que tenía el aspecto de un muchacho, parecía tan robusta que uno no podía evitar sonreír viendo las precauciones que su padre tomaba para ella y que siempre tenía chales suplementarios que echarle a los hombros. Mi abuela hacía observar qué expresión dulce, delicada y casi tímida ocurría a menudo en las miradas de esa niña tan fuerte, cuya cara estaba sembrada de pecas. Cuando ella acababa de pronunciar una palabra, la entendía con la mentalidad de aquellos a quienes se la había dicho, se angustiaba por los posibles malentendidos y veíamos iluminarse, recortarse como por transparencia, bajo la cara hombruna de «buen diablo», los rasgos, más delicados, de una muchacha desconsolada.

En el momento de salir de la iglesia, cuando me arrodillé ante el altar, sentí repentinamente, al levantarme otra vez, que de los espinos blancos se escapaba un olor amargo y dulzón a almendras, y entonces noté en las flores unos pequeños lugares más claros bajo los que me figuré que debía estar oculto ese olor, igual que bajo las partes gratinadas se oculta el gusto de la crema de almendras, o como, bajo sus pecas rojizas, el de las mejillas de la señorita Vinteuil. A pesar de la silenciosa inmovilidad de los espinos blancos, ese olor intermitente era como un murmullo de su vida intensa con el que el altar vibraba, lo mismo que un seto agreste visitado por antenas vivas, en las que se pensaba al ver ciertos estambres casi rojos que parecían haber mantenido la virulencia primaveral y el poder irritante de los insectos, ahora metamorfoseados en flores.

Hablamos un momento con el señor Vinteuil ante el atrio al salir de la iglesia. Separaba a los niños que se peleaban en la plaza, tomaba la defensa de los más pequeños, sermoneaba a los mayores. Si su hija nos decía con su voz gruesa lo contenta que estaba de vernos, enseguida parecía que dentro de sí misma una hermana más sensible se ruborizase de aquellas palabras de muchacho aturdido, porque había podido hacernos creer que solicitaba que la invitásemos a nuestra casa. Su padre le echaba una mantilla sobre los hombros, se subían a un pequeño *buggy* que guiaba ella misma y los dos regresaban a Montjouvain. En cuanto a nosotros, como al día siguiente era domingo y sólo nos levantaríamos para la misa mayor, si había claro de luna y el aire estaba cálido, en lugar de hacernos volver inmediatamente, mi padre, por amor a la gloria, nos obligaba a dar por el bosque del Calvario un largo paseo, que la poca aptitud de mi madre para orientarse y reconocer el camino le hacía considerar la proeza de un genio de la estrategia. A veces llegábamos hasta el viaducto, cuyas largas zancadas de piedra empezaban en la estación y representaban para mí el exilio y el sufrimiento fuera del mundo civilizado, porque cada año, al venir de París, nos recomendaban que tuviésemos mucho cuidado, cuando estuviésemos en Combray, que no dejásemos pasar la estación, que estuviésemos preparados de antemano porque el tren volvía a salir al cabo de dos minutos y se metía por el viaducto más allá de los países cristianos, cuyo límite más extremo marcaba para mí Combray. Volvíamos por el bulevar de la estación, donde estaban los palacetes más agradables del municipio. En cada uno de los jardines, la luz de la luna sembraba, como Hubert Robert[15], sus escalones rotos de mármol blanco, sus surtidores de agua, sus rejas entreabiertas. Su luz había destruido la oficina del telégrafo. De ella no subsistía más que una columna medio rota, pero que mantenía la belleza de una ruina inmortal. Yo arrastraba las piernas, me caía de sueño, el olor perfumado de los tilos me parecía una recompensa que no se podía conseguir más que a precio de las mayores fatigas y que no valía la pena. Rejas alejadísimas unas de otras, perros despertados por nuestros pasos solitarios hacían alternar sus ladridos, como los que todavía oigo algunas noches, entre los que debió venir (cuando se creó sobre su emplazamiento el jardín público de Combray) a refugiarse el bulevar de la estación, porque dondequiera que me encuentre, en cuanto empiezan a resonar y a responderse, lo veo con sus tilos y su acera iluminada por la luna.

De repente, mi padre nos detenía y le preguntaba a mi madre: «¿Dónde estamos?». Agotada por la caminata, pero orgullosa de él, le confesaba tiernamente que de eso no sabía absolutamente nada. Él se encogía de hombros y se echaba a reír. Entonces, como si hubiese salido con su llave del bolsillo de su chaqueta, de pie ante nosotros nos mostraba la puertecilla de atrás de nuestro jardín, que había venido con el rincón de la calle del Espíritu Santo a esperarnos al final de aquellos caminos desconocidos. Mi madre le decía con admiración: «¡Eres extraordinario!», y a partir de ese momento yo ya no tenía que dar ni un

---

[15] Pintor paisajista de finales del siglo XVII, precursor del romanticismo pictórico. *(N. del T.)*

solo paso, el suelo caminaba por mí en ese jardín en el que desde hacía tanto tiempo mis actos habían dejado de estar acompañados de atención voluntaria: la costumbre acababa de tomarme en sus brazos y me llevaba a la cama como a un niño pequeño.

Si la jornada del sábado, que empezaba una hora antes y en la que ella estaba privada de Françoise, pasaba más despacio que cualquier otra para mi tía, pese a ello esperaba su vuelta con impaciencia desde el inicio de la semana, como si contuviera toda la novedad y la distracción que fuese capaz todavía de aguantar su cuerpo debilitado y maniático. Y sin embargo, no era que mi tía no aspirase a veces a algún cambio mayor, o que no tuviese esas horas excepcionales en las que se tiene sed de algo distinto de lo que existe, y en las que la falta de energía o de imaginación impide que saquen de sí mismas un principio de renovación, y le piden al minuto que viene, o al cartero que llama, que les traiga de nuevo una emoción o un dolor, aunque fuese de lo peor; en el que la sensibilidad, que la felicidad ha hecho callar como a un arpa ociosa, quiere resonar con una mano, aunque fuese brutal y debiera romperse por ello; en el que la voluntad, que ha conquistado tan difícilmente el derecho de estar entregada sin obstáculos a sus deseos y a sus penas, querría arrojar las riendas entre las manos de acontecimientos urgentes, aunque fuesen crueles. Sin duda, así como las fuerzas de mi tía, agotadas al menor cansancio, no le volvían más que gota a gota en el seno de su descanso, el depósito costaba mucho tiempo llenarlo y pasaban meses antes de que ella tuviera ese ligero sobrante que otros extraen de la actividad y que ella era incapaz de saber utilizar y de decidir cómo hacerlo. Yo no dudo que entonces —igual que el deseo de remplazar la bechamel por patatas acababa con el tiempo por nacer del placer mismo que le causaba el regreso cotidiano del puré, del que ella no se «cansaba» nunca— ella no sacase, de la acumulación de aquellos días monótonos a los que tanto se aferraba, la espera de un cataclismo doméstico, limitado a durar un momento, pero que la obligaría a cumplir de una vez por todas uno de esos cambios que ella reconocía que le serían saludables y a los que no podía decidirse por sí misma. Nos quería verdaderamente, le hubiera gustado llorarnos; y si llegase un momento en el que se sintiese bien y no estuviese con sus sudores, la noticia de que la casa era presa de un incendio en el que ya habíamos perecido todos y que pronto no dejaría que permaneciese ni una sola piedra de sus muros, pero del que hubiera tenido todo el tiempo para escapar sin apresurarse, con la condición de levantarse enseguida, debió frecuentar a menudo sus esperanzas, como uniendo a las ventajas secundarias el hacerle saborear en un largo lamento toda la ternura que tenía por nosotros y de ser la estupefacción del pueblo al presidir nuestro duelo, valiente y agobiada, moribunda en

pie; o el mucho más valioso de obligarla al buen momento, sin tiempo que perder, sin posibilidad de vacilación exasperante, de ir a pasar el verano a su preciosa granja de Mirougrain, donde había un salto de agua. Como no había ocurrido nunca acontecimiento alguno de esa clase, cuyo éxito meditaba ciertamente cuando estaba absorta sólo en sus innumerables solitarios (y que la habría desesperado al primer inicio de realización, al primero de esos pequeños hechos imprevistos, o de esa palabra que anunciaba una mala noticia y cuyo tono no puede olvidarse jamás; de todo lo que lleve la impronta de la muerte real, muy diferente de su posibilidad lógica y abstracta), ella se conformaba, para hacer su vida un poco mas interesante de cuando en cuando, con introducir en esa vida peripecias imaginarias, que seguía con pasión. Se complacía en suponer de repente que Françoise le robaba, que ella recurría a la astucia para asegurarse de ello y que la sorprendía con las manos en la masa. Acostumbrada, cuando hacía partidas de cartas a solas, a hacer su juego a la vez que el juego de su adversario, se decía a sí misma las excusas avergonzadas de Françoise y respondía a ellas con tanta indignación y tanto fuego, que si uno de nosotros entraba en ese momento, la encontraba cubierta de sudor, con los ojos centelleantes y la peluca descolocada que dejaba ver su frente calva. Tal vez Françoise oyó alguna vez desde el cuarto vecino los mordaces sarcasmos que le dirigía a ella y cuya invención no habría consolado lo suficiente a mi tía si se hubiesen quedado en el estado puramente inmaterial y si al murmurarlos a media voz no les hubiese dado más realismo. Algunas veces, ese «espectáculo en una cama» no le bastaba siquiera a mi tía y quería que se interpretasen sus obras. Entonces, un domingo, con todas las puertas cerradas misteriosamente, ella le confiaba a Eulalie sus dudas sobre la honradez de Françoise y su intención de deshacerse de ella, y en otra ocasión le contaba a Françoise sus sospechas sobre la infidelidad de Eulalie, a quien pronto le cerraría la puerta. Algunos días después, ella estaba disgustada con su confidente de la víspera y se conchababa con la traidora, y ambas, por otra parte, cambiarían sus papeles en la próxima representación. Pero las sospechas que a veces podía inspirarle Eulalie no eran más que un fuego de paja y decaían enseguida a falta de alimento, ya que Eulalie no vivía en la casa. No pasaba lo mismo con las que atañían a Françoise, a la que mi tía sentía constantemente bajo el mismo techo que ella, sin que, por miedo a enfriarse si salía de su cama, se atreviese a bajar a la cocina a hacerse cuenta de si estaban o no fundadas. Poco a poco, su mente no tuvo más ocupación que la de adivinar lo que podía estar haciendo e intentando ocultarle Françoise en cada momento. Observaba hasta los movimientos más furtivos de su fisionomía, alguna contradicción en sus palabras, un deseo que pareciese disimular. Y le mostraba que la había desenmascarado con una sola palabra que hacía palidecer a Françoise, y mi tía parecía que encontraba una diversión cruel en hundírsela en el corazón a la desgraciada. Y al domingo siguiente, una revelación de Eulalie —como esos descubrimientos que abren bruscamente un campo insospechado a una ciencia naciente que se arrastraba en la rutina— demostraba a mi tía que en sus sospechas estaba muy por debajo de la verdad.

—Pero Françoise debe saberlo, ahora que usted le ha regalado un carruaje.

—¿Que yo le he regalado un carruaje? —exclamó mi tía.

—¡Bueno!, pero yo no lo sé, creía que sí, la vi que ahora iba en calesa, orgullosa como Artaban[16], para ir al mercado de Roussainville. Creía que usted se lo había dado, señora Octave.

Poco a poco, Françoise y mi tía, igual que la presa y el cazador, no dejaron ya de intentar prevenir las artimañas de la una a la otra. Mi madre temía que naciese en Françoise un verdadero odio por mi tía, que la ofendía lo más duramente que podía. En todo caso, Françoise ponía una atención cada vez más extraordinaria a las palabras y los gestos más mínimos de mi tía. Cuando ésta tenía alguna cosa que pedirle, vacilaba mucho tiempo sobre la manera que ella debía tomárselo. Y cuando había formulado su petición, observaba a mi tía a hurtadillas, intentando adivinar por el aspecto de su cara lo que había pensado mi tía y lo que decidiría. Y así —mientras que algún artista que, al leer las memorias del siglo XVII deseando acercarse al gran rey, cree recorrer ese camino fabricándose una genealogía que lo haga descendiente de una familia histórica o manteniendo correspondencia con uno de los soberanos actuales de Europa, da la espalda precisamente a lo que comete el error de buscar bajo formas idénticas, y por consiguiente muertas—, una vieja dama de provincias, que no hacía más que obedecer sinceramente a manías irresistibles y a una malicia nacida de la ociosidad, y sin haber pensado jamás en Luis XIV, veía las ocupaciones más insignificantes de su día a día, relativas a su hora de levantarse, a su almuerzo y a su descanso, adquirir, por su singularidad despótica, un poco del interés de lo que Saint-Simon llamaba la «mecánica» de la vida en Versalles, y podía creer también que sus silencios, o un matiz de buen humor o de altivez en su fisionomía, eran por parte de Françoise objeto de un comentario tan apasionado y tan temeroso como lo eran el silencio, el buen humor y la altivez del rey cuando un cortesano, o incluso uno de los grandes señores, le entregaba una súplica en el recodo de una alameda en Versalles.

---

[16] Personaje de la novela de G. DE LA CALPRENEDE *Cléopatre,* de orgullo y altanería proverbiales. *(N. del T.)*

Un domingo que mi tía había tenido la visita simultánea del cura y de Eulalie y luego había descansado, subimos todos a darle las buenas noches, y mamá le dirigió sus condolencias por la mala suerte que hacía que sus visitantes viniesen siempre a la misma hora.

—Sé que las cosas han vuelto a disponerse mal recientemente, Leonie —le dijo con dulzura—, ha tenido a todo su mundo a la vez.

Lo que mi tía abuela interrumpió con: «Abundancia de bienes...». Porque desde que su hija estaba enferma, creía que debía reavivarla presentándole todo siempre por el lado bueno. Pero mi padre tomó la palabra:

—Quiero aprovechar —dijo— que toda la familia está reunida para deciros algo a todos sin tener que volver a contárselo a cada uno. Temo que estemos enojados con Legrandin, esta mañana casi ni me ha dado los buenos días.

No me quedé para oír lo que decía mi padre, pues estaba con él justo después de la misa cuando nos encontramos con el señor Legrandin, y bajé a la cocina a preguntar el menú de la cena, que todos los días me distraía como las noticias que se leen en el periódico y me excitaba como si fuese el programa de una fiesta. Cuando el señor Legrandin pasó cerca de nosotros al salir de la iglesia, caminando junto a una señora del vecindario que sólo conocíamos de vista, mi padre hizo un saludo amistoso y reservado a la vez sin detenernos; el señor Legrandin apenas respondió con aspecto extrañado, como si no nos reconociese, y con esa forma de mirar específica de las personas que no quieren ser amables y que, desde el fondo súbitamente dilatado de sus ojos parece que le ven a uno como al final de un camino interminable y a una distancia tan grande, que se contentan con dirigir una minúscula señal de cabeza, proporcionada con las dimensiones de marioneta que tiene uno.

Ahora bien, la señora que acompañaba a Legrandin era una persona virtuosa y bien considerada, no podía tratarse de que fuese una aventura y lo molestase que lo hubieran sorprendido, y mi padre se preguntaba cómo habría podido disgustar a Legrandin. «Lamentaría más aún que saber que está enojado —dijo mi padre— el que en mitad de todas esas personas endomingadas tenga, con su negra chaquetita recta y su corbata floja, algo tan poco engalanado, tan verdaderamente sencillo, y un aspecto casi ingenuo que es completamente simpático».

Pero el consejo de familia fue unánimemente de la opinión de que mi padre se lo figuraba, o que en ese momento Legrandin estaba absorto en cualquier pensamiento. Además, el temor de mi padre se disipó al día siguiente por la tarde. Cuando volvíamos de un largo paseo, vimos cerca del Puente Viejo a Legrandin, que por las fiestas se quedaba varios días en Combray. Vino a nosotros con la mano tendida.

—¿Conoce usted, señor lector —me preguntó—, este verso de Paul Desjardins?:

Los bosques ya están negros, el cielo todavía azul.

¿No es la sutil expresión de esta misma hora? Es posible que no haya leído usted nunca a Paul Desjardins. Léalo, hijo mío; me dicen que ahora ha mutado en fraile predicante, pero durante mucho tiempo fue un acuarelista límpido...

Los bosques ya están negros, el cielo todavía azul...

Que el cielo permanezca siempre azul para usted[17], joven amigo; y hasta en esa hora, que viene para mí ahora, en la que los bosques ya están negros, en la que la noche cae aprisa, se consolará como lo hago yo, mirando al cielo.

Sacó un cigarrillo del bolsillo y se quedó mucho tiempo con la mirada en el horizonte. «Adiós, compañeros», nos dijo de repente, y nos dejó.

A la hora que yo bajaba a enterarme del menú, la preparación de la cena ya había empezado y Françoise, comandante de las fuerzas de la naturaleza convertidas en sus ayudantes, igual que en los cuentos de hadas los gigantes se ven obligados a trabajar de cocineros, atizaba el carbón, subía el vapor a las patatas del estofado y hacía que estuviesen a punto por el fuego las obras maestras culinarias, preparadas antes en recipientes cerámicos que iban desde las grandes tinajas, ollas, calderos y besugueras a las cazuelas para la caza, los moldes para repostería y los tarritos de crema, pasando por una colección completa de cacerolas de todas dimensiones. Yo me detenía a ver encima de la mesa, donde la pinche de cocina acababa de desgranarlos, los guisantes alineados y numerados como las bolitas verdes de un juego; pero mi embeleso era ante los espárragos, empapados de azul ultramar y rosa, y cuya penca, finamente pintada de malva y azul, se va degradando insensiblemente hasta el pie —aunque todavía sucio por el suelo de su planta— por irisaciones que no son de la tierra. Me parecía que aquellos matices celestes traicionaban a las deliciosas criaturas que se habían divertido metamorfoseándose en verduras, y que, por medio del disfraz de su carne comestible y firme, dejan ver en esos colores nacientes de aurora, en esos esbozos de arcoíris, en esa extinción de las noches azules, la preciosa esencia que aún reconocía cuando, durante toda la noche que seguía a una cena en la que las hubiese comido, jugaban en sus farsas

---

17   En la cultura francesa es habitual el empleo sistemático del «usted» incluso entre niños y gente joven. *(N. del T.)*

poéticas y toscas, como un cuento de hadas de Shakespeare, a transformar mi orinal en una jarra de perfume.

La pobre «Caridad de Giotto», como la llamaba Swann, encargada por Françoise de «desplumarlos», los tenía cerca de ella en una cesta; su aspecto era adolorido, como si sintiese todas las desgracias de la tierra, y las ligeras coronas de azul que ceñían a los espárragos por encima de sus túnicas de rosa estaban finamente dibujadas estrella a estrella, como lo están en el fresco las flores atadas en torno a la frente o picadas en la cesta de la Virtud de Padua. Y mientras tanto, Françoise daba vueltas en el espetón a uno de esos pollos, como sólo ella sabía asarlos, que habían llevado hasta muy lejos en Combray el aroma de sus méritos y que, mientras nos los servía en la mesa, hacían que predominase la dulzura, en mi concepto especial de su carácter, del aroma de esa carne que ella sabía hacer tan untuosa y tan tierna, y que no era para mí más que el perfume propio de una de sus virtudes.

Pero el día que, mientras mi padre consultaba al consejo de familia sobre el encuentro con Legrandin yo bajé a la cocina, era un de esos en los que la Caridad de Giotto, muy postrada por su parto reciente, no podía levantarse; Françoise, sin tener ayuda, se retrasaba. Cuando llegué abajo, en la trascocina que daba al patio, ella estaba matando un pollo que, por su resistencia desesperada y muy natural, pero acompañada por una Françoise que estaba fuera de sí, mientras que ella intentaba cortarle el cuello por debajo de la oreja, gritos de «¡sucio animal!, ¡sucio animal!» ponían la santa dulzura y la unción de nuestra sirviente bajo una luz peor que lo que haría, en la cena del día siguiente, por su piel bordada en oro como una casulla y su jugo precioso goteado de un cupón. Cuando estuvo muerto, Françoise recogió la sangre, que fluía sin apaciguar su rencor, tuvo otro arrebato más de cólera y, mirando el cadáver de su enemigo, dijo una última vez: «¡sucio animal!». Yo volví a subir temblando, habría querido que pusiesen enseguida a Françoise en la calle. Pero, ¿quién me prepararía entonces bolsas de agua tan calentitas, café tan perfumado, y también... esos pollos? Y en realidad, ese cálculo ruin lo había hecho todo el mundo, igual que yo. Porque mi tía Leonie sabía —cosa que yo todavía ignoraba— que Françoise, que por su hija y por sus sobrinos habría dado la vida sin una queja, era para los demás seres de una dureza especial. A pesar de eso mi tía la había mantenido, porque, aunque conocía su crueldad, apreciaba su servicio. Poco a poco me di cuenta de que la dulzura, la compunción y las virtudes de Françoise ocultaban tragedias de trascocina, del mismo modo que la Historia descubre que los reinados de reyes y reinas, que están representados con las manos juntas en oración en las vidrieras de las iglesias, estuvieron marcados por incidentes sangrientos. Me di cuenta de que aparte de los miembros de su parentela, los seres humanos que más despertaban su compasión por sus desgracias eran los que vivían más alejados de ella. Los torrentes de lágrimas que vertía leyendo en el periódico las desgracias de desconocidos, se extinguían rápidamente si podía imaginarse de una manera más precisa a la persona que era el objeto de la noticia. Una de las noches que siguieron al parto de la pinche de cocina, ésta fue presa de cólicos terribles. Mamá la oyó quejarse, se levantó y despertó a Françoise que, insensible, declaró que todos aquellos gritos eran una comedia y que la criada quería «hacerse la señora». El médico, que le tenía miedo a esas crisis, había puesto un marcador en un libro de Medicina que teníamos, en la página donde se describían y adonde había dicho que nos dirigiésemos para encontrar indicaciones de los primeros cuidados que proporcionar. Mi madre envió a Françoise a buscar el libro insistiendo en que no se le cayese el marcapáginas. Al cabo de una hora Françoise no había vuelto; mi madre, indignada, creyó que se habría vuelto a acostar y me dijo que fuese a buscarlo yo mismo a la biblioteca. Allí encontré a Françoise, que había querido mirar lo que señalaba el marcapáginas, leía la descripción clínica de la crisis y sollozaba puesto que se trataba de una enfermedad de un tipo que ella no conocía. A cada síntoma doloroso que mencionaba el autor del tratado, ella exclamaba: «¡Ay, Virgen santa! ¿Es posible que Dios en su bondad quiera hacer sufrir así a una desgraciada criatura humana? ¡Ay, la pobre!».

Pero en cuanto la llamé y volvió junto a la cama de la Caridad de Giotto, sus lágrimas dejaron enseguida de correr; no pudo reconocer ni esa agradable sensación de compasión y de ternura que conocía bien y que le había proporcionado a menudo la lectura de los periódicos, ni placer alguno de la misma familia en el fastidio y la irritación de haberse levantado en mitad de la noche por la pinche de cocina y, a la vista de los mismos sufrimientos cuya descripción la había hecho llorar, no tuvo más que refunfuños de mal humor, y hasta sarcasmos horribles, diciendo cuando creyó que nos habíamos marchado y ya no podíamos oírla: «¡Ella no tenía más que no hacer lo que se necesita para esto! ¡Qué gusto le dio! ¡Que no se ponga ahora con remilgos! De todos modos, hace falta que un muchacho esté abandonado de Dios para llegar a esto. ¡Ay! Es justo como decía en su dialecto mi pobre madre:

> *A quien del culo de un perro se «amorosa»*
> *éste le parece una rosa.*

Si cuando su nieto estaba un poco congestionado de la cabeza ella salía de noche en lugar de acostarse, incluso enferma, para ver si necesitaba algo, y hacía cuatro leguas a pie antes del amanecer con el fin de estar de vuelta en su trabajo, en cambio, ese mismo amor por los suyos y su deseo de asegurar la grandeza futura de su casa se traducía, en su política respecto a los demás criados, en la máxima constante de no dejar que ni uno solo se estableciese en casa de mi tía, ya que ella tenía precisamente una especie de orgullo en no dejar acercarse a nadie, y cuando estaba enferma ella misma, prefería volver a levantarse para darle su agua de Vichy antes que permitir el acceso a la habitación de su señora a la pinche de cocina. Y como ese himenóptero que Fabre estudió, la avispa cavadora, que para que después de su muerte sus crías tengan carne fresca que comer, llama a la anatomía en ayuda de su crueldad y, habiendo capturado gorgojos y arañas, atraviesa con un saber y una destreza maravillosos el centro nervioso del que depende el movimiento de las patas, pero no de las demás funciones de la vida, de manera que el insecto paralizado, cerca del cual ha puesto sus huevos, suministre a las larvas cuando eclosionen una presa dócil, inofensiva, incapaz de huir o de resistir, pero en absoluto descompuesta, Françoise encontraba, para servir su voluntad permanente de hacer que la casa fuese insoportable a todo criado, artimañas tan agudas y tan despiadadas que muchos años más tarde supimos que si aquel verano habíamos comido espárragos casi todos los días, era porque su olor le daba a la pobre pinche de cocina encargada de pelarlos unas crisis de asma de tal violencia que se vio obligada a terminar por irse.

Desgraciadamente, tuvimos que cambiar definitivamente de opinión sobre Legrandin. Uno de los domingos que siguieron al encuentro en el Puente Viejo según el cual mi padre había debido confesar su error, como acababa la misa y con el sol y el ruido de afuera entraba a la iglesia algo muy poco sagrado, la señora Goupil y la señora Percepied (y todas las personas que hacía un rato, a mi llegada con un poco de retraso, permanecieron con los ojos absortos en sus libros de oraciones hasta tal punto que yo hasta habría podido creer que no me habían visto entrar, si al mismo tiempo sus pies no hubiesen empujado el banquito que me impedía llegar hasta mi asiento) empezaron a hablar con nosotros en voz alta sobre asuntos absolutamente temporales como si nosotros estuviésemos ya en la plaza, vimos en el umbral ardiente del atrio, dominando el alboroto variopinto del mercado, a Legrandin, a quien el marido de aquella mujer con la que lo habíamos encontrado recientemente estaba presentándole a la mujer de otro gran terrateniente de los alrededores. La cara de Legrandin expresaba una animación y un interés extraordinarios; hizo un profundo saludo, seguido de una inclinación secundaria hacia atrás, que llevó bruscamente su espalda más allá de la postura de inicio y que había debido enseñarle el marido de su hermana, la señora De Cambremer. Aquel enderezamiento rápido hizo que refluyese en una onda fogosa y musculada la grupa de Legrandin, que yo no suponía tan carnosa, y no sé por qué aquella ondulación de pura materia, aquel oleaje completamente carnal y sin expresión de espiritualidad, al que una solicitud llena de bajeza azotaba como una tempestad, despertaron de pronto en mi mente la posibilidad de un Legrandin muy diferente del que conocíamos. Aquella dama le rogó que le dijera algo a su cochero, y mientras él iba hasta el vehículo, la huella alegre y entregada que la presentación había marcado en su rostro persistía aún en él. Sonreía encantado en una especie de ensoñación, luego volvió hacia la dama apresurándose y, como caminaba más aprisa que de costumbre, sus dos hombros oscilaban de derecha a izquierda ridículamente, y por lo mucho que se abandonaba y no se preocupaba del resto, tenía todo el aspecto de ser el juguete inerte y mecánico de la felicidad. Mientras tanto, nosotros salíamos del atrio e íbamos a pasar junto a él. Estaba demasiado bien educado para volver la cabeza, pero fijó su mirada, cargada de repente de una ensoñación profunda, en un punto del horizonte tan alejado que no pudo vernos y no tuvo que saludarnos. Su rostro seguía mostrándose ingenuo por encima de una chaqueta suelta y recta que parecía sentirse perdida a pesar de él en medio de un lujo detestado. Y una corbata de lunares que agitaba el viento de la plaza seguía flotando sobre Legrandin como el estandarte de su orgulloso aislamiento y de su noble independencia. En el momento que llegábamos a la casa, mamá se dio cuenta de que nos habíamos olvidado la *saint-honoré*[18] y le pidió a mi padre que volviese conmigo sobre nuestros pasos a decir que nos la trajesen enseguida. Cerca de la iglesia nos cruzamos con Legrandin, que venía en sentido contrario llevando a la misma dama en su carruaje. Pasó a nuestro lado sin dejar de hablarle a su vecina, y nos hizo con el rabillo de su ojo azul una pequeña señal, de alguna manera interior a los párpados y que, al no involucrar a los músculos de su cara, pudo pasarle perfectamente desapercibida a su interlocutora; pero intentando compensar con la intensidad del sentimiento el campo un poco estrecho en el que circunscribía la expresión, en ese rincón azul que nos asignaba hizo chispear todo el entusiasmo de su gracejo, que sobrepasó la jovialidad y rozó la malicia. Hizo sutiles las delicadezas de la amabilidad hasta en los guiños de la connivencia, en las medias palabras, en los sobreentendidos y en los misterios de la complicidad; y por último ensalzó las garantías de amistad hasta las protestas de ternura, hasta la declaración de amor, iluminando entonces sólo para nosotros, con una languidez secreta e invisible para la señora, una pupila enamorada en un rostro de hielo.

---

[18] Tarta de bocaditos helados con crema de chantillí. *(N. del T.)*

Él había pedido a mis padres precisamente el día anterior que me enviasen a cenar esa noche en su casa: «Venga a acompañar a su viejo amigo —me había dicho—. Como el ramillete que nos envía un viajero desde un país al que no regresaremos, hágame respirar desde lejos las flores de primavera de su adolescencia, que yo también crucé hace muchos años. Venga con la prímula, la barba de canónigo y el botón de oro, venga con la uña de gato de la que está hecho el ramo dilecto de la flora balzaquiana, con la flor del día de la resurrección, la margarita y la bola de nieve de los jardines que empieza a perfumar los senderos de su tía abuela, cuando no se han fundido todavía las últimas bolas de nieve con los chaparrones de Pascua. Venga con la gloriosa vestimenta de seda de lirio, digna de Salomón, y el esmalte policromo de los pensamientos, pero sobre todo ven conga la brisa aún fresca de las últimas heladas que hará que se entreabra, por las dos mariposas que desde esta mañana esperan a la puerta, la primera rosa de Jerusalén».

En casa nos preguntábamos si debían enviarme de todos modos a cenar con el señor Legrandin. Pero mi abuela se negó a creer que él hubiera sido descortés. «Vosotros mismos reconocéis que él va por ahí con su atuendo tan sencillo, que no es el de un hombre de mundo.» Declaró que, en todo caso y por ponerse en lo peor, si había sido descortés era mejor no parecer haberse dado cuenta de ello. A decir verdad, mi mismo padre, que no obstante era el más irritado con la actitud que había tenido Legrandin, mantenía quizá una última duda sobre el sentido que conllevaba. Era como toda actitud o acción en la que se revela el carácter profundo y oculto de alguien; no se liga con sus palabras anteriores, no podemos hacer que la confirme el testimonio del culpable, que no confesará; nos vemos reducidos a aquel de nuestros sentidos al que le preguntamos si no ha sido juguete de una ilusión, ante ese recuerdo aislado e incoherente, de manera que tales actitudes, las únicas que tienen importancia, nos dejan con frecuencia algunas dudas.

Cené con Legrandin en su terraza, había claro de luna: «Hay una preciosa cualidad en este silencio, ¿verdad? —me dijo—; a los corazones heridos como lo está el mío, un novelista que leerá luego asegura que solamente les conviene la sombra y el silencio. Y ya ve, hijo mío, en la vida llega una hora, de la que está muy lejos todavía, en la que los ojos ya no toleran más que una luz, la que una hermosa noche como esta prepara y distila con la oscuridad, en la que los oídos no pueden ya escuchar más música que la que toca el claro de luna con la flauta del silencio.» Yo escuchaba las palabras del señor Legrandin, que siempre me parecían muy agradables, pero perturbado por el recuerdo de una mujer que había visto por primera vez últimamente, y pensando, ahora que ya sabía que Legrandin tenía relaciones con varias personalidades aristocráticas de los alrededores, que quizá él la conocía, me armé de valor y le dije: «¿Conoce usted, señor, a la... a las señoras de Guermantes?», contento también al pronunciar ese nombre y adquirir sobre él cierta clase de poder, por el mero hecho de sacarlo de mi sueño y darle una existencia objetiva y sonora.

Pero ante ese nombre de Guermantes vi que en medio de los ojos azules de nuestro amigo se abría una pequeña muesca marrón, como si acabasen de ser atravesados por una punta invisible, mientras que el resto de la pupila reaccionaba segregando oleadas de azul. El cerco de sus párpados se oscureció y disminuyó. Y su boca marcada con un pliegue amargo se recuperó con la sonrisa más rápida, mientras que la mirada permanecía adolorida, como la de un hermoso mártir cuyo cuerpo está erizado de flechas. «No, no las conozco», dijo, pero en lugar de darle a una información tan sencilla, a una respuesta tan poco sorprendente, el tono natural y corriente que convenía, la dijo recalcando las palabras, inclinándose, acompañándose con la cabeza, a la vez con la insistencia que se pone en una información inverosímil para ser creído —como si el hecho de que no conociera a las de Guermantes no pudiese ser sino el efecto de un azar especial—, y también con el énfasis de alguien que, no pudiendo callar una situación que le es penosa, prefiere proclamarla para dar a los demás la idea de que la confesión que hace no le provoque ningún inconveniente, es fácil, agradable y espontáneo que la situación misma —la ausencia de relaciones con las de Guermantes— muy bien podría haber sido, no ya padecida, sino querida por él y resultase de alguna tradición familiar, o principio moral, o voto místico que le prohibiese especialmente frecuentar a los Guermantes. «No —reanudó él, explicando con palabras su propia entonación—, no, no las conozco, no he querido hacerlo nunca, siempre he tendido a salvaguardar mi independencia plena; en el fondo soy una cabeza jacobina, ya lo sabe. Mucha gente vino al rescate, me decían que me equivocaba al no ir a Guermantes, que me daba aires de patán, de viejo oso, pero esa es una reputación que no me asusta, ¡es completamente cierta! En el fondo, del mundo ya no me gustan más que algunas iglesias, dos o tres libros, alguna cantidad más de cuadros y el claro de luna cuando la brisa de su juventud de usted trae hasta mí el aroma de los parterres que mis viejas pupilas ya no distinguen.» Yo no comprendía muy bien que, para no ir a casa de la gente a la que no se conoce, fuese necesario aferrarse a su propia independencia, ni por qué puede eso darle a uno el aspecto de un salvaje o de un oso. Pero lo que sí comprendía es que Legrandin no era completamente verídico cuando decía que no le gustaban más que las iglesias, el claro de luna y la juventud; le gustaban mucho las gentes de los castillos y ante ellas se encontraba preso de un miedo tan grande a disgustarlas que no se atrevía a dejarles ver que sus amigos eran burgueses, hijos de notarios o de agentes de cambio y bolsa, y si la verdad debiese descubrirse, prefería que fuese en su ausencia, lejos de él y «por sorpresa»; era un esnob. Sin duda no decía nunca nada de esto en el lenguaje que a mis padres y a mí nos gustaba tanto. Y si yo le preguntaba: «¿Conoce usted a las Guermantes?», Legrandin el hablador respondía: «No, no he querido conocerlas nunca». Por desgracia, sólo respondía así como segundo, porque el otro Legrandin, que ocultaba cuidadosamente en su fondo y que no mostraba porque ese Legrandin en concreto conocía historias comprometidas del nuestro, de su esnobismo, el otro Legrandin ya había respondido por la herida en la mirada, por el rictus de la boca, por la solemnidad excesiva en el tono de la respuesta, por las mil flechas con las que nuestro Legrandin se había encontrado en un instante acribillado y languideciente como un san Sebastián del esnobismo: «¡Ay, cuánto daño me hace! No, no conozco a las Guermantes, no despierte el gran dolor de mi vida». Y como ese Legrandin «niño terrible», ese Legrandin chantajista, aunque no tuviera el hermoso lenguaje del otro, tenia el verbo muchísimo más presto, compuesto de lo que se denomina «reflejos»; cuando el Legrandin el hablador quería imponerle silencio, el otro ya había hablado, y por mucho que nuestro amigo lamentase la mala impresión que las revelaciones de su *alter ego* habían debido producir, no podía sino intentar cotrarrestarla.

Por supuesto, eso no quiere decir que el señor Legrandin no fuese sincero cuando tronaba en contra de los esnobs. Él no podía saber, al menos por sí mismo, que él también lo era, puesto que nosotros no conocemos nunca más que las pasiones de los demás, y lo que llegamos a saber de las nuestras es sólo lo que por ellos hayamos podido aprender. Éstas actúan sólo de una manera secundaria sobre nosotros, por la imaginación que sustituye los motivos por motivos de relevo, que son más decentes. El esnobismo de Legrandin no le aconsejó nunca que fuese a ver a menudo a una duquesa, y cargaba su imaginación haciendo que esa duquesa apareciese como adornada de todas las gracias. Legrandin se acercaba a la duquesa sintiendo que cedía al atractivo de la mente y de la virtud que ignoran los infames esnobs. Sólo los demás sabían que él era uno de ellos, porque gracias a la incapacidad que tenía para comprender su trabajo de intermediario de su imaginación, veían una frente a otra la actividad mundana de Legrandin y su causa primera.

En la casa ahora ya no nos hacíamos ninguna ilusión sobre el señor Legrandin y nuestras relaciones con él se habían espaciado mucho. Mamá me divertía muchísimo cada vez que pillaba a Legrandin en flagrante delito del pecado que no confesaba y que seguía llamando el pecado sin absolución, el esnobismo. A mi padre le costaba tomarse los desdenes de Legrandin con tanta indiferencia y tan de buen grado, y cuando un año pensaron enviarme a pasar las vacaciones de verano en Balbe con mi abuela, dijo: «Es absolutamente necesario que anuncie a Legrandin que irás a Balbec, para ver si te ofrece ponerte en relación con su hermana. No debe acordarse de que nos dijo que ella vivía a dos kilómetros de allí». Mi abuela, que estaba convencida de que en los baños de mar hay que estar de la mañana a la noche en la playa aspirando la sal, y que allí no se debe conocer a nadie porque las visitas y los paseos son tiempo robado al aire marino, pedía al contrario que no se le hablase de nuestros proyectos a Legrandin, puesto que ya veía a su hermana, la señora De Cambremer, desembarcar en el hotel en el momento en que estuviésemos a punto de ir de pesca y nos obligaría a quedarnos encerrados para recibirla. Pero mamá se reía de sus temores, pensando para sus adentros que el peligro no era tan amenazador, ya que Legrandin no se daría tanta prisa para ponernos en relaciones con su hermana. Ahora bien, sin que hubiese necesidad de hablarle de Balbec, fue él mismo, Legrandin, que dudaba de que tuviésemos alguna vez la intención de ir por aquella parte, quien vino a meterse en la trampa una tarde que nos lo encontramos en la orilla del Vivonne.

—Esta tarde hay en las nubes unos violetas y unos azules muy hermosos, ¿verdad, compañero? —le dijo a mi padre—, un azul sobre todo más floral que aéreo, un azul de cineraria que sorprende en el cielo. Y esa nubecilla rosa, ¿no tiene también un tinte de flor, como de clavel o de hortensia? No las hay más que en el Canal de la Mancha, entre Normandía y Bretaña, donde he podido hacer las observaciones más ricas sobre esta especie de reino vegetal de la atmósfera. Por allá, cerca de Balbec, cerca de esos lugares tan salvajes, hay una pequeña bahía de una dulzura encantadora, donde la puesta de sol del país de Auge, la puesta de sol roja y oro que por otra parte estoy muy lejos de desdeñar, no tiene carácter, es insignificante, pero en esa atmósfera húmeda y suave se abren por la noche, en algunos momentos, esos ramilletes celestes, azules y rosas, que son incomparables y que a menudo tardan horas en desteñirse. Otros se deshojan enseguida, y entonces es más bello todavía ver el cielo entero tapizado por la dispersión de innumerables pétalos azufrados y rosa. En esa bahía, que llaman de ópalo, las playas de oro parecen más suaves todavía por estar unidas, como rubias Andrómedas, a esas terribles rocas de las costas vecinas, a esa orilla fúnebre, famosa por tantos naufragios, donde todos los inviernos muchos barcos sucumben al peligro del mar. ¡Balbec! La osamenta geológica más antigua de nuestro suelo, verdadero Ar-mor[19], el mar, el fin de la

---

[19] Nombre celta de Bretaña. *(N. del T.)*

tierra, la región maldita que Anatole France —un hechicero al que debería leer nuestro amiguito— ha descrito tan magníficamente bajo sus brumas eternas, como el verdadero país de los Cimerios, en la *Odisea*. Y, sobre todo desde Balbec, donde ya se construyen hoteles, superpuestos al suelo antiguo y encantador al que no alteran, ¡qué delicioso es hacer excursiones cortas en esas regiones tan primitivas y bellas!

—¡Ah! ¿Conoce usted a alguien en Balbec? —dijo mi padre—. Precisamente este pequeño debe ir allá a pasar dos meses con su abuela y quizá con mi mujer.

Legrandin, tomado de improviso por ese asunto en un momento en que sus ojos estaban fijos en mi padre, no pudo apartarlos, pero atándolos segundo a segundo con más intensidad —a la vez que sonreía tristemente— a los ojos de su interlocutor, con aspecto de amistad, de franqueza y de no temer mirarlo a la cara, pareció que le había atravesado la cara como si ésta se le hubiera vuelto transparente y que veía en ese momento tras ella, mucho más allá, una nube vivamente coloreada que le creaba un pretexto mental que le permitiría establecer el momento en que se le había preguntado si conocía a alguien en Balbec, pensaba en otra cosa y no oyó la pregunta. Habitualmente, tales miradas hacen que el interlocutor diga: «En qué está pensando?». Pero mi padre, curioso, irritado y cruel, continuó:

—¿Tiene usted amigos por esa parte, ya que conoce tan bien Balbec?

En un último esfuerzo desesperado, la mirada sonriente de Legrandin alcanzó su máximo de ternura, de vaguedad, de sinceridad y de distracción, pero, pensando indudablemente que no tenía más salida que responder, nos dijo:

—Tengo amigos en todas las partes donde haya grupos de árboles heridos, pero no vencidos, que se han reunido para implorar juntos con una obstinación patética a un cielo inclemente que no tiene piedad de ellos.

—No es eso lo que yo quería decir —interrumpió mi padre, tan obstinado como los árboles y tan implacable como el cielo—. Le preguntaba si usted conoce gente allá, por el caso en que le sucediese algo a mi suegra y ella tuviera necesidad de no sentirse allá en un país perdido.

—Allá, como en todas partes, conozco a todo el mundo y no conozco a nadie —respondió Legrandin, que no se rendía tan rápido—; mucho a las cosas y muy poco a las personas. Pero las cosas mismas allí parecen personas, personas raras, de una esencia delicada a las que la vida les hubiera decepcionado. A veces es un castillo que uno se encuentra sobre el acantilado, al borde del camino donde uno se ha detenido para enfrentarse a su pena en la tarde aún rosada en la que asciende la luna de oro y en la que las barcas que regresan estriando el agua tornasolada izan en sus mástiles la llama y llevan los colores; a veces es una sencilla casa solitaria, más bien fea, de aspecto tímido pero novelesco, que oculta a los ojos de todos algún secreto imperecedero de gozo y desencanto. Ese país sin verdad —añadió con una delicadeza maquiavélica—, ese país de pura ficción, es una mala lectura para un niño, y ciertamente no es el que yo elegiría y recomendaría a mi pequeño amigo para su predispuesto corazón, ya tan inclinado a la tristeza. Los climas de confidencia amorosa y de pesar inútil pueden convenirle al viejo desengañado que soy, pero son siempre malsanos para un temperamento que no esté formado. Créame —prosiguió con insistencia—, las aguas de esa bahía, ya bretona a medias, pueden ejercer una acción sedante, discutible de hecho, en un corazón que ya no esté intacto, como el mío, en un corazón cuya herida no esté subsanada, pero están contraindicadas a su edad, muchachito. Buenas noches, vecinos —añadió, dejándonos con esa brusquedad evasiva que tenía por costumbre y, volviéndose hacia nosotros con un dedo levantado, como un médico, resumió su consulta—: nada de Balbec antes de los cincuenta años, y aun eso depende del estado del corazón —nos gritó.

Mi padre volvió a hablarle de ello en nuestros encuentros posteriores, lo torturó a preguntas, pero fue un esfuerzo inútil. Así como ese erudito estafador que empleaba en fabricar palimpsestos falsos una laboriosidad y unos conocimientos de los que con una centésima parte le habría bastado para asegurarle una situación más lucrativa, pero respetable, el señor Legrandin, si hubiésemos seguido insistiendo, habría terminado por edificar toda una ética del paisaje y una geografía celeste de la baja Normandía, en lugar de confesarnos que a dos kilómetros de Balbec vivía su propia hermana y de verse obligado a ofrecernos una carta de presentación, que para él no habría sido sujeto de tanto pavor si hubiese estado absolutamente seguro —como efectivamente habría debido estarlo, con la experiencia que tenía del carácter de mi abuela— de que no íbamos a utilizarla.

* * *

Siempre regresábamos temprano de nuestros paseos para poder hacerle una visita a mi tía Leonie antes de la cena. Al inicio de la estación, en el que el día termina pronto, cuando llegábamos por la calle del Espíritu Santo aún había un reflejo del sol poniente en los cristales de la casa y una banda púrpura al fondo de los bosques del Calvario, que más lejos se reflejaba en el estanque; un color rojo que, acompañado a menudo de un frío bastante intenso, se asociaba en mi mente con el color rojo del fuego, por encima del cual se asaba el pollo que haría que para mí al placer poético dado por el paseo le sucediese el placer de la gula, del calor y del descanso. En cambio, cuando regresábamos en verano el sol no se ponía aún, y durante la visita que hacíamos a casa de mi tía Leonie, su luz, que bajaba y tocaba la ventana, se detenía entre las grandes cortinas y los alzapaños, dividida, ramificada y filtrada, incrustando pequeños fragmentos de oro en la madera de limonero de la cómoda, e iluminando oblicuamente la habitación con la delicadeza que adquiere en los sotobosques. Pero algunos días, muy escasos, cuando volvíamos hacía mucho tiempo que la cómoda había perdido sus incrustaciones momentáneas, y cuando llegábamos por la calle del Espíritu Santo ya no había ningún reflejo del sol poniente que se extendiese sobre los cristales, y el estanque al pie del Calvario había perdido su color rojo. Algunas veces ya estaba de color ópalo y un largo rayo de luna, que iba ampliándose y se agrietaba con todas las ondas del agua, lo atravesaba entero. Entonces, al llegar cerca de la casa veíamos una forma en el umbral y mamá me decía:

—¡Dios mío! Ahí está Françoise esperándonos, tu tía está inquieta; también es que volvemos tarde.

Y sin tomarnos siquiera el tiempo de quitarnos la ropa, subíamos rápidamente a los aposentos de mi tía Leonie para tranquilizarla y mostrarle que, en contra de lo que ya se había imaginado, no nos había ocurrido nada, sino que habíamos ido «por el lado de Guermantes», y claro estaba que, cuando dábamos ese paseo, mi tía sabía muy bien que no se podía estar seguro nunca de la hora que volveríamos.

—Eso es, Françoise —decía mi tía—, como le decía, se habrán ido por el lado de Guermantes. ¡Dios mío, qué hambre deben tener! Y su pierna de cordero, que debe estar seca después de todo lo que ha esperado. ¡Vaya unas horas de regresar! ¿Cómo, es que habéis ido por el lado de Guermantes?

—Pero yo creí que usted lo sabía, Leonie —decía mamá—; creía que Françoise nos había visto salir por la puertecilla del huerto.

Porque alrededor de Combray había dos «lados» para los paseos, y tan opuestos entre sí que, en efecto, no salíamos de la casa por la misma puerta cuando queríamos ir por un lado o por el otro. El lado de Meseglise la Vineuse, al que también llamaban el lado de la casa de Swann porque se pasaba por delante de la finca del señor Swann para ir por allí, y el lado de Guermantes. A decir verdad, de Meseglise la Vineuse no conocí nunca más que el «lado» y forasteros que venían los domingos a pasearse por Combray, gentes que, esta vez, ni mi misma tía ni nosotros «conocíamos de nada» y que por eso teníamos por «gente que habrá venido de Meseglise». En cuanto a Guermantes, algún día yo debía conocer más, pero sólo mucho más tarde. Durante toda mi adolescencia, si Meseglise era para mí tan inaccesible como el horizonte, y estaba hurtado de la vista por más lejos que fuésemos por los pliegues de un terreno que ya no se parecía al de Combray, Guermantes no se me apareció más que como el término, más ideal que real, de su propio «lado», una especie de expresión geográfica abstracta como la línea del Ecuador, o como los polos o el Oriente. Entonces, «tirar por Guermantes» para ir a Meseglise, o lo contrario, me habría parecido una expresión tan desprovista de sentido como tirar para el Este para ir al Oeste. Como mi padre hablaba siempre del lado de Meseglise como la vista de llanura más hermosa que conocía y del lado de Guermantes como del típico de paisaje de río, yo les daba, al concebirlos así como dos entidades, esa cohesión y esa unidad que no pertenecen más que a las creaciones de nuestra mente. La más mínima parcela de cada uno de ellos me parecía preciosa y manifestaba su excelencia particular, mientras que comparados con ellos, antes de haber llegado al suelo sagrado del uno o del otro, los caminos puramente materiales, en medio de los cuales estaban colocados como el ideal de la vista de la llanura y el ideal del paisaje de río, ya no valían la pena, para los espectadores prendados del arte dramático, de que se las mirase más que a las callecitas vecinas de un teatro. Pero sobre todo yo ponía entre ellos, mucho más que sus distancias en kilómetros, la distancia que había entre las dos partes de mi cerebro donde pensaba en ellos, una de esas distancias en la mente que no hacen sino alejarse, que se separan y se meten en otro plano. Y esa demarcación se hacía más absoluta todavía porque esa costumbre que teníamos de no ir nunca hacia los dos lados un mismo día, en un solo paseo, sino que íbamos una vez del lado de Meseglise, y otra del lado de Guermantes, los encerraba, por así decirlo, lejos el uno del otro, incognoscibles el uno del otro, en los vasos cerrados y no comunicantes entre sí de tardes diferentes.

Cuando queríamos ir por el lado de Meseglise, salíamos (no demasiado pronto e incluso si el cielo estaba cubierto, porque el paseo no era muy largo y no llevaba demasiado lejos) como para ir a cualquier sitio por la puerta grande de la casa de mi tía, que daba a la calle del Espíritu Santo. Nos saludaba el armero, echábamos las cartas al buzón, al pasar junto a Theodore le decíamos de parte de Françoise que le faltaba aceite o café, y salíamos de la ciudad por el camino que pasaba a lo largo de la valla blanca del parque del señor Swann. Antes de llegar allí nos encontrábamos con el aroma de sus lilas, que venía al encuentro de los forasteros. Éstas, de entre los pequeños corazones verdes y frescos de sus hojas, levantaban curiosamente por encima de la valla del parque sus penachos de plumas malvas o blancas que, incluso a la sombra, lustraba el sol en el que se habían bañado. Medio ocultas por la caseta de tejas que llamaban Casa de los Arqueros, donde se alojaba el guarda, algunas sobrepasaban con su minarete rosa su frontón gótico. Las ninfas de la primavera habrían parecido vulgares junto a esas jóvenes huríes que mantenían en ese jardín francés los tonos vivos y puros de las miniaturas persas. A pesar de mi deseo de abrazar su talle flexible y de atraer hacia mí los bucles estrellados de su cabeza perfumada, pasábamos sin detenernos, pues mis padres ya no iban a Tansonville después del matrimonio de Swann y, para no parecer que mirábamos el parque, en lugar de tomar el camino que bordea su cercado y que sube directamente a los campos, tomábamos otro que también llevaba allí, pero oblicuamente, y que nos hacía desembocar demasiado lejos. Un día le dijo mi abuelo a mi padre:

—¿Te acuerdas de que Swann dijo ayer que, como su mujer y su hija salían para Reims, él lo aprovecharía para ir a pasar veinticuatro horas en París? Ya que esas damas no están podríamos bordear el parque, eso nos acortaría mucho el camino.

Nos detuvimos un momento ante la valla. La temporada de las lilas se acercaba a su final; en algunas brotaban todavía en altos resplandoresa malvas las delicadas burbujas de sus flores, pero en muchas partes del follaje en el que estallaba su espuma perfumada hacía solamente una semana, se mustiaba, apagada y oscurecida, una baba vacía, seca y sin perfume. Mi abuelo mostraba a mi padre dónde permanecía igual el aspecto de los lugares y en qué había cambiado desde el paseo que dio con el señor Swann el día de la muerte de su mujer, y aprovechó la ocasión para contar ese paseo una vez más.

Ante nosotros, un sendero bordeado de capuchinas ascendía a pleno sol hacia el palacio. A la derecha, por el contrario, el parque se extendía sobre un terreno llano. Oscurecido por la sombra de los grandes árboles que la rodeaban, un estanque había sido excavado por los padres de Swann, es en la naturaleza donde trabaja el hombre pero para sus creaciones más artificiales. Ciertos lugares hacen reinar siempre su dominio particular a su alrededor, enarbolan sus insignias inmemoriales en medio de un parque igual que habrían podido hacerlo lejos de toda intervención humana, en una soledad que vuelve a rodearlos por todas partes, surgida de las necesidades de su exposición y superpuesta a la obra humana. Así es como, al pie del sendero que dominaba el estanque artificial, se había dispuesto sobre dos escalones, trenzados de flores de nomeolvides y de malvas, la corona natural, delicada y azul que ciñe la frente claroscura de las aguas, y que el gladiolo, que dejaba que se inclinasen sus espadas con un abandono regio, tendía sobre la agrimonía y el ranúnculo al pie mojado de los lirios en girones, violetas y amarillos, de su cetro lacustre.

La marcha de la señorita Swann —que me quitaba la probabilidad terrible de verla aparecer en un sendero, de ser conocido y despreciado por la chiquilla privilegiada que tenía a Bergotte de amigo y que iba con él a visitar catedrales— me hacía indiferente la contemplación de Tansonville la primera vez que me estaba permitido hacerla, y por contra parecía que dotaba a esa finca, ante los ojos de mi abuelo y de mi padre, de comodidades y de un permiso pasajero y, como hace para una excursión en las montañas la ausencia de toda nube, hacía que ese día fuese excepcionalmente propicio para un paseo por aquel lado. Yo habría querido que sus cálculos fuesen desbaratados y que un milagro hiciera aparecer a la señorita Swann con su padre, tan cerca de nosotros que no tuviéramos tiempo para evitarlo y nos viésemos obligados a conocerla. Asimismo, cuando de repente vi sobre la hierba, como una señal de su posible presencia, un capazo olvidado al lado de una caña de pescar cuyo corcho flotaba en el agua, me apresuré a desviar hacia otro lado las miradas de mi padre y de mi abuelo. Por otra parte, habiéndonos dicho Swann que le venía mal ausentarse porque por el momento tenía familia en casa, la caña podía pertenecer a alguno de los invitados. No se oía ningún ruido de pasos en los senderos. Dividiendo la altura de un árbol indeterminado, un pájaro invisible se afanaba para hacer que el día le fuese corto y exploraba con una nota prolongada la soledad circundante, pero de ella recibía una réplica tan unánime, un eco tan redoblado de silencio y de inmovilidad, que habría podido decirse que acababa de detener para siempre el instante que había intentado que pasara más aprisa. La luz caía tan implacable desde el cielo fijo, que uno querría eludir su atención, y el agua durmiente misma, a la que los insectos molestaban perpetuamente en su sueño, soñando sin duda en algún remolino imaginario, aumentaba la turbación a la que me había lanzado la visión del flotador de corcho, pareciendo arrastrarlo a toda velocidad sobre las extensiones silenciosas del cielo reflejado. Estaba casi vertical y parecía a punto de hundirse, y yo me preguntaba si acaso, sin tener en cuenta el deseo y el temor que tenía de conocerla, no tendría el deber de avisar a la señorita Swann de que un pez había picado; pero en ese momento tuve que reunirme corriendo con mi padre y mi abuelo, que me llamaban extrañados de que no les hubiese seguido en el caminillo que subía hacia los campos por el que se habían metido. Lo encontré, resonante del olor de los espinos blancos. El seto formaba una sucesión de capillas que desaparecían bajo la cubierta de sus flores amontonadas como un monumento; por debajo de ellas el sol dibujaba en el suelo una cuadrícula de claridad como si acabase de atravesar una vidriera. Su perfume se esparcía tan untuoso, tan delimitado en su forma como si yo hubiese estado ante el altar de la Virgen, y cada una de las flores, también engalanadas, sostenía con aire distraído su resplandeciente ramo de estambres, finas y radiantes nervaduras de estilo flamígero como las que en la iglesia calaban la balaustrada de la galería o los parteluces de la vidriera, y que se abrían en blanca carne de flor de fresa. ¡Qué ingenuos y aldeanos parecerían en comparación los rosales silvestres que en pocas semanas subirían también a pleno sol por el mismo camino rústico, y la seda lisa de su corpiño enrojecido, que se deshace de un soplo!

Pero por mucho que me quedase a respirar delante de los espinos blancos, por mucho que llevase ante mi pensamiento, que no sabía lo que debía hacer con él, a perder y volver a encontrar su aroma invisible e inmóvil, a unirme al ritmo que arrojaban aquí y allá sus flores, con una alegría juvenil y a intervalos inesperados, como ciertos intervalos musicales, me ofrecían indefinidamente el mismo embrujo con una profusión inagotable, pero sin dejar que profundizase más, como esas melodías que se vuelven a tocar cien veces seguidas sin profundizar más en su secreto. Me apartaba de ellas un momento, para acercarme a ellas después con fuerzas renovadas. Perseguía, hasta en el talud que detrás del seto subía en una cuesta empinada hacia los campos, alguna amapola perdida, algunos arándanos que se hubieran quedado perezosamente atrás y lo decoraban aquí y allá con sus flores como el ribete de un tapiz en el que aparece disperso el motivo agreste que domina en el panel. Aún raras, espaciadas como las casas aisladas que ya anuncian la cercanía del pueblo, me anunciaban la inmensa extensión donde estallan las mieses, donde se amontonan las nubes y la vista de una sola amapola, alzándose al extremo de su tallo y haciendo ondear al viento su llama roja por encima de su boya grasienta y negra, me hacía latir el corazón, como el viajero que divisa sobre un terreno bajo una primera barca varada que repara un carpintero de ribera y exclama, antes de haberlo visto todavía: «¡El mar!».

Luego volvía ante los espinos blancos como ante esas obras maestras que creemos que sabremos verlas mejor cuando dejemos de mirarlas por un momento, pero por mucho que me hiciese una pantalla con las manos para tenerlos solos a ellos ante los ojos, el sentimiento que despertaban en mí permanecía oscuro y difuso, intentando desprenderse en vano para ir a adherirse a sus flores. No me ayudaban a resolverlo, y no podía pedir que las demás flores lo satisficieran. Entonces, dándome esa alegría que experimentamos al ver una obra de nuestro pintor favorito distinta de las que conocemos, o bien si nos llevan ante un cuadro que no habíamos visto hasta entonces más que en un boceto a lápiz, como una obra musical oída solamente al piano y nos aparece después revestida con los colores de la orquesta, mi abuelo me llamó, y señalándome el seto de Tansonville, me dijo: «A ti que te gustan los

espinos blancos, mira un momento este espino rosa, ¡qué bonito es!»
En efecto, era un espino, pero rosa, más hermoso aún que los blancos.
Tenía también un aderezo de fiesta —de esas únicas fiestas verdaderas
que son las fiestas religiosas, puesto que un capricho contingente no las
aplica, como las fiestas mundanas, a un día cualquiera que no les está
destinado especialmente, que no tiene nada de esencialmente festivo—,
sino un aderezo más árido todavía, porque las flores pegadas a la rama,
unas encima de otras de manera que no dejasen ningún lugar que no
estuviese decorado, como los pompones que enguirnaldan un cayado
rococó, eran «de color», y por consiguiente de una calidad superior,
según la estética de Combray, si se juzgaba por la escala de precios
en la «tienda» de la plaza o en la de Camus, donde eran más caros los
bizcochos que eran rosas. Yo mismo valoraba más el queso que la crema rosa, aquel queso en el que se me había permitido que machacase
fresas. Y justamente esas flores habían elegido a uno de esos tintes de
cosa comestible o de tierno embellecimiento de un tocado para una gran
fiesta que, puesto que presentan la razón de su superioridad, son las que
parecen más evidentemente hermosas a los ojos de los niños y que, por
su causa, tienen siempre para ellos algo más vivo y más natural que
los demás tintes, incluso cuando han comprendido que no le prometían
nada a su gula y que no habían sido elegidos por la costurera. Y por
supuesto, sentí enseguida, como ante los espinos blancos pero con más
admiración, que no era de forma artificial, por medio de un artificio de
fabricación humana, como se traducía la intención de festividad en las
flores, sino que era la naturaleza lo que, espontáneamente, lo había expresado con la ingenuidad de una tendera de pueblo que trabaja para un
monumento, sobrecargando el arbusto con esas rosetas de tono demasiado tierno y estilo rococó provinciano. En lo alto de las ramas, como
otros tantos de esos rosales pequeños en tiestos cubiertos de papeles de
encaje que en las fiestas mayores hacían refulgir en el altar sus pobres
bengalas, pululaban mil botoncitos de un tinte más pálido, que al en-
treabrirse mostraban colores rojos sanguíneos, como en el fondo de una
copa de mármol rosa, y traicionaban más aún que las flores la esencia
particular e irresistible del espino, que, por dondequiera que brotase o
fuese a florecer, no podía hacerlo más que en rosa. Intercalado en el
seto, pero tan diferente de él como una joven vestida de fiesta en medio
de personas desaliñadas que se quedarán en la casa, totalmente preparado para el mes de María, del que parecía formar parte ya, así brillaba
sonriendo en su fresca vestimenta rosa el arbusto católico y delicioso.

El seto mostraba en el interior del parque un sendero bordeado de
jazmines, de pensamientos y de verbenas entre las que claveles abrían
su bolsa fresca de un rosa aromático y pasado como un cuero antiguo

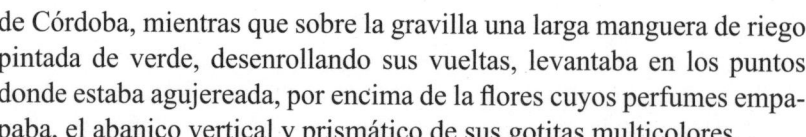

de Córdoba, mientras que sobre la gravilla una larga manguera de riego pintada de verde, desenrollando sus vueltas, levantaba en los puntos donde estaba agujereada, por encima de la flores cuyos perfumes empapaba, el abanico vertical y prismático de sus gotitas multicolores.

De repente me detuve, ya no pude moverme, lo mismo que sucede cuando una visión no se dirige solamente a nuestras miradas, sino que requiere percepciones más profundas y dispone de nuestro ser por entero. Una niña de cabello rubio rojizo, que parecía volver de paseo y llevaba en la mano una pala de jardinería, nos miraba levantando su cara sembrada de pecas rosas. Sus ojos negros brillaban, y como yo entonces no sabía, ni he aprendido después, reducir una impresión fuerte a sus elementos objetivos, como yo no tenía, según dicen, el suficiente «espíritu de observación» para separar la noción de su color, durante mucho tiempo, cada vez que volvía a pensar en ella, el recuerdo de su resplandor se me presentaba inmediatamente como un azul vivo, aunque era rubia; de manera que quizá si ella no hubiese tenido los ojos tan negros —lo que chocaba tanto la primera vez que se la veía— yo no habría estado, como lo estuve, más especialmente enamorado, en ella, de sus ojos azules.

Yo la miraba, al principio con esa mirada que no es más que la portavoz de los ojos, pero a cuya ventana se asoman todos los sentidos, ansiosos y petrificados; la mirada que querría tocar, capturar y traer el cuerpo al que mira y al alma con él; y después, de tanto miedo como tenía de que de un momento al otro mi abuelo y mi padre, divisando a esa muchachita, me hiciesen alejarme diciéndome que corriese un poco por delante de ellos, y de que una segunda mirada, inconscientemente suplicante, intentase obligarla a que me prestara atención, ¡y que me conociese! Ella lanzó sus pupilas adelante y a los lados para tomar consciencia de mi abuelo y de mi padre, y sin duda la idea que sacó de ello es que nosotros éramos ridículos, porque se volvió y, con un aire indiferente y desdeñoso, se puso de costado para evitar que su cara estuviese en su campo visual, y mientras que ellos, siguiendo su marcha y sin haberla visto, me adelantaron, ella dejó que sus miradas volasen a todo lo largo en dirección a mí, sin tener una expresión en particular, sin tener aspecto de verme, pero con una fijeza y una sonrisa disimulada que yo no podía interpretar, según las nociones de buena educación que me habían dado, más que como una prueba de desprecio ultrajante, y su mano esbozaba al mismo tiempo un gesto indecente, al cual, cuando se dirigía en público a una persona que no se conoce, el pequeño diccionario de urbanidad que yo llevaba en mí no daba más que un solo sentido, el de una intención insolente.

—¡Vamos, Gilberte, ven! ¿Qué haces? —exclamó con una voz penetrante y autoritaria una dama de blanco que yo no había visto, y a cierta distancia de ella un señor vestido de dril, al que yo no conocía, fijaba en mí sus ojos saltones. La muchachita dejó bruscamente de sonreír, agarró su palita y se alejó sin volverse hacia mi lado con aire dócil, impenetrable y solapado.

De ese modo pasó cerca de mí el nombre de Gilberte, dado como un talismán que quizá me permitiese volver a encontrar un día a aquella a la que acababa de hacer una persona y que un momento antes no era más que una imagen incierta. De ese modo pasó, pronunciado por encima de los jazmines y los claveles, acre y fresco como las gotas de la manguera verde de riego; impregnando, irisando la zona de aire puro que había atravesado —y que aislaba— con el enigma de la vida de aquella a la que designaba para los seres felices que vivían y viajaban con ella; desplegando bajo el espino rosa, a la altura de mis hombros, la quintaesencia de su familiaridad con ella, tan dolorosa para mí, con lo desconocido de su vida, en la cual yo no entraría.

Fue un instante (mientras que nos alejábamos y mi abuelo murmuraba: «Este pobre Swann, vaya papel que le hacen interpretar, le hacen que se marche para que ella se quede a solas con su Charlus, ¡porque es él, lo he reconocido! ¡Y esa pequeña, mezclada con toda esta infamia!»), la impresión que dejó en mí el tono despótico con el que la madre de Gilberte le había hablado sin que ella replicase, al mostrármela como obligada a obedecer a alguien como si ella no fuera superior a todo, calmó un poco mi sufrimiento, me dio alguna esperanza y atenuó mi amor. Pero muy rápidamente se elevó de nuevo ese amor en mí como una reacción por la que mi corazón humillado quería ponerse al nivel de Gilberte o rebajarla hasta él. Yo la amaba, lamentaba no haber tenido el tiempo ni la inspiración de ofenderla, de hacerle daño y de obligarla a que acordase de mí. Me parecía tan bella que hubiera querido volver sobre mis pasos para gritarle alzándome de hombros: «¡Qué fea me pareces, qué grotesca, cuánto me repugnas!». Sin embargo me alejé, llevándome para siempre, como el primer tipo de una felicidad inaccesible para los niños de mi especie por leyes naturales imposibles de transgredir, la imagen de una muchachita pelirroja, de piel sembrada de pecas rosas, que llevaba una palita y que se reía dejando que pasaran volando sobre mí sus largas miradas solapadas e inexpresivas. Y el encanto con el que su nombre había ensalzado ese lugar bajo los espinos rosas donde había sido oído por ella y por mí juntos, ya iba ganando, recubriendo y aromatizando todo lo que se le acercaba: sus abuelos, que los míos habían tenido la inefable dicha de conocer, la su-

blime profesión de agente de cambio y bolsa, el doloroso barrio de los Campos Elíseos donde vivía ella en París.

«Leonie —dijo mi abuelo al volver—, cuánto habría querido tenerte con nosotros. ¡No reconocerías Tansonville! Si me hubiese atrevido, habría cortado para ti una rama de esos espinos rosas que tanto te gustaban.» Así contaba nuestro paseo mi abuelo a mi tía Leonie, sea para distraerla, sea porque no había perdido todas las esperanzas de llegar a hacerla salir. Ahora bien, anteriormente a ella le gustaba mucho esa finca, y además fueron las visitas de Swann las últimas que ella había recibido cuando ella cerraba ya su puerta a todo el mundo. Y así como cuando él venía ahora a saber noticias de ella (era la única persona a quien él aún pedía ver), ella hacía que le respondiesen que estaba cansada, pero que le dejaría entrar la próxima, igualmente dijo ella esa tarde: «Sí, un día que haga buen tiempo iré en carruaje hasta la puerta del parque». Y lo decía en serio. Le habría gustado volver a ver a Swann y Tansonville, pero el deseo que tenía de ello era ya bastante para las fuerzas que le quedaban, llevarlo a cabo las habría sobrepasado. Algunas veces, el buen tiempo le devolvía un poco de vigor, se levantaba, se vestía; la fatiga empezaba ya antes de que se fuese a la cama. Lo que había empezado para ella —sólo que un poco antes que lo que ocurría habitualmente— era esa gran renuncia de la vejez que se prepara para la muerte, que se envuelve en su crisálida y que puede observarse al final de las vidas que se prolongan hasta tarde, incluso entre los antiguos amantes que más se hayan amado, o entre los amigos unidos por los lazos más espirituales, y que a partir de cierto año dejan de hacer el viaje o la salida necesaria para verse, dejan de escribirse y saben que ya no se comunicarán más en este mundo. Mi tía debía saber perfectamente que no volvería a ver a Swann y que ya no saldría nunca más de la casa, pero esta reclusión definitiva debía hacérsele más fácil por la misma razón que, según nosotros, habría debido hacérsela más dolorosa. Es que esa reclusión le era impuesta por la disminución de sus fuerzas, que ella podía constatar cada día y que al hacer de cada acción y de cada movimiento una fatiga, si no un sufrimiento, a ella le daban la inacción, el aislamiento y el silencio la dulzura reparadora y bendita del descanso.

Mi tía no fue a ver el seto de espinos rosas, pero en todo momento yo les preguntaba a mis padres si ella no iría, o si anteriormente iba a menudo a Tansonville, intentando hacerles hablar de los padres y los abuelos de la señorita Swann, que me parecían grandes como dioses. Ese nombre de Swann, convertido en casi mitológico para mí, cuando hablaba con mis padres languidecía por la necesidad de oírselo decir, yo mismo no me atrevía a decirlo, pero les arrastraba a temas que se acercaban a Gilberte y a su familia, que tenían que ver con ella, el nombre en el que yo no me sentía exiliado demasiado lejos de ella. Y yo obligaba bruscamente a mi padre, fingiendo creer, por ejemplo, que el cargo de mi abuelo había estado en nuestra familia antes de él, o que el seto de espinos rosas que quería ver mi tía Leonie se encontraba en terreno comunal, a que rectificase mi afirmación, a decirme, como a pesar mío, como desde él mismo: «Pero no es así, ese cargo era del padre *de Swann* y ese seto forma parte del parque *de Swann*».

Entonces yo estaba obligado a recuperar mi aliento, por lo mucho que, al posarse sobre el lugar donde estaba siempre escrito en mí, pesaba hasta ahogarme ese nombre que, desde el momento que lo oía me parecía más pleno que cualquier otro, porque tenía el peso todas las veces que yo lo había pronunciado mentalmente antes. Me provocaba un placer que me avergonzaba haberme atrevido a reclamar a mis padres, porque ese placer era tan grande que habría debido exigir de ellos mucho esfuerzo para proporcionármelo, y sin compensación, ya que no era un placer para ellos. Así que yo cambiaba de conversación por discreción. Y también por escrúpulo. Todas las seducciones singulares que yo ponía en ese nombre de Swann las encontraba en él en cuanto ellos lo pronunciaban. Entonces me parecía de pronto que mis padres no podían no sentirlas, que ellos estaban situados en mi punto de vista, que a su vez percibían, absolvían y se adherían a mis sueños, y yo era desgraciado, como si les hubiese vencido y pervertido.

Aquel año, cuando un poco antes que de costumbre mis padres hubieron fijado el día del regreso a París, la mañana de la partida, como me habían hecho rizar el pelo para hacerme una fotografía, ponerme con cuidado un sombrero que aún no me había puesto nunca y vestirme con un abrigo de terciopelo, después de haberme buscado por todas partes, mi madre me encontró llorando en el pequeño repecho contiguo a Tansonville, diciéndole adiós a los espinos blancos, rodeando con los brazos sus ramas punzantes y, como una princesa de tragedia a quien le pesasen esos ornamentos vanos, me sentí ingrato con la mano importuna que al formar todos esos nudos había tenido cuidado de recoger mis cabellos sobre la frente —pisoteando los papeles arrancados de mis rizos y mi sombrero nuevo. Mi madre no se conmovió con mis lágrimas, pero no pudo ahogar un grito a la vista del sombrero tirado y del abrigo echado a perder. Yo no la oí: «¡Ay, mis pobres espinitos! —yo decía llorando—, no sois vosotros los que querríais hacerme daño y obligarme a partir. ¡Vosotros no me habéis hecho daño nunca! Pero os amaré siempre». Y, secándome las lágrimas, les prometí que cuando fuese mayor no imitaría la vida insensata de los demás hombres y que, incluso en París, los días de primavera, en lugar de ir a hacer visitas y escuchar majaderías, iría al campo a ver los primeros espinos blancos.

Una vez en los campos, ya no los dejábamos durante todo el resto del paseo que dábamos por el lado de Meseglise. Los recorría continuamente un viento, como un vagabundo invisible, que para mí era el genio específico de Combray. Todos los años, el día de nuestra llegada, para sentir bien que estaba en Combray, subía a buscarlo, corría en los surcos y me hacía correr tras él. Teníamos siempre el viento junto a nosotros por el lado de Meseglise, sobre esa llanura abombada en la que no se encuentra durante leguas ningún accidente del terreno. Yo sabía que la señorita Swann iba a menudo a Laon a pasar algunos días y, aunque estuviese a varias leguas, la distancia se compensaba por la ausencia de todo obstáculo. En las tardes cálidas yo veía que una misma brisa, venida del horizonte más lejano, tumbaba los trigos más alejados, se propagaba como un oleaje sobre toda la inmensa extensión y venía a acostarse, rumoroso y tibio, entre las esparcetas y los tréboles a mis pies. Esa llanura que nos era común a los dos parecía que nos acercaba y nos unía, yo pensaba que esa brisa había pasado cerca de ella, que era algún mensaje de ella lo que me susurraba sin que yo pudiera comprenderlo, y lo besaba al pasar. A la izquierda había un pueblo que se llamaba Champieu *(Campus Pagani,* según el cura). A la derecha se veían, más allá de los trigales, los dos campanarios labrados y rústicos de Saint-André-des-Champs, también ellos estilizados, descascarados, incrustados de alvéolos, esculpidos, amarilleantes y grumosos como dos espigas.

A intervalos simétricos, en medio de la inimitable ornamentación de sus hojas, a las que no se puede confundir con la familia de ningún otro árbol frutal, los manzanos abrían sus grandes pétalos de satén blanco o colgaban los tímidos ramos de sus capullos enrojecidos. Fue del lado de Meseglise donde noté por primera vez la sombra circular que hacen los manzanos sobre la tierra soleada, y también esas sedas de oro impalpable que el ocaso teje oblicuamente bajo las hojas y que yo veía que mi padre golpeaba con su bastón sin hacer que se desviasen nunca.

En el cielo de la tarde a veces pasaba la luna, blanca como una nube, furtiva, sin resplandor, como una actriz a la que no le toca intervenir y desde la sala, en vestimenta de calle, mira un momento a sus compañeros como apartándose, sin querer que se le preste atención. Me gustaba encontrar su imagen en los cuadros y en los libros, pero esas obras de arte eran muy diferentes —al menos durante los primeros años, antes de que Bloch hubiese acostumbrado a mis ojos y a mi pensamiento a armonías más sutiles— de aquellas en las que la luna me parecería bella hoy y en las que entonces no la habría reconocido. Era, por ejemplo, alguna novela de Saintine, o un paisaje de Gleyre en el que recorta nítidamente sobre el cielo una hoz de plata, esas obras ingenuamente incompletas como lo eran mis propias impresiones, y que las hermanas de mi abuela se indignaban al ver que me gustaban. Ellas creían que debían ponerse ante los niños, y que éstos daban prueba de buen gusto al gustarles desde el principio las obras que, llegados a la madurez, admirarán definitivamente. Sin duda es que se figuraban los méritos estéticos como objetos materiales que un ojo despierto no puede dejar de percibir, sin haber tenido necesidad de madurar lentamente los equivalentes en el propio corazón.

Era por el lado de Meseglise, en Montjouvan, en una casa situada al borde de una gran charca y adosada a un talud lleno de matorrales, donde vivía el señor Vinteuil. Así pues, nos cruzábamos frecuentemente en la carretera con su hija, que guiaba un *buggy* a toda velocidad. A partir de cierto año ya no la encontramos sola, sino con una amiga de más edad que tenía mala reputación en la zona y que un día se instaló definitivamente en Montjouvain. La gente decía: «Es necesario que ese pobre del señor Vinteuil esté cegado por el cariño para no percatarse de lo que se cuenta y permitir que su hija, él, que se escandaliza por una palabra fuera de lugar, haga que viva bajo su techo una mujer semejante. Él dice que es una mujer superior, de gran corazón, y que tendría unas condiciones extraordinarias para la música si las hubiese cultivado. Puede estar seguro que no es de la música por lo que se ocupa de su hija». El señor Vinteuil lo decía, en efecto, es notable cuánta admiración despierta siempre una persona por sus cualidades morales en la casa de los padres de cualquier otra persona con la que tenga relaciones carnales. El amor físico, tan injustamente desacreditado, obliga de tal manera a que todo ser manifieste hasta las parcelas más mínimas que tenga de bondad y de olvido de sí mismo, que resplandecen hasta en los ojos del entorno inmediato. El doctor Percepied, a quien su voz gruesa y sus espesas cejas permitían mantener tanto como quisiera el papel de pérfido, para el que no tenía el físico, sin comprometer en nada su reputación inquebrantable e inmerecida de tosco bienhechor, sabía hacer reírse hasta las lágrimas al cura y a todo el mundo diciendo con tono rudo: «¡Pues bien! Parece que la señorita Vinteuil toca música con su amiga. Eso les extraña. Yo no lo sé, ha sido el viejo Vinteuil quien ayer mismo me lo ha dicho. Después de todo, esta joven tiene claramente derecho a que le guste la música. Yo no estoy a favor de contrariar las vocaciones artísticas de los niños; y al parecer, el señor Vinteuil tampoco. Y además, él también ha tocado música con la amiga de su hija. ¡Ah, caramba, sí que hacen música en esa cajita! Pero, ¿de qué se ríen ustedes? Pero esa gente hace demasiada música. El otro día me encontré al viejo Vinteuil cerca del cementerio, no se aguantaba sobre las piernas».

Para aquellos que, como nosotros, vieron en esa época al señor Vinteuil evitar a las personas que conocía, darse la vuelta cuando las divisaba, envejecer en algunos meses, quedarse absorto en su pena, hacerse incapaz de todo esfuerzo que no tuviese directamente como objetivo la felicidad de su hija y pasarse días enteros ante la tumba de su mujer, habría sido difícil no comprender que estaba muriéndose de pena y no suponer que no se daba cuenta de los rumores que corrían. Los conocía, tal vez hasta les daba crédito. Quizá no hay persona alguna, por grande que sea su virtud, a la que la complejidad de las circunstancias no pueda llevar a vivir un día en la intimidad del vicio que condene más categóricamente —sin que por otra parte lo reconozca completamente bajo el disfraz de hechos particulares que reviste para entrar en contacto con él y hacerlo sufrir: palabras extrañas y actitud inexplicable, cierta tarde, de aquel ser al que por otra parte tiene tantas razones para amar. Pero para un hombre como el señor Vinteuil debía haber mucho más sufrimiento que para cualquier otro en la resignación a una de esas situaciones que se cree equivocadamente que son patrimonio exclusivo del mundo de la bohemia. Se producen cada vez que se necesita reservarse el lugar y la seguridad que les son necesarios a un vicio que la propia naturaleza ha hecho que se desarrolle en un niño, a veces nada más que mezclando las virtudes de su padre y las de su madre, como el color de los ojos. Pero, de que el señor Vinteuil quizá conociese la conducta de su hija no se deduce que su adoración por ella fuese menor. Los hechos no penetran en el mundo donde viven nuestras creencias, no han hecho que éstas nazcan, ni las destruyen; pueden imponerles los desmentidos más constantes sin debilitarlas, y que la avalancha de desgracias o de enfermedades que se sucedan sin interrupción en una familia no harán que dude de la bondad de su Dios ni del talento de su médico. Pero cuando el señor Vinteuil pensaba en su hija y en sí mismo desde el punto de vista del mundo, desde el punto de vista de su reputación, cuando intentaba situarse con ella en el rango que ocupaban en la estima general, entonces llevaba ese juicio de orden moral exactamente como lo habría hecho el habitante de Combray que le hubiese sido más hostil. Él se veía junto a su hija en el último de los bajos fondos, y sus maneras habían recibido desde hacía poco esa humildad, ese respeto por los que se encontraban por encima de él y que él veía desde abajo (aunque hubiesen estado muy por encima de él hasta ese momento), esa tendencia a intentar ascender hasta ellos, que es una resultante casi mecánica de toda degradación. Un día que caminábamos con Swann por una calle de Combray, el señor Vinteuil, que salía de otra, se encontró frente a nosotros demasiado bruscamente para tener tiempo de evitarnos, y Swann, con esa caridad orgullosa del hombre de mundo que, en medio de la disolución de todos sus prejuicios morales, no encuentra en la infamia ajena más que una razón de ejercer una benevolencia cuyos testimonios adulan mucho más el amor propio de quien la da, porque le pareen más valiosas a quien las recibe, habló largamente con el señor Vinteuil, a quien hasta entonces no le dirigía la palabra, y le preguntó antes de que nos dejase si enviaría algún día a su hija a jugar en Tansonville. Era una invitación que dos años antes habría indignado al señor Vinteuil, pero que ahora lo llenaba de sentimientos tan agradecidos que se creyó obligado por ellos a no cometer la indiscreción de aceptarla. La amabilidad de Swann para con su hija le parecía que era en sí misma un apoyo tan honroso y tan grato que pensó que quizá era mejor no utilizarlo, para tener la dulzura totalmente platónica de conservarlo.

—¡Qué hombre más exquisito! —nos dijo cuando Swann nos dejó, con la misma veneración entusiasta que tienen las espirituales y bonitas burguesas que respetan el encanto de una duquesa, por fea y tonta que sea—. ¡Qué hombre más exquisito! ¡Qué desgracia que haya hecho un matrimonio tan inadecuado!

Y entonces, de tanto como están imbuídas las gentes más sinceras de hipocresía y al hablar con una persona se despojan de la opinión que tienen de ella y la expresan en cuanto ya no está allí, mis padres deploraron con el señor Vinteuil el matrimonio de Swann en nombre de los principios y de las conveniencias (por lo mismo que las invocaban en común con él, como buenas gentes de la misma índole) que parecían dar a entender que no se infringían en Montjouvain. El señor Vinteuil no envió a su hija a la casa de Swann, y fue el primero en lamentarlo, porque, cada vez que acababa de dejar al señor Vinteuil, se acordaba de que hacía algún tiempo que tenía una información que pedirle acerca de alguien que tenía el mismo apellido que él, uno de sus parientes, creía. Y esa vez se había prometido no olvidar lo que tenía que decirle cuando el señor Vinteuil enviase a su hija a Tansonville.

Como el paseo por el lado de Meseglise era el más corto de los dos que hacíamos alrededor de Combray, por eso lo reservábamos para los días de tiempo inestable. El clima por el lado de Meseglise era bastante lluvioso y no perdíamos nunca de vista la linde de los bosques de Roussainville, en cuyas espesuras podríamos ponernos a cubierto.

El sol se ocultaba a menudo detrás de una nube que deformaba su contorno y cuyos bordes amarilleaba. El resplandor, pero no así la claridad, se había retirado del campo, donde toda vida parecía suspendida, mientras que el pueblecito de Roussainville esculpía en el cielo el relieve de sus aristas blancas con una precisión y un acabado abrumadores. Un poco de viento hacía levantar el vuelo a un cuervo que volvía a bajar a lo lejos y, contra el cielo blanquecino los bosques parecían más azules en la lejanía, como pintados en esos camafeos que decoran los entrepaños de las residencias antiguas.

Pero otras veces se ponía a caer la lluvia, de la que nos había amenazado el fraile capuchino[20] que tenía el óptico en su escaparate, las gotas de agua, como pájaros migratorios que levantan el vuelo todos juntos, descendían en filas apretadas desde el cielo. No se separan, no van a la aventura durante su rápida travesía, pero cada una de ellas, al mantener su puesto, atrae hacia sí a la que la sigue y el cielo está más oscurecido por ellas que cuando parten las golondrinas. Nos refugiábamos en el bosque. Cuando parecía haber acabado su viaje, algunas de ellas, más débiles y más lentas, llegaban todavía. Pero volvíamos a salir de nuestro refugio, porque las gotas se complacen en el follaje; la tierra estaba ya casi seca cuando más de una se retrasaba jugando en las nervaduras de alguna hoja y, suspendida en la punta, descansaba brillando al sol y de golpe se dejaba deslizar desde lo alto de la rama y nos caía en la nariz.

También íbamos a menudo a refugiarnos atropelladamente con los santos y los patriarcas de piedra bajo el atrio de Saint-André-des-Champs. ¡Qué francesa era esa iglesia! Por encima de la puerta, los santos, los reyes caballeros con una flor de lis en la mano y escenas de esponsales y de funerales estaban representadas como podían estarlo en el alma de Françoise. El escultor había narrado también ciertas anécdotas relativas a Aristóteles y a Virgilio, de la misma manera que Françoise hablaba en la cocina gustosamente de san Luis como si lo hubiese conocido en persona, y generalmente para hacer avergonzarse en comparación a mis abuelos menos «justos». Se notaba que las nociones que tenían el artista medieval y la campesina medieval (que sobrevivía en el siglo XIX) de la historia antigua o de la cristiana, que se distinguían tanto por la inexactitud como por su sencillez, no las sacaban de los libros, sino de una tradición antigua y directa a la vez, ininterrumpida, oral, deformada, irreconocible y viva. Otra figura de Combray que yo también reconocía, virtual y profetizada, en la escultura gótica de Saint-André-des-Champs, era el joven Theodore, el mancebo de la tienda de Camus. Además, Françoise sentía tanto en él al paisano y al contemporáneo que cuando mi tía Leonie estaba demasiado enferma para que Françoise pudiera bastar para llevarla otra vez a su cama, o para llevarla a su sillón, antes que dejar que la pinche de cocina subiese a «dejarse ver» de mi tía, llamaba a Theodore. Ahora bien, ese muchacho, que pasaba con razón por ser un mal sujeto, estaba tan lleno del alma

[20] Se refiere a los barómetros que tienen la figura de un fraile que va marcando la previsión del tiempo con una varita o poniéndose la capucha. (N. del T.)

que había decorado Saint-André-des-Champs y especialmente de los sentimientos de respeto que a Françoise le parecía que les eran debidos a los «pobres enfermos» o a «su pobre señora», que para levantar la cabeza de mi tía sobre su almohada tenía la apariencia ingenua y cuidadosa de los angelitos de los bajorrelieves, que se congregan con un cirio en la mano alrededor de la Virgen desfallecida, como si los rostros de piedra esculpida, grisáceos y desnudos como los bosques en invierno, no fuesen más que un sueño o una reserva preparada para florecer de nuevo en la vida en innumerables rostros populares, reverendos y taimados como el de Theodore, iluminados con el rojo de las manzanas maduras. No aplicada ya a la piedra como esos angelitos, sino despegada del atrio, con una estatura más que humana, de pie sobre un peana como si lo estuviera sobre un taburete que la evitase poner los pies sobre el suelo húmedo, una santa tenía las mejillas plenas, el seno firme que hinchaba la tela de piedra como un racimo maduro en un saco de crin, la frente estrecha, la nariz corta y respingona, los ojos hundidos y el aspecto sano, insensible y valeroso de las campesinas de la comarca. Esa semejanza, que insinuaba en la estatua una dulzura que yo no había buscado en ella, se certificaba a menudo por alguna muchacha de los campos, venida a ponerse a cubierto como nosotros, y cuya presencia, parecida a la de esos follajes de parietaria que crecen al lado de los follajes recortados, parecía destinada, mediante una comparación con la naturaleza, a permitir juzgar la verdad de la obra de arte. Ante nosotros, en la lejanía, Roussainville, tierra prometida o maldita en cuyos muros no entré jamás. A veces, Roussainville, cuando la lluvia ya había terminado para nosotros, seguía siendo castigado como un pueblo de la Biblia con todas las lanzas de la tormenta, que flagelaban oblicuamente las moradas de sus habitantes, o bien ya estaba perdonado por Dios padre, que hacía que descendiesen hacia él, desigualmente largos como los rayos de una custodia en un altar, los tallos de oro deshilachados de su sol reaparecido.

Algunas veces el tiempo se estropeaba por completo y teníamos que volver y quedarnos encerrados en la casa. Aquí y allá, lejos, en el campo que la oscuridad y la humedad hacían parecerse al mar, unas casas aisladas, pegadas a la falda de una colina sumergida en la noche y el agua, brillaban como pequeños barcos que han recogido las velas y están inmóviles en alta mar durante toda la noche. Pero, ¡qué importaba la lluvia, qué importaba la tormenta! En verano, el mal tiempo no es más que una humorada pasajera y superficial del buen tiempo, subyacente y fijo, muy diferente del buen tiempo inestable y líquido del invierno que, al contrario, instalado sobre la tierra donde se ha solidificado en densos follajes sobre los que la lluvia puede escurrirse sin comprometer la resistencia de su alegría permanente, ha izado sus estandartes de seda violeta o blanca para toda la estación, y hasta en las calles del pueblo y en las paredes de las casas y los jardines. Sentado en el saloncito, donde esperaba la hora de cenar leyendo, yo oía gotear el agua que caía de nuestros castaños, pero sabía que el aguacero no hacía más que lustrar sus hojas y que éstas prometían permanecer allí, como pruebas del verano, toda la noche lluviosa, asegurando la continuidad del buen tiempo. Por mucho que lloviese, mañana, por encima de la valla blanca de Tansonville, ondularían igual de numerosas las hojitas en forma de corazón; sin tristeza veía a lo lejos el álamo de la calle Des Perchamps, que dirigía súplicas y salutaciones desesperadas a la tormenta, y sin tristeza oía al fondo del jardín los últimos redobles del trueno arrullarse entre las lilas.

Si el tiempo era malo desde la mañana, mis padres renunciaban al paseo y yo no salía. Pero después tomé la costumbre de ir en esos días a caminar solo por el lado de Meseglise-la-Vineuse, en aquel otoño en el que debimos venir a Combray por la herencia de mi tía Leonie, porque al final había muerto, haciendo que triunfasen a la vez los que pretendían que su régimen debilitante acabaría por matarla, y no menos los otros, que habían sostenido siempre que ella padecía una enfermedad que no era imaginaria, sino orgánica, ante cuya evidencia estarían obligados a rendirse los escépticos cuando hubiera sucumbido a ella, y sin causar un gran dolor con su muerte más que a un solo ser, pero para éste fue brutal. Durante los quince días que duró la última enfermedad de mi tía, Françoise no la dejó ni un instante, no se desvistió, no dejó que nadie le diese cuidado alguno y sólo se apartó de su cuerpo cuando éste fue enterrado. Entonces comprendimos que esa especie de temor en el que había vivido Françoise por las malas palabras, las sospechas y las cóleras de mi tía había hecho que en ella se desarrollase un sentimiento que nosotros habíamos tomado por odio y que era veneración y amor. Su verdadera señora, de decisiones imposibles de prever, de artimañas difíciles de burlar, de buen corazón fácil a ceder, su soberana, su misteriosa y todopoderosa monarca, ya no estaba. A su lado, nosotros contábamos muy poco. Estaba lejos el tiempo en que, cuando habíamos empezado a venir a pasar nuestras vacaciones en Combray, tuviésemos tanto prestigio como mi tía a los ojos de Françoise. Aquel otoño, muy ocupados con las formalidades que cumplir y con las entrevistas con los notarios y con los granjeros, mis padres, no teniendo tiempo libre para hacer los paseos que por otra parte obstaculizaba el tiempo, se acostumbraron a dejarme ir a pasear sin ellos por el lado de Meseglise, envuelto en una gran manta de viaje que me protegería de la lluvia y que yo me echaba mucho más gustosamente sobre los hombros al sentir que sus cuadros escoceses escandalizaban a Françoise, que tenía la mentalidad de alguien a quien no se le habría podido hacer entrar la idea de que el color de la ropa no tiene nada que ver con el luto, y a quien, además, el pesar que teníamos por la muerte de mi tía le gustaba poco, porque no habíamos dado ninguna gran comida de funeral, porque no adoptábamos un tono de voz especial para hablar de ella y porque yo hasta canturreaba a veces. Estoy seguro de que en un libro —y en eso yo mismo era como Françoise— ese concepto del luto según *La chanson de Roland* y el pórtico de Saint-André-des-Champs me habría resultado simpático. Pero desde que Françoise estaba cerca de mí, un demonio me empujaba a desear que se encolerizase; aprovechaba el menor pretexto para decirle que añoraba a mi tía porque era una buena mujer, a pesar de sus ridiculeces, pero de ninguna manera porque fuese mi tía; que ella habría podido ser mi tía y que me pareciese odiosa y que su muerte no me diese pena alguna, palabras que me habrían parecido estúpidas en un libro.

Si entonces Françoise, henchida como un poeta de una oleada de pensamientos confusos sobre el sufrimiento y los recuerdos de familia, se excusaba por no saber responder a mis teorías y decía: «No sé explicarme», yo me regocijaba de esa confesión con una sensatez irónica y cruel digna del doctor Percepied; y si ella añadía: «A pesar de todo, ella era de la parentela, y siempre queda el respeto que se le debe a la parentela», yo me encogía de hombros y me decía: «Soy demasiado bueno para discutir con una ignorante que dice tonterías como estas», adoptando así para juzgar a Françoise el punto de vista mezquino de esos hombres que más las desprecian en la imparcialidad de la meditación y que son muy capaces de mantener ese papel cuando intervienen en una de las escenas vulgares de la vida.

Mis paseos de aquel otoño fueron mucho más agradables cuando los daba después de largas horas pasadas sobre un libro. Cuando estaba cansado por haber leído toda la mañana en el salón, salía echándome la manta de viaje sobre los hombros. Mi cuerpo, tanto tiempo obligado a estar inmóvil, pero que se había cargado en ese rato de animación y de rapidez acumuladas, después tenía necesidad, como un trompo al que se le da suelta, de gastarlas en todas direcciones. Las paredes de las casas, el seto de Tansonville, los árboles del bosque de Roussainville y los arbustos a los que se adosa Montjouvain recibían los golpes del paraguas o del bastón y oían gritos de alegría, que no eran ni los unos ni los otros más que ideas confusas que me entusiasmaban y que no habían alcanzado el descanso en la luz, por haber preferido a una iluminación lenta y difícil el placer de una desviación más cómoda hacia una salida inmediata. La mayoría de las pretendidas interpretaciones de lo que hemos sentido no hacen más que librarnos de ello al hacerlo salir de

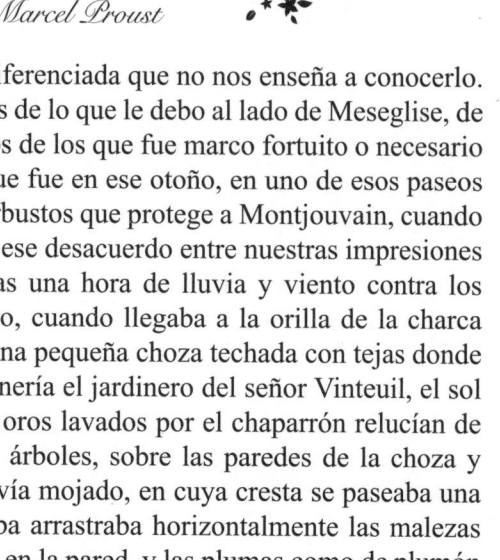

nosotros bajo una forma indiferenciada que no nos enseña a conocerlo. Cuando intento echar cuentas de lo que le debo al lado de Meseglise, de los humildes descubrimientos de los que fue marco fortuito o necesario inspirador, me acuerdo de que fue en ese otoño, en uno de esos paseos cerca del talud cubierto de arbustos que protege a Montjouvain, cuando me impactó por primera vez ese desacuerdo entre nuestras impresiones y su expresión habitual. Tras una hora de lluvia y viento contra los que había luchado con júbilo, cuando llegaba a la orilla de la charca de Montjouvail, delante de una pequeña choza techada con tejas donde guardaba sus aperos de jardinería el jardinero del señor Vinteuil, el sol acababa de reaparecer y sus oros lavados por el chaparrón relucían de nuevo en el cielo, sobre los árboles, sobre las paredes de la choza y sobre su techo de tejas, todavía mojado, en cuya cresta se paseaba una gallina. El viento que soplaba arrastraba horizontalmente las malezas silvestres que habían crecido en la pared, y las plumas como de plumón de la gallina que, tanto las unas como las otras, se dejaban arrastrar a capricho del viento en toda su longitud con el abandono de las cosas inertes y ligeras. El techo de tejas hacía en el charco, que el sol volvía a hacer espejeante, un jaspeado rosa al que todavía no le había prestado atención nunca. Y al ver sobre el agua y en la cara de la pared que una pálida sonrisa respondía a la sonrisa del cielo, exclamé con todo entusiasmo blandiendo mi paraguas cerrado: «¡Caray, caray, caray, caray!». Pero al mismo tiempo sentí que mi deber habría sido no agarrarme a esas palabras opacas e intentar ver más claro en mi arrebato.

Y fue también en ese momento —gracias a un campesino que pasaba, con aire de estar ya de muy mal humor, que aún lo estuvo más cuando poco le faltó para recibir mi paraguas en la cara, y que respondió fríamente a mi «qué tiempo más bueno, ¿verdad?, es bueno para caminar»— cuando aprendí que no se producen al mismo tiempo las mismas emociones, en un orden preestablecido, en todos los hombres. Más adelante, cada vez que una lectura un poco larga me daba ganas de charlar, el compañero al que yo ardía por dirigirle la palabra había acabado precisamente de entregarse al placer de la conversación y ahora deseaba que se le dejase leer tranquilo. Si yo acababa de pensar en mis padres con cariño y de tomar las decisiones más sabias y más adecuadas para tenerlos contentos, ellos habían empleado el mismo tiempo para enterarse de un pecadillo que yo había olvidado y que me reprochaban severamente en el momento que me lanzaba hacia ellos para besarlos.

A veces, a la euforia que me daba la soledad se añadía otra que no sabía diferenciar claramente, provocada por el deseo de ver surgir ante mí a una campesina que podría estrechar entre mis brazos. Nacido bruscamente y sin que tuviese tiempo de explicarme exactamente su causa entre pensamientos muy diferentes, el placer del que estaba acompañado me parecía sólo superior en un grado al que ellos me daban. Yo le otorgaba un mérito más a todo lo que estaba en aquel momento en mi mente, al reflejo rosa del techo de tejas, a la maleza silvestre, al pueblo de Roussainville donde deseaba ir desde hacía mucho tiempo, a los árboles de su bosque, al campanario de su iglesia, a esa emoción nueva que sólo me los hacía parecer más deseables porque creía que eran ellos lo que la provocaban, y que parecían no querer más que llevarme hacia sí más rápidamente cuando esa emoción hinchaba mi vela con una brisa potente, desconocida y propicia. Pero si ese deseo de que apareciese una mujer añadía para mí cierta cosa más estimulante a los encantos de la naturaleza, los encantos de la naturaleza aumentaban, en cambio, lo que el de la mujer habría tenido de demasiado limitado. Me parecía que la belleza de los árboles era todavía la suya, y que el alma de esos horizontes, del pueblo de Roussainville y de los libros que leía aquel año me la entregaría su beso. Mi imaginación recuperaba fuerzas al contacto con mi sensualidad, mi sensualidad se extendía en todos los dominios de mi imaginación, mi deseo ya no tenía límites. Es que también —como sucede en esos momentos de ensoñación en mitad de la naturaleza en los que, estando suspendida la acción de la costumbre y nuestras nociones abstractas de las cosas puestas a un lado, creemos con fe profunda en la originalidad y en la vida individual del lugar en el que nos encontramos— la viandante que convocaba mi deseo ya no me parecía ser un ejemplar cualquiera de ese tipo general, la mujer, sino un producto necesario y natural de ese suelo. Porque en aquel tiempo todo lo que no era yo, la tierra y los seres, me parecía más valioso, más importante, dotado de una existencia más real que lo que le parece a los hombres hechos y derechos. Y yo no separaba a la tierra de los seres. Yo tenía el deseo de una campesina de Meseglise o de Roussainville, de una pescadora de Balbec, lo mismo que tenía el deseo de Meseglise y de Balbec. El placer que ellas podían darme me habría parecido menos verdadero, y ya no habría creído en él, si yo hubiese modificado a mi manera las condiciones. Conocer en París a una pescadora de Balbec o a una campesina de Meseglise hubiera sido como recibir las valvas que no habría visto en la playa, un helecho que no hubiera encontrado en los bosques habría sido sustraer al placer que me daría la mujer de todos aquellos con los que la había envuelto mi imaginación. Pero vagar así en los bosques de Roussainville, sin una campesina que besar, era no conocer el tesoro oculto de esos bosques, su belleza profunda. Esa muchacha, que yo no veía más que cubierta de follaje, era para mí como una planta local de una especie más elevada que las demás y cuya estructura permite aproximarse más de cerca que en las demás al sabor profundo de la región. Yo podía creerlo más fácilmente (y que las caricias con las que ella me hiciese llegar a ello serían también de una clase especial, cuyo placer yo no habría podido conocer con otra distinta de ella) puesto que estaría por mucho tiempo aún en la edad en la que todavía no se ha abstraído ese placer de la posesión de mujeres diferentes con las que se lo ha saboreado, en el que no se las ha reducido a una noción general que hace que se las considere desde entonces como instrumentos intercambiables de un placer siempre idéntico. No existe ni siquiera aislado, separado y formulado en la mente como el objetivo que se persigue al acercarse a una mujer, como la causa de la turbación previa que se siente. Apenas pensamos en ello como en un placer que se tendrá, sino que más bien se lo llama el encanto de ella, porque no se piensa en uno mismo, no se piensa más que en salir de uno mismo. Oscuramente esperado, inmanente y oculto, sólo nos lleva a un paroxismo tal en el momento en el que se cumplen los demás placeres que nos provocan las miradas dulces y los besos de la que está a nuestro lado, que nos parece, sobre todo a nosotros mismos, como una especie de transporte de nuestro agradecimiento por la bondad de corazón de nuestra compañera y por su conmovedora predilección para nosotros, y así es como medimos las delicias y la dicha con la que ella nos colma.

Desgraciadamente, era en vano que implorase al torreón de Roussainville, que le pidiese que hiciera venir a mi lado a alguna muchacha de su pueblo, como al único confidente que había tenido de mis primeros deseos, cuando en lo más alto de nuestra casa de Combray, en el pequeño gabinete que olía a lirios, yo sólo veía su torre enmarcada en el cristal de la ventana entreabierta, mientras que con las vacilaciones heroicas del viajero que emprende una exploración, o las del desesperado que se suicida, yo, desfalleciente, me abría en mí mismo un camino desconocido, al que creí mortal, hasta el momento en el que una huella natural como la de un caracol se añadía a las hojas del grosellero negro silvestre que se inclinaban hasta mí. En vano le suplicaba entonces. En vano, teniendo esa superficie a la vista, la drenaba con mis miradas que hubieran querido traerse una mujer. Yo podía ir hasta el atrio de Saint-André-des-Champs, nunca se encontraba allí la campesina que no habría dejado de encontrar si hubiese estado con mi abuelo y me fuera imposible entablar conversación con ella. Me fijaba indefinidamente en el tronco de un árbol lejano, tras el que iba a surgir ella y venir a mí; el horizonte escrutado permanecía desierto, la noche caía, mi atención se unía sin esperanza a ese suelo estéril, a esa tierra agotada, como para absorber las criaturas que pudiese esconder; y ya no era con alegría, sino con rabia como golpeaba los árboles del bosque de Roussainville, de entre los que no salían más seres vivos que si hubiesen sido árboles pintados en la tela de una panorámica. Cuando, sin poder resignarme a volver a la casa antes de haber estrechado entre mis brazos a la mujer que tanto había deseado, estaba obligado, sin embargo, a reemprender el camino de Combray, confesándome a mí mismo que cada vez era menos probable el azar que la habría puesto en mi camino. Y además, si me la hubiese encontrado allí, ¿me habría atrevido a hablarle? Me parecía que ella me habría considerado un loco; yo dejaba de creer que otras criaturas compartían, de creer que eran verdaderos fuera de mí los deseos que formaba durante esos paseos, y que no se realizaban. Ya sólo se me aparecían como creaciones puramente subjetivas, impotentes e ilusorias de mi temperamento. Ya no tenían lazos con la naturaleza, con la realidad que desde entonces perdía todo encanto y todo significado; no eran en mi vida más que un cuadro convencional, como lo es a la ficción de una novela el vagón en cuyo asiento la lee el viajero para matar el tiempo.

Quizá de una impresión sentida también cerca de Montjouvain, algunos años después, impresión que entonces quedó oscura, fue de donde salió mucho después la idea que me hice del sadismo. Más tarde se verá que, por otras muchas razones, el recuerdo de esa impresión debía tener un papel importante en mi vida. Era un tiempo muy caluroso, mis padres, que habían debido ausentarse por todo el día, me habían dicho que volviese tan tarde como quisiera. Fui hasta la charca de Montjouvain, donde me gustaba volver a ver los reflejos del techo de tejas, me tendí a la sombra y me quedé dormido entre los arbustos del talud que domina la casa, allí donde antes había esperado una vez a mi padre un día que él había ido a ver al señor Vinteuil. Era casi de noche cuando me desperté, quise levantarme, pero vi a la señorita Vinteuil (tanto como pude reconocerla, porque no la había visto a menudo en Combray y sólo cuando ella era una niña, mientras que ahora empezaba a ser una muchacha) que probablemente acababa de volver, frente a mí, a algunos centímetros de mí, en esa habitación donde su padre había recibido al mío y de la que ella había hecho su saloncito particular. La ventana estaba entreabierta y la lámpara encendida, yo veía todos sus movimientos sin que ella me viese, pero si me hubiese ido habría roto ramas en los arbustos, ella me oiría y creería que me había ocultado allí para espiarla.

Ella estaba de luto riguroso, porque su padre había muerto hacía poco. No habíamos ido a verla, mi madre no había querido por causa de una virtud que era lo único que en ella limitaba los efectos de la bondad, el pudor, pero la compadecía profundamente. Mi madre se acordaba del triste fin de la vida del señor Vinteuil, totalmente absorbido antes por los cuidados de madre y de niñera que le daba a su hija, y después por los sufrimientos que ella le había causado; volvía a ver el rostro torturado que había tenido el anciano durante todos sus últimos años; sabía que él había renunciado para siempre a terminar de poner en limpio toda su obra de los últimos años, pobres piezas de un viejo profesor de piano, de un antiguo organista de pueblo. Nos imaginábamos que no tenían mucho valor en sí mismas, pero no las despreciábamos porque lo tenían para él y habían sido su razón de vivir antes de que los sacrificase a su hija, y que su mayoría, incluso ni siquiera escritas, conservadas solamente en su memoria, y algunas escritas en hojillas dispersas, ilegibles, permanecerían desconocidas. Mi madre pensaba en esa otra renuncia, más cruel todavía, a la que el señor Vinteuil había sido obligado, la renuncia a un porvenir de felicidad honesta y respetada para su hija, y cuando ella evocaba toda esa pena suprema del antiguo profesor de piano de mis tías, sufría un verdadero dolor y pensaba con horror en el que, mucho más amargo, debía padecer la señorita Vinteuil, mezclado con los remordimientos de haber ido matando a su padre. «Pobre señor Vinteuil —decía mi madre—, ha vivido y ha muerto por su hija sin haber recibido su recompensa. ¿La recibirá después de su muerte? ¿De qué manera? Sólo podría venirle de ella».

Al fondo del salón de la señorita Vinteuil, encima de la chimenea, estaba colocado un pequeño retrato de su padre que ella fue a buscar rápidamente en el momento en que resonó el rodar de un vehículo que venía por la carretera, después se echó en un sofá y acercó una mesita sobre la que puso el retrato, de la misma manera que el señor Vinteuil ponía antes a su lado la obra musical que deseaba tocar para mis padres. Su amiga entró pronto. La señorita Vinteuil la recibió sin levantarse, tenía las dos manos detrás de la cabeza y se echó hacia el extremo opuesto del sofá como para hacerle sitio. Pero inmediatamente sintió que así parecía imponerle una actitud que quizá le resultase importuna. Pensó que su amiga quizá prefiriese estar lejos de ella, en una silla, y se encontró indiscreta, la delicadeza de su corazón se alarmó por ello; recuperó todo el espacio sobre el sofá, cerró los ojos y se puso a bostezar para indicar que la gana de dormir era la única razón de que se hubiese echado así. A pesar de familiaridad dura y dominante que tenía con su compañera, yo reconocí los gestos sumisos y reticentes, los bruscos escrúpulos de su padre. Al poco rato se levantó, simuló que quería cerrar las contraventanas y no lo conseguía.

—Déjalo todo abierto, tengo calor —dijo su amiga.

—Pero es un fastidio, nos verán —respondió la señorita Vinteuil.

Pero adivinó sin duda que su amiga iba a pensar que ella sólo había dicho esas palabras para provocarle a responder con otras, que en efecto tenía ganas de oír, pero que por discreción quería dejarle decir por propia iniciativa. Asimismo, su mirada, que yo no podía ver, debió adquirir la expresión que tanto le gustaba a mi abuela, cuando añadió con vivacidad:

—Cuando digo que nos verán, quiero decir que nos verán leer; es un fastidio pensar que para cualquier cosa insignificante que se haga hay ojos que nos ven.

Con una generosidad instintiva y una cortesía involuntaria, se callaba las palabras premeditadas que le parecían indispensables para la plena realización de su deseo. Y en el fondo de ella misma, en todo momento, una virgen tímida y suplicante imploraba y hacía que se echase hacia atrás un bárbaro tosco y victorioso.

—Sí, es probable que nos miren a esta hora en esta campiña tan frecuentada —dijo irónicamente su amiga—, ¿y qué? —añadió (creyendo que debía acompañar con un guiño de ojos malicioso y tierno estas palabras que recitó por bondad, como un texto que ella sabía que le agradaba a la señorita Vinteuil, con un tono que se esforzaba porque fuese cínico)— incluso si nos viesen, tanto mejor.

La señorita Vinteuil se estremeció y se levantó. Su corazón escrupuloso y sensible ignoraba qué palabras debían venir espontáneamente a adaptarse a la escena que reclamaban sus sentidos. En lo más lejos que podía de su verdadera naturaleza moral, intentó encontrar el lenguaje apropiado para la muchacha viciosa que deseaba ser, pero las palabras que creía que ésta habría pronunciado sinceramente le parecieron falsas en su boca. Y lo poco de ello que se permitía fue dicho en un tono afectado en el que sus hábitos de timidez paralizaban sus veleidades de audacia y que se entreveraba de: «No tienes frío, no tienes demasiado calor, ¿no tienes ganas de estar sola y leer?».

—Me parece que la señorita tiene pensamientos muy lúbricos esta tarde —acabó por decir ella, repitiendo sin duda una frase que había oído decir antes de boca de su amiga.

En el escote de su blusa de crepé, la señorita Vinteuil sintió que su amiga le plantaba un beso, lanzó un gritito, se escapó y se pusieron a perseguirse dando saltos, haciendo revolotear sus amplias mangas como alas, y cloqueaban y piaban como pájaros enamorados. Después la señorita Vinteuil terminó por caer sobre el sofá cubierta por el cuerpo de su amiga. Pero ésta le daba la espalda a la mesita sobre la que estaba puesto el retrato del antiguo profesor de piano. La señorita Vinteuil comprendió que su amiga no lo vería si no atraía su atención hacia él, y le dijo como si lo hubiese notado sólo en ese momento:

—¡Oh! Ese retrato de mi padre que nos mira, no sé quién ha podido ponerlo ahí, a pesar de que he dicho mil veces que ese no es su sitio.

Yo me acordé de que eran las mismas palabras que el señor Vinteuil le había dicho a mi padre a propósito de su obra musical. Sin duda aquel

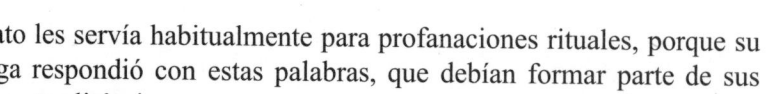

retrato les servía habitualmente para profanaciones rituales, porque su amiga respondió con estas palabras, que debían formar parte de sus respuestas litúrgicas:

—Pero déjalo donde está, ya no puede molestarnos. Créete que el desagradable mono lloriquearía y que querría ponerte el abrigo si te viese ahí con la ventana abierta.

La señorita Vinteuil respondió con palabras de suave reproche: «Vamos, vamos», que demostraban la bondad de su naturaleza, no porque fuesen dictadas por la indignación que esa manera de hablar de su padre hubiera podido causarle (evidentemente, había algún sentimiento al que se había acostumbrado, ¿con la ayuda de ciertos sofismas?, a hacer que callase en ella en esos momentos), sino porque eran como un freno que, para no mostrarse egoísta, ponía en sí misma al placer que su amiga intentaba proporcionarle. Y además, esa moderación sonriente que tenía al responder a esas blasfemias, ese reproche hipócrita y tierno, tal vez le parecían a su naturaleza sincera y buena una forma especialmente infame, una forma empalagosa de esa perversidad a la que intentaba equipararse. Pero no pudo resistirse al atractivo del placer que experimentaría al ser tratada con dulzura por una persona que era tan implacable con un muerto que no tenía defensa, saltó a las rodillas de su amiga y le tendió castamente su frente para que la besase como habría podido hacer si hubiese sido su hija, sintiendo con agrado que ellas dos llegaban así al extremo de la crueldad al arrebatarle al señor Vinteuil su paternidad hasta en la tumba. Su amiga le agarró la cabeza entre las manos y depositó un beso sobre su frente con esa docilidad que le hacía fácil el gran cariño que le tenía a la señorita Vinteuil y el deseo de poner alguna distracción en la vida, ahora tan triste, de la huérfana.

—¿Sabes lo que tengo ganas de hacerle a este viejo horroroso? —dijo agarrando el retrato. Y murmuró al oído de la señorita Vinteuil algo que no pude oír.

—¡Oh! No te atreverías.

—¿Que no me atrevería a escupirle encima? ¿A *esto?* —dijo la amiga con una brutalidad intencionada.

Ya no oí más, porque la señorita Vinteuil, con aire cansado, torpe, atareado, sincero y triste, vino a cerrar las contraventanas y la ventana, pero ahora ya sabía lo que, por todos los sufrimientos que había soportado durante toda su vida el señor Vinteuil por culpa de su hija, había recibido de ella tras la muerte como recompensa.

Y, sin embargo, pensé después que si el señor Vinteuil hubiese podido asistir a esta escena, quizá no habría perdido aún la fe que tenía en el buen corazón de su hija, y que tal vez en eso no habría estado completamente equivocado. Desde luego, en las costumbres de la señorita Vinteuil la apariencia del mal era tan completa que habría costado trabajo encontrarla realizada con ese grado de perfección en otra parte que no fuera en una sádica; es a la luz de las candilejas de los teatros de comedias ligeras, más que bajo la lámpara de una verdadera casa de campo, como puede verse que una hija haga escupir al retrato de un padre que no vivió más que por ella, y no hay nada mejor que el sadismo para darle un fundamento en la vida a la estética del melodrama. En la realidad, aparte de los casos de sadismo, una hija quizá cometería faltas tan crueles como las de la señorita Vinteuil contra la memoria y las voluntades de su padre muerto, pero no las resumiría expresamente en un acto tan rudimentario y tan ingenuo; lo que su conducta tendría de criminal quedaría más velado ante los ojos de los demás, e incluso ante los suyos, porque haría el mal sin confesárselo a sí misma. Pero más allá de la apariencia, en el corazón de la señorita Vinteuil el mal, al menos al principio, indudablemente no estuvo sin mezcla. Una sádica como ella es la artista del mal, lo que una criatura enteramente malvada no podría ser, porque el mal no sería externo a ella, le parecería muy natural y ni siquiera se diferenciaría de ella; y como no habría cultivado la virtud, el recuerdo de los muertos y la ternura filial no encontraría un placer sacrílego en profanarlos. Los sádicos de la clase de la señorita Vinteuil son seres tan puramente sentimentales y tan naturalmente virtuosos que hasta el placer sensual les parece que tiene algo de malo, de privilegio de los malvados. Y cuando se permiten a sí mismos entregarse a él por un momento, es en la piel de los malvados donde intentan entrar y hacer entrar a su cómplice, de manera que tengan en un momento la ilusión de haberse evadido de su alma escrupulosa y tierna hacia el mundo inhumano del placer. Y yo comprendía cuánto lo hubiera deseado ella viendo lo imposible que le era conseguirlo. En el momento que quería ser tan diferente de su padre, lo que ella me recordaba era la manera de pensar y de decir del viejo profesor de piano. Mucho más que su fotografía, lo que ella profanaba, lo que utilizaba para sus placeres, pero que quedaba entre ellos y ella y le impedía que los saborease directamente, era la semejanza de su cara, los ojos azules de la madre de él que le había transmitido como una joya de familia, los gestos de amabilidad que interponían entre el vicio de la señorita Vinteuil y ella una fraseología, una mentalidad que no estaba hecha para ese vicio y que le impedía conocerlo como una cosa muy diferente de los numerosos deberes de cortesía a los que ella se consagraba habitualmente. No era el mal lo que le daba la idea del placer, lo que le parecía agradable, era el placer lo que le parecía maligno. Y como cada vez que ella se entregaba a ello, él se hacía acompañar para ella de esos malos pensamientos que el resto del tiempo estaban ausentes de su alma virtuosa, ella terminaba por encontrar en el placer algo diabólico para identificarlo con el mal. Tal vez la señorita Vinteuil notaba que su amiga no era intrínsecamente malvada y que no era sincera en el momento en que le decía esas palabras blasfemas. Al menos ella tenía el placer de besar sobre su cara sonrisas y miradas, fingidas quizá, pero análogas en su expresión viciosa y baja a las que habría tenido, no ya de un ser de bondad y de sufrimiento, sino de un ser de crueldad y de placer. Podía imaginarse por un momento que verdaderamente jugaba a los juegos que él habría jugado con una cómplice tan desnaturalizada, una muchacha que habría sentido en efecto esos sentimientos bárbaros respecto a la memoria de su padre. Quizá no habría pensado que el mal fuese un estado tan raro, tan extraordinario y tan exótico, donde emigrar era tan apacible, si hubiera sabido discernir en sí misma, igual que en todo el mundo, esa indiferencia para los sufrimientos que se provocan y que, por diferentes que sean los nombres que se le den, es la forma terrible y permanente de la crueldad.

Si era tan sencillo ir por el lado de Meseglise, otra cosa era ir por el lado de Guermantes, porque el paseo era largo y uno quería estar seguro del tiempo que haría. Cuando parecía que entrábamos en una serie de días buenos, cuando Françoise, desesperada porque no cayese ni una gota de agua para las «pobres cosechas» y no ver más que unas escasas nubes blancas flotando en la superficie calmada y azul del cielo, exclamaba gimiendo: «¿Es que no podría decirse que no son cazones los que juegan allí arriba mostrando sus hocicos? ¡Ay, qué poco piensan en hacer que llueva para los pobres labradores! Y luego, cuando las mieses hayan crecido, entonces la lluvia se pondrá a caer a cántaros, sin interrupción, sin saber ya sobre lo que cae, como si fuera sobre el mar». Cuando mi padre había recibido invariablemente las mismas respuestas favorables del jardinero y del barómetro, entonces decía en la cena: «Si hace el mismo tiempo mañana, iremos por el lado de Guermantes». Salíamos enseguida después de almorzar por la puertecilla del jardín y llegábamos a la calle de Perchamps, estrecha y que formaba un ángulo agudo, llena de grandes gramíneas en medio de las cuales dos o tres avispas se pasaban el día de planta en planta; tan extraña como su nombre, del que me parecía que se derivaban sus curiosas particularidades y su personalidad arisca, y que se buscaría en vano en el Combray de hoy, pues sobre su antiguo trazado se levanta ahora la escuela. Pero mi ensoñación (semejante a esos arquitectos alumnos de Viollet-le-Duc que, creyendo haber encontrado bajo un trascoro renacimiento y un altar del siglo XVII las huellas de un coro románico, ponen todo el edificio en el estado en que debía hallarse en el siglo XII) no deja ni una sola piedra de la construcción nueva, perfora y «restituye» la calle de Perchamps. Por otra parte, tiene para esas reconstrucciones datos más precisos que los que tienen generalmente los restauradores: algunas imágenes conservadas en mi memoria, quizá las últimas que existen aún actualmente y que están destinadas a ser destruidas pronto, de lo que era Combray en la época de mi infancia; y puesto que es el pueblo mismo quien las trazó en mí antes de desaparecer, son conmovedoras —si se puede comparar un oscuro retrato con esas efigies gloriosas cuyas reproducciones le gustaba darme a mi abuela— como lo son esos grabados antiguos de la Última Cena o ese cuadro de Gentile Bellini, en los que se los ven, en un estado que ya no existe hoy día, la obra maestra de Da Vinci y el pórtico de san Marcos.

Pasábamos por la calle del Oiseau, delante del viejo hostal del Oiseau Flesché, en cuyo gran patio entraron algunas veces en el siglo XVII las carrozas de las duquesas de Montpensier, de Guermantes y de Montmorency cuando ellas tenían que venir a Combray por alguna disputa con sus arrendatarios, o por una cuestión de homenaje. Llegábamos al paseo entre cuyos árboles aparecía el campanario de Saint-Hilaire. Y yo habría querido poder sentarme allí y quedarme todo el día leyendo y escuchando las campanas, porque hacía tan buen tiempo y tan tranquilo que cuando daban la hora no se habría dicho que se rompía la calma del día, sino que lo libraban de todo lo que contenía, y que el campanario, con la exactitud indolente y cuidadosa de una persona que no tiene otra cosa que hacer, solamente acababa —para expresar y dejar caer las pocas gotas de oro que había amasado allí lenta y naturalmente el calor— de apresurar, en el momento deseado, la plenitud del silencio.

El mayor de los encantos del lado de Guermantes es que teníamos casi todo el tiempo al costado el curso del Vivonne. Lo cruzábamos una primera vez, diez minutos después de haber salido de la casa, por una pasarela llamada el Puente Viejo. Al día siguiente de nuestra llegada, el día de Pascua, después del sermón, si hacía buen tiempo yo corría hasta allá para ver en el desorden de una mañana de Fiesta Mayor, en la que algunos preparativos suntuosos hacen que parezcan más miserables los utensilios domésticos que se usan todavía, el río que se paseaba vestido de cielo azul entre las tierras aún negras y desnudas, acompañado solamente por una bandada de cucos llegados demasiado pronto y de prímulas adelantadas, aunque aquí y allá una violeta de pico azul dejaba que se inclinase su tallo bajo el peso de la gota de aroma que tenía en la trompetilla. El Puente Viejo desembocaba en un camino de sirga que en ese lugar se tapizaba en verano con el follaje azul de un avellano, bajo el que un pescador con sombrero de paja había echado raíces. En Combray, donde yo sabía qué individualidad de herrador o de mozo de tienda estaba disimulada bajo el uniforme de pertiguero o la sobrepelliz de monaguillo, ese pescador es la única persona cuya identidad no descubrí nunca. Él debía conocer a mis padres, porque levantaba el sombrero cuando pasábamos; yo entonces quería preguntar su nombre, pero me hacían señal de que me callase para no asustar a los peces. Nos metíamos por el camino de sirga que dominaba la corriente con un talud de varios pies de alto; del otro lado la orilla era baja, extendida en amplios prados hasta el pueblo y hasta la estación, que estaba lejos de allí. Esos prados estaban sembrados de los restos, medio hundidos en la hierba, del castillo de los antiguos condes de Combray, que en la Edad Media había en esa orilla del curso del Vivonne como defensa contra los ataques de los señores de Guermantes y de los abades de Martinville. No eran más que algunos fragmentos de torres que hinchaban la pradera, apenas visibles; algunas troneras desde donde antiguamente los ballesteros lanzaban piedras, desde donde el centinela vigilaba Novepont, Clairefontaine, Martinville-le-Sec y Bailleau-l'Exempt, todas ellas tierras vasallas de Guermantes entre las que estaba enclavado Combray, hoy a ras de tierra, dominados por los niños de la escuela de los frailes que iban allá a aprender sus lecciones o a jugar en los recreos —pasado casi descendido dentro de la tierra, acostado a la orilla del agua como un paseante que toma el fresco, pero que me daba mucho que pensar y que me hacía añadir en el nombre de Combray una ciudad muy diferente del pequeño pueblo de hoy, que retenía mis pensamientos con el rostro incomprensible y de antaño que ocultaba a medias bajo los ranúnculos. Eran muy numerosos en ese lugar que habían elegido para sus juegos sobre la hierba, aislados, en parejas, en grupos, amarillos como una yema de huevo, más brillantes, me parecía, ya que, sin poder desviar hacia ninguna veleidad de degustación el placer que me causaba su vista, lo acumulaba en su superficie dorada hasta que se hizo lo bastante potente para producir una belleza inútil; y eso desde mi primera infancia, cuando desde el camino de sirga tendía los brazos hacia ellos sin poder deletrear completamente sus bonitos nombres de príncipes de cuentos de hadas franceses, venidos quizá hacía muchos siglos desde Asia, pero instalados para siempre en el pueblo, contentos con el modesto horizonte, amantes del sol y de la orilla del agua, fieles a la pequeña panorámica de la estación, y, sin embargo, guardando todavía, como algunas de nuestras viejas telas pintadas en su simplicidad popular, un poético resplandor de Oriente.

Me divertía mirando las jarras que metían los niños en el Vivonne para capturar pececillos, y que, llenadas por el río donde a su vez están encerradas, a la vez «continente» de flancos transparentes como agua endurecida y «contenido» sumergido en un contenedor más grande de cristal líquido y móvil, evocaban la imagen del frescor de una manera más deliciosa y más estimulante que lo que esas jarras habrían hecho sobre una mesa puesta, no mostrándola más que en huida en esa aliteración perpetua entre el agua sin consistencia donde las manos no podían captarla y el vidrio sin fluidez donde el paladar no podría gozar de ella. Yo me prometía ir allá más tarde con cañas de pescar, conseguía que se sacase un poco de pan de las provisiones de la merienda, tiraba al Vivonne bolitas de ese pan que parecían bastar para provocar allí un fenómeno de sobresaturación, porque el agua se solidificaba enseguida alrededor de ellas en racimos ovoides de renacuajos hambrientos que hasta ahora tenía sin duda en disolución, invisibles, muy cerca de estar en vía de cristalización.

Poco después, el curso del Vivonne se obstruye con plantas acuáticas. Al principio las hay aisladas, como ese nenúfar al que la corriente a través de la cual estaba atravesado de una manera desafortunada le dejaba tan poco descanso que, como si fuera un transbordador accionado mecánicamente, en cuanto llegaba a una orilla volvía a la otra de donde había venido, rehaciendo continuamente la doble travesía. Su pedúnculo se desplegaba empujado hacia la orilla, se desplegaba, se tendía, se estiraba, alcanzaba el límite extremo de su tensión hasta el borde donde la corriente volvía a agarrarlo, el cordaje verde se replegaba en sí mismo y traía a la pobre planta a lo que bien podría llamarse su punto de partida, donde no se quedaba ni un segundo para volver a salir con una repetición de la misma maniobra. Yo volvía a encontrarlo en cada paseo, siempre en la misma situación y haciendo pensar en ciertos neurasténicos, entre los que mi abuelo incluía a mi tía Leonie, que nos ofrecen sin cambio en el transcurso de los años el espectáculo de las extrañas costumbres que ellos creen que están a punto de sacudirse de encima y que siempre mantienen. Presos en el engranaje de sus malestares y de sus manías, los esfuerzos en los que se debaten inútilmente para salir de ello no hacen más que asegurar el funcionamiento y poner en marcha el detonante de su dietética extraña, inevitable y nefasta. Así era ese nenúfar, semejante también a alguno de esos desgraciados cuyo tormento singular, que se repite indefinidamente durante toda la eternidad, despertaba la curiosidad de Dante, que se habría hecho contar con más detalle las particularidades y la causa por el supliciado mismo si Virgilio, que se alejaba a grandes pasos, no lo hubiese obligado a alcanzarlo lo más rápido posible, como mis padres me obligaban a mí.

Pero más lejos la corriente se lentifica, atraviesa una finca cuyo acceso estaba abierto al público por su propietario, quien se había complacido allí en trabajos de horticultura acuática y había hecho florecer, en los pequeños estanques que forma el Vivonne, auténticos jardines de nenúfares. Como las orillas eran muy boscosas en ese lugar, las grandes sombras de los árboles le daban al agua un fondo que habi-

tualmente era verde oscuro, pero que a veces, cuando volvíamos en ciertas tardes de nuevo serenas tras mediodías tormentosos, llegué a ver de azul claro y vivo, tendiendo a violeta, de aspecto aislado y gusto japonés. Aquí y allá, en la superficie, enrojecía como una fresa una flor de nenúfar de corazón escarlata, blanco en los bordes. Más lejos, las flores eran más numerosas, más pálidas, menos lisas, más granulosas, más arrugadas y dispuestas al azar en unas volutas tan graciosas que uno creía que veía flotar a la deriva, como tras el deshojamiento melancólico de una fiesta galante, unas guirnaldas desatadas de rosas espumosas. En otra parte, un rincón parecía que estaba reservado a las especies comunes que mostraban los límpidos blanco y rosa de la juliana, lavados con cuidado doméstico como si fuesen de porcelana; mientras que un poco más lejos, apretados los unos contra los otros en un verdadero arriate flotante, habría podido decirse que eran pensamientos de jardín que habían venido a posar como mariposas sus alas azulinas y esmaltadas sobre la oblicuidad transparente de aquel arriate de agua. De aquel arriate que era también celeste, porque le daba a las flores un suelo de un color más precioso y más conmovedor que el color de las flores mismas, y ya sea que durante el mediodía hiciese relumbrar bajo los nenúfares el caleidoscopio de una felicidad atenta, silenciosa y móvil, o ya sea que hacia la tarde se llenase, como algún puerto lejano, del rosa y del ensueño del crepúsculo, cambiando sin cesar para estar siempre en concordancia, alrededor de las corolas de tintes más fijos, con lo que hay de más profundo, de más fugitivo, de más misterioso —con lo que tiene de infinito— en la hora, parecía que las hubiese hecho florecer en pleno cielo.

Al salir de ese parque, el Vivonne vuelve a ser fluido. ¡Cuántas veces he visto, y he deseado imitar cuando fuese libre de vivir a mi aire, a un remero que, habiendo soltado el remo, se había echado boca arriba con la cabeza en el fondo de su barca, que dejaba flotar a la deriva, sin poder ver más que el cielo que pasaba lentamente por encima de él, y llevaba en la cara el anticipo de la felicidad y de la paz!

Nos sentábamos entre los iris a la orilla del agua. En el cielo festivo deambulaba largamente una nube ociosa. En algunos momentos, agobiada de aburrimiento, una carpa se alzaba fuera del agua en una aspiración ansiosa. Era la hora de la merienda. Antes de marcharnos otra vez, nos quedábamos mucho tiempo comiendo fruta, pan y chocolate sobre la hierba, donde llegaban hasta nosotros, horizontales, debilitados pero densos y todavía metálicos, los sonidos de la campana de Saint-Hilaire que no se habían mezclado con el aire al que atraviesan desde hace tanto tiempo y, acanalados por la palpitación sucesiva de todas sus líneas sonoras, vibraban rasantes sobre las flores, a nuestros pies.

A veces, en la orilla del agua rodeada de bosque, nos encontrábamos una casa llamada de recreo, aislada, perdida y que no veía en el mundo más que el río que bañaba sus pies. Una mujer joven, cuya cara pensativa y elegantes velos no eran de esta región y que sin duda había venido, según la expresión popular, a «enterrarse» allí, a disfrutar del placer amargo de sentir que su nombre, sobre todo el nombre de aquél cuyo corazón no pudo guardar, era desconocido allá, se enmarcaba en la ventana que no la dejaba mirar más allá de la barca amarrada cerca de la puerta. Alzaba distraídamente los ojos al oír tras los árboles de la orilla las voces de los transeúntes, de los que, antes de verles la cara, podía estar segura de que no habían conocido nunca, ni conocerían, al infiel, de que nada de su pasado tenía la marca de aquel hombre, de que nada tendría la ocasión de recibirla en su futuro. Se percibía que, en su renuncia, ella había abandonado voluntariamente los lugares en los que al menos podría ver de lejos al que amaba, por aquellos que no lo habían visto jamás. Y yo la miraba, volviendo de algún paseo por el camino por donde ella sabía que él no pasaría, quitarse de las manos resignadas los largos guantes dotados de una gracia inútil.

En los paseos por el lado de Guermantes, no pudimos subir nunca hasta las fuentes del Vivonne, en las que había pensado a menudo y que para mí tenían una existencia tan abstracta y tan ideal, que me quedé tan sorprendido cuando me dijeron que se encontraban en la zona, a cierta distancia kilométrica de Combray, como me quedé el día en el que supe que había otro punto concreto de la tierra en el que se abría en la Antigüedad la entrada a los infiernos. Tampoco pudimos subir nunca hasta el término al que tanto había deseado llegar, hasta Guermantes. Yo sabía que allí residían señores, el duque y la duquesa de Guermantes, sabía que eran personajes reales y que existían de verdad, pero cada vez que pensaba en ellos me los imaginaba unas veces como tapices, como era la condesa De Guermantes en *La coronación de Ester* de nuestra iglesia, otras veces como matices cambiantes, como estaba Gilbert el Malo en la vidriera, donde pasaba del verde col al azul ciruela, según si yo tenía aún que recoger agua bendita o llegaba ya a nuestras sillas; y otras veces enteramente impalpables, como la imagen de Genoveva de Brabante, antepasada de la familia De Guermantes, que la linterna mágica hacía que se pasease sobre las cortinas de mi habitación o la hacía que subiese hasta el techo; al final envueltos siempre del misterio de los tiempos merovingios y bañándose, como en una puesta de sol, en la luz anaranjada que emana de estas sílabas: «Antes»[21]. Pero si a pesar de eso eran para mí, como duque y duquesa, seres reales, aunque ex-

---

[21] En español en el original. *(N. del T.)*

traños, en cambio sus personas ducales se dilataban desmesuradamente y se desmaterializaban para poder contener en ellas a ese Guermantes del que eran duque y duquesa, a todo ese «lado de Guermantes» soleado, al curso del Vivonne, con sus nenúfares y sus grandes árboles, y a tantas tardes hermosas. Y yo sabía que no solamente llevaban el título de duque y duquesa de Guermantes, sino que desde el siglo XIV, en el que, después de haber intentado inútilmente vencer a sus antiguos señores, se habían aliado a ellos por medio de matrimonios, eran condes de Combray, por consiguiente los primeros ciudadanos de Combray y, sin embargo, los únicos que no vivían allí. Condes de Combray, que tenían Combray en el centro de su apellido y de su persona, y que sin duda tenían en ellos esa extraña y piadosa tristeza peculiar de Combray. Eran propietarios de la ciudad, pero no de una casa concreta, y sin duda habitando fuera, en la calle, entre cielo y tierra, como ese Gilbert de Guermantes de quien yo no veía en las vidrieras del ábside de Saint-Hilaire más que el reverso de laca negra, si levantaba la cabeza cuando iba a buscar sal a la tienda de Camus.

Y después ocurrió que por el lado de Guermantes pasé a veces ante pequeños cercados húmedos donde crecían racimos de flores oscuras. Yo me detenía creyendo que adquiría una noción valiosa, porque me parecía tener ante los ojos un fragmento de esa región fluvial que tanto deseaba conocer desde que la había visto descrita por uno de mis escritores preferidos. Y fue con ella, con su suelo imaginario atravesado por cursos de agua burbujeante, con la que Guermantes, cambiando de aspecto en mi pensamiento, se identificó cuando oí al doctor Percepied hablarnos de las flores y de las hermosas aguas vibrantes que había en el parque del castillo. Yo soñaba con que la señorita de Guermantes me hiciese acudir allá, tomada de un súbito capricho por mí, a pescar truchas conmigo. Y por la tarde, agarrándome de la mano, al pasar ante los pequeños jardines de sus vasallos, me mostraba a lo largo de las tapias bajas las flores que allí apoyan sus tallos violetas y rojos, y me enseñaba sus nombres. Hacía que le dijera el tema de los versos que yo tenía intención de componer. Y esos sueños me advertían que, puesto que yo quería ser escritor un día, era hora de saber lo que quería escribir. Pero en cuanto me lo preguntaba, intentando encontrar un tema que yo pudiese hacer que tuviera un significado filosófico infinito, mi mente dejaba de funcionar, sólo veía el vacío frente a mi atención, sentía que no tenía talento o que quizá lo impedía nacer una enfermedad cerebral. A veces contaba con mi padre para arreglarlo. Él era tan poderoso, tan valorado por los personajes importantes que llegaba a hacernos transgredir las leyes que Françoise me había enseñado a considerar como más inevitables que las de la vida y de la muerte. Hacía que para nuestra casa, la única del todo el barrio, se retrasaran un año los trabajos de «enlucido»; conseguía del ministro, para el hijo de la señora Sazerat, que quería entrar en la Marina, la autorización para que pasase el bachillerato con dos meses de antelación, en la serie de candidatos cuyo nombre empezaba con una A en lugar de esperar el turno de los de la S. Si yo hubiese caído gravemente enfermo, o si hubiera sido capturado por los bandidos, yo habría estado convencido de que mi padre tenía tantas relaciones con los poderes supremos, y cartas de recomendación tan irresistibles para el buen Dios como para que mi enfermedad o mi cautiverio pudieran ser otra cosa más que vanos simulacros sin peligro para mí, y yo habría esperado con calma la hora inevitable del regreso a la realidad de siempre, la hora de la liberación o de la curación. Quizá esa ausencia de talento, ese agujero negro que se profundizaba en mi mente cuando buscaba el tema de mis escritos futuros, no era tampoco más que una ilusión sin consistencia que terminaría con la intervención de mi padre, que había debido ponerse de acuerdo con el Gobierno y con la Providencia para que yo fuese el escritor más importante de la época. Pero otras veces, cuando mis padres se impacientaban al ver que me quedaba atrás y no les seguía, mi vida actual, en lugar de parecerme una creación artificial de mi padre que él podía modificar a su voluntad, se me aparecía al contrario como incluida en una realidad que no estaba hecha para mí, contra la que no había recurso, en cuyo corazón yo no tenía aliado alguno y que más allá de sí misma no ocultaba nada más. Entonces me parecía que yo existía de la misma manera que los demás hombres, que envejecería y moriría como ellos, y que entre ellos yo estaba solamente en el grupo de los que carecen de aptitudes para escribir. Así que, desanimado, renuncié a la literatura para siempre, a pesar de los ánimos que me había dado Bloch. Esa sensación íntima e inmediata que yo tenía del vacío de mi pensamiento prevalecía sobre todas las palabras halagadoras que se me podrían prodigar, como prevalecen los remordimientos de conciencia en un malvado al que todos elogian por sus buenos actos.

Un día me dijo mi madre: «Ya que estás siempre hablando de la señorita de Guermantes, has de saber que, como el doctor Percepied la cuidó tan bien hace cuatro años, debe venir a Combray para asistir al matrimonio de su hija. Podrías verla en la ceremonia». Por otra parte, era al doctor Percepied a quien más le había oído hablar de la señora de Guermantes, y hasta nos había enseñado el número de una revista ilustrada en el que ella figuraba con el vestido que llevaba en un baile de disfraces en casa de la princesa de León.

Durante la misa de matrimonio, de repente, un movimiento que hizo el pertiguero al desplazarse me permitió ver sentada en una capilla a una dama rubia de nariz grande, con ojos azules y penetrantes, un pañuelo de seda malva, liso, nuevo y brillante echado al cuello, y un granito al lado de la nariz. Y puesto que en la superficie de su cara enrojecida, como si tuviera mucho calor, distinguí, diluidas y apenas perceptibles, partes análogas al retrato que me habían enseñado, y sobre todo porque los rasgos particulares que encontraba en ella, si intentase enunciarlos, se formulaban precisamente en los mismos términos, una nariz grande y ojos azules, de los que se había servido el doctor Percepied cuando describió delante de mí a la duquesa de Guermantes, y me dije: esta dama se parece a la señora de Guermantes. Ahora bien, la capilla desde la que seguía la misa era la de Gilbert el Malo, bajo cuyas tumbas planas, doradas y distendidas como celdillas de miel, descansaban los antiguos condes de Brabant; yo recordaba que esa capilla estaba reservada, por lo que me habían dicho, a la familia de Guermantes cuando alguno de sus miembros venía a Combray a alguna ceremonia, por lo que posiblemente no podía haber más que una sola mujer que se pareciese al retrato de la señora de Guermantes y que estuviese ese día, justo el día que debía venir, en esa capilla: ¡era ella! Mi decepción era grande; venía de que yo no me había dado cuenta nunca, cuando pensaba en la señora de Guermantes, de que me la imaginaba con los colores de un tapiz o de una vidriera, en otro siglo, de manera distinta de las demás personas vivas. No me había dado cuenta nunca de que ella podía tener una cara enrojecida y un pañuelo de cuello malva como la señora Sazerat; el óvalo de su cara me hizo acordarme de tal manera de las personas que yo había visto en casa, que me afloró la sospecha, que por otra parte se disipó enseguida, de que esta dama, en su principio generador y en todas sus moléculas, quizá no era sustancialmente la duquesa de Guermantes, sino que su cuerpo, ignorante del nombre que le aplicaban, pertenecía a cierto tipo femenino que incluía también a las mujeres de los médicos y de los comerciantes. «¡La señora de Guermantes es esto, no es más que esto!», decía la cara atenta y extrañada con la que yo contemplaba aquella imagen, que naturalmente no tenía relación alguna con aquellas que, bajo el mismo apellido que la señora de Guermantes, habían aparecido tantas veces en mis sueños, puesto que ella no había sido arbitrariamente formada por mí como las demás, sino que me había saltado a los ojos por primera vez en la iglesia, hacía sólo un momento; puesto que no era de la misma naturaleza, no era coloreable a voluntad como las que se dejan empapar por el tinte anaranjado de una palabra, pero era tan real que todo, hasta ese pequeño granito que se inflamaba junto a la nariz, certificaba su sometimiento a las leyes de la vida, del mismo modo que, en una apoteosis teatral, una arruga en el vestido del hada o un temblor de su dedo meñique delatan la presencia material de una actriz viva, cuando no estábamos muy seguros de si lo que teníamos ante los ojos era una simple proyección luminosa.

Pero al mismo tiempo, sobre esa imagen que la nariz prominente y los ojos penetrantes revelaban en mi visión (quizá porque eran ellos quienes la habían alcanzado de entrada, los que habían hecho la primera marca allí, en el momento en el que yo no tenía aún el tiempo de pensar que la mujer que aparecía ante mi podía ser la señora de Guermantes), sobre esa imagen tan reciente y tan inalterable, yo intentaba aplicar la idea: «Es la señora de Guermantes», sin conseguir más que hacerla maniobrar frente a la imagen, como dos discos separados por un intervalo. Pero esa señora de Guermantes con la que había soñado tan a menudo, ahora que veía que ella existía en efecto fuera de mí, adquirió más poder todavía sobre mi imaginación, que, paralizada por un momento al contacto de una realidad tan diferente de la que ella esperaba, se puso a reaccionar y a decirme: «Gloriosos desde antes de Carlomagno, los Guermantes tenían derecho de vida y hacienda sobre sus vasallos; la duquesa de Guermantes desciende de Genoveva de Brabante. Ella no conoce, ni consentiría conocer, a ninguna de las personas que están aquí».

Y —¡oh maravillosa independencia de las miradas humanas, sujetas a la cara por una cuerda tan floja, tan larga y tan extensible que pueden pasearse solas lejos de ella!— mientras la señora de Guermantes estaba sentada en la capilla por encima de las tumbas de sus muertos, sus miradas vagaban de acá para allá, subían a lo largo de las columnas, incluso se detenían sobre mí como un rayo de sol errante en la nave, pero un rayo de sol que, en el momento que recibí su caricia, me pareció consciente. En cuanto a la propia señora de Guermantes, como permanecía inmóvil, sentada como una madre que no parece ver las audaces travesuras y las iniciativas indiscretas de sus niños, que juegan y llaman la atención de personas que ella no conoce, me fue imposible saber si ella aprobaba o reprobaba, en la ociosidad de su mente, al vagabundo de sus miradas.

Me parecía importante que ella no se marchase antes de que yo hubiese podido mirarla lo suficiente, porque me acordaba de que hacía años que consideraba su vista como algo eminentemente deseable y no apartaba los ojos de ella, como si cada una de mis miradas hubiera podido llevar materialmente y poner en reserva en mí el recuerdo de la nariz prominente, de las mejillas enrojecidas y de todas esas particularidades que me parecían otras tantas informaciones valiosas, auténticas y especiales sobre su cara. Ahora que me hacían que la encontrase bella todos los pensamientos que le atribuía —y quizá sobre todo, la manera que tiene el instinto de conservar las mejores partes de nosotros mismos, ese deseo que tenemos siempre de no ser decepcionados—volviendo a situarla (puesto que ella y esa duquesa de Guermantes que hasta entonces había evocado eran una sola persona) aparte del resto de la humanidad con la que la vista pura y simple de su cuerpo me la había hecho confundir, me irritaba al oír decir a mi alrededor: «Ella es mejor que la señora Sazerat, que la señorita Vinteuil», como si pudieran comparársele. Y mis miradas se detenían en sus cabellos rubios, en sus ojos azules o en el arranque de su cuello, y, omitiendo los rasgos que hubiesen podido recordarme otras caras, exclamaba ante ese esbozo voluntariamente incompleto: «¡Qué bella es! ¡Qué nobleza! ¡Cómo se nota que es claramente una orgullosa Guermantes, la descendiente de Genoveva de Brabante, a quien tengo ante mí!». Y la atención con la que yo iluminaba su rostro lo aislaba de tal manera, que hoy, si vuelvo a pensar en aquella ceremonia, me resulta imposible ver a ninguna de las personas que estuvieron allí, salvo a ella y al pertiguero que respondió afirmativamente cuando le pregunté si esa dama era la señora de Guermantes. Pero a ella sí vuelvo a verla, sobre todo en el momento del desfile en la sacristía, que iluminaba el sol intermitente y cálido de un día de viento y tormenta, en la que la señora De Guermantes se encontraba en medio de todas aquellas personas de Combray cuyos nombres ni siquiera conocía, pero cuya inferioridad proclamaba demasiado su supremacía como para que ella no sintiese por ellos una benevolencia sincera, y a las que por lo demás esperaba imponerse aún más a fuerza de delicadeza y de simplicidad. Así pues, sin poder emitir esas miradas voluntarias, cargadas de un significado preciso, que se dirigen a alguien a quien se conoce, sino que sólo podía dejar que sus pensamientos distraído se escapasen incesantemente ante ella en una oleada de luz azul que ella no podía contener; no quería que esa oleada pudiese molestar ni que les pareciese desdeñosa a esas gentes sencillas que encontraba al pasar y a las que les llegaba en todo momento. Veo todavía, por encima de su pañuelo de cuello malva, sedoso e hinchado, la suave extrañeza de sus ojos a los que había añadido, sin atreverse a dirigírsela a nadie sino para que todos pudiesen participar de ella, una sonrisa un poco tímida de señora feudal que parece excusarse ante sus vasallos y quererlos. Esa sonrisa cayó sobre mí, que no le quitaba los ojos de encima. Entonces, acordándome de la mirada que ella había permitido que se detuviera en mí durante la misa, azul como un rayo de sol que hubiese atravesado la vidriera de Gilbert el Malo, me dije: «No hay duda de que me presta atención». Creí que yo le gustaba, que pensaría aún en mí cuando hubiese salido de la iglesia, que por mi causa tal vez estaría triste por la noche en Guermantes. E inmediatamente la amé, porque si a veces puede bastar que nos mire con desprecio para que amemos a una mujer, como creí que lo había hecho la señorita Swann, y que pensemos que ella no podrá pertenecernos jamás, algunas veces también puede bastar que nos mire con bondad, como hacía la señora De Guermantes y que pensemos que ella podrá pertenecernos. Sus ojos azuleaban como una malva imposible de recoger y que, sin embargo, me hubiese dedicado, y el sol, amenazado por una nube pero todavía lanzando sus rayos con toda su fuerza sobre la plaza y dentro de la sacristía, le daba una tez de geranio a las esterillas rojas que habían tendido sobre el suelo para la solemnidad y sobre las que avanzaba sonriendo la señora De Guermantes, y añadía a su lana un aterciopelado rosa y una epidermis de luz; esa clase de ternura, de seria dulzura en la pompa y en la alegría que caracterizan a ciertas páginas de *Lohengrin* y a ciertas pinturas de Carpaccio, y que hacen que se comprenda que Baudelaire haya podido aplicar al sonido de la trompeta el epíteto de delicioso.

Desde aquel día, en mis paseos por el lado de Guermantes, ¡cuánto más desolador todavía que antes me pareció no tener aptitud para las letras y tener que renunciar para siempre a ser un escritor célebre! La pesadumbre que sentía, mientras me quedaba soñando a solas un poco aparte, me hacía sufrir tanto que, para no sentirla más, mi mente, por sí misma, por una especie de inhibición ante el dolor, dejaba por completo de pensar en versos, en novelas, en un porvenir poético con el que mi carencia de talento me prohibía contar. Entonces, muy aparte de todas esas preocupaciones literarias y no atándose a ellas en nada, de repente un tejado, un reflejo de sol sobre una piedra o el olor de un camino me hacían detenerme por el placer particular que me daban, y también porque tenían aspecto de ocultar, más allá de lo que yo veía, algo que me invitaban a que fuese a recoger y que a pesar de mis esfuerzos no llegaba a descubrir. Como yo sentía que se ocultaba en ellos, me quedaba allí, inmóvil, mirando, respirando, tratando de ir como mi pensamiento más allá de la imagen o del olor. Y si tenía que alcanzar al abuelo y proseguir mi camino, intentaba recuperarlos cerrando los ojos; me esforzaba en recordar exactamente la línea del tejado o el matiz de la piedra que, sin que pudiera comprender por qué, me habían parecido plenos, a punto de abrirse, a punto de entregarme aquello de lo que no eran más que una tapadera. Por supuesto, no eran las impresiones de ese género las que podían devolverme la esperanza que había perdido de poder ser un día escritor y poeta, porque estaban ligadas siempre a un objeto concreto desprovisto de valor intelectual y sin relación con ninguna verdad abstracta. Pero al menos me daban un placer irreflexivo y la ilusión de una especie de fecundidad, y con eso me distraían del fastidio, del sentimiento de la impotencia que había experimentado cada vez que había buscado un tema filosófico para una gran obra literaria. Pero era tan arduo el deber de consciencia que me imponían esas impresiones de forma, de perfume o de color para que intentase percibir lo que se ocultaba tras ellas, que no tardé en buscar para mí mismo las excusas que me permitiesen zafarme de esos esfuerzos y ahorrarme ese cansancio. Por suerte me llamaban mis padres, yo sabía que en ese momento no tenía la tranquilidad necesaria para proseguir mi busca de manera útil, y que era mejor no pensar más en ella hasta haber vuelto a casa y no cansarme de antemano sin resultado. Entonces ya no me ocupaba de esa cosa desconocida que se envolvía en una forma o en un perfume, estaba muy tranquilo pues me la llevaba a la casa, protegida por el revestimiento de imágenes bajo las que la encontraría viva, como los pescados que los días en que me dejaban ir de pesca yo traía en mi cesta, cubiertos por una capa de hierba que mantenía su frescura. Una vez en casa pensaba en otra cosa, y así se amontonaban en mi mente (como lo hacían en mi habitación las flores que había recogido en mis paseos o los objetos que éstos me habían dado) una piedra en la que jugaba un reflejo, un toque de campana o un olor de hojas, muchas imágenes diferentes bajo las que hace tiempo que está muerta la realidad presentida que no he tenido la suficiente voluntad para llegar a descubrir. Sin embargo, una vez —en la que nuestro paseo se había prolongado mucho más allá de su duración habitual, y habíamos tenido mucha suerte de encontrarnos a medio camino de vuelta, cuando acababa la tarde, con el doctor Percepied, que pasaba en carruaje a rienda suelta, nos reconoció y nos hizo subir con él— tuve una impresión de esa clase y no la abandoné sin profundizar un poco en ella. Me hicieron subir junto al cochero, íbamos rápidos como el viento porque, antes de volver a Combray, el doctor tenía aún que detenerse en Martinville-le-Sec en la casa de un enfermo, en cuya puerta se había convenido que lo esperaríamos. En el recodo de un camino experimenté de repente ese placer especial, que no se parece a ningún otro, al divisar los dos campanarios de Martinville, sobre los que daba el sol poniente y a los que el movimiento de nuestro carruaje y el serpenteo del camino parecía que cambiasen de sitio, además del de Vieuxvicq que, separado de ellos por una colina y un valle y situado sobre una meseta más elevada a lo lejos, parecía no obstante que estaba a su lado.

Al advertir, al notar la forma de su aguja, el desplazamiento de sus líneas y el resplandor del sol en su superficie, sentía que no llegaba al extremo de mi impresión, que había algo detrás de ese movimiento y de esa claridad, algo que parecía que contenían y que hurtaban a la vez.

Los campanarios parecían estar tan lejos y nosotros parecíamos acercarnos a ellos tan poco, que me extrañé cuando algunos instantes después nos detuvimos ante la iglesia de Martinville. Yo no sabía la razón del placer que había tenido al divisarlos en el horizonte, y la obligación de intentar descubrir esa razón me parecía muy penosa; tenía ganas de guardar en reserva en mi cabeza esas líneas inquietas al sol y de no pensar más en ellas en ese momento. Es probable que si lo hubiese hecho los dos campanarios se habrían ido para siempre a unirse a tantos árboles, tejados, perfumes y sonidos que yo había distinguido entre los demás por causa de ese placer oscuro que me habían proporcionado y en el que nunca profundicé. Descendí a hablar con mis padres mientras esperábamos al doctor. Después reanudamos camino, recuperé mi asiento sobre el pescante, volví la cabeza para ver otra vez los campanarios, a los que un poco más tarde divisé por última vez desde un recodo del camino. Como el cochero no parecía muy dispuesto a hablar y había respondido apenas a mis palabras, me fue forzoso, a falta de otra compañía, buscar la mía propia e intentar acordarme de mis campanarios. Al poco rato, sus líneas y sus superficies soleadas, como si hubiesen sido una especie de corteza, se desgarraron y apareció un poco de lo que me estaba oculto en ellas, tuve un pensamiento que para mí no existía el instante anterior y que se formuló en palabras en mi cabeza, y el placer que hacía un momento me había hecho experimentar su vista se encontró acrecentado de tal manera, que, presa de alguna clase de embriaguez, ya no pude pensar en ninguna otra cosa. En aquel momento, como ya estábamos lejos de Martinville, al volver la cabeza los divisé de nuevo, esta vez completamente oscuros pues el sol ya se había puesto. En algunos momentos las vueltas del camino me los hurtaban, luego se mostraron una última vez y al final ya no los vi más.

Sin decirme a mí mismo que lo que estaba oculto tras los campanarios de Martinville debía ser algo análogo a una frase bonita, ya que era en forma de palabras que me daban placer como me había aparecido aquello, le pedí un lápiz y papel al doctor y compuse, a pesar de los zarandeos del vehículo y para calmar mi consciencia y obedecer a mi entusiasmo, la pequeña pieza siguiente, que volví a encontrar después y a la que sólo he hecho objeto de unos pocos cambios:

«Solos, elevándose del nivel de la llanura y como si estuvieran perdidos en campo raso, subían hacia el cielo los dos campanarios de Martinville. Al poco tiempo vimos tres de ellos: viniendo a situarse frente a ellos con una vuelta audaz, un campanario impuntual, el de Vieuxvicq, se les había unido. Pasaban los minutos, nosotros íbamos aprisa y, sin embargo, los tres campanarios estaban siempre a lo lejos frente a nosotros, como tres pájaros posados en la llanura que se pueden distinguir inmóviles bajo el sol. Luego se apartó el campanario de Vieuxvicq, tomó distancia y los campanarios de Martinville se quedaron solos, alumbrados por la luz del sol poniente que, incluso a esa distancia, yo veía jugar y sonreír en sus aristas. Habíamos tardado tanto para acercarnos a ellos, que yo pensaba en el tiempo que faltaría aún para llegar cuando de pronto el carruaje dio un giro y nos depositó a sus pies. Se habían lanzado tan bruscamente delante del carruaje, que no tuvimos más tiempo que el de detenernos para no chocar con el atrio. Proseguimos nuestro camino; hacía poco rato que ya habíamos dejado Martinville y el pueblo, después de habernos acompañado durante algunos segundos, desapareció; hacía poco que sus campanarios y el de Vieuxvicq se quedaron solos en el horizonte para mirarnos marchar y agitaban sus soleadas cimas en señal de adiós. A veces uno de ellos se apartaba para que los otros dos pudieran divisarnos un momento más, pero el camino cambió de dirección, ellos viraron en la luz como tres pivotes de oro y desaparecieron de mi vista. Pero un poco más tarde, cuando estábamos cerca de Combray y el sol ya se había puesto, los percibí por última vez desde muy lejos y ya no eran más que tres flores pintadas en el cielo por encima de la línea baja de los campos. Me hacían pensar también en las tres muchachas de una leyenda que estaban abandonadas en una soledad donde ya caía la oscuridad, y mientras nosotros nos alejábamos al galope, los vi buscar tímidamente su camino y, después de algunos tropezones torpes de sus nobles siluetas, apretarse unos con otros, deslizarse uno detrás de otro, no formar ya bajo el cielo aún sonrosado más que una sola forma negra, fascinante y resignada, y borrarse en la noche».

No volví a pensar nunca en esa página, pero en aquel momento, cuando en el rincón del pescante en el que el cochero del doctor solía colocar habitualmente en una cesta las aves de corral que había comprado en el mercado de Martinville acabé de escribirla, me encontré tan feliz, sentía que ella me había librado tan perfectamente de esos campanarios y de lo que ocultaban tras ellos que, como si yo mismo hubiera sido una gallina que acabase de poner un huevo, me puse a cantar a voz en cuello.

Durante todo el día, en esos paseos yo había podido soñar en el placer que sería ser amigo de la duquesa de Guermantes, en pescar truchas, en pasearme en barca por el Vivonne y, ávido de felicidad, no pedir en aquellos momentos ninguna otra cosa a la vida más que se compusiera siempre de una serie de tardes felices. Pero cuando en el camino de regreso divisé a la izquierda una granja, muy distante de las otras dos que por contra estaban muy cercanas entre sí, a partir de la cual para entrar en Combray no había más que tomar por un camino entre robles, bordeado por un lado de prados, pertenecientes cada uno a un pequeño cercado y plantados a intervalos iguales de manzanos que llevaban allí, cuando los iluminaba el sol poniente, el dibujo japonés de sus sombras, mi corazón se ponía a latir bruscamente: sabía que antes de media hora ya habríamos vuelto y que, como era de rigor los días en los que íbamos por el lado de Guermantes y la cena se servía más tarde, me enviarían a la cama en cuanto tomase la sopa, de manera que mi madre, retenida en la mesa como si hubiese gente a cenar, no subiría a darme las buenas noches en la cama. La zona de tristeza en la que acababa de entrar era tan distinta de la zona a la que me lanzaba alegremente, hacía sólo un momento, como en ciertos cielos una banda rosa está separada por una línea de una banda verde o de una banda negra. Se ve a un pájaro volar en el rosa, va a alcanzar el final, casi toca el negro, y luego entra en él. Los deseos que un rato antes me rodeaban, el de ir a Guermantes, el de viajar, el de ser feliz, estaban ahora tan aparte, que su cumplimiento no me habría proporcionado placer alguno. ¡Cómo habría dado todo eso para poder llorar toda la noche en los brazos de mamá! Me estremecía, no separaba mis ojos angustiados del rostro de mi madre, que esa noche no aparecería en la habitación en la que ya me veía con el pensamiento; habría querido morir. Y ese estado duraría hasta el día siguiente, cuando los rayos de la mañana, apoyando, como el jardinero, sus barrotes al muro revestido de capuchinas que trepaban hasta mi ventana, bajaría de un salto de la cama para descender aprisa al jardín, sin acordarme ya de que la noche fuese a traerme nunca la hora de dejar a mi madre. Y de ese modo, fue del lado de Guermantes donde aprendí a distinguir esos estados que se suceden en mí, durante ciertos períodos, y que llegan hasta a repartirse cada día, el uno persiguiendo al otro, con la puntualidad de la fiebre; son contiguos, pero tan exteriores el uno al otro, tan desprovistos de medios de comunicación entre sí, que ya no puedo comprender, ni tampoco imaginarme, en el uno lo que he deseado, o temido, o cumplido en el otro. De tal modo el lado de Meseglise y el lado de Guermantes permanecen ligados para mí, en muchos pequeños acontecimientos, a la que de todas las vidas diversas que llevamos paralelamente esté más llena de peripecias, la más rica en episodios, quiero decir la vida intelectual. Sin duda avanza en nosotros insensiblemente, y las verdades que de esa vida han cambiado el sentido y el aspecto para nosotros, que nos han abierto nuevos caminos, hacía mucho tiempo que preparábamos su descubrimiento, pero era sin saberlo, y solamente datan para nosotros desde el día y el minuto en que se nos hicieron visibles. Las flores que jugaban entonces sobre la hierba, el agua que pasaba al sol y todo el paisaje que rodeó su aparición continúan acompañando el recuerdo de su rostro irreflexivo o distraído; y claramente, cuando lo contemplaba largamente ese humilde transeúnte, ese niño que soñaba —igual que lo está un rey por un memorialista perdido entre la multitud— aquel rincón de la naturaleza,

aquel extremo del jardín, no habrían podido imaginar que gracias a ese niño serían llamados a sobrevivir en sus características más efímeras, y, sin embargo, ese perfume de espino blanco que flotaba a lo largo del seto donde pronto lo remplazará el del escaramujo, o un ruido de pasos sin eco sobre la gravilla de un sendero, o una burbuja formada en una planta acuática por el agua del río y que estalla enseguida, se los ha llevado consigo mi exaltación y ha conseguido hacerlos atravesar por tantos años sucesivos, mientras que alrededor se han borrado los caminos, han muerto quienes los hollaron y el recuerdo de quienes los hollaron. A veces, ese retazo de paisaje traído así hasta hoy, se destaca tan aislado de todo, que flota inseguro en mi pensamiento como una Delos[22] florecida, sin que yo pueda decir de qué país, de qué tiempo viene —tal vez simplemente de qué sueño—. Pero sobre todo es como en los yacimientos profundos de mi suelo mental, como en los terrenos resistentes sobre los que me apoyo todavía, como debo pensar en el lado de Meseglise y en el lado de Guermantes. Porque yo creía en las cosas y en las criaturas mientras las recorría, las cosas y las criaturas que me hicieron conocer son las únicas que todavía me tomo en serio y que aún me dan alegría. Ya sea que la fe creadora se haya secado en mí, ya sea que la realidad sólo se forma en la memoria, las flores que se me muestran hoy por primera vez no me parecen flores verdaderas. El lado de Meseglise, con sus lilas, sus espinos blancos, sus amapolas y sus manzanos; y el lado de Guermantes, con su río de renacuajos, sus nenúfares y sus ranúnculos, han constituido por siempre para mí el rostro del país en el que me gustaría vivir, en el que ante todo exijo que se pueda ir de pesca, pasear en lancha, ver ruinas de fortificaciones góticas y encontrar entre los trigos, como estaba Saint-André-des-Champs, una iglesia monumental, rústica y dorada como un almiar; y los arándanos, los espinos blancos y los manzanos que me encuentro todavía en los campos cuando viajo, pues están situados a la misma profundidad en el nivel de mi pasado, están inmediatamente comunicados con mi corazón. Y, sin embargo, como hay algo de individual en cada lugar, cuando se apodera de mí el deseo de volver a ver el lado de Guermantes, no podría satisfacerse si me llevasen a la orilla de un río donde hubiese nenúfares tan bellos, o mucho más bellos que en el Vivonne, no más que al volver por las tardes —a la hora en la que despertaba en mí esa angustia que más tarde emigra en el amor y que puede volverse inseparable de él para siempre— yo no habría deseado que viniese a darme las buenas noches una madre más hermosa y más inteligente que la mía. No, de la misma manera que lo que me faltaba para poder dormir dichoso —con esa paz

---

[22] Isla del mar Egeo. *(N. del T.)*

sin turbación que ninguna amante ha podido darme después, puesto que se sigue dudando de ellas en el momento que se cree en ellas y que no se posee nunca su corazón de la manera que yo recibía el de mi madre en un beso, por entero, sin la reserva de un motivo oculto, sin el remanente de una intención que no fuese para mí— es que fue ella, es ella quien inclina hacia mí esa cara donde había por debajo de los ojos algo que al parecer era un defecto, que yo amaba igual que a todo lo demás; de la misma manera, lo que quiero volver a ver es el lado de Guermantes que conocí, con la alquería que está un poco alejada de las dos siguientes, apretadas una contra la otra, a la entrada del camino de los robles; son esos prados donde, cuando el sol los vuelve reflectantes como una charca, se dibujan las hojas de los manzanos; es ese paisaje al que, a veces de noche, en mis sueños, su individualidad me aferra con un poder casi fantástico, que ya no puedo volver a encontrar despierto. Indudablemente, por haber unido para siempre indisolublemente en mí impresiones diferentes, sólo porque me las habían hecho sentir al mismo tiempo, el lado de Meseglise o el lado de Guermantes me expusieron en el futuro a muchas decepciones, e incluso a muchos errores. Porque a menudo he querido ver otra vez a una persona sin darme cuenta de que era sencillamente porque me recordaba a un seto de espinos blancos, y he sido inducido a creer, a hacer creer en un aumento de cariño, por un simple deseo de viaje. Pero también por eso mismo, y por seguir presentes en mis impresiones de hoy con las que pueden relacionarse, les dan base, profundidad y una dimensión más que a las otras. Les añaden también un encanto y un significado que sólo son para mí. Cuando en las tardes de verano el cielo armonioso gruñe como una fiera salvaje y todos se enfurruñan por la tormenta, es el lado de Meseglise al que debo el quedarme solo, respirando con éxtasis, a través del ruido de la lluvia que cae, el olor de invisibles y persistentes lilas.

* * *

Así es como me quedaba a menudo hasta el amanecer pensando en la época de Combray, en mis tristes noches sin sueño, en tantos días también cuya imagen me ha vuelto más recientemente por el sabor —eso que en Combray habrían llamado el «perfume»— de una taza de té y, por asociación de recuerdos, a lo que muchos años después de haber dejado ese pueblecito supe acerca de un amor que Swann había tenido antes de mi nacimiento, con esa precisión en los detalles más fácil de conseguir a veces por la vida de personas muertas hace siglos que por la de nuestros mejores amigos, y que parece tan imposible como imposible parecía hablar de un pueblo a otro, mientras ignoremos el medio por el que se le ha dado la vuelta a esa imposibilidad. Todos esos recuerdos añadidos unos a otros no formaban ya más que una masa, pero no sin que pudiese distinguirse entre ellos —entre los más antiguos y los más recientes, los nacidos de un aroma, y después los que no eran más que los recuerdos de otra persona, de quien los había sabido— sino fisuras y auténticas fallas, al menos esos veteados, esas mezcolanzas de colores que, en ciertas rocas y ciertos mármoles, revelan diferencias de origen, de edad y de «formación».

Cierto es que cuando se acercaba la mañana hacía mucho tiempo que se había disipado la breve incertidumbre de mi despertar. Sabía en qué habitación me encontraba en efecto, la había reconstruido a mi alrededor en la oscuridad y —ya fuera orientándome con la pura memoria, o ya fuera ayudándome, como indicación, de una tenue luz entrevista, a cuyo pie yo ubicaba las cortinas echadas— la había reconstruido entera y la había amueblado como un arquitecto y un tapicero que mantienen el vano primitivo en las ventanas y en las puertas; yo había vuelto a colocar los espejos y a poner la cómoda en su sitio habitual. Pero en cuanto el día —y no ya el reflejo de un último ascua sobre una barra de cobre que yo había tomado por él— trazaba en la oscuridad, y como con tiza, su primera raya blanca y rectificadora, cuando la ventana con sus cortinas dejaba el marco de la puerta donde la había situado por error, mientras que, para hacerle sitio, el escritorio que mi memoria había instalado torpemente allí se salvaba a toda velocidad, empujando ante él la chimenea y separando la pared medianera del pasillo. Un patinillo reinaba en el lugar donde hacía un instante estaba el gabinete de aseo, y la morada que había vuelto a construir en las tinieblas había ido a unirse con las moradas entrevistas en el torbellino del despertar, puestas en fuga por la pálida señal que había trazado por encima de las cortinas el dedo alzado del día.

SEGUNDA PARTE

UN AMOR DE SWANN

Para formar parte del «pequeño núcleo», o «pequeño grupo», o «pequeño clan» de los Verdurin era suficiente una condición, pero era necesaria: había que adherirse tácitamente a un credo, uno de cuyos artículos era que el joven pianista, protegido por la señora Verdurin aquel año y del que ella decía: «¡No debería estar permitido saber tocar a Wagner así!», «derribaba» a Planté y a Rubinstein[23] a la vez que el doctor Cottard tenía mejores diagnósticos que Potain. Todo «nuevo recluta» a quien no podían convencer los Verdurin de que las veladas de las personas que no iban a su casa eran aburridas como la lluvia, se veía excluido inmediatamente. A ese respecto, las mujeres eran más rebeldes que los hombres para dejar toda curiosidad mundana y las ganas de informarse por sí mismas del atractivo de los demás salones, y los Verdurin, notando por otra parte que ese ánimo de examen y ese demonio de frivolidad podían contagiarse y volverse fatales para la ortodoxia de la pequeña iglesia, les habían llevado a rechazar sucesivamente a todos los «fieles» de sexo femenino.

Aparte de la joven esposa del doctor, aquel año estaban reducidos casi únicamente (aunque la señora Verdurin fuese ella misma virtuosa y de una respetable familia burguesa, excesivamente rica y enteramente oscura, con la que poco a poco había dejado voluntariamente de relacionarse del todo) a una persona casi del bajo mundo, la señora De Crécy, a la que la señora Verdurin llamaba por su nombre de pila, Odette, y afirmaba que era «un amor», y a la tía del pianista, que debía haber limpiado muchas porterías; personas ignorantes del gran mundo y tan ingenuas que había sido muy fácil hacerlas creer que la princesa De Sagan y la duquesa De Guermantes se veían obligadas a pagar a desgraciados para tener gente en sus cenas, y si les hubiesen ofrecido

---

[23] Considerados los mejores pianistas de la época. *(N. del T.)*

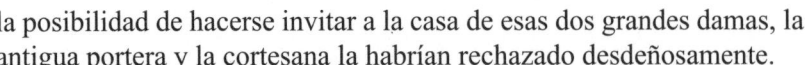

la posibilidad de hacerse invitar a la casa de esas dos grandes damas, la antigua portera y la cortesana la habrían rechazado desdeñosamente.

Los Verdurin no invitaban a cenar, en su casa se tenía «el cubierto puesto». Para las veladas no había programa. El joven pianista tocaba, pero sólo si «tenía ganas», porque allí no se obligaba a nadie, y como decía el señor Verdurin: «Todo para los amigos, ¡vivan los compañeros!». Si el pianista quería tocar la *Cabalgata de las Walkyrias* o el preludio de *Tristán,* la señora Verdurin protestaba, pero no porque no le gustase esa música, sino porque al contrario le provocaba demasiada impresión. «Entonces, ¿insiste en que tenga mi migraña? Ya saben ustedes que es lo mismo cada vez que toca eso. ¡Ya sé lo que me espera! Mañana cuando quiera levantarme, ¡adiós, ya no soy nadie!» Si él no tocaba, se ponían a hablar, y uno de los amigos, frecuentemente su pintor favorito de entonces, «soltaba», como decía el señor Verdurin, «una gran tontería que hacía morirse de risa a todo el mundo». Sobre todo la señora Verdurin, a quien —de tanta costumbre como tenía de tomarse al pie de la letra las expresiones figuradas de las emociones que sentía— el doctor Cottard (un joven principiante en aquella época) debió un día volver a colocarle la mandíbula que se le había desencajado de tanto reírse.

El frac estaba prohibido, porque estaban entre «compañeros» y para no parecerse a los «fastidiosos» de quienes se apartaban como de la peste y a los que solamente invitaban para las grandes veladas, dadas lo más raramente posible y sólo si eso podía divertir al pintor o dar a conocer al músico. El resto del tiempo se contentaban con jugar a las charadas y cenar disfrazados, pero entre sí, sin mezclar a ningún extraño en el pequeño «núcleo».

Pero a medida que los «compañeros» fueron tomando más espacio en la vida de la señora Verdurin, los fastidiosos y los réprobos fueron todo lo que retenía a los amigos lejos de ella, lo que algunas veces les impedía ser libres, ya fuese la madre de uno, la profesión de otro, la casa de campo o la mala salud de un tercero. Si el doctor Cottard creía que debía marcharse al salir de la mesa para regresar junto a un enfermo que estaba en peligro, ella decía: «Quién sabe, quizá le sería mucho mejor que no fuese usted a molestarlo esta noche, pasará una buena noche sin usted, mañana por la mañana irá usted temprano y lo encontrará ya curado». Desde el inicio de diciembre, se ponía mala de pensar que los fieles «abandonarían» para el día de Navidad y el primero de enero. La tía del pianista exigía que él fuese a cenar aquel día en familia a casa de la madre de ella:

—¿Cree usted que su madre se moriría —exclamó con dureza la señora Verdurin— si no cenase con ella el día de Año Nuevo, como en las provincias?

Sus inquietudes renacían en Semana Santa:

—Y usted, doctor, que es un sabio y un espíritu firme, ¿obviamente vendrá el Viernes Santo como cualquier otro día? —Le dijo a Cottard el primer año, con un tono seguro, como si no pudiese dudar de la respuesta. Pero ella temblaba esperando que él hubiese dicho que no, porque si no venía, ella se arriesgaba a encontrarse sola.

—Vendré el Viernes Santo... a despedirme de ustedes, porque vamos a pasar las fiestas de Pascua en Auvernia.

—¿En Auvernia? ¿Y porqué hacerse comer por las pulgas y los parásitos? ¡Que le siente muy bien!

Y tras un silencio:

—Si al menos nos lo hubiera dicho, habríamos intentado organizarlo y hacer el viaje juntos en condiciones confortables.

Igualmente, si uno de los «fieles» tenía un amigo o una «acostumbrada», un amorío que fuese capaz de hacer «abandonar» algunas veces, los Verdurin, que no temían que una mujer tuviese un amante siempre y cuando lo tuviese en la casa de ellos, lo amase allí y no lo prefiriese a ellos, decían: «Pues bien, tráigase a su amigo». Y lo ponían a prueba para ver si era capaz de no tener secretos para la señora Verdurin, si era apto para ser agregado al «pequeño clan». Si no lo era, se llevaban aparte al fiel que lo había presentado y se le hacía el favor de pelearse con su amigo o con su amante. En caso contrario, el «nuevo» se convertía a su vez en un fiel. Asimismo, cuando aquel año la cortesana le contó al señor Verdurin que había conocido a un hombre encantador, el señor Swann, e insinuó que él estaría muy contento de que lo recibieran en su casa, el señor Verdurin transmitió acto seguido la petición a su mujer. (Él no tenía más opinión que la de su mujer, y su papel particular era poner en ejecución los deseos de ella, así como los deseos de los fieles, con grandes recursos de ingenio.)

—Mira, la señora De Crécy tiene algo que pedirte. Desearía presentarte a uno de sus amigos, el señor Swann. ¿Qué te parece?

—Pero bueno, ¿es que se le puede negar algo a una pequeña perfección como esta? Cállese, no le pido su opinión, le digo que es usted perfecta.

—Ya que usted lo quiere —respondió Odette con tono seductor, y añadió—, usted sabe que no estoy *fishing for compliments*[24].

—¡Pues bien! Traiga a su amigo, si es agradable.

Por supuesto, el «pequeño núcleo» no tenía relación alguna con la sociedad que frecuentaba Swann, y a los puramente mundanos les habría parecido que no valía la pena ocupar como él una situación excep-

---

[24] Buscando cumplidos. *(N. del T.)*

cional para hacerse presentar en casa de los Verdurin. Pero a Swann le gustaban tanto las mujeres, que a partir del día en que ya había conocido a casi todas las de la aristocracia, y cuando ellas ya no habían tenido nada más que enseñarle, ya no se había atenido a considerar las cartas de naturalización, casi títulos nobiliarios, que le había concedido el barrio de Saint-Germain, más que como una especie de valor de cambio, de carta de crédito que estaba desprovista de valor en sí misma, pero que le permitía improvisar una situación en tal pequeño rincón de provincias o cual medio oscuro de París donde la hija del terrateniente o del secretario judicial le hubiese parecido bonita. Porque el deseo o el amor le daba entonces un sentimiento de vanidad del cual estaba exento ahora en su vida ordinaria (aunque sin duda fuese ese sentimiento el que antes lo había dirigido hacia esa carrera mundana en la que había desperdiciado en placeres frívolos los dones de su mente y había utilizado su erudición en temas artísticos, asesorando a las damas de la alta sociedad en sus compras de cuadros y en el amueblamiento de sus palacetes) y que lo hacía desear el brillo, ante los ojos de una desconocida de la que se había prendado, de una elegancia que el apellido Swann por sí sólo no implicaba. Lo deseaba especialmente si la desconocida era de condición humilde. De la misma manera que un hombre inteligente no tiene miedo de parecerle un estúpido a otro hombre inteligente, no es por un gran señor, sino por un patán, por quien un hombre elegante temerá ver su elegancia subestimada. Las tres cuartas partes de los alardes de ingenio y de las mentiras por vanidad que se han prodigado desde que existe el mundo por personas a las que no hacían más que rebajar, lo han sido para los inferiores. Y Swann, que era sencillo y descuidado con una duquesa, temblaba por ser despreciado y hacía poses cuando estaba delante de una camarera.

Él no era como tantas personas que, por pereza o por el sentimiento resignado de la obligación que crea la grandeza social de quedarse atado a cierta orilla, se abstienen de los placeres que les presenta la realidad y que estén fuera de la posición mundana donde viven encerrados hasta la muerte, contentándose con acabar por llamar placeres, a falta de algo mejor y una vez que han llegado a acostumbrarse a ellos, a las diversiones mediocres o los soportables aburrimientos que esa realidad contiene. Y él, Swann, no intentaba encontrar bonitas a las mujeres con las que pasaba el tiempo, sino que se pasaba el tiempo con las mujeres que en primer lugar le habían parecido bonitas. Y con frecuencia eran mujeres de una belleza bastante vulgar, porque las cualidades físicas que buscaba sin darse cuenta de ello estaban en completa oposición con las que le hacían admirables las mujeres esculpidas o pintadas por sus maestros preferidos. La profundidad y la melancolía de la expresión helaban sus sentidos, que, en cambio, una carne sana, exuberante y sonrosada bastaba para despertar.

Si de viaje se encontraba con una familia a la que hubiese sido más elegante no tratar de conocer, pero en la que una mujer se presentaba ante sus ojos revestida de un atractivo que él no había conocido aún, el quedarse en su «en sus cosas» y evadir el deseo que ella había hecho nacer, al sustituir por un placer diferente el placer que él hubiera podido conocer con ella, al escribir a una antigua amante para que viniese a reunirse con él, eso le habría parecido una abdicación tan cobarde ante la vida, una renuncia tan estúpida a una dicha nueva, como si en lugar de visitar la región se hubiese confinado en su habitación a mirar vistas de París. Él no se encerraba en el edificio de sus relaciones, sino que había hecho de él, para poder reconstruirlo a pie de obra sobre cimientos nuevos dondequiera que una mujer le hubiese gustado, una de esas tiendas desmontables como las que llevan los exploradores consigo. Lo que no era transportable o no podía cambiarse por un placer nuevo lo hubiera dado por nada, por envidiable que les pareciese a los demás. Cuántas veces su crédito con una duquesa, hecho del deseo acumulado durante años en los que ésta le había sido agradable sin haber encontrado la ocasión para ello, se había deshecho de él de golpe al reclamar de ella, por una carta indiscreta, una recomendación telegráfica que lo pusiera en contacto, inmediatamente, con uno de sus intendentes en cuya hija se hubiese fijado en el campo, ¡como lo haría un hambriento que cambiase un diamante por un trozo de pan! Incluso después de hecho se divertía con ello, porque en él había, redimida por sutiles delicadezas, cierta zafiedad. Además, él pertenecía a esa categoría de hombres inteligentes que han vivido en la ociosidad y que buscan un consuelo y quizá una excusa, con la idea de que esa ociosidad ofrece a su inteligencia objetos tan dignos de interés como podrían ser el Arte o el estudio, con la idea de que la «vida» contiene situaciones más interesantes y más novelescas que todas las novelas. Al menos, lo aseguraba, convenciendo fácilmente a sus amigos más refinados del gran mundo, especialmente al barón de Charlus, a quien se dedicaba a divertir con el relato de las aventuras picantes que le sucedían, ya fuera que se hubiese encontrado en el tren con una mujer a la que después él hubiera llevado a su casa y hubiese descubierto que era la hermana de un monarca entre cuyas manos se manejaban en ese momento todos los hilos de la política europea, al corriente de la cual él se encontraba mantenido así de una manera muy agradable; o ya fuera que, por el complejo juego de las circunstancias, dependía de la elección que iba a hacer el cónclave si él podría o no convertirse en el amante de una cocinera.

Además, no solamente era a la brillante comunidad de viudas nobles virtuosas, de generales y de académicos con las que estaba especialmente relacionado a la que Swann obligaba con tanto cinismo a que le sirviese de alcahueta. Todos sus amigos tenían la costumbre de recibir de cuando en cuando cartas de él en las que les pedía unas palabras de recomendación o de presentación con una habilidad diplomática que, al persistir a través de los amores sucesivos y los pretextos diferentes, revelaba, más que lo habrían hecho las torpezas, un carácter permanente y objetivos idénticos. A menudo hice que me contasen, muchos años después, cuando empezaba a interesarme en su personalidad por causa de las semejanzas que, en aspectos totalmente distintos, ofrecía con la mía, que cuando él escribía a mi abuelo (que todavía no lo era, porque fue hacia la época de mi nacimiento cuando comenzó la gran relación amorosa de Swann, que interrumpió esa práctica durante mucho tiempo), éste, al reconocer en el sobre la letra de su amigo, exclamaba: «Ya esta aquí Swann pidiéndome algo, ¡en guardia!». Y ya fuera por desconfianza, o fuera por el sentimiento inconscientemente diabólico que nos empuja a ofrecer algo solamente a quien que no lo necesita, mis abuelos oponían una negativa absoluta a recibir los ruegos más fáciles de satisfacer que él les dirigía, como el de presentarle a una muchacha que cenaba todos los domingos en casa, y cada vez que Swann les hablaba de ello estaban obligados a poner cara de que ya no la veían, mientras que durante toda la semana nos preguntábamos a quién podríamos invitar con ella y a menudo terminábamos por no encontrar a nadie, por no darle señal a quien habría estado tan contento con ello.

Algunas veces, cierta pareja de amigos de mis abuelos que hasta entonces se habían quejado de no ver nunca a Swann, les anunciaban con satisfacción, y tal vez un poco con el deseo de despertar su envidia, que él se había convertido en todo lo que para ellos era más encantador, y que no los dejaba ya. Mi abuelo no quería estropearles el gusto, pero miraba a mi abuela canturreando:

> *¿Qué misterio es éste?*
> *No puedo comprender nada de él.*

O:

> *Visión fugitiva...*

O:

> *En estos asuntos*
> *lo mejor es no ver nada.*

Algunos meses después, si mi abuelo le preguntaba al nuevo amigo de Swann: «¿Y Swann, ¿sigue viéndolo mucho?», al interlocutor se le ponía cara larga: «¡No pronuncie jamás su nombre delante de mí!». «Pero yo creía que estaban muy relacionados...». Durante algunos meses había estado relacionado así con primos de mi abuela y cenaba en su casa casi todos los días. Dejó bruscamente de acudir, sin haberlo avisado. Creyeron que estaba enfermo, y la prima de mi abuela iba a enviar a alguien a pedir noticias suyas, cuando encontró en la antecocina una carta suya que sobresalía por descuido del libro de cuentas de la cocinera. En ella le anunciaba a esa mujer que iba a irse de París y que ya no podría acudir más. Ella era su amante, y en el momento de la ruptura fue a ella sola a quien le pareció útil avisar.

Cuando su amante del momento era por el contrario una persona del gran mundo, o al menos una persona a la que una ascendencia demasiado humilde o una situación demasiado irregular no le impedía presentar en sociedad, entonces regresaba a ese mundo por ella, pero solamente en la órbita particular en la que ella se movía o adonde él la había llevado. «Es inútil contar con Swann esta noche —se decía—, ya se sabe que es el día de ópera de su norteamericana.» Hacía que la invitasen a los salones particularmente cerrados donde él tenía sus costumbres, sus cenas semanales, su póquer. Cada noche, después de que un ligero ondulado añadido al cepillo de sus cabellos rojizos hubiese atenuado con alguna suavidad la vivacidad de sus ojos verdes, elegía una flor para el ojal de su solapa y salía para encontrarse con su amante para cenar en casa de alguna de las mujeres de su camarilla; y entonces, pensando en la admiración y en la amistad que las personas a la moda, para quienes él lo era todo y con quienes iba a encontrarse allí, le prodigarían delante de la mujer a la que amaba, volvía a encontrar atractiva esa vida mundana de la que se había hastiado, pero cuya materia, penetrada y coloreada cálidamente por una llama insinuada que ardía dentro de ella, le parecía valiosa y bella en cuanto él le incorporaba un nuevo amor.

Pero mientras cada una de estas relaciones, o cada uno de esos amoríos, había sido la realización más o menos completa de un sueño nacido de la vista de un rostro o de un cuerpo que a Swann, espontáneamente y sin esforzarse, le habían parecido fascinantes, en cambio, cuando un día en el teatro le presentó a Odette de Crécy uno de sus viejos amigos, que le había hablado de ella como una mujer arrebatadora con la que él tal vez podría llegar a algo, pero se la describió como más difícil que lo que ella era en realidad, con el fin de que él mismo pareciese que había hecho algo muy amable al presentársela. Ella apareció ante Swann no sin belleza, ciertamente, pero de una clase que le resultaba indiferente, que no le inspiraba deseo alguno, que hasta le provocaba una especie

de repulsión física; era una de esas mujeres como las que tiene todo el mundo, diferentes para cada uno, y que son lo opuesto al tipo que reclaman nuestros sentidos. Para su gusto, ella tenía un perfil demasiado pronunciado, la piel demasiado delicada, los pómulos demasiado prominentes, los rasgos demasiado tirantes. Sus ojos eran bellos, pero tan grandes que se plegaban bajo su propia masa, agotaban el resto de su cara y le daban siempre el aspecto de tener mala cara o de estar de mal humor. Algún tiempo después de aquella presentación en el teatro, ella le escribió para pedirle ver sus colecciones de arte, que tanto la interesaban, «ella, la ignorante que tenía el gusto por las cosas bonitas», diciendo que le parecía que ella lo conocería mejor cuando lo hubiese visto en su «su *home»,* en la que lo imaginaba «tan cómodo con su té y sus libros», aunque no le ocultó su sorpresa porque viviera en ese barrio que debía ser tan triste y que «era tan poco *smart*[25] para él, que lo era tanto». Y después de que él la hubiese permitido ir, al dejarlo le habló de su pesar por haber estado tan poco tiempo en esa morada que se había alegrado de conocer; habló de él como si hubiera sido para ella algo más que las demás personas que ella conocía, y pareció establecer entre las dos personas una especie de rasgo de unión novelesca que le hizo sonreír. Pero a la edad ya un poco decepcionada a la que se acercaba Swann y en la que uno sabe contentarse con estar enamorado por el placer de estarlo sin exigir demasiada reciprocidad, ese acercamiento de los corazones, si bien ya no es como en la primera juventud el objetivo hacia el que tiende necesariamente el amor, le queda unido a él en cambio por una asociación de ideas tan fuerte que puede convertirse en su causa, si se le presenta. En otra época se soñaba con poseer el corazón de la mujer de la que se estaba enamorando; más tarde, sentir que se posee el corazón de una mujer puede bastar para que uno se enamore de ella. Y así, a la edad en la que parecería (ya que en el amor se busca sobre todo un placer subjetivo) que el gusto por la belleza de una mujer debería ser lo más grande, el amor puede nacer —el amor más físico— sin que en su base haya habido un deseo previo. En esa época de la vida ya nos ha alcanzado varias veces el amor, ya no evoluciona siguiendo sólo sus propias leyes desconocidas y fatales ante nuestro corazón atónito y pasivo. Acudimos en su ayuda, lo distorsionamos por la memoria y por la sugestión. Al reconocer uno de sus síntomas, nos acordamos y hacemos que renazcan los demás. Como tenemos su canción grabada por entero en nosotros, no necesitamos que una mujer nos diga su principio —lleno de la admiración que inspira la belleza— para encontrar la

---

[25] En este caso, *elegante.* La moda de intercalar palabras en inglés en la conversación ya estaba en marcha. *(N. del T.)*

continuación. Y si ella empieza por el medio —allí donde se acercan los corazones, donde se habla de no existir más que el uno para el otro—, estamos lo bastante habituados a esta música para unirnos enseguida a nuestra compañera en el punto en el que nos aguarda.

Odette de Crécy volvió a ver a Swann, luego hizo más frecuentes sus visitas, y sin duda cada una de ellas renovaba en él la decepción que sentía al volver a encontrarse ante esa cara, cuyas características había olvidado un poco en el intervalo y que él no recordaba tan expresiva, ni tan marchita, a pesar de su juventud. Él lamentaba, mientras hablaba con ella, que la gran belleza que tenía no fuese de la clase que él habría preferido espontáneamente. Además, hay que decir que la cara de Odette parecía más enjuta y más prominente porque esa superficie unida y más plana que forman la frente y la parte alta de las mejillas estaba cubierta por la masa de cabellos que entonces se llevaban prolongados con «avances», realzados con «rizados» y esparcidos en mechones sueltos a lo largo de las orejas; y en cuanto a su cuerpo, que estaba admirablemente formado, resultaba difícil ver la continuidad (por causa de las modas de la época y aunque ella fuese una de las mujeres mejor vestidas de París) porque el corpiño, que avanzaba en voladizo como sobre un vientre imaginario y terminaba en punta bruscamente, mientras que por debajo empezaba a inflarse el balón de las faldas dobles, le daban a la mujer el aspecto de estar compuesta de piezas diferentes mal unidas unas con otras; tanto, que los volantes y el canesú seguían con toda independencia, según la fantasía de su diseño o la consistencia de su tejido, la línea que los llevaba a los lazos, a los bullones de encaje, a los calados perpendiculares de azabache, o que los dirigiese a lo largo de las ballenas del corsé, pero no se pegaban de ninguna manera al ser vivo que, según como la arquitectura de esos adornos se acercaba o se separaba demasiado de la suya, se encontraba allí embutido o perdido.

Pero cuando Odette se marchó, Swann sonreía pensando que ella le había preguntado cuánto tiempo pasaría hasta que él le permitiese volver; se acordaba del aire inquieto y tímido con el que ella le rogó una vez que no fuese demasiado tiempo, y las miradas que ella tenía en aquel momento, fijas en él con una súplica temerosa, que la hacían conmovedora bajo el ramillete de pensamientos artificiales prendido en la delantera de su sombrero redondo de paja blanca con presillas de terciopelo negro. «Y usted —había dicho ella—, ¿no vendría usted una vez a mi casa a tomar el té?». Él había alegado que tenía trabajos en marcha y un estudio sobre Vermeer de Delft (en realidad abandonado desde hacía años). «Comprendo que no puedo hacer nada, tan escasa de conocimientos, al lado de grandes sabios como ustedes —le respondió ella—. Yo sería como una rana ante el Areópago[26.] Y sin embargo, me gustaría mucho instruirme, saber, ser iniciada. ¡Qué entretenido debe ser leer metiendo la nariz en papeles viejos!». Añadió ella con el aire de íntima satisfacción que adquiere una mujer elegante para afirmar que su gozo es entregarse, sin temor a ensuciarse, a una tarea sucia, como cocinar ella misma «metiendo las manos en la masa». «Va usted a burlarse de mí, de ese pintor que le impide verme (se refería a Vermeer) no había oído hablar nunca, ¿vive aún? ¿Pueden verse sus obras en París? Para que yo pueda comprender lo que le gusta a usted y adivinar un poco lo que hay bajo esa gran frente que tanto trabaja, en esa cabeza a la que se oye siempre reflexionar, y decirme: aquí está, en esto es en lo que está pensando. ¡Qué sueño sería estar metida en sus trabajos!». Él se había excusado por su miedo a las amistades nuevas, al que por galantería llamó su miedo a ser desgraciado. «¿Tiene usted miedo de un afecto? ¡Qué raro! Y yo que no busco más que eso y que daría la vida por encontrar uno —lo dijo con una voz tan natural, tan convencida, que él se emocionó—; tiene usted que haber sufrido por una mujer, y cree que las demás son como ella. Ella no supo comprenderlo, es usted un ser muy especial. Eso es lo primero que me gustó de usted, noté muy bien que no era como todo el mundo».

—Y usted también —le dijo él—, bien sé que como todas las mujeres usted debe tener montones de ocupaciones y estar poco libre.

—¡Yo no tengo nunca nada que hacer! Siempre estoy libre y siempre lo estaré para usted. A cualquier hora del día o de la noche, cuando le sea cómodo verme, haga que me busquen y estaré encantada de acudir. ¿Lo hará usted? ¿Sabe?, lo que sería encantador es que le presente a usted a la señora Verdurin, a cuya casa voy todas las tardes. ¡Imagínese si nos encontrásemos allí y si yo pensara que usted está allí un poco por mí!

Y sin duda, al acordarse así de sus conversaciones, al pensar así en ella cuando estaba solo, en esas ensoñaciones novelescas solamente hacía jugar su imagen entre muchas otras imágenes de mujeres, pero si, gracias a una circunstancia cualquiera (o quizá incluso sin que fuese gracias a ella, la circunstancia que se presenta en el momento en que se declara un estado, latente hasta allí, podía no haberle influido en nada), la imagen de Odette de Crécy venía a absorber todas esas ensoñaciones; si éstas ya no podían separarse de su recuerdo, entonces la imperfección de su cuerpo no tendría importancia alguna, ni aunque hubiese sido más o menos como otro cuerpo según el gusto de Swann, puesto que, convertido en el cuerpo de aquella a quien amaba, en adelante sería el único que fuese capaz de causarle tormentos y alegrías.

---

[26]   Tribunal superior de la antigua Atenas. *(N. del T.)*

Mi abuelo había conocido con exactitud, lo que no habría podido decirse de ninguno de sus amigos actuales, a la familia de esos Verdurin, pero había perdido toda relación con el que él llamaba «el joven Verdurin», al que consideraba, un poco a grandes rasgos, como caído en la bohemia —a la vez que conservaba numerosos millones— y entre la gentuza. Un día recibió una carta de Swann donde le pedía si podría ponerlo en relaciones con los Verdurin. «¡En guardia, en guardia! —exclamó mi abuelo—. Eso no me extraña nada, por ahí es por donde debía terminar Swann. ¡Qué buen ambiente! En primer lugar, no puedo hacer lo que me pide, porque ya no conozco a ese señor. Y además, por ahí debe ocultarse una historia de faldas, y yo no me mezclo en esos asuntos. ¡Pues vaya! ¡Vamos a ver todo un encanto si Swann se encasqueta a los pequeños Verdurin!

Y con la respuesta negativa de mi abuelo, fue Odette misma quien llevó a Swann a casa de los Verdurin.

El día que Swann hizo allí su presentación, los Verdurin tuvieron a cenar al doctor Cottard y señora, al joven pianista y a su tía, y al pintor que por entonces disfrutaba de su favor, a los que se habían unido en la velada algunos otros fieles.

El doctor Cottard no sabía nunca a ciencia cierta con qué tono debía responder a alguien, ni si su interlocutor hablaba en broma o en serio. Por si acaso, ponía en todas las expresiones de su fisonomía la oferta de una sonrisa condicional y provisoria cuya sutileza expectante lo disculparía del reproche de ser ingenuo si las palabras que le habían dicho resultasen haber sido burlonas. Pero, como para hacer frente a la hipótesis opuesta, no se atrevía a dejar que esa sonrisa se afirmase nítidamente sobre su cara, se veía continuamente que en ella flotaba una incertidumbre donde se leía la pregunta que no se atrevía a hacer: «¿Lo dice usted en serio?». No estaba más seguro de la manera en que tenía que comportarse en la calle (y en general, hasta en la vida) que en un salón, y se lo veía enfrentarse a los transeúntes, a los vehículos y a los acontecimientos con una sonrisa maliciosa que de antemano le quitaba a su actitud toda impropiedad, puesto que demostraba, si no era oportuna, que lo sabía bien y que si la había adoptado era por broma.

Sin embargo, sobre todos los puntos en los que una pregunta directa le parecía permitida, el doctor no dejaba de esforzarse en limitar el campo de sus dudas y de completar su instrucción.

Por eso, según los consejos que le había dado una madre previsora cuando él salió de su provincia, no dejaba nunca que pasase una locución o un nombre propio que le fuesen desconocidos sin que tratara de documentarse sobre ellos.

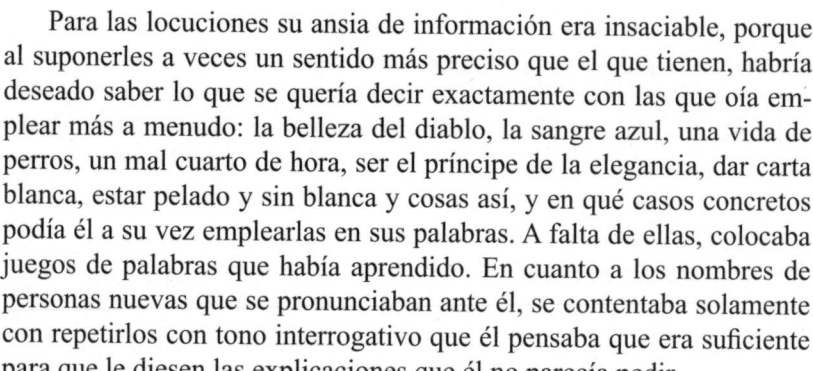

Para las locuciones su ansia de información era insaciable, porque al suponerles a veces un sentido más preciso que el que tienen, habría deseado saber lo que se quería decir exactamente con las que oía emplear más a menudo: la belleza del diablo, la sangre azul, una vida de perros, un mal cuarto de hora, ser el príncipe de la elegancia, dar carta blanca, estar pelado y sin blanca y cosas así, y en qué casos concretos podía él a su vez emplearlas en sus palabras. A falta de ellas, colocaba juegos de palabras que había aprendido. En cuanto a los nombres de personas nuevas que se pronunciaban ante él, se contentaba solamente con repetirlos con tono interrogativo que él pensaba que era suficiente para que le diesen las explicaciones que él no parecía pedir.

Debido a que el sentido crítico que él creía ejercer sobre todas las cosas le faltaba por completo, el refinamiento de la cortesía que consiste en afirmar a alguien a quien hacemos un favor, sin desear que se le creyese, que es él quien nos lo hace, era trabajo perdido con él, que se lo tomaba todo al pie de la letra. Cualquiera que fuese la ceguera de la señora Verdurin respecto a él, ésta había terminado, a la vez que seguía encontrándolo muy fino, por molestarse al ver que, cuando ella lo invitaba en un palco de proscenio a ver a Sarah Bernhardt, le decía por cortesía: «Es usted muy amable por haber venido, doctor, especialmente porque estoy segura de que ya ha visto a menudo a Sarah Bernhardt, y además estamos quizá demasiado cerca del escenario». El doctor Cottard, que había entrado en el palco con una sonrisa que sólo esperaba para concretarse o para desaparecer que alguien con autoridad le informase sobre el valor del espectáculo, le respondía: «En efecto, estamos muy demasiado cerca y empezamos a cansarnos de Sarah Bernhardt. Pero usted me manifestó su deseo de que yo viniese. Para mí sus deseos son órdenes y estoy encantado de hacerle ese pequeño favor. ¡Qué no haría uno para serle agradable a usted, que es tan buena!». Y añadía: «Sarah Bernhardt es claramente una voz de oro, ¿verdad? También se escribe a menudo que hace salir chispas de los escenarios. Eso es una expresión extraña, ¿verdad?». Con la esperanza de comentarios que no llegaban.

—¿Sabes? —le dijo la señora Verdurin a su marido—. Creo que nos equivocamos de camino cuando por modestia despreciamos lo que le ofrecemos al doctor. Es un sabio que vive fuera de la existencia práctica; él no conoce el valor de las cosas por sí mismo y se remite a lo que nosotros le decimos.

—No me había atrevido a decírtelo, pero lo había observado —respondió el señor Verdurin.

Y al siguiente día de Año Nuevo, en lugar de enviarle al doctor Cottard un rubí de tres mil francos diciéndole que era muy poca cosa, el señor Verdurin compró por trescientos francos una piedra reconstruida dando a entender que difícilmente podría verse una tan bella.

Cuando la señora Verdurin anunció que tendrían al señor Swann en la velada: «¿Swann? —exclamó el doctor con un tono que la sorpresa hizo brusco, porque la más mínima noticia tomaba más de improviso que a cualquiera a ese hombre, que se creía constantemente preparado para todo. Y al ver que no le respondían: «¿Swann? ¿Quién es ese Swann?», gritó en el culmen de un nerviosismo que se relajó de repente cuando la señora Verdurin dijo: «Pues el amigo del que Odette nos habló». «¡Ah!, bueno, bueno, está bien», respondió el doctor aliviado. En cuanto al pintor, se regocijaba de la presentación de Swann en la casa de la señora Verdurin, porque suponía que estaba enamorado de Odette y le gustaba favorecer las relaciones amorosas. «Nada me divierte más que concertar matrimonios —le confió al oído al doctor Cottard—, ya he tenido muchos éxitos, ¡incluso entre las mujeres!».

Al decirles a los Verdurin que Swann era muy *smart,* Odette les había hecho temer que fuese un «fastidioso». Por el contrario, les causó una impresión excelente, de la que una de las causas directas era, sin que lo supieran, sus relaciones en la sociedad elegante. En efecto, él tenía, incluso sobre los hombres inteligentes que no han estado nunca en el gran mundo, una de las superioridades que tienen los que han vivido un poco en él, que consiste en no transfigurarlo ya por medio del deseo o por el horror que éste inspira a la imaginación, en considerarlo como si no tuviese importancia alguna. La amabilidad de ellos, alejada de todo esnobismo y del temor de parecer demasiado amables, una vez independizada tiene esa desenvoltura, esa gracia que tienen los movimientos de aquellos cuyos miembros flexibles llevan a cabo exactamente lo que quieren, sin la participación indiscreta o torpe del resto del cuerpo. La simple gimnasia elemental del hombre de mundo, que tiende la mano con gracia al joven desconocido que le presentan y que se inclina con reserva ante el embajador a quien le presentan, había terminado por pasar, sin que él fuese consciente de ello, a toda la actitud social de Swann que, frente a personas de un medio inferior al suyo como eran los Verdurin y sus amigos, dio instintivamente muestras de solicitud y se entregó a unas atenciones de las que, según ellos, un fastidioso se habría abstenido. No hubo más momento de frialdad que con el doctor Cottard: al verlo que guiñaba el ojo y le sonreía con aire ambiguo antes todavía de que se hubiesen hablado (mímica que el doctor Cottard llamaba «dejar venir»), Swann creyó que el doctor lo conocía sin duda por habérselo encontrado en algún lugar de placer, aunque él mismo iba a esos sitios muy poco y no había vivido nunca en el mundo de la juerga. La alusión le pareció de mal gusto, sobre

todo en presencia de Odette, que podría llevarse una mala impresión de él, y fingió una actitud glacial. Pero cuando supo que la dama que se encontraba a su lado era la señora Cottard, pensó que un marido tan joven no habría intentado hacer alusión a las diversiones de ese género delante de su mujer, y dejó de adjudicar al aire de entendido del doctor el significado que temía. El pintor invitó inmediatamente a Swann a ir con Odette a su taller, a Swann le pareció muy amable. «Quizá lo favorezca a usted más que a mí —dijo la señora Verdurin con un tono con el que fingía estar picada— y que le enseñe el retrato de Cottard (ella se lo había encargado al pintor). Piense bien, «señor *biche*»[27] —le recordó al pintor (a quien llamaban *señor* por broma habitual)— en reflejar la hermosa mirada y el pequeño rincón sutil y grato de los ojos. Usted sabe que lo que yo quiero tener es sobre todo su sonrisa, lo que le he encargado es el retrato de su sonrisa.» Como encontró notable esa expresión, la repitió en voz muy alta para estar segura de que sus diversos invitados la hubiesen oído, e incluso, con un pretexto vago, hizo que se acercasen algunos. Swann pidió que le presentasen a todo el mundo, incluido un viejo amigo de los Verdurin, Saniette, a quien su timidez, su sencillez y su buen corazón le habían hecho perder en todas partes la consideración que le habían proporcionado su sabiduría de archivero, su gran fortuna y la familia distinguida de la que provenía. Al hablar, tenía en la boca como una especie de sopa, lo que era adorable porque se notaba que dejaba traslucir menos un defecto de la lengua que una cualidad del alma, como un resto de la inocencia de la primera edad que no había perdido nunca. Todas las consonantes que no podía pronunciar figuraban como otras tantas asperezas de que era incapaz. Al pedir que le presentasen al señor Saniette, Swann le hizo a la señora Verdurin el efecto de que invertía los papeles (hasta el punto de que, como respuesta, ella dijo, insistiendo en la diferencia: «Señor Swann, ¿querría usted tener la bondad de permitirme que le presente a nuestro amigo Saniette?»), pero despertó en Saniette una simpatía encendida que, por otra parte, los Verdurin no le revelaron nunca a Swann, porque Saniette les irritaba un poco y no se cuidaban de proporcionarle amigos. Pero en cambio Swann los conmovió enormemente al creer que debía pedir inmediatamente que le presentasen a la tía del pianista. Vestida de negro como siempre, porque ella creía que de negro una está bien siempre y que es lo más distinguido que hay, tenía la cara demasiado roja como cada vez que terminaba de comer. Se inclinó con respeto ante Swann, pero volvió a incorporarse con majestad. Como ella no tenía instrucción alguna y temía cometer faltas en francés, pronunciaba a propósito de

---

[27] *Amor, tesoro*, término cariñoso de la familia hacia el pintor. *(N. del T.)*

una manera confusa, pensando que si soltaba una incorrección estaría atenuada por una oleada tal que no se la podría distinguir con certeza, de manera que su conversación no era más que un gorjeo indiferenciado del cual emergían de cuando en cuando los escasos vocablos de los que se sentía segura. Swann creyó que podía burlarse levemente de ella hablando con el señor Verdurin, quien por el contrario se picó.

—Es una mujer excelente —respondió Verdurin—. Le concedo que no es muy impresionante, pero le aseguro que es muy agradable cuando se habla a solas con ella.

—Eso no lo dudo —se apresuró a conceder Swann—. Yo quería decir que no me parecía «eminente» —añadió destacando ese adjetivo—, y en definitiva, ¡es más bien un cumplido!

—Mire, voy a sorprenderlo —dijo el señor Verdurin— ella escribe de una forma deliciosa. ¿No ha escuchado nunca a su sobrino? Es admirable, ¿verdad doctor? ¿Quiere usted que le pida que toque algo, señor Swann?

—Pues eso será una fortuna... —empezó a responder Swann, pero el doctor lo interrumpió con aire burlón. En efecto, como se había quedado con que en la conversación el énfasis y el empleo de formas solemnes estaba desfasado, en cuanto oía una palabra seria dicha en serio como acababa de ocurrir con la palabra «fortuna», creía que quien la había pronunciado acababa de mostrarse como un necio. Y si además esa palabra figuraba por casualidad en lo que él denominaba «un tópico viejo», por corriente que fuera esa palabra precisamente, el doctor suponía que la frase empezada era ridícula y la terminaba irónicamente por el lugar común con el que parecía acusar a su interlocutor de haber querido colocarla, cuando éste no había pensado nunca en ello.

—¡Una fortuna para Francia! —exclamó maliciosamente alzando los brazos con énfasis.

El señor Verdurin no pudo evitar reírse.

—¿De qué se ríen todas esas personas? En ese rinconcito de ustedes no parece que se genere la melancolía —exclamó la señora Verdurin—. Si creen que me divierto quedándome yo sola como penitencia... —añadió con un tono despechado, haciéndose la niña.

La señora Verdurin estaba sentada sobre un alto taburete sueco de pino encerado que le había dado un violinista de ese país y que ella conservaba, aunque recordase por su forma a un escabel y no combinase con los hermosos muebles antiguos que tenía, pero lo tenía para mantener en evidencia los regalos que los fieles tenían la costumbre de hacerle de cuando en cuando, con el fin de que los donantes tuviesen el placer de reconocerlos cuando venían de visita. Por ello intentaba convencerlos de que se atuviesen a las flores y a los bombones, que al menos desaparecen, pero no lo conseguía y en su casa había una colección de calientapiés, cojines, relojes de péndulo, biombos, barómetros y floreros en una acumulación de repeticiones y una disparidad de regalos de Año Nuevo.

Desde esa posición elevada, participaba con ánimo en la conversación de los fieles y se divertía con sus «camelos», pero desde el accidente que le había ocurrido a su mandíbula había renunciado al esfuerzo de morirse efectivamente de risa, y en lugar de eso se entregaba a una mímica convencional que significaba, sin fatiga ni riesgos para ella, que se reía hasta las lágrimas. A la más mínima palabra que soltaba un habituado contra un fastidioso, o contra un antiguo habituado rechazado al campo de los fastidiosos —y para mayor desesperación del señor Verdurin, que durante mucho tiempo había tenido la pretensión de ser tan amable como su mujer, pero que al reírse de veras perdía el aliento enseguida, por lo que había sido distanciado y vencido con esa artimaña de una hilaridad incesante y artificial—, ella lanzaba un gritito, cerraba completamente sus ojos de pájaro que las cataratas empezaban a velar, y bruscamente, como si sólo hubiese tenido el tiempo de ocultar un espectáculo indecente o de evitar un ataque mortal, hundía la cara entre las manos, que la recubrían y ya no dejaban ver nada de ella, y tenía el aspecto de esforzarse en reprimir, en exterminar una risa que la habría llevado a desvanecerse si se hubiera dejado llevar por ella. De esa manera, aturdida por la alegría de los fieles, ebria de amistad, de maledicencia y de asentimiento, la señora Verdurin, encaramada en su percha, semejante a un ave a la que se le hubiera remojado su chuchería en vino caliente, sollozaba de amabilidad.

Sin embargo, después de haberle pedido permiso a Swann el señor Verdurin para encender su pipa («aquí no se molesta, estamos entre compañeros») le rogó al joven artista que se pusiera al piano.

—Venga, vamos, no lo fastidies, no está aquí para que lo atormentemos —exclamó la señora Verdurin—, ¡y yo no quiero que se lo atormente!

—Pero, ¿por qué piensas tú que eso va fastidiarlo? —dijo el señor Verdurin—. Es posible que el señor Swann no conozca la sonata en fa sostenido que hemos descubierto, él va a tocar para nosotros el arreglo para piano.

—¡Ah, no, no! ¡Mi sonata, no! —gritó la señora Verdurin—. No tengo ganas de que a fuerza de llorar atrape un resfriado con neuralgias faciales como la última vez. Gracias por el regalo, pero prefiero no volver a empezar. ¡Qué buenos son ustedes, cómo se ve que no son quienes guardarán cama ocho días!

Esa pequeña escena, que se renovaba cada vez que el pianista iba a tocar, encantaba a los amigos tanto como si hubiera sido nueva, como una prueba de la seductora originalidad de la «patrona» y de su sensibilidad musical. Los que estaban cerca de ella hicieron una señal a los que más alejados fumaban o jugaban a las cartas para que se acercasen, diciéndoles que ocurría algo, como se hace en el Reichstag en los momentos interesantes: «¡Escuchen, escuchen!». Y al día siguiente se compadecían de los que no habían podido venir diciéndoles que la escena había sido mucho más divertida que de costumbre.

—¡Pues bien! Vamos, está claro —dijo el señor Verdurin—, él sólo tocará el andante.

—¡Cómo que el andante, pero qué dices! —exclamó la señora Verdurin—. Justamente es el andante lo que me rompe del todo. ¡Es verdaderamente soberbio este patrón! Es como si en la *Novena sinfonía* dijera que oiremos sólo el final, o sólo la obertura en los *Maestros Cantores*.

Pese a ello, el doctor presionaba a la señora Verdurin para que dejase tocar al pianista, no porque creyese fingidos los trastornos que le daba la música —reconoció en ello ciertos estados neurasténicos—, sino por esa costumbre que tienen muchos médicos de hacer que ceda inmediatamente la gravedad de sus prescripciones en cuanto está en juego, cosa que les parece mucho más importante, alguna reunión mundana en la que participan y de la cual la persona a la que aconsejan que se olvide por una vez de su dispepsia o de su gripe es uno de los factores esenciales.

—No se pondrá enferma esta vez, ya lo verá —le dijo él intentando sugestionarla con la mirada—; y si enferma, nosotros cuidaremos de usted.

—Muy cierto —respondió la señora Verdurin como si ante la esperanza de un favor así no hubiese más que capitular. Además, es posible que, a fuerza de decir que se iba a poner enferma, hubiese momentos en los que ya no se acordaba de que era mentira y adquiría un alma de enferma. Ahora bien, a estos enfermos, hartos de verse obligados siempre a hacer que dependa de su sabiduría la rareza de sus ataques, les gusta dejarse ir hasta creer que pueden hacer impunemente todo lo que les plazca y que de costumbre les hace daño, a condición de ponerse en manos de un ser poderoso que, sin que ellos tengan que hacer ningún esfuerzo, vuelva a ponerlos de pie con una palabra o una píldora.

Odette había ido a sentarse en un sofá tapizado que estaba cerca del piano.

—¿Sabe? Ya tengo mi pequeño sitio —le dijo a la señora Verdurin.

Ésta, al ver a Swann en una silla, hizo que se levantase.

—Usted no está bien ahí, venga a ponerse al lado de Odette. ¿No es verdad, Odette, que le hará un sitio al señor Swann?

—¡Qué sillón Beauvais más bonito! —dijo antes de sentarse Swann, que intentaba ser amable.

—¡Ah! Me alegro de que le guste mi sofá —respondió la señora Verdurin—, y le advierto de que si quiere ver alguno tan bonito, puede renunciar a ello enseguida. No han hecho nunca nada parecido. Las sillas pequeñas también son maravillosas, dentro de un momento las mirará. Cada bronce corresponde como atributo con el pequeño tema del asiento; ya sabe, tiene con lo que divertirse si quiere mirar todo esto, le prometo que pasará un buen rato. Nada como esas pequeñas cenefas de los ribetes, mire la pequeña vid sobre el fondo rojo con el tema del oso y las uvas. ¿Está dibujado? ¿Qué le parece?, ¡creo que más bien sabían dibujar! ¿Es lo bastante apetitosa esa vid? Mi marido asegura que no me gustan las frutas, porque las como menos que él, pero, no, soy más golosa que todos ustedes juntos, pero no necesito metérmelas en la boca puesto que las disfruto con los ojos. ¿De qué se ríen todos ustedes? Pregúntenselo al doctor, él les dirá que esas uvas me purgan. Otros se hacen curas de Fontainebleau[28], yo hago mis pequeñas curas de Beauvais. Pero, señor Swann, no se vaya sin haber tocado los pequeños bronces del respaldo. ¿Tienen una pátina lo bastante suave? Pero, no, con toda la mano, tóquelos bien.

—¡Ah! Si la señora Verdurin empieza a manosear los bronces, esta noche no oiremos música —dijo el pintor.

—Calle, calle, no sea malo. En el fondo —dijo ella volviéndose hacia Swann— a nosotras las mujeres se nos prohíben cosas menos voluptuosas que estas. ¡Pero no hay carne que pueda compararse con esto! Cuando el señor Verdurin me hacía el honor de estar celoso de mí... Vamos, sé cortés al menos, no digas que no lo has estado nunca...

—¡Pero si yo no digo absolutamente nada! Veamos, doctor, le tomo como testigo: ¿es que he dicho yo algo?

Swann palpaba los bronces por educación y no se atrevía a dejar de hacerlo enseguida.

—Venga, ya los acariciará después, ahora vamos a acariciarle a usted, a acariciarle los oídos; creo que eso le gusta, aquí hay un jovencito que va a encargarse de ello.

Ahora bien, cuando el pianista terminó de tocar, Swann fue más amable todavía con él que con las demás personas que se encontraban allá. Por esta razón: El año anterior, en una velada, había escuchado una obra musical interpretada al piano y violín. Al principio sólo había sa-

---

[28] Se refiere a las virtudes terapéuticas del vino de mesa de esa localidad. *(N. del T.)*

boreado la cualidad material de los sonidos emitidos por los instrumentos. Y ya había sido un placer muy grande cuando, por debajo de la delicada melodía del violín, delgada, resistente, densa y directriz, vio que de repente intentaba elevarse en un chapoteo líquido la masa de la parte del piano, multiforme, indivisa, plana y enfrentada a sí misma como la agitación malva del oleaje que el claro de luna hechiza y ablanda. Pero en un momento dado, sin poder distinguir claramente un contorno ni darle un nombre a lo que le gustaba, instantáneamente hechizado, intentó recoger la frase o la armonía —él mismo no lo sabía— que pasaba y que le había abierto más ampliamente el alma, como ciertos aromas de rosas que circulan en el aire húmedo de la noche tienen la propiedad de dilatarnos los orificios nasales. Quizá fue que al no conocer la música había podido experimentar una impresión tan confusa, una de esas impresiones que, sin embargo, son tal vez las únicas puramente musicales, sin diluir, enteramente originales, irreducibles a cualquier otro orden de impresiones. Una impresión de esa clase está durante un instante, por así decirlo, *sine materia*[29]. Indudablemente, las notas que oímos entonces ya tienden, según su altura y cantidad, a cubrir superficies de dimensiones variadas ante nuestros ojos, a trazar arabescos, a darnos sensaciones de amplitud, de contenido, de estabilidad y de capricho. Pero las notas se esfuman antes de que esas sensaciones se hayan formado lo bastante en nosotros como para no ser sumergidas por las que ya despiertan las notas siguientes, o incluso simultáneas. Y esa impresión continuaría envolviendo con su liquidez y su «fundido» los motivos que por momentos emergen de ella, apenas discernibles, para hundirse pronto y desaparecer; solamente conocidos por el placer especial que dan, imposibles de describir, de recordar, de nombrar, inefables —si la memoria, como un obrero que trabaja para instalar cimientos duraderos en medio del oleaje, al fabricar para nosotros facsímiles de esas frases fugitivas, no nos permitiese compararlas con las que siguen y diferenciarlas. Y así, apenas había expirado la deliciosa sensación que Swann había sentido y que su memoria le había suministrado inmediatamente una transcripción escueta y provisional, pero sobre la que había puesto los ojos mientras continuaba la obra, de modo que cuando la misma impresión volvió de repente, ya no era incomprensible. Él se imaginaba la extensión, los agrupamientos simétricos, la grafía y el valor expresivo; tenía ante él ese algo que ya no es música pura, sino que es diseño, arquitectura y pensamiento y que permite recordar la música. Esta vez había distinguido nítidamente una frase que se elevaba en algunos momentos por encima de las ondas sonoras; frase que le

---

[29] Sin materia, inmaterial. *(N. del T.)*

había propuesto enseguida deleites especiales que no había imaginado nunca antes de oírla y sentía que nada distinto a ella podría hacérselos conocer; había experimentado por ella como un amor desconocido.

Con un ritmo lento la frase lo dirigía primero aquí, luego allá y después a otro lugar, hacia una dicha noble, ininteligible y precisa. Y de repente, en el punto al que había llegado y desde el que se preparaba para seguirla, tras una pausa momentánea, cambió bruscamente de dirección y con un movimiento nuevo, más rápido, menudo, melancólico, incesante y dulce, lo arrastró consigo hacia perspectivas desconocidas. Luego, desapareció. Deseó apasionadamente volver a verla aparecer por tercera vez, y en efecto reapareció, pero no le habló más claramente, incluso le provocó un deleite menos profundo. Pero al volver a su casa, la necesitó; era como un hombre en cuya vida una viandante a la que ha atisbado un momento acaba de hacer entrar la imagen de una belleza nueva que le da a su propia sensibilidad un valor más alto, sin que sepa siquiera si podrá volver a ver alguna vez a aquella a la que ya ama y de la cual ignora hasta el nombre.

Incluso ese amor por una frase musical pareció por un instante que debía empezar en Swann la posibilidad de una especie de rejuvenecimiento. Hacía tantísimo tiempo que él había renunciado a dedicar su vida a un objetivo ideal y la restringía a la búsqueda de satisfacciones cotidianas, que creía, sin decírselo formalmente nunca, que eso no cambiaría ya hasta su muerte; es más, ya que no sentía ideas elevadas en su mente, había dejado de creer en su realidad, sin poder negarla tampoco por completo. De modo que había adquirido la costumbre de refugiarse en pensamientos sin importancia que le permitieran dejar de lado el fondo de las cosas. Por lo mismo que no se preguntaba si no habría hecho mejor no metiéndose en el mundo social, pero en cambio sabía con certeza que si había aceptado una invitación debía acudir a ella y que si después no hacía visitas tenía que dejar cartas, por eso mismo, en su conversación se esforzaba en no expresar nunca de corazón una opinión íntima sobre las cosas, sino que proporcionaba detalles materiales que de alguna manera valiesen por sí mismos y le permitiesen no dar medida de sí. Era enormemente preciso para dar una receta de cocina, para dar la fecha de nacimiento o de muerte de un pintor, o para la lista de sus obras. A pesar de todo, a veces se dejaba ir y emitía un juicio sobre una obra o una manera de comprender la vida, pero entonces le daba a sus palabras un tono irónico, como si no se adhiriese por completo a lo que decía. O, como a ciertos enfermizos a los que, de repente, la región a la que han llegado, o un régimen diferente, o a veces una evolución orgánica, espontánea y misteriosa, parece que les lleva a una regresión tal de su enfermedad, que empiezan a considerar la posibilidad inesperada de comenzar tardíamente una vida completamente diferente, Swann encontraba en sí mismo, en el recuerdo de la frase que había escuchado, en ciertas sonatas que había hecho que tocasen para él para ver si no descubriría allí la presencia de una de esas realidades invisibles en las que había dejado de creer y por las cuales, como si la música hubiese tenido sobre la sequía moral de la que sufría una especie de influencia electiva, sentía de nuevo el deseo y casi las fuerzas para consagrarles su vida. Pero, sin haber llegado a saber de quién era la obra que había escuchado, no había podido conseguirla y había terminado por olvidarla. Durante la semana se había encontrado con algunas personas que, como él, se encontraban en esa velada y las había interrogado, pero varias habían llegado después de la música o se habían ido antes, otras, sin embargo, estaban allí mientras se la interpretaba, pero se habían ido a conversar a otro salón, y otras, que se habían quedado a escuchar, no habían prestado más atención que las primeras. En cuanto a los dueños de la casa, sabían que era una obra nueva que los artistas a los que habían comprometido habían pedido que se tocase, pero éstos se habían marchado de gira y Swann no pudo saber nada más. Swann tenía muchos amigos músicos, pero aunque se acordaba del placer especial e intraducible que le había provocado la frase y veía ante sus ojos las formas que dibujaba, no obstante era incapaz cantarles la melodía. Después dejó de pensar en ella.

Ahora bien, apenas unos pocos minutos después de que el pequeño pianista hubiese empezado a tocar en la casa de la señora Verdurin, de repente, después de una nota aguda mantenida largamente durante dos compases, vio que, escapándose de debajo de esa sonoridad prolongada y tendida como una cortina sonora para ocultar el enigma de su incubación, se aproximaba, que reconocía, secreta, susurrante y dividida, la frase aérea y perfumada que amaba. Era tan especial, tenía un hechizo tan individual que ninguna otra habría podido remplazar, que para Swann fue como si se hubiera encontrado en un salón amigo a una persona que había admirado en la calle y que no tenía esperanzas de volver a encontrar. Al final, la frase se alejó, indicadora y diligente, entre las ramificaciones de su perfume, dejando sobre la cara de Swann el reflejo de su sonrisa. Pero ahora ya podía preguntar el nombre de su desconocida (le dijeron que era el Andante de la *Sonata para violín y piano* de Vinteuil), la tenía, podría tenerla en su casa tan a menudo como quisiera intentar aprender su lenguaje y su secreto.

Así pues, cuando el pianista hubo terminado, Swann se aproximó a él para expresarle un agradecimiento cuya vivacidad le gustó mucho a la señora Verdurin.

—Qué encantador es, ¿verdad? —le dijo a Swann—. ¿Verdad que comprende bien su sonata, este pobre? Usted no sabía que el piano puede llegar a esto. ¡Palabra que es todo, menos piano! Cada vez que vuelvo a escucharla, me parece oír a una orquesta. Este piano es hasta más bello que la orquesta, más completo.

El joven pianista saludó con una inclinación y, sonriendo, subrayó las palabras como si hubiera dicho una ocurrencia:

—Es usted muy indulgente conmigo —dijo.

Y mientras la señora Verdurin le decía a su marido: «Vamos, dale la naranjada, bien se la ha ganado», Swann le contaba a Odette cómo se había enamorado de esa pequeña frase. Cuando la señora Verdurin dijo un poco desde lejos: «¡Vaya! Me parece que te están diciendo cosas bonitas, Odette», ella respondió: «Sí, muy bonitas», y a Swann le pareció deliciosa su sencillez. Sin embargo, él pedía informaciones sobre Vinteuil, sobre su obra, sobre la época de su vida en la que había compuesto esa sonata y sobre lo que había podido significar para él la pequeña frase, era eso sobre todo lo que habría querido saber.

Pero todas esas personas que hacían profesión de admirar a ese músico (cuando Swann dijo que su sonata era verdaderamente hermosa, la señora Verdurin había exclamado: «¡Ya lo creo que es hermosa! Pero nadie confiesa que no conoce la sonata de Vinteuil, no se tiene el derecho de no conocerla», y el pintor había añadido: «¡Ah! Es enteramente una maquinaria grandísima, ¿verdad? No es, si quieren, una de esas cosas "queridas" por el "público", ¿verdad?, pero es una grandísima impresión para los artistas.»), parecía que ninguna de aquellas personas se había planteado nunca esas cuestiones, porque fueron incapaces de responderlas.

Incluso a una o dos observaciones particulares que hizo Swann sobre su frase preferida:

—Vaya, es curioso, no había prestado atención nunca; les diré que no me gusta mucho buscar tres pies al gato ni buscar una aguja en un pajar, aquí no perdemos el tiempo hilando tan fino, ese no es el estilo de la casa —respondió la señora Verdurin, a la que el doctor miraba con admiración de beata y ahínco aplicado retozar en medio de esa oleada de frases hechas. Además, él y la señora Cottard, con la clase de sentido común que tienen también ciertas personas del pueblo, se guardaban muy bien de dar una opinión o de fingir admiración por una música que se confesaban el uno al otro, una vez ya en su casa, que comprendían tan poco como la pintura del señor «Biche». Como el público no sabe del encanto, de la gracia y de las formas de la naturaleza más que lo que haya sacado de los tópicos de un arte asimilado lentamente, y que un artista original empieza por rechazar esos tópicos, el señor y la señora

Cottard, como imágenes en esto del público, no encontraban ni en la Sonata de Vinteuil ni en los retratos del pintor lo que para ellos era la armonía de la Música y la belleza de la Pintura. Cuando el pianista tocaba la sonata, les parecía que pegaba al azar sobre el piano notas que no se ligaban, en efecto, con las formas a las que ellos estaban acostumbrados, y que el pintor lanzaba colores al azar sobre sus telas. Cuando en éstas podían reconocer una forma, la encontraban recargada y vulgar (es decir, desprovista de la elegancia de la escuela de pintura a través de la que ellos veían en la calle hasta a los seres vivos) y sin verdad alguna, como si el señor Biche no hubiera sabido cómo estaba hecho un hombro y que las mujeres no tienen el cabello de color malva.

Sin embargo, habiéndose dispersado ya los fieles, el doctor sintió que allí había una ocasión propicia, y mientras que la señora Verdurin le decía unas últimas palabras sobre la sonata de Vinteuil, como un nadador principiante que se lanza al agua para aprender, pero elige un momento en el que no haya mucha gente para verlo:

—Entonces, ¡es lo que se denomina un músico *di primo cartello!*[30] —exclamó con brusca resolución.

Swann aprendió tan sólo que la aparición de la Sonata de Vinteuil había producido una gran impresión en una escuela de tendencias muy avanzadas, pero que era enteramente desconocida por el gran público.

—Conozco mucho a alguien que se llama Vinteuil —dijo Swann, pensando en el profesor de piano de las hermanas de mi abuela.

—¡Quizá sea él! —exclamó la señora Verdurin.

—¡Oh, no! —respondió Swann riéndose—. Si lo hubiese visto un momento, no plantearía esa pregunta.

—Entonces, ¿plantear la pregunta es resolverla? —dijo el doctor.

—Pero podría ser un pariente suyo —continuó Swann—; eso sería bastante triste, pero bueno, un hombre de genio puede ser primo de un viejo imbécil. Si fuera así, confieso que no habría tormento que yo no me impusiera para que el viejo imbécil me presentase al autor de la sonata; para empezar, el suplicio de tener que frecuentar al viejo imbécil, que tiene que ser algo espantoso.

El pintor sabía que Vinteuil estaba muy enfermo en ese momento y que el doctor Potain temía no poder salvarlo.

—¿Cómo? —exclamó la señora Verdurin—. ¿Pero todavía hay gente que hace que la cuide Potain?

—¡Ah!, señora Verdurin —dijo Cottard con un tono de galanteo—, se olvida usted de que habla de uno de mis colegas, de uno de mis maestros, debería decir.

---

[30] De cabeza de cartel. *(N. del T.)*

El pintor había oído decir que Vinteuil estaba amenazado de enajenación mental, y aseguraba que eso podía advertirse en ciertos pasajes de su sonata. A Swann no le pareció absurdo este comentario, pero lo perturbó, porque una obra de música pura no contiene ninguna de las relaciones lógicas cuya alteración en el lenguaje acusa la locura. La locura reconocida en una sonata le parecía algo tan misterioso como la locura de una perra o la de un caballo, que no obstante se observan, en efecto.

—Déjeme en paz con sus maestros, usted sabe de ello diez veces más que él —le respondió la señora Verdurin al doctor Cottard, con el tono de una persona que tiene el coraje de sus propias opiniones y se enfrenta valientemente a quienes no son de su mismo parecer—. ¡Al menos usted no mata a sus enfermos!

—Pero, señora, él es de la Academia —replicó el doctor con tono irónico—. Si un enfermo prefiere morir por la mano de uno de los príncipes de la ciencia... Es mucho más elegante poder decir: «Es Potain quien me cuida».

—¡Ah! ¿que es más elegante? —dijo la señora Verdurin—. Entonces, ¿ahora hay elegancia en las enfermedades? Yo no lo sabía... ¡Cuánto me divierte usted! —exclamó ella de repente hundiendo la cara entre las manos—. Y yo, tonta de mí, que discutía en serio sin darme cuenta de que usted me estaba tomando el pelo.

En cuanto al señor Verdurin, como le pareció que era un juego un poco fastidioso ponerse a reír por tan poca cosa, se contentó con echar una bocanada de humo de su pipa pensando con tristeza que ya no podía alcanzar a su mujer en el campo de la amabilidad.

—Usted sabe que su amigo nos gusta mucho —le dijo la señora Verdurin a Odette cuando ésta le daba las buenas noches—; es sencillo y encantador. Si todos los amigos que tiene para presentarnos son como este, bien puede traerlos.

El señor Verdurin hizo notar que, sin embargo, a Swann no le había gustado la tía del pianista.

—El hombre se ha sentido un poco desorientado —respondió la señora Verdurin—, pero tú no querrás que tenga ya desde la primera vez el tono de la casa como lo tiene Cottard, que forma parte de nuestro pequeño clan desde hace varios años. La primera vez no cuenta, era útil para entrar en contacto. Odette, se ha convenido que él venga a encontrarse con nosotros en el Chatelet, ¿y si fuese usted a recogerlo?

—Claro que no, él no quiere.

—¡Ah! En fin, como usted quiera. ¡Siempre y cuando no vaya a fallar en el último momento!

Para gran sorpresa de la señora Verdurin, Swann no falló nunca. Él iba a encontrarse con ellos en cualquier lugar, a veces en los restaurantes de los suburbios, donde la gente todavía iba poco porque no era la temporada, más a menudo en el teatro, que le gustaba mucho a la señora Verdurin. Un día ella, en su casa, dijo delante de él que para las noches de estreno y las funciones de gala les sería muy útil tener un pase, que les había molestado mucho no tener uno el día del entierro de Gambetta[31]. Swann no hablaba nunca de sus amistades destacadas, sino sólo de las menos codiciadas que le habría parecido poco delicado ocultar, y entre las cuales había adquirido en el Faubourg Saint-Germain[32] la costumbre de ordenar las relaciones con el mundo oficial, respondió:

—Le prometo que me ocuparé de ello, lo tendrán a tiempo para la reposición de Los Danicheff; precisamente mañana almorzaré con el Prefecto de Policía en el Elíseo.

—¿Cómo es eso? ¿En el Elíseo[33]? —gritó el doctor Cottard con voz tonante.

—Sí, en casa del señor Grevy —respondió Swann, un poco molesto por el efecto que había producido su frase.

Y el pintor le dijo al doctor a modo de broma:

—¿Le pasa eso a menudo?

Por lo general, una vez dada la explicación, Cottard decía: «¡Ah! Bueno, bueno, todo está bien» y no mostraba ninguna señal más de emoción. Pero esta vez las últimas palabras de Swann, en lugar de proporcionarle el sosiego habitual, lo llevaron al colmo del asombro al ver que un hombre con quien él cenaba, que no tenía funciones oficiales ni renombre de ningún tipo, se relacionase con el Jefe del Estado.

—¿Cómo es eso? ¿Con el señor Grevy? ¿Conoce usted al señor Grevy? —le dijo a Swann con el aire estúpido e incrédulo de un guardia municipal a quien un desconocido le pide ver al presidente de la República y que, comprendiendo por esas palabras «con quién tiene que vérselas», como dicen los periódicos, le asegura al pobre demente que será recibido al instante y lo dirige a la enfermería especial de la Comisaría.

—Lo conozco un poco, tenemos amigos comunes (no se atrevió a decirle que uno de ellos era el príncipe de Gales); por lo demás, él invita con mucha facilidad y le aseguro que esos almuerzos no tienen nada de divertido; además son muy sencillos, nunca somos más de ocho a la mesa —respondió Swann, que intentaba borrar lo que parecían tener de

---

[31] Político francés (1838-1882), líder de la Unión Republicana. *(N. del T.)*
[32] Uno de los barrios más elegantes de París. *(N. del T.)*
[33] Residencia oficial del Presidente de la República Francesa. *(N. del T.)*

demasiado esplendoroso, a los ojos de su interlocutor, unas relaciones con el Presidente de la República.

Cottard, remitiéndose a las palabras de Swann, adoptó enseguida la opinión, respecto al valor de una invitación del señor Grevy, de que era cosa muy poco buscada y que estaba al alcance de cualquiera. Desde entonces no se extrañó ya de que Swann, tanto como cualquier otro, frecuentase el Elíseo, e incluso lo compadecía un poco por tener que ir a almuerzos que hasta el mismo invitado confesaba que eran aburridos.

—¡Ah! Bueno, bueno, está bien —dijo con el tono de un aduanero que hasta hace un momento desconfiaba, pero que, después de las explicaciones de uno, le da el visado y le deja pasar sin abrir las maletas.

—¡Ah! Le creo que no deben ser muy divertidos esos almuerzos, usted tiene la virtud de acudir a ellos —dijo la señora Verdurin, a quien el Presidente de la República le parecía un fastidioso especialmente temible porque disponía de unos medios de seducción y de imposición que, empleados con los fieles, habrían sido capaces de hacerles que faltasen a su casa—. Parece que es sordo como una tapia y que come con los dedos.

—En efecto, entonces ir allá no le debe divertir mucho —dijo el doctor con un toque de conmiseración, y al acordarse de la cifra de los ocho comensales: «¿Son almuerzos íntimos?», preguntó rápidamente con celo de lingüista, más que con interés de curioso.

Pero el prestigio que tenía ante sus ojos el Presidente de la República acabó por triunfar sobre la humildad de Swann y la malicia de la señora Verdurin, y en cada cena preguntaba con interés Cottard: «Veremos esta noche al señor Swannn? Él tiene relaciones personales con el señor Grevy. ¿Es claramente lo que se dice un *gentleman?*». Hasta llegó a ofrecerle una tarjeta de invitación para la exposición odontológica.

—Les dejarán entrar con las personas que estén con ustedes, pero no dejan entrar a los perros. Comprendan que les digo esto porque he tenido amigos que no lo sabían y que se quedaron con las ganas.

En cuanto al señor Verdurin, se dio cuenta del mal efecto que había producido en su mujer el descubrimiento de que Swann tenía amistades poderosas de las que no había hablado nunca.

Si no se le había organizado alguna salida fuera, era en casa de los Verdurin donde Swann volvía a encontrar al pequeño núcleo, pero solamente venía por las noches y casi nunca aceptaba quedarse a cenar, a pesar de los ruegos de Odette.

—Yo podría cenar a solas con usted, si lo prefiere —le decía ella.

—¿Y la señora Verdurin?

—¡Oh! Eso sería muy sencillo. Sólo tendría que decirle que mi vestido no estaba listo, o que mi *cab*[34] vino con retraso. Siempre hay manera de arreglárselas.

—Es usted muy amable.

Pero Swann se decía que si le mostraba a Odette (consintiendo únicamente en reunirse con ella después de cenar) que había placeres que él prefería al de estar con ella, la atracción que ella sentía por él no se saciaría en mucho tiempo. Y, por otra parte, como prefería muchísimo más a la de Odette la belleza de una obrerita fresca y llena como una rosa de la cual estaba prendado, prefería pasar el inicio de la velada con ella, estando seguro de que vería a Odette después. Por esas mismas razones no aceptaba nunca que Odette fuese a buscarlo para ir a casa de los Verdurin. La obrerita lo esperaba cerca de la casa de él en un rincón de la calle que su cochero Remi conocía, subía al lado de Swann y se quedaba en sus brazos hasta el momento que el carruaje se detenía delante de la casa de los Verdurin. Al entrar, mientras la señora Verdurin le enseñaba las rosas que él había enviado por la mañana, le decía: «Tengo que regañarle» y le indicaba un sitio junto a Odette; el pianista tocaba para ellos dos la pequeña frase de Vinteuil, que era como el himno nacional de su amor. Empezaba por el conjunto de trémolos del violín, que durante algunos compases se oyen solos y ocupando todo el primer plano, después parecían separarse de repente y, como ocurre en esos cuadros de Pieter de Hooch[35] que profundizan el marco estrecho de una puerta abierta, a lo lejos, con un color distinto, en la suavidad de una luz interpuesta, aparecía la pequeña frase, danzante, pastoral, intercalada, episódica, como si perteneciese a otro mundo. Pasaba con pliegues sencillos e inmortales, distribuía aquí y allá los dones de su gracia con la misma sonrisa inefable, pero Swann creía ahora distinguir allí el desencanto. La frase parecía conocer la vanidad de esa dicha cuya vía mostraba. En su gracia ligera tenía algo de cosa consumada, como el desapego que sigue al pesar. Pero poco le importaba, la consideraba menos por sí misma —en lo que podía expresar para un músico que ignoraba la existencia de él y de Odette cuando la compuso, y para todos aquellos que la escuchasen los siglos venideros— que como una prenda, un recuerdo de su amor que, incluso para los Verdurin y el pequeño pianista, hacía pensar en Odette a la vez que en él, los unía; hasta el punto de que, como Odette se lo había rogado por capricho, él renunció a su proyecto de que un artista tocase para él la sonata completa, de la cual seguía sin conocer más que ese pasaje. «¿Qué necesidad tiene usted del resto?

---

[34] Carruaje de caballos descubierto, Odette sigue recurriendo al inglés. *(N. del T.)*
[35] Pintor holandés contemporáneo de Vermeer (1606-1669). *(N. del T.)*

—le había dicho ella—. Esa es nuestra pieza». E igualmente, sufría al pensar, cuando la melodía pasaba tan cerca y, sin embargo, tan en el infinito, que a pesar de que ella se dirigía a ellos, no los conocía; casi lamentaba que tuviese un significado y una belleza intrínseca e inalterable, ajena a ellos; como sucede con las joyas regaladas o incluso con las cartas escritas por una mujer amada, reprochamos a las aguas de la gema y a las palabras del lenguaje que no estén hechas únicamente de la esencia de un amorío pasajero y de un ser concreto.

A menudo ocurría que él se había retrasado tanto con la joven obrera antes de ir a casa de los Verdurin, que una vez que el pianista había tocado la pequeña frase, Swann se daba cuenta de que pronto sería la hora de que Odette volviese a su casa. La llevaba hasta la puerta de su hotelito, en la calle La Perouse, detrás del Arco de Triunfo. Y quizá por causa de eso, para no pedirle todos sus favores, era por lo que él sacrificaba el placer, menos necesario, de verla antes, de llegar a casa de los Verdurin con ella, a ejercer ese derecho que ella reconocía de marcharse juntos y al que él adjudicaba más valor, porque gracias a eso tenía la impresión de que no la veía nadie, de que nadie se metía entre ellos y no la impedía que estuviese todavía con él después de dejarla.

De esa manera regresaba ella en el carruaje de Swann. Una noche, cuando ella acababa de bajar del carruaje y él se despedía, Odette recogió precipitadamente del jardincillo de delante de la casa un último crisantemo y se lo dio antes de que se marchase. Él lo tuvo apretado contra su boca durante su regreso y, cuando al cabo de varias horas se marchitó la flor, la guardó con mucho cuidado en su escritorio.

Pero no entraba nunca en casa de ella. Solamente en dos ocasiones, a primera hora de la tarde, fue él a participar en esa operación de importancia capital para ella: «tomar el té». El aislamiento y el vacío de esas calles cortas (casi todas hechas de hotelitos contiguos, entre los que de pronto venía a romper la monotonía alguna tienducha siniestra, testimonio histórico y resto sórdido de la época en la que esos barrios tenían aún mala fama), la nieve que había permanecido en el jardín y en los árboles, el descuido de la estación y la cercanía de la naturaleza le daban algo más de misterio al calor y a las flores que él había encontrado al entrar.

Dejando a mano izquierda, en la planta baja elevada, el dormitorio de Odette, que daba por detrás a una calleja paralela, una escalera recta, entre paredes pintadas de color oscuro de donde caían telas orientales, hilos de rosarios turcos y una gran linterna japonesa colgada de un cordel de seda (pero que, para no privar a los visitantes de las recientes comodidades de la civilización occidental, se iluminaba con gas) subía al salón y a la salita. Los precedía un estrecho vestíbulo cuya pared, revestida con un enrejado de jardín, pero dorado, estaba delimitada en toda su longitud por una caja rectangular donde florecía, como en un invernadero, una hilera de esos grandes crisantemos, todavía raros en esa época, pero muy alejados de los que los horticultores lograron conseguir después. Swann estaba molesto por la moda que desde el año anterior había con ellos, pero esta vez había tenido el placer de ver la penumbra del cuarto rayado de rosa, naranja y blanco por los rayos aromáticos de esos astros efímeros que se encienden en los días grises. Odette lo recibió en bata de seda rosa, con el cuello y los brazos desnudos. Hizo que se sentase cerca de ella en uno de los numerosos entrantes misteriosos que estaban dispuestos en los huecos del salón, protegidos por palmeras enormes contenidas en los cubremacetas de porcelana china, o por biombos sobre los que estaban pegadas fotografías, lazos de cintas y abanicos. Ella le dijo: «No está usted cómodo así, espere, voy a colocarlo bien», y con la risita vanidosa que habría tenido por algún invento particular suyo, instaló tras la cabeza de Swann y bajo sus pies unos cojines de seda japonesa, a los que daba forma como si hubiera sido pródiga con esas riquezas y no le preocupase su valor. Pero cuando el lacayo vino a traer sucesivamente las numerosas lámparas que, casi todas encerradas en jarrones de porcelana china, ardían aisladas o por parejas, todas ellas puestas sobre muebles diferentes como si fueran altares, y que en el crepúsculo, ya casi noche, de ese final de tarde de invierno, habían hecho reaparecer una puesta de sol más duradera, más rosada y más humana —haciendo quizá que soñase en la calle algún enamorado, detenido ante el misterio de la presencia que mostraban y ocultaban a la vez las ventanas encendidas—, ella vigilaba severamente con el rabillo del ojo al criado para ver si las ponía en su sitio destinado. Odette creía que si se colocaba una sola allí donde no hacía falta, el efecto de conjunto de su salón se destruiría, y que su retrato, colocado sobre un caballete oblicuo forrado de felpa quedaría mal iluminado. De modo que seguía febrilmente los movimientos de aquel hombre grosero y lo reprendió enérgicamente porque había pasado demasiado cerca de las dos jardineras que ella reservaba para limpiarlas ella misma, por el temor de que se rompiesen, y fue a mirarlas de cerca para ver si las había desportillado. Le encontraba a todas sus figuritas de adorno formas «divertidas», y también a las orquídeas, sobre todo a las catleyas, que con los crisantemos eran sus flores preferidas, porque tenían el gran mérito de no parecer flores, sino criaturas de seda o de satén. «Esa de ahí parece haber sido recortada del forro de mi abrigo —le dijo ella a Swann mostrándole una orquídea, con un tono de cariño por esa flor con tanto «estilo», por esa hermana tan elegante e imprevista que le daba la naturaleza, tan alejada de ella en la escala de las criaturas y, sin embargo, refinada, más digna que muchas mujeres de que le hiciera un lugar en su salón. Mostrándole unas tras otras unas quimeras de lenguas de fuego que decoraban un florero o bordadas en una pantalla, las corolas de un ramo de orquídeas, un dromedario de plata labrada con los ojos incrustados de rubíes que estaba en la chimenea junto a un sapo de jade, fingía por turnos que tenía miedo de la maldad o que se reía de la jocosidad de los monstruos, que se sonrojaba por la indecencia de las flores y que experimentaba un deseo irresistible de ir a besar al dromedario y al sapo, a los que llamaba «queriditos». Esos fingimientos contrastaban con la sinceridad de varias devociones suyas, principalmente la que tenía a la Virgen de Laghet, que en otro tiempo, cuando ella vivía en Niza, la había curado de una enfermedad mortal y de la cual llevaba siempre encima una medalla de oro a la que atribuía un poder sin límites. Odette le hizo a Swann «su té», le preguntó: «¿con leche, o con limón?», y como él respondió «con leche», le dijo riéndose: «¡una nube!». Y al encontrarlo él bueno, dijo: «ya ve que sé lo que le gusta». Ese té, en efecto, le había parecido a Swann algo tan precioso como ella misma, y el amor tiene tanta necesidad de encontrar una justificación para sí mismo, una garantía de duración en los placeres que, por contra, sin él no lo serían y que terminaban en él, que cuando la dejó hacia las siete para volver a su casa a vestirse para la noche, durante todo el trayecto que hizo en su berlina, sin poder contener la alegría que le había causado esa tarde, se repetía: «Qué agradable sería tener así una personita en casa en quien poder encontrar esa cosa tan rara, un buen té». Una hora después recibió un escrito de Odette y reconoció enseguida esa letra grande en la que una afectación de rigidez británica imponía una apariencia de disciplina a los caracteres informes que tal vez hubiesen significado, ante ojos menos avisados, el desorden de pensamiento, la insuficiencia de educación, la carencia de franqueza y de voluntad. Swann se había olvidado la pitillera en casa de Odette. «Si se hubiese olvidado también su corazón, no le habría dejado recuperarlo.»

Una segunda visita que él le hizo tuvo quizá más importancia. Al dirigirse a casa de ella aquel día como cada vez que iba a verla, se la imaginaba de antemano, y la necesidad en la que estaba para encontrar bonito su rostro, de limitar sólo a los pómulos rosados y frescos las mejillas que tan a menudo tenía amarillentas, lánguidas, a veces marcadas de puntitos rojos, lo afligía como una prueba de que el ideal es inaccesible y la felicidad, mediocre. Le traía un grabado que ella quería ver. Odette estaba un poco indispuesta, lo recibió en bata de crepé malva y llevaba sobre el pecho, como un chal, una tela ricamente bordada. De pie al lado de él, dejando que cayesen a lo largo de sus mejillas los cabellos que había soltado, doblando una pierna en una actitud levemente danzante para poder inclinarse sin cansarse hacia el grabado que miraba, inclinando la cabeza, con sus grandes ojos, tan cansados y huraños cuando no los animaba, a Swann le chocó por su semejanza con la imagen de Séfora, la hija de Jetró, que puede verse en un fresco de la Capilla Sixtina. Swann siempre había tenido la afición particular de que le gustase encontrar en la pintura de los grandes Maestros no solamente los caracteres generales de la realidad que nos rodea, sino aquello que, por el contrario, parece lo menos apto para generalizar: los rasgos individuales de las caras que conocemos, de modo que, en la materia de un busto del dogo Loredan de Antoine Rizzo, encontraba la prominencia de los pómulos, la oblicuidad de las cejas y la semejanza incuestionable de su cochero Remi; bajo los colores de un Ghirlandaio, la nariz del señor De Palancy; en un retrato de Tintoretto, la invasión de lo graso de las mejillas por la implantación de los primeros pelos de las patillas, la división de la nariz, la penetración de la mirada y la congestión de los párpados del doctor Du Boulbon. Es posible que, al haber tenido siempre un remordimiento por haber restringido su vida a las relaciones mundanas, en la conversación creyese encontrar una especie de perdón indulgente que le concedían los grandes artistas: el hecho de que también ellos habían considerado con gusto que entrasen en su obra unas caras así, que le dan a ésta un singular certificado de realidad y de vida, un sabor moderno; y quizá también que se había dejado ganar de tal manera por la frivolidad de las gentes del gran mundo, que sentía la necesidad de encontrar en una obra antigua esas alusiones anticipadas y rejuvenecedoras a nombres propios de hoy. Y es posible, al contrario, que hubiese mantenido suficiente naturaleza de artista para que esas características individuales le gustasen tomando un significado más general en cuanto las veía, desarraigadas y liberadas, en la semejanza de un retrato más antiguo con un original al que no representaba. Fuera lo que fuese, y quizá porque la plenitud de impresiones que tenía desde hacía algún tiempo, aunque le hubiese venido más bien con el amor a la música, había enriquecido más su afición por la pintura, fue más profundo el placer —y debía ejercer en Swann una influencia duradera— que encontró en aquel momento en la semejanza de Odette con la Séfora de ese Sandro di Mariano, a quien se le da con más gusto el sobrenombre de Boticelli, puesto que éste evoca, en lugar de la obra verdadera del pintor, la idea banal y falsa que se ha vulgarizado de él. Ya no valoró más la cara de Odette según la mejor o peor calidad de sus mejillas ni por la suavidad puramente carnal que él suponía que debía encontrar tocándolas con los labios, si se atreviese alguna vez a besarla, sino como un laberinto de líneas sutiles y hermosas que sus miradas devanasen, siguiendo la curva de su enroscamiento, haciendo coincidir

 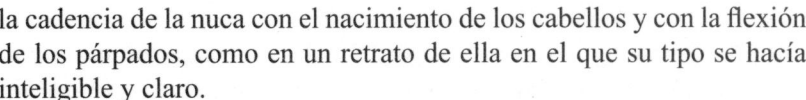

la cadencia de la nuca con el nacimiento de los cabellos y con la flexión de los párpados, como en un retrato de ella en el que su tipo se hacía inteligible y claro.

Él la miraba, un fragmento del fresco aparecía en su cara y en su cuerpo, lo que desde entonces él siempre intentó volver a encontrar en él, tanto si estaba junto a Odette como si solamente pensaba en ella; y aunque sin duda él no se agarrase a la obra maestra florentina más que porque la encontraba en ella, esa semejanza, sin embargo, le confería belleza a ella también, la hacía más preciosa. Swann se reprochaba el haber ignorado el valor de una criatura que le habría parecido adorable al gran Sandro, y se felicitaba porque el gusto que tenía al ver a Odette encontrase una justificación en su propia cultura estética. Se dijo que al asociar el pensamiento de Odette a sus propios sueños de felicidad, no se había resignado a un estar peor tan imperfecto como había creído hasta entonces, puesto que ella satisfacía sus gustos artísticos más refinados. Se olvidaba de que Odette no era para eso una mujer según su deseo, puesto que precisamente su deseo había estado orientado siempre en un sentido opuesto a sus gustos estéticos. Las palabras «obra florentina» rindieron un gran servicio a Swann. Le permitieron, como un título, que hiciera penetrar la imagen de Odette en un mundo de sueños al que ella no había tenido acceso hasta entonces y en el que se impregnó de nobleza. Y mientras que la vista puramente carnal que había tenido de esta mujer, al renovar continuamente sus dudas sobre la calidad de su cara, de su cuerpo y de toda su belleza, debilitaba su amor, esas dudas quedaron destruidas y ese amor asegurado cuando tuvieron por base en su lugar los datos de una estética cierta; sin contar que el beso y la posesión, que le parecían naturales y mediocres si le eran concedidos por una carne arruinada, al venir a coronar la admiración por una pieza de museo le pareció que debían ser sobrenaturales y deliciosos.

Y cuando se veía tentado a lamentar que desde hacía meses no hacía más que ver a Odette, se decía que era razonable entregar mucho de su tiempo a una obra maestra inestimable, vertida por una vez en una materia diferente y especialmente sabrosa, en un ejemplar rarísimo que él contemplada unas veces con la humildad, la espiritualidad y el altruismo de un artista, y a veces con el orgullo, el egoísmo y la sensualidad de un coleccionista.

Él colocó encima de su mesa de trabajo una reproducción de la hija de Jetró, como si fuese una fotografía de Odette. Admiraba los grandes ojos, el delicado rostro que dejaba adivinar la piel imperfecta, los maravillosos bucles de cabellos a lo largo de las mejillas cansadas, y, adaptando lo que encontraba bello de una manera estética hasta ese momento con la idea de una mujer viva, lo transformaba en méritos físicos que se felicitaba por encontrar reunidos en una criatura que podría poseer. Ese vago gusto que nos lleva hacia una obra maestra que contemplamos se convertía, ahora que conocía el original en carne humana de la hija de Jetró, en un deseo que reemplazó en adelante al que el cuerpo de Odette no le había inspirado al principio. Cuando miraba mucho tiempo a ese Botticelli, él pensaba en su propio Botticelli, que le parecía más bello aún y, trayendo hacia sí la fotografía de Séfora, creía estrechar a Odette contra su corazón.

Y sin embargo, no era solamente el hastío de Odette lo que se ingeniaba para evitar, a veces era también su propio hastío, al notar que desde que Odette tenía todas las facilidades para verlo, no parecía tener gran cosa que decirle; temía que las maneras un poco insignificantes, monótonas y como definitivamente fijas, que ahora eran también las suyas cuando estaban juntos, no terminasen por matar en él la esperanza novelesca de un día en el que ella quisiera declararle su pasión, que era lo único que lo había enamorado y lo mantenía así. Y para renovar un poco el aspecto moral, demasiado solidificado, de Odette, del que temía cansarse, le escribía de pronto una carta llena de decepciones fingidas y de cóleras simuladas que hacía que le llevasen antes de la cena. Él sabía que ella iba a estar asustada y que le respondería, y esperaba que, de la crispación que el miedo a perderlo haría padecer a su mente, saliesen palabras que ella todavía no le había dicho nunca —y en efecto fue así como consiguió las cartas más tiernas que le ella le escribió, de las que una, que ella le había enviado a mediodía desde la *Maison Dorée* (era el día de la fiesta de París-Murcia, que se daba a favor de los inundados de Murcia[36]), comenzaba así: «Amigo mío, mi mano tiembla tanto que apenas puedo escribir» y que él guardó en el mismo cajón que la flor seca del crisantemo. O bien, si ella no había tenido tiempo de escribirle, cuando él llegase a casa de los Verdurin ella iría rápidamente a él y le diría: «Tengo que hablarle» y él contemplaría en su cara y en sus palabras lo que ella le había ocultado de su corazón hasta entonces.

Sólo con aproximarse a casa de los Verdurin, cuando veía, iluminadas por lámparas, las grandes ventanas cuyos postigos no se cerraban nunca, él se enternecía pensando en la criatura encantadora a la que iba a ver, rozagante en su luz de oro. A veces se destacaban las sombras de los invitados, sutiles y negras, como en una pantalla ante las lámparas, como esos grabados pequeños que se intercalan en diferentes paneles de una pantalla translúcida en la que las demás hojas sólo son claridad. Intentaba distinguir la silueta de Odette. Después, cuando ya

---

[36] Conmemoración de la ayuda brindada por los ciudadanos de París para una riada catastrófica en la ciudad española de Murcia el día 14 de octubre de 1879. *(N. del T.)*

había llegado, sin que se diese cuenta de ello, sus ojos brillaban con tal alegría, que el señor Verdurin le decía al pintor: «Creo que la cosa se caldea». Y, en efecto, la presencia de Odette añadía a esta casa para Swann aquello de lo que no estaba provista ninguna de las demás casas donde acudía: una especie de aparato sensitivo, de entramado nervioso que se ramificaba en todas las estancias y aportaba emociones continuas a su corazón.

De esta manera, el sencillo funcionamiento de ese organismo social que era el pequeño «clan» proporcionaba automáticamente a Swann citas cotidianas con Odette y le permitía fingir una indiferencia al verla, o incluso el deseo de no verla más, que no le hacía correr grandes riesgos, puesto que, fuera lo que fuese lo que le había escrito durante el día, la vería necesariamente por la noche y la acompañaría a su casa.

Pero cierta vez que, habiendo pensado de mal humor en ese inevitable regreso juntos, había llevado hasta el bosque a su joven obrera para retrasar el momento de ir a casa de los Verdurin, llegó a aquella casa tan tarde que Odette se había marchado, creyendo que ya no vendría. Al ver que ya no estaba en el salón, Swann sintió dolor en el corazón y tembló por verse privado de un placer que valoró por primera vez, al haber tenido hasta entonces la certeza de encontrarlo cuando él quisiera, certeza que para todos los placeres nos disminuye o incluso nos impide ver de ninguna manera su grandeza.

—¿Has visto la cara que ha puesto cuando se ha dado cuenta de que ella no estaba? —le dijo el señor Verdurin a su mujer—. ¡Creo que se puede decir que está disgustado!

—¿La cara que ha puesto quién? —preguntó con violencia el doctor Cottard, que se había ido por un momento a ver a un enfermo, había vuelto a buscar a su mujer y no sabía de qué se hablaba.

—¿Cómo? ¿Es que no se ha encontrado ante la puerta al más bello de los Swann[37]...?

—No. ¿Ha venido el señor Swann?

—¡Oh! Sólo un momento. Hemos tenido un Swann muy agitado, muy nervioso. Ya comprende, Odette se había ido.

—Usted quiere decir que ella está a partir un piñón con él y le ha hecho ver la hora de los enamorados —dijo el doctor, experimentando con prudencia el sentido de esas expresiones.

—Claro que no, no hay absolutamente nada de eso, y entre nosotros, me parece que ella se equivoca mucho y que se porta como una idiota, cosa que es por otra parte.

---

[37] Hace alusión al significado del nombre Swann: cisne. *(N. del T.)*

—Bah, bah, bah —dijo el señor Verdurin—, ¿y qué es lo que sabes de ello para decir que no hay nada? Nosotros no hemos estado para verlo, ¿verdad que no?

—A mí ella me lo habría dicho —replicó orgullosamente la señora Verdurin—. ¡Les digo que ella me cuenta todos sus asuntillos! Como ella no tiene a nadie en este momento, le he dicho que debería acostarse con él. Pretende que no puede, que ha tenido un fuerte enamoramiento de él, pero que es tímido con ella y que eso la intimida a su vez, y además, que ella no lo ama de esa manera, que es un ser ideal, que ella tiene miedo a contaminar el sentimiento que tiene por él y qué sé yo cuántas cosas más. Sin embargo, eso sería totalmente lo que él necesita.

—Me permitirás que no comparta tu opinión —dijo el señor Verdurin—, ese señor no me convence más que a medias, me parece un pretencioso.

La señora Verdurin se quedó inmóvil, adquirió una expresión inerte como si se hubiese convertido en una estatua, ficción que permitió que se supusiera que no había oído esa palabra insoportable, «pretencioso», que parecía implicar que se podía «pretender» con ellos, y por lo tanto que se podía ser «más que ellos».

—En fin, si no hay nada, no creo que sea porque ese señor la crea virtuosa —dijo irónicamente el señor Verdurin—. Y a fin de cuentas, no se puede decir nada, puesto que él parece que la cree inteligente. No sé si llegaste a oír lo que él le decía la otra noche sobre la sonata de Vinteuil. Quiero a Odette de todo corazón, pero para hacerla entender teorías de estética, ¡haría falta ser un tonto tremendo, de todos modos!

—Vamos, no hables mal de Odette —dijo la señora Verdurin haciéndose la niña—, es encantadora.

—Pero eso no la impide ser encantadora, no hablamos mal de ella, sólo decimos que ella no es ni una virtud, ni una inteligencia. En el fondo —le dijo al pintor—, ¿le importa tanto que ella sea virtuosa? Quizá sería mucho menos encantadora, ¿quién sabe?

En el rellano, Swann se encontró con el mayordomo, que no estaba allí cuando llegó y al que Odette había encargado que le dijese —pero hacía ya más de una hora—, en el caso de que viniese, que ella iría probablemente a tomar chocolate en la casa Prevost antes de regresar a casa. Swann salió hacia Prevost, pero a cada paso su carruaje se quedaba detenido por los demás vehículos o por las personas que cruzaban, obstáculos odiosos que se hubiera alegrado de atropellar si el atestado del guardia no lo retrasase aún más que el paso del peatón. Contaba el tiempo que empleaba, le añadía algunos segundos a todos los minutos para asegurarse de que no los había hecho demasiado cortos, lo que le habría hecho creer que la posibilidad de llegar lo bastante pronto y encontrarse todavía con Odette era mayor que lo que era en realidad. Y en cierto momento, como un afiebrado que acaba de dormir y toma conciencia de lo absurdo de las ensoñaciones que rumia sin diferenciarse claramente de ellas, de repente Swann se dio cuenta en su interior de lo extraños que eran los pensamientos que le daban vueltas desde el momento en que se le había dicho en casa de los Verdurin que Odette se había ido ya, la novedad del dolor que oprimía su corazón, pero que percibió solamente como si acabase de despertarse. ¿Cómo? ¡Toda esta agitación porque no veía a Odette hasta el día siguiente, cosa que precisamente había deseado hacía una hora al dirigirse a la casa de la señora Verdurin! Se vio obligado a constatar que en ese mismo vehículo que lo llevaba a la casa Prevost él ya no era el mismo, que ya no estaba solo, que un nuevo ser estaba allí con él, adherido y amalgamado con él, del cual quizá no podría librarse y con el que iba a estar obligado a utilizar miramientos, como con un amo o con una enfermedad. Y sin embargo, desde el momento que sintió que una nueva persona se había añadido a él de esa manera, su vida le pareció más interesante. Apenas se decía que este encuentro posible en la casa Prevost (cuya espera destrozaba y descarnaba hasta ese momento los movimientos que lo precedían, que ya no encontraba una sola idea, ni un solo recuerdo tras el cual pudiese hacer descansar su mente), sin embargo, era probable, si es que tenía lugar, que sería como los demás, muy poca cosa. Como cada noche, desde el momento que estuviera con Odette, lanzando furtivamente a su rostro cambiante una mirada, enseguida apartada por miedo a que ella viese en esa mirada el anticipo de un deseo y ya no creyese en su indiferencia, él dejaría de pensar en ella, estando demasiado ocupado en encontrar pretextos que le permitiesen no dejarla enseguida y en asegurarse, sin parecer desearlo, de que volvería a encontrarla mañana en casa de los Verdurin. Es decir, prolongar por el momento y renovar un día más la decepción y la tortura que le traía la superficial presencia de esa mujer a la que se acercaba sin atreverse a besarla.

Ella no estaba en casa Prevost y él quiso buscar en todos los restaurantes de los bulevares. Para ganar tiempo, mientras que él visitaba unos, enviaba a los otros a su cochero Remi (el dogo Loredano de Rizzo), con quien iba a reunirse después —no habiendo encontrado nada él mismo— en el lugar que le había designado. El carruaje no volvía y Swann se imaginaba el momento que se avecinaba a la vez como aquel en el que Remi le diría: «Esa dama está allí» y como aquel en el que le diría: «Esa dama no estaba en ninguno de los cafés». Y de ese modo veía el final de la velada ante él, única y, sin embargo, alternativa, precedida por el encuentro con Odette que suprimiese su angustia, o por la renuncia obligada a encontrarla esa noche, por tener que aceptar que volvería a su casa sin haberla visto.

El cochero volvió, pero en el momento que se detuvo delante de Swann, éste no le dijo: «¿Has encontrado a esa dama?», sino: «Recuérdame que mañana piense en pedir leña, creo que la provisión que hay va a empezar a agotarse». Tal vez se decía que si Remi hubiese encontrado a Odette en un café donde ella lo esperaba, el final de velada nefasto quedaba destruido ya por la realización empezada del final de velada dichoso, y que él no necesitaba apresurarse por alcanzar una felicidad ya capturada y en lugar seguro, pues era una felicidad que ya no se le escaparía. Pero también era por inercia. En la mente había la carencia de flexibilidad que algunos seres tienen en el cuerpo, aquellos que en el momento de evitar un choque, o de alejar una llama de sus vestidos, o de llevar a cabo un movimiento urgente, se toman su tiempo, empiezan por quedarse un segundo en la situación que estaban antes como para encontrar su punto de apoyo, o su impulso. Y sin duda, si el cochero lo hubiese interrumpido diciéndole: «Esa dama está allí», él habría respondido: «¡Ah, sí es verdad! La carrera que te he hecho dar, vaya, no lo habría creído», y habría seguido hablándole de la provisión de leña para ocultarle la emoción que había tenido y concederse a sí mismo el tiempo de romper con la inquietud y de entregarse a la felicidad.

Pero el cochero vino a decirle que no la había encontrado por ninguna parte y añadió su consejo, como viejo servidor:

—Creo que el señor sólo tiene que volver.

Pero la indiferencia, que Swann fingía fácilmente cuando Remi ya no podía cambiar nada de la respuesta que traía, cayó cuando lo vio que intentaba hacerle renunciar a su esperanza y su búsqueda:

—Pero de ninguna manera —exclamó—, es preciso que encontremos a esa dama, es de la mayor importancia. Ella está sumamente inquieta por cierto asunto y se ofendería si no me hubiera visto.

—No veo cómo podría estar ofendida esa dama —respondió Remi—, puesto que se ha marchado sin esperar al señor, ha dicho que iba a casa Prevost y no estaba allí.

Además, comenzaban a apagar las luces por todos lados. Bajo los árboles de los bulevares, en una oscuridad misteriosa, erraban los transeúntes más raros, apenas reconocibles. A veces, la sombra de una mujer que se acercaba a él, le murmuraba algo al oído pidiéndole que la acompañase, hizo que Swann se estremeciera. Pasaba ansiosamente cerca de todos esos cuerpos oscuros como si, entre los fantasmas de los muertos del reino de las sombras, hubiese estado buscando a Eurídice.

De todos los medios de producción del amor, de todos los agentes de diseminación del mal sagrado, ese gran soplo de agitación que a

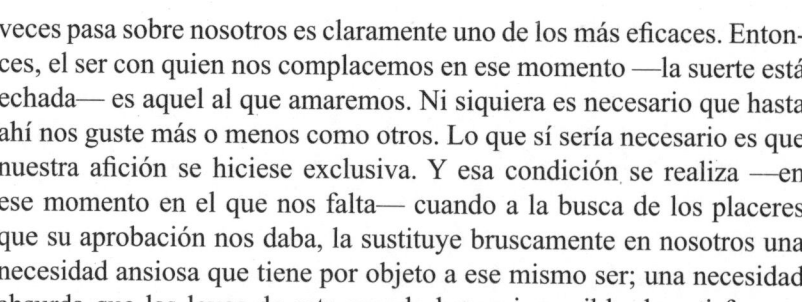

veces pasa sobre nosotros es claramente uno de los más eficaces. Entonces, el ser con quien nos complacemos en ese momento —la suerte está echada— es aquel al que amaremos. Ni siquiera es necesario que hasta ahí nos guste más o menos como otros. Lo que sí sería necesario es que nuestra afición se hiciese exclusiva. Y esa condición se realiza —en ese momento en el que nos falta— cuando a la busca de los placeres que su aprobación nos daba, la sustituye bruscamente en nosotros una necesidad ansiosa que tiene por objeto a ese mismo ser; una necesidad absurda que las leyes de este mundo hacen imposible de satisfacer y difícil de curar: la necesidad insensata y dolorosa de poseerlo.

Swann hizo que lo llevaran a los últimos restaurantes, la felicidad era la única hipótesis que había considerado con calma. Ya no ocultaba ahora su agitación y el precio que le adjudicaba a ese encuentro; le prometió a su cochero una recompensa en caso de éxito, como si, inspirándole el deseo de conseguirlo que vendría a añadirse al que tenía él mismo, Remi pudiese hacer que Odette, en el caso que ya hubiese vuelto para acostarse, se encontrase, sin embargo, en un restaurante del bulevar. Subió hasta la Maison Dorée, entró dos veces en casa Tortoni y, sin haberla visto, acababa de salir del Café Inglés caminando a grandes pasos, con aspecto aturdido, para encontrarse con su vehículo, que lo esperaba en la esquina del Bulevar de los Italianos, cuando se chocó con una persona que venía en sentido contrario. Era Odette, ella le explicó después que al no haber encontrado sitio en casa Prevost se había ido a cenar a la Maison Dorée, en un hueco donde él no la había descubierto, y que regresaba a su vehículo.

Verlo fue tan inesperado, que ella tuvo un gesto de temor. En cuanto a él, había recorrido París no porque creyese que era posible encontrarla, sino porque le resultaba demasiado cruel renunciar a ello. Pero esa alegría que su razón no había dejado de considerar irrealizable por esa noche, ahora sólo le parecía aún más real; pues como él no había colaborado en la previsión de las verosimilitudes, ella seguía siendo exterior; no necesitaba extraerla de su mente para aprovisionarla: era de ella misma de donde emanaba, era ella misma quien proyectaba hacia él esa verdad que irradiaba hasta el punto de disipar como un sueño el aislamiento que había temido, era ella sobre quien apoyaba y hacía descansar, sin pensarlo, su ensueño feliz. Como un viajero llegado con el buen tiempo a la orilla del Mediterráneo, inseguro de la existencia de las regiones que acaba de abandonar, deja que deslumbren su vista, en vez de lanzarles miradas, los rayos que emite hacia él el azul luminoso y resistente de las aguas.

Él subió con ella al vehículo que ella tenía y le dijo a su cochero que les siguiese.

Odette llevaba en la mano un ramo de catleyas y Swann vio, bajo su pañuelo de encaje, que tenía en el cabello flores de esa misma orquídea atadas a un penacho de plumas de cisne. Bajo su mantilla, estaba vestida con una casaca de terciopelo negro que, recogida al bies, dejaba al descubierto en un amplio triángulo el bajo de una falda de faya blanca y permitía ver un canesú, igualmente de faya blanca, en la apertura de la blusa escotada, donde estaban clavadas otras flores de catleyas. Ella apenas estaba recuperada del susto que Swann le había provocado, cuando un obstáculo hizo que el caballo diese un giro brusco. Ellos fueron fuertemente desplazados de sus asientos, ella lanzó un grito y se quedó palpitante, sin respiración.

—No es nada —le dijo él—, no tenga miedo.

Y la agarró por el hombro, apoyándola en él para sostenerla. Luego dijo:

—Sobre todo, no me hable, respóndame sólo por signos para que no se sofoque más. ¿No le molesta que vuelva a colocar las flores de su blusa, que se han movido con el choque? Me da miedo que las pierda, querría remetérselas un poco.

Odette, que no estaba habituada a ver a los hombres tener tantos miramientos con ella, dijo sonriendo:

—No, no, de ninguna manera, no me molesta.

Pero él, intimidado por su respuesta, y quizá también por parecer haber sido sincero cuando tomó ese pretexto, o incluso empezando a creer ya que lo había sido, exclamó:

—¡Oh! No, sobre todo no hable, todavía puede sofocarse. Puede responderme por gestos, la entenderé bien. Sinceramente, ¿no la molesto? Mire, hay un poco de... Creo que es polen que se ha esparcido sobre usted, ¿me permite que lo quite con la mano? ¿No lo estoy haciendo muy fuerte, no soy demasiado brusco? ¿Quizá le hago un poco de cosquillas? Es que no quisiera tocar el terciopelo del vestido para no chafarlo. Pero, ya ve, era realmente necesario sujetarlas, se habrían caído, y así, remetiéndolas yo un poco... En serio, ¿no soy desagradable? ¿Y tampoco al olerlas para ver si verdaderamente no tienen olor? Nunca lo he sentido, ¿puedo? Diga la verdad.

Sonriendo, ella se encogió levemente de hombros, como para decir «¡Qué tonto es usted! Ya ve que me gusta».

Él alzó su otra mano a lo largo de la mejilla de Odette, ella lo miró fijamente, con el aire lánguido y serio que tienen las mujeres del maestro florentino con las que le había encontrado semejanza; los ojos, llevados al borde de los párpados, brillantes, grandes y sutiles como los suyos, parecían a punto de desprenderse como si fueran dos lágrimas. Ella doblaba el cuello como se les ve hacer a todas, tanto en las escenas paganas como en los cuadros religiosos. Y con una actitud que sin duda era habitual y que ella sabía que era conveniente en esos casos, y que tenía cuidado de no olvidarse de tomar, parecía que necesitase de toda su fuerza para retener su cara, como si una fuerza invisible la atrajese hacia Swann. Y fue Swann quien, antes de que ella la dejase caer, como a su pesar, sobre sus labios, la retuvo un momento a cierta distancia entre sus dos manos. Él quiso dejarle a su pensamiento el tiempo de acudir, de reconocer el sueño que ella había acariciado tanto tiempo y de asistir a su realización, como una pariente a la que se llama para que participe en el éxito de un hijo al que ella ha querido mucho. Quizá es que Swann unía también a esa cara de Odette, aún no poseída, ni siquiera besada por él, que veía por última vez, la mirada con la que, en un día de partida, quisiéramos llevarnos un paisaje que vamos a dejar para siempre.

Pero él era tan tímido con ella, que, aunque aquella noche terminó por poseerla, empezando por arreglar sus catleyas, ya fuese por miedo a ofenderla, ya fuese por miedo a parecer restrospectivamente que había mentido, ya fuese falta de audacia para formular una exigencia mayor que aquella (que él podía renovar, puesto que no había enfadado a Odette la primera vez), los días siguientes utilizó el mismo pretexto. Si ella llevaba catleyas en la blusa, él decía: «¡Qué lástima! Esta noche las catleyas no necesitan que se las coloque, no se han movido como la otra noche; sin embargo, me parece que esta de aquí no está muy derecha. ¿Puedo ver si huelen más que las otras?»; o bien, si ella no las tenía: «¡Oh! Esta noche no hay catleyas, no tengo forma de hacer mis pequeños arreglos». De manera que, durante algún tiempo, no se cambió el orden que él siguió el primer día, empezando por roces con los dedos y los labios en la garganta de Odette, que para ellos fue siempre como empezaban cada vez sus caricias; y mucho más tarde, cuando el arreglo (o el simulacro ritual de arreglo) de las catleyas había caído hacía tiempo en desuso, la metáfora «hacer cattleya», convertida en un simple vocablo que empleaban sin pensar cuando querían referirse al acto de la posesión física —donde de hecho no se posee nada—, sobrevivió en su lenguaje, en el que ella conmemoraba aquel uso olvidado. Y tal vez esa manera particular de decir «hacer el amor» no significaba exactamente lo mismo que sus sinónimos. Por mucho que se esté hastiado de las mujeres, por mucho que se considere la posesión de las más diferentes como siempre la misma y conocida de antemano, por el contrario se convierte en un placer nuevo si se trata de mujeres que son lo bastante difíciles —o que así las creemos— para que estemos obligados a hacer que esa posesión nazca de algún episodio imprevisto de nuestras relaciones con ellas, como fue la primera vez para Swann el arreglo de las catleyas. Él esperaba temblando aquella noche (pero se decía que Odette, si era la víctima de su ardid, no podía adivinarlo) que fuese la posesión de esa mujer que iba a salir de entre sus largos pétalos malvas, y el placer que él ya experimentaba y que quizá Odette sólo toleraría, creía él, porque no lo había reconocido, le parecía por ello —como le pudo parecer al primer hombre que lo saboreó entre las flores del Paraíso Terrenal— un placer que no había existido hasta entonces, que intentaba crear un placer —así como el nombre especial que le dio, que mantuvo su huella— enteramente particular y nuevo.

Ahora todas las noches, cuando él la acompañaba a su casa, tenía que entrar, y a menudo ella volvía a salir en bata y lo llevaba hasta su carruaje, lo besaba a la vista del cochero, diciendo: «¿Qué puede importarme, qué me importan los demás?». Las noches que él no iba a la casa de los Verdurin (lo que ocurría a veces, puesto que él podía verla de otra manera), o los días cada vez más escasos en los que él iba al gran mundo, ella le pedía que fuera a su casa antes de volver a la suya, a la hora que fuese. Era ya primavera, una primavera pura y helada. Al salir para una velada, él subía a su *victoria*[38], tendía una manta sobre sus piernas, respondía a los amigos que se iban al mismo tiempo que él y que le pedían que volviese con ellos que no podía, que no iba por el mismo lado, y el cochero arrancaba a trote rápido sabiendo dónde iba. Ellos se extrañaban, y de hecho Swann ya no era el mismo. Nadie recibía ya cartas suyas en las que pedía conocer a determinada mujer. Ya no prestaba atención a ninguna y se abstenía de ir a los lugares donde se las encuentra. En un restaurante, o en el campo, tenía la actitud inversa a aquella por la que ayer mismo se le hubiese reconocido y que parecía que debía ser siempre la suya. ¡Hasta tal punto es en nosotros una pasión como un carácter momentáneo y diferente que sustituye al otro y que suprime los signos hasta entonces invariables por los que se expresaba! En cambio, ahora lo invariable era que, dondequiera que se encontrase Swann, no dejaba de ir a encontrarse con Odette. El trayecto que lo separaba de ella era el que él recorría inevitablemente, como si fuera la pendiente misma, irresistible y rápida, de su vida. A decir verdad, cuando se quedaba en el gran mundo hasta tarde, él hubiera preferido volver directamente a su casa sin hacer ese largo trayecto y no verla hasta el día siguiente, pero el hecho mismo de molestarse a una hora desacostumbrada para ir a casa de ella, y adivinar que los amigos que lo dejaban se decían: «Está muy atado, ciertamente hay una mujer que lo obliga a ir a su casa sea la hora que sea», le hacía sentir que llevaba la vida de los hombres que tienen un asunto amoroso en su

---

[38] Vehículo descubierto de cuatro ruedas, dos plazas y capota plegable. *(N. del T.)*

existencia, en el que el sacrificio que hacen de su descanso y de sus intereses por una ensoñación voluptuosa hace que les nazca un encanto íntimo. Luego, sin que él se diese cuenta, esa certeza de que ella lo esperaba, de que no estaba en otro sitio con otras personas, de que él no volvería a casa sin haberla visto, neutralizaba esa preocupación olvidada, pero siempre preparada para renacer, que él sintió la noche aquella en que Odette ya no estaba en casa de los Verdurin, y que la calma actual era tan dulce que se la podría llamar felicidad. Tal vez era a esa preocupación a lo que debía la importancia que Odette había adquirido para él. Por lo general, las criaturas son tan indiferentes para nosotros, que cuando hemos puesto en una de ella tales posibilidades de sufrimiento y de alegría, nos parece que pertenece a otro universo, se rodea de poesía, hace que nuestra vida sea como una extensión emotiva donde esa criatura esté más o menos cerca de nosotros. Swann no podía preguntarse sin turbación lo que Odette sería para él en los años venideros. A veces, al ver desde su victoria en esas hermosas noches frías la luna que esparcía su claridad entre sus ojos y las calles desiertas, él pensaba en esa otra cara, pálida y levemente sonrosada como la de la luna, que un día surgió ante su pensamiento y que después proyectaba sobre el mundo la luz misteriosa en la que él la veía. Si él llegaba después de la hora en la que Odette enviaba a acostarse a sus criados, antes de tocar a la puerta del jardincillo, iba primero a la calle donde daba la planta baja, a buscar entre las ventanas todas iguales, pero oscuras, de los palacetes contiguos, la ventana, la única iluminada, de su dormitorio. Llamaba en el cristal, y ella, avisada, respondía e iba a esperarlo al otro lado, a la puerta de entrada. Él encontraba abiertas encima del piano algunas de las piezas que ella prefería: el *Vals de las rosas,* o el *Pobre loco,* de Tagliafico (obra que, según su voluntad escrita, debía tocarse en su entierro). Él le pedía que en su lugar tocase la pequeña frase de la sonata de Vinteuil, aunque Odette tocase muy mal, pero la visión más bella que nos queda de una obra es a menudo la que se elevó por encima de las notas falsas tocadas por dedos torpes en un piano desafinado. La pequeña frase seguía asociándose para Swann con el amor que tenía por Odette. Bien notaba él que ese amor era algo que no se correspondía con nada externo, constatable por otros además de él; se daba cuenta de que las cualidades de Odette no justificaban que él le adjudicase tanto valor a los momentos que pasaba junto a ella. Y frecuentemente, cuando era la inteligencia positiva lo único que reinaba en Swann, él quería dejar de sacrificar tantos intereses intelectuales y sociales a ese placer imaginario. Pero en cuanto oía la pequeña frase, ésta sabía hacer libre en él el espacio que le era necesario para ella y las proporciones de la mente de Swann se encontraban cambiadas; un margen estaba reservado allí para un gozo que ya no correspondía a ningún objeto exterior y que, sin embargo, en lugar de ser puramente individual como el del amor, se imponía a Swann como una realidad superior a las cosas concretas. Esa frase despertaba en él aquella sed de un encanto desconocido, pero no le aportaba nada concreto para saciarla. De manera que esas partes de la mente de Swann, donde la pequeña frase había borrado la preocupación por los intereses materiales y las consideraciones humanas válidas para todos, las había dejado vacantes y en blanco, y él estaba libre para inscribir allí el nombre de Odette. Además, la pequeña frase venía a añadir y amalgamar su esencia misteriosa a lo que el cariño de Odette podía tener de un poco corto y decepcionante. Al ver la cara se Swann mientras escuchaba la frase, se habría dicho que estaba absorbiendo un anestésico que le daba más amplitud a su respiración. Y el placer que le daba la música, y que pronto iba a crearle una verdadera necesidad, se parecía de hecho, en aquellos momentos, al placer que él habría tenido al oler perfumes, al entrar en contacto con un mundo para el que no estamos hechos, que nos parece sin forma porque nuestros ojos no lo perciben y sin significado porque escapa de nuestra inteligencia, que no alcanzamos más que por un solo sentido. Eran un gran descanso y una misteriosa renovación para Swann —para él, cuyos ojos, aunque delicados aficionados a la pintura, y cuya mente, aunque fina observadora de las costumbres, llevaban para siempre la huella indeleble de la sequedad de su vida— el sentirse transformado en una criatura ajena a la humanidad, ciega, desprovista de facultades lógicas, casi un fantástico unicornio, una criatura quimérica que sólo percibe el mundo por medio del oído. Y sin embargo, como en la pequeña frase él buscaba un sentido donde su inteligencia no podía descender. ¡Qué extraña embriaguez tenía al despojar su alma más íntima de todas las ayudas del razonamiento y hacerla pasar sola en el corredor, en el filtro oscuro del sonido! Empezaba a darse cuenta de todo lo que había de doloroso, tal vez hasta de secretamente insatisfecho en el fondo de la dulzura de esa frase, pero no podía soportarlo. ¡Qué importaba que la frase le dijera que el amor es frágil, si el suyo era tan fuerte! Jugaba con la tristeza que la frase esparcía, la sentía pasar sobre él, pero como una caricia que hacía más profunda y más dulce la sensación de felicidad propia que tenía. Hacía que Odette volviese a tocarla diez, veinte veces, exigiendo que al mismo tiempo no dejase de besarlo. Cada beso llamaba a otro beso. ¡Ah, en esos primeros tiempos en los que se ama, los besos nacen de manera tan natural! Proliferan tan apretados los unos contra los otros, que se tendría tanto trabajo en contar los besos que se han dado durante una hora como en contar las flores de un campo en el mes de mayo. Entonces ella ponía cara de detenerse, diciendo: «¿Cómo quieres que toque, si me tienes así? No puedo hacerlo todo a la vez, sabe al menos lo que quieres, ¿tengo que tocar la frase, o que hacerte caricias?». Él se enfadaba y ella estallaba en una risa que se cambiaba en una lluvia de besos y volvía a caer sobre él. O ella lo miraba con aire malhumorado, y él volvía a ver una cara digna de figurar en la *Vida de Moisés* de Botticelli; la situaba, le daba al cuello de Odette la inclinación necesaria, y cuando la había pintado bien al temple, en el siglo xv, en la pared de la Capilla Sixtina, la idea de que, sin embargo, ella estaba ahí, cerca del piano, en el momento actual, lista para que la besase y la poseyese, la idea de su materialidad y de su vida lo embriagaba con tal fuerza que, con la mirada extraviada y las mandíbulas tendidas como para devorarla, se precipitaba sobre esa virgen de Botticelli y se ponía a pellizcarle las mejillas. Y después, una vez que la había dejado, no sin haber vuelto para besarla otra vez porque había olvidado llevar a su recuerdo alguna particularidad de su olor o de sus rasgos, mientras que él volvía en su victoria, bendecía a Odette por permitirle esas visitas cotidianas que él sentía que no debían causarle a ella una alegría muy grande, pero que al preservarlo de volverse celoso —al quitarle la ocasión de sufrir de nuevo el mal que se declaró en él la noche que no la había encontrado en casa de los Verdurin— lo ayudarían a llegar, sin tener ninguna otra de esas crisis como la primera, que había sido tan dolorosa y que sería la única, al extremo de esas horas singulares en su vida, horas casi encantadas, a la manera de aquellas en las que atravesaba París al claro de luna. Y notando, durante su regreso, que el astro estaba ahora desplazado respecto a él y casi tumbado en el horizonte, y sintiendo que su amor también obedecía a leyes inmutables y naturales, se preguntaba si ese período en el que había entrado duraría aún mucho tiempo, si dentro de poco su pensamiento ya no vería el querido rostro más que ocupando una posición lejana y disminuida, y próximo a dejar de esparcir su encanto. Porque Swann se lo encontraba a las cosas desde que estaba enamorado, como en la época en que, adolescente, se creía artista; pero no era el mismo encanto, éste se lo otorgaba únicamente Odette. Sentía renacer en sí mismo las inspiraciones de su juventud, que habían disipado una vida frívola, pero cuyo reflejo llevaban todas, la marca de un ser particular; y en las largas horas que ahora le daba un placer delicado pasar en su casa, a solas con su alma en convalecencia, volvía a ser poco a poco él mismo, pero para otra.

Él sólo iba a casa de Odette por las noches, y no sabía nada de en qué empleaba ella su tiempo durante el día, no más que de su pasado, hasta el punto de que le faltaba hasta esa pequeña información inicial que, al permitirnos imaginar lo que no sabemos, nos da ganas de conocerlo. No se preguntaba tampoco lo que ella podía hacer, ni cómo había sido su vida. Algunas veces sonreía al pensar que años atrás, cuando no la conocía, le habían hablado de una mujer, que si se acordaba bien seguramente debía ser ella, como de una cualquiera, de una mantenida, una de esas mujeres a las que les atribuía aún, porque había vivido poco en su sociedad, el carácter completo e intrísecamente perverso con que las dotó durante mucho tiempo la imaginación de ciertos novelistas. Se decía que a menudo no hay más que tomar al contrario las reputaciones que crea el mundo para poder juzgar exactamente a una persona, cuando a un carácter así oponía el de Odette, buena, ingenua, llena de ideales, casi tan incapaz de no decir la verdad que, cuando él, para poder cenar a solas con ella, le rogó un día que escribiese a los Verdurin para decirles que se encontraba indispuesta, al día siguiente, delante de la señora Verdurin, que le preguntaba si estaba mejor, la vio sonrojarse, balbucear y reflejar a pesar de sí misma en su cara el sufrimiento, el suplicio que le suponía mentir y, mientras que multiplicaba en su respuesta los detalles inventados de su supuesta indisposición de la víspera, tenía todo el aspecto de pedir perdón, con sus miradas suplicantes y su voz apenada, por la falsedad de sus palabras.

Sin embargo, ciertos escasos días, ella iba a su casa a primera hora de la tarde, a interrumpir su ensoñación o aquel estudio sobre Vermeer con el que se había puesto últimamente. Venían a decirle que la señora De Crécy estaba en la salita. Él iba a encontrarla allí, y cuando abría la puerta, en la cara sonrosada de Odette, en cuanto veía que llegaba Swann —cambiando la forma de la boca, la mirada de sus ojos y el modelado de sus mejillas—, se mezclaba una sonrisa. Una vez solo, volvía a ver esa sonrisa, la que había tenido la víspera, distinta de aquella con la que lo había acogido tal o cual vez, de aquella que había sido su respuesta en el carruaje, cuando él le preguntó si le resultaba desagradable que le colocase las catleyas. Y la vida de Odette el resto del tiempo, como él no conocía nada de eso, le parecía, con su fondo neutro y sin color, semejante a esas hojas de estudios y apuntes de Watteau en las que aquí y allá y en todas partes, en todos los sentidos, se ven innumerables sonrisas, dibujadas a tres lápices sobre papel color gamuza. Pero a veces, en un rincón de esa vida que Swann veía completamente vacía, aunque su mente le decía que no lo estaba, porque no podía imaginarla, algún amigo, que al no dudar de que se amaban no se había arriesgado a decirle nada de ella que no fuese insignificante, le describió la silueta de Odette, que había visto esa misma mañana subiendo a pie la calle Abbatucci, con un vestido de «visita» forrado de piel de mofeta, bajo un sombrero «a la Rembrandt» y un ramillete de violetas en el corpiño. Ese sencillo bosquejo trastornó a Swann, porque le hacía ver de golpe que Odette tenía una vida que no era enteramente de él; quería saber a quién había intentado ella gustar con esa vestimenta que él no le conocía; se prometió que le preguntaría adónde iba ella en aquel momento, como si en toda la vida incolora —casi inexistente, porque le era invisible— de su amante no hubiera más que una sola cosa que estuviese fuera de todas las sonrisas dirigidas a él: su paseo bajo un sombrero a la Rembrandt, con un ramillete de violetas en el corpiño.

Salvo al pedirle que tocara la pequeña frase de Vinteuil en lugar del *Vals de las rosas,* Swann no intentaba hacerle tocar más bien cosas que le gustasen a él y, no tanto en música como en literatura, corregir su mal gusto. Se daba buena cuenta de que ella no era inteligente. Al decirle a él que le gustaría mucho que le hablase de los grandes poetas, se imaginaba que iba a conocer enseguida estrofas heroicas y novelescas del tipo de las del vizconde de Borelli, y más emotivas aún. Para saber de Vermeer de Delft, ella le preguntó si había sufrido por una mujer, si era una mujer quien le había inspirado, y cuando Swann le confesó que no sabía nada de eso, se desinteresó por ese pintor. Ella decía a menudo: «Creo que, naturalmente, no habría nada más bello que la Poesía si fuese cierta, si los poetas pensaran todo lo que dicen. Pero muy a menudo no hay nada más interesado que esas personas. Sé algo de ello, tuve una amiga que amó a una especie de poeta. En sus versos él no hablaba más que del amor, del cielo y de las estrellas. ¡Ay, cómo la engañó! Le sacó más de trescientos mil francos». Si entonces intentaba Swann enseñarle en qué consistía la belleza artística y cómo había que admirar los versos o los cuadros, al cabo de un rato ella dejaba de escuchar y decía: «Sí, no me imaginaba que fuese así», y notaba que ella experimentaba una decepción tal, que él prefería mentir diciéndole que todo eso no era nada, que no eran más que bagatelas, que no tenía tiempo de llegar al fondo, que allí había otra cosa. Y ella le decía rápidamente: «¿Otra cosa? ¿Y qué es? Dila entonces», pero él no la decía, sabiendo que eso le parecería insuficiente y distinto de lo que ella esperaba, menos sensacional y conmovedor, y temía que si se desilusionaba del arte, lo hiciera al mismo tiempo del amor.

Y en efecto, a ella Swann le parecía inferior intelectualmente a lo que ella habría creído. «Tú siempre mantienes tu sangre fría, no puedo definirte.» Se maravillaba aún más de la indiferencia de Swann con el dinero, de su amabilidad con todo el mundo y de su delicadeza. Y efectivamente, a menudo ocurre para los más grandes que Swann, para un sabio o un artista cuando no es desconocido por quienes lo rodean, que se hace evidente que el sentimiento suyo que demuestra la superioridad de su inteligencia no es la admiración por sus ideas, porque éstas se les escapan, sino el respeto que tienen por su bondad. También era respeto lo que inspiraba a Odette la posición que tenía Swann en la alta sociedad, pero no deseaba que él intentase que la recibiesen en ella. Tal vez sentía que no iba a conseguirlo, e incluso tenía miedo de que sólo con hablar de ella provocase ciertas revelaciones que temía. El caso es que ella le había hecho prometer que no pronunciaría nunca su nombre. La razón por la que no quería entrar en sociedad, le había dicho, era una disputa que había tenido tiempo atrás con una amiga que, para vengarse, había hablado mal de ella después. Swann objetaba: «Pero no todo el mundo ha conocido a tu amiga». «Claro que sí, eso es como una mancha de aceite, la gente es muy mala». Por una parte, Swann no comprendió esta historia, pero por otra sabía que esas afirmaciones: «la gente es muy mala» y «la calumnia es como una mancha de aceite» se tienen generalmente como verdaderas, tenía que haber casos en los que pudieran aplicarse. ¿Era el de Odette uno de aquellos casos? Se lo preguntó, pero no por mucho tiempo, porque él también estaba sometido a la misma pesadez mental que embotaba a su padre cuando estaba ante un problema difícil. De hecho, esa buena sociedad que tanto miedo le daba a Odette tal vez no le inspirase grandes deseos, porque estaba demasiado alejada del mundo que ella conocía para que se la imaginase nítidamente. Sin embargo, a pesar de que se quedaba verdaderamente sencilla en ciertos aspectos (por ejemplo, ella mantenía amistad con una pequeña costurera retirada, cuya escalera empinada, oscura y fétida subía casi a diario), tenía sed de elegancia, pero no se hacía la misma idea de ella que las gentes de mundo. Para ellas, la elegancia es una emanación de ciertas personas, poco numerosas, que la proyectan hasta un grado bastante alejado —y más o menos debilitado según se esté alejado o no del centro de su intimidad— en el círculo de sus amigos, o de amigos de sus amigos, cuyos nombres forman una especie de repertorio. Las gentes de mundo la poseen en su memoria, sobre estos asuntos tienen una erudición de donde extraen una especie de gusto, de tacto, de modo que Swann, por ejemplo, sin tener necesidad de apelar a su saber mundano, si leía en un periódico los nombres de las personas que acudieron a una cena, podía decir inmediatamente el matiz de elegancia de esa cena, lo mismo que una persona leída, simplemente con leer una frase valora exactamente la calidad literaria de su autor. Pero Odette formaba parte de las personas (sumamente numerosas, aunque no crean eso las gentes de mundo, y se dan en todas las clases sociales) que no poseen esas nociones y se imaginan una elegancia totalmente distinta, que reviste diversos aspectos según el medio al que pertenecen, pero que tiene por carácter particular —ya fuera aquel con el que soñaba Odette, o aquel ante el que se inclinaba la señora Cottard— el de ser directamente accesible para todos. La otra, la de las gentes de mundo, a decir verdad también lo es, pero se necesita cierto plazo. Odette decía de alguien:

—Él no va nunca más que a los lugares elegantes.

Y si Swann preguntaba qué entendía ella por eso, le respondía con un poco de desdén:

—¡Pues los lugares elegantes, claro! Si a tu edad hay que enseñarte lo que son los lugares elegantes, ¿qué quieres que te diga? Por ejemplo, el domingo por la mañana, la Avenida de la Emperatriz; a las cinco, la vuelta al lago del bosque de Bolonia; el jueves, el teatro Eden; el viernes, el Hipódromo; los bailes...

—Pero, ¿qué bailes?

—Pues los bailes que se dan en París, los bailes elegantes, quiero decir. Mira Herbinger, ¿sabes, el que trabaja para un corredor de bolsa? Claro que sí, tú debes saberlo: es uno de los hombres más arrojados de París, un hombre grande y rubio, muy esnob, el que siempre tiene una flor en el ojal, una raya hasta la nuca y gabanes claros; está con ese vieja ajada a la que pasea por todos los estrenos. ¡Pues bien!, ha dado un baile la otra noche, allí había todo lo que hay de elegante en París. ¡Cuánto me habría gustado ir! Pero había que presentar una tarjeta de invitación en la puerta y yo no pude conseguir una. En el fondo, me da igual no haber ido, fue una escabechina, no habría visto nada. Era más bien para poder decir que había estado en casa Herbinger. Y ya lo sabes, a mí, la vanidad... Por lo demás, puedes decir que de cada cien que dicen que estuvieron allí, hay por lo menos la mitad que mienten... Pero me extraña que tú, un hombre tan *pschutt*[39], no estuvieras allí.

Swann no intentaba de ninguna manera hacer que ella modificase esa concepción de lo elegante; al pensar que la suya no era más cierta, que era igual de tonta y que estaba desprovista de importancia, no encontraba interés alguno en instruir a su amante sobre ese punto, de modo que, después de varios meses, ella no se interesaba por las personas a cuyas casas acudía él más que por las invitaciones al pesaje en el Hipódromo, los concursos hípicos y las entradas a los estrenos que podía conseguir de ellas. Odette deseaba que él cultivase unas amistades tan útiles, pero por otra parte las creía poco elegantes desde que vio pasar en la calle a la marquesa De Villeparisis vestida de lana negra y con gorro de cintas.

—¡Pero si tiene todo el aspecto de una obrera o de una portera vieja, *darling!* ¿Y eso es una marquesa? Yo no soy marquesa, ¡pero habría que pagarme muy caro por hacerme salir vestida así!

---

[39] Elegante, *dandy. (N. del T.)*

Ella no comprendía que Swann viviese en el palacete del muelle de Orleans que, sin atreverse a confesárselo, le parecía indigno de él.

En efecto, Odette tenía la pretensión de que le gustaban las «antigüedades» y adoptaba un aire radiante y fino para decir que adoraba pasarse todo un día «cacharreando», buscando «bazares» y cosas «de época». Aunque se obstinase con una especie de pundonor (y parecía que ponía en práctica algún precepto familiar) en no responder nunca a las preguntas y en «no rendir cuentas» sobre el uso que le daba a sus días, le habló una vez a Swann de una amiga que la había invitado y en cuya casa todo era «de época». Pero Swann no consiguió que le dijese cuál era esa época. No obstante, después de haber reflexionado, respondió que era «medieval». Entendía con eso que había revestimientos y muebles de madera. Algún tiempo después, ella volvió a hablarle de su amiga y añadió, con el tono vacilante y el aire de entendido con el que se cita a una persona con quien se ha cenado la víspera y cuyo nombre no se ha oído, pero a quien los anfitriones parecían considerar como alguien tan célebre que se espera que el interlocutor sepa sin más a quién se refiere uno: «Ella tiene un comedor del siglo... ¡del siglo dieciocho!». Por lo demás, a ella le parecía espantoso, desnudo, como si la casa no estuviese terminada y las mujeres pareciesen horribles allí, no se pondría jamás de moda. Al final, por tercera vez volvió a hablar de ello y le mostró a Swann la dirección del hombre que había hecho ese comedor y al que tenía ganas de hacer venir, cuando tuviese el dinero, para ver si podría hacerle, no uno igual, ciertamente,sino el que ella soñaba y que desgraciadamente las dimensiones de su palacete no podían contener, con aparadores altos, muebles estilo Renacimiento y chimeneas como en el castillo de Blois. Aquel día se le escapó delante de Swann lo que pensaba de que él viviese en el muelle de Orleans. Como él había criticado que la amiga de Odette se diese, no al estilo Luis XVI, porque decía que aunque eso ya no se hace puede ser encantador, sino al falso estilo antiguo, le dijo: «Tú no querrás que ella viva como tú, entre muebles rotos y alfombras desgastadas»; en Odette, el respeto humano de la burguesía predominaba sobre el diletantismo de la cortesana.

Con los que gustaban de cacharrear, les gustaban los versos, despreciaban los cálculos mezquinos y soñaban con el honor y el amor ella hacía una élite superior al resto de la humanidad. No era necesario que se tuviesen realmente esos gustos, con tal de que se los proclamasen. De un hombre que en la cena le había confesado a ella que le gustaba callejear y ensuciarse los dedos en las tiendas viejas, que nunca sería valorado por este siglo comercial porque no se preocupaba de sus intereses, y que por eso era de otra época, decía al volver: «¡Pero es un alma adorable, un sensible, jamás lo habría sospechado!», y sentía por él

una inmensa y repentina amistad. Pero, por contra, aquellos que, como Swann, tenían esos gustos pero no hablaban de ellos, la dejaban fría. Indudablemente, ella estaba obligada a confesar que Swann no daba importancia al dinero, pero añadía con aire malhumorado: «Pero en su caso, no es lo mismo», y en efecto, lo que hablaba a su imaginación no era la práctica del desinterés, sino el vocabulario.

Swann, notando que a menudo no podía llevar a cabo lo que ella soñaba, intentaba al menos que a ella le gustase estar con él al no contrariar esas ideas vulgares, ese mal gusto que tenía ella en todo y que, por otra parte, le gustaba a él como todo lo que venía de ella, que incluso lo encantaba, porque eran otros tantos rasgos particulares gracias a los cuales se le aparecía y se le hacía visible la esencia de esa mujer. Por ello, cuando ella estaba contenta porque iba a acudir a ver la *Reina Topacio*, o cuando su mirada se ponía seria, inquieta y decidida si temía faltar a la Fiesta de las Flores o simplemente a la hora del té, con *muffins* y *toasts*[40] en la «tetería de la calle Royale», donde creía que era indispensable la asiduidad para consagrar la reputación de elegante de una mujer, Swann, transportado como lo estamos nosotros por la naturalidad de un niño o por la veracidad de un retrato que parece a punto de hablar, sentía que el alma de su amante afloraba tanto a su cara, que él no podía resistirse a ir a tocarla con los labios. «¡Ah!, que la pequeña Odette quiere que la lleven a la Fiesta de las Flores, quiere hacerse admirar. Pues bien, la llevaré allí, no tenemos más que inclinarnos a ello.» Debido a que la vista de Swann era un poco débil, tuvo que resignarse a utilizar lentes para trabajar en casa y a adoptar el monóculo, que lo desfiguraba menos, para la vida social. La primera vez que ella le vio uno en el ojo, no pudo contener su alegría: «Me parece que para un hombre es muy elegante, no hay ni que decirlo. ¡Qué bien estás así! Tienes aspecto de verdadero *gentleman,* ¡no te falta más que un título!», añadió ella con un toque de pesar. A él le gustaba que Odette fuese así, por lo mismo que, si hubiese estado prendado de una bretona, habría estado feliz al verla con cofia y al oírle decir que creía en los aparecidos. Hasta entonces, como en muchos hombres en quienes el gusto por el Arte se desarrolla independientemente de la sensualidad, había existido una extraña disparidad entre las satisfacciones que brindaba al uno y a la otra, gozando él, en compañía de mujeres cada vez más groseras, de las seducciones de obras cada vez más refinadas, llevando a una criadita, en un palco de platea con celosía, a la representación de una obra de música decadente que tenía ganas de escuchar, o a una exposición de pintura impresionista, y convencido además de que una mujer del mun-

---

[40] Bollos, tostadas. *(N. del T.)*

do culto no habría comprendido más que ella, pero que no habría sabido callarse tan amablemente. Pero, por el contrario, desde que estaba enamorado de Odette, entenderse con ella e intentar tener solamente un alma para ellos dos le resultaba tan dulce, que intentaba complacerse con las cosas que le gustaban a ella, y encontraba un placer tanto más profundo no solamente imitando sus costumbres, sino adoptando sus opiniones que, como no tenían raíz alguna en su propia inteligencia, solamente le recordaban su amor, por cuya causa las había preferido. Si volvía a ver *Serge Panine,* si buscaba las ocasiones de ir a ver dirigir a Olivier Metra, era por la dulzura de estar iniciado en todas las capacidades de Odette, de sentirse, aunque fuese a medias, en todos sus gustos. Esa gracia de acercarlo a ella que tenían las obras o los lugares que le gustaban le parecía más misteriosa que la que es intrínseca a lo más bello, pero que no le recordaba a ella. Además, dejó que se debilitasen las creencias intelectuales de su juventud y su escepticismo de hombre de mundo había penetrado sin él saberlo hasta ellas, creía (o al menos había pensado eso durante tanto tiempo que aún lo decía) que los objetos de nuestros gustos no tienen un valor absoluto en sí mismos, sino que todo es cuestión de época y de clase, todo consiste en modas, y las más vulgares de ellas valen por las que pasan por ser las más distinguidas. Como le parecía que la importancia que Odette adjudicaba a tener invitaciones para las inauguraciones de exposiciones de pintura no era por sí misma más ridícula que el placer que él tenía antes en almorzar en casa del Príncipe de Gales, no creía que la admiración que ella le profesaba a Montecarlo o al Righi[41] fuese menos razonable que el gusto que él tenía por Holanda, que ella se imaginaba fea, o por Versalles, que a ella le parecía triste. Por eso se privaba de ir allá, encontrando placer en decirse que era por ella, que sólo quería sentir y amar con ella.

Como todo lo que rodeaba a Odette no era de alguna manera más que el modo que él podía verla y hablarle, a él le gustaba la compañía de los Verdurin. Allá, como en el fondo de todas las diversiones, comidas, música, juegos, cenas de disfraces, salidas al campo, noches de teatro, incluso las escasas «grandes veladas» dadas por los «fastidiosos», estaba la presencia de Odette, la visión de Odette, la conversación con Odette; don inestimable que le hacían los Verdurin a Swann al invitarlo; él se complacía más que en ningún otro sitio en el «pequeño núcleo» e intentaba atribuirle méritos reales, porque se imaginaba que así, por gusto, lo frecuentaría toda su vida. Ahora bien, sin osar decirse, por miedo a no creerlo, que siempre amaría a Odette, suponía al menos que siempre frecuentaría a los Verdurin (proposición que, *a priori,*

---

[41] Macizo montañoso suizo, muy de moda en la época. *(N. del T.)*

levantaba menos objeciones de principio por parte de su inteligencia); se veía en el futuro encontrándose cada noche con Odette; eso quizá no era enteramente lo mismo que amarla siempre, pero por el momento, mientras amaba, creer que no dejaría de verla un día era todo lo que solicitaba. «¡Qué entorno tan encantador —se decía—, qué verdadera en el fondo es la vida que se lleva allá! ¡Cuánto más inteligente y artista se es allí que en el gran mundo! ¡Qué amor tiene la señora Verdurin, a pesar de pequeñas exageraciones un poco risibles, por la pintura y la música, y qué pasión por las obras! ¡Qué deseo tiene de complacer a los artistas! Ella tiene una idea inexacta de las gentes del gran mundo, ¡pero de los medios artísticos el mundo tiene una idea más falsa todavía! Quizá yo no tenga grandes necesidades intelectuales que satisfacer en la conversación, pero estoy perfectamente a gusto con Cottard, aunque haga retruécanos estúpidos. Y en cuanto al pintor, si bien su pretensión es desagradable cuando intenta sorprender, en cambio es una de las mejores inteligencias que yo haya conocido. Y además, allí, sobre todo, uno se siente libre, se hace lo que se quiere sin restricciones ni ceremonias. ¡Qué derroche de buen humor se hace cada día en aquel salón! Decididamente, salvo algunas raras excepciones, ya no iré nunca más que a aquel ambiente, ahí es donde tendré cada vez más mis costumbres y mi vida.

Y como las cualidades que creía intrínsecas a los Verdurin no eran más que el reflejo en ellos de los placeres que había disfrutado en su casa con su amor por Odette, esas cualidades se volvían más serias, más profundas y más vitales cuando esos placeres lo eran también. Como la señora Verdurin le daba a veces a Swann lo único que para él podía constituir la felicidad; cuando cierto día en el que él se sentía inquieto porque Odette había charlado con un invitado más que con otro, y él, irritado con ella, no quería tomar la iniciativa de preguntarle si volvería a su casa con él, la señora Verdurin le trajo la paz y la alegría diciendo espontáneamente: «Odette, acompañará usted al señor Swann, ¿verdad?». Como el verano llegaba y él se había preguntado con inquietud si Odette no se ausentaría y si podría seguir viéndola todos los días, la señora Verdurin iba a invitarles a los dos a pasarlo en su casa de campo, y Swann, dejando sin él saberlo que el agradecimiento y el interés se infiltrasen en su inteligencia e influyesen en sus ideas, llegaba hasta a proclamar que la señora Verdurin tenía grandeza de alma. Ante ciertas personas exquisitas o eminentes de las que le hablaba tal o cual de sus antiguos compañeros de la escuela del Louvre, él respondía: «Prefiero cien veces a los Verdurin». Y con una solemnidad que era una novedad en él: «Son unos seres magnánimos, y en el fondo, la magnanimidad es lo único que importa y que distingue aquí abajo. Ya ves, no hay más que dos clases de seres: los magnánimos y los demás, y yo he llegado a la edad en la que hay que tomar partido y decidir de una vez por todas a quién se quiere amar y a quién se quiere despreciar, y entonces quedarnos con los que amamos y, para reparar el tiempo que se ha malgastado con los demás, no dejarlos ya hasta su muerte. ¡Pues bien! —añadía él con esa leve emoción que se experimenta, incluso sin darnos cuenta bien, cuando se dice una cosa no porque sea verdadera, sino porque se tiene el gusto de decirla y se la escucha en la propia voz como si viniese de una parte ajena a nosotros mismos—, la suerte está echada, he escogido amar solamente a los corazones magnánimos y no vivir más que en la magnanimidad. Me preguntas si la señora Verdurin es verdaderamente inteligente. Te aseguro que me ha dado pruebas de su nobleza de corazón, de una altura anímica adonde no se llega sin una altura igual del pensamiento, qué quieres que te diga. Ciertamente tiene la profunda inteligencia de las Artes, pero quizá no sea eso por lo que es más admirable, y tal pequeño acto ingenioso y exquisitamente bueno que ella ha hecho por mí, tal cortesía genial, tal gesto familiarmente sublime, revelan una comprensión más profunda de la existencia que todos los tratados de Filosofía.

Sin embargo, él habría podido decirse que había antiguos amigos de sus padres tan sencillos como los Verdurin y compañeros de su juventud tan prendados del Arte como ellos; que conocía otras personas de gran corazón y que, no obstante, desde que había optado por la sencillez, las artes y la magnanimidad, ya no las veía nunca. Pero aquellos no conocían a Odette, y si la hubiesen conocido no se habrían preocupado de acercarla a él.

Así que sin duda no había en todo el entorno Verdurin ni un solo fiel que los quisiera, o creyese quererlos, tanto como Swann. Y sin embargo, cuando el señor Verdurin dijo que Swann no lo convencía, no solamente expresó su propio pensamiento, sino que adivinó el de su mujer. Era indudable que Swann tenía por Odette un afecto demasiado particular y del que había descuidado hacer confidente cotidiana a la señora Verdurin; era indudable que la discreción misma con la que usaba la hospitalidad de los Verdurin, absteniéndose de acudir a cenar por una razón que ellos no podían suponer, pero que veían en su lugar el deseo de no perderse una invitación a casa de los «fastidiosos»; y era indudable también, a pesar de todas las precauciones que él tomase para ocultársela, el descubrimiento progresivo que hacían de su brillante posición mundana, y todo ello contribuía al enojo que tenían contra él. Pero la razón profunda era otra; y es que rápidamente habían notado en él un espacio reservado, impenetrable, en el que él seguía profesando silenciosamente para sí mismo que la princesa De Sagan no era grotesca

y que las bromas de Cottard no eran graciosas, en conclusión, que aunque él nunca se deshiciera de su amabilidad y no se revolviese contra sus dogmas, había cierta imposibilidad de imponérselos, de convertirlo completamente a ellos, como no habían encontrado una igual en nadie. Ellos le habrían perdonado que frecuentase a los fastidiosos (a quienes, por cierto, en el fondo de su corazón él prefería mil veces antes que a los Verdurin y todo el pequeño núcleo) si él hubiese consentido, como buen ejemplo, a renegar de ellos en presencia de los fieles. Pero comprendieron que eso era una abjuración que no podrían arrancarle.

¡Qué diferencia con un «nuevo» a quien Odette les había pedido que invitasen, aunque ella no lo hubiese visto más que unas pocas veces, sobre el que fundaban muchas esperanzas, el conde De Forcheville! (Se averiguó que precisamente era el cuñado de Saniette, lo que llenó de estupefacción a los fieles: el viejo archivero tenía unas maneras tan humildes que siempre le habían creído de un rango inferior al suyo y no presentían que perteneciese a un mundo rico y relativamente aristocrático.) Sin duda Forcheville era descortésmente esnob, mientras que Swann no lo era; sin duda estaba muy lejos de situar, como él, el entorno de los Verdurin por encima de todos los demás. Pero no tenía esa delicadeza natural que le impedía a Swann asociarse con las críticas, demasiado manifiestamente falsas, que dirigía la señora Verdurin contra gentes que él conocía. En cuanto a las parrafadas pretenciosas y vulgares que lanzaba el pintor ciertos días, y a las bromas de viajante de comercio a las que Cottard se arriesgaba y a las que Swann, que quería al uno y al otro, encontraba excusas fácilmente, pero no tenía el valor y la hipocresía de aplaudir, Forcheville era, por contra, de un nivel intelectual que le permitía quedarse atónito y maravillado por las primeras, de hecho sin comprenderlas, y deleitarse con las segundas. Y justamente la primera cena en casa de los Verdurin a la que asistió Forcheville sacó a la luz todas esas diferencias, hizo que resaltasen sus cualidades y precipitó la caída en desgracia de Swann.

Además de los habituales, en esa cena estaba un catedrático de la Sorbona, Brichot, que había conocido al señor y la señora Verdurin en el balneario y que, si sus funciones universitarias y sus trabajos de erudito no hubiesen vuelto muy escasos sus momentos de libertad, habría venido con gusto a menudo a su casa. Porque tenía esa curiosidad, esa superstición de la vida que, unida a cierto escepticismo relativo al objeto de sus estudios, le da a ciertos hombres inteligentes de cualquier profesión —médicos que no creen en la Medicina, profesores de Instituto que no creen en el latín— la reputación de mentes amplias, brillantes e incluso superiores. En casa de la señora Verdurin fingía que buscaba sus comparaciones con lo que había de más actual cuando hablaba de

Filosofía y de Historia, en principio porque creía que no son más que una preparación para la vida y se imaginaba que encontraría en acción en el pequeño clan lo que hasta entonces sólo había conocido en los libros, y acaso también porque, habiéndose visto inculcar antes y habiéndolo conservado sin saberlo, el respeto por ciertos temas, creía que se despojaba del universitario tomándose con ellos atrevimientos que, al contrario, no le parecían tales, sólo porque seguía siéndolo.

Desde el principio de la cena, como el señor De Forcheville, colocado a la derecha de la señora Verdurin, que había hecho para el «nuevo» grandes gastos de vestimenta, le decía: «Es muy original esa vestimenta blanca», el doctor, que no había dejado de observarlo por lo curioso que estaba por saber cómo estaba hecho lo que él llamaba un «de», y que buscaba una ocasión para atraer su atención y entrar más en contacto con él, atrapó al vuelo la palabra «blanca», y sin levantar la nariz del plato, dijo: «¿Blanca? ¿Blanca de Castilla?», y luego, sin mover la cabeza, lanzó furtivamente a izquierda y derecha miradas inseguras y sonrientes. Y Swann, por el esfuerzo doloroso y vano que hizo por sonreír, dio testimonio de que aquel retruécano le pareció estúpido, Forcheville había mostrado al mismo tiempo que se deleitaba con su sutileza y que sabía disfrutar, conteniéndola en límites justos, de una alegría cuya franqueza había encantado a la señora Verdurin.

—¿Qué dice usted de un sabio así? —le preguntó ella a Forcheville—; no hay manera de hablar en serio con él ni dos minutos. ¿Las dice usted así en su hospital? —añadió volviéndose al doctor—. Entonces, ir allí todos los días no debe ser nada aburrido. Veo que tendré que pedir que me admitan en él.

—Creo haber entendido que el doctor hablaba de esa vieja pícara de Blanca de Castilla, si me atrevo a hablar así. ¿No es verdad, señora? —preguntó Brichot a la señora Verdurin, que, extasiada con los ojos cerrados, arrojó la cara entre sus manos, de donde se escaparon gritos ahogados.

—Dios mío, señora, no quisiera alarmar a las almas respetuosas, si es que hay alguna alrededor de esta mesa, *sub rosa...*[42] Reconozco de hecho que nuestra inefable república ateniense —¡oh, cuánto!— podría honrar en este oscurantismo capetiano[43] al primero de los prefectos de Policía de mano dura. Muy logrado, mi querido anfitrión, muy logrado, muy logrado —reanudó él con voz bien timbrada que hacía destacar cada sílaba, como respuesta a una objeción del señor Verdurin—. La *Crónica de Saint-Denis*, cuya seguridad en la información no podemos

---

[42]   Bajo la rosa, expresión latina para indicar secreto o confidencialidad. *(N. del T.)*
[43]   Relativo a la dinastía de los Capeto. *(N. del T.)*

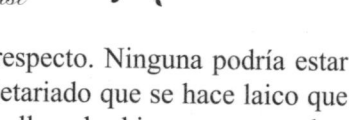

cuestionar, no deja duda alguna a este respecto. Ninguna podría estar mejor elegida como patrona por un proletariado que se hace laico que esa madre de un santo, a quien por cierto ella se las hizo pasar moradas, como dicen Suger y san Bernardo, porque ella les ajusta las cuentas a todos.

—¿Quién es este señor? —le preguntó Forcheville a la señora Verdurin—. Tiene aspecto de ser una eminencia.

—¿Cómo? ¿Es que no conoce usted al famoso Brichot? Es célebre en toda Europa.

—¡Ah, es Brechot! —exclamó Forcheville, que no había oído bien— ¡nada menos! —añadió, a la vez que fijaba sobre el hombre célebre unos ojos muy abiertos—. Siempre es interesante cenar con un hombre tan conocido. Pero, dígame, usted nos ha invitado aquí con comensales selectos. En su casa no se aburre uno.

—¡Oh! ¿Sabe usted?, sobre todo lo que hay —dijo modestamente la señora Verdurin— es que se sienten en confianza. Hablan de lo que quieren y la conversación estalla como fuegos artificiales. Lo de Brichot esta noche, no es nada. Yo lo he visto deslumbrante en mi casa, ¿sabe?, como para ponerse de rodillas ante él. Pues bien, en casa de otros ya no es el mismo hombre, no tiene ingenio, hay que arrancarle las palabras, hasta es aburrido.

—¡Qué curioso! —dijo Forcheville asombrado.

Un tipo de ingenio como el de Brichot se habría considerado estupidez pura en la camarilla entre la que Swann había pasado su juventud, aunque sea compatible con una inteligencia real. Y la del profesor, vigorosa y bien alimentada, probablemente habría sido envidiada por muchas de las personas de mundo que a Swann le parecían ingeniosas. Pero éstas habían terminado por inculcarle tanto sus gustos y sus repugnancias (al menos en todo lo que tiene que ver con la vida mundana e incluso en aquella de sus partes anexas que mejor debería alzarse desde el terreno de la inteligencia: la conversación), que a Swann las bromas de Brichot sólo pudieron parecerle pedantes, vulgares y gruesas hasta la náusea. Además, lo sorprendía, debido la costumbre que tenía de las buenas maneras, el tono rudo y militar que adoptaba al dirigirse a cada uno el universitario patriotero. En conclusión, quizá es que él había perdido aquella noche, sobre todo, su indulgencia al ver la amabilidad que desplegaba la señora Verdurin para ese Forcheville que Odette había tenido la singular idea de traerse. Un poco molesta con Swann, le había preguntado al llegar:

—¿Qué le paree mi invitado?

Y él, dándose cuenta por primera vez que Forcheville, a quien conocía de mucho tiempo atrás, podía gustar a una mujer y era bastante atractivo, respondió: «¡Inmundo!». Por supuesto, no tenía la idea de estar celoso de Odette, pero no se sentía tan contento como de costumbre, y cuando Brichot, que había empezado a contar la historia de la madre de Blanca de Castilla, «que estuvo años con Enrique Plantagenet antes de casarse con él», quiso que Swann le pidiese la continuación diciéndole: «¿No es eso, señor Swann?», con el tono marcial que se adopta para ponerse al alcance de un campesino o para animar a un soldado, Swann cortó el efecto de Brichot, para gran ira de la señora de la casa, respondiendo que quisieran excusarlo por interesarse tan poco en Blanca de Castilla, pero que tenía algo que preguntarle al pintor. En efecto, éste había ido a primera hora de la tarde a visitar la exposición de un artista, amigo de la señora Verdurin, que había muerto recientemente, y Swann habría querido saber por él (porque valoraba su buen gusto) si había en esas últimas obras algo más que el puro virtuosismo que ya asombraba en las precedentes.

—Desde ese punto de vista, era extraordinario, pero eso no me parecía un arte, como se dice, muy «elevado» —dijo Swann sonriendo.

—Elevado... a la altura de una institución —interrumpió Cottard levantando los brazos con gravedad fingida.

Toda la mesa estalló en risas.

—Ya le decía yo que no se puede mantener la seriedad con él —le dijo la señora Verdurin a Forcheville—; en el momento que uno menos se lo espera, él sale con una de sus tonterías.

Pero ella notó que Swann fue el único que no se había reído. Además, no estaba muy contento de que Cottard hiciera que se riesen de él delante de Forcheville. El pintor, en lugar de responder de manera interesante a Swann, cosa que probablemente habría hecho de haber estado a solas con él, prefirió hacerse admirar por los comensales colocando un discursito sobre la habilidad del desaparecido maestro.

—Me acerqué —dijo— para ver cómo lo había hecho, le metí la nariz encima a los cuadros. ¡Ah, caramba! ¡No podría decirse si los había hecho con cola, con rubíes, con jabón, con bronce, con sol, o con caca!

—Más uno, suman doce —exclamó demasiado tarde el doctor, cuya interrupción no comprendió nadie.

—Tienen aspecto de no estar hechos con nada —continuó el pintor—, no hay más medio de descubrir el truco, igual que en *La ronda* o en *Las regentes,* y como mano es todavía más fuerte que Rembrandt y que Hals. Todo está allí, pero no está, se lo juro a ustedes.

Y de la misma manera que los cantantes que han llegado a la nota más alta que puedan emitir continúan en falsete y a volumen piano, se contentó con murmurar, riéndose, como si en efecto esa pintura hubiera sido irrisoria a fuerza de belleza.

—Huele bien, se le sube a uno a la cabeza, corta la respiración, hace cosquillas, y sin medio de saber con qué está hecha, es brujería, es astucia, es milagro (iluminándose completamente de risa): ¡es indecente! —Y se detuvo, enderezó gravemente la cabeza, tomó una nota de bajo profundo que intentó hacer armoniosa, y añadió—: ¡Y es tan leal!

Excepto en el momento que dijo: «más fuerte que *La ronda»*, blasfemia que había provocado una protesta de la señora Verdurin, que tenía a *La ronda* como la mayor obra maestra del universo, junto con la *Novena sinfonía* y la *Victoria de Samotracia,* y cuando dijo lo de «hecha con caca», que había hecho que Forcheville echase un vistazo circular en torno a la mesa para ver si la palabra pasaba y después puso en su boca una sonrisa mojigata y conciliadora, todos los comensales, excepto Swann, habían puesto en el pintor miradas fascinadas de admiración.

—¡Cómo me divierte cuando se entusiasma así! —exclamó cuando él hubo terminado la señora Verdurin, encantada de que la mesa fuese tan interesante justo el día que el señor De Forcheville venía por primera vez—. ¿Y tú, qué tienes para quedarte así, con la boca abierta como un animalón? —le dijo a su marido, y luego al pintor—: Usted sabe lo bien que habla, se diría que es la primera vez que lo escucha. Si lo hubiese visto cuando hablaba, él se bebía sus palabras. Y mañana nos recitará todo lo que ha dicho sin que falte ni una.

—Claro que no, no estoy de broma —dijo el pintor, encantado de su éxito—. Parece que usted cree que es palabrería, que es afectación; la llevaré a que la vea y ya dirá si he exagerado; ¡le apuesto mi entrada a que vuelve más entusiasmada que yo!

—Pero si no creemos que exagere usted, queremos sólo que usted coma y que mi marido también coma. Denle otro lenguado a la normanda al señor, ya ven que el suyo está frío. No tenemos tanta prisa, están sirviendo la mesa como si hubiese un fuego, esperen un poco para traer la ensalada.

La señora Cottard, que era modesta y hablaba poco, sabía no obstante que no le faltaba aplomo cuando una inspiración afortunada le había hecho encontrar la palabra justa. Notaba que tendría éxito y eso le daba confianza, y lo que hacía con ella era menos para brillar que para ser útil a la carrera de su marido. Así que no dejó escapar la palabra «ensalada» que acababa de pronunciar la señora Verdurin.

—¿No será ensalada japonesa? —dijo a media voz volviéndose hacia Odette.

Y encantada y confusa por el ingenio y la osadía que había al hacer así una alusión discreta, pero clara, a la nueva y triunfante obra de Dumas, estalló en una risa encantadora de ingenua, poco ruidosa, pero tan irresistible que se quedó unos momentos sin poder dominarla. «¿Quién es esta dama? ¡Qué ingenio tiene!», dijo Forcheville.

—No, pero se la haremos si vienen todos a cenar el viernes.

—Voy a parecerle una provinciana, señor —dijo la señora Cottard a Swann—, pero todavía no he visto esa famosa *Francillon* de la que todo el mundo habla. El doctor ya ha ido a verla (hasta me acuerdo que me dijo que había tenido el gran placer de pasar la velada con usted) y confieso que no me pareció muy razonable que comprase las entradas para volver a verla conmigo. Evidentemente, en el Theatre Français uno no se arrepiente nunca por haber ido, siempre está muy bien interpretado, pero como tenemos amigos muy amables (la señora Cottard pronunciaba raras veces un nombre y se contentaba con decir «unos amigos nuestros», o «una de mis amigas», por «distinción», con tono fingido y el aire de importancia de una persona que sólo nombra a quien quiere) que tienen palcos a menudo y la buena idea de llevarnos a todas las novedades que valen la pena, así que estoy segura de ver *Francillon* antes o después y poder formarme una opinión. Pero debo confesar que me parezco bastante tonta, porque en todos los salones donde voy de visita no se habla más que de esa desgraciada ensalada japonesa. Hasta empezamos a estar un poco cansados de ella —añadió viendo que Swann no tenía un aspecto tan interesado como ella habría creído por una actualidad tan candente—, pero hay que confesar que eso a veces da un pretexto para unas ocurrencias muy divertidas. Así que una de mis amigas, que es muy original, aunque es una mujer muy bella, muy bien arropada y muy lanzada, que pretende que hizo que en su casa se hiciese esa ensalada japonesa, pero que hizo que se pusiera en ella todo lo que Alexandre Dumas dice en la obra. Había invitado a algunas amigas a que viniesen a comerla, desgraciadamente yo no era de las elegidas. Pero nos lo ha contado recientemente, en su día de visita: parece que la ensalada era detestable, y nos hizo reír hasta que se nos saltaron las lágrimas. Pero ya sabe que todo está en la manera de contar —dijo al ver que Swann mantenía un aspecto serio.

Y suponiendo que quizá era porque a él no le gustaba *Francillon*:

—Por lo demás, creo que me decepcionará. No creo que valga tanto como *Serge Panine*, del ídolo de la señora De Crécy. Al menos, en ésta hay temas con mucho fondo que hacen pensar, ¡pero dar la receta de una ensalada en el escenario del Theatre Français! ¡Mientras está *Serge Panine*! Además, es como todo lo que sale de la pluma de Georges Ohnet, siempre muy bien escrito. No sé si usted conoce *El maestro herrero*, que me gusta aún más que *Serge Panine*.

—Perdóneme —le dijo Swann con tono irónico—, pero confieso que mi falta de admiración es más o menos la misma por esas dos obras maestras.

—¿De veras? ¿Y qué es lo que las reprocha? ¿Es un prejuicio? ¿Tal vez le parece que son un poco tristes? De hecho, como digo siempre, no hay que discutir nunca de las novelas ni de las obras de teatro. Todo el mundo tiene su manera de ver y a usted puede parecerle detestable lo que a mí más me gusta.

Fue interrumpida por Forcheville, que se dirigía a Swann. En efecto, mientras la señora Cottard hablaba de *Francillon,* Forcheville le había expresado a la señora Verdurin su admiración por lo que el había llamado el pequeño *speech*[44] del pintor.

—¡Qué facilidad de palabra y qué memoria tiene este caballero! —le había dicho a la señora Verdurin cuando terminó el pintor—. Rara vez las he encontrado así. ¡Caramba! Ya me gustaría a mí tener otro tanto. Sería un predicador excelente. Puede decirse que con el señor Brichot tiene usted aquí dos números muy válidos. No sé siquiera si en labia éste no le ganaría al profesor, porque le viene de manera más natural, menos rebuscada. Aunque tenga por el camino algunas palabras un poco realistas, pero eso es el gusto de la época, no he visto muy a menudo parlotear con semejante destreza, como decíamos en el regimiento, donde yo tenía un compañero al que precisamente el señor me ha recordado un poco. A propósito de cualquier cosa, no sé qué decirle, sobre este vaso, por ejemplo, el podría charlar durante horas; no, no a propósito de este vaso, lo que digo es una tontería, sino a propósito de la batalla de Waterloo o de todo lo que usted quiera, y de paso nos contaría cosas en las que usted no habría pensado nunca. Además, Swann estaba en el mismo regimiento, él debió conocerlo.

—¿Ve usted con frecuencia al señor Swann? —preguntó la señora Verdurin.

—Claro que no —respondió el señor De Forcheville, y como, para acercarse más fácilmente a Odette, deseaba ser agradable con Swann y quería aprovechar la ocasión para halagarlo, para hablar de sus buenas relaciones, pero hacerlo como un hombre de mundo, con un tono de crítica cordial, y no parecer que lo felicitaba por ello como por un éxito inesperado:

—¿No es cierto, Swann? Yo no lo veo nunca. Además, ¿qué hay que hacer para verlo a usted? ¡Este animal está metido todo el rato en casa de los La Tremoille, en casa de los Laumes, en casa de todos esos!...

---

[44] Discurso. *(N. del T.)*

De hecho, esa imputación era falsa, porque hacía un año que Swann no iba más que a casa de los Verdurin. Pero el mero nombre de las personas que ellos no conocían era acogido en su casa con un silencio reprobador. El señor Verdurin, que temía la penosa impresión que esos nombres de «fastidiosos», sobre todo cuando se lanzaban así, sin tacto, a la cara de todos los fieles, había debido producir en su mujer, lanzó a hurtadillas sobre ella una mirada llena de inquieta solicitud. Vio que con su determinación de no actuar, de no haber sido alcanzada por la noticia que acababan de darle, de no sólo permanecer muda, sino de haber sido sorda; la misma determinación que fingimos cuando un amigo indiscreto intenta meter en la conversación una excusa que nos haría tener que admitir que la hemos escuchado sin protestar, o cuando se pronuncia ante nosotros el nombre prohibido de un ingrato, la señora Verdurin, para que su silencio no pareciese consentimiento sino el silencio ignorante de las cosas inanimadas, había despojado repentinamente de su rostro toda vida y toda movilidad; su abombada frente no era más que un estudio de bulto redondo donde el nombre de esos La Tremoille, en cuya casa estaba metido siempre Swann, no había podido penetrar; su nariz levemente fruncida permitía ver una hendidura que parecía calcada de la vida. Habría podido decirse que su boca entreabierta iba a hablar. No era más que una cera perdida, una máscara de escayola, un prototipo para un monumento, un busto para el Palacio de la Industria ante el cual el público ciertamente se detendría para admirar cómo había llegado el escultor —al expresar la imperecedera dignidad de los Verdurin, opuesta a la de los La Tremoille y la de los Laumes y que ciertamente valen lo que todos los fastidiosos de la tierra— a dar una majestad casi papal a la blancura y la rigidez de la piedra. Pero el mármol terminó por animarse y dio a entender que había que tener estómago para acudir a la casa de aquellas gentes, porque la mujer estaba siempre ebria y el marido era tan ignorante que decía «patillo» por pasillo.

—Ni aunque me pagasen una fortuna dejaría yo que *eso* entrase en mi casa —concluyó la señora Verdurin mirando a Swann con aire autoritario.

Sin duda no esperaba que él se sometiese hasta imitar la santa simplicidad de la tía del pianista, que acababa de exclamar:

—¿Lo ven? ¡Lo que me extraña es que todavía encuentren personas que quieran hablar con ellos! Me parece que yo tendría miedo: ¡un mal golpe se recibe tan aprisa! ¿Cómo es que hay todavía gente lo bastante bruta para ir tras ellos?

O que al menos no contestase como Forcheville: «Pues porque ella es una duquesa, hay gentes a las que eso todavía les impresiona», lo que había permitido que la señora Verdurin replicase: «¡Pues que les vaya muy bien!». En lugar de eso, Swann se contentó con reírse con un aire que quería decir que ni siquiera podía tomarse en serio una extravagancia semejante. El señor Verdurin, que seguía lanzando miradas furtivas a su mujer, veía con tristeza y comprendía muy bien que ella experimentaba la cólera de un gran inquisidor que no consigue extirpar la herejía, y para intentar llevar a Swann a una retractación, porque la valentía de las opiniones parece siempre un cálculo y una cobardía ante los ojos de aquellos contra los que se ejerce, el señor Verdurin lo interpeló:

—Diga francamente lo que piensa, no vamos a repetírselo a ellos.

A lo que Swann respondió:

—Pero no es en absoluto por miedo a la duquesa (si es que hablan de los La Tremoille). Les aseguro que a todo el mundo le gusta ir a su casa. No les digo que ella sea «profunda» (pronunció profunda como si hubiese sido una palabra ridícula, porque su lenguaje mantenía la huella de costumbres mentales que cierta renovación, marcada por el amor a la música, le había hecho perder momentáneamente —a veces expresaba sus opiniones acaloradamente—), pero, muy sinceramente, ella es inteligente y su marido es un verdadero hombre culto. Son personas encantadoras.

De manera que la señora Verdurin, que notaba que por este único infiel se veía impedida de realizar la unidad moral del pequeño núcleo, no pudo evitar, en su cólera contra ese obstinado que no veía cómo la hacían sufrir sus palabras, gritarle desde el fondo de su corazón:

—Que le parezca así si quiere, pero al menos no nos lo diga.

—Todo depende de lo que usted llame inteligencia —dijo Forcheville, que quería brillar a su vez—. Veamos, Swann, ¿qué entiende usted por inteligencia?

—¡Eso es! —exclamó Odette—. Esas son las grandes cosas de las que le pido que me hable, pero no quiere hacerlo nunca.

—Claro que sí... —protestó Swann.

—¡Vaya chiste! —dijo Odette.

—¿Chiste de alpiste? —preguntó el doctor.

—¿Es que para usted —reanudó Forcheville— la inteligencia es la labia del mundo, de las personas que saben insinuarse?

—Acábese los entremeses, que puedan llevarse su plato —dijo la señora Verdurin con tono agrio dirigiéndose a Saniette, el cual, absorto en sus reflexiones, había dejado de comer. Y quizá un poco avergonzada por el tono que había empleado: «No importa, tómese su tiempo, pero si se lo digo es por los demás, porque eso impide que sirvamos los otros platos».

—Hay —dijo Brichot amartillando las sílabas— una definición de la inteligencia muy curiosa en ese suave anarquista de Fenelon...

—¡Escuchen! —le dijo la señora Verdurin a Forcheville y al doctor—. Va a decirnos la definición de la inteligencia que hizo Fenelon, es interesante, no siempre se tiene ocasión de saber estas cosas.

Pero Brichot esperaba a que Swann hubiese dado la suya. Éste no respondió y con una evasiva hizo que se malograse la brillante justa que la señora Verdurin se alegraba de ofrecer a Forcheville.

—Naturalmente, es como le ocurre conmigo —dijo Odette con tono enfurruñado—, no me enoja ver que no soy la única a la que a él no le parezca que esté a la altura.

—Esos De La Tremouaille que la señora Verdurin nos ha mostrado como tan poco recomendables —preguntó Brichot, articulando forzadamente—. ¿Son descendientes de aquellos a quienes esa buena esnob de la señora De Sevigné confesaba que se alegraba de conocer, porque eso estaba bien visto por sus campesinos? Es cierto que la marquesa De Sevigné tenía una razón distinta, que debía prevalecer para ella, pues de alma literata como era, hacía que la correspondencia pasase delante de todo. Ahora bien, en el diario que enviaba regularmente a su hija, era la señora De la Tremouaille, muy bien documentada por sus grandes alianzas, quien se encargaba de la política extranjera.

—Claro que no, no creo que sea la misma familia —dijo por si acaso la señora Verdurin.

Saniette, que después de haberle entregado precipitadamente al jefe de comedor su plato todavía lleno, había vuelto a sumergirse en un silencio meditativo, salió al fin de él para contar riendo la historia de una cena que él había tenido con el duque De la Tremoille, donde resultó que éste no sabía que George Sand era el seudónimo de una mujer. Swann, que le tenía simpatía a Saniette, creyó que debía darle detalles sobre la cultura del duque que mostraban que esa tal ignorancia por parte de éste era materialmente imposible, pero de golpe se detuvo, porque acababa de comprender que Saniette no necesitaba esas pruebas y que sabía que esa historia era falsa, en razón de que acababa de inventársela hacía un momento. Ese hombre excelente sufría porque los Verdurin lo encontrasen tan fastidioso, y al tener consciencia de haber estado más apagado en esa cena que de costumbre, no había querido dejar que terminase sin haber conseguido divertir. Se rindió tan aprisa, tuvo un aire tan desdichado al ver que fallaba el efecto con el que había contado, y respondió con un tono tan flojo a Swann para que éste no se empeñase en una refutación que sería inútil en adelante: «Está bien, está bien, en todo caso, si me equivoco no es un crimen, creo», que Swann habría querido poder decir que la historia era cierta y deliciosa. El doctor, que los había escuchado, tuvo la ocurrencia de que era el caso decir: *se non è vero*[45], pero no estaba muy seguro de las palabras y temió embrollarse.

Después de la cena, el mismo Forcheville fue hacia el doctor.

—La señora Verdurin no ha debido estar nada mal, y además es una mujer con la que se puede hablar, y para mí todo está en eso. Es evidente que empieza a estar un poco entrada en años. Pero la señora De Crécy es toda una mujercita con aspecto de inteligente, ¡qué caramba! ¡Se ve enseguida que ésta tiene el ojo americano[46]! Hablamos de la señora De Crécy —le dijo al señor Verdurin, que se acercaba con la pipa en la boca—, me imagino que como cuerpo de mujer...

—Preferiría tenerla a ella en mi cama que al trueno —dijo precipitadamente Cottard, que hacía algunos instantes que esperaba en vano que Forcheville recuperase el aliento para colocar esa vieja broma, ya que temía que no volviese la oportunidad si la conversación cambiaba de rumbo, que él soltó con ese exceso de espontaneidad y de confianza que intenta enmascarar la frialdad y la desazón inseparables de todo recitado. Forcheville conocía la broma, la comprendió y se divirtió con ella. En cuanto al señor Verdurin, no escatimó su alegría, pues hacía poco que había encontrado para significarla un símbolo distinto del que utilizaba su mujer, pero igual de sencillo y de claro. Apenas había empezado a hacer el movimiento de cabeza y de hombros de alguien que se muere de risa, cuando inmediatamente se puso a toser como si al reírse demasiado fuerte se hubiera tragado el humo de su pipa. Y manteniéndola todavía en la comisura de la boca, prolongó indefinidamente el simulacro de sofoco y de hilaridad. Del mismo modo, él y la señora Verdurin, que frente a él escuchaba la historia que le contaba el pintor y cerraba los ojos antes de precipitar su cara entre las manos, tenían el aspecto de dos máscaras de teatro que representasen la alegría de manera diferente.

Además, el señor Verdurin había hecho bien en no quitarse la pipa de la boca, pues Cottard, que necesitaba alejarse un momento, hizo a media voz una broma que hacía poco que había aprendido y que renovaba cada vez que iba al mismo lugar: «Tengo que ir un momento a charlar con el duque de Aumale[47]», de manera que el ataque de tos del señor Verdurin volvió a empezar.

—Vamos, quítate la pipa de la boca, ya ves que vas a ahogarte si te aguantas la risa de ese modo —le dijo la señora Verdurin, que venía a ofrecer los licores.

---

[45]   *Se non è vero, è ben trovato*, «si no es verdad, está bien concebido». *(N. del T.)*
[46]   El ojo vivo, de indio norteamericano. *(N. del T.)*
[47]   Juego de palabras con *aux mâles*, el aseo de hombres. *(N. del T.)*

—Qué hombre tan encantador es su marido, tiene el ingenio de cuatro —le declaró Forcheville a la señora Cottard—. Gracias, señora, un viejo soldado como yo no rechaza jamás un trago.

—Al señor De Forcheville le parece encantadora Odette —le dijo el señor Verdurin a su mujer.

—Pues justamente ella querría almorzar alguna vez con nosotros. Vamos a combinarlo, pero no hace falta que lo sepa Swann. Ya sabes que mete un poco de frío —y a De Forcheville—: Naturalmente, eso no le impedirá que venga a cenar, esperamos tenerlo a usted muy a menudo. Ahora que llega el buen tiempo, vamos con frecuencia a cenar al aire libre. ¿No le aburrirán las cenitas en el Bois? Bien, bien, eso será muy amable. ¿Es que no va usted a trabajar en su oficio? —le gritó al pequeño pianista con el fin de hacer ostentación, delante de un nuevo de la importancia de Forcheville, a la vez de su ingenio y del poder tiránico que ejercía sobre los fieles.

—El señor De Forcheville estaba hablándome mal de ti —le dijo la señora Cottard a su marido cuando volvió al salón.

Y Cottard, prosiguiendo con la idea de la nobleza de Forcheville que lo ocupaba desde el comienzo de la cena, le dijo:

—Cuido en este momento a una baronesa, la baronesa Putbus. Los Putbus estuvieron en las Cruzadas, ¿no? En Pomerania tienen un lago que es tan grande como diez veces la Plaza de la Concordia. La atiendo por su artritis seca, es una mujer encantadora. Por lo demás, conoce a la señora Verdurin, creo.

Lo que permitió que Forcheville, cuando un momento después se encontró a solas con la señora Cottard, completase la opinión favorable que tenía sobre su marido:

—Y además es interesante, se ve que conoce a mucha gente. ¡Pues sí que saben cosas los médicos!

—¿Voy a tocar la frase de la sonata para el señor Swann? —dijo el pianista.

—¡Ah, diantre! Al menos no será la «serpiente de sonatas[48]», ¿verdad? —preguntó el señor De Forcheville para lucirse.

Pero el doctor Cottard, que no había oído nunca ese retruécano, no lo comprendió y creyó que era un error del señor De Forcheville y se acercó rápidamente para rectificarlo:

—¡Claro que no! No es serpiente de sonatas lo que debe decirse, es serpiente de cascabel —dijo con tono diligente, impaciente y triunfal.

Forcheville le explicó el retruécano. El doctor enrojeció.

---

[48] Juego de palabras con *serpent à sonnettes*, serpiente de cascabel, de sonido muy parecido. *(N. del T.)*

—¿Reconoce que es divertido, doctor?

—¡Oh! Conozco este juego de palabras desde hace mucho tiempo —respondió Cottard.

Pero se callaron. Bajo la agitación de los trémolos de violín que la protegía de su atuendo trémulo a dos octavas de distancia —igual que en una región montañosa, detrás de la inmobilidad aparente y vertiginosa de una cascada se percibe, doscientos pies más abajo, la forma minúscula de una paseante—, la pequeña frase acababa de aparecer, lejana y agradable, protegida por la larga oleada de la cortina transparente, incesante y sonora. Y Swann se dirigió a ella en su corazón como a una confidente de su amor, como a una amiga de Odette que debería decirle que no hiciera caso de ese Forcheville.

—¡Ah! Llega usted tarde —le dijo la señora Verdurin a uno de los fieles al que no había invitado más que como «mondadientes»— hemos tenido «un» Brichot incomparable, ¡qué elocuencia la suya! Pero se ha marchado, ¿no es cierto, señor Swann? Creo que es la primera vez que se encuentra usted con él —dijo para hacerle notar que era a ella a quien le debía el haberlo conocido—. ¿Verdad que nuestro Brichot ha estado delicioso?

Swann se inclinó muy educadamente.

—¿No? ¿No le ha interesado? —le preguntó secamente la señora Verdurin.

—Claro que sí, señora, mucho, he estado encantado. Quizá es un poco perentorio y poco jovial para mi gusto. A veces quisiera que tuviese un poco de duda y de dulzura, pero se nota que sabe muchas cosas y tiene aspecto de hombre excelente.

Todo el mundo se marchó tardísimo. Las primeras palabras de Cottard a su mujer fueron:

—Pocas veces he visto a la señora Verdurin tan elocuente como esta noche.

—¿Qué es exactamente esta señora Verdurin, entre mujer de mundo y medio cortesana? —le dijo Forcheville al pintor, a quien propuso acompañarlo a casa.

Odette lo vio alejarse con pesar, no se atrevió a no volver a casa con Swann, pero en el carruaje estuvo de mal humor, y cuando él le preguntó si debía entrar en la casa de ella, le dijo «desde luego», alzándose de hombros con impaciencia. Cuando se hubieron marchado todos los invitados, la señora Verdurin le dijo a su marido:

—¿Te has fijado en la risa estúpida de Swann cuando hemos hablado de la señora La Tremoille?

Ella había observado que Swann y Forcheville habían suprimido varias veces el artículo «de» delante del nombre. No dudaba de que fue para mostrar que no estaban intimidados por los títulos y deseó imitar su orgullo, pero no había comprendido bien cómo se traducía eso de forma gramatical. Además, su viciada manera de hablar se imponía sobre su intransigencia republicana, y ella decía aún «los de La Tremoille», o más bien empleaba una abreviación que se usaba en las letras de las canciones de café-concierto y en los textos de los caricaturistas y que disimulaba el «de», «los d'La Tremoille», pero se resarcía diciendo: «Señora La Tremoille». «O como dice Swann, "la duquesa"», añadió irónicamente con una sonrisa que demostraba que ella solamente citaba y que no utilizaba personalmente una denominación tan ingenua y tan ridícula.

—Te diré que me ha parecido sumamente estúpido.

Y el señor Verdurin respondió:

—No es sincero, es un caballero cauteloso, está siempre entre una cosa y otra. Siempre quiere nadar y guardar la ropa. ¡Qué diferencia con Forcheville! Él es al menos un hombre que expresa directamente su manera de pensar. A uno le gusta, o no le gusta. No es como el otro, que nunca es ni carne, ni pescado. Además, parece que Odette tiene aspecto de preferir a Forcheville y le doy la razón. Y además, al final, Swann quiere hacerse el hombre de mundo, el paladín de las duquesas, y el otro al menos tiene un título, sigue siendo conde De Forcheville —añadió con aire delicado, como si estuviese el corriente de la historia de ese condado y sopesase minuciosamente su mérito particular.

—Y te diré —dijo la señora Verdurin— que ha creído que tenía que lanzar algunas insinuaciones contra Brichot, venenosas y bastante ridículas. Evidentemente, como ha visto que en la casa queríamos a Brichot, eso era una manera de hacernos daño, de desdeñar nuestra cena. Se nota que es el buen amiguito que despotrica de uno cuando se va.

—Pero ya te lo he dicho —respondió el señor Verdurin—, es el fracasado, el pequeño individuo envidioso de todo lo que tiene un poco de grandeza.

En realidad no había ni un solo fiel que no fuese tan malévolo como Swann, pero todos tenían la precaución de sazonar sus maledicencias con bromas conocidas, con un pequeño punto de emoción y de cordialidad; mientras que la menor reserva que se permitía Swann, desprovista de fórmulas convencionales como: «No lo decimos para mal» y a las que despreciaba rebajarse, parecía una perfidia. Hay creadores originales de los que la menor osadía indigna, porque no han halagado previamente los gustos del público y no le han entregado los lugares comunes a los que éste está acostumbrado; de esa misma manera indignaba Swann al señor Verdurin. Tanto para Swann como para ellos, la

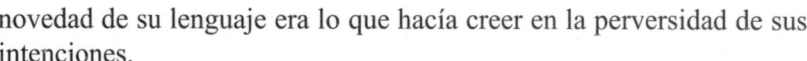

novedad de su lenguaje era lo que hacía creer en la perversidad de sus intenciones.

Swann ignoraba todavía la pérdida de favor que lo amenazaba en casa de los Verdurin y seguía viendo como hermosas sus ridiculeces, a través de su amor.

No tenía citas con Odette, al menos muy a menudo, más que por la noche; pero durante el día, temiendo que se cansase de él yendo a su casa, le hubiera gustado al menos no dejar de ocupar su pensamiento, y en todo momento intentaba encontrar una ocasión de intervenir en él, pero de una manera que fuese agradable para ella. Si en el escaparate de un florista o de un joyero la vista de un planta o de una joya lo encantaba, enseguida pensaba en enviárselos a Odette, imaginando que el placer que le habían proporcionado, al sentirlo ella, vendría a acrecentar la ternura que le tenía, y hacía que los llevasen inmediatamente a la calle La Perouse para no retrasar el momento en que, al recibir Odette algo de él, de alguna manera se sentiría cerca de ella. Sobre todo quería que los recibiese antes de salir para que el agradecimiento que iba a experimentar le valiese una acogida más tierna cuando la viese en casa de los Verdurin, o incluso, ¿quién sabe?, si el proveedor era lo bastante diligente, quizá una carta que ella le enviase antes de la cena, o que ella viniese en persona a su casa en una visita suplementaria, para agradecérselo. Como cuando antes experimentaba reacciones de despecho por la personalidad de Odette, por las de la gratitud intentaba sacar de ella parcelas íntimas de sentimiento que todavía no le había revelado.

Ella tenía con frecuencia apuros de dinero, y apretada por una deuda le rogó que la ayudase. Él estaba contento, como con todo lo que podía darle a Odette una gran idea del amor que sentía por ella, o sencillamente una gran idea de su influencia, de lo útil que podría serle a ella. Sin duda, si le hubiesen dicho al principio: «lo que le gusta a ella es tu posición», o le dijesen ahora: «ella te quiere por tu fortuna», no lo habría creído, y además no habría estado muy descontento de que se la supusiera ligada a él —que se les sintiese unidos el uno al otro— por algo tan fuerte como el esnobismo o el dinero. Pero incluso si hubiera creído que era cierto, quizá él no habría sufrido al descubrir en el amor de Odette por él ese soporte más duradero que la aprobación o las cualidades que ella podía encontrar en él: el interés, el interés que conseguiría que no llegase jamás el día que ella pudiera verse tentada a dejar de verlo. Por el momento, colmándola de regalos y haciéndole favores, podía apoyarse en las ventajas exteriores a su persona y a su inteligencia del empeño agotador de gustarle por sí mismo. Y ese deleite de estar enamorado, de vivir sólo de amor, de la realidad de la que dudaba a veces, el precio que en suma le pagaba, como diletante de sensaciones inmateriales, aumentaba su valor —lo mismo que se ven gentes inseguras de si el espectáculo del mar y el sonido de las olas son fascinantes, y se convencen de ello, así como de la rara cualidad de sus gustos desinteresados, alquilando a cien francos al día la habitación de hotel que les permita saborearlos.

Un día que reflexiones de esta clase lo llevaban todavía al recuerdo de la época en que le habían hablado de Odette como mujer mantenida, y en que una vez más se divertía contraponiendo esta personificación extraña: la mujer mantenida —amalgama iridiscente de elementos desconocidos y diabólicos, engastada, como una aparición de Gustave Moreau, de flores venenosas entrelazadas con joyas preciosas— y esta Odette en cuya cara había visto transitar los mismos sentimientos de compasión por un desdichado, de rebeldía contra una injusticia y de gratitud por un favor que antes había visto experimentar a su propia madre y a sus amigos; esta Odette cuyas palabras se habían referido tan frecuentemente a las cosas que él mismo conocía mejor, a sus colecciones, a su habitación, a su viejo criado, al banquero en cuya oficina tenía sus títulos (esa última imagen del banquero le recordó que tendría que ir a sacar dinero). En efecto, si aquel mes venía con menos largueza en ayuda de Odette con sus problemas materiales que lo que había hecho el mes anterior, cuando le dio cinco mil francos, y si no le ofrecía el collar de diamantes que ella deseaba, no se renovarían la admiración y el agradecimiento que ella tenía por su generosidad, que lo hacían tan feliz, e incluso se arriesgaría a que creyera que su amor por ella había disminuido, ya que vería que esas manifestaciones se hacían más pequeñas. Entonces, de repente, se preguntó si «mantenerla» no era precisamente eso (como si en efecto esa idea de «mantener» pudiera sacarse de elementos no ya misteriosos ni perversos, sino pertenecientes al fondo cotidiano y privado de su vida, como ese billete de mil francos, doméstico y familiar, roto y vuelto a pegar, que su criado, después de haber pagado las cuentas del mes y el alquiler, había guardado en el cajón del viejo escritorio, de donde lo había sacado Swann para enviárselo con otros cuatro a Odette) y si no se le podían aplicar a Odette, desde que la conocía (porque no sospechó ni por un instante que ella hubiese podido recibir dinero alguna vez de nadie antes que él), esas palabras, «mujer mantenida», que había creído tan irreconciliables con ella. No pudo profundizar en esta idea, porque un acceso de pereza mental, que en él era congénita, intermitente y providencial, llegó en ese momento a apagar toda luz en su inteligencia, tan bruscamente como más tarde, cuando se había instalado la luz eléctrica por todas partes, se pudo cortar la electricidad en una casa. Su pensamiento tanteó en la oscuridad, se quitó las lentes, limpió los cristales, se pasó la mano por los ojos, y no volvió ver la luz hasta que se encontró en presencia de una idea completamente diferente, a saber, que tendría que intentar enviarle el mes próximo seis o siete mil francos a Odette en lugar de cinco mil, por causa de la sorpresa y la alegría que eso le provocaría.

Por la noche, cuando no se quedaba en su casa a esperar la hora de encontrarse con Odette en casa de los Verdurin, o más bien en alguno de los restaurantes de verano que tanto les gustaban en el Bois de Boulogne y sobre todo en Saint-Cloud, él iba a cenar en alguna de esas casas elegantes en las que anteriormente era invitado habitual. No quería perder el contacto con gentes que quizá pudieran alguna vez —¿quién sabe?— serles útiles a Odette y gracias a las cuales, mientras tanto, él conseguía a menudo serle agradable. Además, la costumbre que había tenido durante mucho tiempo del gran mundo y del lujo le había dado, a la vez que el desdén por ellos, la necesidad de los mismos, de modo que a partir del momento que los cuchitriles más modestos le aparecieron exactamente en el mismo nivel que las residencias más principescas, sus sentidos estaban tan acostumbrados a las segundas, que habría tenido algún malestar al encontrarse en los primeros. Tenía la misma consideración —con un grado de identificación que ellos no habrían podido creer— por los pequeños burgueses que daban bailes en el quinto piso de una escalera, a la izquierda del rellano, como por la princesa de Parma, que daba las fiestas más hermosas de París, pero no tenía la sensación de estar en el baile si se hallaba con los padres en el dormitorio de la dueña de la casa, y la vista de los lavabos cubiertos de toallas, de las camas transformadas en guardarropas, sobre cuyas colchas se amontonaban los abrigos y los sombreros, le daban la misma sensación de ahogo que puede causarle hoy a gente habituada a veinte años de electricidad el olor de un quinqué que tizna o de una lamparilla que humea.

El día que cenaba en la ciudad hacía que enganchasen los caballos para las siete y media, se vestía pensando en Odette y así no se encontraba solo, porque el pensamiento constante de ella le daba a los momentos que estaba lejos de Odette el mismo encanto particular que tenían los que estaba allí. Subía al carruaje, pero sentía que ese pensamiento había saltado allá al mismo tiempo y se instalaba sobre sus rodillas como una mascota querida que se lleva a todas partes y que se conservaría al lado en la mesa, sin que lo supieran los invitados. La acariciaba, entraba en calor con ella y, sintiendo una especie de languidez, se dejaba ir a un ligero temblor que le contraía el cuello y la nariz, que era nuevo en él, a la vez que se ponía en el ojal el ramito de aguileña. Se sentía afligido y triste desde hacía algún tiempo, sobre todo después de que Odette presentó a Forcheville a los Verdurin; le hubiera gustado ir a descansar un poco en el campo. Pero no habría tenido el valor de dejar París ni un solo día mientras Odette estuviera allí. El aire era cálido, eran los días más bellos de la primavera, y por mucho que atravesase una ciudad de piedra para dirigirse a algún palacete cerrado, lo que sin cesar tenía delante de los ojos era un parque que poseía cerca de Combray, en el que, desde las cuatro de la tarde, antes de llegar a la plantación de espárragos, gracias al viento que llega desde los campos de Meseglise se podía saborear bajo un emparrado tanto frescor como en la orilla del estanque rodeado de nomeolvides y de gladiolos, y donde, cuando cenaba, corrían alrededor de la mesa, guirnaldas de grosellas y de rosas entrelazadas por su jardinero.

Después de cenar, si la cita en el Bois o en Saint-Cloud era temprano, se marchaba tan aprisa al dejar la mesa —sobre todo si la lluvia amenazaba con caer y hacer que volviesen antes los «fieles»—, que una vez la princesa Des Laumes (en cuya casa habían comido tarde y de la que Swann se había marchado antes de que se sirviese el café para reunirse con los Verdurin en la isla del Bois) dijo:

—Realmente, si Swann tuviese treinta años más y una enfermedad de vejiga, podría excusársele que saliese corriendo así. Pero de todos modos, se burla de todo el mundo.

Él se decía que el encanto de la primavera que no podía ir a disfrutar en Combray, lo encontraría al menos en la Isla de los Cisnes o en Saint-Cloud. Pero como no podía pensar más que en Odette, no sabía siquiera si había notado el olor de las hojas ni si había habido un claro de luna. Lo recibía la pequeña frase de la sonata, tocada al piano del restaurante en el jardín. Si allí no había ningún piano, los Verdurin se tomaban un gran esfuerzo para que bajasen uno de una habitación o de un comedor. No era que Swann hubiera recuperado su favor, al contrario, pero la idea de organizar un placer ingenioso para alguien, incluso para alguien que no les gustaba, hacía que se desarrollasen en ellos, durante los momentos necesarios para esos preparativos, sentimientos efímeros y ocasionales de simpatía y de cordialidad. A veces se decía que era otra noche más de primavera que pasaba, se obligaba a prestar atención a los árboles, y al cielo; pero la agitación en la que le metía la presencia de Odette, y también un ligero malestar febril que no lo dejaba desde hacía algún tiempo, lo privaba de la calma y del bienestar que son el fondo indispensable de las impresiones que puede dar la naturaleza.

Una noche que Swann había aceptado cenar con los Verdurin, como durante la cena acababa de decir que al día siguiente tenía un banquete de antiguos compañeros, Odette le respondió en plena mesa, delante de

Forcheville, que ahora era uno de los fieles, delante del pintor, delante de Cottard:

—Sí, ya sé que tiene su banquete, así que solamente lo veré en mi casa, pero no venga demasiado tarde.

Aunque Swann todavía no se hubiese ofendido nunca muy en serio por la amistad que tenía Odette por tal o cual fiel, experimentó una dulzura profunda al oírla confesar de esa manera, con ese tranquilo impudor delante de todos, sus citas cotidianas de la noche, la situación privilegiada que él tenía con ella y la preferencia por él que estaba implicada en ello. Ciertamente, Swann había pensado a menudo que Odette no era en ningún sentido una mujer notable, y la superioridad que ejercía sobre un ser que era tan inferior a él, no había nada que debiese parecerle tan halagador al verlo proclamado a la cara de los «fieles», pero después de que se hubo dado cuenta de que a muchos hombres Odette les parecía una mujer encantadora y deseable, el encanto que tenía su cuerpo para ellos despertó en él una necesidad dolorosa de dominarla completamente hasta en los menores rincones de su corazón. Swann había empezado a adjudicar un precio inestimable a los momentos que pasaba con ella por la noche, cuando la sentaba sobre sus rodillas y la hacía que dijese lo que pensaba de una cosa o de otra, cuando inventariaba los únicos bienes cuya posesión deseaba ahora en el mundo. Por ello, después de esa cena la llevó aparte y no dejó de agradecerle efusivamente, intentando enseñarla, según los grados de agradecimiento de que él daba testimonio, la escala de los placeres que ella podía provocarle, de los que el supremo era protegerle, durante el tiempo que durase su amor y él fuese vulnerable, de los ataques de los celos.

Cuando Swann salió del banquete el día siguiente, llovía a mares; como sólo tenía su carruaje victoria a su disposición, un amigo le propuso llevarlo a su casa en vehículo cerrado, y como Odette, al pedirle que fuese a su casa, le había dado la certeza de que no esperaba a nadie, con la mente tranquila y el corazón contento hubiese preferido volver a su casa a acostarse en lugar de marcharse así bajo la lluvia. Pero si ella veía que él no parecía querer pasar con ella siempre, sin excepción alguna, el fin de la velada, tal vez se olvidaría de reservarla para él justo la vez que lo desease especialmente.

Llegó a casa de ella pasadas las once, y mientras se disculpaba por no haber podido venir antes, ella se quejó de que en efecto era muy tarde, de que la tormenta la había indispuesto y de que tenía dolor de cabeza; y le previno que no lo recibiría más de media hora y que lo despediría a medianoche; poco después se sintió agotada y deseó irse a dormir.

—Entonces, ¿no hay catleyas esta noche? —le dijo él—. Y yo, que esperaba una buena catleya chiquitita.

Y con tono un poco mohíno y nervioso, ella le respondió:

—Claro que no, niño mío, no hay catleyas esta noche, ¡ya ves que estoy indispuesta!

—Eso podría haberte sentado bien, pero, en fin, no insisto.

Ella le rogó que apagase la luz antes de irse, cerró él mismo las cortinas de la cama y se marchó. Pero cuando llegó a su casa, le vino bruscamente la idea de que tal vez Odette esperaba a alguien esa noche, que sólo había simulado el cansancio y que le había pedido que apagase para que creyera que ella iba a dormir, y que en cuanto él se marchó, ella había vuelto a encender la luz y había hecho que entrase el que debía pasar la noche a su lado. Miró la hora que era. Hacía poco más de una hora y media que la había dejado, volvió a salir, tomó un coche de punto e hizo que se detuviera muy cerca de la casa de ella, en una calleja perpendicular a aquella sobre la que daba por detrás su palacete, donde él iba algunas veces a llamar a la ventana de su dormitorio para que fuese a abrirle. Bajó del vehículo, todo estaba desierto y oscuro en ese barrio, no tuvo más que dar algunos pasos a pie y salió casi delante de la casa de ella. Entre la oscuridad de todas las ventanas de la calle, apagadas desde hacía tiempo, vio una sola desde donde desbordaba —entre las contraventanas que estrechaban la pulpa misteriosa y dorada— la luz que llenaba la habitación y que tantas otras noches, cuando la divisaba desde lejos en la calle al llegar, lo alegraba y le anunciaba: «Ahí está, esperándote», y que ahora lo torturaba diciéndole: «Ahí está, con el que esperaba». Quería saber quién era, se deslizó a lo largo de la pared hasta llegar a la ventana, pero entre las lamas oblicuas de la contraventana no podía ver nada, sólo oía el murmullo de una conversación en el silencio de la noche. Por supuesto, sufría por ver aquella luz en la atmósfera de oro en la que se movía tras el marco la pareja invisible y detestada, por oír ese murmullo que revelaba la presencia de aquel que había venido tras su marcha, por la falsedad de Odette, por la dicha que estaba saboreando con otro.

Y sin embargo, estaba contento de haber venido: el tormento que lo había obligado a salir de su casa había perdido agudeza al perder vaguedad, ahora que la otra vida de Odette, de la que había tenido en ese momento una sospecha brusca e impotente, la tenía allí, iluminada de lleno por la lámpara, prisionera sin saberlo en esa habitación en la que entraría a sorprenderla y capturarla cuando quisiera; o mejor iría a golpear las contraventanas como hacía a menudo cuando iba muy tarde, al menos así sabría Odette que él había sabido, que había visto la luz y oído la conversación, y él, que hacía un momento se la imaginaba riéndose de sus ilusiones con el otro, ahora era a ellos a quienes veía, confiados en su error, engañados en definitiva por él, a quien creían muy lejos de allí, y quien sabía ya que iba a golpear las contraventanas. Y quizá, lo que sentía casi agradable en ese momento era una cosa distinta del apaciguamiento de una duda y un dolor: un placer de la inteligencia. Sí, desde que estaba enamorado, las cosas habían recobrado para él un poco del interés fantástico que les encontraba anteriormente, pero sólo cuando estaban iluminadas por el recuerdo de Odette, ahora era otra facultad de su juventud estudiosa lo que reanimaba sus celos: la pasión por la verdad, pero de la verdad que se interponía también entre él y su amante, recibiendo su luz solamente de sí misma, una verdad completamente individual que tenía por único objeto, de un valor infinito y de una belleza casi desinteresada, los actos de Odette, sus relaciones, sus proyectos y su pasado. En cualquier otra época de su vida, los pequeños hechos y los gestos cotidianos de una persona le habían parecido siempre sin valor a Swann: si le contaban un cotilleo, le parecía insignificante y mientras lo escuchaba ya no era más que su atención más corriente la que se interesaba en él, era uno de los momentos en los que se sentía más mediocre. Pero en este extraño período del amor lo individual adquiere algo tan profundo, que esa curiosidad que sentía despertarse en él por las menores ocupaciones de una mujer, era la misma que había tenido en otro tiempo por la Historia. Y todo aquello de lo que había tenido vergüenza hasta ese momento, como espiar por una ventana, y quien sabe si quizá mañana sería hablarle hábilmente a los indiferentes, o sobornar a los criados, o escuchar tras las puertas, ya no le parecían —igual que el desciframiento de textos, la comparación de los testimonios y la interpretación de los monumentos— más que métodos de investigación científica de verdadero valor intelectual y adecuados para la busca de la verdad.

A punto de golpear las contraventanas, tuvo un momento de vergüenza al pensar que Odette iba a saber que él había tenido sospechas, que había vuelto y que se había apostado en la calle. Ella le había dicho con frecuencia el horror que le inspiraban los celosos y los amantes que espían. Lo que él estaba a punto de hacer era muy torpe y ella iba a detestarlo de allí en adelante, mientras que todavía en ese momento, en el que aún no había golpeado, quizá lo amase ella, incluso engañándolo. ¡Cuántas dichas posibles sacrifican así su realización a la impaciencia de un placer inmediato! Pero el deseo de saber la verdad era más fuerte y le pareció que era incluso más noble. Sabía que la realidad de esas circunstancias, que habría dado la vida para restituir exactamente, era legible detrás de esa ventana estriada de luz, del mismo modo que bajo la cubierta iluminada en oro de uno de esos manuscritos valiosos ante cuya riqueza artística el sabio que los consulta no puede quedar indiferente. Sentía fruición por conocer la verdad que lo apasionaba en ese ejemplar único, efímero y valioso, de una materia translúcida, tan cálida y tan bella. Y además, la ventaja en la que se sentía —en la que tenía tanta necesidad de sentirse— sobre ellos, quizá era menos la de saber que la de poder mostrarles que sabía. Se alzó sobre las puntas de los pies. Golpeó. No lo habían oído, volvió a golpear más fuerte, y la conversación se detuvo. Una voz de hombre, en la que intentó distinguir a cuál de los amigos de Odette que él conocía podía pertenecer, preguntó:

—¿Quién anda ahí?

No estaba seguro de reconocerla. Golpeó una vez más. Se abrió la ventana y después las contraventanas. Ahora ya no había forma de echarse para atrás y, puesto que ella iba a saberlo todo y para no tener un aspecto demasiado infeliz, demasiado celoso y curioso, se contentó con gritar con tono descuidado y alegre:

—No se molesten, pasaba por aquí, he visto luz y he querido saber si ya no estaba usted indispuesta.

Miró. Ante él, dos caballeros mayores estaban en la ventana; uno llevaba una lámpara y entonces vio la habitación, era una habitación desconocida. Cuando iba a la casa de Odette muy tarde, tenía la costumbre de reconocer su ventana porque era la única que estaba iluminada entre todas las demás ventanas parecidas; se había equivocado y la que golpeó fue la ventana siguiente, que pertenecía a la casa vecina. Se alejó disculpándose y volvió a su casa, feliz de que la satisfacción de su curiosidad hubiese dejado intacto su amor y de que, después de haber fingido durante tanto tiempo una especie de indiferencia con Odette, él no le hubiese dado con sus celos la prueba de que la amaba demasiado, como quien, entre dos amantes, libra por siempre de amar lo bastante a quien la recibe. No le habló a Odette de esta desventura, ni él mismo pensaba ya en ella, pero en algunos momentos una agitación de su pensamiento se tropezaba con el recuerdo que no había visto, lo golpeaba y lo hundía más adentro, y Swann sentía un dolor súbito y hondo. Lo mismo que si hubiera sido un dolor físico, los pensamientos de Swann no podían aminorarlo, pero al menos el dolor físico, puesto que es independiente del pensamiento, el pensamiento puede detenerse en él, y constatar que ha disminuido y que ha cesado momentáneamente. Pero aquel dolor lo recreaba el pensamiento sólo con recordarlo. Querer no pensar en ello seguía siendo pensar, y sufrir más por ello. Y cuando, hablando con los amigos, se olvidaba de su mal, de repente una palabra que le decían le hacía cambiar de cara, lo mismo que un herido al que un torpe acaba de tocar sin precaución el miembro dolorido. Cuando dejaba a Odette estaba feliz, se sentía en calma, se acordaba de las sonrisas que había tenido ella, de las burlas al hablar de tal o cual individuo y tiernas para con él, el peso de su cabeza, que había separado de su eje para inclinarla y dejarla caer, casi a su pesar, sobre sus labios, lo mismo que había hecho la primera vez en el carruaje, las miradas mortecinas que le había lanzado mientras estaba en sus brazos, a la vez que apretaba reticentemente la cabeza inclinada contra su hombro.

Pero enseguida los celos, como si estuviesen a la sombra de su amor, se colmaban al doble con la nueva sonrisa que esa misma tarde le había dirigido —y que, ahora a la inversa, se burlaba de Swann y se cargaba de amor por otro—, con esa inclinación de la cabeza, pero vuelta hacia otros labios, y dados a otro todos los gestos de cariño que ella había tenido con él. Y todos los recuerdos voluptuosos que él se traía de su casa eran como otros tantos esbozos, «proyectos» parecidos a los que presenta un decorador, que le permitían a Swann hacerse una idea de las actitudes ardientes o extasiadas que ella podía tener con otros hombres. De manera que llegaba a lamentar cada placer que saboreaba con ella, cada caricia inventada cuya dulzura había tenido la imprudencia de señalarle, cada gracia que él le descubría, porque sabía que un momento después iban a enriquecer su suplicio con instrumentos nuevos.

Éste se hacía más cruel aún cuando le volvía a Swann el recuerdo de una breve mirada que había sorprendido, hacía algunos días, en los ojos de Odette por primera vez. Había sido después de cenar, en casa de los Verdurin. Sea porque Forcheville, notando que su cuñado Saniette no gozaba de favor alguno con ellos, hubiera querido tomarlo como cabeza de turco y lucirse ante ellos a costa suya; sea porque se había enojado por una palabra torpe que éste acababa de decirle y que por otra parte había pasado desapercibida por los asistentes, que no sabían qué alusión descortés podía encerrar, aunque contra el agrado de quien la pronunció sin malicia alguna; sea por último porque hacía tiempo que buscaba una ocasión para hacer salir de la casa a alguien que lo conocía demasiado bien y de quien sabía que era demasiado delicado para que no se sintiese molesto en ciertos momentos sólo con su presencia, Forcheville respondió a esas palabras torpes de Sainette con tal grosería, insultándolo, envalentonándose, a medida que vociferaba, con el horror, el dolor y las súplicas del otro, que el infeliz, después de haberle preguntado a la señora Verdurin si debía quedarse sin haber recibido respuesta, se retiró balbuciendo y con lágrimas en los ojos. Odette había asistido impasible a esa escena, pero cuando la puerta volvió a cerrarse tras salir Saniette, rebajando de alguna manera en varios grados la expresión habitual de su cara para poder encontrarse al mismo nivel de vileza que Forcheville, hizo brillar sus pupilas con una sonrisa hipócrita de felicitación por la audacia que éste había tenido y de ironía por el que había sido la víctima; le lanzó una mirada de complicidad en el mal, que bien quería decir: «Esa es toda una ejecución, o yo no conozco ninguna. ¿Han visto su aire avergonzado? Y lloraba por ello», y Forcheville, cuando sus ojos encontraron esa mirada, poniéndose sobrio repentinamente de la cólera, o de la simulación de cólera, de la que todavía estaba caliente, sonrió y respondió:

—Él sólo tenía que ser amable y aún estaría aquí; un buen correctivo puede ser útil a cualquier edad.

Un día que Swann había salido a media tarde para hacer una visita, no encontró a la persona que quería ver y se le ocurrió la idea de ir a casa de Odette a esa hora en la que nunca iba, pero en la que sabía que ella estaba siempre en la casa haciendo la siesta o escribiendo cartas antes de la hora del té, y donde tendría el placer de verla un poco sin molestarla. El portero le dijo que creía que ella estaba en casa, él llamó, creyó oír ruidos y pasos, pero nadie abrió. Nervioso y enfadado, fue a la callecita donde daba la otra fachada del palacete y se puso ante la ventana de la habitación de Odette; las cortinas le impedían que viese nada, golpeó con fuerza los cristales y llamó con la voz; no abrió nadie. Vio que lo miraban unos vecinos. Se marchó, pensando que a fin de cuentas quizá se había equivocado al creer que oía pasos, pero se quedó tan preocupado por ello que no podía pensar en otra cosa. Una hora después, volvió. La encontró, ella le dijo que estaba en la casa esa tarde cuando llamó, pero que dormía; la campanilla la había despertado, adivinó que era Swann y corrió para abrirle, pero ya se había marchado. Había oído que golpeaba los cristales. Swann reconoció enseguida en esas palabras uno de esos fragmentos de un hecho con el que los mentirosos tomados por sorpresa quieren tranquilizarse haciéndolo entrar en la composición del hecho falso que se inventan, creyendo que hacen su parte y que ocultan con su semejanza la realidad. Ciertamente, cuando Odette acababa de hacer algo que no quería revelar, lo ocultaba profundamente en el fondo de sí misma, pero puesto que se encontraba en presencia de aquel a quien ella quería mentir, la turbación la asaltó, todas sus ideas se esfumaron, sus facultades de invención y de razonamiento quedaron paralizadas y en su cabeza ya no encontraba más que el vacío; sin embargo, algo había que decir y ella encontró a su alcance justo la cosa que había querido disimular y que, siendo cierta, era lo único que había permanecido. Cortó de ello un trocito, sin importancia por sí mismo, diciéndose que después de todo era mejor así, puesto que era un detalle verificable que no presentaba los mismos peligros que un detalle falso. «Esto al menos es cierto —se decía—, eso que salgo ganando, él puede informarse, reconocerá que es verdad, no será eso lo que me traicione.» Se equivocaba, era eso lo que la traicionaba, no se daba cuenta de que ese detalle verdadero tenía ángulos que no podían encajarse más que en los detalles contiguos al hecho verdadero del que ella lo había separado arbitrariamente y que, fueran los que fuesen los detalles inventados entre los que lo colocaría, siempre revelaría, por la materia excedente y los vacíos no rellenados, que no venía de entre aquellos. «Ella confiesa que me había oído llamar a la puerta y luego golpear los cristales, que había creído que era yo y que tenía ganas de verme —se decía Swann—, pero eso no encaja con el hecho de que no ha mandado que abriesen.

Pero él no le hizo notar esa contradicción, porque pensaba que, entregada a sí misma, quizá Odette produjera alguna mentira que fuese un débil indicio de la verdad; ella hablaba, él no la interrumpía, recogía con una compasión ávida y dolorosa las palabras que le decía y que él sentía (justamente porque la ocultaba tras ellas al hablarle) que guardaban vagamente la impronta, como el velo sagrado, y que dibujaban el modelado incierto de esa realidad enormemente preciosa y, ¡ay!, inencontrable —lo que ella estaba haciendo un poco antes, cuando él vino a las tres de la tarde—, de la que él no poseería nunca más que esas mentiras, ilegibles y divinos vestigios, y que sólo existía en el recuerdo encubridor de este ser que la contemplaba sin saber apreciarlo, pero que no le entregaría. Efectivamente, dudaba mucho en algunos momentos que los actos cotidianos de Odette en sí mismos fuesen apasionadamente interesantes y que las relaciones que podía tener con otros hombres no dejaban escapar por naturaleza, de una manera universal y para todo ser pensante, una tristeza morbosa, capaz de provocar la fiebre del suicidio. Entonces se dio cuenta de que ese interés y esa tristeza sólo existían en él como una enfermedad y que, cuando se curase, los actos de Odette y los besos que hubiera podido darle se volverían inofensivos como los de tantas otras mujeres; pero aunque la curiosidad dolorosa que Swann ponía ahora en ese punto no tuviese su causa más que en él, eso no bastaba para hacer que le pareciese insensato considerar importante esa curiosidad y poner todo en marcha para darle satisfacción. Swann estaba llegando a una edad en la que la filosofía —favorecida por la de la época y también por la del entorno en el que Swann había vivido mucho: la camarilla de la princesa Des Laumes, donde estaba aceptado que se es inteligente en la medida que se dude de todo y donde no se encontraba lo real y lo indiscutible más que en los gustos de cada uno— ya no es la de la juventud, sino una filosofía positiva, casi médica, de hombres que, en lugar de exteriorizar los objetos de sus aspiraciones, intentan extraer de sus años ya vividos un remanente fijo de costumbres y de pasiones que puedan considerar en ellos mismos como características permanentes, y para las que, deliberadamente, velarán de entrada que pueda dar satisfacción el tipo de existencia que adopten. A Swann le parecía prudente hacer en su vida la parte del sufrimiento que experimentaba ignorando lo que hubiera hecho Odette, tanto como el recrudecimiento que los climas húmedos le provocaban a su eczema, y prever en su presupuesto una disponibilidad de dinero importante para conseguir informaciones sobre el empleo que Odette le daba a sus días; sin ellas se sentiría desgraciado, de la misma manera que hacía para los otros gustos que sabía que le proporcionarían placer, al menos antes de estar enamorado, como el de las colecciones y el de la buena cocina.

Cuando quiso despedirse de Odette para regresar a su casa, ella le pidió que se quedase todavía y lo retuvo, hasta con vehemencia, agarrándole del brazo en el momento que iba a abrir la puerta para salir. Pero no estuvo atento, porque en la multitud de gestos, palabras y pequeños incidentes que ocupan una conversación, es inevitable que pasemos, sin que notemos nada que despierte nuestra atención, cerca de aquellos que ocultan una verdad que nuestras sospechas buscan al azar, y que, al contrario, nos detengamos en aquellos bajo los que no hay nada. Ella le decía todo el rato: «¡Qué pena que tú, que no vienes nunca por la tarde, para una vez que lo haces no te haya visto!». Bien sabía que ella no estaba tan enamorada de él como para tener un pesar tan vivo por haberse perdido su visita, pero como era buena, deseosa de complacerle y a menudo se ponía triste cuando lo contrariaba, le pareció muy natural que lo estuviese esta vez por haberlo privado del placer de pasar una hora juntos, placer que era muy grande, no para ella, sino para él. Sin embargo, era cosa bastante poco importante para que el aspecto dolorido que ella seguía teniendo no acabase por extrañarlo. Ella le hacía recordar, más aún que lo que le parecía de costumbre, las caras de las mujeres del pintor de la *Primavera*. En aquel momento tenía esa misma cara abatida y apenada que parece sucumbir bajo el peso de un dolor demasiado pesado para ellas, cuando simplemente dejan que el Niño Jesús juegue con una granada o miran a Moisés verter agua en un abrevadero. Él le había visto ya una vez una tristeza así, pero no sabía cuándo. Y de repente se acordó: fue cuando Odette mintió hablando con la señora Verdurin, al día siguiente de esa cena a la que ella no había acudido con el pretexto de que estaba enferma, y en realidad fue para quedarse con Swann. Ciertamente, si hubiera sido la más escrupulosa de las mujeres no habría podido tener remordimiento por una mentira tan inocente, pero las que hacía frecuentemente Odette lo eran menos y servían para impedir descubrimientos que habrían podido crearle problemas terribles con unos o con otros. Por ello, cuando mentía, presa del miedo, se sentía poco armada para defenderse y estaba insegura del éxito, y tenía ganas de llorar de cansancio, como los niños que no han

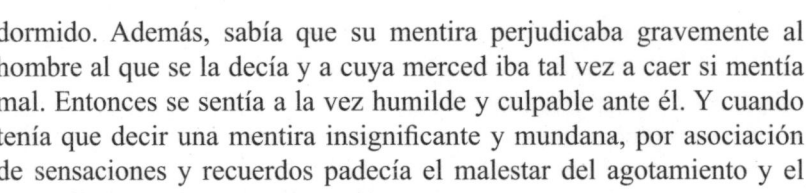

dormido. Además, sabía que su mentira perjudicaba gravemente al hombre al que se la decía y a cuya merced iba tal vez a caer si mentía mal. Entonces se sentía a la vez humilde y culpable ante él. Y cuando tenía que decir una mentira insignificante y mundana, por asociación de sensaciones y recuerdos padecía el malestar del agotamiento y el remordimiento de una mala acción.

¿Qué mentira deprimente estaba diciéndole a Swann para que tuviese esa mirada dolorida, esa voz quejosa que parecía flaquear bajo el esfuerzo que se imponía y pedir clemencia? A él se le ocurrió que no era solamente la verdad sobre el incidente de la tarde lo que se esforzaba en ocultarle, sino algo más actual, que quizá no hubiese ocurrido todavía pero que estaría cercano, y que podría explicarle esa verdad. En ese momento oyó un toque de campanilla. Odette no dejó de hablar, pero sus palabras no eran más que un gemido: su pesar por no haber visto a Swann por la tarde, por no haberle abierto, se había transformado en una verdadera desesperación.

Se oyó cerrarse la puerta de entrada y el ruido de un vehículo, como si se marchase alguna persona —muy probablemente la que Swann no debía encontrar— a quien se le había dicho que Odette había salido. Entonces, pensando que nada más que al venir a una hora en la que no tenía costumbre se había encontrado con que alteraba tantas cosas que ella no quería que supiese, experimentó una sensación de desaliento, casi de angustia. Pero como amaba a Odette, como tenía la costumbre de volver todos sus pensamientos hacia ella, la compasión que él hubiera podido tener hacia sí mismo, la sintió por ella, y murmuró: «¡Pobrecita Odette!». Cuando la dejó, ella tomó varias cartas que tenía sobre la mesa y le pidió si podía llevarlas al correo. Él se las llevó y, cuando regresó a su casa, se dio cuenta de que se las había quedado encima. Volvió a la oficina de Correos, las sacó del bolsillo y antes de echarlas al buzón miró las direcciones. Todas las cartas eran para proveedores, excepto una para Forcheville. La tenía en la mano. Se decía: «Si viese lo que hay dentro, sabría cómo lo llama ella, cómo le habla y si hay algo entre ellos. Hasta podría ser que al no mirarla cometiese una indelicadeza respecto a Odette, porque es la única manera de librarme de una sospecha que quizá sería calumniosa para ella, destinada en todo caso a hacerla sufrir y que nada podría ya destruir, una vez enviada la carta».

Al salir de la oficina de Correos volvió a su casa, pero se había guardado en el bolsillo esa última carta. Encendió una vela y le acercó el sobre que no se había atrevido a abrir. Al principio no pudo leer nada, pero el sobre era delgado y, haciendo que se pegase a la cartulina que estaba incluida en ella, pudo leer al trasluz las últimas palabras. Era una fórmula de despedida muy fría. Si en lugar de ser él quien mirase una carta dirigida a Forcheville, fuese Forcheville quien hubiese leído una carta dirigida a Swann, ¡podría haber visto palabras mucho más tiernas! Mantuvo inmóvil la cartulina que bailaba en el sobre, que era más grande que ella, y luego, haciendo que se deslizase con el pulgar, llevó sucesivamente las diferentes líneas a la parte del sobre que no estaba doblada, la única a través de la cual podía leer.

A pesar de eso no distinguía bien. Además, no importaba, porque había visto lo suficiente para darse cuenta de que se trataba de un pequeño suceso sin importancia y que no tenía nada que ver con relaciones amorosas, era algo que tenía que ver con un tío de Odette. Swann había leído al comienzo de la carta: «He tenido razón», pero no comprendía lo que Odette había tenido razón de hacer, cuando de repente una palabra que no había podido descifrar al principio apareció y aclaró el sentido de la frase entera: «He tenido razón al abrir, era mi tío». ¡Al abrir! Entonces Forcheville estaba allí cuando Swann llamó y ella hizo que se marchase, ese era el ruido que oyó.

Entonces leyó toda la carta. Al final ella se disculpaba por haber actuado con descaro con él y le decía que se había olvidado los cigarrillos en su casa, la misma frase que le escribió a Swann una de las primeras veces que fue a visitarla. Pero para Swann ella había añadido: «Si se hubiese dejado usted aquí su corazón, no le habría dejado recuperarlo», y para Forcheville nada semejante: ninguna alusión que pudiese hacer que se supusiera una intriga entre ellos. Además, a decir verdad, Forcheville se engañaba más con todo esto que él, puesto que Odette le escribía para hacerle creer que el visitante era su tío. En definitiva era él, Swann, el hombre a quien ella adjudicaba importancia y por quien había despedido al otro. Y sin embargo, si no había nada entre Odette y Forcheville, ¿por qué no había abierto enseguida?, ¿por qué dijo: «He hecho bien al abrir, era mi tío»? Si no estaba haciendo nada malo en aquel momento, ¿cómo podría explicarse el mismo Forcheville que ella hubiese podido no abrir? Swann se quedó allá, apenado, confuso y sin embargo, feliz, ante ese sobre que Odette le había entregado sin temor, por lo absoluta que era la confianza que tenía en su delicadeza, pero a través de cuya transparencia como de cristal se desvelaba ante él, con el secreto de un incidente que él jamás creyó posible conocer, un poco de la vida de Odette, como en una estrecha sección luminosa practicada directamente en lo desconocido. Además, sus celos se alegraban de ello, como si esos celos hubiesen tenido una vitalidad independiente, egoísta y voraz de todo lo que los alimentaba, aunque fuese a costa de sí mismo. Ellos tenían ahora un alimento y Swann iba a poder comenzar a inquietarse cada día por las visitas que Odette hubiese recibido hacia las cinco de la tarde, a intentar saber dónde se encontraba Forcheville en aquella hora. Porque la ternura de Swann seguía manteniendo el mismo carácter que le habían imprimido desde el principio la ignorancia en la que estaba acerca del uso de los días de Odette y la pereza cerebral que lo impedía suplir esa ignorancia por medio de la imaginación. Al principio no estuvo celoso de toda la vida de Odette, sino sólo de los momentos en los que una circunstancia, tal vez mal interpretada, lo había llevado a suponer que Odette había podido engañarlo. Sus celos, como un pulpo que se suelta de un primer amarre, luego de un segundo y luego de un tercero, se ató sólidamente a ese momento de las cinco de la tarde, después a otro y luego a otro más. Pero Swann no podía inventarse sus sufrimientos, éstos eran solamente el recuerdo y la perpetuación de un sufrimiento que le había llegado desde fuera.

Pero allí, todo se los traía. Quiso alejar a Odette de Forcheville, llevarla unos días al sur; pero creía que la desearían todos los hombres que se encontrasen en el hotel y que ella misma los desearía. Era como él, que anteriormente cuando estaba de viaje buscaba las gentes nuevas y las reuniones numerosas, ahora se lo veía huraño, rehuyendo de la compañía de los hombres como si ésta lo hubiese herido cruelmente. ¿Y cómo no habría sido misántropo, si en todo hombre veía un posible amante para Odette? Y así sus celos, más aún que lo que había hecho la atracción voluptuosa y risueña que había tenido al principio por Odette, alteraban el carácter de Swann y lo cambiaban por completo, en opinión de los demás, incluso en el aspecto de las señales exteriores por las que se manifestaba ese carácter.

Un mes después del día que leyó la carta de Odette dirigida a Forcheville, Swann acudió a una cena que daban los Verdurin en el Bois. En el momento que se preparaban para salir, observó unos conciliábulos entre la señora Verdurin y varios invitados, y creyó entender que le recordaban al pianista que fuese al día siguiente a una reunión en Chatou, sin embargo, él, Swann, no estaba invitado a ella. Los Verdurin habían hablado sólo a media voz y con palabras vagas, pero el pintor, sin duda distraído, exclamó:

—No hará falta ninguna luz, y que toque la sonata *Claro de luna* en la oscuridad, para ver esclarecerse mejor las cosas.

La señora Verdurin, viendo que Swann estaba a dos pasos, adquirió esa expresión en la que el deseo de hacer callar a quien habla y de hacer guardar un aire inocente a los ojos de quien escucha, se neutraliza por una intensa nulidad de la mirada, en la que la inmóvil señal de inteligencia del cómplice se disimula bajo las sonrisas del ingenuo y que al final, común a todos aquellos que se dan cuenta de una metedura de pata, la revela instantáneamente, si no a quienes la hacen, al menos a quien es objeto de ella. Odette tuvo repentinamente el aspecto de una desesperada que renuncia a luchar contra los problemas aplastantes de la vida, y Swann contaba ansiosamente los minutos que lo separaban del momento en que después de haber salido de ese restaurante, durante el regreso con ella, iba a poder pedirle explicaciones, conseguir que al día siguiente no fuese a Chatou, o que ella hiciera que lo invitasen a ir, y apaciguar entre sus brazos la angustia que sentía. Al fin pidieron que les trajesen los vehículos. La señora Verdurin le dijo a Swann:

—Entonces, adiós, hasta pronto, ¿verdad? —intentando que la amabilidad de la mirada y la tensión de la sonrisa lo impidiesen pensar que no le decía, como siempre había dicho ella hasta entonces: «Hasta mañana en Chatou, y pasado mañana en mi casa».

El señor y la señora Verdurin hicieron que Forcheville subiese a su vehículo, el de Swann estaba colocado detrás y él esperaba que saliesen para hacer que Odette subiese al suyo.

—Odette, nosotros la llevamos —dijo la señora Verdurin—, tenemos un sitio para usted al lado del señor De Forcheville.

—Sí, señora —respondió Odette.

—¿Cómo?, pero yo creía que la llevaría yo —exclamó Swann, diciendo sin disimulo las palabras necesarias, pues la portezuela del carruaje estaba abierta, los segundos estaban contados y él no podía regresar sin ella en el estado en que se hallaba.

—Pero la señora Verdurin me ha pedido...

—Venga, usted puede regresar solo, nosotros se la hemos dejado bastantes veces —dijo la señora Verdurin.

—Pero es que yo tenía una cosa importante que decirle.

—Bueno, escríbasela...

—Adiós —le dijo Odette tendiéndole la mano.

Él intentó sonreír, pero parecía aterrado.

—¿Has visto las maneras que se permite Swann ahora con nosotros? —le dijo la señora Verdurin a su marido cuando llegaron a casa—. He creído que iba a comérseme porque nosotros nos llevábamos a Odette. ¡Qué inconveniencia, vamos! ¡Entonces, que él diga enseguida que llevamos una casa de citas! No comprendo que Odette soporte unos modales semejantes. Él tiene todo el aspecto de decir: tú me perteneces. Le diré a Odette mi manera de pensar, espero que la comprenda.

Y un instante después, añadió con cólera: «¡Pero vamos, habráse visto qué animal!», empleando sin darse cuenta, y quizá obedeciendo a la misma oscura necesidad de justificarse —igual que hacía Françoise en Combray cuando el pollo no quería morirse—, las palabras que arrancan al campesino que lo está matando las últimas sacudidas de un animal inofensivo que agoniza.

Y cuando el carruaje de la señora Verdurin se marchó y el de Swann avanzó, su cochero, mirándolo, le preguntó si estaba enfermo o si no le había sucedido alguna desgracia.

Swann lo despidió, quería caminar y volvió a pie por el bosque. Hablaba solo, en voz alta, y con el mismo tono un poco ficticio que había tomado hasta entonces cuando detallaba los encantos del pequeño núcleo y ensalzaba la magnanimidad de los Verdurin. Pero, igual que las palabras, las sonrisas y los besos de Odette se le hacían tan odiosos como dulces le habían parecido antes, si se dirigían a otro que no fuese él; igualmente, el salón de los Verdurin, que hacía un momento todavía le parecía divertido, rezumante de verdadero gusto por el Arte y hasta de una especie de nobleza moral, ahora, que era otro diferente con quien Odette iba a encontrarse allí y amar libremente en él, se le mostraban sus ridiculeces, su necedad y su ignominia.

Se imaginaba con aversión la velada del día siguiente en Chatou. «Para empezar, ¡vaya idea la de ir a Chatou! ¡Como merceros que acaban de cerrar la tienda! Estas gentes son verdaderamente eminentes en burguesismo, no deben existir de verdad, ¡deben salir de alguna obra de Labiche!

Allí estaría Cottard, quizá también Brichot. «Esta vida de gentes pequeñas que viven amontonadas es bastante grotesca, ¡palabra que se encontrarían perdidos si no se juntasen todos mañana en Chatou! Desgraciadamente, también estará el pintor, el pintor a quien le gustaba "concertar matrimonios" y que invitaría a Forcheville a ir a su taller con Odette.» Veía que Odette llevaba un atuendo demasiado arreglado para esa excursión al campo, «porque es tan vulgar, y sobre todo, ¡la pobrecilla es tan tonta!».

Ya oía las bromas que haría la señora Verdurin después de cenar, las bromas que, cualquiera que fuese el fastidioso al que tuviesen de blanco, siempre lo habían divertido porque veía reír a Odette, reír con él, casi en él. Ahora sentía que quizá era de él de quien se iba a hacer reír a Odette. «¡Qué alegría tan apestosa! —decía dándole a su boca una expresión de asco tan fuerte, que él mismo tenía la sensación muscular de su mueca hasta en el cuello, encogido dentro del cuello de su camisa—. ¿Y cómo es que una criatura cuya cara está hecha a la imagen de Dios puede encontrar algo de qué reírse en esas bromas nauseabundas? Cualquier nariz que sea un poco delicada se apartaría con horror para no dejarse ofuscar por unos hedores así. Verdaderamente, es increíble pensar que un ser humano pueda no comprender que permitiéndose una sonrisa para con un semejante que le ha tendido lealmente la mano, se degrada hasta un fango de donde ni con la mejor voluntad del mundo será posible levantarlo jamás. Yo vivo a demasiados miles de metros de

altura por encima de los bajos fondos donde chapotean y chillan esos
sucios cotilleos para que puedan salpicarme las bromas de una Verdurin —exclamó levantando la cabeza y enderezando orgullosamente el
cuerpo hacia atrás—. Dios es testigo de que he querido sinceramente
sacar a Odette de ahí y elevarla a una atmósfera más noble y más pura;
pero la paciencia humana tiene sus límites, y la mía ha llegado al final»,
se dijo, como si esa misión de arrancar a Odette de una atmósfera de
sarcasmos fuese una idea antigua y no de hacía unos minutos, y como
si no la hubiera tenido solamente después de pensar que esos sarcasmos
quizá lo tuviesen a él mismo como objetivo y que intentasen separar a
Odette de él.

Ya veía al pianista preparado para tocar la sonata *Claro de luna* y
las caras de la señora Verdurin asustándose del daño que iba a hacerle a
sus nervios la música de Beethoven: «¡Idiota, mentirosa! —exclamó—.
¡Y cree que ama el Arte!». Ella le diría a Odette, después de haberle
insinuado con mano izquierda algunas palabras de alabanza para Forcheville, lo mismo que había hecho tan a menudo para él:

«Hágale un huequecito a su lado al señor De Forcheville». «¡En la
oscuridad! ¡Alcahueta, celestina!». «Celestina» era el apodo que él le
daba a la música que les invitaría a callarse, a soñar juntos, a mirarse y
a tomarse de la mano. Y le parecía bien la severidad contra las artes de
Platón, de Bossuet y de la vieja educación francesa.

En suma, la vida que se llevaba en casa de los Verdurin, y que él
tan a menudo había llamado «la vida verdadera», le parecía la peor
de todas, y su pequeño núcleo el peor de los ambientes. «Es verdaderamente —decía— lo más bajo de la escala social, el último círculo
de Dante. ¡No hay duda alguna de que el augusto texto se refiere a
los Verdurin! En el fondo, las personas de mundo, de las que se puede hablar mal, pero que a pesar de todo son distintas de esa cuadrilla
de canallas, muestran su profunda sabiduría negándose a conocerlos
¡y a no ensuciarse con ellos ni siquiera la punta de los dedos! ¡Qué
clarividencia tiene ese *noli me tangere*[49] del barrio de Saint-Germain!»
Había dejado atrás hacía mucho tiempo los senderos del bosque, casi
había llegado a su casa cuando, todavía ebrio del dolor que sentía y de
la elocuencia de insinceridad, cuyas mentirosas entonaciones, con la
sonoridad artificiosa de su propia voz, le vertían con más abundancia
esa ebriedad momento a momento, seguía perorando en voz muy alta
en el silencio de la noche: «Las personas de mundo tienen sus defectos,
que nadie conoce mejor que yo, pero de todos modos son personas para
las que ciertas cosas son imposibles. Cualquier mujer elegante que he

---

[49]   No me toques, primeras palabras de Cristo resucitado a María Magdalena. *(N. del T.)*

conocido estaba lejos de ser perfecta, pero al final había en ella, a pesar de todo, un fondo de delicadeza y una lealtad en el actuar que, pasara lo que pasase, la habrían vuelto incapaz de una traición; eso basta para poner abismos entre ella y una harpía como la Verdurin. ¡Verdurin! ¡Vaya con el apellido! ¡Ah, bien puede decirse que están completos, que son perfectos en su género! Gracias a Dios, era hora de no permitirme más promiscuidad con estos infames, con esta basura.»

Pero, así como las virtudes que aún poco tiempo antes atribuía a los Verdurin no habrían bastado, incluso si él las hubiera poseído verdaderamente y no hubiesen favorecido y protegido su amor, para provocar en Swann esa ebriedad en la que se enternecía por su magnanimidad y que, incluso propagada a través de otras personas, no podía llegarle más que de Odette, igualmente la inmoralidad, aunque fuese real, que les encontraba hoy a los Verdurin habría sido impotente, si ellos no hubiesen invitado a Odette con Forcheville y sin él para desencadenar su indignación y hacerle reprobar «su bajeza». Y no había duda de que la voz de Swann era más clarividente que él mismo, cuando se negaba a pronunciar esas palabras, llenas de repugnancia hacia el círculo Verdurin y de alegría por haber acabado con ese ambiente, sino sólo con un tono afectado y como si hubieran sido escogidas más para calmar su cólera que para expresar su pensamiento. Éste, en efecto, mientras él se entregaba a esas invectivas, estaba ocupado probablemente, sin que él se diera cuenta, por un objeto completamente diferente, porque una vez llegado a su casa, apenas había cerrado la puerta cochera, se dio una palmada brusca en la frente, volvió a abrirla y salió, exclamando con una voz natural esta vez: «¡Creo que he encontrado el medio de hacer que me inviten mañana a esa cena en Chatou!» Pero el medio debía ser malo, porque Swann no fue invitado: el doctor Cottard, que había sido llamado a un pueblo por un caso grave y hacía varios días que no había visto a los Verdurin, por lo que no pudo ir a Chatou, al día siguiente de aquella cena, al sentarse a la mesa en la casa de ellos, dijo:

—¿Pero es que no veremos al señor Swann esta noche? Es lo que se llama un amigo personal del...

—¡Espero que no! —exclamó la señora Verdurin—. Dios nos libre de él, es agobiante, estúpido y maleducado.

Ante esas palabras, Cottard manifestó al mismo tiempo su extrañeza y su sumisión, como ante una verdad contraria a todo lo que se había creído hasta entonces, pero de una evidencia irresistible y, metiendo con aire compungido y miedoso la nariz en el plato, se contentó con responder: "¡Ah, ah, ah, ah, ah!", recorriendo hacía atrás, en su retirada replegada en buen orden hasta el fondo de sí mismo, todo el registro de su voz a lo largo de una gama descendente. Y ya no se habló más de Swann en casa de los Verdurin.

Entonces, el salón que había reunido a Swann y Odette se convirtió en un obstáculo para sus citas. Ella ya no le decía, como en los primeros tiempos de su amor: «Nos veremos en todo caso mañana por la noche, hay una cena en casa de los Verdurin», sino, «No podremos vernos mañana por la noche, hay cena en casa de los Verdurin». O bien los Verdurin tenían que llevarla al teatro de la Opera Comique a ver *Una noche de Cleopatra,* y Swann leía en los ojos de Odette el temor de que le pidiese que no fuera, temor que en el pasado él no habría podido reprimirse de besar al pasar por la cara de su amante, y que ahora lo exasperaba. «Sin embargo —se decía a sí mismo—, no es cólera lo que siento al ver las ganas que tiene ella de ir a picotear en esa música de estercolero, es pena, ciertamente no por mí, sino por ella; ¡pena por ver que, después de haber vivido más de seis meses en contacto cotidiano conmigo, no haya sabido convertirse lo bastante en otra para eliminar espontáneamente a ese Victor Massé! Sobre todo por no haber llegado a comprender que hay noches en las que un ser de esencia un poco delicada debe saber renunciar a un placer cuando se le pide. Ella debería saber decir "yo no iré", aunque fuese sólo por inteligencia, puesto que por su respuesta se clasificará de una vez por todas la calidad de su alma.» Y habiéndose convencido a sí mismo de que en efecto era solamente para poder aportar una opinión más favorable acerca del valor espiritual de Odette por lo que deseaba que aquella noche se quedase con él en lugar de ir a la Opera Comique, le mostraba el mismo razonamiento, con el mismo grado de insinceridad que a sí mismo e incluso un grado más, porque entonces él obedecía además al deseo de tomarla por amor propio.

—Te juro —le decía él unos momentos antes de que ella saliese para el teatro— que al pedirte que no salgas, si yo fuese egoísta, todos mis deseos serían para que tú me lo negases, porque tengo mil cosas que hacer esta noche, y me encontraría a mí mismo pillado en la trampa y muy fastidiado si contra toda esperanza me respondieses que no irás. Pero mis ocupaciones y mis placeres no lo son todo, debo pensar en ti. Puede llegar un día que, al verme separado de ti para siempre, tú tengas el derecho de reprocharme por no haberte advertido en los minutos decisivos en los que yo sentía que iba a hacer caer sobre ti uno de esos juicios severos con los que el amor no resiste mucho tiempo. Mira, *Una noche de Cleopatra* (¡qué título!) no es nada si tú eres realmente ese ser que está en el nivel más bajo de la inteligencia, incluso del encanto, el ser despreciable que no es capaz de renunciar a un placer. Entonces, si tú lo eres, ¿cómo se te podría amar, puesto que ni siquiera eres una persona, una criatura concreta, imperfecta, pero perfectible al menos? Tú eres un agua sin forma que fluye según la pendiente que se le presenta, un pescado sin memoria y sin capacidad de reflexión que, mientras viva en su acuario, se golpeará cien veces al día contra el cristal que seguirá tomando por agua. ¿Comprendes que tu respuesta, que yo no digo que tenga como efecto que yo deje inmediatamente de amarte, por supuesto, pero que te volverá menos seductora ante mis ojos cuando yo comprenda que no eres una persona, que estás por debajo de todas las cosas y no sé colocarte por encima de ninguna? Evidentemente, yo habría preferido pedirte como algo sin importancia que renunciases a *Una noche de Cleopatra* (ya que me obligas a ensuciarme los labios con ese nombre abyecto) con la esperanza de que, a pesar de todo, irías. Pero estoy decidido a llevar una cuenta así, a sacar unas consecuencias así de tu respuesta, y me ha parecido más leal avisarte de ello.

Desde hacía un momento, Odette daba muestras de emoción y de incertidumbre. A falta de entender el sentido de este discurso, ella comprendía que éste podía entrar en el género común de los «rollos» y que podía llevar a escenas de reproches o de súplicas, a los que la costumbre que tenía de los hombres le permitía, sin apegarse a los detalles de las palabras, llegar a la conclusión de que ellos no los pronunciarían si no estuviesen enamorados, que desde el momento que estaban enamorados era inútil obedecerlos, ya que lo estarían más después. Además, habría escuchado a Swann con la mayor de las calmas si no hubiese visto que el tiempo pasaba y que a poco que él siguiese hablando todavía más tiempo, ella iba, como le dijo con una sonrisa tierna, obstinada y confusa, ¡a «acabar por perderse la obertura»!

En otras ocasiones él le decía que lo que más haría que él dejase de amarla sería que ella no quisiera renunciar a mentir. «Incluso desde el simple punto de vista de la coquetería —le decía— ¿no comprendes cuánta seducción pierdes rebajándote a mentir? Con una confesión, ¡cuántas faltas podrías rescatar! ¡Eres realmente mucho menos inteligente que lo que yo creía!». Pero en vano le exponía Swann así todas las razones que tenía ella para no mentir; razones que en Odette habrían podido arruinar una sistemática general de mentiras, pero Odette no la tenía, se contentaba simplemente, en cada caso que deseaba que Swann ignorase algo que ella había hecho, con no decírselo. De modo que la mentira era para ella una solución temporal de orden particular, y lo único que podía decidir si debía servirse de ella o confesar la verdad era una razón de orden particular también, la posibilidad más o menos grande que había para que Swann pudiese descubrir que no había dicho la verdad.

Físicamente, Odette estaba atravesando una mala etapa; estaba engordando, y el encanto expresivo y doliente, junto con las miradas sorprendidas y soñadoras que tenía anteriormente, parecían haber desaparecido con su primera juventud. De manera que ella había llegado a ser tan querida para Swann justo en el momento, por así decirlo, en que a él le parecía precisamente mucho menos bonita. La miraba detenidamente para intentar recuperar el encanto que le había conocido, y no lo encontraba. Pero con saber que bajo esa nueva crisálida era siempre Odette quien vivía, siempre la misma voluntad fugaz, imperceptible y solapada, le bastaba a Swann para seguir poniendo la misma pasión por intentar entenderla. Después miraba unas fotografías de hacía dos años y se acordaba de lo deliciosa que era. Y eso lo consolaba un poco de lo mal que lo pasaba por ella.

Cuando la llevaban los Verdurin a Saint-Germain, o a Chatou, o a Meulan, si era la época del buen tiempo, a menudo proponían, sobre la marcha, quedarse a dormir y no volver hasta el día siguiente. La señora Verdurin intentaba apaciguar los escrúpulos del pianista, cuya tía se había quedado en París.

—Ella estará encantada de librarse de usted por un día. ¿Y cómo iba a inquietarse, si sabe que está con nosotros? Además, me hago responsable de todo.

Pero si no lo conseguía, el señor Verdurin se ponía en campaña, encontraba una oficina de telégrafos o un mensajero y se informaba de los fieles que tenían a alguien que pudiese avisar. Pero Odette se lo agradecía y decía que ella no tenía ninguna noticia que darle a nadie, porque le había dicho a Swann de una vez por todas que si le enviaba una misiva ante los ojos de todo el mundo, la comprometería. A veces se ausentaba durante varios días, los Verdurin la llevaban a ver los sepulcros de Dreux, o a Compiege a admirar, por consejo del pintor, las puestas de sol en el bosque, y subían hasta el castillo de Pierrefonds.

—Y pensar que ella podría visitar verdaderos monumentos conmigo, que he estudiado arquitectura durante diez años y que todo el tiempo me suplican que lleve a Beauvais o a Saint-Loup-de-Naud a personas de la más alta valía cuando no lo haría más que por ella, ¡y que en lugar de eso vaya con los brutos más bajos a extasiarse sucesivamente ante las deyecciones de Louis-Philippe y las de Viollet-le-Duc! Me parece que no hace falta ser artista para eso y que, incluso sin tener un olfato especialmente fino, no se escoge ir de vacaciones a las letrinas para estar más al alcance de respirar excrementos.

Pero cuando ella se marchaba a Dreux o a Pierrefonds —desgraciadamente, sin permitirle que fuese allí con ella, como por casualidad, porque «eso haría un efecto deplorable», según decía—, él se sumergía en la más embriagadora de las novelas de amor, la guía de trenes, que le enseñaba los medios para encontrarse con ella, por la tarde, por la noche, ¡incluso esa misma mañana! ¿El medio? Casi más, la autorización. Porque, en definitiva, ni la guía ni los trenes mismos estaban hechos para perros. Si se hacía saber al público, por medio de impresos, que a las ocho horas de la mañana salía un tren que llegaba a Pierrefonds a las diez horas, era porque ir a Pierrefonds era un acto legítimo para el que era superfluo el permiso de Odette, y era también un acto que podía tener un motivo muy distinto que el deseo de encontrarse con Odette, puesto que gente que no la conocía lo cumplía a diario, y en bastante gran número como para que valiese la pena calentar las locomotoras.

En resumen, a pesar de todo, ¡ella no podía impedirle que fuese a Pierrefonds si le daba la gana! Ahora bien, justo sentía que le daba la gana de ir y que, si no hubiese conocido a Odette, realmente habría ido allá. Hacía mucho tiempo que quería hacerse una idea más precisa de los trabajos de restauración de Viollet-le-Duc. Y con el tiempo que hacía, sentía el deseo urgente de dar un paseo por el bosque de Compiegne.

Verdaderamente era mala suerte que ella le hubiese prohibido el único lugar que lo tentaba hoy. ¡Hoy! Si iba allí, a pesar de su prohibición, ¡podría verla hoy mismo! Pero mientras que, si ella se hubiese encontrado en Pierrefonds con alguien que le fuera indiferente, le habría dicho alegremente: «¡Vaya, usted por aquí!» y lo habría invitado a ir a verla al hotel donde se alojaba con los Verdurin; al contrario, si ella lo encontraba a él allí, se ofendería, se diría a sí misma que lo seguía, lo amaría menos, quizá le diese la espalda con cólera al verlo. «¡Entonces, ya no tengo derecho a viajar!», le diría ella al regreso, ¡cuando a fin de cuentas era él quien ya no tenía derecho a viajar!

Por un momento tuvo la idea, para poder ir a Compiegne y a Pierrefonds sin parecer que era para encontrarse con Odette, de hacerse llevar allí por uno de sus amigos, el marqués De Forestelle, que tenía un palacio en el vecindario. Este marqués, a quien había comunicado su proyecto sin decirle los motivos, no cabía en sí de gozo y se maravillaba de que Swann, por primera vez en quince años, por fin consintiese en venir a ver su finca y, como no quería quedarse en ella, le dijo, le prometió que al menos harían paseos juntos y excursiones durante varios días. Swann ya se imaginaba allá con el señor De Forestelle. Incluso antes de ir allá a ver a Odette, incluso si no conseguía verla allí, ¡qué felicidad tendría al poner los pies sobre esa tierra en la que, sin saber el lugar exacto de su presencia en ese momento, sentiría palpitar por todas partes la posibilidad de su repentina aparición: en el patio del palacio, bello para él porque por ella había ido a verlo; en todas las calles del pueblo, que le parecía novelesco; en cada sendero del bosque, bañado de rosa por un poniente profundo y tierno; todo esto eran asilos innumerables y alternativos donde venía simultáneamente a refugiarse, en la incierta ubicuidad de sus esperanzas, su corazón feliz, vagabundo y multiplicado. «Y sobre todo —le diría al señor De Forestelle— tengamos cuidado de no tropezarnos con Odette y los Verdurin, acaban de decirme que justamente están hoy en Pierrefonds. Tenemos bastante tiempo para vernos en París, no valdría la pena salir de allí para no poder dar un paso los unos sin los otros.» Y su amigo no comprendería por qué ya una vez allí Swann cambiaba constantemente de proyectos, inspeccionaba los comedores de todos los hoteles de Compiegne sin decidirse a sentarse en ninguno de aquellos en los que, sin embargo, no había visto trazas de los Verdurin, teniendo aspecto de buscar aquello de lo que decía que quería huir y de lo que por otra parte huiría en cuanto lo hubiese encontrado, porque si se hubiesen encontrado con el pequeño grupo, se habría separado de ellos con afectación, contento de haber visto a Odette y de que ella lo hubiese visto, sobre todo de que ella lo hubiese visto sin preocuparse por ella. Pero, no, seguro que ella adivinaría que él estaba allí por ella. Y cuando el señor De Forestelle venía a buscarlo para salir, él le decía: «No, por desgracia no puedo ir hoy a Pierrefonds, Odette está allí precisamente». Y a pesar de todo Swann estaba contento al sentir que, si era el único de todos los mortales que ese día no tenía derecho a ir a Pierrefonds, era porque efectivamente él era para Odette alguien diferente a los demás, su amante, y que esa restricción que se le había puesto al derecho universal a la libre circulación no era más que una de las formas de esa esclavitud, de ese amor que le era tan querido. Definitivamente, era mejor no arriesgarse a una pelea con ella, ser paciente y esperar su regreso. Se pasaba los días inclinado sobre un mapa del bosque de Compiegne como si fuese el mapa de la Ternura[50] y se rodeaba de fotografías del castillo de Pierrefonds. En cuanto llegaba el día en que era posible que ella volviese, él volvía a abrir la guía, calculaba qué tren había debido tomar ella y, si se retrasaba, los que le quedaban todavía. No salía de casa por miedo a perderse una misiva, no se acostaba por si era el caso que ella, de vuelta en el último tren, hubiese querido darle la sorpresa de ir a verlo en mitad de la noche. Precisamente oyó llamar a la puerta cochera, le pareció que tardaban en abrir, quiso despertar al portero, se puso en la ventana para llamar a Odette si era ella, porque a pesar de las recomendaciones que él mismo había bajado a hacer más de diez veces, eran capaces de decirle que él no estaba allí. Era un criado que volvía. Swann observó la bandada in-

---

[50] Mapa de la Ternura o del Afecto, país imaginario del Amor Cortés. *(N. del T.)*

cesante de vehículos que pasaban, cosa a la que antes no había prestado atención nunca. Escuchaba que cada uno venía a lo lejos, que se acercaba, que pasaba por su puerta sin detenerse y que llevaba mucho más allá un mensaje que no era para él. Esperó toda la noche, muy inútilmente, porque los Verdurin habían adelantado su regreso y Odette estaba en París desde el mediodía; a ella no se le había ocurrido avisarle, y sin saber qué hacer se había marchado a pasar la velada sola en el teatro y hacía mucho tiempo que había vuelto a casa para acostarse y dormía.

Ella ni siquiera había pensado en él. Y esos momentos en los que se olvidaba hasta de la existencia de Swann le eran más útiles a Odette, le servían más para unirse a Swann que toda su coquetería, porque así Swann vivía en esa agitación dolorosa que ya había sido lo bastante poderosa para hacer que su amor naciese la noche aquella que él no encontró a Odette en casa de los Verdurin y la buscó toda la velada. Y él no tenía, como tuve yo en mi infancia en Combray, días felices durante los que se olvidan los sufrimientos que renacerán por la noche. Swann pasaba los días sin Odette, y en algunos momentos se decía que dejar a una mujer tan bonita salir sola de esa manera en París, era tan imprudente como dejar un estuche lleno de joyas en medio de la calle. Entonces se indignaba contra todos los que pasaban como si fuesen otros tantos ladrones; pero su rostro colectivo e informe se escapaba de su imaginación y no alimentaba sus celos. Aquello fatigaba el pensamiento de Swann, el cual se pasaba la mano por los ojos y exclamaba: «por la gracia de Dios», igual que aquellos que, después de haberse empecinado en abarcar el problema de la realidad del mundo exterior o de la inmortalidad del alma, conceden el descanso de un acto de fe a su agotado cerebro. Pero el recuerdo de la ausente siempre estaba mezclado indisolublemente con los actos más sencillos de la vida de Swann —almorzar, recibir el correo, salir, acostarse— por la tristeza misma que sentía al realizarlos sin ella, como esas iniciales de Philibert el Hermoso que, por causa de la añoranza que tenía por él, Margarita de Austria entrelazó con las suyas por todas partes en la iglesia de Brou. Ciertos días, en lugar de quedarse en su casa, iba a almorzar a un restaurante bastante cercano cuya buena cocina había apreciado anteriormente y donde ahora no iba más que por una de esas razones, místicas y absurdas, que se denominan novelescas: era que aquel restaurante (que todavía existe) tenía el mismo nombre que la calle donde vivía Odette, Laperouse. Algunas veces, cuando había hecho un viaje corto, pasaban varios días hasta que ella pensaba en decirle que había vuelto a París. Y le decía muy sencillamente, sin tener ya como antes la precaución de cubrirse por si acaso con un pequeño fragmento postizo de la verdad, que acababa de regresar en ese mismo momento en el tren de la mañana. Esas palabras eran engañosas;

al menos para Odette eran engañosas e inconsistentes, y carecían, como si hubiesen sido verdaderas, de un punto de apoyo en el recuerdo de su llegada a la estación; hasta ella se veía impedida de imaginárselas en el momento que las pronunciaba, debido a la imagen contradictoria de lo que realmente había hecho, completamente diferente, en el momento que pretendía que se había apeado del tren. Pero en la mente de Swann, por el contrario, esas palabras que no encontraban obstáculo alguno acababan de incrustarse y adquirir la fijeza de una verdad tan indudable, que si un amigo le decía que había venido en ese tren y no había visto a Odette, estaba convencido que era el amigo quien se equivocaba de día o de hora, puesto que lo que decía no correspondía con las palabras de ella. Éstas sólo le habrían parecido engañosas si antes hubiese desconfiado de que lo fueran. Para que él creyese que ella mentía, una sospecha previa era condición necesaria; además, era también una condición suficiente. Entonces, todo lo que decía Odette le parecía sospechoso. Si le oía pronunciar un nombre, era seguro el de uno de sus amantes; una vez forjada esa suposición, se pasaba semanas entristecido; hasta se puso en contacto una vez con una agencia de investigación para saber la dirección, el empleo del tiempo del desconocido que sólo lo dejaría respirar cuando se marchase de viaje, y de quien terminó por saber que era un tío de Odette, muerto hacía veinte años.

Aunque en general no le permitiese que se encontrase con ella en lugares públicos, diciendo que eso provocaría comentarios, ocurría que en una velada a la que había sido invitado como ella —en casa de Forcheville, o en la del pintor, o en un baile de caridad en un ministerio— se encontrase allí al mismo tiempo. Él la veía, pero no se atrevía a quedarse allá por miedo a enojarla, pareciendo que espiaba los placeres que ella tenía con otros y que —mientras él regresaba solo e iba a acostarse nervioso, como debía estarlo yo mismo algunos años después las noches en que él vendría a cenar a la casa de Combray— le parecían ilimitados, porque no había visto su final. Una o dos veces conoció en esas noches las dichas con las que sería tentado y que, si no sufriesen con tanta violencia el rebote de la inquietud bruscamente detenida, podrían denominarse dichas calmadas, porque consisten en un alivio: él había ido a pasar un momento a una recepción en casa del pintor, se disponía a dejarle, y se dejaba allí a Odette mutada en una brillante desconocida, rodeada de hombres a quienes sus miradas y su alegría, que no eran para él, parecían hablar de algún deleite que sería saboreado allá o en otra parte (quizá en el «Baile de los Incoherentes»[51], donde le hacía temblar

---

[51] El Grupo de los Incoherentes combatió humorísticamente la pintura académica y celebraba sus inauguraciones pictóricas con un baile de disfraces.

que ella acudiese después) y que le provocaba a Swann más celos que la propia unión carnal, porque eso lo imaginaba más difícilmente. Estaba a punto de cruzar la puerta del estudio cuando oyó que lo llamaban con esas palabras (que al suprimir de la fiesta el final que lo espantaba, se la hacía retrospectivamente inocente y hacían que el regreso de Odette a su casa fuese algo ya no inconcebible y tremendo, sino dulce y conocido, capaz de permanecer a su lado en su vehículo, un poco como su vida de todos los días, y que despojaban a la misma Odette de su apariencia demasiado brillante y alegre, mostrando que eso no era más que un disfraz que se había puesto un momento para él mismo, pero no con vistas a placeres misteriosos, y del que ya estaba harta), con esas palabras que le lanzaba Odette cuando él ya estaba en el umbral: «¿Querría usted esperarme cinco minutos?, voy a marcharme, volveremos juntos y me llevará a mi casa.»

Cierto es que un día Forcheville pidió que lo llevasen con ellos, pero como, llegado ante la puerta de Odette, había solicitado permiso para entrar también, Odette le respondió señalando a Swann: «¡Ah!, eso depende de este señor, pídaselo a él. En fin, entre un momento si quiere, pero no mucho, porque le advierto que a él le gusta hablar tranquilamente conmigo y que no le gusta mucho que haya visitas cuando viene. ¡Ah! ¡Si conociese usted a ese ser tanto como lo conozco yo! ¿No es cierto, *my love,* que no hay nadie más que yo que lo conozca así de bien?».

Y Swann estaba quizá más conmovido al verla dirigir así, en presencia de Forcheville, no sólo esas palabras de ternura y de predilección, sino además ciertas críticas, como: «Estoy segura de que todavía no ha respondido a sus amigos para la cena del domingo. No vaya si no quiere, pero al menos sea educado», o, «¿Se ha dejado aquí su ensayo sobre Vermeer solamente para poder adelantarlo un poco mañana? ¡Qué perezoso! ¡Ya le haré yo trabajar!», que demostraban que Odette estaba al corriente de las invitaciones que él tenía en el gran mundo y de sus estudios de Arte; que tenían una vida en común. Y al decir eso, le dirigía una sonrisa en cuyo fondo la sentía a ella toda suya.

Entonces, en esos momentos, mientras ella le hacía una naranjada, de repente, —igual que un reflector mal regulado hace que primero se paseen alrededor de un objeto, en la pared, grandes sombras fantásticas, que luego van a replegarse y a destruirse con él— todas las ideas terribles y cambiantes que se hacía de Odette se desvanecían para reunirse en el cuerpo encantador que Swann tenía ante él. Bruscamente tenía la sospecha de que esa hora pasada con ella, bajo la lámpara, quizá no fuese una hora ficticia, para su uso (destinada a enmascarar esa cosa aterradora y exquisita en la que él pensaba sin cesar y que no podía imaginarse bien: una hora de la verdadera vida de Odette, de la vida de Odette cuando él no estaba allí), con utillería de teatro y frutas de cartón, pero quizá era una hora de veras en la vida de Odette; que si él no hubiese estado allá, ella le habría indicado el mismo sofá a Forcheville y le hubiera vertido, no una bebida desconocida, sino precisamente esa misma naranjada; que el mundo habitado por Odette no era ese otro mundo terrible y sobrenatural en el que se pasaba el tiempo situándola y que quizá no existía más que en su imaginación, sino en el universo real, sin desocupar ninguna tristeza en especial, que incluía esa mesa donde él iba a poder escribir y esa bebida que le sería permitido saborear, todos esos objetos que él contemplaba con tanta curiosidad y admiración como gratitud, porque al absorber sus sueños lo habían liberado de ellos, y ellos en cambio se habían enriquecido, le habían mostrado la realización palpable y le interesaban a su mente, adquirían relieve ante sus miradas al mismo tiempo que tranquilizaban su corazón. ¡Ah!, si el destino hubiese permitido que él no pudiera tener más que una sola morada con Odette y que la casa de ella fuese su casa; si al preguntarle al criado lo que había para el almuerzo, fuese el menú de Odette lo que tuviese como respuesta; si cuando Odette quería ir por la mañana a pasearse por la avenida del Bois de Boulogne, su deber de buen marido lo hubiese obligado a acompañarla, aunque no tuviese ganas de salir, llevándole el abrigo cuando ella tenía demasiado calor; y por la noche, si después de cenar ella tenía ganas de quedarse en casa en ropa cómoda, él se obligaría a quedarse junto a ella y hacer lo que ella quisiera; entonces, ¡cuántas de todas las naderías de la vida de Swann que le parecían tan tristes habrían adquirido, al contrario —puesto que al mismo tiempo habrían formado parte de la vida de Odette, hasta las más familiares, como esa lámpara, esa naranjada y ese sofá que contenían tantos sueños y materializaban tantos deseos—, una clase de dulzura superabundante y de misteriosa densidad!

Sin embargo, no dudaba de que así lo que echaría de menos sería una calma y una paz que no habrían sido una atmósfera favorable para su amor. Cuando Odette dejase de ser para él una criatura siempre ausente, echada de menos e imaginaria; cuando el sentimiento que tuviera por ella no fuese ya esa misma turbación misteriosa que le provocaba la frase de la sonata, sino de cariño y de agradecimiento; cuando se establecieran entre ellos las relaciones normales que pondrían fin a su locura y a su tristeza, entonces los actos de la vida de Odette le parecerían sin duda poco interesantes en sí mismos, como ya había tenido varias veces la sospecha de que lo eran, por ejemplo el día que leyó a través del sobre la carta que ella le había dirigido a Forcheville. Considerando su propio mal con tanta sagacidad como si se lo hubiese inoculado para estudiarlo, se decía que cuando se curase, lo que pudiera hacer Odette le sería indiferente; pero desde el seno de su mórbido estado, a decir verdad, temía tanto como a la muerte tal curación, que en efecto habría sido la muerte de todo lo que era él en ese momento.

Después de esas tranquilas veladas, las sospechas de Swann se habían calmado; bendecía a Odette y al día siguiente, por la mañana, hacían que enviasen a su casa las joyas más bellas, porque las bondades de la víspera habían excitado o su gratitud, o el deseo de verlas renovarse, o un paroxismo de amor que necesitaba consumirse.

Pero en otros momentos su dolor volvía a asaltarlo, se imaginaba que Odette era la amante de Forcheville y que cuando ellos dos lo vieron en el bosque, desde el carruaje de los Verdurin, la víspera de la fiesta de Chatou a la que no había sido invitado, rogándole a ella vanamente, con ese aspecto de desesperación que hasta su cochero había notado, que volviese con él, para luego volverse por su lado solo y vencido, ella había debido tener, para señalarlo a Forcheville y decirle: «¡Qué rabioso está!», las mismas miradas brillantes, maliciosas, degradadas y pérfidas que las que tenía el día que él echó a Saniette de la casa de los Verdurin.

Entonces Swann la detestaba. «Pero también es que soy tonto —se decía él—, pago con mi dinero el placer de los demás. Aun así, ella haría bien en tener cuidado y no tirar demasiado de la cuerda, porque yo podría no dar más de mí. En todo caso, ¡renunciemos de momento a las gentilezas suplementarias! Y pensar que ayer mismo, cuando ella dijo que tenía ganas de asistir a la temporada de Bayreuth, hice la tontería de proponerle que alquilásemos para nosotros dos uno de los bonitos castillos del rey de Baviera de los alrededores. Y por cierto, ella no parecía muy entusiasmada, todavía no ha dicho ni sí, ni no, ¡esperemos que rehúse, Dios mío! ¡Oír a Wagner durante quince días con ella, que se preocupa de ello como un pescado de una manzana, sería divertido! Y su odio, lo mismo que su amor, teniendo necesidad de manifestarse y de actuar, se complacía en llevar cada vez más lejos sus malas fantasías, porque gracias a las perfidias que le adjudicaba a Odette la detestaba aún más y si se encontraba que eran ciertas —que era lo que intentaba figurarse— podría tener una ocasión de castigarla y de calmar su creciente rabia contra ella. Así llegó hasta a suponer que iba a recibir una carta de ella en la que le pediría dinero para alquilar el castillo aquél cerca de Bayreuth, pero advirtiéndole de que él no podría ir, porque ella había prometido a Forcheville y a los Verdurin que los invitaría. ¡Ah, cuánto le habría gustado que ella tuviese esa audacia! ¡Qué alegría iba a tener negándose y redactando la respuesta vengadora, cuyos términos se complacía en elegir y enunciar en voz alta como si hubiese recibido la carta en realidad!

Ahora bien, eso mismo es lo que sucedió justo al día siguiente. Ella le escribió que los Verdurin y sus amigos habían manifestado el deseo de asistir a esas representaciones de Wagner y que, si quería enviarle ese dinero, ella tendría por fin, después de haber sido recibida tan a menudo en casa de ellos, el gusto de invitarlos a su vez. De él no decía ni una palabra, estaba sobreentendido que la presencia de ellos excluía la suya.

Entonces, aquella terrible respuesta en cuyas palabras se había detenido la víspera sin atreverse a esperar que pudiera servirse de ellas alguna vez, tenía la alegría de hacérsela llevar. ¡Ay! Sabía muy bien que con el dinero que ella tenía, o que encontraría fácilmente, podría alquilar de todos modos en Bayreuth, puesto que tenía ganas de ello, cuando no era capaz de distinguir entre Bach y Clapisson[52]. Pero a pesar de todo viviría por ello más mezquinamente. No tenía medios, si él le no enviaba esta vez algunos billetes de mil francos, de organizar cada noche, en un castillo, esas cenas refinadas tras las cuales quizá se le ocurriese el capricho —que era posible que no hubiese tenido nunca hasta entonces— de caer en los brazos de Forcheville. ¡Y además, al menos no sería él, Swann, quien pagase aquel viaje detestado! ¡Ah, si hubiera podido impedírselo! ¡Si ella se hiciera un esguince antes del viaje, o si el cochero del vehículo que la llevase a la estación consintiese, a cualquier precio, en llevar a un lugar donde quedase secuestrada por algún tiempo esa mujer pérfida, de ojos adornados con una sonrisa de complicidad dirigida a Forcheville que Odette era para Swann desde hacía cuarenta y ocho horas!

Pero ella no era nunca así por mucho tiempo, al cabo de algunos días la mirada reluciente y engañosa perdía resplandor y duplicidad; la imagen de una Odette aborrecida diciéndole a Forcheville: «Qué rabioso está», empezaba a palidecer y a borrarse. Entonces, reaparecía poco a poco, y brillando suavemente, la cara de la otra Odette, de aquella que dirigía también una sonrisa a Forcheville, pero una sonrisa en la que para Swann no había más que ternura cuando dijo: «No se quede mucho tiempo, porque a este señor no le gusta mucho que yo tenga visitas cuando tiene ganas de estar conmigo. ¡Ah! Si conociera usted a este ser tanto como yo!». Esa misma sonrisa que tenía para agradecer a Swann por algún rasgo de su delicadeza que ella apreciaba tanto, por algún consejo que ella le hubiese pedido en una de las circunstancias serias en las que ella no confiaba más que en él.

---

[52] Antonin Louis Clapisson, compositor mediocre francés de origen italiano. (N. del T.)

Entonces se preguntaba cómo había podido escribir a esa Odette aquella carta ultrajante, de la que sin duda ella no lo habría creído capaz hasta ahora, y que lo había hecho descender del rango elevado y único que él, por medio de su bondad y de su lealtad, había conquistado en la estima de ella. Él iba a hacérsele menos querido, porque eran esas cualidades, que no encontraba ni en Forcheville ni en ningún otro, por las que lo amaba. Era por causa de ellas por lo que Odette le daba testimonio tan frecuentemente de una gentileza que él tenía en nada en el momento que estaba celoso, porque no era una marca de deseo y hasta mostraba más cariño que amor, pero cuya importancia volvía a sentir a medida que el alivio espontáneo de sus sospechas, acentuado a menudo por la distracción que le brindaba una lectura sobre Arte o la conversación con un amigo, hacía que su pasión fuese menos exigente de reciprocidad.

Ahora que, después de esa oscilación, Odette había regresado naturalmente al lugar de donde la había apartado por un momento Swann, en el ángulo en el que él la encontraba encantadora, se la imaginaba llena de ternura, con una mirada de consentimiento tan bonita, que no podía evitar adelantar sus labios hacia ella como si hubiera estado realmente allí y hubiese podido besarla; y él guardaba por esa mirada encantadora y buena tanto agradecimiento como si acabase de lanzársela de verdad y no hubiese sido solamente su imaginación lo que acababa de pintarla para dar satisfacción a su deseo.

¡Cuánto daño había debido hacerle! Él, en efecto, encontraba razones válidas para su resentimiento contra Odette, pero no habrían bastado para hacérselo experimentar si no la hubiese amado tanto. ¿Es que no había tenido reproches igualmente graves contra otras mujeres, a las que, sin embargo, hoy haría un favor con gusto, puesto que no tenía cólera contra ellas porque ya no las amaba? Si tuviese algún día que encontrarse en el mismo estado de indiferencia respecto a Odette, comprendería que eran únicamente sus celos los que le habían hecho encontrar algo atroz e imperdonable en el deseo que tenía ella, en el fondo tan natural, que provenía de un poco de niñería y también de cierta delicadeza de alma, de a su vez, de que en cuanto se presentase la ocasión les devolvería sus cortesías a los Verdurin y haría de anfitriona.

Él regresaba a ese punto de vista —opuesto al de su amor y sus celos, y donde se posicionaba algunas veces por una especie de equidad intelectual y para llevar cuenta de las diversas probabilidades— desde donde intentaba juzgar a Odette como si no la amase, como si para él fuese una mujer como las demás, como si la vida de Odette no hubiera sido, desde que él ya no estaba allá, diferente, tramada a ocultas de él, urdida contra él.

¿Por qué creer que ella saborearía allá, con Forcheville o con otros, placeres embriagadores que ella no había conocido con él y que únicamente sus celos forjaban con todos sus detalles? Tanto en Bayreuth como en París, si ocurría que Forcheville pensase en él, no podía ser más que como en alguien que contaba mucho en la vida de Odette, alguien a quien estaba obligado a ceder el puesto cuando se encontraban en casa de ella. Si Forcheville y ella se regocijaban por estar allá a pesar de él, es porque él lo habría querido intentando inútilmente impedirla que fuese allá, mientras que si él hubiese aprobado su proyecto, defendible por otra parte, habría parecido que ella estaba allí por consejo suyo, que se sentiría enviada y alojada por él, y el gusto que habría experimentado al recibir a esas personas que tanto la habían recibido sería a Swann a quien debía agradecérselo.

Y si le enviaba ese dinero —en lugar de irse peleada con él, sin haber vuelto a verlo—, si él la animaba a ese viaje y se ocupaba de hacérselo agradable, ella iba a acudir a él, feliz y agradecida, y él tendría esa dicha de verla que no había saboreado desde hacía casi una semana y que nada podía remplazar. Porque en cuanto Swann podía imaginársela sin horror y volvía a ver bondad en su sonrisa, el deseo de quitársela a cualquier otro ya no estaba agregado a su amor por los celos, y ese amor volvía a ser sobre todo un gusto para las sensaciones que le daba la persona de Odette, por el placer que experimentaba, admirando como un espectáculo o examinando como un fenómeno, el elevarse de una de sus miradas, la formación de una de sus sonrisas, la emisión de una entonación de su voz. Y ese placer, diferente de todos los demás, había terminado por crear en él una necesidad de ella que sólo ella podía saciar con su presencia o con sus cartas; necesidad casi tan desinteresada, casi tan artística y tan perversa como otra necesidad que caracterizaba ese período nuevo en la vida de Swann, donde a la aridez y a la depresión de los años anteriores había seguido una especie de exhuberancia espiritual, sin que él supiera a qué le debía ese enriquecimiento inesperado de su vida interior más que lo que sabe una persona de salud delicada que se fortalece a partir de cierto momento, engorda, y durante algún tiempo parece que se encamina hacia una curación completa; esa otra necesidad que se desarrollaba también fuera del mundo real era la de oír y conocer música.

De esa manera, por la química misma de su mal, después de que hubiese creado celos con su amor, volvía a crear ternura y compasión por Odette. Ella había vuelto a ser la Odette encantadora y buena. Swann tenía remordimientos por haber sido duro con ella. Quería que viniese junto a él y, antes, quería haberle proporcionado algún placer, para ver el agradecimiento que daba forma a su cara y modelaba su sonrisa.

Así pues, Odette, segura de verlo venir después de algunos días, tan tierno y sumiso como antes, a pedirle una reconciliación, adquirió la costumbre de no temer ya disgustarlo, y hasta irritarlo, y cuando le resultaba conveniente le negaba los favores que él más deseaba.

Tal vez ella no sabía lo sincero que había sido él con ella durante la pelea, cuando le dijo que no le enviaría dinero y que intentaría hacerle daño. Tal vez ella no sabía tampoco cuánto lo era él, si no con ella, al menos consigo mismo, en otros casos en los que, en interés del futuro de su relación, para mostrarle a Odette que era capaz de prescindir de ella y que una ruptura siempre era posible, decidía quedarse algún tiempo sin ir a su casa.

A veces ocurría tras unos días en los que ella no le había provocado ningún problema nuevo, y como de las próximas visitas sabía que no podía sacar ninguna alegría grande, sino más probablemente algún pesar que pondría fin a la calma en la que se encontraba, le escribía que estaba muy ocupado y que no podría verla los días que le había dicho. Pero una carta de ella, que se cruzaba con la suya, le rogaba precisamente que aplazase una cita. Él se preguntaba por qué; sus sospechas y su dolor volvían a asaltarlo. Ya no podía mantener, en el nuevo estado de agitación en el que se encontraba, el compromiso que había adquirido en el anterior estado de relativa calma, corría a casa de ella y exigía verla todos los días siguientes. E incluso si ella no le escribía primero, si solamente respondía a su demanda de una separación breve, aceptándola, bastaba con eso para que ya no pudiese quedarse sin verla. Porque, en contra de los cálculos de Swann, el consentimiento de Odette lo había cambiado todo en él. Como hacen todos aquellos que poseen una cosa para saber lo que sucedería si dejasen de poseerla por un momento, él había quitado esa cosa de su mente y dejó todo lo demás en el mismo estado que cuando estaba allí. Ahora bien, la ausencia de una cosa no es sólo eso, no es una simple carencia parcial, es una alteración de todo lo demás, es un estado nuevo que no se puede prever en el antiguo.

Pero, al contrario, otras veces —Odette estaba a punto de salir de viaje— era tras alguna pequeña pelea, cuyo pretexto elegía él, cuando tomaba la resolución de no escribirle a ella y no volver a verla antes de su vuelta, dando así la apariencia, y pidiendo el beneficio, de una gran pelea, que quizá ella creyese definitiva, de una separación, cuya parte mayor era inevitable por el viaje, y que él hacía comenzar sólo un poco antes. Ya se imaginaba a Odette inquieta, afligida por no haber recibido visita ni carta de él, y esa imagen calmaba sus celos y le hacía fácil desacostumbrarse a verla. Sin duda, en algunos momentos, al fondo de su mente, donde su resolución la expulsó durante el plazo impuesto de tres semanas de separación aceptada, consideraba con gusto la idea de que volvería a ver a Odette a su vuelta, pero era con tan poca impaciencia, que empezaba a preguntarse si no duplicaría de buen grado la duración de una abstinencia tan fácil. Esta abstinencia no había durado todavía más que tres días, tiempo mucho menos largo que el que se había pasado a menudo sin ver a Odette y sin haberlo premeditado, como ahora. Y sin embargo, una ligera contrariedad o un malestar físico —incitándolo a considerar el momento presente como excepcional, fuera de la regla, donde hasta la sensatez admitiría acoger el sosiego que aporta un placer y dar de baja, hasta la recuperación útil del esfuerzo, a la voluntad— suspendía la acción de esta última, que dejaba de ejercer su compresión; o, menos veces, el recuerdo de una información que se había olvidado de pedir a Odette, si ella había decidido el color con el que quería repintar su vehículo, o, para ciertos valores bursátiles, si eran acciones ordinarias o privilegiadas las que quería comprar (era muy bonito mostrarle que él podía quedarse sin verla, pero si después de eso la pintura estaba por hacer o las acciones no daban dividendos, no habría adelantado nada), como una goma estirada que se suelta o como el aire de una máquina neumática que se abre, la idea de volver a verla, desde la lejanía donde estaba preservada, regresaba de un salto al campo del presente y de las posibilidades inmediatas.

Ella volvía sin encontrar ya resistencia, y además tan irresistible que Swann había necesitado mucho menos esfuerzo para sentir aproximarse uno a uno los quince días que debía permanecer separado de Odette, que el que tenía para esperar los diez minutos que necesitaba su cochero para preparar el carruaje que iba a llevarlo a casa de ella, tiempo que él pasaba entre arrebatos de impaciencia y de dicha, en los que, para prodigarle su ternura, se tranquilizaba mil veces con la idea de encontrarse con quien, por un retorno tan brusco en el momento en que la creía tan lejos, estaba de nuevo cerca de él en su conciencia más íntima. Esa idea ya no encontraba obstáculo para el deseo de intentar resistirse sin tardanza, deseo que ya no existía en Swann desde que, habiéndose probado a sí mismo —al menos, lo creía— que era capaz de ello tan fácilmente, ya no veía ningún inconveniente en postergar un intento de separación que ahora estaba seguro de que pondría en ejecución en cuanto quisiera. Era también que la idea de verla de nuevo volvía revestida para él de una novedad y de una seducción, dotadas de una virulencia que la costumbre había atenuado, pero que se había repuesto en esa privación, no de tres días, sino de quince (pues la duración de una renuncia debe calcularse, con anticipación, sobre el plazo asignado), y de lo que hasta entonces habría sido un placer esperado que se sacrifica con facilidad, él había hecho un placer inesperado, contra el cual uno está sin fuerzas. Por último, era que ella volvía embelle-

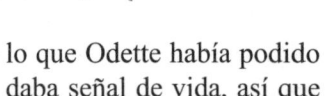
cida por la ignorancia que tenía Swann de lo que Odette había podido pensar, o quizá hacer, viendo que él no le daba señal de vida, así que lo que iba a encontrar era la revelación apasionante de una Odette casi desconocida.

Pero ella, por lo mismo que había creído que su negativa a darle dinero no era más que un ardid, sólo veía un pretexto en las informaciones que Swann acababa de pedirle sobre el carruaje a pintar o los valores que comprar. Pues ella no recreaba las fases diversas de las crisis por las que él pasaba y, debido a la idea que se hacía de ellas, omitía comprender su mecanismo, no creyendo en nada más que lo que conocía de antemano, en la necesaria, en la infalible y siempre idéntica terminación. Idea incompleta —y tanto más profunda quizá— si se la juzgaba desde el punto de vista de Swann, que sin duda habría encontrado que Odette no lo comprendía; igual que un morfinómano o un tuberculoso, convencidos de que los ha detenido, al uno un acontecimiento exterior en el momento en que iba a liberarse de su costumbre inveterada, al otro una indisposición accidental en el momento en el que iba a restablecerse al fin, se sienten incomprendidos por el médico, que no adjudica la misma importancia que ellos a esas presuntas contingencias, simples disfraces según él, que, revestidos por el vicio y el estado mórbido para volver sensibles a sus enfermos, en realidad no han dejado de pesar incurablemente sobre ellos mientras acunaban sueños de sensatez o de curación. Y de hecho, el amor de Swann había llegado al grado en que el médico, y en ciertas enfermedades el cirujano más audaz, se preguntan si privar a un enfermo de su vicio o quitarle su mal es razonable o incluso posible todavía.

Ciertamente, Swann no tenía una consciencia directa de la dimensión de ese amor. Cuando intentaba medirlo a veces le ocurría que pareciese disminuido, casi reducido a la nada. Por ejemplo, el poco gusto, casi el disgusto, que le habían inspirado los rasgos expresivos y la tez sin frescura de Odette, antes de amarla, regresaba en ciertos días. «Realmente hay un progreso palpable —se decía al día siguiente— en ver exactamente las cosas; ayer no he tenido casi ningún placer por estar en su cama, es curioso, hasta me parecía fea.» Y ciertamente era sincero, pero su amor se extendía mucho más allá de las regiones del deseo físico. La propia persona de Odette no tenía allí mucho espacio. Cuando sobre su mesa encontraba con la mirada la fotografía de Odette, o cuando acababa de verla, le costaba trabajo identificar la cara de cartulina o de carne con la turbación dolorosa y constante que vivía en él. Se decía, casi con extrañeza: «es ella», como si de repente se nos mostrase delante de nosotros, exteriorizada, una de nuestras enfermedades y no le encontrásemos semejanza con lo que nosotros sufrimos. «Ella», intentaba preguntarse qué era eso, pues una semejanza entre el amor y la muerte, en vez de esas tan vagas que se dicen siempre, es que nos hace indagar con más ahínco sobre el misterio de la personalidad, por miedo a que se nos oculte su realidad. Y esa enfermedad que era el amor de Swann se había multiplicado de tal manera, se había mezclado tan inseparablemente con todas sus costumbres, con todos sus actos, con su pensamiento, con su voluntad, con su sueño, con su vida, incluso con lo que desearía tras su muerte, que ya no formaba más que una unidad con él, que no se le habría podido arrancar sin destruirlo a él mismo prácticamente por entero; como se dice en cirugía, su amor ya no era operable.

Por ese amor, Swann se había desligado de tal manera de todo lo que le interesaba, que cuando por casualidad regresaba al gran mundo, diciéndose que sus relaciones, igual que una cabalgadura elegante que, por otra parte, ella no habría sabido valorar muy adecuadamente, podían darle a él mismo un poco de valía a los ojos de Odette (y eso quizá habría sido cierto, si no estuviesen envilecidas por ese amor mismo, que para Odette depreciaba todas las cosas que tocaba por el hecho de que parecía que las proclamaba como menos valiosas). Él experimentaba allí, junto al desasosiego de estar en aquellos lugares entre gente que ella no conocía, el placer desinteresado que él habría tenido por una novela o un cuadro donde se describen las diversiones de una clase social ociosa, lo mismo que en su casa se complacía en considerar el funcionamiento de su vida doméstica, la elegancia de su guardarropa y de su librea y la juiciosa inversión de los valores bursátiles, de la misma manera que leyendo en Saint-Simon, que era uno de sus escritores favoritos, la mecánica de los días, el menú de las comidas de la señora De Maintenon, o la avaricia prudente y el gran tren de vida de Lulli[53]. Y en la débil medida en que ese desapego no era absoluto, la razón de ese placer nuevo que saboreaba Swann era poder emigrar por un momento a las escasas partes de sí mismo que le habían quedado casi desconocidas a su amor, a su pena. A ese respecto, esa personalidad que mi tía abuela le atribuía, de «Swann, hijo», distinta de su personalidad, más individual, de Charles Swann, era aquella en la que más se complacía ahora. Un día que, para el cumpleaños de la princesa de Parma (y porque a menudo esa personalidad podía ser indirectamente agradable para Odette haciéndola tener sitio en galas y jubileos) él había querido enviarle unas frutas, sin saber bien cómo pedirlas, se lo había encargado a una prima de su madre que, encantada de hacerle un favor, le escribió

---

[53] GIOVANNI BATTISTA LULLI (1632-1687), compositor florentino nacionalizado francés con el nombre Jean-Batiste Lully. *(N. del T.)*

dándole cuenta de que ella no había recogido todas las frutas del mismo sitio, sino las uvas en casa Crapote, donde son especialidad; las fresas en casa Jauret; las peras en casa Chevet, donde eran más hermosas, y así. «Cada pieza de fruta revisada y examinada por mí, una por una». Y en efecto, por el agradecimiento de la princesa él había podido juzgar el perfume de las fresas y la dulzura de las peras. Pero sobre todo, ese «cada pieza de fruta revisada y examinada por mí, una por una» había sido un alivio de su sufrimiento al llevar su consciencia a una región donde él raramente se dirigía, aunque le perteneciera como heredero de una familia rica de buena burguesía en la que se había conservado por herencia, preparados para ser puestos a su servicio en cuanto lo desease, el conocimiento de las «buenas direcciones» y el arte de saber hacer bien un encargo.

Ciertamente hacía mucho tiempo que había olvidado que él era «Swann, hijo» para no sentir, cuando le volvía por un momento, un placer más vivo que los que habría podido experimentar el resto del tiempo, de los que estaba hastiado; si la amabilidad de los burgueses, para quienes seguía siendo eso, sobre todo, era menos viva que la de la aristocracia (pero por otra parte mucho más halagadora, porque entre ellos, al menos, no se separa nunca de la estima), una carta de altezas reales o algunas diversiones principescas que le proponía no podían serle tan agradables como la que le pedía que fuese testigo, o asistir solamente, de un matrimonio en la familia de viejos amigos de sus padres, de los que a unos habían seguido viéndolos —como mi abuelo, que el año anterior lo había invitado al matrimonio de mi madre— y de los que a otros apenas los conocía personalmente, pero creían tener deberes de la cortesía con el hijo, con el digno sucesor del finado señor Swann.

Pero, debido a la intimidad ya antigua que existía entre ellos, las gentes del gran mundo, en cierta medida formaban parte también de su casa, de su ambiente doméstico y de su familia. Al considerar esas brillantes amistades, sentía el mismo apoyo fuera de sí mismo y el mismo desahogo que al mirar las buenas tierras, la buena plata y la buena mantelería que le venían de los suyos. Y el pensamiento de que, si se caía en su casa víctima de un ataque, sería naturalmente al duque De Chartres, al príncipe de Reuss, el duque De Luxemburgo y al barón De Charlus a quienes iría corriendo a buscar su criado, le brindaba el mismo consuelo que a nuestra vieja Françoise saber que la enterrarían en paños finos suyos, marcados, sin remiendos (o hechos de una manera tan fina que no daban más que una buena idea del esmero de la costurera), mortaja de cuya imagen frecuente ella sacaba cierta satisfacción, sino de bienestar, al menos de amor propio. Pero sobre todo, debido a que, en todos aquellos actos y pensamientos suyos que se referían a

Odette, Swann estaba dominado y dirigido constantemente por el sentimiento no confesado de que él era para ella quizá menos querido, pero
menos agradable de ver que cualquiera o que el más fastidioso de los
fieles de los Verdurin —cuando se dirigía a un mundo para el que era el
hombre exquisito por excelencia, al que se hacía de todo para atraerlo,
por el que se entristecían de no verlo, empezaba de nuevo a creer en la
existencia de una vida más feliz y a sentir casi avidez por ella, como
le sucede a un enfermo encamado durante meses, haciendo dieta, que
ve en un periódico el menú de un almuerzo oficial o el anuncio de un
crucero por Sicilia.

Si se veía obligado a dar excusas a las gentes del mundo por no
hacerles visitas, era de hacérselas a Odette de lo que intentaba excusarse. Aún se las hacía (preguntando a fin de mes, por poco que hubiera
abusado un poco de su paciencia y hubiese ido a menudo a verla, si
sería suficiente con enviarle cuatro mil francos) y encontraba un pretexto para cada una, un regalo que llevarle, o una información que ella
necesitaba, o el señor De Charlus, que iba su casa cuando se lo había
encontrado y había exigido que lo acompañase. Y cuando no tenía ninguno, le rogaba al señor De Charlus que corriese a casa de Odette, que
le dijera como espontáneamente, en el transcurso de la conversación,
que se acordaba de que tenía que hablar con Swann y que ella tuviese la
bondad de hacer que le pidieran que fuese a su casa enseguida, pero las
más de las veces Swann esperaba en vano y el señor De Charlus le decía
por la noche que su estratagema no había resultado bien. De manera
que ella se ausentaba ahora frecuentemente, incluso cuando se quedaba
en París lo veía poco, y ella, que cuando lo amaba le decía: «yo siempre estoy libre» y «¿que me importa la opinión de los demás?», ahora,
cada vez que él quería verla, ella alegaba al decoro o pretextaba que
tenía muchas ocupaciones. Cuando él hablaba de ir a una fiesta benéfi-
ca, a una inauguración pictórica o a un estreno al que ella debía acudir,
Odette le decía que él quería anunciar su relación y que la trataba como
a una criada. Hasta el punto de que para intentar no verse privado de
encontrarla en ninguna parte, Swann, que sabía que ella conocía y le
tenía mucho cariño a mi tío abuelo Adolphe, de quien él mismo había
sido amigo, fue a verlo un día a su pequeño apartamento de la calle
Bellechasse para pedirle que utilizase su influencia sobre Odette. Como
cuando ella le hablaba a Swann de mi tío siempre adoptaba un aire
poético y decía: «¡Ah! Él no es como tú, ¡no hay nada tan hermoso, tan
grande y tan bonito como su amistad por mí! No es él quien considera-
ría que soy demasiado poco para querer mostrarse conmigo en todos los
lugares públicos», Swann estaba incómodo y no sabía qué tono debía
poner para hablarle de ella a mi tío. Primero presentó la excelencia

a priori de Odette, el axioma de su suprahumanidad seráfica, la revelación de sus virtudes indemostrables cuya noción no podía provenir de la experiencia. «Quiero hablar con usted. Usted, que sabe qué mujer es por encima de todas las mujeres, qué ser adorable, qué ángel es Odette; pero sabe cómo es la vida en París. No todo el mundo conoce a Odette bajo la luz con la que la conocemos usted y yo, por lo tanto hay personas a quienes les parece que yo interpreto un papel un poco ridículo; ella no puede admitir siquiera que me encuentre con ella fuera, en el teatro por ejemplo; usted, en quien ella tiene tanta confianza, ¿no podría decirle unas palabras por mí y asegurarle que exagera el perjuicio que un saludo mío podría causarle?»

Mi tío le aconsejó a Swann que estuviese un tiempo sin ver a Odette, que ella sólo lo amaría más por ello, y que dejase que Swann la encontrase en cualquier sitio que ella quisiera. Algunos días después, Odette le dijo a Swann que acababa de sufrir una decepción al ver que mi tío era igual que todos los hombres: acababa de intentar tomarla por la fuerza. Calmó a Swann, que en un primer momento quería ir a desafiar a mi tío, pero se negó a estrecharle la mano cuando volvió a encontrárselo. Él lamentó tanto esa pelea con mi tío Adolphe, que esperó, si lo hubiera vuelto a ver y hubiese podido hablar en toda confianza con él, intentar poner en claro ciertos rumores relativos a la vida que Odette había llevado anteriormente en Niza. Mi tío Adolphe pasaba allí los inviernos, y Swann creía que quizá era así como había conocido a Odette. Lo poco que se le había escapado a alguien delante de él, relacionado con un hombre que habría sido el amante de Odette, había trastornado a Swann. Pero las cosas que, antes de conocerlas, le habrían parecido las más horrorosas de conocer y las más imposibles de creer, una vez que las supo se incorporaron para siempre en su tristeza, las admitió, ya no habría podido comprender que no estuviesen allí; sólo que cada una de ellas le hacía un retoque indeleble a la idea que se hacía de su amante. Una vez, incluso creyó comprender que esa ligereza de costumbres de Odette, que él no habría sospechado, era bastante conocida, y que en Bade y en Niza, cuando anteriormente se pasaba allí varios meses, ella había tenido una especie de notoriedad galante. Para interrogarlos, intentó acercarse a ciertos vividores, pero éstos sabían que él conocía a Odette, y además estaba el miedo de hacerles pensar de nuevo en ella y ponerles sobre su pista. Pero él, a quien hasta entonces nada habría podido parecerle tan fastidioso como todo lo que se relacionaba con la vida cosmopolita de Bade o de Niza, sabiendo que Odette quizá había hecho fiestas anteriormente en esas ciudades de placer, sin que debiese llegar nunca a saber si eso era solamente para satisfacer necesidades de dinero que ella ya no tenía gracias a él, o a caprichos que podrían renacer, ahora se inclinaba con una angustia impotente, ciega y vertiginosa, hacia el abismo sin fondo donde habían ido a hundirse esos años del principio del Septenado[54], cuando el invierno se pasaba en el Paseo de los Ingleses y el verano bajo los tilos de Bade, él les encontraba una profundidad dolorosa, pero magnífica, como la que les habría podido prestar un poeta, y él se habría puesto a reconstituir los pequeños hechos de la Costa Azul de aquel entonces si esa profundidad hubiese podido ayudarlo a comprender algo de la sonrisa o de las miradas —sin embargo tan honestas y tan sencillas— de Odette, y habría puesto mucha más pasión que el esteta que examina los documentos que subsisten de la Florencia del siglo XV para intentar adentrarse más en el alma de la *Primavera,* de la bella *Vanna* o de la *Venus,* de Botticelli. A menudo la miraba sin decirle nada, pensaba; ella le decía: «¡qué aire tan triste tienes!». No hacía aún mucho tiempo que de la idea de que ella era una criatura buena, análoga a las mejores que él hubiese conocido, había pasado a la idea de que ella era una mujer entretenida; a la inversa, le había ocurrido después que volviese de la Odette de Crécy, quizá demasiado conocida por los juerguistas y los mujeriegos, a esa cara de expresión a veces tan dulce, a esa naturaleza tan humana. Se decía: «¿Qué quiere decir que todo el mundo sepa en Niza quién es Odette de Crécy? Esas reputaciones, incluso ciertas, se construyen con las ideas de los demás». Creía que esa leyenda —aunque fuese auténtica— era ajena a Odette, no estaba en ella como una personalidad inamovible y malvada; que la criatura que habría podido ser llevada a actuar mal era mujer de ojos buenos, de corazón lleno de compasión por el sufrimiento, de cuerpo dócil, que él había tenido, que había estrechado y manoseado entre sus brazos; una mujer que un día podría suceder que poseyese toda, si lograba hacerse indispensable para ella. Allí estaba ella, a menudo cansada, con la cara vacía por un momento de la preocupación febril y alegre de las cosas desconocidas que hacían sufrir a Swann; se apartaba los cabellos con la mano, su frente y su cara parecían más grandes; entonces, de repente, algún pensamiento simplemente humano, algún buen sentimiento como el que existe en todas las criaturas cuando en un momento de reposo o de introversión se entregan a sí mismas, saltaba de sus ojos como un rayo amarillo. E inmediatamente toda su cara se iluminaba como lo hace un campo gris, cubierto de nubes que se apartan de repente, para su transfiguración, en el momento del sol poniente. La vida que estaba en Odette en aquel momento y el futuro mismo que parecía mirar soñadoramente podría haberlos com-

---

[54] Época de cambios políticos constantes, basados en que la Presidencia durase siete años, sin conseguirlo. *(N. del T.)*

partido Swann con ella; parecía que ninguna agitación desagradable hubiera dejado resto alguno en esa cara. Por raros que fuesen, aquellos momentos no fueron inútiles. Mediante el recuerdo, Swann vinculaba esas parcelas, abolía los intervalos, fluía como si fuese de oro una Odette de bondad y de calma para la que hizo más tarde (como se verá en la segunda parte de esta obra) sacrificios que la otra Odette no habría conseguido nunca. Pero, ¡qué escasos eran esos momentos y qué poco la veía ahora! Incluso para sus citas de la noche, ella no le decía hasta el último momento si podría concedérselas, porque, contando con que siempre lo encontraría libre, ella primero quería estar segura de que nadie más le propondría venir a su casa. Alegaba que estaba obligada a esperar una respuesta de la mayor importancia para ella, e incluso si después de haber hecho venir a Swann, unos amigos le pedían a Odette, cuando la velada ya había empezado, que fuese con ellos al teatro o a cenar, ella daba un saltito de alegría y se vestía apresuradamente. A medida que ella iba avanzando en su vestimenta, cada movimiento que hacía acercaba a Swann al momento que tendría que dejarla, al momento que ella huiría con un impulso irresistible, y cuando, lista por fin, clavaba por última vez en el espejo sus miradas tensas y alumbradas por la atención, volvía a poner un poco de carmín en sus labios, se pegaba un mechón de cabello a la frente y pedía su abrigo de noche azul celeste con borlas doradas, Swann parecía tan triste que ella no podía reprimir un gesto de impaciencia y decía: «¡Así es como me agradeces haber dejado que te quedases hasta el último momento, y yo que creía que había hecho algo amable! ¡Bueno es saberlo para la próxima vez!». A veces, a riesgo de enojarla, él se prometía que intentaría saber dónde había ido ella, soñaba con una alianza con Forcheville que quizá habría podido informarle. Por otra parte, cuando sabía con quién había pasado la velada, era muy raro que no pudiese encontrar entre todos sus conocidos a alguien que conociese, aunque fuese indirectamente, al hombre con quien ella había salido y que podía conseguir fácilmente tal o cual información. Y mientras él escribía a uno de sus amigos para pedirle que intentase aclarar un determinado punto, experimentaba el alivio de dejar de proponerse preguntas sin respuestas y de transferirle a otro el agobio de tener que interrogar. Cierto es que Swann no avanzaba mucho cuando tenía ciertas informaciones. Saber no siempre permite impedir, pero al menos las cosas que sabemos, las tenemos, sino entre las manos, al menos en nuestro pensamiento, donde las colocamos a voluntad, lo que nos da la ilusión de que tenemos una clase de dominio sobre ellas. Estaba contento todas las veces que el señor De Charlus estaba con Odette. Swann sabía que no podía pasar nada entre ella y el señor De Charlus, que cuando éste salía con ella era por amistad con él y que no tendría dificultad alguna en contarle todo lo que ella había hecho. Algunas veces ella declaraba tan categóricamente a Swann que le resultaba imposible verlo cierta noche y tenía tanto aspecto de interesarle una salida, que Swann le daba verdadera importancia a que el señor De Charlus estuviese libre para acompañarla. Al día siguiente, sin atreverse a hacerle muchas preguntas al señor De Charlus, lo obligaba, fingiendo que no había comprendido bien sus primeras respuestas, a que le diese noticias, y después de cada una de ellas él se sentía más tranquilo, porque sabía enseguida que Odette había ocupado su velada en los placeres más inocentes. «Pero cómo, mi pequeño Memé, no comprendo bien... ¿No ha sido al salir de su casa cuando han ido ustedes al museo Grevin? Habían ido a otro sitio primero, ¿no? ¡Oh, qué gracioso! No sabe usted lo que me divierte, mi pequeño Memé, pero, qué idea más loca ha tenido ella de ir después al *Gato Negro*[55], porque fue idea de ella, ¿no? Ha sido de usted, es curioso. A fin de cuentas no es una mala idea, ella debía conocer allí a mucha gente, ¿no? ¿No ha hablado con nadie? Es extraordinario. Entonces, ¿se quedaron allá, así como así, los dos solos? Veo esa escena desde aquí. Es usted muy amable, mi pequeño Memé, lo quiero mucho.» Swann se sentía aliviado. Para él, a quien le había ocurrido, hablando con personajes indiferentes a quienes apenas escuchaba, que oyese algunas veces ciertas frases (por ejemplo, ésta: «Ayer vi a la señora De Crécy, estaba con un señor que no conozco.») que pasaban inmediatamente al estado sólido en el corazón de Swann, allí se endurecían como una incrustación, lo desgarraban y ya no se movían; y que, al contrario, le fueran dulces estas otras: «Ella no conocía a nadie, no ha hablado con nadie», que circulaban fácilmente en su corazón, ¡y cómo eran de fluidas, de fáciles y de soportables! Y sin embargo, al cabo de un instante se decía que a Odette debía parecerle él muy aburrido para que fuesen esos placeres los que prefería a su compañía. Y sin embargo, su insignificancia, si ella lo tranquilizaba, le hacía daño como una traición.

Incluso cuando él no podía saber dónde había ido ella, le hubiera bastado para calmar la angustia que experimentaba entonces, y contra la que la presencia de Odette, la dulzura de estar con ella era el único medicamento (medicamento que a la larga agravaba el mal, pero que al menos calmaba momentáneamente el sufrimiento), le habría bastado, sólo con que Odette se lo hubiese permitido, quedarse en casa de Odette mientras ella no estuviera allí, esperarla hasta esa hora del regreso en cuyo sosiego habrían venido a confundirse las horas que una influencia o un maleficio le habían hecho creer diferentes de las demás. Pero

---

[55] Famoso cabaré parisino de la época. *(N. del T.)*

ella no quería, él volvía a su casa, por el camino se obligaba a formar diversos proyectos y dejaba de pensar en Odette; hasta llegaba, al desvestirse, a dejar que rodasen en su mente pensamientos muy alegres; con el corazón lleno de la esperanza de ir al día siguiente a ver alguna obra maestra se metía en la cama y apagaba la luz; pero en cuanto, para prepararse a dormir, dejaba de ejercer sobre sí mismo una imposición de la que ni siquiera tenía consciencia de tan habitual que se había vuelto, en ese mismo instante refluía en él un escalofrío helado y se ponía a sollozar. Ni siquiera quería saber por qué, se enjugaba los ojos y se decía riendo: «¡Qué bonito!, me estoy volviendo un neurópata». Después no podía pensar sin gran desaliento que al día siguiente tendría que volver a empezar a intentar saber lo que había hecho Odette y a poner influencias en juego para intentar verla. Esa necesidad de tener una actividad sin tregua, sin variedad y sin resultados le era tan cruel, que un día, dándose cuenta de un bulto en su vientre, sintió una verdadera alegría al pensar que quizá tenía un tumor mortal, que iba a no tener que ocuparse de nada, que era la enfermedad lo que iba a gobernarlo y hacer de él su juguete hasta su fin cercano. Y en efecto, si en esta época le ocurría que a menudo deseaba la muerte, sin confesárselo, era menos por escaparse de la intensidad de sus sufrimientos que por la monotonía de su esfuerzo.

Y sin embargo, habría querido vivir hasta la época en la que ya no la amase, en la que ella no tuviese razón alguna de mentirle y él podría saber por ella si el día que había ido a verla a media tarde estaba o no acostada con Forcheville. Durante algunos días, a menudo la sospecha de que ella amaba a otro lo desviaba de plantearse esa pregunta relativa a Forcheville, se le hacía casi indiferente, como esas formas nuevas de un mismo estado patológico que parecen habernos librado momentáneamente de las anteriores. Incluso había días que no lo atormentaba ninguna sospecha. Creía haberse curado. Pero el día siguiente, al despertar, sentía en el mismo lugar el mismo dolor, del cual, durante todo el día de la víspera, había como diluido la sensación en el torrente de las diferentes impresiones; pero no se había movido del sitio, e incluso era la intensidad de ese dolor lo que había despertado a Swann.

Como Odette no le daba información alguna sobre estas cosas tan importantes, que tanto lo ocupaban cada día (aunque hubiese vivido lo bastante para saber que no hay nunca otras ocupaciones más que el placer), no podía intentar imaginarlas mucho tiempo seguido, su cerebro funcionaba en vacío; entonces se pasaba el dedo por los párpados fatigados como habría enjugado el cristal de sus lentes, y dejaba de pensar por completo. En esta extensión desconocida pervivían ciertas ocupaciones que reaparecían de cuando en cuando, vagamente ligadas por

Odette a alguna obligación hacia sus parientes lejanos o a los amigos de antes, que, puesto que eran las únicas que ella citaba a menudo como las que la impedían verlo, le parecía a Swann que formaban el marco fijo y necesario de la vida de Odette. Debido al tono en el que ella le decía de cuando en cuando «el día que voy con mi amiga al Hipódromo», si se había sentido enfermo y había pensado: «Quizá Odette quiera pasarse por mi casa», se acordaba de repente de que era justo aquel mismo día, y se decía: «¡Ah, no! No vale la pena pedirle que venga, yo debería haberlo pensado antes, es el día que va con su amiga al Hipódromo. Reservémonos para lo que sea posible, es inútil gastarse proponiendo cosas inaceptables y negadas de antemano». Y ese deber de ir al Hipódromo que atañía a Odette y ante el cual él se inclinaba de esa manera, no sólo le parecía ineludible, sino que ese carácter de necesidad del que estaba impregnado parecía hacer plausible y legítimo todo lo que de cerca o de lejos se relacionase con él. Si en la calle Odette recibía de un transeúnte un saludo que despertaba los celos de Swann, ella respondía a sus preguntas ligando la existencia de ese desconocido con uno de los dos o tres grandes deberes del que le hablaba; si, por ejemplo, decía: «Es un caballero que estaba en el palco de la amiga con la que voy al Hipódromo», y esa explicación calmaba las sospechas de Swann, a quien, en efecto, le parecía inevitable que la amiga tuviese otros invitados además de Odette en su palco del Hipódromo, pero no había intentado imaginárselos, ni lo habría conseguido. ¡Ah, cuánto le habría gustado conocer a esa amiga que iba al Hipódromo y que ella lo llevase allí con Odette! ¡Cómo habría entregado todas sus relaciones por cualquier persona que tuviese el hábito de ver a Odette, aunque no fuese más que la manicura o la vendedora de una tienda! Por ellas habría hecho más gastos que por reinas, ¿acaso no le habrían proporcionado, en la parte de la vida de Odette que ellas contenían, el único calmante eficaz para sus sufrimientos? ¡Cómo habría acudido corriendo con alegría a pasar días enteros en casa de alguna de esas gentes humildes con las que Odette mantenía relaciones, fuese por interés o por verdadera sencillez! ¡Con cuántas ganas habría elegido un domicilio para siempre en el quinto piso de tal o cual casa sórdida y codiciada, donde Odette no lo llevaba y donde, si hubiese vivido allí con la pequeña costurera retirada, de la que con gusto habría fingido ser amante, recibiría su visita casi cada día! En esos barrios casi populares, ¡qué existencia modesta y miserable, pero dulce y nutrida de calma y de felicidad, habría aceptado vivir indefinidamente!

Ocurría también algunas veces que, habiéndose encontrado con Swann, ella veía que se le acercaba alguien a quien él no conocía y él podía notar en la cara de Odette esa misma tristeza que había tenido

el día que fue a verla mientras Forcheville estaba en su casa. Pero eso era raro, porque los días que ella llegaba a ver a Swann, a pesar de todo lo que tenía que hacer y del temor de lo que el mundo pensaría, lo que dominaba entonces en su actitud era la seguridad; gran contraste, quizá una revancha inconsciente o una reacción natural de la emoción temerosa que, en los primeros tiempos de conocerlo experimentaba junto a él, y hasta lejos de él cuando empezaba una carta con estas palabras: «Amigo mío, mi mano tiembla tanto que apenas puedo escribir» (al menos lo fingía, y algo debía ser sincero en esa emoción para que desease fingirla aún más). Swann le gustaba entonces. No se tiembla nunca más que por uno mismo y por aquellos a quienes se ama. Cuando nuestra dicha no está ya en sus manos, ¡qué calma, qué desenvoltura y qué valentía se gozan con ellos! Al hablarle y al escribirle, ella ya no tenía esas palabras por las que intentaba darse la ilusión de que él la pertenecía, y hacía que brotasen las ocasiones de decir «mi» y «mío» cuando se trataba de él: «Usted es mi bien, es el perfume de nuestra amistad, lo guardo conmigo», de hablarle del porvenir y de la muerte misma como de una sola cosa para ellos dos. En aquellos tiempos, a todo lo que él decía, ella respondía con admiración: «Usted no será nunca como todo el mundo»; contemplaba su alargada cabeza, un poco calva, de la que las personas que conocían el éxito de Swann pensaban: «No es bello de forma regular, si se quiere, pero es elegante: ¡con ese tupé, ese monóculo y esa sonrisa!». Y, quizá más curiosa por conocerlo que deseosa de ser su amante, ella decía: «¡Si yo pudiese saber lo que hay en esa cabeza!».

Ahora, a todas las palabras de Swann ella respondía con un tono a veces irritado y a veces indulgente: «¡Ah, tú no serás nunca como todo el mundo!».

Ella contemplaba esa cabeza que sólo estaba un poco más envejecida por la preocupación (pero de la que ahora todos pensaban, en virtud de esa misma aptitud que permite descubrir las intenciones de una pieza sinfónica cuyo programa se ha leído y los parecidos de un niño cuando se conoce a su parentela: «Él no es decididamente feo, si quieren, pero es ridículo; ¡con ese monóculo, ese tupé y esa sonrisa!». Realizando en su imaginación sugestionada la demarcación inmaterial que, a unos meses de distancia, separa una cabeza de amante correspondido de una cabeza de cornudo), ella decía: «¡Ah, si pudiera cambiar y hacer razonable lo que hay en esa cabeza!».

Siempre preparado para creer lo que deseaba, si las maneras de ser de Odette con él dejasen lugar a la duda, se lanzaba ávidamente sobre esas palabras.

«Puedes hacerlo si tú quieres», le decía él.

E intentaba expresarle que apaciguarlo, dirigirlo y hacerlo trabajar sería una tarea noble a la que no pedían más que consagrarse otras
mujeres, entre cuyas manos sería cierto añadir que la tarea noble no le
habría parecido más que una usurpación indiscreta e insoportable de
su libertad. «Si ella no me amase un poco —se decía él—, no desearía
transformarme. Y para transformarme será necesario que me vea más.»
Así, en ese reproche que le hacía ella, él encontraba como una prueba
de interés, quizá de amor; y en efecto, ella le daba ahora tan poco que él
estaba obligado a considerar como tal las prohibiciones que ella le hacía
de una cosa o de otra. Un día le expresó que no le gustaba su cochero,
que quizá le calentaba la cabeza contra ella, que en todo caso con él no
había la puntualidad y la deferencia que ella quería. Ella notaba que él
deseaba oírle decir: «No lo uses para venir a mi casa», lo mismo que
habría deseado un beso. Como estaba de buen humor, se lo dijo y él se
enterneció. Por la noche, hablando con el señor De Charlus, con quien
tenía la tranquilidad de poder hablar de ella abiertamente (porque hasta
sus menores palabras, incluso las dirigidas a personas que no la conocían, se relacionaban de alguna manera con ella), le dijo:

—Sin embargo, creo que ella me ama, es muy amable conmigo y
ciertamente lo que hago no le es indiferente.

Y si en el momento de ir a casa de ella, subido en su carruaje con un
amigo que debía dejar de camino, el otro le decía:

—¡Anda! ¡Si no es Loredan quien está sentado al pescante!

Con qué alegría melancólica le respondía Swann:

—¡Oh! ¡No, caramba! Te diré que no puedo llevar a Loredan cuando voy a la calle La Perousse. A Odette no le gusta que vaya con Loredan, no le parece bueno para mí. ¡En fin, qué quieres, las mujeres,
ya lo sabes! Sé que eso la disgustaría mucho. ¡Bueno, sólo me hubiera
faltado llevar a Remi, menuda escena me habría montado!

Esas nuevas maneras indiferentes, distraídas e irritables que eran
ahora las que tenía Odette con él, hacían sufrir a Swann, pero no era
consciente de su sufrimiento. Como fue progresivamente, día a día,
como Odette se había enfriado con él, sólo poniendo en perspectiva lo
que ella era hoy y lo que había sido al principio habría podido sondear
la profundidad del cambio que se había realizado. Ahora bien, ese cambio era su profunda y secreta herida que le hacía daño noche y día, y en
cuanto él sentía que sus pensamientos iban un poco demasiado cerca de
ella, los dirigía enérgicamente hacia otro lado por miedo a sufrir demasiado. Se decía de una manera abstracta: «Hubo un tiempo que Odette
me amaba más», pero no volvía a ver ese tiempo nunca. Por lo mismo
que en su gabinete había una cómoda que se arreglaba para no mirar
nunca y daba un rodeo para evitarla al entrar o salir, porque en uno de

los cajones estaban metidos el crisantemo que ella le dio la primera noche que él la había llevado a casa y las cartas donde ella decía: «Si se hubiese olvidado también el corazón, no le habría dejado recuperarlo» y «A cualquier hora del día y de la noche que me necesite, hágame una señal y disponga de mi vida»; por lo mismo había en él un lugar donde no dejaba que su mente se acercase, y hacía, si era preciso, que diese el rodeo de un razonamiento largo para que no tuviese que pasar por delante: era allí donde vivía el recuerdo de los días dichosos.

Pero su prudencia tan precavida se vino abajo una noche que había ido al gran mundo.

Fue en la casa de la marquesa de Saint-Euvert, en la última, por aquel año, de las veladas donde hacía que se escuchasen los artistas que después le servían para sus conciertos de beneficencia. Swann, que había querido ir de manera sucesiva a todas las anteriores pero no pudo decidirse a ello, recibió mientras se vestía para acudir a ésta la visita del barón De Charlus, que venía a ofrecerle ir con él a casa de la marquesa, si su compañía lo ayudaba a aburrirse un poco menos y a encontrarse menos triste en la velada. Pero Swann le respondió:

—No tenga duda alguna del placer que tendré al estar con usted; pero el mayor placer que usted podría darme es el de ir más bien a ver a Odette. Usted sabe la excelente influencia que tiene sobre ella. Creo que esta noche sólo saldrá para ir a casa de su antigua costurera, donde, por lo demás, ella estará contenta de que usted la acompañe. En todo caso, la encontrará en su casa antes. Trate de distraerla y también de hacerle entrar en razón. Si pudiese usted arreglar para mañana algo que le guste y que podamos hacer los tres juntos... Trate usted de preparar el terreno para este verano, si ella tuviese ganas de algo, de un crucero que haríamos los tres, ¿qué sé yo? En cuanto a esta noche, no cuento con verla, pero si ella lo desease o si usted encontrase una manera, no tiene más que enviarme un recado a casa de la señora De Saint-Euverte hasta medianoche, y después a mi casa. Le agradezco todo lo que hace por mí, ya sabe usted el aprecio que le tengo.

El barón le prometió que iría a hacer la visita que él deseaba después de haberlo llevado hasta la puerta del palacete Saint-Euverte, donde llegó Swann tranquilizado por el pensamiento de que el señor De Charlus pasaría la velada en la calle La Perouse; pero en un estado de melancólica indiferencia por todo lo que no tuviese que ver con Odette, y en particular por las cosas mundanas, a las que daba el encanto de lo que, no siendo ya un objetivo para nuestra voluntad, nos aparecen en sí mismas. En cuanto descendió del carruaje, al primer plano de ese compendio ficticio de su vida doméstica que las amas de casa pretenden ofrecer a sus invitados los días de ceremonia, en los que ellas intentan respetar la verdad de los trajes y la del decorado, Swann disfrutó viendo a los herederos de los «tigres» de Balzac, los *grooms*[56], acompañantes habituales de los paseos, que, con sombrero y botas, se quedaban fuera ante el palacete sobre el suelo de la avenida, o delante de las cuadras, como jardineros que se hubiesen colocado a la entrada de sus parterres. La predisposición particular que siempre había tenido para buscar similitudes entre los seres vivos y los retratos de los museos seguía ejerciéndose, pero de una manera más constante y más general; era la vida mundana entera, ahora que se había desapegado de ella, lo que se presentaba ante él como una serie de cuadros. En el vestíbulo donde en otro tiempo, cuando él era un hombre de ese mundo, entraba envuelto en su abrigo para salir de frac, pero sin saber lo que había ocurrido allí, porque en su pensamiento estaba, durante los pocos instantes que se quedaba, o bien aún en la fiesta que acababa de dejar, o bien en la fiesta donde iban a presentarlo. Por primera vez se dio cuenta, estimulado por la llegada inesperada de un invitado tan tardío, de la manada dispersa, magnífica y desocupada de los grandes lacayos que dormían aquí y allá sobre banquetas y baúles, y que, levantando sus nobles perfiles agudos de lebreles, se pusieron en pie, se reunieron y formaron un círculo a su alrededor.

Uno de ellos, de aspecto particularmente feroz y muy parecido al verdugo en ciertos cuadros del Renacimiento que representan suplicios, se adelantó hacia él con aire inexorable para recogerle sus cosas. Pero la dureza de su mirada de acero quedaba compensada por la suavidad de sus guantes de hilo, de modo que al acercarse a Swann parecía expresar desprecio por su persona y consideración por su sombrero. Lo agarró con un cuidado al que la escrupulosidad de su talla ponía algo de meticuloso y de cierta delicadeza que volvía casi conmovedor el aparato de su fuerza. Luego se lo pasó a uno de sus ayudantes, nuevo y tímido, que manifestaba el horror que sentía haciendo rodar miradas furiosas en todas direcciones y mostrando la agitación de un animal cautivo en las primeras horas de su domesticidad.

A algunos pasos de allí, un hombretón alto de librea soñaba, inmóvil, escultural e inútil como ese guerrero meramente decorativo que se ve en los cuadros más tumultuosos de Mantegna, y que piensa apoyado en su escudo, mientras a su lado se mata y se degüella. Separado del grupo de sus compañeros, que se congregaban alrededor de Swann, parecía tan resuelto a desinteresarse de esta escena, que seguía vagamente con sus ojos glaucos y crueles, como si hubiera sido la *Matanza de los*

---

[56] Palafreneros, o lacayos que iban en la parte trasera de los carruajes para abrir las portezuelas de los mismos. *(N. del T.)*

Inocentes o el *Martirio de Santiago*. Parecía pertenecer precisamente a esa raza desaparecida —o que tal vez no existió más que en el *Retablo de san Zeno* y en los frescos de los *Eremitani,* donde Swann la había encontrado y donde sueña todavía—, nacida de la fecundación de una estatua antigua por algún modelo paduano del maestro o algún sajón de Alberto Durero. Y los mechones de sus cabellos rojos encrespados por naturaleza, pero pegados con brillantina, estaban tratados ampliamente, como lo están en la escultura griega que estudiaba continuamente el pintor de Mantua, y que, si en la *Creación* no figura más que el Hombre, al menos sabe extraer de sus formas simples riquezas tan variadas y como sugeridas en toda la naturaleza viva; que una cabellera, en el enroscamiento liso y los picos agudos de sus bucles, o en la superposición de la triple y florida diadema de sus trenzas, parece a la vez un montón de algas, una nidada de palomas, un manojo de jacintos y una maraña de serpientes.

Otros más, también colosales, estaban sobre los peldaños de una escalera monumental, a la que su presencia decorativa y su inmovilidad marmórea habrían podido hacer que se la llamase, como a la del palacio ducal, *La escalinata de los Gigantes*[57], y en la que Swann se metió con la tristeza de pensar que Odette no la había subido nunca. ¡Ay! Con qué alegría, al contrario, subió él los escalones negros, malolientes y resbaladizos de la pequeña costurera retirada, en cuyo «quinto» él habría estado tan contento de pagar, más caro que un palco de proscenio semanal en la ópera, por el derecho de pasar la velada cuando Odette iba allí, e incluso los demás días, para poder hablar de ella, vivir con las gentes que ella tenía costumbre de ver cuando él no estaba allí, y que por su causa le parecía que escondían algo más real, más inaccesible y misterioso de la vida de su amante. Mientras que en esa escalera pestilente y deseada de la antigua costurera, como no había una segunda escalera para el servicio, se veía por las noches ante cada puerta, preparada sobre el felpudo, una caja de leche vacía y sucia, en la escalinata magnífica y desdeñada que Swann subía en ese momento, de un lado y del otro, a alturas diferentes, ante cada hueco que formaba en la pared la ventana de la portería o la puerta de un piso, representando el servicio interior al que dirigían y haciendo homenaje a los invitados, un portero, un mayordomo, un administrador (buenas gentes que vivían el resto de la semana un poco independientes en sus dominios, cenaban allí en su casa como pequeños tenderos y mañana estarían quizá al servicio burgués de un médico o de un industrial), atentos a no fallar en las recomendaciones

---

[57] Construida en Venecia por Antonio Rizzo, y nombrada así por las estatuas colosales que la rematan. *(N. del T.)*

que les habían hecho antes de dejarles vestir la librea deslumbrante que no se ponían más que muy de cuando en cuando y en la que no se sentían muy cómodos, se erguían bajo las arcadas de sus puertas con un brillo pomposo atenuado de sencillez popular, como santos en sus nichos, y un guardia enorme, vestido como en la iglesia, golpeaba las baldosas con su bastón al paso de cada uno de los invitados. Llegado a lo alto de la escalinata, a cuyo largo lo había seguido un criado de cara pálida con una coleta de cabellos atados en un moño bajo detrás de la cabeza, como un sacristán de Goya o un escribano de comedia de repertorio, Swann pasó por delante de una oficina donde unos criados, sentados como notarios ante grandes registros, se levantaron y apuntaron su nombre. Luego atravesó un pequeño vestíbulo que —como ciertas obras dispuestas por su propietario para servir de marco a una sola obra de arte, de donde sacan el nombre y, siendo de una sobriedad voluntaria, no contienen ninguna otra cosa— exhibía a la entrada, como alguna preciosa efigie de Benvenuto Cellini que representa a un hombre de guardia, un joven lacayo, con el cuerpo ligeramente inclinado hacia adelante, que levantaba sobre su alzacuello rojo una cara todavía más roja de donde se escapaban torrentes de fuego, de timidez y de celo, y que atravesando los tapices de Aubusson colgados ante el salón, donde se oía música, con su mirada impetuosa, vigilante y perdida, tenía el aspecto, con impasibilidad militar o fe sobrenatural —alegoría de la alarma, encarnación de la espera, conmemoración del zafarrancho de combate—, de espiar, como ángel o vigía de torreón o de catedral, la aparición del enemigo o la hora del Juicio Final. Ya no le quedaba a Swann más que penetrar en la sala del concierto, donde un alguacil lleno de cadenitas le abrió las puertas inclinándose, como si le hubiese entregado las llaves de una ciudad. Pero él pensaba en la casa donde habría podido encontrarse en ese mismo momento si Odette se lo hubiera permitido, y el recuerdo entrevisto de una caja de leche vacía sobre un felpudo le encogió el corazón.

Swann volvió a encontrar rápidamente la sensación de la fealdad masculina cuando, más allá de la colgadura de tapices, al espectáculo de los criados le siguió el de los invitados. Pero esa misma fealdad de las caras, que sin embargo, conocía tan bien, le parecía nueva desde que sus rasgos —en lugar de ser para él señales prácticas utilizables para la identificación de tal o cual persona que le había representado hasta entonces un manojo de placeres que perseguir, de fastidios que evitar o de cortesías que dar— descansaban, coordinados sólo por relaciones estéticas, en la autonomía de sus líneas. Y en esos hombres, entre los cuales Swann se encontró aprisionado, no había nada, ni siquiera los monóculos que llevaban muchos (y que en otros tiempos le habrían permitido a Swann, a lo sumo, decir que llevaban un monóculo), que, desligados ahora de significar una costumbre, la misma para todos, no le aparecía ninguno de ellos con algo de individualidad. Quizá porque no miró al general De Froberville y al marqués De Breauté, que hablaban en la entrada sólo como dos personajes en un cuadro, cuando durante mucho tiempo habían sido para él los amigos útiles que lo habían presentado en el Jockey-Club y lo ayudaron en los duelos, el monóculo del general, que estaba entre sus párpados como un estallido de obús en su cara vulgar, triunfal y con una gran cicatriz en mitad de la frente, a la que hacía tuerta como el ojo único del cíclope, le pareció a Swann una herida monstruosa que podía estar orgulloso de haber recibido, pero que era indecente exhibir; mientras que el del señor De Breauté se añadía, como señal de la festividad, a los guantes gris perla, al *gibus*[58] y a la pajarita blanca, y que sustituía al binóculo acostumbrado (igual que hacía el mismo Swann) para ir al gran mundo, llevaba, pegado a su reverso, como una preparación de ciencias naturales bajo un microscopio, una mirada infinitesimal y repleta de amabilidad, que no dejaba de sonreír, hasta la altura de los techos, por la belleza de las fiestas, por el interés de los programas y por la calidad de los refrescos.

—Vaya, está usted aquí, hace una eternidad que no se lo veía —le dijo a Swann el general que, observando sus rasgos cansados y llegando a la conclusión de que quizá fuese una enfermedad grave lo que lo alejaba del mundo, añadió—: Tiene usted buena cara, ¿sabe? —mientras que el señor De Breauté preguntaba:

—¿Cómo, usted, querido amigo? ¿Qué es lo que puede andar haciendo por aquí?

A un novelista mundano que acababa de instalarse en la comisura de los párpados un monóculo, su único órgano de investigación psicológica y de análisis implacable, le respondió con aire importante y misterioso, haciendo resonar la erre:

—Observo.

El monóculo del marqués De Forestelle era minúsculo, no tenía montura alguna y, obligando a una crispación incesante y dolorosa al ojo en el que se incrustaba como un cartílago superfluo cuya presencia es inexplicable y su materia rebuscada, le daba a la cara del marqués una delicadeza melancólica y hacía que las mujeres opinasen que era capaz de grandes penas de amor. Pero el del señor De Saint-Candé, rodeado de un anillo gigantesco como Saturno, era el centro de gravedad de una cara que se ordenaba en todo momento con relación a él, cuya roja nariz temblorosa y la boca carnosa y sarcástica intentaban

---

[58] Sombrero de copa, inventado por el señor Gibus, de París. *(N. del T.)*

con sus muecas estar a la altura de los fuegos vibrantes de ingenio en los que resplandecía el disco de cristal, y se veía preferido a las miradas más bellas del mundo por las jóvenes esnobs y pervertidas a las que hacía soñar con encantos artificiales de refinada voluptuosidad; y sin embargo, detrás de su monóculo, el señor De Palancy quien, con su gruesa cabeza de carpa de ojos redondos, se desplazaba lentamente en medio de los grupos, y aflojaba de cuando en cuando sus mandíbulas como para buscar su orientación, tenía el aspecto de transportar con él solamente un fragmento accidental, y quizá puramente simbólico, del acristalamiento de su acuario (la parte destinada a figurar como el todo), que recordó a Swann, gran admirador de los Vicios y las Virtudes de Giotto en Padua, a ese Injusto[59] a cuyo lado un ramo frondoso evoca los bosques donde se esconde su refugio.

Swann se había adelantado, por la insistencia de la señora De Saint-Euverte, y para oír un aria de *Orfeo* que interpretaba un flautista se había metido en un rincón donde, desgraciadamente, tenía como única perspectiva a dos damas ya maduras sentadas una al lado de la otra, la marquesa De Cambremer y la vizcondesa De Franquetot, las cuales, como eran primas, se pasaban el tiempo en las veladas llevando sus bolsos en la mano y seguidas por sus hijas, buscándose, como en una estación de tren, y solamente estaban tranquilas cuando habían marcado dos asientos juntos con sus abanicos o sus pañuelos. La señora De Cambremer, como tenía muy pocas amistades, se sentía aún más feliz por tener una compañera, la señora De Franquetot, que por el contrario era muy lanzada y le parecía que era algo elegante y original mostrar a todas sus bellas conocidas que prefería a una dama oscura con quien tenía recuerdos de juventud en común. Lleno de melancólica ironía, Swann las miraba cuando escuchaban el intermedio de piano *(San Francisco hablando con los pájaros,* de Liszt) que había seguido al aria de flauta, y seguían la vertiginosa actuación del virtuoso, la señora De Franquetot ansiosamente, con los ojos perdidos como si las teclas sobre las que el pianista corría con agilidad fuesen una serie de trapecios desde donde podría caer de una altura de ochenta metros, y no sin lanzarle a su vecina miradas de extrañeza y de negación que querían decir: «Es increíble, no habría pensado nunca que un hombre pudiese hacer eso», la señora De Cambremer, como mujer que ha recibido una buena educación musical, llevaba el compás con su cabeza transformada en péndulo de metrónomo, cuya amplitud y rapidez de oscilaciones de un hombro a otro se habían vuelto tales (con esa especie de aturdimiento y

---

[59] En la obra de Giotto mencionada, la Injusticia está representada por un anciano sentado junto a un bosque. *(N. del T.)*

de abandono de la mirada que tienen los dolores que ya no se conocen ni se intentan dominar, y que dicen «¡qué le vamos a hacer!») que en todo momento se enganchaba con sus pendientes a las hombreras de su corpiño y se veía obligada a enderezar las uvas negras que llevaba en el cabello, sin dejar por eso de acelerar el movimiento. Al otro lado de la señora De Franquetot, pero un poco más adelantada, estaba la marquesa De Gallardon, ocupada en su pensamiento favorito, el parentesco que tenía con los Germantes, del que sacaba, para el mundo y para ella misma, mucha gloria y alguna vergüenza, pues los más brillantes de ellos la tenían un poco apartada, tal vez porque era aburrida, o porque era malvada, o porque era de una rama inferior, o quizá sin motivo alguno. Cuando se encontraba junto a alguien que no conocía, como estaba en ese momento junto a la señora De Franquetot, sufría porque la consciencia que tenía de su parentesco con los Guermantes no pudiese manifestarse exteriormente en caracteres visibles, como los que en los mosaicos de las iglesias bizantinas, colocados unos debajo de otros, inscriben verticalmente en una columna, al lado de un santo personaje, las palabras que se supone que pronunció. En ese momento pensaba que ella no había recibido una invitación ni una visita de su joven prima, la princesa Des Laumes, desde que se había casado hacía seis años. Ese pensamiento la llenaba de ira, pero también de orgullo, porque a fuerza de decirle a las personas que se extrañaban de no verla en casa de la señora Des Laumes que era porque habría estado expuesta a encontrarse allí con la princesa Mathilde —lo que su familia ultralegitimista no le habría perdonado jamás—, había terminado por creer que era en efecto el motivo por el que no iba nunca a casa de su joven prima. Se acordaba, sin embargo, de que le había preguntado varias veces a la señora Des Laumes cómo podría hacer para encontrarse con ella, pero sólo se acordaba confusamente, y además neutralizaba aún más ese recuerdo un poco humillante murmurando: «De todos modos, no me toca a mí dar el primer paso, tengo veinte años más que ella». Gracias a la virtud de esas palabras interiores, echaba orgullosamente para atrás los hombros despegados de su busto, sobre los que su cabeza puesta casi en horizontal recordaba la cabeza «agregada» de un orgulloso faisán que se sirve a la mesa con todas sus plumas. No es que ella no fuese por naturaleza rechoncha, hombruna y rolliza, pero los desaires la habían enderezado como esos árboles que, brotados en mala posición al borde de un precipicio, están forzados a crecer hacia atrás para mantener el equilibrio. Para consolarse de que no era enteramente igual a los demás Guermantes, estaba obligada a decirse sin cesar que era por intransigencia de principios y por orgullo por lo que los veía poco, y ese pensamiento había terminado por modelar su cuerpo y hacerle engendrar una especie de prestancia que ante los ojos de las burguesas pasaba por una señal de raza y que perturbaba a veces con un deseo fugitivo la mirada cansada de los hombres de su círculo. Si se hubiese hecho pasar la conversación de la señora De Gallardon por esos análisis, que al revelar la frecuencia más o menos grande de cada término permiten descubrir la clave de un lenguaje cifrado, se habría observado que no había ninguna expresión, ni siquiera la más usual, que figurase tan a menudo como «en casa de mis primos De Guermantes», «en casa de mi tía De Guermantes», «la salud de Elzear De Guermantes», o «la bañera de mi prima De Guermantes». Cuando le hablaban de un personaje ilustre respondía que, sin conocerlo personalmente, se lo había encontrado mil veces en casa de su tía De Guermantes, pero respondía con un tono tan helado y con una voz tan sorda que estaba claro que, si ella no lo conocía personalmente, era en virtud de todos los principios inextirpables y testarudos que hacían que sus hombros se juntase por detrás, como en esas espalderas en las que los profesores de gimnasia quieren que uno se estire para desarrollar el tórax.

Sin embargo, la princesa Des Laumes, a quien no se esperaba ver en casa de la señora De Saint-Euverte, acababa precisamente de llegar. Para mostrar que ella no buscaba hacer que se sintiese en el salón, adonde no venía más que por condescendencia, la superioridad de su rango, había entrado encogiéndose de hombros, ahí donde no había una multitud que atravesar ni nadie a quien dejar pasar, quedándose a propósito al fondo, con aire de estar allí en su sitio, como un rey que hace cola a la puerta de un teatro mientras las autoridades no han sido avisadas de que está allí; y, limitando sencillamente su mirada —para no parecer que señalaba su presencia y que reclamaba miramientos— a considerar un dibujo del tapiz o de su propia falda, se mantenía en pie en el lugar que le había parecido el más modesto (y de donde bien sabía que una exclamación encantada de la señora De Saint-Euverte iba a sacarla en cuanto ésta la hubiera visto), al lado de la señora De Cambremer, a quien no conocía. Observaba la mímica de su vecina melómana, pero no la imitaba. No es que, por una vez que venía a pasar cinco minutos en la casa de la señora de Saint-Euverte, la princesa Des Laumes no hubiese deseado, para que la cortesía que le otorgaba contase como doble, mostrarse lo más amable posible; pero, por naturaleza, le tenía horror a lo que ella denominaba «las exageraciones» y se limitaba a mostrar que ella «no tenía por qué» entregarse a manifestaciones que no iban con el «estilo» de la camarilla en la que vivía, pero que por otra parte no dejaban de impresionarla, en favor de ese espíritu de imitación cercano a la timidez que desarrolla, en las gentes más seguras de sí mismas, la atmósfera de un ambiente nuevo, aunque fuese inferior. Empezaba a preguntarse si aquella gesticulación no se había vuelto necesaria por la pieza que se interpretaba y que quizá no entraba en el marco de la música que ella había escuchado hasta ese día, y si abstenerse no era dar prueba de incomprensión respecto a la obra y de inconveniencia frente a la dueña de la casa; de manera que para expresar por medio de una «actitud» sus sentimientos contradictorios, unas veces se contentaba con subirse los tirantes de sus hombreras o de asegurar en sus cabellos rubios las bolitas de coral o de esmalte rosa, escarchadas de diamantes, que le hacían un peinado sencillo y encantador, mientras examinaba con fría curiosidad a su fogosa vecina; y otras marcaba el compás con su abanico por un momento, pero, para no abdicar de su independencia, lo hacía a contratiempo. El pianista terminó la pieza de Liszt y empezó un *Preludio* de Chopin, y la señora De Cambremer lanzó a la señora De Franquetot una enternecida sonrisa de satisfacción competente y de alusión al pasado. En su juventud había aprendido a acariciar las frases, en el largo cuello sinuoso y desmesurado de Chopin, tan libres, tan flexibles y tan táctiles, que empiezan por buscar a tientas su sitio fuera y muy lejos de su dirección de partida, muy lejos del punto en el que habría podido esperarse que alcanzase su caricia, y que no se tocan en ese giro de fantasía más que para volver más deliberadamente —de un regreso más premeditado, con más precisión, como sobre un cristal que chirriase hasta hacer chillar— a golpearle a uno el corazón.

Al vivir en una familia provinciana que tenía pocas amistades y no ir mucho al baile, ella se había embriagado en la soledad de su mansión lentificando y precipitando la danza de todas esas parejas imaginarias, desgranándolas como flores, dejando un momento el baile para oír soplar al viento entre los abetos, a la orilla del lago, y para ver avanzar allí de repente, más diferente de todo lo que se haya soñado que son los amantes de esta tierra, un hombre joven y delgado, de voz un poco cantarina, extraña y como de falsete, con guantes blancos. Pero hoy, la belleza pasada de moda de esa música parecía ajada. Privada desde hacía algunos años de la estima de los entendidos, había perdido su honor y su encanto, y hasta aquellos cuyo gusto es malo no encontraban en ella más que un placer inconfesado y mediocre. La señora De Cambrener lanzó una mirada furtiva detrás de sí. Sabía que su joven nuera (llena de respeto por su nueva familia, salvo en lo tocante a las cosas intelectuales, sobre las que ella, que sabía hasta armonía y griego, tenía luces propias) despreciaba a Chopin y sufría cuando lo tocaban. Pero lejos de la vigilancia de esa wagneriana que estaba un poco más lejos con un grupo de personas de su edad, la señora De Cambremer se dejaba ir a impresiones deliciosas. La princesa Des Laumes las sentía también. Sin estar dotada por naturaleza para la música, había recibido quince años antes lecciones que una profesora de piano del barrio de Saint-Germain, mujer de genio que al final de su vida había quedado reducida a la miseria y había vuelto a empezar, a la edad de setenta años, a darles clases a las hijas y a las nietas de sus antiguas alumnas. Ya había muerto, pero su método y su bello sonido renacían a veces en los dedos de sus alumnas, incluso de las que se habían convertido para los restos en personas mediocres, habían abandonado la música y ya casi nunca abrían un piano. Así que la señora Des Laumes pudo menear la cabeza, con pleno conocimiento de causa, con una valoración justa de la manera que el pianista tocaba ese *Preludio* que ella se sabía de memoria. El final de la frase empezada lo cantó para sí misma con los labios, y murmuró «sigue siendo fascinante», con esa *ese* duplicada, al principio de cada palabra, que era una marca de delicadeza y con la que sentía sus labios tan novelescamente fruncidos como una hermosa flor, que ella armonizó instintivamente su mirada con ellas dándole a aquel momento una especie de sentimentalismo y de vaguedad. Sin embargo, la señora De Gallardon estaba diciéndose que era muy enojoso que ella no tuviese más que escasamente la oportunidad de encontrarse con la princesa Des Laumes, pues deseaba darle una lección no respondiendo a su saludo. Ella no sabía que su prima estuviese allí, un movimiento de cabeza de la señora De Franquetot se lo mostró. Se precipitó inmediatamente hacia ella molestando a todo el mundo, pero, deseosa de mantener un aire altanero y helado que les recordase a todos que ella no deseaba tener amistad con una persona en cuya casa se podía encontrar de bruces con la princesa Mathilde, y a la que ella no iba a ir a saludar, pues no era «su contemporánea», quiso no obstante compensar ese aire de altivez y de reserva con algunas palabras que justificasen su acto y forzasen a la princesa a meterse en la conversación, de modo que, una vez llegada cerca de su prima, la señora De Gallardon, con una cara endurecida y una mano tendida como si fuese una carta obligada, le dijo: «¿Cómo está tu marido?» con la misma voz preocupada que tendría si el príncipe hubiese estado gravemente enfermo. La princesa, estallando en una risa muy particular suya y que estaba destinada a la vez a mostrar a los demás que se burlaba de alguien, y también para parecer más bonita al concentrar los rasgos de su cara alrededor de su boca animada y de su brillante mirada, le respondió:

—Pues, ¡lo mejor de lo mejor!

Y volvió a reír. Sin embargo, a la vez que enderezaba el talle y enfriaba su cara, todavía inquieta por el estado del príncipe, la señora De Gallardon le dijo a su prima:

—Oriane (en ese punto, la señora Des Laumes miró con aire extrañado y risueño a una tercera persona invisible, respecto a la cual parecía que insistía en certificar que ella no había autorizado nunca a la señora De Gallardon a llamarla por su nombre de pila), tendría mucho interés en que vinieses un momento mañana por la noche a mi casa para oír un quinteto con clarinete de Mozart. Quisiera tener tu valoración.

No parecía que le dirigiese una invitación, sino que le pedía un favor, y que necesitase la opinión de la princesa sobre el quinteto de Mozart era como si hubiese sido acerca de un plato elaborado por una cocinera nueva, sobre cuyo talento le hubiera sido valioso recoger la opinión de un gastrónomo.

—Pero yo conozco ese quinteto, puedo decirte enseguida... ¡Cuánto me gusta!

—Tú sabes que mi marido no está bien, su hígado... Le daría mucho gusto verte —reanudó la señor De Gallardon, haciendo con ello que la princesa tuviese una obligación de caridad para aparecer en su velada.

A la princesa no le gustaba decir a la gente que no quería ir a su casa. Todos los días escribía su pesar por haber sido privada —por una visita inesperada de su suegra, o por una invitación de su cuñado, para la ópera, para una excursión al campo— de una velada a la que ella no había pensado dirigirse nunca. Así le daba a mucha gente la alegría de creer que ella estaba entre sus amistades, que hubiera estado con gusto en su casa, que sólo se había visto impedida de hacerlo por los contratiempos principescos, que los habían halagado al verlos rivalizar con su velada. Además, como formaba parte de esa camarilla intelectual de los Guermantes, donde sobrevivía algo de la mente alerta, despojada de lugares comunes y de sentimientos convencionales, que desciende de Merimée y ha encontrado su última expresión en el teatro de Meilhac y de Halevy; la adoptaba hasta en las relaciones sociales, la trasladaba hasta su cortesía, que se esforzaba para que fuese positiva, precisa y que se acercase a la humilde verdad. No se extendía mucho al dar a un ama de casa la expresión del deseo que tenía de ir a su velada, le parecía más amable exponerle algunos pequeños hechos de los que dependería que le fuese posible o no dirigirse allá.

—Escucha, voy a decirte —le dijo ella a la señora De Gallardon—, mañana es necesario que vaya a casa de una amiga que me ha pedido mi «día» desde hace mucho tiempo. Si nos lleva al teatro, no habrá posibilidad, ni con la mejor voluntad, de que vaya a tu casa, pero si nos quedamos en la suya, como sé que estaremos solos, podría dejarla y marcharme.

—¡Vaya! ¿Has visto a tu amigo, el señor Swann?

—Claro que no, ese amor de Charles, no sabía que estaba aquí, voy a intentar que me vea.

—Es extraño hasta que venga a la casa de la vieja Saint-Euverte —dijo la señora De Gallardon—. ¡Oh!, sé que es muy inteligente —añadió, queriendo decir «intrigante» con eso—, pero no importa, ¡un judío en casa de la hermana y cuñada de dos arzobispos!

—Confieso para vergüenza mía que eso no me sorprende —dijo la princesa Des Laumes.

—Sé que se ha convertido al judaísmo, y también lo estaban sus padres y sus abuelos. Pero se dice que los conversos permanecen más atados a su religión que los demás, que es una fanfarronada, ¿es cierto eso?

—Carezco de luces sobre ese tema.

El pianista, que tenía que tocar dos piezas de Chopin después de haber terminado el *Preludio,* atacó enseguida una *Polonesa.* Pero desde que la señora De Gallardon había señalado a su prima la presencia de Swann, el mismo Chopin resucitado habría podido venir a tocar él mismo todas sus obras sin que la señora Des Laumes le hiciera caso. Ella formaba parte de una de las dos mitades de la humanidad en la que la curiosidad que tiene la otra mitad por los seres que no conoce se ve remplazada por el interés que tienen los seres que conoce. Como muchas mujeres del barrio de Saint-Germain, la presencia en un lugar donde se ella se encontrase de algún miembro de su camarilla, al cual no tenía nada en particular que decirle, acaparaba su atención en exclusiva a expensas de todo lo demás. A partir de ese momento, con la esperanza de que Swann la notase, la princesa no hizo más que, como un ratón blanco amaestrado al que se le presenta y luego se le retira un terrón de azúcar, volver su cara, llena de mil señales de connivencia desprovistas de relación con el sentimiento de la *Polonesa* de Chopin, en la dirección donde estaba Swann, y si éste cambiaba de sitio, ella desplazaba en paralelo su sonrisa imantada.

—No te enfades, Oriane —reanudó la señora De Gallardon, que nunca podía impedirse de sacrificar sus mayores esperanzas sociales y de deslumbrar un día al mundo, al placer oscuro, inmediato y privado, de decir algo desagradable—, pero hay gente que pretende que ese señor Swann es alguien a quien no se puede recibir en casa, ¿es cierto eso?

—Pero... Tú debes saber que es cierto —respondió la princesa Des Laumes—, pues le has invitado cincuenta veces y él no ha venido nunca.

Y dejando a su prima mortificada, estalló de nuevo con una risa que escandalizó a las personas que escuchaban la música, pero que atrajo la atención de la señora De Saint-Euverte, que se había quedado por cortesía junto al piano y que sólo entonces vio a la princesa. A la señora De Saint-Euverte le encantó ver a la señora Des Laumes, puesto que la creía aún en Guermantes cuidando a su suegro enfermo.

—Pero, ¿cómo, princesa? ¿Estaba usted ahí?

—Sí, me he puesto en un rinconcito, he oído cosas bonitas.

—¿Cómo? ¿Estaba usted ahí desde hace mucho rato?

—Claro que sí, un rato larguísimo que me ha parecido muy corto, se ha hecho largo sólo porque yo no la veía a usted.

La señora De Saint-Euverte quiso dejarle su sofá a la princesa, que respondió:

—¡Pero claro que no! ¿Por qué? ¡Yo estoy bien en cualquier sitio!

Y para manifestar mejor su sencillez de gran dama, señaló con intención un pequeño asiento sin respaldo:

—Mire, ese puf es todo lo que necesito. Eso hará que me siente derecha. ¡Oh, Dios mío! Cuánto ruido sigo haciendo, voy a hacer que me abucheen.

Pese a ello, el pianista había aumentado la velocidad, la emoción musical estaba en su punto culminante; un criado pasaba refrescos sobre una bandeja haciendo tintinear las cucharas y, como cada semana, la señora De Saint-Euverte le hacía señas para que se fuese, sin que él la viera. Una recién casada, a quien se le había enseñado que una joven no debe parecer aburrida, sonreía de placer y buscaba con los ojos a la dueña de la casa, para mostrarle con la mirada su agradecimiento por haber «pensado en ella» para un deleite semejante. Sin embargo, aunque con más calma que la señora De Franquetot, no seguía la pieza de piano sin inquietud, pero la suya tenía por objeto, en lugar de al pianista, al piano, sobre el que una vela que temblaba con cada *fortissimo* corría el riesgo, si no de prenderle fuego a la pantalla, al menos de dejar manchas sobre el palisandro. Al final ya no pudo contenerse y, subiendo los dos escalones del estrado sobre el que estaba colocado el piano, se precipitó para quitar la vela de la palmatoria. Pero apenas iban a tocarla sus manos, con un último acorde la pieza terminó y el pianista se levantó. Con todo, la iniciativa intrépida de esa joven y la corta promiscuidad que resultó entre ella y el instrumentista produjeron una impresión general favorable.

—¿Se ha dado cuenta de lo que ha hecho esa persona, princesa? —le dijo el general De Froberville a la princesa Des Laumes, a la que había ido a saludar y a quien la señora De Saint-Euverte dejó un momento—. Es curioso, ¿es que es una artista?

—No, es una hija de la señora De Cambremer —respondió distraídamente la princesa, y añadió rápidamente—: yo le repito lo que he oído decir, no tengo ninguna noción de quién es, han dicho detrás de mí que eran vecinos del campo de la señora De Saint-Euverte, pero no creo que nadie los conozca. ¡Deben ser «gentes del campo»! Por lo demás, no sé si está usted muy enterado de la brillante sociedad que se encuentra aquí, pero yo no tengo ni idea del apellido de todas estas sorprendentes personas. ¿En qué piensa usted que se pasan la vida fuera de las veladas de la señora De Saint-Euverte? Ella ha debido traerles con los músicos, las sillas y los refrescos. Confiese que esos «invitados de casa Belloir[60]» son magníficos. ¿De verdad que tiene el valor de alquilar a esos figurantes todas las semanas? ¡No es posible!

—¡Ah! Pero Cambremer es un apellido auténtico y antiguo —dijo el general.

—Yo no veo ningún mal en que sea antiguo —respondió secamente la princesa—, pero en todo caso no es muy eufónico —añadió destacando la palabra *eufónico* como si lo hiciera entre comillas, era una pequeña afectación de la cadencia al hablar que era peculiar a la camarilla Guermantes.

—¿Le parece? Ella está para comérsela —dijo el general, que no perdía de vista a la señora De Cambremer—. ¿No opina usted lo mismo, princesa?

—Se exhibe demasiado, me parece que eso no es agradable en una mujer tan joven, porque no creo que ella sea mi contemporánea —respondió la señora Des Laumes (esa expresión de *contemporánea* era común a los Gallardon y a los Guermantes).

Pero la princesa, al ver que el señor De Froberville seguía mirando a la señora De Cambremer, añadió, a medias por malicia para ésta y a medias por amabilidad para el general: «No es agradable... ¡para su marido! Lamento no conocerla, puesto que ella le importa a usted, yo se la habría presentado» —dijo la princesa, que probablemente no habría hecho nada si hubiera conocido a la joven—. Voy a estar obligada a despedirme, porque es el santo de una amiga a quien debo ir a felicitar —dijo con un tono modesto y sincero, reduciendo la reunión mundana a la que se dirigía a la simplicidad de una ceremonia aburrida, pero donde era obligatorio y de tacto acudir—. Además, debo encontrarme allí con Basin, que mientras yo estaba aquí ha ido a ver a unos amigos que creo que usted conoce, los que tienen nombre de puente, los Iena[61]».

—Ese fue primero un nombre de victoria, princesa —dijo el general—. Qué quiere usted, para un viejo veterano como yo —añadió quitándose el monóculo para limpiarlo, igual que habría cambiado una venda, mientras la princesa desviaba instintivamente los ojos—. Esa nobleza del Imperio es algo distinto, por supueso, pero, en fin, por lo

---

[60]   Casa donde se alquilaban toda clase de artículos y de personal para las fiestas. *(N. del T.)*
[61]   Puente sobre el Sena, construido para conmemorar la victoria francesa en Jena (en francés, *Iena*) en 1806. *(N. del T.)*

que es, está muy bien en su clase, son gente que en definitiva se batieron como héroes.

—Pero yo estoy llena de respeto por los héroes —dijo la princesa con un tono levemente irónico—; si no voy con Basin a la casa de esa princesa de Iena, no es en absoluto por eso, es muy sencillamente porque yo no los conozco. Basin los conoce y los quiere. ¡Oh! No es lo que usted puede pensar, no es un amorío, ¡no tengo nada a lo que oponerme! Por lo demás, ¡para lo que serviría si quisiera oponerme! —añadió con voz melancólica, porque todo el mundo sabía que desde el día siguiente al que el príncipe Des Laumes se casó con su arrebatadora prima, no había dejado de engañarla—. Pero, en fin, no es el caso, son gentes que él conoció antes, se divierte mucho con ellos y eso me parece muy bien. Para empezar, le diré que nada de lo que él me ha dicho de su casa... ¡Figúrese, todos sus muebles son de estilo «Imperio»!

—Pero, princesa, es muy natural, porque es el mobiliario de sus abuelos.

—Yo no digo que no, pero no por eso son menos feos. Comprendo muy bien que no se puedan tener cosas bonitas, pero al menos que no haya cosas ridículas. ¿Qué quiere? No conozco nada que sea más pomposo y más burgués que ese estilo horrible, con esas cómodas que tienen cabezas de cisnes, como las bañeras.

—Pero creo que también tienen cosas bellas, deben tener la famosa mesa de mosaico sobre la que se firmó el tratado de...

—¡Ah! Pero de que tengan cosas interesantes desde el punto de vista de la Historia, no digo nada. Pero eso no puede ser bello... ¡Porque es horrible! Yo también tengo cosas así que Basin heredó de los Montesquiou, sólo que están en los desvanes de Guermantes, donde nadie las ve. En fin, por lo demás, no hay duda, me precipitaré a su casa con Basin, iría a verlos hasta en medio de sus esfinges y sus cobres si los conociese, pero... ¡no los conozco! A mí me dijeron siempre cuando era pequeña que no era de buena educación ir a casa de la gente que no se conoce —dijo con tono pueril—, entonces, hago lo que se me ha enseñado. ¿Se imagina a esas buenas gentes si viesen entrar a una persona que no conocen? ¡Quizá me recibiesen muy mal! —dijo la princesa.

Y, por coquetería, embelleció la sonrisa que le arrancaba esa suposición dando una expresión soñadora y dulce a su mirada azul, fija en el general.

—¡Ah, princesa! Usted sabe muy bien que ellos no cabrían en sí de alegría...

—¡Claro que no!, ¿por qué? —le preguntó con suma intensidad, fuese para no parecer que sabía que lo decía porque ella era una de las damas más importantes de Francia, o fuese para tener el gusto de oírselo decir al general—. ¿Por qué? ¿Qué sabe usted? Puede que para ellos fuese muy desagradable, yo no lo sé, pero si se juzga por mí, ya me aburre mucho ver a las personas que conozco, y creo que si tuviese que ver a personas que no conozco, incluso las «heroicas», me volvería loca. Además, vamos, salvo que se trate de viejos amigos como usted, que se conocen sin eso, no sé si el heroísmo sería un formato muy llevadero en el mundo. Ya me aburre a menudo dar dinero, pero si tuviese que ofrecer el brazo a Espartaco para ir a la mesa... No, verdaderamente no sería nunca a Vercingétorix[62] a quien le haría seña para completar catorce invitados, en lugar de trece. Siento que lo reservaría para las grandes veladas, y como yo no las doy...

—¡Ah! Princesa, usted no es una Guermantes en balde. ¡Posee bastante ese ingenio de los Guermantes!

—Pero se dice siempre «el ingenio de los Guermantes», y no he podido comprender nunca por qué. Usted conoce a otros que lo tienen —añadió ella con una explosión de risa espumante y alegre, con los rasgos de su cara concentrados y acoplados en la red de su animación, los ojos resplandecientes, inflamados de un brillo radiante de alegría, que por sí mismos tenían el poder de hacer radiar así las palabras, aunque las expresase ella misma, que fuesen una alabanza a su ingenio o a su belleza—. Mire, ahí está Swann, que parece que saluda a vuestra Cambremer, allá... Está al lado de la vieja señora Saint-Euverte, ¿no lo ve? Pídale que lo presente a usted. ¡Pero dese prisa, intenta marcharse!

—¿Se ha fijado qué cara tan horrorosa tiene? —dijo el general.

—¡Mi pequeño Charles! ¡Ah! Por fin viene, ¡empezaba a suponer que no quería verme!

Swann quería mucho a la princesa Des Laumes, y además verla le recordaba a Guermantes, tierra vecina de Combray, toda esa región que tanto amaba y a la que ya no volvía por no alejarse de Odette. Utilizando fórmulas semiartísticas y semigalantes, por las que sabía complacer a la princesa y que sabía encontrar de manera muy natural cuando retornaba un momento a su antiguo ambiente —y queriendo por otra parte expresarle por sí mismo la nostalgia que tenía del campo:

—¡Ah! —dijo él en general, para que lo oyesen a la vez la señora De Saint-Euverte, a quien hablaba, y la señora Des Laumes, para quien hablaba—, ¡aquí está la encantadora princesa! Miren, ha venido a propósito desde Guermantes para oír el *San Francisco de Asís* de Liszt y no ha tenido tiempo, como un bonito herrerillo, más que de ir a picar, para ponérselas en la cabeza, algunas bayas pequeñas del ciruelo y del espino blanco; incluso tiene todavía gotitas de rocío y un poco de la

---

[62] El jefe galo más importante, derrotado por Julio César. *(N. del T.)*

blanca escarcha que debe hacer gemir a la duquesa. Es muy bonito, mi querida princesa.

—¿Cómo? ¿Que la princesa ha venido a propósito desde Guermantes? ¡Pero eso es demasiado! No lo sabía, estoy confusa —exclamó ingenuamente la señora De Saint-Euverte, que estaba poco acostumbrada a las ocurrencias de Swann; y al examinar el peinado de la princesa, dijo—: es verdad, eso imita... ¿cómo lo diría?, no a las castañas, no, ¡oh! Es una idea encantadora. Pero, ¿cómo podía conocer la princesa mi programa? Los músicos no me lo han comunicado ni siquiera a mí.

Swann, que estaba acostumbrado, cuando estaba junto a una mujer con quien había mantenido modales galantes de lenguaje, a decir cosas delicadas que muchas gentes del mundo no comprendían, no se dignó explicar a la señora De Saint-Euverte que sólo había hablado en metáfora. En cuanto a la princesa, se puso a reír a carcajadas, porque el ingenio de Swann era extraordinariamente apreciado en su camarilla, y también porque no podía oír un cumplido dirigido a ella sin encontrarle la gracia más fina y una comicidad irresistible.

—¡Vaya! Estoy encantada, Charles, si mis pequeñas bayas de espino blanco le gustan. ¿Por qué saluda a esa Cambremer? ¿Es que también es usted vecino suyo en el campo?

La señora De Saint-Euverte vio que la princesa parecía contenta por hablar con Swann y se había alejado.

—Pero usted misma lo es, princesa.

—¿Yo? ¡Pero si esta gente tiene campos en todas partes! ¡Cómo me gustaría estar en su lugar!

—Esos no son los Cambremer, eran los padres de ella; ella es una hija de Legrandin, que venía a Combray. No sé si sabe que usted es condesa de Combray y que el cabildo le debe un impuesto.

—No sé lo que me debe el cabildo, pero sé que el cura me saca cien francos todos los años, que es algo de lo que podría prescindir. En fin, que estos Cambremer tienen un nombre muy sorprendente. ¡Termina justo a tiempo, pero termina mal! —dijo riendo.

—Pues no empieza mejor —respondió Swann.

—En efecto, ¡y esa doble abreviatura[63]!

—Es alguien muy airado y muy decoroso que no se atrevió a ir hasta el final de la primera palabra.

—Pero puesto que no debía poder dejar de empezar por la segunda, mejor habría hecho acabando la primera para terminar de una vez.

---

[63] Los dos juegan con la palabra, relacionando sus partes. La primera parte —Cambr— se refiere al general Cambronne, a quien en la batalla de Waterloo se le pidió que se rindiese, a lo que contestó al parecer con un rotundo *merde!*, que pasó luego al lenguaje común como «la palabra de Cambronne». Ésta es la que ligan con la segunda parte —mer— «que termina justo a tiempo, pero termina mal». *(N. del T.)*

Estamos haciendo unas bromas de un gusto encantador, mi pequeño Charles, pero, ¡qué aburrido es no verlo ya! —añadió con tono mimoso—. ¡Cuánto me gusta hablar con usted! Piense que ni siquiera habría podido hacerle comprender a ese idiota de Froberville lo sorprendente que es el nombre Cambremer. Confiese que la vida es una cosa horrible. Sólo cuando lo veo a usted dejo de aburrirme.

Y eso sin duda no era cierto. Pero Swann y la princesa tenían una misma manera de juzgar las cosas pequeñas, que tenía como efecto —a menos que fuese como causa— una gran similitud en la manera de expresarse, y hasta en la pronunciación. Esa similitud no impactaba porque nada era más diferente que sus dos voces. Pero si por el pensamiento se conseguía quitar a las palabras de Swann la sonoridad que las envolvía y los bigotes entre las que salían, uno se daba cuenta de que eran las mismas frases y las mismas inflexiones, el estilo de la camarilla Guermantes. Para las cosas importantes, Swann y la princesa no tenían las mismas ideas sobre ningún punto; pero puesto que Swann estaba tan triste y, sintiendo siempre esa especie de estremecimiento que precede al momento en el que se va a llorar, tenía la misma necesidad de hablar de penas que un asesino de hablar de su crimen. Al oír que la princesa le decía que la vida era una cosa horrible sintió la misma dulzura que si le hubiese hablado de Odette.

—¡Oh, sí! La vida es una cosa horrible. Tenemos que vernos, mi querida amiga. Lo que más agrada de usted es que no es alegre. Podríamos pasar una velada juntos.

—Eso mismo creo yo, ¿por qué no viene usted a Guermantes?, mi suegra estaría loca de alegría. El lugar tiene fama de ser feísimo, pero le diré que esa región no me disgusta, le tengo horror a las regiones «pintorescas».

—Yo también lo creo, es admirable —respondió Swann—, es casi demasiado hermosa, demasiado viva para mí en este momento, es una región para ser feliz. Quizá porque he vivido allí, ¡pero allí las cosas me hablan tanto! En cuanto se levanta ráfaga de viento y los trigos empiezan a agitarse, me parece que va a llegar alguien, o que voy a recibir una noticia; y esas casitas al borde del agua... ¡Qué desdichado sería!

—¡Oh! Mi pequeño Charles, lleve cuidado, ahí está la espantosa Rampillon, que me ha visto, escóndame, o recuérdeme lo que le pasó, me confundo, ya no sé si ella ha casado a su hija o a su amante, quizá a los dos... ¡Y al uno con la otra!... ¡Ah, no!, ya me acuerdo, ella fue repudiada por su príncipe... Haga como que está usted hablando conmigo para que esa Berenice no venga a invitarme a cenar. Además, voy a marcharme. Escuche, mi pequeño Charles, para una vez que lo veo, ¿no querrá usted dejarse raptar y que yo lo lleve a casa de la princesa de

Parma? Ella estaría muy contenta, y también Basin, que debe reunirse conmigo allí. Si no tuviésemos noticias suyas por Memé... ¡Piense que ya no lo veo nunca!

Swann rehusó la oferta, había avisado al señor De Charlus que al salir de la casa de la señora De Saint-Euverte volvería directamente a su casa, le preocupaba que si iba a casa de la princesa de Parma se arriesgaba a perderse una nota que hacía tiempo que esperaba ver que le entregaba un criado durante la velada, y que quizá iba a encontrar en casa de su portero. «Ese pobre Swann —le dijo esa noche la señora Des Laumes a su marido—, es siempre tan amable, pero parece muy desgraciado. Tú lo verás, porque ha prometido venir a cenar uno de estos días. En el fondo, me parece ridículo que un hombre de su inteligencia sufra por una persona de esa clase, que ni siquiera es interesante, pues la llaman idiota» —añadió ella con la sensatez de las personas que no están enamoradas, a quienes les parece que un hombre de ingenio no debería ser desgraciado más que por una persona que valiese la pena; es más o menos como extrañarse de que uno se digne padecer de cólera por un ser tan pequeño como el bacilo vírgula[64].

Swann quería marcharse, pero en el momento en que iba a escaparse al fin, el general De Froberville le pidió que le presentase a la señora De Cambremer y se vio obligado a volver al salón con él para buscarla.

—Verá usted, Swann, preferiría ser el marido de esa mujer a ser masacrado por los salvajes, ¿qué le parece?

Esas palabras, «masacrado por los salvajes» atravesaron dolorosamente el corazón de Swann y enseguida sintió la necesidad de continuar la conversación con el general.

—¡Ah! —le dijo—. Ha habido vidas muy hermosas que han terminado de esa manera... Como ya sabe... Ese navegante cuyas cenizas trajo Dumont d'Urville, La Perouse... (y Swann ya estaba contento, como si hubiese hablado de Odette). Ese La Perouse es un buen personaje que me interesa mucho —añadió con aire melancólico.

—¡Ah! Por supuesto, La Perouse —dijo el general—; es conocido, tiene calle a su nombre.

—¿Conoce usted a alguien en la calle La Perouse? —preguntó Swann con aire agitado.

—Yo no conozco más que a la señora De Chanlivault, la hermana de ese valiente de Chaussepierre. El otro día nos dio una bonita velada de teatro. El suyo es un salón que un día será muy elegante, ¡ya lo verá!

---

[64] Recién descubierto por Koch en 1884, llamado así por su forma, como de coma. *(N. del T.)*

—¡Ah! Ella reside en la calle La Perouse. Es una calle simpática, bonita y muy triste.

—¡Claro que no! Eso es porque no ha ido usted por allí desde hace algún tiempo; ya no es triste, comienzan a construir por todo aquel barrio.

Cuando al fin Swann presentó al señor De Froberville a la joven señora De Cambremer, como era la primera vez que ella oía el nombre del general, esbozó la sonrisa de alegría y de sorpresa que habría tenido si no se hubiese pronunciado nunca ante ella más que ese nombre, porque, al no conocer a los amigos de su nueva familia, de cada persona que le traían creía que era uno de ellos y, pensando que daba prueba de tacto si parecía que había oído hablar mucho de ella desde que se había casado, tendía la mano con aire vacilante, destinado a demostrar la reserva aprendida que tenía que vencer y la simpatía espontánea con la que conseguía imponerse a ella. Además, sus suegros, que ella aún creía que eran las personas más brillantes de Francia, afirmaban que era un ángel, de manera que, al casarla con su hijo, preferían que pareciese que habían cedido al atractivo de sus cualidades más que a su gran fortuna.

—Se ve que es usted aficionada a la música, señora —le dijo el general, haciendo alusión inconscientemente al incidente de la palmatoria.

Pero el concierto volvió a empezar y Swann comprendió que no podría irse antes de que acabase ese nuevo número del programa. Sufría por quedarse encerrado entre esas gentes necias cuyas ridiculeces lo golpeaban dolorosamente, sobre todo porque ignoraban su amor y porque serían incapaces, de haberlo conocido, de interesarse por él y de hacer algo más que sonreír ante ese amor como de una niñería, o de lamentarlo como una locura; y así se lo hacían aparecer bajo el aspecto de un estado subjetivo que sólo existía para él y al que nada externo aseguraba realidad alguna. Sobre todo, sufría, y hasta el punto de que incluso el sonido de los instrumentos le daba ganas de gritar y de prolongar su exilio en ese lugar al que Odette no vendría jamás, donde nadie ni nada la conocían, de donde ella estaba completamente ausente.

Pero de repente fue como si ella hubiese entrado, y esa aparición fue para él un sufrimiento tan desgarrador que debió llevarse la mano al corazón. Era que el violín había subido a las notas agudas, donde se quedó como en una espera, una espera que se prolongaba sin que dejase de mantenerlas, en la exaltación en la que estaba a punto de percibir acercándose ya el objeto de su espera, y en un esfuerzo desesperado por intentar permanecer hasta su llegada, de acogerla antes de expirar, de mantener por un momento más con todas sus últimas fuerzas el camino abierto para que él pudiera pasar, igual que se sostiene una puerta que de otro modo volvería a cerrarse. Y antes de que Swann hubiera tenido tiempo de comprenderlo y de decirse: «Es la pequeña frase de la sonata de Vinteuil, ¡no escuchemos!», todos los recuerdos que tenía del tiempo que Odette estuvo enamorada de él, y que hasta ese día había logrado que se mantuviesen invisibles en las profundidades de su ser, engañados por ese repentino rayo del tiempo de amor que creyeron que había vuelto, se habían despertado y, a fuerza de alas, habían ascendido a cantarle locamente, sin piedad para su infortunio actual, los estribillos olvidados de la felicidad.

En lugar de las expresiones abstractas «tiempo en que yo era feliz», o «tiempo en que yo era amado», que hasta entonces había pronunciado a menudo sin sufrir demasiado, puesto que su inteligencia sólo había encerrado del pasado unos presuntos extractos que no conservaban nada de él, volvió a encontrar la esencia específica y volátil de todo lo que de esa dicha perdida había fijado para siempre; volvió a verlo todo, los pétalos de nieve del crisantemo que ella le lanzó a su vehículo, y que él había mantenido contra sus labios —la dirección en relieve de la Maison Dorée de la carta en la que había leído: «Mi mano tiembla tan fuerte al escribirle»—, cómo se le juntaron las cejas cuando le dijo con aire suplicante: «No pasará demasiado tiempo hasta que me dé una señal, ¿verdad?». Sentía el olor de las tenacillas de rizar del peluquero por las que se hacía quitar el «cepillo» mientras que Loredan iba a buscar a la pequeña obrera, las lluvias de tormenta que cayeron tan frecuentemente aquella primavera, el regreso helado en su victoria a la luz de la luna, todos los puntos de hábitos mentales, de impresiones estacionales y de reacciones cutáneas que habían extendido en una serie de semanas una red uniforme en la que su cuerpo se encontraba preso. En aquel momento satisfacía una curiosidad sensual por conocer los placeres de las personas que viven para el amor. Creyó que podía mantenerse ahí, que no estaría obligado a aprender sus dolores; lo mismo que ahora el embrujo de Odette era poca cosa para él comparado que el formidable terror que lo prolongaba como un halo turbio, esa inmensa angustia de no saber en todo momento lo que ella había hecho, ¡de no poseerla siempre y en todas partes! Desgraciadamente, se acordó del acento con el que ella había exclamado: «Pero yo siempre podré verlo, ¡siempre estoy libre!». ¡Ella, que no lo estaba nunca! El interés y la curiosidad que ella había tenido por la vida de él, el deseo apasionado de que le hiciese el favor —que, al contrario, él temía en aquel tiempo como causa de enojosos trastornos— de dejarla penetrar en esa vida, igual que se había visto obligada a rogarle para que se dejase llevar a casa de los Verdurin; y, cuando él la hacía ir a su casa una vez al mes, lo mismo que había hecho falta, antes de que él se dejase ablandar, que ella repitiese lo deliciosa que sería esa costumbre de verse todos los días, costumbre con la que ella soñaba, mientras que eso a él no le parecía más que una fastidiosa preocupación, a la que luego ella había tomado aversión y rompió definitivamente, mientras que Odette se había convertido para él en una necesidad tan invencible y dolorosa. Él no podía decir nada tan verdadero cuando, a la tercera vez que la vio, ella le repitió: «Pero, ¿por qué no me permite que venga más a menudo?», él le dijo riéndose, pero con galantería: «Por miedo a sufrir». Ahora, ¡ay!, aún ocurría que a veces ella le escribía desde un restaurante o un hotel sobre papel que llevaba impreso el membrete, pero eran como letras de fuego que lo abrasaban. «¿Esto está escrito desde el hotel Vouillemont? ¿Qué puede haber ido a hacer en ese hotel? ¿Con quién? ¿Qué ha ocurrido allí?» Se acordó de los quemadores de gas que apagaban en el Bulevar de los Italianos cuando la encontró contra toda esperanza entre las sombras errantes, en aquella noche que le pareció casi sobrenatural —noche de un tiempo en el que ni siquiera tenía que preguntarse si no la contrariaría al buscarla, o al encontrarla, de tan seguro que estaba de que ella no tenía mayor alegría que verlo y volver con él a casa— y que en efecto pertenecía a un mundo misterioso donde no se puede regresar cuando se han cerrado las puertas. Y Swann divisó, inmóvil frente a esa felicidad revivida, a un desgraciado que le dio lástima porque no lo reconoció enseguida, aunque tuvo que bajar los ojos para que no se viese que estaban llenos de lágrimas. Ese desgraciado era él mismo.

Cuando lo hubo comprendido, su lástima cesó, pero estuvo celoso del otro Swann al que ella había amado, estuvo celoso de aquellos de los que él se había dicho a menudo, sin sufrir demasiado, «tal vez ella los ama». Ahora que había cambiado la idea vaga de amar, en la que no hay amor, por los pétalos del crisantemo y el «encabezado» de la Maison Dorée, que sí estaban llenos de amor. Y después su sufrimiento se hizo demasiado vivo, se pasó la mano por la frente, dejó caer el monóculo y le limpió el cristal. Y sin duda, si se hubiese visto en aquel momento, habría añadido a la colección de los que había elegido a ese monóculo al que desplazaba como un pensamiento inoportuno y de cuya cara empañada intentaba eliminar las preocupaciones con un pañuelo.

Hay en el violín —si es que, al no ver el instrumento, no se puede relacionar lo que se oye con su imagen, la cual modifica la sonoridad— acentos que le son tan afines a ciertas voces de contralto, que se tiene la ilusión de que se ha añadido una cantante al concierto. Levantamos los ojos, no vemos más que los estuches, preciosos como cajas chinas, pero por momentos uno sigue equivocado por la llamada engañosa de la sirena; a veces creemos también oír a un genio cautivo que se debate en el fondo de la docta caja, embrujada y trémula, como un diablo en

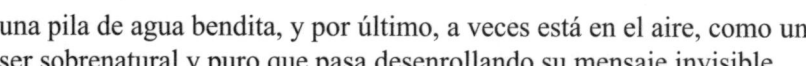

una pila de agua bendita, y por último, a veces está en el aire, como un ser sobrenatural y puro que pasa desenrollando su mensaje invisible.

Como si los instrumentistas, mucho menos que tocar la pequeña frase, interpretasen los rituales exigidos por ella para que apareciese, y proceden a los encantamientos necesarios para conseguir y prolongar algunos momentos el prodigio de su evocación, Swann, que ya no podía verla más que como si perteneciese a un mundo ultravioleta, que saboreaba como la restauración de una metamorfosis la ceguera momentánea que lo había atacado al acercarse a ella, la sentía presente, como una diosa protectora y confidente de su amor, que, para poder llegar hasta él entre la multitud y llevarlo aparte para hablarle, se había revestido del disfraz de esa apariencia sonora. Y mientras ella pasaba, ligera, apaciguadora y susurrada como un perfume, y le decía lo que tenía que decirle, él escudriñaba todas las palabras, lamentando que volasen tan aprisa; hacía involuntariamente con los labios el movimiento del beso al paso del cuerpo armonioso y fugitivo. Ya no se sentía exiliado y solo, ya que la frase, que se dirigía a él, le hablaba a media voz de Odette. Porque él ya no tenía, como antes, la impresión de que Odette y él no eran conocidos por la pequeña frase. ¡Ella había sido testigo tan a menudo de sus alegrías! Cierto es que también a menudo le había advertido de su fragilidad. E incluso, mientras que en aquel tiempo él adivinaba el sufrimiento en su sonrisa, en su entonación límpida y desencantada, hoy encontraba en ella más bien la gracia de una resignación casi alegre. De esos pesares de que ella le hablaba otras veces y que la veía arrastrar sonriendo en su curso sinuoso y rápido sin que éstos lo alcanzasen, de esos pesares que ahora se habían convertido en los suyos sin que tuviese la esperanza de librarse nunca de ellos, la frase parecía decirle de su felicidad, como en otro tiempo: «¿Qué es esto? Todo esto no es nada». Y el pensamiento de Swann se trasladó por primera vez en un impulso de compasión y de ternura hacia ese Vinteuil, hacia ese hermano desconocido y sublime que también había debido sufrir tanto, ¿cómo habría podido ser su vida? ¿Del fondo de qué dolores había sacado esa fuerza de dios, esta potencia ilimitada de creación? Cuando era la pequeña frase lo que le hablaba de la vanidad de sus sufrimientos, Swann encontraba dulzura en esa misma sensatez que, sin embargo, le había parecido intolerable hacía un momento, cuando creía leerla en las caras de los indiferentes que consideraban su amor como una divagación sin importancia. Es que la pequeña frase, al contrario, fuera la que fuese la opinión que pudiese tener sobre la breve duración de esos estados del alma, veía en ellos, no como hacían todas esas personas, algo menos serio que la vida positiva, pero por contra tan superior a ella que era lo que únicamente valía la pena expresar. Esos encantos de íntima tristeza eran los que intentaba imitar y recrear, y hasta su esencia, que sin embargo es la de ser incomunicables y parecer frívolos a cualquier otro menos a quien los experimenta, la había captado y la había hecho visible la pequeña frase. De modo que ella hacía confesar su valor y saborear su dulzura divina a todos esos mismos asistentes —sólo con que fuesen un poco músicos— que después los ignorarían en la vida, en cada amor particular que viesen nacer cerca de ellos. Sin duda, la forma en la que los había codificado no podía transformarse en razonamientos. Pero desde que hacía más de un año que le reveló a sí mismo las riquezas de su alma, el amor por la música había renacido en él, al menos por algún tiempo. Swann consideraba los motivos musicales como verdaderas ideas, de otro mundo y de otro orden, ideas veladas de tinieblas, desconocidas, impenetrables para la inteligencia, pero que no por ello son menos perfectamente distintas las unas de las otras, desiguales en valor y significado entre sí. Cuando después de la velada en los Verdurin hacía que tocasen otra vez la pequeña frase, intentaba desentrañar cómo, a la manera de un perfume o de una caricia, lo rodeaba y lo envolvía esa frase, se había dado cuenta de que esa impresión de dulzura retraída y tímida era debida a la escasa distancia entre las cinco notas que la componían y a la llamada constante entre sí de dos de ellas, pero en realidad sabía que razonaba de ese modo no sobre la frase misma, sino sobre simples valores, sustituidos por la comodidad de su inteligencia en la misteriosa entidad que había percibido, antes de conocer a los Verdurin, en aquella velada en la que oyó la sonata por primera vez. Sabía que el recuerdo mismo del piano seguía falseando todavía el plano en el que él veía las cosas de la música, que el campo abierto al músico no es un teclado mezquino de siete notas, sino un teclado inconmensurable, todavía casi enteramente desconocido, donde solamente aquí y allá, separadas por espesas tinieblas no exploradas, algunas de los millones de teclas de ternura, de pasión, de valor y de serenidad que lo componen, cada una tan diferente de las demás como un universo de otro universo, han sido descubiertas por algunos grandes artistas que nos hacen el favor, despertando en nosotros lo que corresponde al tema que han encontrado, que nos muestran qué riqueza y qué variedad oculta, sin que lo sepamos, esa gran noche impenetrada y descorazonadora de nuestra alma que tomamos por el vacío y la nada. Vinteuil había sido uno de esos músicos. En su pequeña frase, aunque presentase a la razón una superficie oscura, se sentía un contenido tan coherente y tan explícito, al cual daba una fuerza tan nueva y tan original, que quienes la habían escuchado la conservaban en sí mismos a la misma altura de las ideas de la inteligencia. Swann se refería a ella como concepto del amor y de la felicidad, cuya particularidad conocía también inmediatamente, como lo sabía por *La princesa de Cleves* o por el *René,* cuando se le presentaban sus nombres a la memoria. Incluso cuando no pensaba en la pequeña frase, ésta existía latente en su alma igual que ciertas otras nociones sin equivalente, como la noción de la luz, del sonido, del relieve o de la voluptuosidad física, que son las ricas posesiones con las que se diversifica y se engalana nuestro territorio interior. Quizá las perdamos, quizá se borren cuando regresamos a la nada, pero mientras vivamos no podemos hacer que no las hayamos conocido, como no podemos hacerlo con algún objeto real; no podemos, por ejemplo, dudar de la luz de la lámpara que se enciende ante los objetos metamorfoseados de nuestra habitación, de donde ha huido hasta el recuerdo de la oscuridad. Por eso mismo, la frase de Vinteuil, como por ejemplo determinado tema de *Tristán* que nos represente también cierta adquisición sentimental, se había adherido a nuestra condición mortal, presa de algo humano que era muy conmovedor. Su destino estaba ligado al porvenir, a la realidad de nuestra alma, de la cual era uno de los adornos más particulares y más diferenciados. Quizá lo verdadero sea la nada y todo nuestro sueño es inexistente, pero entonces sentimos que esas frases musicales, esas nociones que existen en relación con él, tampoco son nada. Pereceremos, pero tenemos como rehenes a esas cautivas divinas que correrán nuestra suerte. Y con ellas la muerte tiene algo de menos amargo, de menos ignominioso, quizá de menos probable.

Así pues, Swann no se equivocaba al creer que la frase de la sonata existía realmente. Ciertamente era humana desde ese punto de vista, pero pertenecía a un orden de criaturas sobrenaturales que no hemos visto jamás, pero que a pesar de eso reconocemos con éxtasis cuando algún explorador de lo invisible llega a captar una, a traerla, desde el mundo divino donde él tiene acceso, a brillar algunos instantes por encima del nuestro. Eso es lo que Vinteuil había hecho con la pequeña frase. Swann sentía que el compositor, con sus instrumentos de música, se había contentado con desvelarla, con hacerla visible, con seguir y respetar el dibujo de una mano tan tierna y prudente, tan delicada y segura; que el sonido se alteraba en todo momento, se desdibujaba para señalar una sombra, se revivificaba cuando era necesario seguir la pista de un contorno más audaz. Y una prueba de que Swann no se equivocaba al creer en la existencia real de esa frase, era que todo aficionado un poco sutil enseguida se hubiera dado cuenta de la impostura, si Vinteuil, teniendo menos poder para ver y traducir sus formas, hubiera intentado disimular, añadiendo aquí y allá trazos de su cosecha, las lagunas de su visión o los fallos de su mano.

Había desaparecido en aquel momento. Swann sabía que volvería a aparecer al final del último movimiento, después de un largo fragmento que el pianista de la señora Verdurin se saltaba siempre. Allí había ideas admirables que Swann no había distinguido la primera vez que la oyó y que ahora percibía, como si en el vestuario de su memoria se hubiesen desembarazado del disfraz uniforme de la novedad. Swann escuchaba todos los temas dispersos que entrarían en la composición de la frase, igual que las premisas lo son para la conclusión necesaria, y asistía a su génesis. «¡Oh, audacia, quizá tan genial —se decía— como la de un La- voisier o un Ampere, la audacia de un Vinteuil que experimenta y des- cubre las leyes secretas de una fuerza desconocida, que lleva a través de lo no explorado, hacia el único objetivo posible, la recua invisible en la que confía y que no divisará jamás!». ¡Qué bello fue el diálogo que oyó Swann entre el piano y el violín al inicio del último movimiento! La supresión de las palabras humanas, lejos de permitir que allí reinase la fantasía, como habría podido creerse, la había eliminado de ella; el lenguaje hablado no fue jamás tan inflexiblemente necesitado, no cono- ció en ese punto la pertinencia de las preguntas ni la evidencia de las respuestas. Al principio, el piano solitario se quejaba como un pájaro abandonado por su compañía, el violín lo escuchó y le respondió como desde un árbol cercano. Era como al comienzo del mundo, como si todavía no estuviesen más que ellos dos sobre la tierra, o mejor, en ese mundo cerrado a todo lo demás, construido por la lógica de un creador y donde no estarían nunca más que ellos dos: esa sonata. ¿Es un pájaro, es el alma incompleta aún de la pequeña frase, es un hada ese ser invisible y gimiente cuya queja repetía el piano tiernamente después? Sus gri- tos eran tan repentinos, que el violinista debía prepitarse sobre su arco para recogerlas. ¡Maravilloso pájaro! El violinista parecía que quisiese embrujarlo, amaestrarlo, capturarlo. Ya había entrado en su alma, ya la pequeña frase evocada hacía que se agitase, como el de un médium, el cuerpo verdaderamente poseído del violinista. Swann sabía que la frase iba a hablar una vez más. Y él se había desdoblado tanto, que la espera del instante inminente en el que iba a volver a encontrarse frente a ella lo sacudió con uno de esos sollozos que un verso hermoso o una noticia triste provocan en nosotros, no cuando estamos solos, sino cuando se lo informamos a amigos en quienes nos vemos como si fuésemos otro, y cuya probable emoción les enternece. La frase volvió a aparecer, pero esta vez para suspenderse en el aire y recrearse solamente un instan- te, como inmóvil, para morir después. Así que Swann no perdía nada del tiempo, tan corto, en que se extendía. Todavía estaba allí, como una flotante burbuja irisada. Como un arcoíris, cuyo resplandor se de- bilita, disminuye y luego se levanta y, antes de apagarse, se encumbra un momento como aún no lo había hecho; a los dos colores que hasta entonces había dejado que apareciesen les añadió otras cuerdas tornasoladas, todas las del prisma, y las hizo cantar. Swann no se atrevía a moverse y hubiera querido mantener tranquilas también a las demás personas, como si el menor movimiento hubiera podido comprometer el prestigio sobrenatural, delicioso y frágil que tan cerca estaba de desvanecerse. A decir verdad, nadie pensaba en hablar. La palabra inefable de un solo ausente, quizá de un muerto (Swann no sabía si Vinteuil vivía aún), expandiéndose por encima de los rituales de esos oficiantes, bastaba para tener en jaque la atención de trescientas personas y hacía de ese estrado, donde un alma era evocada de esa manera, uno de los altares más nobles donde pudiese cumplirse una ceremonia sobrenatural. De manera que, cuando la frase se deshizo al fin, flotando en retazos en los motivos siguientes que ya habían tomado su sitio, si Swann se irritó en el primer momento al ver a la condesa de Monteriender, célebre por sus simplicidades, inclinarse hacia él para confiarle sus impresiones incluso antes de que acabase la sonata, no pudo evitar sonreír, y quizá encontrar también un sentido profundo, que ella no veía, en las palabras de las que se sirvió. Maravillada por el virtuosismo de los intérpretes, la condesa exclamó dirigiéndose a Swann: «Es prodigioso, no he visto nunca nada tan fuerte...». Pero un escrúpulo de exactitud le hizo corregir esa primera afirmación y añadió esta salvedad: «Nada tan fuerte... ¡desde las mesas giratorias!».

A partir de esa velada, Swann comprendió que el sentimiento que había tenido Odette por él no renacería nunca, que sus esperanzas de felicidad ya no se realizarían. Y los días en los que por casualidad ella había sido amable y tierna con él, que ella había tenido alguna atención, notaba esas señales aparentes y engañosas de un ligero retorno hacia él con esa solicitud enternecida y escéptica, con la alegría desesperada de aquellos que, cuidando a un amigo que ha llegado a los últimos días de una enfermedad incurable, relatan como hechos valiosos: «Ayer él mismo hizo las cuentas y fue quien descubrió un error en la suma que habíamos hecho nosotros; se ha comido un huevo con gusto, si lo digiere bien, mañana probaremos con una chuleta», aunque sepan que están desprovistos de significado en vísperas de una muerte inevitable. Sin duda, Swann estaba seguro de que si hubiese vivido lejos de Odette ahora, ella habría terminado por hacérsele indiferente, de manera que habría estado contento si ella abandonaba París para siempre; él habría tenido valor para quedarse, pero no lo tenía para marcharse.

Había pensado en ello a menudo. Ahora que había vuelto a ponerse con su estudio sobre Vermeer, habría necesitado volver algunos días a La Haya, a Dresde, a Brunswick. Estaba convencido que una *Diana en el baño* que había sido comprada por el museo Mauritshuis en la subasta Goldschmidt como de Nicolaes Maes, era en realidad de Vermeer. Hubiera querido poder estudiar el cuadro en el lugar mismo para respaldar su convicción; pero salir de París mientras Odette estaba allí, e incluso cuando estaba ausente —porque en los sitios nuevos, donde las sensaciones no están amortiguadas por la costumbre, un dolor se repone y se reanima— para él era un proyecto tan cruel que no se sentía capaz de pensar en ello continuamente, sólo porque se sabía resuelto a no llevarlo a cabo jamás. Pero ocurría que, al dormir, la intención del viaje renacía en él —sin que se acordase de que ese viaje era imposible— y se llevaba a cabo en el sueño. Un día soñó que se marchaba por un año, asomado de la portezuela de un vagón miraba a un joven que le decía adiós llorando desde el andén, y Swann intentaba convencerlo de que se marchase con él. Con las sacudidas del tren, la ansiedad lo despertó; recordó que no se marchaba, que vería a Odette aquella noche, al día siguiente y casi a diario. Entonces, emocionado todavía por su sueño, bendijo las circunstancias particulares que lo hacían independiente, gracias a las que podía quedarse cerca de Odette y también conseguir que ella le permitiese verla algunas veces. Recapitulando todas esas ventajas: su situación —su fortuna, de la que ella había necesitado demasiado a menudo para no echarse para atrás ante una ruptura (y, según se decía, con la intención oculta de que él se casara con ella)—, la amistad del señor De Charlus, que a decir verdad no le había hecho conseguir nunca gran cosa de Odette, pero que le daba la dulzura de sentir que ella oía hablar de él de manera halagadora por ese amigo común, por quien ella tenía tan gran estima —y al final hasta su inteligencia, que él empleaba completa para crear cada día una intriga nueva que hiciese su presencia, si no agradable, al menos necesaria para Odette— pensó en lo que él se habría convertido de no haber tenido todo aquello; pensó que si, como tantos otros, hubiera sido pobre, humilde, carente y obligado a aceptar cualquier trabajo; que si, atado a unos padres o a una esposa, hubiera podido verse obligado a dejar a Odette; que si ese sueño cuyo espanto estaba todavía tan próximo hubiera podido ser verdad, se dijo: «No se conoce la felicidad propia, no se es nunca tan desgraciado como se cree». Pero calculó que esa existencia ya duraba desde hacía varios años, que todo lo que podía esperar era que durase siempre; que sacrificaría sus trabajos, sus placeres, sus amigos y por último toda su vida a la espera cotidiana de una cita que nada feliz podía aportarle, y se preguntó si no se equivocaba, si lo que había favorecido su relación y había impedido la ruptura no había perjudicado su destino, si el suceso deseable no habría sido aquél del que se regocijaba tanto que no hubiese tenido lugar más que en sueños: su marcha; y se dijo que no se conoce la desgracia propia, que no se es nunca tan feliz como se cree.

Algunas veces esperaba que ella, que estaba fuera en las calles y los caminos de la mañana a la noche, muriese sin sufrimientos en un accidente; y como regresaba sana y salva admiraba que el cuerpo humano fuera tan flexible y tan fuerte, que pudiese mantener a raya y que hiciese fracasar todos los peligros que lo rodean (y que a Swann le parecían innumerables desde que su secreto deseo los había calculado) y permitiese de esa manera que la gente se entregase a diario y casi impunemente a su obra de mentiras, a la búsqueda del placer. Y Swann sentía muy cerca de su corazón a ese Mohamed II, cuyo retrato por Bellini le gustaba y que, al haber sentido que se había vuelto locamente enamorado de una de sus mujeres, la apuñaló con el fin, le dijo ingenuamente a su biógrafo veneciano, de recuperar su propia libertad de espíritu. Luego se indignaba por no pensar más que en sí mismo, y le parecía que los sufrimientos que había experimentado no merecían compasión alguna, puesto que él mismo tenía en tan poco la vida de Odette.

No podía separarse de ella definitivamente, al menos, si la hubiera visto sin interrupciones, su dolor habría terminado por calmarse y su amor tal vez por apagarse. Y puesto que ella no quería dejar París para siempre, él habría deseado que no lo dejase nunca. Como sabía que la única ausencia prolongada que ella hacía era todos los años la de agosto y septiembre, al menos varios meses antes tenía el tiempo libre para ir diluyendo la idea amarga, en todo el tiempo que vendría después, que llevaba en sí mismo por anticipación y que, compuesta de días iguales que los actuales, circulaba transparente y fría en su mente, donde mantenía viva su tristeza, pero sin que le causara sufrimientos demasiado agudos. Pero en ese futuro interior, en ese río incoloro y libre, bastaba que una sola palabra de Odette llegase hasta Swann y, como un bloque de hielo, lo inmovilizaba, endurecía su fluidez y lo hacía helarse por entero, y Swann se sentía invadido de repente por una masa enorme e irrompible que hacía presión sobre las paredes interiores de su ser hasta hacerlo estallar: es que Odette le había dicho, con una mirada sonriente y maliciosa que lo observaba: «Forcheville va a hacer un largo viaje en Pentecostés. Se va a Egipto», y Swann comprendió enseguida que eso significaba: «Voy a ir a Egipto en Pentecostés con Forcheville». Y en efecto, si algunos días después le decía Swann: «Veamos, a propósito de ese viaje que me has dicho que harías con Forcheville...», ella respondía distraídamente: «Sí, niño mío, salimos el 19, te enviaremos una vista de las pirámides». Entonces quería saber si ella era la amante de Forcheville, preguntándoselo a ella misma. Swann sabía que, como ella era muy supersticiosa, había ciertos juramentos en falso que no haría, y además el temor, que hasta entonces lo había retenido, de irritar a Odette interrogándola y de hacer que ella lo detestase, ya no existía ahora que había perdido toda esperanza de ser amado alguna vez.

Un día recibió una carta anónima que le decía que Odette había sido la amante de innumerables hombres (citaba a algunos, entre los que estaban Forcheville, el señor De Breauté y el pintor) y de mujeres, y que frecuentaba las casas de citas. Se atormentó pensando que entre sus amigos hubiera un ser capaz de haberle enviado esa carta (pues por ciertos detalles revelaba en quien la había escrito un conocimiento íntimo de la vida de Swann). Buscó quién podría ser, pero no había tenido nunca ninguna sospecha de actos desconocidos de las personas, de esos que no tienen lazos visibles con las palabras. Cuando quiso saber si más bien era bajo el carácter aparente del señor De Charlus, del señor Des Laumes o del señor D'Orsan donde debía situar la región desconocida en la que había debido nacer ese acto innoble, como ninguno de esos hombres había aprobado nunca las cartas anónimas ante él y todo lo que habían dicho implicaba que las reprobaban, no vio razones para conectar esa infamia a la naturaleza de uno más que a la de otro. La del señor De Charlus era un poco desquiciada, pero intrínsecamente buena y tierna; la del señor Des Laumes era un poco seca, pero sana y recta. En cuanto al señor D'Orsan, Swann no había encontrado nunca a nadie que, hasta en las circunstancias más tristes, viniese a él con palabras más sentidas y un gesto más discreto y más justo. Era así hasta el punto de que no podía comprender el papel poco delicado que se le atribuía al señor D'Orsan en la amistad que tenía éste con una mujer rica, y cada vez que pensaba en él se veía obligado a dejar de lado esa mala reputación irreconciliable con tantos testimonios ciertos de delicadeza. Por un momento, Swann sintió que su mente se oscurecía y pensó en otra cosa para encontrar un poco de luz. Y después tuvo la valentía de volver a esas reflexiones. Pero entonces, después de no haber podido sospechar de nadie, le fue necesario sospechar de todo el mundo. A fin de cuentas, el señor De Charlus lo quería y tenía buen corazón, pero era un neurópata que quizá mañana lloraría al saberlo enfermo y hoy, por celos, por ira, por cualquier idea súbita que se hubiese apoderado de él, desearía hacerle daño. En el fondo, esta clase de hombres era la peor de todas. Cierto era que el príncipe Des Laumes estaba muy lejos de querer a Swann tanto como el señor De Charlus, pero por causa de eso mismo no tenía con él la misma sensibilidad, y además era naturaleza indudablemente fría, pero tan incapaz de villanías como de grandes actos; Swann se arrepentía de no haberse unido en la vida más que a tales seres. Además, creía que lo que impide a los hombres hacerle daño a su prójimo es la bondad, y que él no podía responder, en el fondo, más que por naturalezas similares a la suya, como respecto a los sentimientos era la del señor De Charlus. El solo pensamiento de hacerle ese daño a Swann lo habría sublevado; pero con un hombre insensible y de humanidad distinta como era el príncipe Des Laumes, ¿cómo prever a qué actos podrían llevarlo motivaciones de una esencia diferente? Tener corazón, eso es todo, y el señor De Charlus lo tenía. Al señor D'Orsan no le faltaba tampoco, y sus relaciones con Swann, cordiales pero poco íntimas, nacidas de la aprobación mutua que tenían al hablar juntos, pues pensaban lo mismo sobre todas las cosas, eran más reposadas que el afecto exaltado del señor De Charlus, muy capaz de llegar a actos de pasión, buenos o malos. Si había alguien por quien Swann se sintiese comprendido y delicadamente querido, era por el señor D'Orsan. Sí, pero, ¿y esa vida poco honorable que llevaba? Swann se lamentaba de no haberla tenido en cuenta, de haber confesado, a menudo en broma, que no había experimentado nunca tan vivamente sentimientos de simpatía y de estima como en la compañía de un canalla. No por nada, se decía ahora, desde que los hombres juzgan al prójimo, lo hacen sobre sus actos. Sólo esto significa algo, y nada lo que decimos o lo que pensamos. Charlus y Des Laumes pueden tener tales o cuales defectos, pero son personas honradas. D'Orsan quizá no los tenga, pero no es un hombre honesto, ha podido obrar mal una vez más. Y además, Swann sospechó de Remi, quien, cierto es, solamente habría podido inspirar la carta, pero esa pista le pareció la buena por un momento. Para empezar, Loredan tenía motivos para estar resentido con Odette. Y además, ¿cómo no suponer que nuestros criados, que viven en una situación inferior a la nuestra y que adjudican a nuestra fortuna y a nuestros defectos riquezas y vicios imaginarios por los que nos envidian y nos desprecian, se encuentren llevados inevitablemente a actuar de manera diferente a la de las personas de nuestro mundo? Sospechó también de mi abuelo. ¿No se había negado siempre cada vez que Swann le había pedido un favor? Además, con sus ideas burguesas habría creído que obraba para el bien de Swann. Éste sospechó también de Bergotte, del pintor y de los Verdurin, de paso admiró una vez más la sensatez de las personas de mundo al no querer relacionarse con esos medios artísticos en los que son posibles cosas así, quizá hasta admitidas bajo el nombre de bromas graciosas, pero se acordaba de los rasgos de integridad de esos bohemios y los comparó con la vida de trapicheos, casi de estafas, en las que la falta de dinero, la necesidad de lujos y la corrupción de los placeres llevan con frecuencia a la aristocracia. En fin, que esa carta anónima demostraba que él conocía a un ser capaz de maldad, pero no veía ya razones para que esa maldad estuviese oculta en la costra —inexplorada por los demás— del carácter del hombre tierno más que del hombre frío, del artista más que del burgués, del gran señor más que del criado. ¿Qué criterio adoptar para juzgar a los hombres? En el fondo, no había ninguna de las personas que conocía que no pudiera ser capaz de una infamia. ¿Haría falta dejar de verlas a todas? Se le nubló la mente, se pasó dos o tres veces las manos por la frente, limpió los cristales de sus lentes con el pañuelo y, pensando que a fin de cuentas gentes de valía frecuentaban al señor De Charlus, al príncipe Des Laumes y a los demás, se dijo que eso significaba, si no que fuesen incapaces de infamia, al menos que es una necesidad de la vida, a la que cada uno se somete, el frecuentar a esas personas que quizá no sean incapaces de ella. Y siguió estrechándole la mano a todos esos amigos de los que había sospechado, con la salvedad del más puro estilo de que quizá habían intentado desesperarlo. En cuanto al fondo mismo de la carta, no se inquietó por él, porque una de las acusaciones formuladas contra Odette no tenía ni sombra de verosimilitud. Swann, como muchas personas, tenía la mente perezosa y le faltaba inventiva. Bien sabía, como verdad general, que la vida de los seres está llena de contrastes, pero para cada ser en particular se imaginaba toda la parte de su vida que él no conocía como idéntica a la parte que conocía. Se imaginaba lo que callaban con ayuda de lo que decían. En los momentos que Odette estaba junto a él, si hablaban de un acto desatento cometido o de un sentimiento descortés experimentado por otro, ella los censuraba en virtud de los mismos principios que Swann había oído profesar siempre a sus padres y a los cuales había permanecido fiel, y luego ella ordenaba sus flores, bebía una taza de té y se preocupaba por los trabajos de Swann. Así que Swann extendía esas costumbres al resto de la vida de Odette, repetía esos gestos cuando quería imaginarse los momentos que ella estaba lejos de él. Si se la hubiesen descrito tal cual era, o mejor, tal como ella había sido tanto tiempo con él, pero junto a otro hombre, habría sufrido, porque esa imagen le habría parecido verosímil. Pero que ella fuese a casa de las madamas y se entregase a orgías con mujeres, que llevase la vida disoluta de las criaturas abyectas, ¡qué insensata divagación, a cuya realización, gracias a Dios, los crisantemos imaginados, los tés consecutivos y las indignaciones virtuosas no dejaban ningún lugar! Sólo de cuando en cuando le dejaba entrever, por malicia, a Odette que le contaban todo lo que ella hacía, y sirviéndose a propósito de un detalle insignificante, pero verdadero, que había llegado a saber por casualidad, como si fuese el único pequeño extremo que dejaba pasar entre tantos otros, a pesar de él, de una reconstrucción completa de la vida de Odette que él ocultaba en sí mismo, la llevaba a suponer que estaba informado de cosas que en realidad no sabía, ni sospechaba, porque si a menudo suplicaba a Odette que no alterase la verdad, era sólo, se diese cuenta de ello o no, para que Odette le dijera todo lo que hacía. Sin duda, como le decía a

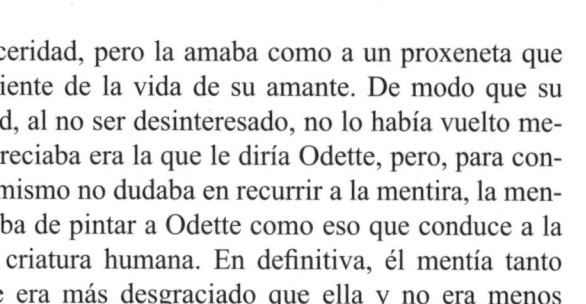

Odette, amaba la sinceridad, pero la amaba como a un proxeneta que puede tenerle al corriente de la vida de su amante. De modo que su amor por la sinceridad, al no ser desinteresado, no lo había vuelto mejor. La verdad que apreciaba era la que le diría Odette, pero, para conseguir esa verdad, él mismo no dudaba en recurrir a la mentira, la mentira de que él no dejaba de pintar a Odette como eso que conduce a la degradación de toda criatura humana. En definitiva, él mentía tanto como Odette, porque era más desgraciado que ella y no era menos egoísta. Y ella, al oír que Swann le contaba cosas que ella había hecho, lo miraba con aire receloso y, por si acaso, enfadado, para no parecer que se humillaba y se ruborizaba por sus actos.

Cierto día, estando Swann en el período de calma más largo que había podido atravesar sin ser asaltado por ataques de celos, aceptó ir por la noche al teatro con la princesa Des Laumes. Al abrir el periódico para buscar lo que se representaba, la vista del título: *Las muchachas de mármol,* de Theodore Barriere, lo impactó tan cruelmente, que se echó para atrás y volvió la cabeza. Iluminada como por la luz de las candilejas, en el lugar nuevo donde él figuraba, esa palabra *mármol,* que él había perdido la facultad de distinguir de tanta costumbre como tenía de tenerla frecuentemente bajo los ojos, se le había vuelto visible de repente y lo había hecho acordarse enseguida de la historia que Odette le contó en otro tiempo sobre una visita que ella hizo al salón del Palacio de la Industria con la señora Verdurin, y donde ésta le dijo: «Ten cuidado, sabré deshelarte, no eres de mármol». Odette le aseguró que no era más que una tontería y él no le adjudicó importancia alguna. Pero por entonces él tenía mucha más confianza en ella que hoy. Y justamente la carta anónima hablaba de amores de esa clase. Sin atreverse a levantar los ojos hacia el periódico, lo desplegó, dio la vuelta a una hoja para no ver esas palabras, *Las muchachas de mármol,* y empezó a leer maquinalmente las noticias de las regiones. Había habido una tempestad en el Canal de la Mancha, se informaba de estragos en Dieppe, en Cabourg y en Beuzeval. Inmediatamente se echó de nuevo para atrás.

El nombre Beuzeval lo había hecho pensar en el de otra localidad de esa región, Beuzeville, que lleva unido a éste mediante un guion otro nombre, Breauté, que había visto a menudo en los mapas, pero que por primera vez notaba que era el mismo que el de su amigo el señor De Breauté, de quien la carta anónima decía que había sido amante de Odette. A fin de cuentas, para el señor De Breauté la acusación no era inverosímil, pero en lo que incumbía a la señora Verdurin era totalmente imposible. De que Odette mintiese algunas veces no se podía llegar a la conclusión de que no decía la verdad nunca y, en aquellas palabras que había cruzado con la señora Verdurin y que ella misma le había contado a Swann, él reconoció esas bromas inútiles y peligrosas que, por inexperiencia de la vida e ignorancia del vicio, gastan las mujeres, que así revelan su inocencia y que —como por ejemplo, Odette— están más lejos que ninguna otra de experimentar una ternura apasionada por otra mujer. Mientras que, al contrario, la indignación con la que ella había rechazado las sospechas que había hecho nacer involuntariamente en él por su relato, cuadraba con todo lo que él sabía de los gustos y el temperamento de su amante. Pero en ese momento, por una de esas inspiraciones del celoso, semejantes a las que aportan al poeta o al sabio, que todavía no tienen más que una rima o una observación, la idea o la ley que les dará todo su poder, Swann se acordó por primera vez de una frase que le dijo Odette hacía ya dos años: «¡Oh! En este momento para la señora Verdurin no hay nadie más que yo, dice que soy un amor, me besa, desea que vaya de compras con ella y quiere que la tutee». Lejos de ver en esa frase una relación cualquiera con las absurdas palabras que le había contado Odette destinadas a disimular el vicio, él la acogió como prueba de una cálida amistad. Y ahora, el recuerdo de esa ternura de la señora Verdurin había venido de repente a unirse con el recuerdo de aquella conversación de mal gusto. Swann ya no podía separarlas en su mente y también las vio mezcladas en la realidad, la ternura le daba algo serio e importante a esas bromas, que a cambio les hacían perder su inocencia. Fue a casa de Odette. Se sentó lejos de ella. No se atrevió a besarla, al no saber si sería cariño o cólera lo que revelaría el beso en ella o en él. Se callaba, contemplaba cómo moría su amor. De repente, tomó una resolución.

—Odette, querida —le dijo—, ya sé que soy odioso, pero tengo que preguntarte algunas cosas. ¿Te acuerdas de la idea que tuve a propósito de ti y de la señora Verdurin? Dime si era cierta, con ella o con alguna otra.

Ella sacudió la cabeza frunciendo los labios, señal empleada frecuentemente por las personas para responder que no irán, o que eso les fastidia, a quien les ha preguntado: «¿Vendrá usted a ver pasar la cabalgata, asistirá usted a la revista?». Pero ese meneo de cabeza, asignado habitualmente a un suceso por venir, hace que se mezcle cierta incertidumbre a la negación de un suceso del pasado. Además, sólo evoca razones de conveniencia personal, más que reprobación o que una imposibilidad moral. Al ver que Odette le hacía la señal de que era falso, Swann comprendió que quizá fuese cierto.

—Te lo he dicho, bien lo sabes —añadió ella con aire irritado y afligido.

—Sí, lo sé, pero, ¿estás segura de ello? No me digas: «bien lo sabes», dime: «yo nunca he hecho esa clase de cosas con ninguna mujer».

Ella repitió como si fuese una lección, con tono irónico y como si quisiera librarse de él:

—Yo nunca he hecho esa clase de cosas con ninguna mujer.

—¿Puedes jurármelo por tu medalla de la Virgen de Laghet?

Swann sabía que Odette no iba a perjurar sobre aquella medalla.

—¡Oh, qué desgraciada me haces! —exclamó ella, zafándose mediante un arrebato de la presión de la pregunta—. ¿Has terminado ya? ¿Qué te pasa hoy? ¿Has decidido que hace falta que yo te deteste, que te aborrezca? Mira, quería recuperar contigo los buenos tiempos de antes, ¡y ese es tu agradecimiento!

Pero no la soltó, igual que un cirujano que espera el final del espasmo que interrumpe su intervención, pero que no le hace renunciar:

—Te equivocas mucho si te imaginas que estaría resentido ni una pizca, Odette —le dijo él con una suavidad persuasiva y engañosa—. No te hablo nunca de lo que sé, y sé mucho más que lo que digo; pero sólo tú puedes apaciguar, mediante tu confesión, lo que me hace odiarte, ya que todo eso sólo me lo han denunciado otras personas. Mi cólera contra ti no viene de tus actos, te lo perdono todo porque te amo, sino de tu falsedad, de tu falsedad absurda que te hace insistir en negar cosas que sé. ¿Pero cómo quieres tú que yo pueda seguir amándote cuando te veo asegurarme y jurarme una cosa que sé que es falsa? Odette, no prolongues este momento, que es una tortura para nosotros dos. Si tú quieres, habrá terminado en un segundo, te habrás liberado para siempre. Dime por tu medalla si has hecho alguna vez esas cosas, o no.

—¡Yo no sé nada de eso! —exclamó con ira—. Quizá hace mucho tiempo, sin darme cuenta de lo que hacía, puede ser que dos o tres veces.

Swann había considerado todas las posibilidades. Pero la realidad es algo que no tiene relación alguna con las posibilidades, no más que la que tiene una cuchillada que recibimos con los leves movimientos de las nubes por encima de nuestra cabeza, puesto que las palabras «dos o tres veces» marcaron a fuego una especie de cruz en su corazón. Era algo extraño que esas palabras «dos o tres veces», que no eran más que palabras, palabras pronunciadas al aire, pudieran desgarrar el corazón a distancia como si lo conmoviesen verdaderamente, y que pudieran hacer enfermar como un veneno que se ingiere. Swann pensó involuntariamente en las palabras que oyó en la casa de la señora De Saint-Euverte: «Es lo más fuerte que he visto, después de las mesas giratorias». El sufrimiento que sentía no se asemejaba a nada que hubiese pensado. No solamente porque en las horas de la desconfianza más absoluta raramente se había imaginado que estaba tan lejos en el mal, sino porque cuando se lo imaginaba la cosa seguía siendo vaga, incierta, carente de ese horror particular que se escapó de las palabras «puede ser que dos o tres veces», desprovista de la crueldad específica, tan diferente de todo lo que había conocido como una enfermedad que nos aqueja por primera vez.

Y sin embargo, esa Odette de donde le venía todo ese mal no le era menos querida, sino que al contrario le era más valiosa, como si a medida que crecía el sufrimiento, crecía al mismo tiempo el valor del calmante, del contraveneno que solamente poseía esa mujer. Quiso darle más cuidados, como a una enfermedad que se descubre de repente que se ha hecho más grave. Quería que aquello tan espantoso que le había dicho que hizo «dos o tres veces» no pudiera renovarse. Para eso tenía que cuidar a Odette. Con frecuencia se dice que al denunciar a un amigo las faltas de su amante sólo se consigue acercarlo más a ella, porque él no les da crédito, ¡pero cuánto más lo une a ella si se lo da! Pero, se decía Swann, ¿cómo conseguir protegerla? Quizá pudiera preservarla de alguna mujer concreta, pero había centenares de mujeres, y comprendió la locura que había pasado sobre él cuando, la noche que no encontró a Odette en casa de los Verdurin, había empezado a desear la posesión, siempre imposible, de otro ser. Afortunadamente para Swann, bajo los sufrimientos nuevos que acababan de entrar en su alma como hordas invasoras, existía un fondo de una naturaleza más antigua, un fondo más dulce y silenciosamente laborioso, como las células de un órgano herido que se ponen enseguida a rehacer los tejidos lesionados, como los músculos de un miembro paralizado que tienden a recuperar sus movimientos. Los habitantes más antiguos y más autóctonos de su alma emplearon en un instante todas las fuerzas de Swann en ese trabajo oscuramente reparador que da la ilusión del descanso a un convaleciente o a un operado. Esta vez fue menos como de costumbre que en el cerebro de Swann se produjese esa distensión por agotamiento, más bien fue en su corazón. Pero todas las cosas que han existido en la vida una vez tienden a recrearse, y como un animal agonizante al que agita de nuevo el sobresalto de una convulsión que parecía ya terminada, en el corazón, salvado por un instante, de Swann, el mismo sufrimiento vino por sí mismo a volver a marcar la misma cruz. Se acordó de las noches al claro de luna en las que, estirado en su victoria que lo llevaba a la calle La Perouse, cultivaba perezosamente en sí mismo las emociones del hombre enamorado, sin saber el fruto envenenado que necesariamente producirían. Pero todos esos pensamientos no duraron más que un segundo, sólo el tiempo de que se llevase la mano al corazón, recuperase su respiración y consiguiese sonreír para disimular su tortura. Ya empezaba otra vez a plantearse sus preguntas. Porque sus celos, que se habían tomado el trabajo que un enemigo no se habría tomado para llegar a asestarle el golpe y hacerle tomar conocimiento del dolor más cruel que él hubiera conocido jamás, a sus celos no les parecía que hubiese sufrido bastante e intentaban que recibiese una herida más profunda aún. Así, como una divinidad malvada, sus celos inspiraban a Swann y lo empujaban a su perdición. No fue culpa suya, sino solamente de Odette, si su dolor no se agravó en un primer momento.

—Querida mía —le dijo—, se terminó, ¿fue con alguna persona que yo conozca?

—Claro que no, te lo juro, además creo que he exagerado, que no llegué hasta ahí.

Él sonrió y continuó:

—¿Qué quieres que te diga? No importa, pero es una pena que no puedas decirme el nombre. Si pudiera imaginarme a la persona, me impediría que pensase en ello nunca más. Lo digo por ti, porque ya no te molestaría más. ¡Calma tanto imaginarse las cosas! Lo espantoso es lo que no se puede imaginar. Pero ya has sido muy amable, no quiero cansarte. Te agradezco de todo corazón todo el bien que me has hecho. Se acabó, sólo una cosa más: «¿Cuánto tiempo hace?».

—¡Oh, Charles! ¿Pero no ves que me matas? Es una cosa muy antigua, no volví a pensarlo nunca; podría decirse que quieres volver a darme esas ideas a la fuerza. Te anticiparías mucho —dijo Odette con una estupidez inconsciente y una malicia voluntaria.

—¡Oh! Yo quería saber solamente si fue después de que yo te conociese. Pero eso sería tan natural, ¿es que estas cosas pasaban por aquí? ¿No puedes decirme alguna noche, para que yo me imagine lo que hacía esa noche? Tú comprendes que no es posible que no te acuerdes de con quién, Odette, amor mío.

—Pero yo no sé, creo que fue en el Bois una noche que viniste a encontrarte con nosotros en la isla. Habías cenado en casa de la princesa Des Laumes —dijo ella, contenta por aportar un detalle preciso que acreditase su veracidad—. En una mesa de al lado había una mujer que no había visto desde hacía mucho tiempo. Ella me dijo: «Venga detrás de esa roca pequeña a ver el efecto de la luz de la luna sobre el agua». De entrada bostecé y respondí: «No, estoy cansada, estoy muy bien aquí». Ella aseguró que no había habido nunca una luz de luna como esa. Yo le dije: «¡Vaya cuento!»; sabía de sobra dónde quería ir a parar.

Odette contó esto casi riéndose, ya sea porque aquello le pareció muy natural, o porque creyese que así atenuaba la importancia del asunto, o por no parecer humillada. Al ver la cara de Swann, cambió de tono:

—Eres un miserable, te gusta torturarme y hacerme decir unas mentiras que digo para que me dejes en paz.

Ese segundo golpe destinado a Swann fue más atroz aún que el primero. Él no supuso nunca que fuese algo tan reciente, oculto a sus ojos, que no supieron describirla, y no en un pasado que él no había conocido, sino en noches que recordaba muy bien, que había vivido con Odette y que él creyó que las conocía muy bien, pero que ahora en retrospectiva adquirían algo engañoso y cruel; en mitad de todas ellas, de repente, se cruzó la grieta enorme de ese momento en la isla del Bois. Sin ser inteligente, Odette tenía el encanto de lo natural. Ella contó e imitó esa escena con tanta sencillez, que Swann, jadeante, lo vio todo: del bostezo de Odette a la pequeña roca. La oyó responder —alegremente, ¡ay!—: «¡Vaya cuento!»; sintió que ella no diría nada más esa noche, que no había ninguna revelación nueva que esperar en ese momento, y le dijo:

—Pobre querida mía, perdóname, siento que te hago daño; se terminó, no pienso más en ello.

Pero ella vio que sus ojos seguían fijos en las cosas que él no sabía sobre ese pasado de su amor, monótono y dulce en su memoria porque era impreciso, y que ahora desgarraba como una herida ese momento en la isla del Bois, bajo la luz de la luna, después de la cena en casa de la princesa Des Laumes. Pero había adquirido de tal manera la costumbre de encontrar interesante la vida —de admirar los curiosos descubrimientos que pueden hacerse en ella— que, sufriendo hasta el punto de creer que no podría soportar un dolor semejante por mucho tiempo, se decía: «La vida es verdaderamente asombrosa y una reserva de buenas sorpresas, en definitiva, el vicio está más extendido que lo que se cree. Esta es una mujer en quien yo tenía confianza, que en cualquier caso tiene un aspecto tan sencillo y tan honesto, aunque sea superficial, y que parecía muy normal y sana en todos sus gustos; y por una denuncia inverosímil, la interrogo, y lo poco que me confiesa revela mucho más que lo que hubiese podido sospechar». Pero él no podía limitarse a esas observaciones desinteresadas; intentaba apreciar el valor exacto de lo que le había contado para saber si debía llegar a la conclusión de que ella había hecho a menudo esas cosas y que se renovarían. Se repitió las palabras que ella había dicho: «Sabía de sobra dónde quería ir a parar», «dos o tres veces», «¡vaya cuento!», pero no reaparecían desarmadas en la memoria de Swann, cada una de ellas tenía un puñal y le traía un golpe nuevo. Durante mucho tiempo, lo mismo que un enfermo que no puede evitar intentar hacer cada momento el movimiento que le es doloroso, se repetía esas palabras: «Estoy bien aquí», «¡vaya cuento!», pero el sufrimiento era tan fuerte que se vio obligado a detenerse. Se maravillaba de que actos que él siempre había juzgado tan a la ligera, tan alegremente, se hubiesen convertido ahora para él en tan graves como una enfermedad que puede llegar a matar. Conocía a muchas mujeres a quienes hubiera podido pedirles que vigilasen a Odette, pero, ¿cómo esperar que se situasen en el mismo punto de vista que él y que no se quedasen en el que había sido el suyo por tanto tiempo, el que había guiado siempre su vida voluptuosa, y que le dijesen riendo: «desagradable celoso que quiere privar de un placer a los demás»? ¿Por cuál trampilla repentinamente abierta a sus pies (él, que anteriormente no había tenido de su amor por Odette más que placeres delicados) se había precipitado bruscamente en ese nuevo círculo del infierno del que no veía cómo podría salir alguna vez? ¡Pobre Odette! No le guardaba rencor, era culpable sólo a medias. ¿No se decía que fue su propia madre quien la entregó en Niza, casi una niña, a un inglés rico? Qué dolorosa verdad adquirían para él las líneas del *Diario de un poeta,* de Alfred de Vigny, que en otro tiempo había leído con indiferencia: «Cuando nos sentimos presos del amor a una mujer, deberíamos decirnos: ¿Quiénes la rodean? ¿Cómo ha sido su vida? Toda la felicidad de la vida se apoya sobre eso». Swann se asombraba de que simples frases deletreadas por su pensamiento, como «¡vaya cuento!», o «sabía de sobra dónde quería ir a parar», pudiesen hacerle tanto daño. Pero comprendía que lo que creía que eran frases sencillas no eran más que la armadura entre las que se mantenía, y podía serle devuelto, el sufrimiento que había experimentado durante el relato de Odette. Porque era ese mismo sufrimiento el que sentía de nuevo. Por mucho que ahora supiera —igual que por mucho que, con el tiempo, hubiera olvidado un poco, o hubiese perdonado—, en el momento en que volvía a decirse esas palabras, el antiguo sufrimiento le hacía volver a estar tal como estaba antes de que Odette hablase, ignorante y confiado. Para que la confesión de Odette pudiera herirlo, sus celos crueles volvían a colocarlo en la situación de quien todavía no sabe, y al cabo de varios meses esa vieja historia lo seguía trastornando como una revelación. Admiraba el terrible poder de recreación de su memoria. Solamente del debilitamiento de esa fuente, cuya fecundidad disminuye con la edad, era de donde podía esperar un alivio para su tortura. Pero cuando parecía un poco agotado el poder que tenía para hacerlo sufrir una de esas frases pronunciadas por Odette, entonces, una de aquellas en las que la mente de Swann había reparado menos hasta entonces, una frase casi nueva, venía a reemplazar a las otras y lo hería con un vigor intacto. El recuerdo de la noche que había cenado en casa de la princesa Des Laumes le era doloroso, pero no era más que el centro de su mal, que irradiaba confusamente a su alrededor hacia todos los días que fueron cercanos. Y fuera cual fuese el punto que él quisiera tocar de sus recuerdos, era la temporada entera en la que los Verdurin habían cenado tan a menudo en la isla del Bois lo que le hacía daño. Tanto daño, que poco a poco la curiosidad que los celos excitaban en él fue neutralizada por el temor a las torturas nuevas que él mismo se infligiría al satisfacerla. Se daba cuenta de que todo el período de la vida de Odette que había transcurrido antes de que ella lo encontrase, período que nunca había intentado imaginarse, no era una extensión abstracta que veía vagamente, sino que estaba hecha de años determinados y llena de incidentes concretos. Pero al saber de ellos, temía que ese pasado incoloro, fluido y soportable, adquiriese un cuerpo tangible e inmundo, un rostro individual y diabólico. Y seguía sin intentar concebirlo, no ya por pereza mental, sino por miedo a sufrir. Esperaba que algún día llegase a poder oír el nombre de la isla del Bois y de la princesa Des Laumes sin sentir el desgarro antiguo, y le parecía imprudente provocar a Odette para que le diese frases nuevas, nombres de lugares y circunstancias diferentes que, con su dolor apenas calmado, lo hicieran renacer bajo otra forma.

Pero con frecuencia, las cosas que no conocía y que ahora temía conocer, era Odette misma quien se las revelaba espontáneamente y sin darse cuenta de ello. En efecto, la discrepancia que ponía el vicio entre la vida real de Odette y la vida relativamente inocente que Swann había creído, y que muy a menudo creía aún, que llevaba su amante, esa discrepancia cuya extensión ignoraba Odette: un ser vicioso, que simula siempre la misma virtud ante los seres que no quiere que sospechen sus vicios, no tiene control para darse cuenta de cómo éstos, cuyo crecimiento continuo es insensible para él mismo, lo arrastran poco a poco lejos de las maneras normales de vivir. En su convivencia, en el seno de la mente de Odette, con el recuerdo de los actos que ocultaba a Swann y cuyo reflejo recibían otros poco a poco, estaban contagiados por ellos, sin que ella pudiese encontrarles nada extraño, sin que desentonasen en el entorno particular en que ella los hacía vivir en sí misma; pero si se los contaba a Swann, éste se espantaba por la revelación del ambiente que dejaban traslucir. Un día él intentó preguntarle, sin herir a Odette, si ella había estado alguna vez en casa de una alcahueta. A decir verdad, él estaba convencido de que no; la lectura de la carta anónima había introducido la suposición en su inteligencia, pero de una manera mecánica; esa suposición no había encontrado crédito alguno, pero se había quedado allí de hecho, y Swann, para desembarazarse de la presencia puramente material, pero molesta, de la sospecha, deseaba que Odette la extirpase. «¡Oh, no! Y no es que no me persigan para eso —añadió ella, desvelando en una sonrisa una satisfacción de vanidad que ya no notaba que no podía parecerle legítima a Swann—, hay una que ayer se quedó más de dos horas esperándome, me propuso el precio que yo quisiera. Parece que hay un embajador que le dijo: "me mato si no me la trae". Le dijeron que yo había salido, terminé por aparecer yo misma a hablarle para que se fuese. Me habría gustado que vieses cómo la recibí, mi doncella, que me oía desde el cuarto de al lado, me dijo que yo grité hasta desgañitarme: "¡Pero ya le digo que no quiero! No me gustan las ideas como esa. ¡Creo que de todos modos soy libre para hacer lo que quiera! Si tuviese necesidad de dinero, lo comprendo..." El portero tiene orden de no dejarla entrar, dirá que estoy en el campo. ¡Ah!, habría querido que te hubieses escondido en algún sitio, creo que habrías estado contento, querido. De todos modos, ya ves que tiene cosas buenas tu pequeña Odette, aunque la encuentren tan detestable.»

Además, las mismas confesiones, cuando las hacía, de las faltas que ella suponía que él había descubierto le servían más bien a Swann de punto de partida hacia nuevas dudas que no ponían fin a las antiguas, porque éstas nunca estaban proporcionadas exactamente con aquellas. Por mucho que Odette suprimiese todo lo esencial de su confesión, en lo accesorio quedaba alguna cosa que Swann no había imaginado nunca, que lo abrumaba con su novedad y que iba a permitirle cambiar los términos del problema de sus celos. Y no podía olvidar esas confesiones. Su alma las acarreaba, las rechazaba y las acunaba como cadáveres, y estaba envenenada con ellas.

Cierta vez ella le habló de una visita que le había hecho Forcheville el día de la fiesta de París-Murcia. «¿Cómo, tú ya lo conocías? ¡Ah, sí! Es verdad» —dijo él, rectificándose para no parecer que lo había ignorado. Y de repente se puso a temblar por el pensamiento que fue el día de esa fiesta París-Murcia cuando recibió la carta de ella que había guardado tan cuidadosamente; y que ella almorzaba quizá con Forcheville en la Maison Dorée. Ella le juró que no. «Sin embargo, la Maison Dorée me recuerda algo que yo he sabido que no es cierto», dijo él para atemorizarla. «Sí, que no había ido allí la noche que te dije que salía de ese lugar cuando me buscaste en casa Prevost», le respondió ella (creyendo por su aspecto que él lo sabía) con una decisión en la que había, mucho más que cinismo, timidez y miedo a contrariar a Swann, que por amor propio quería ocultar, y además el deseo de mostrarle que podía ser franca. Así que ella golpeó con una limpieza y un vigor de verdugo que estaban exentos de crueldad, porque Odette no tenía consciencia del daño que le hacía a Swann, y hasta se echó a reír, cierto es que quizá lo hizo sobre todo para no parecer humillada y confusa. «Es verdad que yo no había estado en la Maison Dorée, que salía de la casa de Forcheville. Había estado de verdad en casa Prevost, eso no era una broma, él se encontró conmigo allí y me pidió que entrase a mirar sus grabados. Pero había venido alguien a verlo. Yo te dije que venía de la Maison Dorée porque tenía miedo de que eso te molestase. Ya ves, más bien fue amable de mi parte. Pongamos que me equivoqué, pero al menos te lo digo claramente. ¿Qué interés tendría yo para no decirte también que almorcé con él el día de la fiesta París-Murcia, si hubiera sido cierto? Sobre todo porque en aquel momento nosotros dos no nos conocíamos mucho todavía, ¿verdad, querido?». Él le sonrió con la cobardía súbita del ser sin fuerzas que habían hecho de él sus abrumadoras palabras. De esta manera, incluso en los meses en los que ya nunca se atrevió a volver a pensar, porque habían sido muy felices, en esos meses que ella lo amaba, ¡ya le mentía! Lo mismo que ese momento (la primera noche que habían «hecho catleya») que ella le había dicho que salía de la Maison Dorée, cuántos más debía haber habido que también encubriesen una mentira que Swann no había sospechado. Se acordó de que ella le había dicho un día: «Yo no tendría más que decirle a la señora Verdurin que mi vestido no había estado listo o que mi *cab* se había retrasado. Siempre hay un modo de arreglárselas». Probablemente se lo había dicho a él también las muchas veces que ella le había dicho esas palabras que explican un retraso o justifican un cambio de hora en una cita; habían debido ocultar, sin que entonces él dudase, algo que ella tenía que hacer con otro, a quien ella le habría dicho: «No tendré más que decirle a Swann que mi vestido no había estado listo o que mi *cab* se había retrasado. Siempre hay un modo de arreglárselas». Y bajo todos los recuerdos más dulces de Swann, bajo las palabras más sencillas que en otro tiempo le dijo Odette y que él había creído como si fuesen palabras del Evangelio, bajo los actos cotidianos que le había contado, bajo los lugares más habituales, la casa de su costurera, la Avenida del Bois, el Hipódromo, sentía que se insinuaba, disimulada a favor de ese excedente de tiempo que en los días más analizados permite todavía un poco de juego o de sitio y puede servir de escondite para ciertos actos, la presencia posible y encubierta de mentiras que hacían que fuese innoble todo lo que le quedaba de más querido (sus mejores noches, la calle La Perouse misma, que Odette siempre había debido dejar a horas distintas de las que le había dicho) y hacían que circulase por todos sitios un poco del tenebroso horror que él había sentido al oír la confesión relativa a la Maison Dorée y que, como las bestias inmundas en la *Desolación de Nínive,* hacían que se tambalease piedra a piedra todo su pasado. Si ahora él se alejaba cada vez que su memoria le decía el nombre cruel de la Maison Dorée, ya no era, como muy recientemente aún en la velada de la señora De Saint-Euverte, porque le recordase una felicidad que había perdido hacía mucho tiempo, sino por una desgracia que sólo acababa de conocer. Luego pasó con el nombre de la Maison Dorée lo mismo que con el de la Isla del Bois, que dejó poco a poco de hacer sufrir a Swann. Porque lo que creemos nuestro amor y nuestros celos no es una pasión continua e indivisible. Se componen de una infinidad de amores sucesivos, de celos que son diferentes y efímeros, pero que por su multitud ininterrumpida dan impresión de continuidad, ilusión de unidad. La vida del amor de Swann y la fidelidad de sus celos estaban hechas de la muerte, de la infidelidad de innumerables deseos y dudas que tenían, todos ellos, a Odette por objeto. Si hubiese permanecido mucho tiempo sin verla, los que morían no habrían sido reemplazados por otros, pero la presencia de Odette seguía sembrando el corazón de Swann de ternuras alternando con sospechas.

Ciertas noches ella volvía de golpe con él con una amabilidad de la que le avisaba duramente que debía aprovecharse enseguida, so pena de no verla renovarse en años; había que volver inmediatamente a casa de Odette a «hacer cattleya», y ese deseo que ella pretendía que venía de él era tan repentino, tan inexplicable y tan urgente, las caricias que ella le prodigaba después eran tan expresivas y tan insólitas, que esa ternura violenta y sin verosimilitud le ocasionaba tanto sufrimiento a Swann como una mentira o una maldad. Una noche que él había vuelto así, por la orden que ella le había dado, con ella y que ella mezclaba sus besos con palabras apasionadas que contrastaban con su sequedad habitual, de repente creyó oír ruido; se levantó, buscó por todas partes, no encontró a nadie, pero no tuvo el valor de recuperar su lugar junto a ella, y entonces, en el colmo de la rabia, ella rompió un jarrón y le dijo a Swann: «¡Contigo no se puede hacer nunca nada!», y él se quedó inseguro de si ella no habría ocultado a alguien a quien hubiese querido hacerle sufrir celos o excitarle los sentidos.

Él iba a veces a las casas de citas esperando saber algo de ella, pero sin atreverse a nombrarla. «Tengo una pequeña que le gustará», decía la alcahueta, y él se quedaba una hora hablando tristemente con alguna pobre muchacha que se extrañaba de que no hiciese más que eso. Una muy joven y encantadora le dijo un día: «Lo que yo querría es encontrar un amigo, entonces él podría estar seguro de que ya no iría con nadie más». «Crees tú verdaderamente que sea posible que una mujer se conmueva porque se la ame y no engañe nunca?», le preguntó Swann ansiosamente. «¡Claro que sí! ¡Eso depende de las personalidades!». Swann no podía evitar decirle a esas prostitutas las mismas cosas que le habrían gustado a la princesa Des Laumes. A la que buscaba un amigo le dijo sonriendo: «Es muy amable, te has puesto ojos azules, del mismo color de tu cinturón». «Usted también tiene puños azules». «¡Qué conversación más bonita tenemos para un lugar de esta clase! ¿No te aburro? ¿Tienes quizá algo que hacer?». «No, dispongo de todo mi tiempo. Si usted me hubiese aburrido, se lo habría dicho. Al contrario, me gusta oírle hablar». «Me siento muy halagado. ¿Verdad que hablamos amablemente?», le dijo a la alcahueta, que acababa de entrar. «Claro que sí, es justo lo que yo me decía. ¡Qué serios están! ¡Ya está! Ahora vienen a mi casa para hablar. El otro día lo decía el príncipe, mucho mejor aquí que con su mujer. Parece que ahora en el gran mundo todas tienen un género, ¡es un verdadero escándalo! Les dejo, soy discreta». Y dejó a

Swann con la prostituta que tenía los ojos azules. Pero enseguida se levantó y se despidió, ella le era indiferente, ella no conocía a Odette.

El pintor había estado enfermo y el doctor Cottard le aconsejó un viaje por mar; varios fieles hablaron de salir con él, los Verdurin no pudieron decidirse a quedarse solos, alquilaron un yate, luego lo compraron y así Odette hizo frecuentes cruceros. Cada vez que ella se marchaba, al poco tiempo Swann sentía que empezaba a desapegarse de ella, pero como si esa distancia moral estuviese en proporción con la distancia material, en cuanto sabía que Odette estaba de regreso, no podía quedarse sin verla. En cierta ocasión que se marcharon solamente por un mes, o así creían, ya sea porque hubiesen sido tentados en el viaje, ya sea porque el señor Verdurin hubiese arreglado astutamente las cosas de antemano para darle gusto a su mujer y no hubiera advertido a los fieles más que sobre la marcha, desde Argel fueron a Túnez, luego a Italia, después a Grecia, a Constantinopla, a Asia Menor. El viaje duró casi un año. Swann se sentía absolutamente tranquilo, casi feliz. Aunque la señora Verdurin hubiese intentado convencer al pianista y al doctor Cottard de que la tía del uno y los pacientes del otro no tenían necesidad alguna de ellos, y que de todas formas sería imprudente dejar que la señora Cottard volviese a París, que el señor Verdurin aseguraba que estaba en plena revolución, ella se vio obligada a devolverles su libertad en Constantinopla. Y el pintor se fue con ellos. Un día, después del regreso de esos tres viajeros, Swann vio pasar un ómnibus con destino al barrio del Luxemburgo[65], donde tenía cosas que hacer, se metió en él y allí se encontró frente a la señora Cottard, que hacía su gira de visitas vestida «de día de recibir», en traje de gala, penacho de plumas en el sombrero, vestido de seda, manguito, sombrilla-paraguas, portafolio y guantes blancos. Revestida con esas insignias, cuando el tiempo estaba seco iba a pie de una casa a otra, en un mismo barrio, pero para ir después a un barrio diferente usaba el ómnibus con trasbordos. Durante los primeros momentos, antes de que la amabilidad de nacimiento de la mujer pudiese atravesar el almidonado de la pequeña burguesa, y además sin saber demasiado si debía hablarle de los Verdurin a Swann, dijo con toda naturalidad, con su voz lenta, torpe y suave que en algunos momentos cubría el ómnibus con su estruendo, palabras escogidas entre las que ella oía y repetía en las veinticinco casas cuyos pisos subía en una jornada de trabajo:

—Yo no he de preguntarle, señor, si un hombre que está al tanto de lo que ocurre, como usted, ha visto en los Mirlitons el retrato de Machard del que se habla en todo París. Pues bien, ¿qué le parece? ¿Está

---

[65] Distrito céntrico de París, entre Montparnasse y el Barrio Latino. *(N. del T.)*

usted en el bando de los que lo aprueban, o en el campo de los que lo reprueban? No se habla en todos los salones más que del retrato de Machard; uno no es elegante, uno no es purista y no está en la onda si no da su opinión sobre el retrato de Machard.

Swann respondió que no había visto ese retrato y la señora Cottard temió haberlo molestado al obligarlo a que lo confesara.

—¡Ah! Está muy bien, al menos usted lo admite francamente y no se cree deshonrado por no haber visto el retrato de Machard. Eso me parece muy bueno de su parte. Pues bien, yo lo he visto, las opiniones están divididas, hay a quien le parece que es un poco relamido, un poco nata batida, pero a mí me parece ideal. Es evidente que no se parece a las mujeres azules y amarillas de nuestro amigo Biche; pero debo confesarle francamente, a usted no le pareceré muy fin de siglo, pero lo digo como lo pienso, que no lo comprendo. Dios mío, reconozco la calidad que hay en el retrato de mi marido, que es menos extraño que lo que hace habitualmente, pero ha sido necesario que le ponga bigotes azules. ¡Mientras que Machard! Mire, justamente el marido de la amiga a cuya casa voy en este momento (lo que me da el grandísimo placer de hacer el camino con usted), le ha prometido, si lo nombran para la Academia (es uno de los colegas del doctor), hacer que su retrato se lo haga Machard. ¡Evidentemente, es un gran sueño! Otra amiga mía pretende que le gusta más Leloir. Yo sólo soy una pobre profana y Leloir es quizá todavía superior como ciencia y técnica, pero me parece que la primera cualidad de un retrato, sobre todo cuando cuesta diez mil francos, es que se parezca a quien representa y que el parecido sea agradable.

Después de haber dicho esas palabras que le inspiraban la altura de su penacho, el monograma de su portafolios, el numerito escrito a tinta en sus guantes por el tintorero y el malestar de hablarle a Swann de los Verdurin, la señora Cottard, viendo que aún estaba lejos de la esquina de la calle Bonaparte donde debía dejarla el conductor del ómnibus, escuchó a su corazón, que le aconsejaba palabras diferentes.

—Han debido pitarle los oídos, señor —le dijo ella—, durante el viaje que hicimos con la señora Verdurin. No se hablaba más que de usted.

Swann se quedó muy sorprendido, suponía que su nombre no se pronunciaba nunca delante de los Verdurin.

—Además —añadió la señora Cottard—, la señora De Crécy estaba allí, con eso le digo todo. Esté donde esté Odette, no puede quedarse mucho tiempo sin hablar de usted, y piense que no es para mal. ¿Cómo? ¿Lo duda? —dijo ella al ver un gesto escéptico de Swann.

Llevada por la sinceridad de su convicción, y sin poner además ningún mal pensamiento tras la palabra que ella tomaba solamente en el sentido que se la emplea para hablar del afecto que une a los amigos:

—¡Pero si ella lo adora a usted! ¡Ah, creo que no habría que decir eso de usted delante de ella! ¡Pues arreglados estaríamos! A propósito de cualquier cosa, si por ejemplo veíamos un cuadro, ella decía: «¡Ah!, si él estuviese aquí, sabría decirnos si es auténtico, o no. Para eso no hay nadie como él». Y preguntaba en todo momento: «¿Qué podrá estar haciendo ahora? ¡Con tal que trabaje un poco! Es una pena que un joven tan dotado sea tan perezoso. (Usted me perdona que se lo diga, ¿verdad?) Lo veo en este momento, piensa en nosotros, se pregunta dónde estaremos». Incluso ha tenido una expresión que me parece muy bonita: el señor Verdurin le decía: «¿Pero cómo puede usted ver lo que hace en este momento si está a ochocientas leguas de él?». Entonces Odette le respondió: «No hay nada imposible para los ojos de una amiga». No, se lo juro, no le digo eso para halagarlo, en ella tiene una verdadera amiga, de las que no se ven muchas. Por lo demás, le diré que si usted no lo sabe, debe ser el único. La señora Verdurin me lo decía el último día (ya sabe que en vísperas de viaje se habla mejor): «Yo no digo que Odette no nos quiera, pero todo lo que le decimos no tendría peso alguno comparado con lo que le dijera el señor Swann». ¡Oh! Dios mío, el conductor se detiene por mí, charlando con usted se me iba a pasar la calle Bonaparte... ¿Me haría el favor de decirme si mi penacho está derecho?

Y la señora Cottard sacó de su manguito, para tendérsela a Swann, su mano enguantada de blanco de donde se escapó, con el billete de transbordo, una visión de vida elegante que llenó el ómnibus, mezclada con el olor del tintorero. Swann sintió que desbordaba de ternura por ella, tanto como por la señora Verdurin (y casi tanto como por Odette, porque el sentimiento que experimentaba por esta última, que ya no estaba mezclado con dolor, ya no era el del amor), mientras desde la plataforma la seguía con ojos enternecidos y la vio meterse valerosamente por la calle Bonaparte, con el penacho alto, levantándose la falda con una mano y sujetando con la otra su sombrilla-paraguas y su portafolio, cuyo anagrama dejaba ver, y con el manguito colgando delante de ella.

Para competir con los sentimientos enfermizos que tenía Swann por Odette, la señora Cottard, mejor terapeuta que lo que habría sido su marido, había injertado a su lado otros sentimientos, éstos normales, de gratitud y de amistad, sentimientos que en el alma de Swann volverían más humana a Odette (más parecida a las demás mujeres, puesto que las demás mujeres también podían inspirárselos) y que apresurarían su transformación definitiva en esa Odette amada con afecto apacible, que una noche lo llevó, después de una fiesta en casa del pintor, a beberse un vaso de naranjada con Forcheville y a cuyo lado Swann entrevió que podía vivir feliz.

Como anteriormente había pensado con terror a menudo que un día dejaría de estar prendado de Odette, se prometió que estaría vigilante y que, en cuanto sintiese que su amor empezaba a abandonarlo, se aferraría a él y lo retendría. Pero resultó que el decaimiento de su amor correspondía simultáneamente con el decaimiento de su deseo de permanecer enamorado. Porque no se puede cambiar, es decir, convertirse en otra persona a la vez que se siguen obedeciendo los sentimientos de la persona que ya no se es. A veces, el nombre entrevisto en un periódico de uno de los hombres que suponía que podrían haber sido amantes de Odette, volvía a darle celos. Pero éstos era muy leves, y como le demostraban que él todavía no había salido completamente de ese tiempo en el que había sufrido tanto —pero también en el que había conocido una manera de sentir tan voluptuosa—, y que los azares del camino quizá le permitiesen percibir las bellezas, todavía furtivamente y desde lejos, estos celos le proporcionaban una excitación más bien agradable, igual que al lúgubre parisino que deja Venecia para volver a Francia un último mosquito le demuestra que Italia y el verano no están todavía muy lejos. Pero lo más frecuente era que, el período de su vida de donde salía, cuando hacía el esfuerzo si no de permanecer en él, sí al menos de tener una visión más clara mientras todavía pudiese hacerlo, se daba cuenta de que ya no podía más; hubiera querido divisar ese amor que acababa de dejar como un paisaje que iba a desaparecer, pero es tan difícil desdoblarse y darse el espectáculo verídico de un sentimiento que se ha dejado de tener, que enseguida se hacía la oscuridad en su cerebro, y al no ver nada, renunciaba a mirar, se quitaba los lentes, limpiaba los cristales y se decía que era mejor que descansase un poco, que aún tendría tiempo dentro de poco, y se arrinconaba con falta de curiosidad en el entumecimiento del viajero adormecido que se echa el sombrero sobre los ojos para dormir en el vagón que nota que lo lleva cada vez más aprisa, lejos de la región donde ha vivido tanto tiempo y que se ha prometido no dejar escapar sin darle un último adiós. Igualmente, como ese viajero que se despierta ya en Francia, cuando Swann recogió por azar cerca de él la prueba de que Forcheville había sido el amante de Odette, observó que no sentía dolor alguno por ello, que ahora el amor estaba lejos y lamentó no haberse dado cuenta del momento en que lo dejaba para siempre. Y lo mismo que antes de besar a Odette por primera vez había intentado fijar en su memoria la cara que ella había tenido tanto tiempo para él y que iba a transformar el recuerdo de ese beso, por lo mismo hubiera querido, al menos de pensamiento, haber podido despedirse, mientras ella todavía existiese, de esa Odette que le inspiraba amor y celos, de esa Odette que le provocaba sufrimientos y a la que ahora no volvería a ver jamás.

Se equivocaba. Debía volver a verla una vez más, algunas semanas después. Fue durmiendo, en el crepúsculo de un sueño. Él paseaba con la señora Verdurin, el doctor Cottard, un joven con fez que no podía identificar, el pintor, Odette, Napoleón III y mi abuelo, por un camino al borde del mar que caía a pico sobre él a veces desde muy alto, a veces desde solamente algunos metros, de manera que subía y bajaba constantemente; los paseantes que descendían ya no eran visibles a los que aún subían, el poco de luz que quedaba se debilitaba y entonces parecía que una noche negra iba a expandirse inmediatamente. Algunas veces las olas saltaban hasta el borde del camino y Swann sentía salpicaduras heladas en la mejilla. Odette le decía que se las secase, él no podía y estaba avergonzado frente a ella, así como de estar en camisón de dormir. Él esperaba que no se diesen cuenta debido a la oscuridad, pero la señora Verdurin le clavó una mirada atónita por un largo momento, mientras él vio que su cara se deformaba, que su nariz se alargaba y que tenía grandes bigotes. Se volvió para mirar a Odette, sus mejillas estaban pálidas, con puntitos rojos, y sus rasgos cansados y con ojeras, pero ella lo miraba con ojos llenos de ternura, listos para desprenderse como si fuesen lágrimas para caer encima de él, y sentía que la amaba tanto que hubiera querido llevársela enseguida. De repente, Odette dio la vuelta a la muñeca, miró un relojito y dijo: «Tengo que irme»; se despidió de todo el mundo de la misma manera, sin llevarse aparte a Swann, sin decirle dónde volvería a verlo por la noche o cualquier otro día. Él no se atrevió a preguntárselo, habría querido seguirla y se vio obligado, sin volverse hacia ella, a responder sonriendo a una pregunta de la señora Verdurin, pero su corazón latía tremendamente, sentía odio por Odette, habría querido reventarle esos ojos que tanto amaba hacía un momento y aplastarle esas mejillas suyas sin frescura. Él seguía subiendo con la señora Verdurin, es decir, seguía alejándose a cada paso de Odette, que bajaba en sentido contrario. Al cabo de un segundo, hacía muchas horas que ella se había marchado. El pintor hizo que Swann notase que Napoleón III se había eclipsado un instante tras ella. «Ciertamente, ellos dos estaban de acuerdo —añadió—, han debido reunirse abajo en la costa, pero no han querido despedirse juntos por las conveniencias. Ella es su amante». El joven desconocido se echó a llorar, Swann intentó consolarlo. «Al cabo, ella tiene razón —le dijo secándole los ojos y quitándole el fez para que estuviese más cómodo—, se lo he aconsejado muchas veces. ¿Por qué estar triste? Ese era el hombre que podía comprenderla». Swann se hablaba a sí mismo de esa manera, porque el joven que al principio no había podido identificar era también él mismo; como ciertos novelistas, había distribuido su personalidad en dos personajes, el que tenía el sueño y uno que veía delante de él cubierto con un fez.

En cuanto a Napoleón III, era a Forcheville al que por alguna vaga asociación de ideas, además de cierta modificación en la fisionomía habitual del barón, y por último el gran cordón de la Legión de Honor alrededor del cuello le habían hecho dar ese nombre, pero en realidad, y para todo lo que el personaje presente en el sueño representaba y le recordaba, era claramente Forcheville. Porque Swann, adormecido, de las imágenes incompletas y cambiantes sacaba deducciones falsas que momentáneamente tenían además tal poder creador, que se reproducían por simple división, como ciertos organismos inferiores. Con el calor que sentía en su propia palma modelaba el hueco de una mano desconocida que creía estrechar, y de los sentimientos y de las impresiones de los que todavía no tenía consciencia hacia que naciesen como peripecias que, por su encadenamiento lógico, llevarían a un punto determinado en el sueño de Swann al personaje necesario para recibir su amor o provocar su despertar. Se hizo una noche negra de repente, sonó un toque de rebato, los habitantes pasaron corriendo, salvándose de unas casas en llamas: Swann oía el sonido de las olas que saltaban y el de su corazón, que latía de ansiedad en su pecho con la misma violencia. De repente, los latidos de su corazón redoblaron la velocidad, él sintió un sufrimiento y una náusea inexplicables, un campesino cubierto de quemaduras le lanzó al pasar: «Venga a preguntarle a Charlus donde ha ido a terminar la velada Odette con su compañero, él ha estado anteriormente con ella y ella le cuenta todo. Son ellos quienes han prendido el fuego». Era su ayuda de cámara, que venía a despertarlo y le decía:

—Señor, son las ocho y ha llegado el peluquero, le he dicho que vuelva a pasar en una hora.

Pero esas palabras, al penetrar en las ondas del sueño donde Swann se había sumergido, no habían llegado a su consciencia más que sufriendo esa desviación que hace que en el fondo del agua un rayo de luz parezca un sol, del mismo modo que un momento antes el sonido de la campanilla, que en el fondo de esos abismos adquirió una sonoridad de campana de alarma, había engendrado el episodio del incendio. Sin embargo, el decorado que tenía ante los ojos voló como si fuera polvo, él abrió los ojos, oyó por última vez el sonido de una de esas olas del mar que se alejaba. Se tocó la mejilla, estaba seca. Y a pesar de todo se acordaba de la sensación del agua fría y el sabor de la sal. Se levantó y se vistió. Había hecho que el peluquero viniese temprano porque la víspera había escrito a mi abuelo que iría al mediodía a Combray, pues se había enterado de que la señora De Cambremer —la señorita Legrandin, de soltera— debía pasar unos días allí. Asoció en su recuerdo el encanto de esa cara joven con el de un campo donde no había ido desde hacía tanto tiempo, le ofrecían juntos un atractivo que lo había decidido al fin a dejar París por algunos días. Así como los diferentes azares que nos ponen en presencia de ciertas personas no coinciden con el tiempo que las amamos, pero, desbordándolo, pueden producirse antes de que empiece y repetirse después de que haya terminado, las primeras apariciones que hace en nuestra vida un ser destinado más tarde a gustarnos, adquieren retrospectivamente ante nuestros ojos un valor de advertencia, o de presagio. De esa manera se había remitido frecuentemente Swann a la imagen de Odette que encontró en el teatro, esa primera noche en la que no pensaba que volviese a verla nunca —y de esa manera se acordaba ahora de la velada de la señora De Saint-Euverte, en la que le había presentado al general De Froberville a la señora De Cambremer. Los intereses de nuestra vida son tan múltiples, que no es raro que en una misma circunstancia los hitos de una felicidad que todavía no existe estén colocados al lado del empeoramiento de un dolor que padecemos. Y sin duda eso habría podido sucederle a Swann en un lugar distinto de la casa de la señora De Saint-Euverte. ¿Quién sabe exactamente, en el caso de que aquella noche él se hubiese encontrado en otro lugar, si no le habrían ocurrido otras dichas y otros pesares que después le hubiesen parecido igualmente inevitables? Pero lo que sí parecía haber sido inevitable era que había tenido lugar, y él no estaba lejos de ver algo providencial en el hecho de que se hubiese decidido a ir a la velada de la señora De Saint-Euverte, porque su alma, deseosa de admirar la riqueza de invención de la vida e incapaz de plantearse mucho tiempo una pregunta difícil, como la de saber lo que habría sido más de desear, consideraba en los sufrimientos que él había padecido aquella noche y los placeres todavía insospechables que ya germinaban —y entre los cuales era demasiado difícil establecer un balance— una especie de encadenamiento necesario.

Pero mientras que una hora después de haberse despertado daba indicaciones al peluquero para que su peinado a cepillo no se alterase en el vagón del tren, volvió a pensar en su sueño y vio de nuevo, tal como las sintió muy cerca de él, la tez pálida de Odette, las mejillas demasiado delgadas, los rasgos cansados, los ojos vencidos y todo lo que —en el curso de las ternuras sucesivas que habían hecho de su duradero amor por Odette un largo olvido de aquella primera imagen que recibió de ella— había dejado de notar desde los primeros tiempos de su relación, y cuya sensación exacta, mientras dormía, su memoria había ido a buscar indudablemente. Y con la zafiedad intermitente que volvía a aparecer en él desde que ya no era desgraciado y que al mismo tiempo rebajaba su moralidad, exclamó para sí mismo: «¡Y pensar que he echado a perder años de mi vida, que he querido morir, y que he tenido mi mayor amor por una mujer que no me gustaba y que no era de mi tipo!».

TERCERA PARTE

NOMBRES DE PAÍSES, EL NOMBRE

Entre las habitaciones cuya imagen yo evocaba más a menudo en mis noches de insomnio, ninguna se parecía menos a las habitaciones de Combray, espolvoreadas de una atmósfera granulada, polinizada, comestible y devota, que la del Gran Hotel de la playa, en Balbec, cuyas paredes pintadas al esmalte contenían, como las paredes pulidas de una piscina donde azulea el agua, un aspecto puro, blanqueado y salino. El tapicero bávaro que se encargó del acondicionamiento de ese hotel había variado la decoración de las distintas salas y en tres de los lados de la que yo me encontraba ocupando hizo correr a lo largo de las paredes estanterías bajas de vitrinas de cristal, en las que, según el lugar que ocupaban y por un efecto que el bávaro no había previsto, tal o cual parte del cuadro cambiante del mar se reflejaba, extendiendo un friso de marinas luminosas que sólo interrumpían las partes macizas de la caoba. De manera que toda la estancia parecía uno de esos dormitorios modelo que se presentan en las exposiciones de mobiliario *modern style,* donde se adornan con obras artísticas que se supone que son capaces de alegrarle los ojos a quien se acueste allí, y a las que se les han dado temáticas relacionadas con el estilo del lugar donde se encuentra la habitación.

Pero nada se parecía menos tampoco a ese Balbec real que aquel con el que soñé frecuentemente, los días de tormenta, cuando el viento era tan fuerte que al llevarme Françoise a los Campos Elíseos me recomendaba que no caminase demasiado cerca de los muros de las casas para no recibir tejas en la cabeza, el viento que hablaba gimiendo de grandes siniestros y naufragios que aparecían en los periódicos. Yo no tenía mayor deseo que el de ver una tormenta sobre el mar, menos como un bello espectáculo que como un momento desvelado de la vida real de la naturaleza, o mejor dicho, no había para mí espectáculos más bellos que los que sabía que no se habían elaborado artificialmente para mi placer, sino los que eran necesarios e inalterables: las bellezas de

los paisajes o del Gran Arte. Yo no estaba curioso, no estaba ávido de conocer más que lo que yo creía más verdadero que yo mismo, lo que para mí tenía el premio de mostrarme un poco del pensamiento de un gran genio, o la fuerza o la gracia de la naturaleza tal como se manifiesta entregada a sí misma, sin la intervención del hombre. Por lo mismo que el bello sonido de su voz, aisladamente reproducido por el fonógrafo, no nos consolaría por haber perdido a nuestra madre, igualmente una tormenta imitada mecánicamente me habría dejado tan indiferente como las fuentes luminosas de la Exposición[66]. Para que la tormenta fuese absolutamente verdadera, yo quería también que el río mismo fuese un río natural, no un dique fluvial creado recientemente por un municipio. Además, la naturaleza, por todos los sentimientos que despertaba en mí, me parecía que era lo más opuesto a las producciones mecánicas de los hombres. Cuanta menos impronta llevaba de ellos, tanto más espacio le ofrecía al desarrollo de mi corazón. Ahora bien, yo había retenido en la memoria el nombre de Balbec que nos había mencionado Legrandin como el de una playa muy próxima a «esas costas fúnebres, famosas por tantos naufragios, a las que seis meses al año envuelven la mortaja de las brumas y la espuma de las olas. Allí uno siente todavía bajo los pies —decía Legrandin—, mucho más que en el mismo Finisterre (y por muchos hoteles que allí se superpongan ahora, sin poder modificar la osamenta más antigua de la tierra) se siente allí el fin verdadero de la tierra francesa y de la europea, el fin de la tierra antigua. Es el último campamento de pescadores, parecidos a todos los pescadores que han vivido desde el principio del mundo, frente al reino eterno de las nieblas y de las sombras». Un día que en Combray hablé de esa playa de Balbec delante del señor Swann, para saber por él si era el punto mejor escogido para ver las tormentas más fuertes, él me respondió: «¡Ya lo creo que conozco Balbec! La iglesia de Balbec, de los siglos XII y XIII, todavía medio románica, es quizá la muestra más curiosa del gótico normando, ¡es tan singular! Se diría que es arte persa». Y esos lugares que hasta entonces no me habían parecido que fuesen más que naturaleza inmemorial, contemporánea de los grandes fenómenos geológicos —y todo tan fuera de la historia humana como el océano o la Osa Mayor, con esos pescadores indómitos para quienes no hubo Edad Media, como tampoco la hubo para las ballenas—, había sido una gran hechizo para mí verlos de repente metidos en la serie de los siglos, habiendo conocido la época romana, y saber que el trébol gótico vino a poner sus nervaduras también en esos peñascos salvajes a

---

[66]   Se refiere a las instaladas en la Exposición Universal de 1889 en París, de la que fueron una de sus mayores atracciones. *(N. del T.)*

la hora deseada, como esas plantas delicadas pero vivaces que, al llegar la primavera, siembran de estrellas aquí y allá la nieve de los polos. Y si el gótico aportaba a esos lugares y a esos hombres la determinación que les faltaba, también ellos le otorgaban una a cambio. Yo intentaba imaginarme cómo habían vivido esos pescadores, el tímido e insospechado ensayo de relaciones sociales que habían intentado allá, durante la Edad Media, recogidos en un punto de las costas infernales, a los pies de los acantilados de la muerte; el gótico me parecía más vivo ahora que podía ver, separado de las ciudades donde lo había imaginado siempre hasta entonces y en este caso concreto sobre peñascos salvajes, cómo había germinado y florecido en un agudo campanario. Me llevaron a ver reproducciones de las estatuas más célebres de Balbec: los apóstoles de cabellos rizados y chatos con la virgen del atrio, y mi respiración se detenía de gozo en mi pecho cuando pensaba que podría verlos modelarse en relieve sobre la neblina eterna y salada. Entonces, en las noches tormentosas y dulces de febrero, el viento —que insuflaba en mi corazón, al que no hacía temblar con menos fuerza que a la chimenea de mi habitación, el proyecto de un viaje a Balbec— mezclaba en mí el deseo por la arquitectura gótica con el de una tormenta sobre el mar.

Yo habría querido tomar desde el día siguiente el buen tren generoso de la una y veintidós, cuya hora de salida yo no podía leer nunca, en los folletos de las compañías ferroviarias o en los anuncios de viajes de ida y vuelta, sin que mi corazón palpitase: me parecía que esa hora hacía una incisión en un punto preciso del mediodía, una muesca agradable, una marca misteriosa a partir de la cual las horas desviadas seguían llevando a la noche, a la mañana del día siguiente, pero que uno se veía, en lugar de en París, en uno de esas ciudades por donde pasa el tren y entre las que nos permitía elegir, porque tenía paradas en Bayeux, en Coutances, en Vitré, en Questambert, en Pontorson, en Balbec, en Lannion, en Lamballe, en Benodet, en Pont-Aven y en Quimperlé, y avanzaba magníficamente sobrecargado de los nombres que me ofrecía, entre los que no sabía cuál habría preferido por la imposibilidad de sacrificar a ninguno de ellos. Pero sin siquiera esperarlo, habría podido partir esa misma tarde, vistiéndome con prisa, si mis padres me lo hubieran permitido, y llegar a Balbec cuando el amanecer se alzase sobre el mar furioso, de cuyas espumas echadas a volar iría a refugiarme en la iglesia de estilo persa. Pero al aproximarse las vacaciones de Pascua, bastó que mis padres me hubieran prometido hacérmelas pasar una vez en el norte de Italia para que esos sueños de tormentas, de los que había estado completamente lleno, pues no deseaba ver más que olas acudiendo desde todas partes, cada vez más altas, sobre la costa más salvaje, cerca de iglesias escarpadas y rugosas como farallones, en las torres desde las que chillarían las aves marinas, de repente los borraba, les quitaba todo encanto y los excluía porque se le oponían y no habrían hecho más que debilitarlo, sustituían en mí el sueño contrario de la primavera más tornasolada, no ya la primavera de Combray que todavía picaba amargamente con todas las agujas de la escarcha, sino la que cubría ya de lirios y de anémonas los campos de Fiésole y deslumbraba Florencia con fondos de oro semejantes a los de Fra Angelico. Desde entonces sólo me parecían preciosos los rayos, los perfumes y los colores, porque la alternancia de las imágenes había traído a mí un cambio frontal del deseo, y —tan brusco como los que a veces hay en música— un cambio de tono completo en mi sensibilidad. Luego sucedió que una sencilla variación atmosférica bastó para provocar en mí esa modulación sin que hubiera necesidad de esperar el regreso de una estación. Porque a menudo en una de ellas puede encontrarse extraviado un día de otra que nos hace estar en esa otra, y que enseguida evoca y hace que se deseen los placeres particulares, interrumpiendo los que teníamos, colocando más temprano o más tarde que lo que le toca esa hoja separada de otro capítulo del calendario interpolado de la felicidad. Pero enseguida, igual que esos fenómenos naturales de los que nuestra comodidad o nuestra salud no pueden sacar más que un beneficio accidental y bastante exiguo hasta el día que la ciencia se apodere de ellos y que, al producirlos a voluntad, vuelva a ponernos en las manos la posibilidad de su aparición, sustraída de la tutela y eximida del permiso del azar, por lo mismo la producción de esos sueños con el Atlántico y con Italia dejó de estar sometida únicamente a los cambios de las estaciones y del tiempo. Para hacerlos renacer, no tuve necesidad más que de pronunciar esos nombres: Balbec, Venecia, Florencia, en cuyo interior había terminado por acumularse el deseo que me habían inspirado los lugares que designaban. Hasta en primavera, encontrar en un libro el nombre de Balbec bastaba para despertar en mí el deseo de tormentas y de gótico normando; hasta en un día de tormenta, el nombre de Florencia o de Venecia me daba el deseo del sol, de los lirios, del palacio de los Dogos y de Santa María de la Flor[67].

Pero si esos nombres absorbieron para siempre la imagen que yo tenía de esas ciudades, sólo fue debido a transformarla y a someter su reaparición en mí a sus propias leyes; así tuvieron como consecuencia hacer más bella ese imagen, pero también más diferente de lo que las ciudades de Normandía o de Toscana podían ser en realidad y, al acrecentar las alegrías arbitrarias de mi imaginación, agravaron la decepción futura que yo tendría en mis viajes. Enaltecieron la idea que me

---

[67] Nombre de la catedral de Florencia. *(N. del T.)*

hacía de ciertos lugares de la tierra haciéndolos más particulares, y por consiguiente más reales. Por entonces yo no me imaginaba las ciudades, los paisajes y los monumentos como cuadros más o menos agradables, cortados aquí y allá en una misma materia, sino cada uno de ellos como algo desconocido, esencialmente distinto de los demás, de los que mi alma tenía sed y de donde, al conocerlos, sacaría provecho mi alma. ¡Cuánto adquirieron algo más individual aún al ser designados por nombres, de nombres que no eran más que para ellos, de nombres como tienen las personas! Las palabras nos presentan de las cosas una imagen pequeña, luminosa y habitual como las que se cuelgan de las paredes de las escuelas para dar a los niños el ejemplo de lo que es una mesa de trabajo, un pájaro o un hormiguero, cosas concebidas como semejantes a todas las de la misma clase. Pero los nombres presentan de las personas —y de las ciudades que nos acostumbran a creer que son individuales y únicas, como las personas— una imagen confusa que extrae de ellos, de su sonoridad resplandeciente o sombría, el color con que está pintada uniformemente, como uno de esos carteles, completamente azules o rojos, en los que, por causa de los límites del procedimiento empleado o por un capricho del decorador, son azules o rojos no solamente el cielo y el mar, sino también las barcas, la iglesia y los viandantes. El nombre de Parma, una de las ciudades donde más deseaba ir desde que había leído *La cartuja de Parma,* me aparecía como compacto, liso, malva y suave; si me hablaban de una casa cualquiera de Parma donde yo sería recibido, me causaban el placer de pensar que viviría en una morada lisa, compacta, malva y suave que no tenía relación alguna con las moradas de ninguna ciudad de Italia, puesto que me la imaginaba sólo con la ayuda de esas sílabas pesadas del nombre de Parma, donde no circula aire alguno, y con todo lo que la había hecho absorber de la dulzura sthendaliana y del reflejo de las violetas. Y cuando pensaba en Florencia era como pensar en una ciudad milagrosamente perfumada y semejante a una corola, porque se llamaba ciudad de los lirios y su catedral era Santa María de la Flor. En cuanto a Balbec, era uno de esos nombres en los que, como en una vieja cerámica normanda que conserva el color de la tierra de donde se sacó, se ve que se describe todavía la representación de alguna costumbre abolida, de algún derecho feudal, de un estado antiguo de los lugares, de una manera antigua de pronunciar que había formado con ella las sílabas heteróclitas que yo no dudaba que encontraría hasta en la casa del posadero que me serviría café con leche a mi llegada y me llevaría delante de la iglesia a ver el mar furioso, y al que prestaría el aspecto porfiador, solemne y medieval de un personaje de fábula.

Si mi salud se afirmase y mis padres me permitiesen, si no que fuese a alojarme en Balbec, al menos que tomara una vez, para conocer la arquitectura y los paisajes de Normandía o de Bretaña, ese tren de la una y veintidós en el que había subido tantas veces en mi imaginación, entonces habría querido detenerme preferentemente en las ciudades más bellas, pero por mucho que las comparase, ¿cómo elegir, más que entre los seres individuales que no son intercambiables, entre Bayeux, tan altiva en su noble encaje rojizo y cuya cima estaba iluminada por el oro viejo de su última sílaba; o Vitré, cuyo acento agudo dibujaba rombos de madera negra en la antigua vidriera; o la dulce Lamballe que, en su blancura, va del amarillo cáscara de huevo al gris perla; o Cotances, catedral normanda, a la que su diptongo final, graso y amarilleante corona con una torre de mantequilla; o Lannion, con el crujido en su silencio pueblerino del carro al que siguen las moscas; o Questambert y Pontorson, risibles e ingenuas, plumas blancas y picos amarillos desparramados sobre la carretera de esos lugares fluviales y poéticos; o Benodet, nombre apenas amarrado que parece que el río quiera llevarse en medio de sus algas; o Pont-Aven, vuelo blanco y rosa del ala de una cofia ligera que se refleja temblando en un agua verdosa de canal; o Quimperlé, éste mejor amarrado y desde la Edad Media, entre los arroyos donde trina y se adorna con perlas en una grisalla parecida a la que dibujan, a través de las telas de araña de una vidriera, los rayos del sol mutados en puntas romas de plata bruñida?

Esas imágenes eran falsas por otra razón más, y es que obligatoriamente estaban muy simplificadas; sin duda, aquello a lo que aspiraba mi imaginación, y que mis sentidos sólo percibían de forma incompleta y sin placer en el presente, lo había encerrado en el refugio de los nombres; sin duda porque en ellas había acumulado sueños que imantaban ahora mis deseos. Pero los nombres no son muy vastos, apenas podía hacer entrar dos o tres todo lo más en las «curiosidades» principales de la ciudad y éstas se yuxtaponían allí sin intermediarios; en el nombre de Balbec, igual que en el cristal de aumento de esos portaplumas que se compran en los baños de mar, yo veía olas levantadas alrededor de una iglesia de estilo persa. Quizá la simplificación misma de esas imágenes fue una de las causas del dominio que adquirieron sobre mí. Cuando mi padre decidió un año que iríamos a pasar las vacaciones de Pascua a Florencia y a Venecia, al no tener sitio para meter en el nombre de Florencia los elementos que componen habitualmente las ciudades, me vi forzado a sacar una ciudad sobrenatural de la fecundación, por ciertos perfumes primaverales, de lo que yo creía que era, en su esencia, el genio de Giotto. Todo lo más —y porque no se puede mantener en un nombre mucha más duración que espacio—, como ciertos cuadros de

Giotto que muestran en dos momentos diferentes los actos de un mismo personaje, aquí acostado en su cama, allá preparándose para montar a caballo, el nombre de Florencia estaba dividido en dos compartimentos. En uno de ellos, bajo un baldaquino arquitectónico, yo contemplaba un fresco al que se le había superpuesto en parte una cortina de sol matinal, polvoriento, oblicuo y progresivo; en el otro (pues yo no pensaba en los nombres como un ideal inaccesible, sino como un ambiente real en el que iría a zambullirme; la vida todavía no vivida, la vida intacta y pura que yo encerraba allí daba a los placeres más materiales y a las escenas más sencillas el atractivo que tienen en las obras de los primitivos) pasé rápidamente —para encontrarme más aprisa en el almuerzo que me esperaba con frutas y vino de Chianti— el Ponte Vecchio saturado de junquillos, de narcisos y de anémonas. Allí estaba (aunque yo estuviese en París) lo que yo veía y no lo que estaba a mi alrededor. Incluso desde un punto de vista realista, los países que deseamos tienen en cada momento mucho más sitio en nuestra vida verdadera que el país donde nos encontramos en realidad. Indudablemente, si entonces yo hubiese puesto más atención siquiera a lo que había en mi pensamiento cuando pronunciaba las palabras «ir a Florencia, a Parma, a Pisa, a Venecia», me habría dado cuenta de que lo que yo veía no era en modo alguno una ciudad, sino algo tan diferente de todo lo que conocía, y tan delicioso como podría serlo para una humanidad cuya vida hubiese transcurrido siempre en finos mediodías de invierno, esa maravilla desconocida: una mañana de primavera. Esas imágenes irreales, fijas, siempre parecidas, al llenar mis noches y mis días diferenciaban esa época de mi vida de las que le habían precedido (y que habrían podido confundirse con ella a los ojos de un observador que sólo ve las cosas desde fuera, es decir, que no ve nada), lo mismo que en una ópera un motivo melódico introduce una novedad que no podría sospecharse si sólo leyésemos el libreto, y menos aún si nos quedásemos fuera del teatro contando solamente los cuartos de hora que transcurren. Y además, incluso desde el punto de vista de la simple cantidad, en nuestras vidas los días no son iguales. Para recorrer los días, las naturalezas un poco nerviosas, como era la mía, disponen de «velocidades» diferentes, igual que los vehículos automóviles. Hay días montañosos y difíciles en los que se utiliza un tiempo infinito en ascender y días cuesta abajo que dejan que descendamos a todo tren y cantando. Durante ese mes —en el que volví a tomar como una melodía, sin poder hartarme de ellas, esas imágenes de Florencia, de Venecia y de Pisa, de las que el deseo que excitaban en mí mantenía algo tan profundamente individual como si se hubiese tratado de un amor, un amor por una persona— no dejé de creer que ellas correspondían a una realidad independiente de mí, y me

hicieron conocer una esperanza tan bella como la que podía alimentar a un cristiano de los primeros tiempos en vísperas de entrar en el Paraíso. Además, sin que yo me preocupase por la contradicción que había en querer mirar y tocar con los órganos de los sentidos lo que había sido elaborado por la ensoñación y no percibido por ellos —¡y tanto más tentador para ellos!, por ser más diferentes de lo que conocen—, era lo que me recordaba la realidad de esas imágenes lo que más inflamaba mi deseo, porque era como la promesa de que éste quedaría satisfecho. Y aunque mi exaltación tuviese como motivo el deseo de gozos artísticos, las guías la mantenían mejor aún que los libros de estética, y más que las guías, el horario de trenes. Lo que me conmovía era pensar que esa Florencia que veía cercana, pero inaccesible, en mi imaginación, si el trayecto que la separaba de mí no era viable en mí mismo, podría alcanzarla mediante una estratagema, por un desvío tomando la «vía de tierra». Ciertamente, cuando me repetía, dando así tanto valor a lo que iba a ver, que Venecia era «la escuela de Giorgione, la morada de Tiziano, el museo más completo de arquitectura doméstica de la Edad Media», me sentía feliz. Sin embargo, lo era aún más cuando había salido a un recado, caminando rápido por causa del tiempo que, después de algunos días de primavera precoz, había vuelto a ser un tiempo invernal (como el que nos encontrábamos habitualmente en Combray en Semana Santa) —viendo en los bulevares los castaños que, sumergidos en un aire glacial y líquido como el agua, no por ello la empezaban menos, invitados puntuales, ya vestidos y que no se han dejado desanimar, que redondeaban y moldeaban, en sus bloques congelados, el verdor irresistible cuyo impulso progresivo contrariaba el poder abortivo del frío, pero no conseguía refrenarlo—, yo creía que el Ponte Vecchio ya estaba cubierto en abundancia de jacintos y de anémonas, y que el sol de la primavera teñía ya el oleaje del gran canal de un azulado muy oscuro y de unos esmeraldas muy nobles que venían a romperse a los pies de las pinturas de Tiziano, y que podían rivalizar con ellas en sus ricos tonos. Ya no pude contener mi alegría cuando mi padre, mientras consultaba el barómetro y deploraba el frío, empezó a buscar cuáles serían los mejores trenes, y cuando comprendí que al penetrar después del almuerzo en el laboratorio carbonoso, en la sala mágica que se encargaba de que funcionase la transmutación en todo su alrededor, uno podía despertarse la mañana siguiente en la ciudad de mármol y de oro, «repujada de jaspe y pavimentada de esmeraldas». De manera que ella y la ciudad de los lirios no eran solamente cuadros ficticios que uno se ponía a voluntad delante de la imaginación, sino que existían a una distancia de París que era totalmente necesario franquear si uno quería verlas, en cierto lugar determinado de la tierra y en ningún otro; en una palabra, eran muy reales. Y lo fueron todavía más para mí cuando mi padre, al decir: «En resumen, os podríais quedar en Venecia del 20 al 29 de abril y llegar a Florencia la mañana de Pascua», las hizo salir a las dos no sólo del espacio abstracto, sino de ese tiempo imaginario en el que nos situamos no con un solo viaje cada vez, sino con otros, simultáneos y sin demasiada emoción desde el momento en que son posibles —ese tiempo que vuelve a crearse tan bien que uno todavía puede pasarlo en una ciudad después de haberlo pasado en otra— y las consagró con esos días concretos que son el certificado de autenticidad de los objetos para los que se les emplea, porque esos días únicos se consumen con el uso y no vuelven, ya no se pueden vivir aquí cuando se los ha vivido allá. Sentí que la semana que empezaba el lunes era cuando la lavandera debía traer el chaleco blanco que yo había llenado de tinta, y era cuando se dirigían allá para absorberse, al salir del tiempo ideal en el que no existían todavía, las dos ciudades reinas cuyas cúpulas y torres yo, por la más emocionante de las geometrías, iba a tener que inscribir en el mapa de mi propia vida. Pero yo todavía estaba sólo en el camino hacia el escalón definitivo de la alegría, al final lo alcancé (sólo entonces tuve la revelación de que, en las calles líquidas y enrojecidas por el reflejo de los frescos de Giorgione, no había, como yo había seguido imaginando a pesar de tantas advertencias, esos hombres «majestuosos y terribles como el mar, que llevan su armadura con reflejos de bronce bajo los pliegues de su capa sangrienta» que se pasearían en Venecia la próxima semana, la víspera de Pascua, sino que podría ser yo el personaje minúsculo que había representado el ilustrador con sombrero hongo delante de los porches en una fotografía grande de San Marcos que me habían prestado) cuando oí que mi padre me decía: «Tiene que hacer frío todavía en el Gran Canal, harías bien en meter en tu baúl tu abrigo de invierno y tu chaquetón grueso por si acaso». Con esas palabras me elevé a una especie de éxtasis, sentí que penetraba realmente en lo que hasta entonces había creído imposible, entre esas «rocas de amatista semejantes a un arrecife del mar de las Indias»; por medio de una gimnasia suprema muy por encima de mis fuerzas, me desvestí, como de un caparazón sin objeto, del aire que me rodeaba en la habitación, lo remplacé por partes iguales de aire veneciano, de esa atmósfera marina, indecible y particular como la de los sueños que mi imaginación había encerrado en el nombre de Venecia; sentí que se obraba en mí una desencarnación milagrosa, se duplicó enseguida con el vago deseo de vomitar que se padece cuando acabamos de agarrar un gran dolor de garganta, y tuvieron que meterme en la cama con una fiebre tan tenaz, que el médico declaró que había que renunciar no sólo a dejarme marchar ahora a Florencia y a Venecia, sino que incluso cuanto estuviese restablecido había que evitarme, al menos durante un año, todo proyecto de viaje y cualquier motivo de agitación.

Y desgraciadamente prohibió de una manera absoluta que me dejasen ir al teatro a oír a la Berna, la artista sublime, a quien Bergotte consideraba genial, que me habría consolado, al hacerme conocer algo que quizá fuese tan importante y tan bello, de no haber ido a Florencia y a Venecia, y de no ir a Balbec. Debíamos contentarnos con enviarme cada día a los Campos Elíseos, bajo vigilancia de una persona que me impidiese cansarme, que fue Françoise, que había entrado a nuestro servicio después de la muerte de mi tía Leonie. Ir a los Campos Elíseos me fue insoportable. Si al menos Bergotte los hubiera descrito en uno de sus libros, no habría duda de que yo habría deseado conocerlos, como todas las cosas cuyo «doble» había empezado por meter en mi imaginación, que las reanimaba y las hacía vivir, que les daba una personalidad y que yo quería encontrar en la realidad; pero nada se ataba a mis sueños en ese jardín público de los Campos Elíseos.

Cierto día, como me aburría en nuestro sitio de costumbre, junto a los caballitos de los tiovivos, Françoise me llevó de excursión —más allá de la frontera que vigilan a intervalos iguales los pequeños baluartes de los vendedores de bastoncillos de caramelo— a esas zonas cercanas pero extrañas donde las caras son desconocidas y por donde pasa el carricoche de las cabras; después volvió a recoger sus cosas que estaban sobre una silla pegada a un macizo de laureles; esperándola, me paseaba sobre el gran césped ralo y raso, amarilleado por el sol, en cuyo extremo el estanque está dominado por una estatua, cuando desde la alameda, dirigiéndose a una niñita de cabellos rojos que jugaba al diábolo delante de la pileta, otra niña, que se ponía el abrigo y guardaba su raqueta, le gritó con voz breve: «Adiós, Gilberte, me vuelvo a casa, no te olvides de que esta noche iremos a tu casa después de cenar». Ese nombre, Gilberte, pasó cerca de mí, evocando con más fuerza la existencia de aquella a la que designaba pero que no nombraba como a un ausente del que se habla, sino que la interpelaba; así pasó cerca de mí, en activo, por así decirlo, con una potencia que acrecentaba la curva de su surtidor y la cercanía de su objetivo —llevando a bordo, yo lo sentía, el conocimiento, las nociones que tenía de aquella a quien estaba dirigida, no a mí, sino a la amiga que la llamaba, todo lo que, mientras lo pronunciaba, volvía a ver, o al menos poseía en su memoria, su intimidad cotidiana, las visitas que hacía una a casa de la otra, y todo eso desconocido, aún más inaccesible y más doloroso para mí al ser por contra tan familiar y tan manejable por esa niña feliz, que me rozaba con ello sin que yo pudiese penetrarlo y lo lanzaba al aire en un grito—; dejando que flotase ya en el aire la emanación deliciosa que había hecho que se soltasen, tocándolos con precisión, desde algunos puntos invisibles de la vida de la señorita Swann, de la noche que iba a venir a su casa, tal como sería, después de cenar —formando, pasajera celeste en medio de niños y de criadas, una nubecilla de un color precioso, parecida a la que, arqueada por encima de un hermoso jardín de Poussin, refleja minuciosamente, como una nube de una ópera llena de caballos y de carros, alguna aparición de la vida de los dioses—, arrojando al fin sobre esa hierba pelada, en el lugar donde ella era a la vez un trozo de césped marchito y un momento de media tarde de la rubia jugadora de diábolo (que no dejó de lanzar y de atrapar hasta que la llamó una institutriz con penacho de plumas azules), una pequeña franja maravillosa de color de heliotropo, impalpable como un reflejo y superpuesta como una alfombra, sobre la que no pude dejar de pasear mis pasos lentos, nostálgicos y profanadores, mientras Françoise me gritaba: «Venga, abotónese el gabán y larguémonos», y yo noté por primera vez con irritación que tenía un lenguaje vulgar y que, ¡ay!, no tenía un penacho azul en el sombrero.

¿Volvería por lo menos a los Campos Elíseos? Al día siguiente no estaba allí, pero sí la vi los días siguientes; yo daba vueltas todo el tiempo alrededor del lugar donde ella jugaba con sus amigas, de modo que una vez que les faltaba gente para su partida de marro me preguntó si quería completar su equipo, y en adelante jugué con ella cada vez que Gilberte estaba allí. Pero eso no ocurría todos los días, había algunos que estaba impedida de acudir por sus clases, o por el estudio del catecismo, o por una merienda, por toda esa vida separada de la mía que por dos veces, condensada en el nombre de Gilberte, había sentido pasar cerca de mí tan dolorosamente, en el repecho de Combray y en el césped de los Campos Elíseos. Aquellos días ella anunciaba de antemano que no la veríamos; si era por causa de sus estudios, decía: «Es aburrido, no podré venir mañana; ¿vais a divertiros sin mí?», con un aire apenado que me consolaba un poco, pero en cambio, cuando estaba invitada a una sesión matinal y yo, sin saberlo, le preguntaba si vendría a jugar, me respondía: «¡Espero que no! Espero que mamá me deje ir a casa de mi amiga». Al menos aquellos días sabía que no iba a verla, mientras que otras veces su mamá la llevaba de improviso de compras con ella y al día siguiente decía: «¡Ah, sí! Salí con mamá», como algo natural y que no hubiese sido la mayor desgracia posible para nadie. También estaban los días de mal tiempo, en los que su institutriz, que era quien temía la lluvia, no quería llevarla a los Campos Elíseos.

Así que si el cielo estaba dudoso, desde por la mañana no dejaba de preguntar y tenía en cuenta todos los pronósticos. Si, cerca de la ventana, veía que la señora de enfrente se ponía el sombrero, me decía: «Esta señora va a salir, por lo tanto hace un tiempo en el que se puede salir. ¿Por qué no iba a hacer Gilberte como esta señora?» Pero el tiempo se oscurecía, mi madre decía que todavía podría aclararse, que para eso bastaría un rayo de sol, pero que más probablemente llovería; y si llovía, ¿de qué servía ir a los Campos Elíseos? De manera que después del almuerzo mis miradas ansiosas no dejaban ya el cielo inseguro y nuboso. Seguía estando oscuro; delante de la ventana el balcón estaba gris. De repente, encima de su piedra no es que viese un color menos apagado, sino que sentí como un esfuerzo hacia un color menos apagado: la pulsación de un rayo vacilante que querría liberar su luz. Un instante después, el balcón estaba pálido, reflejaba como un agua matinal y mil reflejos de los hierros del enrejado habían venido a posarse en él. Una ráfaga de viento los dispersó, la piedra se había ensombrecido otra vez, pero volvían, como si esos reflejos estuvieran domesticados; la piedra volvía a blanquear imperceptiblemente otra vez, y por uno de esos *crescendo* continuos como los que en Música, al final de una obertura, llevan una sola nota hasta el *fortissimo* supremo haciéndola pasar rápidamente por todas las notas intermedias, yo la veía alcanzar ese oro inalterable y fijo de los días hermosos, sobre el que la sombra recortada del elaborado apoyo de la balaustrada se destacaba en negro como una vegetación caprichosa, con una tenuidad en la delineación de los menores detalles que parecía revelar una consciencia aplicada o una satisfacción de artista, y con un relieve y un terciopelo tales en el reposo de sus masas sombrías oscuras y felices, que verdaderamente esos reflejos grandes y frondosos que descansaban sobre ese lago de sol parecían saber que eran como prendas de calma y de felicidad.

¡Hiedra instantánea, flora parietaria y fugitiva! La más incolora y la más triste, a juicio de muchos, de las que podían trepar sobre el muro o decorar la ventana; para mí, de todas la más querida desde el día que apareció en nuestro balcón, como la sombra misma de la presencia de Gilberte, que quizá ya estaba en los Campos Elíseos y que en cuanto llegase, me diría: «Empecemos enseguida a jugar al marro, usted[68] está en mi equipo»; frágil, llevada por un soplo, pero también relacionada, no con la estación, sino con la hora; promesa de felicidad inmediata que el día rechaza o cumple, y por eso mismo la felicidad inmediata por excelencia, la felicidad del amor; más dulce, más cálido sobre la piedra que lo que es el mismo musgo; vivaz, a quien le basta con un rayo de luz para nacer y hacer eclosionar la alegría, incluso en el corazón del invierno.

---

[68] En la cultura francesa es habitual el tratamiento de usted, incluso para dirigirse a jóvenes y niños y de éstos entre sí, reservándose el tuteo para la intimidad con alguien. *(N. del T.)*

Y hasta en esos días en los que toda la demás vegetación ha desaparecido, en los que el hermoso cuero verde que envuelve el tronco de los árboles viejos está oculto bajo la nieve, cuando ésta dejaba de caer pero el tiempo permanecía demasiado cubierto para esperar que Gilberte saliese, entonces, de repente, hacía decir a mi madre: «Mira, justamente hace bueno, a pesar de todo podríais intentar ir a los Campos Elíseos», sobre el manto de nieve que cubría el balcón el sol que apareció entrelazaba hilos de oro y bordaba reflejos negros. Aquel día no encontramos a nadie, sólo una niñita lista para marcharse que me aseguró que Gilberte no vendría. Las sillas abandonadas por la asamblea imponente pero friolera de las institutrices estaban vacías. Sola, cerca del césped, estaba sentada una dama de cierta edad que venía estuviese el tiempo como estuviese, siempre ataviada con un tocado idéntico, magnífico y sombrío, y para entrar en su conocimiento yo habría sacrificado en esa época, si el cambio me hubiese estado permitido, todas las mayores ventajas futuras de mi vida. Porque Gilberte iba siempre a saludarla y ella le pedía a Gilberte noticias de «ese amor de madre suya», y me parecía que si yo la hubiese conocido habría sido para Gilberte alguien muy distinto, alguien que conocía a las amistades de sus padres. Mientras sus nietos jugaban más lejos, ella leía siempre los *Debats*[69], a los que llamaba «mis viejos debates», y por clase aristocrática decía al hablar del policía municipal o de la encargada de alquilar las sillas: «Mi viejo amigo el policía municipal», «la encargada de las sillas y yo, que somos viejas amigas».

Françoise tenía demasiado frío para quedarse quieta, así que fuimos hasta el Pont de la Concorde a ver el Sena helado, al que todo el mundo se acercaba sin miedo, incluso los niños; era como una inmensa ballena varada y sin defensas a la que iban a despedazar. Volvíamos a los Campos Elíseos, yo languidecía de dolor entre los caballitos de madera inmóviles y el césped blanco, helado en la red negra de los paseos a los que se les había quitado la nieve y sobre la que la estatua tenía en la mano un carámbano de hielo añadido, que parecía darle explicación a su gesto. La vieja dama dobló su *Debats* y le preguntó la hora a una niñera que pasaba y se lo agradeció diciendo: «¡Es usted muy amable!», después le rogó al guarda que les dijera a sus nietos que volviesen, que ella tenía frío, y añadió: «Usted será verdaderamente amable, ¡ya sabe que estoy confusa!». De pronto, el aire se desgarró: entre el guiñol y el circo, en el horizonte embellecido sobre el cielo entreabierto, acababa de divisar, como una señal fabulosa, el penacho azul de la institutriz.

---

[69] *Le Journal des Débats politiques et littéraires* (Diario de debates políticos y literarios), fundado en 1789. *(N. del T.)*

Y Gilberte corría ya en mi dirección a toda velocidad, reluciente y roja bajo un gorro cuadrado de piel, animada por el frío, el retraso y el deseo del juego; un poco antes de llegar hasta mí, se dejó resbalar sobre el hielo y, ya fuese para mantener mejor el equilibrio, fuese porque eso le parecía más gracioso, o por fingir la posición de una patinadora, avanzó sonriendo con los brazos completamente abiertos, como si hubiera querido recibirme en ellos. «¡Brava! ¡Brava! Eso está muy bien, yo diría como usted, que es "elegante" y que es "fuerte", si no fuese de otra época, la del Antiguo Régimen —exclamó la vieja dama tomando la palabra en nombre de los Campos Elíseos silenciosos para agradecer a Gilberte por haber venido sin dejarse intimidar por el mal tiempo—, usted es como yo, fiel a pesar de todo a nuestros viejos Campos Elíseos, somos dos intrépidas. Si le dijera que me gustan, hasta así... Va a reírse de mí, ¡pero esta nieve me hace pensar en el armiño!». Y la vieja dama se echó a reír.

El primero de esos días —a los que la nieve, imagen de los poderes que podían privarme de ver a Gilberte, daba la tristeza de un día de separación y hasta el aspecto de un día de partida, porque cambiaba la cara y casi impedía el uso del lugar habitual de nuestros únicos encuentros, cambiado ahora y completamente envuelto como por fundas— sin embargo, ese día se llevó a cabo un importante progreso de mi amor, porque fue como un primer dolor que ella hubiese compartido conmigo. De nuestro equipo sólo estábamos nosotros dos, y ser así el único que estaba con ella no solamente era como un principio de intimidad para mí, sino también por su parte —como si sólo hubiese venido por mí en un tiempo semejante—; eso me parecía tan conmovedor como si uno de esos días en que estaba invitada a una sesión matinal hubiera renunciado a ella para venir a encontrarse conmigo en los Campos Elíseos; yo adquiría más confianza en la vitalidad y en el futuro de nuestra amistad, que seguía siendo permanente en medio del embotamiento, de la soledad y de la ruina de las cosas de alrededor; y mientras Gilberte me metía bolas de nieve por el cuello, yo sonreía con ternura a lo que me parecía que era a la vez una predilección que ella me significaba tolerándome como compañero de viaje por ese país invernal y nuevo, y una especie de fidelidad que ella me guardaba en medio de la desdicha. Al poco, una detrás de otra como gorriones vacilantes, fueron llegando sus amigas, completamente negras sobre la nieve. Empezamos a jugar, y como ese día que empezó tan tristemente debía terminar en alegría, cuando antes de jugar al marro me acerqué a la amiga de la voz breve a la que el primer día había oído gritar el nombre de Gilberte, ésta me dijo: «No, no, ya sabemos que usted prefiere estar en el equipo de Gilberte, además ya ve que le hace señas». En efecto, ella me llamaba para que fuese al césped de nieve, a su equipo, al que el sol, dándole reflejos rosa y el desgaste metálico de los brocados antiguos, hacía un campo del paño de oro.

Ese día que yo había temido tanto fue, al contrario, uno de los únicos en los que no fui demasiado infeliz.

Porque yo, que ya no pensaba más que en no quedarme nunca un solo día sin ver a Gilberte (hasta el punto que una vez que mi abuela no había vuelto a la hora de cenar, no pude evitar decirme enseguida que si la había atropellado un vehículo ya no podría ir en algún tiempo a los Campos Elíseos; desde que se ama ya no se quiere a nadie), sin embargo, los momentos que estaba cerca de ella, y que después del día anterior había esperado tan impacientemente, momentos por los que había temblado y a los que habría sacrificado todo lo demás, no eran felices de ninguna manera, y yo lo sabía muy bien, porque eran los únicos momentos de mi vida sobre los que yo concentraba una atención meticulosa y obstinada, y no descubría en ellos ni un átomo de placer.

Todo el tiempo que estaba lejos de Gilberte tenía necesidad de verla, porque, intentando imaginarme su imagen continuamente, terminaba por no conseguirlo ya y por no saber exactamente a qué correspondía mi amor. Además, todavía no me había dicho nunca que me amase, muy al contrario, a menudo había pretendido que tenía amigas que prefería a mí, que yo era un buen compañero con quien ella jugaba con mucho gusto, aunque demasiado distraído y no lo bastante metido en el juego; en fin, que me había dado frecuentes señales aparentes de frialdad que habrían podido hacer que se tambalease mi creencia de que yo era para ella un ser diferente de los demás; si esta creencia había tenido su fuente en un amor que Gilberte hubiera sentido por mí y no, como era el caso, en el amor que yo sentía por ella, lo que la volvía resistente de otra manera, puesto que eso la hacía depender de la manera misma en que yo estaba obligado, por una necesidad interior, a pensar en Gilberte. Pero los sentimientos que yo tenía por ella, yo mismo no se los había declarado todavía. Ciertamente, en todas las páginas de mis cuadernos escribía indefinidamente su nombre y su dirección, pero a la vista de esas vagas líneas que yo escribía sin que por eso ella pensase en mí, que la hacía tomar alrededor de mí tanto sitio aparente sin que ella estuviese más mezclada en mi vida, me sentía desanimado porque no me hablaban de Gilberte, que no veía siquiera aquellas líneas sino por mi propio deseo de que pareciesen mostrarme algo puramente personal, irreal, fastidioso e impotente.

Lo más apremiante era que Gilberte y yo nos viésemos, que pudiésemos hacerlo confesión recíproca de nuestro amor, que hasta ese momento no habría comenzado, por así decirlo. Sin duda, las diversas

razones que me volvían tan impaciente por verla habrían sido menos imperiosas para un hombre maduro. Más tarde, ocurre que, hechos ya hábiles en el cultivo de nuestros placeres, nos contentemos con el que tenemos al pensar en una mujer como yo pensaba en Gilberte, sin estar inquietos por saber si esa imagen corresponde a la realidad, y también el de amar sin necesitar estar seguros de que ella nos ama; o también que renunciemos al placer de confesarle nuestra inclinación por ella para mantener más viva la inclinación que ella tenga por nosotros, imitando a esos jardineros japoneses que para conseguir una flor más hermosa sacrifican a muchas otras. Pero en la época que yo amaba a Gilberte aún creía que el amor existía realmente fuera de nosotros, que, al permitir como mucho que superemos los obstáculos, ofrece sus dichas en un orden que no se es libre de cambiar; me parecía que si se me hubiese ocurrido sustituir la dulzura de la confesión por la simulación de la indiferencia, no sólo me habría privado de una de las alegrías con las que más había soñado, sino que me habría fabricado a mi manera un amor ficticio y sin valor, sin comunicación con el verdadero, cuyos caminos misteriosos y preexistentes habría renunciado a seguir.

Pero cuando yo llegaba a los Campos Elíseos —y antes de nada iba a poder confrontar mi amor con su causa viva e independiente de mí, para hacerle sufrir las rectificaciones necesarias—, en el momento que estaba en presencia de esa Gilberte Swann con cuya vista había contado para refrescar las imágenes que mi fatigada memoria ya no encontraba, de esa Gilberte Swann con quien había jugado ayer y que acababa de saludarme y de reconocer con un instinto ciego, como el que al andar nos pone un pie delante del otro antes de que hayamos tenido tiempo de pensarlo, enseguida todo ocurría como si ella y la niña que era el objeto de mis sueños hubieran sido dos seres diferentes. Por ejemplo, si desde la víspera yo llevaba en mi memoria dos ojos de fuego en mejillas llenas y brillantes, la cara de Gilberte me ofrecía ahora con insistencia algo que precisamente yo no recordaba, cierto afilamiento agudo de la nariz que, asociándose inmediatamente con otros rasgos, adquiría la importancia de esos caracteres que en Historia Natural definen una especie, y la transmutaba en una niñita de la especie de las de hocico puntiagudo. Mientras yo me preparaba para aprovechar ese momento deseado para entregarme, sobre la imagen de Gilberte que había preparado antes de venir y que ya no encontraba en mi cabeza, a la rectificación que, en las largas horas que estaría solo, me permitiría estar seguro de que era ella la que recordaba, que era mi amor por ella lo que yo acrecentaba poco a poco como una obra que hubiera compuesto, ella me pasaba una pelota; y así como el filósofo idealista cuyo cuerpo toma nota del mundo exterior en cuya realidad no cree su inteligencia, el mismo yo que me había hecho saludarla antes de haberla identificado se apresuraba a hacerme recoger la pelota que me tendía (como si fuese una compañera con la que había venido a jugar, y no un alma gemela con la que había venido a reunirme), me hacía decirle por educación, hasta la hora que se iba, mil palabras amables e insignificantes, y me impedía así de guardar el silencio durante el que habría podido al fin o recuperar la imagen urgente y perdida, o decirle las palabras que pudiesen darle a nuestro amor el progreso decisivo sobre el que cada vez estaba obligado a no contar más que para el mediodía siguiente.

Sin embargo, se hacían algunos progresos. Cierto día habíamos ido con Gilberte hasta la caseta de nuestra vendedora, que era especialmente amable con nosotros —porque era en su casa donde el señor Swann compraba su pan de jengibre, que por higiene consumía mucho ya que padecía de un eczema étnico y del estreñimiento de los profetas[70]—, Gilberte me indicó riendo dos niños pequeños que eran como el pequeño colorista y el pequeño naturalista de los libros para niños. Pues uno de ellos no quería un bastón de caramelo rojo porque prefería el violeta, y el otro, con los ojos llenos de lágrimas, rechazaba una ciruela que quería comprarle su criada, porque, acabó por decir con una voz apasionada: «¡prefiero la otra ciruela, porque tiene un gusano!». Yo compré dos canicas de a una monedita. Miré con admiración las canicas de ágata, luminosas y cautivas en un platito aparte, que me parecían preciosas porque eran sonrientes y rubias como muchachas y porque costaban a cincuenta céntimos la pieza. Gilberte, a quien daban mucho más dinero que a mí, me preguntó cuál me parecía más bonita. Todas tenían la transparencia y la evanescencia de la vida, no hubiera querido hacerle sacrificar ninguna. Me habría gustado que ella pudiera comprarlas y rescatarlas todas, sin embargo, le señalé una que tenía el color de sus ojos. Gilberte la agarró, buscó su rayo dorado, la acarició, pagó su rescate, pero me entregó enseguida a su cautiva diciéndome: «Tome, es suya, se la doy, guárdesela de recuerdo».

En otra ocasión, siempre preocupado por el deseo de escuchar a la Berna en una pieza clásica, le pregunté si no tenía ella un impreso en el que Bergotte hablaba de Racine y que ya no podía encontrarse en los comercios. Me rogó que le dijese el título exacto, y por la noche le mandé un pequeño telegrama en cuyo sobre escribí ese nombre de Gilberte Swann que tantas veces había escrito en mis cuadernos. Al día siguiente me trajo, en un paquete atado con cintas malva y sellado con lacre blanco, el impreso, que ella había mandado buscar. «Ya ve que

---

[70] Según la tradición, el maná que el pueblo judío consumía en el desierto tras salir de Egipto les provocaba estreñimiento. *(N. del T.)*

es justo lo que me había pedido», me dijo, sacando de su manguito el telegrama que yo le había enviado. Pero en la dirección de ese correo neumático —que ayer todavía no era nada, no era más que un pequeño sobre azul que yo había escrito, y que, después de que un telegrafista lo enviase al portero de Gilberte y de que un criado lo llevase a su habitación, se había convertido en algo inapreciable, en uno de los pequeños sobres azules que ella había recibido aquel día— me costó trabajo reconocer los renglones vanos y solitarios de mi escritura bajo los círculos impresos que habían estampado los de Correos, bajo las inscripciones que había añadido allí a lápiz uno de los carteros, señal de realización efectiva; sellos del mundo exterior, simbólicos cinturones morados de la vida que por primera vez venían a ceñirse, a mantener, a levantar y a alegrar mi sueño.

Y también hubo un día que ella me dijo: «Ya sabe que puede llamarme Gilberte, en cualquier caso yo le llamaré por el nombre de pila. Lo otro es demasiado molesto». Sin embargo, ella siguió todavía un tiempo contentándose con decirme de «usted» y, como se lo hice notar, sonrió y, componiendo y construyendo una frase como las que en las gramáticas extranjeras no tienen otro objetivo más que hacernos emplear una palabra nueva, la terminó con mi nombre propio. Y al acordarme más tarde de lo que entonces había sentido, discerní la impresión de haber estado por un instante en su boca, yo mismo, desnudo, sin ninguna de las modalidades sociales que también pertenecen sea a sus demás compañeros, sea a mis padres cuando decía mi apellido, y cuyos labios —en el esfuerzo que hacía, un poco como su padre, por articular las palabras que quería destacar— parecieron desnudarme, desvestirme como se hace con la piel de un fruto del que no se puede comer más que la pulpa, mientras que su mirada, poniéndose al mismo nivel nuevo de intimidad que adquirían sus palabras, me alcanzaba también más directamente, no sin dar testimonio de la consciencia, el placer y la gratitud que sentía haciéndose acompañar por una sonrisa.

Pero en ese mismo momento yo no podía apreciar el valor de esos placeres nuevos. No me estaban dados a mí por la muchachita a la que yo amaba, sino por la otra, por aquella con la que jugaba; a mí, que no poseía ni el recuerdo de la Gilberte verdadera, ni el corazón ocupado, el único que habría podido saber el precio de una dicha, porque sólo él la había deseado. Incluso después de haber vuelto a casa, no saboreaba esos placeres, porque cada día la necesidad que me hacía esperar que al día siguiente tendría la contemplación exacta, calmada y feliz de Gilberte, que ella me confesaría al fin su amor, explicándome por qué razones había debido ocultármelo hasta ese momento, esa misma necesidad me obligaba a tener el pasado en nada, a no mirar nunca nada más que delante de mí, a no considerar por sí mismos y como si bastasen los pequeños privilegios que ella me había concedido, sino como nuevos escalones donde poner el pie que iban a permitirme dar un paso más hacia adelante y alcanzar al fin la felicidad que yo aún no había encontrado.

Si ella me daba a veces esas señales de amistad, también me hacía daño al parecer que no le daba gusto verme, y eso sucedía a menudo los mismos días con los que más había contado yo para realizar mis esperanzas. Estaba seguro de que Gilberte vendría a los Campos Elíseos y experimenté un júbilo que me parecía que era solamente la vaga anticipación de una gran dicha, cuando supe —al entrar por la mañana al salón para besar a mamá, que ya estaba completamente lista, con la torre de sus cabellos negros enteramente construida y sus bellas manos blancas y regordetas que aún olían a jabón— al ver una columna de polvo mantenerse en pie por sí sola encima del piano y al oír un organillo tocar bajo la ventana *Al volver de la revista,* que el invierno recibía hasta la noche la visita inesperada y radiante de un día de primavera. Mientras desayunábamos, abriendo su ventana, la dama de enfrente había hecho desaparecer del lado de mi silla, en un abrir y cerrar de ojos —cubriendo de un solo salto todo el ancho de nuestro comedor—, un rayo de luz que había empezado a echarse allí la siesta y ya había vuelto para seguirla un momento después. En el colegio, en la clase de la una, el sol me hacía languidecer de impaciencia y de aburrimiento dejando que se arrastrase una luz dorada hasta mi pupitre, como una invitación a la fiesta a la que no podría llegar antes de las tres, justo en el momento que Françoise viniese a buscarme a la salida y cuando nos encaminábamos hacia los Campos Elíseos por las calles adornadas de luz, saturadas por la multitud, y donde los balcones, abiertos por el sol y vaporosos, flotaban ante las casas como nubes de oro. ¡Ay!, en los Campos Elíseos no encontré a Gilberte, aún no había llegado. Inmóvil sobre el césped alimentado por el sol invisible que aquí y allá hacía brillar la punta de una brizna de hierba, y sobre el que las palomas que se habían posado allí parecían esculturas antiguas que el pico del jardinero hubiese subido a la superficie de un augusto suelo, me quedé con los ojos fijos en el horizonte, esperando en todo momento ver aparecer la imagen de Gilberte que seguía a su institutriz, detrás de la estatua que parecía tender el niño que llevaba y que chorreaba de rayos a la bendición del sol. La vieja lectora de los *Debats* estaba sentada en su sillón, siempre en el mismo sitio, y se dirigía a un guardia, a quien le hacía un gesto amistoso con la mano, gritándole: «¡Qué tiempo más bonito!», y la encargada se acercó a ella para cobrarle el precio del asiento; la vieja dama hacía mil melindres al meter en la abertura de su guante el boleto de diez céntimos, como si hubiese sido un ramillete para el que buscase,

por amabilidad hacia el donante, el lugar más halagador posible. Cuando lo encontró, hizo que su cuello ejecutase una evolución circular, se enderezó su boa y plantó sobre la encargada de las sillas, mostrándole la punta del papel amarillo que sobresalía de su puño, la hermosa sonrisa con la que una dama, indicándole su corpiño a un joven, le dice a éste: «¡Ya reconoce usted sus rosas!».

Buscando a Gilberte, llevé a Françoise hasta el Arco de Triunfo, no la encontramos y volví al césped convencido de que ya no vendría, cuando, delante de los caballitos de madera, la niñita de la voz breve se lanzó sobre mí: «Deprisa, deprisa, ya hace un cuarto de hora que Gilberte ha llegado, va a marcharse pronto. Se le espera para una partida de marro». Mientras yo subía la Avenida de los Campos Elíseos, Gilberte había llegado por la calle Boissy d'Anglas, la institutriz había aprovechado el buen tiempo para hacer compras para ella, y el señor Swann iba a venir a buscar a su hija. Además, era culpa mía, no habría debido alejarme del césped, porque nunca se sabía con seguridad por qué lado vendría Gilberte, ni si sería más o menos tarde, y esa espera terminaba por hacerme más emocionantes, no solamente los Campos Elíseos enteros y la duración completa de la tarde, como una inmensa extensión de espacio y de tiempos en cada uno de los puntos y en cada uno de los momentos en los que era posible que apareciese la imagen de Gilberte, sino también esa imagen misma, porque tras ella yo sentía que se ocultaba la razón por la que me golpeaba en pleno corazón, a las cuatro en lugar de a las dos y media, cubierta con un sombrero de visita en lugar de un gorro de juego, delante de los *Ambassadeurs*[71] y no entre los dos guiñoles; yo adivinaba alguna de las ocupaciones en las que no podía seguir a Gilberte y que la obligaban a salir o a quedarse en casa, y estaba en contacto con el enigma de su vida desconocida. Era ese enigma también lo que me perturbaba cuando, al correr por la orden de la niñita de voz breve para empezar enseguida nuestra partida de marro, vi a Gilberte, tan viva y tan repentina con nosotros, que hacía una reverencia a la dama de los debates (quien le decía: «Qué sol tan bueno, parece de fuego») y hablaba con una sonrisa tímida, y con un aire modoso que evocaba para mí la jovencita diferente que debía ser Gilberte en casa de sus padres, con los amigos de sus padres, de visita, en toda esa otra existencia que se me escapaba. Pero de esa existencia nadie me daba la impresión como el señor Swann, que vendría un poco después a recoger a su hija. Es que él y la señora Swann —porque su hija vivía en casa de ellos, porque sus estudios, sus juegos y sus amistades dependían de ellos— contenían para mí, como Gilberte, y quizá

---

[71] El teatro de los Embajadores, situado cerca de la Plaza de la Concordia. *(N. del T.)*

hasta más que Gilberte, una incógnita inaccesible y un encanto doloroso, como convenía a dioses todopoderosos sobre ella en quienes habría tenido su origen ese enigma. Todo lo que tenía que ver con ellos era por mi parte una preocupación tan constante, que los días como aquellos que el señor Swann (a quien había visto tan a menudo en otro tiempo sin que despertase mi curiosidad, cuando él estaba ligado a mis padres) venía a los Campos Elíseos a buscar a Gilberte, una vez calmados los latidos de corazón que había excitado en mí la aparición de su sombrero gris y de su abrigo con esclavina, su aspecto me impresionaba todavía como el de un personajes histórico sobre el cual acabamos de leer una serie de obras y de quien nos apasionan hasta las particularidades más mínimas. Las relaciones que tenía con el conde de París, que me parecían indiferentes cuando oía hablar de ellas en Combray, adquirían ahora para mí algo maravilloso, como si nadie más hubiera conocido nunca a los Orleans; esas relaciones hacían que se destacase fuertemente sobre el fondo vulgar de los paseantes de diferentes clases sociales que atestaban ese paseo de los Campos Elíseos y en medio de los cuales yo admiraba que consintiese figurar sin reclamarles consideraciones especiales, que por otra parte ninguno pensaba darle, por lo profundo que era el incógnito que lo rodeaba.

Él respondía muy educadamente a los saludos de los compañeros de Gilberte, incluso al mío aunque estuviese enfadado con mi familia, pero sin que tuviera aspecto de reconocerme. (Eso me recordó que, sin embargo, él me había visto con mucha frecuencia en el campo, recuerdo que yo había guardado, pero en la sombra, porque, desde que había vuelto a ver a Gilberte, para mí Swann era ante todo su padre y ya no el Swann de Combray; igual que las ideas con las que yo unía ahora su nombre eran diferentes de las ideas en cuya red él estuvo comprendido en otro tiempo y que yo ya no utilizaba cuando tenía que pensar en él, Swann se había convertido en un personaje nuevo; sin embargo, yo lo relacionaba, por medio de una línea artificial, secundaria y transversal, con nuestro invitado de antes, y como nada tenía ya precio para mí más que en la medida en que mi amor pudiera aprovecharlo, con una sensación de vergüenza y de pena por no poder borrarlos volví a encontrar los años en los que, a los ojos de ese mismo Swann que estaba en ese momento ante mí en los Campos Elíseos y a quien afortunadamente Gilberte quizá no le había dicho mi nombre, me había sentido ridículo tantas veces por la noche al enviar a pedirle a mamá que subiese a mi habitación a darme las buenas noches, mientras ella tomaba café con él, con mi padre y con mis abuelos en la mesa del jardín.) Le decía a Gilberte que le permitía que jugase una partida, que él podía esperar un cuarto de hora y, sentándose como todo el mundo en una silla de hierro, pagaba su boleto con esa mano que Philippe VII había retenido en la suya tan a menudo, mientras que nosotros empezábamos a jugar sobre el césped, haciendo que volasen las palomas, cuyos cuerpos irisados, que tienen forma de corazón y son como las lilas del reino de los pájaros, venían a refugiarse como en lugares de asilo, como uno sobre la gran vasija de piedra, a quien su pico, que desaparecía en ella, hacía que hiciese el gesto y le asignaba la función de ofrecer en abundancia las frutas o las semillas que parecía que picoteaba allí; como otro, sobre la frente de la estatua, a la que parecía coronar con uno de esos objetos de esmalte cuya policromía hace que varíe la monotonía de la piedra en ciertas obras antiguas, y con un atributo que, cuando lo lleva la diosa, le vale un epíteto particular y la hacen una divinidad nueva, igual que para una mortal un nombre propio diferente.

Uno de esos días de sol en que yo no había realizado mis esperanzas, no tuve el valor de ocultarle mi decepción a Gilberte.

—Yo tenía precisamente muchas cosas que preguntarte —le dije—, creía que este día tendría mucho peso en nuestra amistad, ¡y en cuanto llegas, te vas a marchar! Intenta venir mañana temprano y que al fin pueda hablarte.

Su cara resplandeció y saltando de alegría, me respondió:

—Mañana, cuenta con ello, mi buen amigo, ¡pero no vendré!, tengo una gran merienda; pasado mañana tampoco, que iré a casa de una amiga para ver desde sus ventanas la llegada del rey Teodosio[72], que será soberbia, y al día siguiente también a Miguel Strogoff[73] y después enseguida será Navidad y las vacaciones de Fin de Año. Quizá me lleven al sur, ¡lo que sería muy elegante! Aunque eso me hará echar de menos un árbol de Navidad, en cualquier caso, si me quedo en París no vendré aquí, porque iré a hacer visitas con mamá. Adiós, ahí está papá llamándome.

Yo volví a casa con Françoise por las calles que todavía estaban empavesadas de sol, como si fuera el día de una fiesta que se ha terminado. No podía ni arrastrar las piernas.

—Eso no es de extrañar —dijo Françoise—, no es el tiempo propio de la estación, hace demasiado calor. ¡Ay, Dios mío, debe haber por todas partes muchos pobres enfermos!, es de creer que allí arriba todo se ha estropeado también.

Yo volvía a decirme, ahogando mis sollozos, las palabras en las que Gilberte había dejado que su alegría por no venir en mucho tiempo a los Campos Elíseos estallase. Pero ya el encanto del que, por su simple

---

[72] Se refiere a la visita del zar Nicolás II en 1896. *(N. del T.)*
[73] Verne realizó una versión teatral de la novela del mismo título que tuvo mucho éxito. *(N. del T.)*

funcionamiento, se llenaba mi alma al pensar en ella, la posición concreta y única —aunque fuese desoladora— donde me colocaba inevitablemente, en relación con Gilberte, la imposición interna de un hábito mental, habían empezado a añadir algo novelesco incluso en esta señal de indiferencia, y en medio de mis lágrimas se formaba una sonrisa que no era más que el esbozo tímido de un beso. Y cuando llegó la hora del correo, aquella noche, como todas las demás, me dije: «Voy a recibir una carta de Gilberte, me dirá por fin que ella no ha dejado nunca de quererme, y me explicará la enigmática razón por la que se vio obligada a ocultármelo hasta ahora y a poner cara de poder ser feliz sin verme, la razón por la que había tomado la apariencia de la Gilberte simple compañera».

Todas las noches me complacía en imaginar esa carta, creía leerla, me recitaba cada frase de ella. De repente, me detenía asustado. Comprendía que si yo debía recibir una carta de Gilberte, en ningún caso podría ser ésta, puesto que era yo quien acababa de componerla. Y desde entonces me esforzaba en desviar mi pensamiento de las palabras que me hubiera gustado que ella me escribiese, por miedo que, si las enunciaba, excluiría precisamente aquéllas —las más queridas, las más deseadas— del campo de las realizaciones posibles. Incluso si por una coincidencia inverosímil hubiera sido precisamente la carta que yo había inventado la que por su parte me dirigiese Gilberte, reconociendo mi obra en ella no habría tenido la impresión de recibir algo que no viniese de mí, algo real, nuevo, una dicha exterior a mi alma, independiente de mi voluntad, verdaderamente dada por el amor.

Mientras esperaba, releía una página que no me había escrito Gilberte, pero que al menos me venía de ella, esa página de Bergotte sobre la belleza de los antiguos mitos en los que se inspiró Racine y que, junto a la canica de ágata, guardaba siempre cerca de mí. Yo estaba enternecido por la bondad de mi amiga, que había hecho que buscasen esa obra para mí, y como todo el mundo necesita encontrar razones para su pasión, hasta estar contentos al reconocer en el ser que se ama las cualidades que la literatura o la conversación han enseñado que son dignas de estimular el amor, hasta asimilarlas por imitación y hacer con ellas razones nuevas del amor, aunque esas cualidades fuesen las más opuestas a las que ese amor hubiese buscado mientras era espontáneo —como Swann anteriormente en el carácter estético de la belleza de Odette— yo, que primero había amado a la Gilberte de Combray por causa del enigma de su vida, en el cual habría querido precipitarme y encarnarme, abandonando la mía que ya no me era nada, pensaba ahora, como una ventaja inestimable, que de esa vida mía demasiado conocida y desdeñada, Gilberte podría llegar a ser un día humilde servidora, la

amable y cómoda colaboradora que por la noche, ayudándome en mis trabajos, cotejaría folletos para mí. En cuanto a Bergotte, ese anciano enormemente sabio y casi divino por cuya causa yo había amado a Gilberte antes incluso de haberla visto, ahora lo amaba sobre todo por causa de Gilberte. Con tanto placer como al leer las páginas que escribió sobre Racine, yo miraba el sobre cerrado por grandes sellos de cera blanca y anudado con un torrente de cintas malvas en el que me las había traído. Besaba la canica de ágata que era la mejor parte del corazón de mi amiga, la parte que no era frívola, sino fiel, y que, aunque adornada del hechizo misterioso de la vida de Gilberte, permanecía cerca de mí, vivía en mi habitación y se acostaba en mi cama. Pero la belleza de esa pequeña piedra y también la belleza de esas páginas de Bergotte que era feliz de asociar a la idea de mi amor por Gilberte, como si, en los momentos en que ese amor ya no me aparecía más que como un vacío, ellas le diesen una especie de firmeza, yo me daba cuenta de que esas páginas eran anteriores a ese amor y que no se le parecían, que sus elementos habían sido fijados por el talento o por las leyes mineralógicas antes de que Gilberte me conociese, que nada habría sido distinto en el libro ni en la piedra si Gilberte no me hubiese querido, y que por consiguiente nada me autorizaba a leer en ellas un mensaje de felicidad. Y mientras mi amor, que esperaba sin cesar del día siguiente la confesión del amor de Gilberte, anulaba y deshacía cada noche el trabajo mal hecho durante el día, en la sombra de mí mismo una costurera desconocida desechaba los hilos arrancados y los colocaba, sin preocuparse de gustarme ni de trabajar en mi felicidad, en un orden diferente del que ponía en todos sus trabajos. Como no tenía ningún interés concreto en mi amor y no comenzaba por decidir que yo era amado, la costurera recogía los actos de Gilberte, que me habían parecido inexplicables, y sus faltas, que yo había excusado; entonces adquirían sentido unos y otras. Ese orden nuevo parecía decir que al ver a Gilberte, en lugar de que ella acudiese a los Campos Elíseos, fuese a una sesión matinal, o estuviese de compras con su institutriz y se preparase para una ausencia durante las vacaciones de Año Nuevo, yo me equivocaba al pensar: «Es que es frívola, o dócil», porque ella habría dejado de ser lo uno o lo otro si me hubiese amado, y si ella había estado obligada a obedecer, habría sido con la misma desesperación que tenía yo los días que no la veía. Ese orden nuevo seguía diciendo que, sin embargo, yo debía saber lo que era amar, puesto que yo amaba a Gilberte, me hacía darme cuenta de la preocupación perpetua que yo tenía por hacerme valer ante sus ojos, por cuya causa intentaba convencer a mi madre de que le comprase a Françoise un impermeable y un sombrero con un penacho azul, o mejor aún, que ya no me enviase a los Campos Elíseos con esa criada por la que me ruborizaba (a lo que mi madre respondía que era injusto con Françoise, que era una mujer muy buena que se sacrificaba por nosotros) y también esa necesidad exclusiva de ver a Gilberte que hacía que con un mes de anticipación yo no pensase más que en intentar saber en qué época saldría de París y dónde iría, pareciéndome el país más agradable un lugar de exilio si ella no estaba allí, y no deseando otra cosa más que quedarme en París mientras pudiera verla en los Campos Elíseos, y no le costaba esfuerzo mostrarme que ni esa preocupación ni esa necesidad iba a encontrarlas yo en los actos de Gilberte. Ella, al contrario, apreciaba a su institutriz, sin inquietarse por lo que yo pensase. Le parecía natural no venir a los Campos Elíseos si era por ir a hacer compras con la institutriz, y agradable si era para salir con su madre. Y suponiendo incluso que me hubiese permitido ir a pasar las vacaciones en el mismo lugar que ella, al menos para escoger ese lugar ella se ocupaba del deseo de sus padres, de las mil diversiones de las que le habían hablado y para nada de que fuese el mismo lugar al que mi familia tenía intención de enviarme. Cuando me aseguraba a veces que ella me amaba menos que a sus amigos, menos que lo que me amaba el día anterior porque le había hecho perder la partida por una negligencia, yo le pedía perdón y le preguntaba qué había que hacer para que volviese a amarme tanto o más que a los demás; yo quería que me dijese que eso ya estaba arreglado, se lo suplicaba como si ella hubiese podido modificar su afecto por mí a su conveniencia, o a la mía, para darme gusto, sólo con las palabras que ella diría según mi buena o mala conducta. ¿No sabía yo que lo que sentía por ella no dependía de sus actos, ni de mi voluntad?

Ese orden nuevo diseñado por la costurera invisible decía por último que si podemos desear que los actos de una persona que nos han apenado hasta ahora no habían sido sinceros, hay en su continuación una claridad contra la que nuestro deseo no puede nada y a la que, mejor que a él, debemos preguntarle cuáles serán los actos de mañana.

Mi amor entendía esas palabras nuevas, lo convencían de que el día siguiente no sería diferente de lo que habían sido todos los demás días; que el sentimiento de Gilberte por mí, demasiado viejo ya para poder cambiar, era la indiferencia; que en mi amistad con Gilberte era yo el único que amaba. «Es cierto —respondía mi amor—, ya no hay nada que hacer con esa amistad, no cambiará.» Entonces, ya desde el día siguiente (o esperando una fiesta si había alguna próxima, un cumpleaños, el Año Nuevo quizá, uno de esos días que no se parecen a los demás, en los que el tiempo vuelve a empezar desde el principio rechazando la herencia del pasado, sin aceptar el legado de sus tristezas) le

pedía a Gilberte que renunciase a nuestra amistad antigua y que pusiera los cimientos de una amistad nueva.

Yo siempre tenía al alcance de la mano un plano de París que, puesto que se podía distinguir en él la calle donde vivían el señor y la señora Swann, me parecía que contuviese un tesoro. Y por gusto, por una especie de fidelidad también caballeresca, a propósito de cualquier cosa yo decía el nombre de esa calle, de modo que mi padre me preguntaba, puesto que no estaba como mi madre y mi abuela al corriente de mi amor:

—Pero, ¿por qué hablas todo el rato de esa calle? No tiene nada de extraordinario, es muy agradable para vivir porque está a dos pasos del Bois, pero hay otras diez en el mismo caso.

Yo me las arreglaba a cada oportunidad para hacerles pronunciar a mis padres el nombre de Swann, por supuesto me lo repetía mentalmente sin cesar, pero también necesitaba oír su sonoridad deliciosa y hacer que me tocasen esa música cuya lectura muda no me bastaba. Además, ese nombre de Swann, que yo conocía desde hacía tanto tiempo, era ahora para mí un nombre nuevo, igual que les ocurre a ciertos afásicos respecto a las palabras más comunes. Estaba siempre presente en mi pensamiento, y a pesar de todo mi pensamiento no podía habituarse a él. Lo descomponía, lo deletreaba, su ortografía era una sorpresa para mí. Y a la vez que era familiar, había dejado de parecerme inocente. Creía tan culpables las alegrías que me daba oírlo, que me parecía que se podía adivinar mi pensamiento y que se cambiaba de conversación si yo intentaba introducirlo en ella. Yo volvía a meterme en los temas que todavía se relacionaban con Gilberte, repetía sin fin las mismas palabras, y por mucho que supiera que no eran más que palabras —palabras pronunciadas lejos de ella y que ella no oía, palabras sin virtud que repetían lo que era, pero no podían modificarlo— no obstante me parecía que a fuerza de manejar y de elaborar así todo lo que era cercano a Gilberte, quizá haría salir algo dichoso de todo ello. Volvía a decirle a mis padres que Gilberte quería mucho a su institutriz, como si esa proposición enunciada por centésima vez fuese al fin a tener como efecto hacer entrar súbitamente a Gilberte, que venía a vivir con nosotros para siempre. Volvía a recoger el elogio de la vieja dama que leía los *Debats* (les había insinuado a mis padres que era una embajadora o quizá una alteza real) y seguía celebrando su belleza, su magnificencia y su nobleza, hasta el día que dije que, según el nombre que había pronunciado Gilberte, ella debía llamarse señora Blatin.

—¡Oh, ya veo lo que es! —exclamó mi madre mientras yo sentía que me ruborizaba de vergüenza—. ¡En guardia! ¡En guardia! Como habría dicho tu pobre abuelo. ¡Y es esa la que te parece bella! Pero es horrible y siempre lo ha sido. Es la viuda de un ujier. Tú no recuerdas, de cuando eras pequeño, los tejemanejes que yo hacía para evitarla en clase de gimnasia en la que, sin darme a conocer, ella quería venir a hablarme con el pretexto de que tú eras «demasiado hermoso para ser un chico». Siempre ha tenido la pasión de conocer gente y seguramente es una especie de loca, como he pensado siempre, si ella conoce de verdad a la señora Swann. Porque si ella fuese de un ambiente muy común, al menos no habría habido nada que yo pudiera decir de ella; pero siempre tenía que hacerse con relaciones. Esa mujer es horrible, espantosamente vulgar y encima una creadora de problemas.

En cuanto a Swann, para intentar parecerme a él me pasaba todo el tiempo que estaba a la mesa estirándome la nariz y frotándome los ojos. Mi padre decía: «Este niño es idiota, se volverá horrible». Sobre todo habría querido ser tan calvo como Swann. Me parecía un ser tan extraordinario, que resultaba maravilloso que personas que yo frecuentaba lo conociesen también y que en los azares de un día cualquiera uno pudiese encontrarse con él. Y una vez, mi madre, que estaba contándonos, como cada noche en la cena, las compras que había hecho por la tarde, nada más que al decir: «A propósito, adivinad a quién me he encontrado en los Trois Quartiers[74] en la sección de los paraguas, a Swann», hizo que eclosionase en mitad de su relato, muy árido para mí, una flor misteriosa. ¡Qué deleite tan melancólico era saber que aquella tarde, perfilando su forma sobrenatural entre la multitud, Swann había ido a comprar un paraguas! En medio de acontecimientos grandes y mínimos, igualmente indiferentes, éste despertaba en mí las vibraciones particulares que conmovían continuamente mi amor por Gilberte. Mi padre decía que yo no me interesaba en nada porque no escuchaba cuando se hablaba de las consecuencias políticas que podía tener la visita del rey Teodosio, que en ese momento era huésped de Francia y su aliado, o eso se afirmaba. Pero en cambio, ¡cuántas ganas tenía yo de saber si Swann tenía un abrigo con esclavina!

—¿Y os habéis saludado? —pregunté.

—Pues naturalmente —respondió mi madre, que siempre parecía temer que si ella hubiese confesado que estábamos distanciados de Swann, se habría intentado reconciliarlos más que lo que ella deseaba, por causa de la señora Swann, a quien ella no quería conocer—. Ha sido él quien ha venido a saludarme, yo no lo había visto.

—Pero entonces, ¿no estáis peleados?

---

[74] Grandes almacenes de París, fundados en 1829. *(N. del T.)*

—¿Peleados? ¿Y por qué íbamos a estar peleados? —respondió ella con vehemencia, como si yo hubiese atentado contra la ficción de sus buenas relaciones con Swann e intentado trabajar en un «acercamiento».

—Él podría estar ofendido contigo porque ya no lo invitas.

—No estamos obligados a invitar a todo el mundo, ¿me invita él acaso? No conozco a su mujer.

—Pero él venía mucho a casa en Combray.

—¡Pues bien, sí! Él venía a casa en Combray, y luego en París tiene otras cosas que hacer, y yo también. Pero te aseguro que no parecíamos para nada dos personas peleadas. Nos hemos quedado un momento juntos porque no le traían su pedido. Me ha preguntado por ti, me ha dicho que juegas con su hija —añadió mi madre, maravillándome del prodigio de que yo existiese en la mente de Swann, y mucho más de que fuese de una manera bastante completa para que, mientras yo temblaba de amor delante de él en los Campos Elíseos, Swann supiese mi nombre, que ella era mi madre y que pudiese mezclar alrededor de mi calidad de compañero de su hija algunas informaciones sobre mis abuelos, su familia y el lugar donde vivíamos, ciertas particularidades de nuestra vida de otro tiempo, quizá hasta desconocidas para mí. Pero parecía que mi madre no había encontrado un encanto particular a esa sección de los Trois Quartiers donde ella había representado para Swann, en el momento que él la vio, una persona concreta, con quien compartía recuerdos comunes que habían motivado en él el movimiento para acercarse a ella y el gesto de saludarla.

De hecho, ni ella ni mi padre parecían encontrar ya que hablar sobre los abuelos de Swann, o del título de agente honorario de cambio y bolsa, fuese un placer que sobrepasase a todos los demás. Mi imaginación había aislado y consagrado en el París social a cierta familia, igual que había hecho en el París de piedra por cierta casa cuyo portón había tallado y cuyas ventanas había vuelto preciosas. Pero yo era el único que veía esos adornos. Lo mismo que a mi padre y a mi madre les parecía la casa donde vivía Swann muy parecida a las demás casas construidas en la misma época en el barrio del Bois, de la misma manera la familia de Swann les parecía del mismo tipo que muchas otras familias de agentes de cambio y bolsa. La juzgaban más o menos favorablemente según el grado en que había participado en los méritos comunes al resto del universo, y no le encontraban nada especial. Al contrario, lo que apreciaban en ella lo encontraban a un mismo nivel, incluso más alto, en otros sitios. Así que después de haberles parecido que la casa estaba bien situada, hablaban de otra que lo estaba mejor, pero que no tenía nada que ver con Gilberte, o de financieros de un rango superior al de su abuelo, y si por un momento pareció que eran de la misma opinión que yo, fue por un malentendido que no tardó en disiparse. Es que, para percibir en todo lo que rodeaba a Gilberte una cualidad desconocida, análoga en el mundo de las emociones a lo que puede ser en el de los colores el infrarrojo, mis padres estaban desprovistos del sentido suplementario y momentáneo con el que me había dotado el amor.

Los días que Gilberte me había anunciado que no iría a los Campos Elíseos yo intentaba dar paseos que me acercasen un poco a ella. A veces llevaba a Françoise en peregrinación ante la casa donde vivían los Swann. Le hacía que repitiese interminablemente lo que había sabido por medio de la institutriz respecto a la señora Swann. «Parece que tiene mucha confianza en las medallas.No saldrá nunca de viaje si ha oído a una lechuza o un como tic-tac de reloj en la pared, o si ha visto un gato a medianoche, o si ha crujido la madera de un mueble. ¡Ah, es una persona muy creyente!» Yo estaba tan enamorado de Gilberte, que si por el camino veía a su viejo mayordomo paseando a un perro, la emoción me obligaba a detenerme y clavaba miradas llenas de pasión en sus patillas blancas. Françoise me decía:

—¿Pero qué le pasa a usted?

Y luego proseguíamos nuestro camino hasta delante de su portón, donde un portero diferente a todo portero, e impregnado hasta en los galones de su librea del mismo encanto doloroso que yo sentí en el nombre de Gilberte, parecía saber que yo era de esos a quienes una indignidad original les prohibiría siempre penetrar en la vida misteriosa que él se encargaba de guardar, y en la que las ventanas del entresuelo parecían conscientes de estar cerradas y se parecían mucho menos, entre la noble caída de sus cortinas de muselina, a cualquier otra ventana que a las miradas de Gilberte. Otras veces íbamos a los bulevares y yo me posicionaba a la entrada de la calle Duphot, me habían dicho que a menudo se podía ver pasar por allí a Swann dirigiéndose a casa de su dentista, y mi imaginación diferenciaba de tal modo al padre de Gilberte del resto de la humanidad, y su presencia en medio del mundo real introducía tanta maravilla en él, que, antes incluso de llegar a la Madeleine, me emocionaba acercarme a una calle donde podía producirse de improviso la aparición sobrenatural.

Pero las más de las veces —cuando no podía ver a Gilberte—, como había llegado a saber que la señora Swann se paseaba casi a diario por el «Paseo de las Acacias» alrededor del gran lago, y por el «Paseo de la reina Margarita», yo dirigía a Françoise hacia el lado del bosque de Boulogne. Para mí era como esos jardines zoológicos donde se ven reunirse flores diversas y paisajes contrapuestos, donde tras una colina se encuentra una gruta, un prado, un peñasco, un arroyo, una fosa, una colina o un estanque, pero se sabe que sólo están para suministrar a los esparcimientos de los hipopótamos, de las cebras, de los cocodrilos, de los conejos rusos, de los osos y de las garzas un medio apropiado o un cuadro pintoresco; y él, el bosque, también complejo, reunía pequeños mundos diversos y cerrados —reemplazando alguna granja plantada de árboles rojos y de robles americanos, como si fuera una explotación agrícola en Virginia, con un bosque de abetos al borde del lago, o con un monte alto de donde de repente surgiese envuelta en su piel flexible, con los hermosos ojos de un animal, alguna paseante rápida—; era el Jardín de las Mujeres y —como el Paseo de Arrayanes de la *Eneida*— estaba plantado para ellas con árboles de una sola esencia; las bellezas célebres frecuentaban el Paseo de las Acacias. Igual que desde lejos la cumbre del peñasco desde donde se lanza el otario al agua llena de alegría a los niños que saben que van a verlo, mucho antes de llegar al Paseo de las Acacias su perfume, propagándose alrededor, hacía sentir desde lejos la cercanía y la singularidad de una poderosa y blanda individualidad vegetal, y después, cuando me acercaba, la copa entrevista de su fronda ligera y desabrida, de una elegancia fácil, de corte coqueto y de tejido escaso, sobre la que habían caído cientos de flores como colonias aladas y vibrátiles de preciosos parásitos, y hasta su nombre femenino, ocioso y dulce, me hacía latir el corazón, pero con un deseo mundano, como esos valses que sólo nos evocan el nombre de las bellas invitadas que anuncia el ujier a la entrada de un baile. Me habían dicho que en los paseos vería a ciertas damas elegantes que, aunque no todas estuviesen casadas, se les citaba habitualmente junto a la señora Swann, pero la mayoría de las veces bajo su nombre de guerra; su nuevo nombre, cuando había uno, no era más que una especie de incógnito que los que querían hablar de ellas tenían el cuidado de eliminar para hacerse comprender. Pensando que lo Bello —en el orden de las elegancias femeninas— estaba regido por leyes ocultas en cuyo conocimiento habían sido iniciadas y que tenían el poder de realizar, de antemano acepté como una revelación la aparición de sus vestimentas, de sus troncos de caballos, de mil detalles en cuyo seno ponía mi creencia como un alma interior que daba la cohesión de una obra maestra a ese conjunto efímero y en movimiento. Pero era la señora Swann a quien yo quería ver, y esperaba que ella pasase, emocionado como si fuera Gilberte, cuyos padres, impregnados de su encanto como todo lo que la rodeaba, estimulaban en mí tanto amor como ella, incluso una turbación más dolorosa (porque su punto de contacto con ella era esa parte interior de su vida que me estaba prohibida), y por último (porque supe pronto, como se verá, que no les gustaba que jugase con ella) ese sentimiento de veneración que le profesamos siempre a aquellos que ejercen sin freno el poder de hacernos daño.

En el orden de los méritos estéticos y de las grandezas mundanas yo le asignaba el primer puesto a la sencillez, cuando divisé a la señora Swann que iba a pie, vestida con una polonesa de paño, en la cabeza un gorrito embellecido con un ala de lofóforo y un ramito de violetas en el corpiño, y que cruzaba apresuradamente el Paseo de las Acacias como . si hubiera sido solamente el camino más corto para volver a su casa y respondía con un guiño a los caballeros que iban en carruaje que, reconociendo desde lejos su silueta, la saludaban y decían que nadie tenía tanta elegancia. Pero en lugar de la sencillez, era el fasto lo que yo ponía en el más alto rango si, después de haber obligado a Françoise, que ya no podía más y decía que las piernas «se le volvían» de ir y venir durante una hora, yo veía por fin, desembocando del paseo que viene desde la Porte Dauphine —imagen de un prestigio real para mí, de una llegada soberana tal como ninguna reina verdadera me pudo dar la impresión después, porque de su poder yo tenía una noción menos vaga y más experimental— llevada por el vuelo de dos fogosos caballos, esbeltos y perfilados como los que se ven en los dibujos de Constantin Guys, que llevaba instalado en su pescante a un cochero enorme forrado como un cosaco, al lado de un pequeño botones que hacía recordar al «tigre del difunto Baudenord», yo veía —o más bien sentía que imprimía su forma en mi corazón con una limpia y agotadora herida— a una incomparable victoria, de diseño un poco alto que dejaba traslucir a través de su lujo «último grito» alusiones a formas antiguas, en cuyo fondo descansaba con abandono la señora Swann, sus cabellos ahora rubios con una sola mecha gris, ceñidos por una fina cinta de flores, violetas lo más frecuentemente, desde donde caían largos velos, en la mano una sombrilla malva, en los labios una sonrisa ambigua en la que yo no veía más que la benevolencia de la majestad y en la que sobre todo había la provocación de la cortesana, que ella inclinaba con dulzura a las personas que la saludaban. En realidad, esa sonrisa les decía a unos: «Me acuerdo muy bien, ¡era exquisito!», a otros: «¡Cuánto me habría gustado! ¡Ha sido mala suerte!», y a otros: «¡Si usted quiere! Voy a seguir la fila un momento más y en cuanto pueda, saldré». Cuando pasaban desconocidos, ella se dejaba a pesar de todo una sonrisa ociosa en torno a los labios, como dirigida a la espera o al recuerdo de un amigo, sonrisa que hacía que dijeran: «¡Qué bella es!». Y sólo para ciertos hombres tenía una sonrisa agria, forzada, tímida y fría que significaba: «¡Sí, bellaco, sé que tienes una lengua de víbora que no puedes impedir que hable! ¿Me ocupo yo acaso de ti?». El actor Coquelin pasaba disertando en medio de los amigos que lo escuchaban y hacían con la mano, a las personas que iban en carruaje, un largo y teatral saludo. Pero yo sólo pensaba en la señora Swann y ponía cara de no haberla visto, porque sabía que detrás, a la altura del Tiro de Pichón, ella le diría a su cochero que se saliese de la fila y se detuviese para que ella pudiese descender por el paseo a pie. Y los días que me sentía con valor para pasar a su lado arrastraba a Françoise en esa dirección. En un momento, en efecto, en el Paseo de los Peatones, caminando hacia nosotros vi a la señora Swann, que dejaba que se extendiese detrás de ella la larga cola de su atuendo malva, vestida como el pueblo imagina a las reinas, con telas y ricos atavíos que las demás mujeres no llevaban, bajando a veces la mirada al mango de su sombrilla, prestando poca atención a las personas que pasaban, como si su gran ocupación y su objetivo hubiesen sido hacer ejercicio, sin pensar que era vista y que todas las cabezas estaban vueltas hacia ella. Sin embargo, a veces, cuando se daba la vuelta para llamar a su lebrel, lanzaba imperceptiblemente una mirada a su alrededor.

Aquellos mismos que no la conocían estaban avisados por algo singular y excesivo —o tal vez por una radiación telepática, como las que desencadenan aplausos entre la multitud ignorante en los momentos que la Berna estaba sublime— de que debía tratarse de alguna persona conocida. Se preguntaban: «¿Quién es?». A veces le preguntaban a un transeúnte, o se prometían acordarse del atuendo como un punto de referencia para amigos más enterados que les informarían enseguida. Otros paseantes, deteniéndose a medias, decían:

—¿No sabe usted quién es? ¡Es la señora Swann! ¿No le dice nada el nombre de Odette de Crécy?

—¿Odette de Crécy? Ya decía yo que esos ojos tristes... ¡Pero usted sabe que ya no debe estar en su primera juventud! Recuerdo que me acosté con ella el día de la dimisión de MacMahon.

—Creo que haría usted bien en no recordárselo. Ella es ahora la señora Swann, la mujer de un caballero del Jockey-Club, amigo del príncipe de Gales. Por lo demás, todavía está soberbia.

—Sí, pero si la hubiese conocido usted en aquel momento, ¡qué bonita era! Vivía en un palacete muy extraño con caros objetos chinos de decoración. Me acuerdo de que estábamos molestos por los gritos de los vendedores de periódicos, ella terminó por hacer que me retirase.

Sin oír las reflexiones, percibí alrededor de ella el murmullo indistinto de la celebridad. Mi corazón latía de impaciencia cuando pensaba que todavía iba a pasar un momento antes de que todas esas gentes, en medio de las que noté con desolación que no estaba un banquero mulato por quien me sentía despreciado, viesen al joven desconocido, al que no prestaban ninguna atención, saludar (sin conocerla, a decir verdad, pero me creí autorizado a ello porque mis padres conocían a su marido y yo era compañero de su hija) a esa mujer cuya fama de belleza, de mala conducta y de elegancia era universal. Pero yo estaba ya muy cerca de la señora Swann, entonces le di un sombrerazo tan grande, tan amplio y tan prolongado, que ella no pudo evitar sonreír. La gente se reía. En cuanto a ella, no me había visto nunca con Gilberte y no conocía mi nombre, pero yo era para ella —como uno de los guardias del Bois, o el barquero, o los patos del lago a los que echaba pan— uno de los personajes secundarios, familiares y anónimos, tan desprovistos de características individuales como lo está un «empleo de teatro[75]» de sus paseos por el Bois. Ciertos días que no la había visto en el Paseo de las Acacias, ocurría que me la encontraba en el de la Reina Margarita, donde van las mujeres que quieren estar tranquilas, o a parecer que intentan estarlo; ella no lo estaba por mucho tiempo, enseguida se la unía algún amigo, a menudo cubierto con una «chistera» gris, que yo no conocía y que hablaba largo tiempo con ella mientras sus dos carruajes los seguían.

Esa complejidad del Bois de Boulogne que hace de él un lugar artificial y un jardín, en el sentido zoológico o mitológico del término, la he encontrado de nuevo este año cuando lo atravesaba para ir al Trianon, una de las primeras mañanas de aquel mes de noviembre en las que, en París y en las casas, la proximidad y la privación del espectáculo del otoño, que se acaba tan rápido sin que puede presenciárselo, otorgan una nostalgia y una verdadera fiebre de las hojas muertas que puede llegar hasta impedir que se pueda dormir. En mi habitación cerrada, esas hojas se interponían desde hacía un mes, evocadas por mi deseo de verlas, entre mi pensamiento y cualquier objetivo al que me aplicase, y daban vueltas como esas manchas amarillas que a veces, a cualquier punto que miremos, bailan delante de nuestros ojos. Y esa mañana, al no oír ya caer la lluvia como los días anteriores, viendo al buen tiempo sonreír en las esquinas de las cortinas cerradas, igual que en las comisuras de una boca cerrada deja que se escape el secreto de su felicidad, yo sentí que podría mirar al trasluz esas hojas amarillas en su suprema belleza, y al no poder ya aguantarme más de ir a ver los árboles que lo que en otra época, cuando el viento soplaba demasiado fuerte en mi chimenea, podía dejar de partir a la orilla del mar; yo había salido para ir al Trianon, pasando por el Bois de Boulogne. Eran la hora y la estación en las que el Bois parece que puede ser lo más múltiple, no solamente porque está más subdividido, sino porque lo está de otra manera. Incluso en las partes descubiertas en las que se abarca un gran espacio, aquí y allá, frente a las oscuras masas lejanas de los árboles que ya no tenían hojas o que aún conservaban sus hojas de verano, una fila doble de castaños de Indias anaranjados parecía, como en un cuadro apenas empezado, haber sido todavía el único que hubiese pintado el decorador, que no

---

[75] Es decir, papeles muy secundarios, casi de figurante, que puede interpretar cualquiera. *(N. del T.)*

 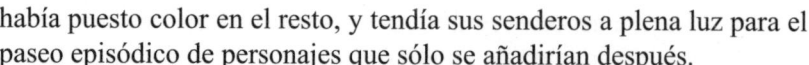

había puesto color en el resto, y tendía sus senderos a plena luz para el paseo episódico de personajes que sólo se añadirían después.

Más lejos, allí donde se cubrían los árboles con todas sus hojas verdes, uno que estaba solo y era pequeño, bajo, desmochado y testarudo, sacudía al viento una mala cabellera roja. Además, todavía era el despertar de ese mes de mayo de las hojas, y las de una vid silvestre, maravillosa y sonriente como un espino rosa de invierno, estaban cubiertas de flores desde esa misma mañana. Y el Bois tenía el aspecto provisional y falso de un vivero o de un parque, donde, sea por interés botánico, o sea para la preparación de una fiesta, se acaban de instalar, en medio de árboles de la misma clase que aún no han sido trasplantados, dos o tres especies preciosas de fantástico follaje, y que parecen reservar alrededor de ellas lo vacío, dar aire, hacer claridad. Así era la estación en la que el Bois de Boulogne revelaba más esencias diversas y juntaba la mayoría de partes distintas en una asamblea variopinta. Y también era la hora. En los lugares donde los árboles aún conservaban sus hojas, parecían sufrir una alteración de su materia a partir del punto donde estaban tocados por la luz casi horizontal del sol de la mañana, como volvería a serlo algunas horas después, en el momento en que el inicio del crepúsculo se enciende como una lámpara, proyecta a distancia en el follaje un reflejo artificial y cálido, y hace llamear las hojas más altas de un árbol que queda como el candelabro incombustible y desvaído de su copa incendiada. Aquí se espesaba como ladrillos y, como una amarilla mampostería persa de dibujos azules, cimentaba burdamente contra el cielo las hojas de los castaños; y allá, al contrario, las separaba de ese cielo hacia el que crispaban sus dedos de oro. A media altura de un árbol vestido de parra virgen, ésta injertaba y hacía que se abriese, imposible de discernir nítidamente en el deslumbramiento, un inmenso ramo como de flores rojas, tal vez una variedad del clavel. Las diferentes partes del Bois, más entremezcladas durante el verano en la espesura y la monotonía verde del follaje, se encontraban al descubierto. Espacios más despejados permitían ver la entrada de casi todas ellas, o bien un follaje suntuoso las señalaba como una oriflama. Se distinguían como en un mapa en color Armenonville, el Pré Catelan, Madrid[76], la pista del Hipódromo y las orillas del lago. De cuando en cuando aparecía alguna construcción inútil, una gruta falsa, un molino al que hacían sitio los árboles al apartarse o al que un césped llevaba hacia adelante sobre su esponjosa plataforma. Se notaba que el Bois no era sólo un bosque, que respondía a un destino ajeno a la vida de sus árboles; la euforia que yo experimentaba no estaba causada solamente

---

[76] Todos ellos lugares del Bois de Boulogne. *(N. del T.)*

por la admiración del otoño, sino también por un deseo. Gran origen de una alegría que siente el alma al principio sin que reconozca su causa, sin comprender que no la motiva nada de afuera. Así miraba yo a los árboles, con una ternura insatisfecha que los sobrepasaba y se llevaba, sin yo saberlo, hacia esa obra maestra de las bellas paseantes a las que encierran todos los días durante algunas horas. Fui hacia el Paseo de las Acacias. Atravesé alisedas donde la luz de la mañana, que les imponía nuevas divisiones, podaba los árboles, reunía los tallos diversos y componía ramilletes con ellos. La luz atraía hábilmente hacia ella a dos árboles, y ayudándose del cincel poderoso del rayo de luz y de la sombra, suprimía de cada uno una mitad del tronco y de sus ramas y, trenzando entre sí las dos mitades que quedaban, hacía de ellas o bien un solo pilar de sombra que delimitaba el resplandor de su entorno, o bien un solo fantasma de claridad cuya red de sombra negra envolvía el contorno ficticio e inestable. Cuando un rayo de sol doraba las ramas más altas, parecía que éstas, empapadas de una humedad centelleante, emergiesen solas de la atmósfera líquida color esmeralda donde el alisal entero se había sumergido como dentro del mar. Pues los árboles seguían viviendo su propia vida y, cuando ya no tenían hojas, la luz brillaba mejor sobre la vaina de terciopelo verde que envolvía sus troncos, o en el esmalte blanco de las esferas de muérdago que se habían sembrado en la copa de los álamos, redondas como el Sol y la Luna en la *Creación* de Miguel Ángel. Pero, obligadas durante tantos años por una especie de injerto a vivir en común con la mujer, me hacían recordar a la dríada del bosque, la bella mundana rápida y coloreada que al pasar cubren con sus ramas y obligan a que sienta como ellos el poder de la estación; me recordaban los tiempos felices de mi juventud creyente, cuando yo venía con avidez a los lugares donde las obras maestras de la elegancia femenina se harían realidad por unos instantes entre los follajes inconscientes y cómplices. Pero la belleza que hacían desear los abetos y las acacias del Bois de Boulogne, más perturbadores en eso que los castaños y las lilas del Trianon que me encaminaba a ver, no estaba fija fuera de mí en los recuerdos de una época histórica, o en obras de arte, o en un pequeño templo dedicado al amor al pie del cual se apilan las hojas palmeadas de oro. Alcancé la orilla del lago, iba hasta el Tiro de Pichón. La idea de perfección que llevaba en mí se la había prestado entonces a la altura de una victoria, a la esbeltez de esos caballos furiosos y ligeros como avispas, con los ojos inyectados en sangre como los crueles caballos de Diomedes[77], y que ahora, preso del deseo de volver

---

[77]   Rey legendario que alimentaba a sus yeguas con la carne de los extranjeros, murió a manos de Hércules y fue devorado por ellas mismas. *(N. del T.)*

a ver cuanto había amado, deseo tan ardiente como el que me empujaba muchos años antes en esos mismos caminos, quería tener de nuevo ante los ojos el momento que el cochero enorme de la señora Swann, vigilado por un pequeño botones, tan grande como un puño y tan infantil como san Jorge, intentaba dominar sus alas de acero que se debatían asustadas y palpitantes. ¡Ay!, ya no había más que automóviles dirigidos por mecánicos bigotudos a los que acompañaban a pie grandes lacayos. Yo quería tener ante los ojos de mi cuerpo, para saber si eran tan encantadores como los veían los ojos de mi memoria, esos sombreritos de mujer tan aplastados que parecían un simple rosco; ahora todos eran inmensos, cubiertos de frutas y de flores y de pájaros diversos. En lugar de los hermosos vestidos con los que la señora Swann parecía una reina, túnicas greco-sajonas se alzaban con los pliegues de las figuritas de Tanagra, y algunas veces, con el estilo del Directorio, paños _liberty_[78] sembrados de flores como un papel pintado. Sobre las cabezas de los señores que habrían podido pasearse con la señora Swann por el Paseo de la Reina Margarita ya no encontré el sombrero gris de antaño, ni ningún otro, salían con la cabeza descubierta. Y en todas esas partes nuevas del espectáculo yo ya no tenía creencia alguna que introducir para darles consistencia, unidad y existencia; pasaban dispersas ante mí, al azar, sin verdad, sin contener en ellas belleza alguna que mis ojos hubiesen podido componer como en otro tiempo. Eran mujeres cualesquiera, en cuya elegancia yo no tenía ninguna fe y cuyas vestimentas me parecían sin importancia. Pero cuando desaparece una creencia, le sobrevive, y cada vez más vivaz para enmascarar la falta del poder que hemos perdido al otorgar realidad a las cosas nuevas, un apego fetichista a las antiguas que esa creencia había animado, como si fuese en ellas y no en nosotros donde residía lo divino y si nuestra incredulidad actual tuviese una causa contingente, la muerte de los dioses.

¡Qué horror! Me decía a mí mismo: ¿pueden parecer tan elegantes esos automóviles como lo eran los antiguos enganches de caballos? Sin duda soy demasiado viejo ya, pero no estoy hecho para un mundo donde las mujeres se aprisionan en vestidos que ni siquiera son de tela. ¿Para qué sirve venir bajo estos árboles, si nada es ya lo que se reunía bajo esos delicados follajes enrojecidos, si la vulgaridad y la insensatez han reemplazado lo que tenían de exquisito? ¡Qué horror! Mi consuelo es pensar en las mujeres que conocí entonces, hoy que ya no hay elegancia. Pero, ¿cómo podrían las gentes que contemplan a esas horribles criaturas, bajo sus sombreros cubiertos por una pajarera o una huerta, sentir siquiera lo que tenía de fascinante ver a la señora Swann cubierta

---

[78] Tejidos de seda llamados así por su fabricante, Arthur Liberty. _(N. del T.)_

con un sencillo capote malva o con un sombrerito del que sobresalía
una sola flor de lirio muy tiesa? ¿Habría yo podido hacerles comprender
siquiera la emoción que experimentaba en las mañanas de invierno al
encontrar a la señora Swann a pie, con un abrigo de nutria y un gorro
sencillo del que sobresalían plumas de perdiz como hojas de cuchillo,
mientras que a su alrededor se evocaba la tibieza afectada de su apartamento, simplemente por el ramito de violetas que se aplastaba en su
corpiño y cuya floración viva y azul frente al cielo gris, el aire helado y
los árboles de ramas desnudas, tenía el mismo encanto de no tomar a la
estación y al tiempo más que como un marco y vivir en una atmósfera
humana, en la atmósfera de esa mujer, que tenía en los jarrones y las jardineras de su salón, cerca del fuego encendido, ante el canapé de seda,
las flores que miraban caer la nieve por la ventana cerrada? Además,
no me habría bastado que las vestimentas fuesen las mismas que en
aquellos años. Debido a la solidaridad que tienen entre sí las diferentes
partes de un recuerdo y que nuestra memoria mantiene equilibradas en
un conjunto del que no nos está permitido quitar ni rechazar nada, yo
habría querido poder ir a acabar el día en casa de una de esas mujeres,
ante una taza de té, en un apartamento de paredes pintadas en colores
oscuros, como todavía era la de la señora Swann (el año después de
aquél en que se termina la primera parte de este relato), y donde brilla-
rían los fuegos anaranjados, la roja combustión, la llama rosa y blanca
de los crisantemos en el crepúsculo de noviembre, durante momentos
parecidos a aquellos en que (como se verá más adelante) yo no supe descubrir los placeres que deseaba. Pero ahora, incluso si no me llevaban
a nada, me parecía que esos momentos tenían en sí mismos suficiente
fascinación. Quería volver a encontrarlos tal como los recordaba. Pero,
¡ay!, ya no había más que apartamentos estilo Luis XVI completamente
blancos, esmaltados con hortensias azules. Además, yo sólo volvía ya
a París muy de tarde en tarde. La señora Swann me habría hablado de
un palacio donde ella no regresaría hasta febrero, mucho después de la
temporada de los crisantemos, si le hubiera pedido que reconstruyese
para mí los elementos de ese recuerdo que yo sentía atado a un año
lejano, a una fecha hacia la cual no me estaba permitido remontarme,
los elementos de ese deseo que se había hecho tan inaccesible como
el placer que antes había perseguido vanamente. Y también me habría
hecho falta que fuesen las mismas mujeres, aquellas cuya vestimenta
me interesaba porque, en la época que yo aún era creyente, mi imaginación las había individualizado y les había proporcionado una leyenda.
¡Ay!, en la Avenida de las Acacias —el Paseo de los Arrayanes— había
vuelto a ver a algunas de ellas, envejecidas y que ya no eran más que
las sombras terribles de lo que habían sido, errantes, buscando deses-

peradamente no se sabe muy bien qué en los bosquecillos virgilianos. Ellas habían huido hacía mucho tiempo, mientras yo todavía estaba interrogando vanamente a los caminos abandonados. El sol se había ocultado. La naturaleza empezaba a reinar sobre el Bois, de donde había desaparecido la idea de que era el Jardín Elíseo de la Mujer: por encima del molino falso el cielo verdadero estaba gris; el viento rizaba el Gran Lago con pequeñas olitas, como si fuera un lago; grandes pájaros recorrían rápidamente el Bois, como si fuera un bosque, y lanzando gritos agudos se posaban uno tras otro en los grandes robles que, bajo su corona druídica y con la majestad del templo a Zeus en Dodona, parecían proclamar el vacío no humano del bosque inutilizado y me ayudaban a comprender mejor la contradicción que hay en buscar en la realidad los cuadros de la memoria, a los cuales les faltará siempre el encanto que les viene de esa misma memoria, y no de ser percibidos por los sentidos. La realidad que yo había conocido ya no existía. Bastaba con que la señora Swann llegase idéntica a sí misma en ese momento para que la Avenida fuese otra. Los lugares que hemos conocido ya no pertenecen más que al mundo del espacio donde los situamos para mayor facilidad. No son más que una pobre etapa en medio de las impresiones contiguas que formaban nuestra vida de entonces; el recuerdo de cierta imagen no es más que la pesadumbre por cierto momento; y las casas, las sendas y las avenidas son fugitivas, ¡ay!, como los años.

ÍNDICE